Wolfgang Hohlbein
DER INQUISITOR

Eine
unheimliche
Reise in
die
dunkle Welt
des
Mittelalters

BASTEI-LÜBBE-TASCHENBUCH
Band 13 627

Erste Auflage:
März 1995
Zweite Auflage:
September 1995

© Copyright 1990/95
by Bastei-Verlag Gustav H. Lübbe
GmbH & Co., Bergisch Gladbach
All rights reserved
Titelfoto: Sebastian Boada
Satz: KCS GmbH,
Buchholz/Hamburg
Druck und Verarbeitung:
Cox & Wyman Ltd
Printed in Great Britain

ISBN 3-404-13627-6

Der Preis dieses Bandes
versteht sich einschließlich der
gesetzlichen Mehrwertsteuer.

1

Er hatte drei Tage gebraucht für den Weg von Lübeck bis Buchenfeld — zwei weniger, als er veranschlagt hatte, denn recht häufig war er von freundlichen Menschen mitgenommen worden; von Fall zu Fall auf einem Fuhrwerk oder auf der gepolsterten Bank einer Kutsche — einmal sogar auf einem Ochsen, der die Gestalt in der Kutte mißtrauisch aus seinen dunklen Augen gemustert hatte. Tobias mochte keine gehörnten Wesen, und daß er ein gebildeter Mann war und sich zeit seines Lebens einzureden versucht hatte, diese Aversion sei nichts als Aberglaube, hatte an dieser Abneigung nichts geändert. Ganz im Gegenteil wurde sie schlimmer, je älter er wurde. Manchmal ertappte er sich dabei, ganz instinktiv im Schritt zu verharren, wenn er nur eine Ziege sah oder eine harmlose Kuh.

Aber der Ochse hatte ihn weder abgeworfen, um ihn zu Tode zu trampeln, noch ihn mit seinen langen gebogenen Hörnern aufgespießt, statt dessen war Tobias wieder ein Stück des Weges auf recht bequeme Art und Weise vorangekommen.

Überhaupt konnte sich Pater Tobias nicht über sein Schicksal beklagen, seit er das Dominikanerkloster in Lübeck verlassen hatte.

Er hatte die Heerstraße genommen, so war er vielen Menschen begegnet und nicht in die Verlegenheit gekommen, auch nur eine Nacht unter freiem Himmel zu verbringen. Nur ein einziges Mal war er von schlechtem Wetter überrascht worden, und selbst da hatte er bei einfachen, aber freundlichen Leuten Unterschlupf gefunden, noch ehe der strömende Regen seine Kutte ganz durchnässen konnte.

Zum Glück war er auch von Räubern und Ketzern verschont geblieben. Zugegeben, er hatte ein wenig nachgeholfen, indem er bestimmte Orte *nicht* aufsuchte und manchmal den einen oder anderen Blick *nicht* registrierte oder beim Anblick einer zerlumpten Gestalt ein wenig rascher voranschritt. Der geheime Fluch seiner Kutte, deren Anblick die Menschen meistens dazu brachte, sich an all ihren Schmerz und alle erlittene Unbill zu erinnern, war zumindest auf *dieser* Reise an ihm vorübergegangen. Einmal hatte er eine Teufelsaustreibung ausgeführt, aber der Besessene war kein schwerer Fall gewesen: ein neugeborener Knabe, dessen Seele nur vorbeugenden Schutzes bedurfte, niemand, der *wirklich* vom Teufel besessen war.

Nur ein einziges Mal hatte er Angst verspürt — als er nicht der Straße folgte, sondern einen Pfad durch den Eichenwald nahm. Tobias hatte eine Menge über diesen Wald gehört, der ein Stück südlich von Lüneburg begann. Dämonen sollten darin wohnen, und Teufel, Hexen ihr Unwesen treiben und Irrlichter den unvorsichtigen Wanderer des Nachts im Kreis führen, bis er vor Erschöpfung zusammenbrach. Er glaubte wenig von alledem. So hatte er dann, nachdem er das geschäftige Lüneburg hinter sich gelassen hatte, einen letzten Blick auf seinen Schatten geworfen und war aus purer Neugier geradewegs in den Wald hineinmarschiert.

Nicht lange darauf hatte er diesen Entschluß bereits bitter bereut. Pater Tobias glaubte nicht an Dämonen und Teufel — nicht in der Art, in der es das einfache Volk tat. Aber in diesem Wald hatte er sie kennengelernt. Unter den Kronen der uralten Eichen — einige davon mochten älter sein als die Stadt, aus deren Mauern er vor drei Tagen losgewandert war — wurde es niemals richtig Tag, so daß es nur wenig Unterholz gab: einige Farne, bleiches Moos und Pilze, die sein kundiges Auge fast allesamt als giftig erkannte. Wie er gehofft hatte, kam er im Inneren des Waldes rascher und bequemer voran als auf der Straße. Die Bresche, die Menschenhand in den Forst geschlagen hatte, hatte auch der lebensspendenden Kraft der Sonne den Weg geebnet, so daß Unkraut und Dornen rechts und links des Weges wucherten und nur zu oft grüne Ranken wie Fallstricke in die Spur hineinragten, was ihn zwang, fast ununterbrochen mit gesenktem Haupt zu marschieren, um nicht zu stolpern. Außerdem brannte im dichten Wald die Sonne hier nicht so unerbittlich vom Himmel.

Und trotzdem . . .

Zuerst war es nur ein Gefühl, ein schwer zu greifendes Unbehagen, wie die Berührung einer fremden Hand, die unangenehm war, ohne daß man sagen konnte, warum. Es war kühl im Wald. Die ewige Dämmerung und die tiefe Stille, die Stämme der uralten Eichen, manche so mächtig, daß drei Männer sie mit ausgestreckten Armen nicht hätten umfassen können, und ihre mächtigen Kronen, die sich über seinem Kopf zu einem Dach vereinigten — alles ließ ihn spüren, wie schön und zugleich rätselhaft Gottes Schöpfung war.

Aus einem Grund, den er nicht benennen konnte, erinnerte ihn diese stille, große Welt an eine Kathedrale, und aus einem Grund, den er noch viel weniger verstand, machte sie ihm angst. Dies war kein andächtiger Ort. Kein Platz des Gebets, sondern ein Reich ewiger Kälte und Finsternis, in dem giftige Pilze wuchsen und wo sich giftiges Getier herumtrieb, Schlangen, vielleicht Spinnen oder andere, namenlose Dinge. Dinge mit Hörnern.

Und bei Gott — es mußte Dämonen an einem solchen Ort geben.

Erst später, nach Stunden, als er schweißgebadet und zitternd (wie er sich einredete, vor Kälte, in Wahrheit aber vor Angst) wieder aus dem Wald heraustrat und die Sonne langsam hinter den Horizont sank, hatte er begriffen, daß er ihnen begegnet war in der schweigenden Unendlichkeit des Eichenwaldes. Sie waren überall. Sie flüsterten im Rauschen der Blätter über seinem Kopf, ihre Stimmen kicherten im Knistern seiner Schritte auf dem Boden, sie zerrten an seinen Gedanken und begannen ihm Dinge vorzugaukeln, die nicht existierten. O ja, er hatte verstanden, warum die Menschen diesen Wald fürchteten. Er hatte begonnen, ihn selbst zu fürchten, und diese Furcht war in eine wilde, panische Angst umgeschlagen, als er den Hexenkreis fand.

Es war nicht der erste seiner Art, den Pater Tobias sah. Es war nicht einmal der größte. Aber etwas an ihm war . . . unheimlich. Anders als an allen anderen, die er je zu Gesicht bekommen — und oft genug zerstört hatte.

Er war seit gut zwei Stunden unterwegs, und sein Unbehagen war längst zu nagender Furcht geworden, die selbst die Gebete, die er unentwegt vor sich hinmurmelte, nicht mehr völlig im Zaum zu halten vermochten. Zu dem Schaudern, das ihm das Zwielicht und die Kälte bereiteten, war die ganz und gar weltliche Angst gekommen, sich zu verirren, denn der Wald wurde immer dichter, so daß er nur zu oft die Sonne nicht mehr sehen konnte und somit keine Möglichkeit hatte, zu sagen, ob er sich noch auf dem richtigen Weg befand. So war es nur natürlich, daß er seine Schritte beschleunigt hatte, als er endlich einen Flecken helleren Grüns in der dunklen Smaragdfarbe des Blätterhimmels weit vor sich gewahrte.

Es war nicht der Waldrand, wie er halbwegs hoffte, wohl aber eine Lichtung. Schon lange bevor er sie erreichte, spürte er den Hauch lauer Luft. Sein Herz machte einen Sprung vor Freude. Er schritt noch schneller aus, rannte fast — und blieb erschrocken stehen.

Die Lichtung wurde von einer nahezu undurchdringlichen Mauer aus Büschen, wucherndem Kraut und blassen Wildblumen gesäumt, die sich an den Rand des kleinen Fleckens sonnenbeschienener Erde drängten wie durstige Tiere an einen Teich. Aber dieser Wall war nicht besonders hoch; gerade, daß er Tobias bis zur Hüfte reichte, so daß er bequem darüber hinwegsehen konnte. Und dahinter lag kein grüner Waldboden, sondern totes Erdreich, eine schwarze, übelriechende Krume, die zu häßlichen Gebilden verklumpt war; ein Bild, das Pater Tobias an geronnenes Blut denken ließ. Das einzige Leben, das sich auf diesem sicherlich fünfzig Schritte messenden Kreis schwarzer Erde zeigte, war das bleiche Weiß von Pilzen, die in drei ineinanderliegenden immer kleiner und gleichzeitig auch dichter werdenden Ringen darauf wuchsen. Es gab alle Arten von Pilzen, und darunter nicht wenige, die Pater Tobias noch nie zuvor im Leben zu Gesicht bekommen hatte. Doch die, *die* er kannte — und wahrscheinlich auch die, die er nicht kannte — waren allesamt giftig. Im Zentrum dieses furchtbaren Gebildes befand sich ein Kreis aus Erde, die überhaupt keine Farbe mehr zu haben schien.

Tobias' Hände begannen zu zittern, obwohl er sie so fest zum Gebet gefaltet hatte, daß es schon fast weh tat, und sein Herz schlug schnell und hart. Er spürte plötzlich die Wärme des Sonnenlichtes auf seinem Gesicht, das durch das Loch im Dach des Waldes hoch über seinem Kopf strömte, fühlte den warmen Wind, der durch sein Haar fuhr und es zerzauste, und er roch den Duft der Wildblumen und Kräuter, die vor ihm wuchsen, aber gleichzeitig war es ihm, als streife ein Hauch tödlicher Kälte seine Seele. Dieser Ort war . . . *böse.*

Tobias' Lippen bewegten sich in einem lautlosen Gebet, aber nicht einmal die vertrauten lateinischen Worte vermochten ihm jetzt Trost zu spenden. Er wich einen Schritt zurück, spürte, wie er damit wieder tiefer in das Reich der Dämmerung und Furcht eindrang, und blieb abermals stehen. Er fühlte sich gefangen, hilflos den Mächten ausgeliefert, die im Herzen dieses fürchterlichen Ortes wohnten und auf den leichtsinnigen Wanderer warteten, der des Weges kommen mochte, und plötzlich hatte er Angst, Angst, wie er sie nur ein einziges Mal zuvor im Leben verspürt hatte. Und er begriff, daß er an einen wirklich verfluchten Ort geraten war, ein Fleckchen Erde, auf das der Schatten der Hölle gefallen war, um es zu vergiften.

Pater Tobias war kein abergläubischer Mann. Zu all seinen menschlichen Fehlern und Schwächen — und es waren derer nicht wenige! — gehörte der *Aberglaube* nicht. Ganz im Gegenteil war er zeit seines Lebens stolz darauf gewesen, ein gebildeter Mann zu sein, dem Geschichten von Hexen, die des Nachts auf ihren Besen ritten und mit den Teufeln buhlten, stets nur ein mitleidiges Lächeln entlocken konnten. Solcherlei Geschichten mochten den Glauben schwanken machen und damit dem *wirklichen* Bösen den Weg ebnen. Aber nicht an Dämonen und Hexenwerk zu glauben bedeutet nicht, die Existenz des Teufels zu leugnen. O nein. Luzifer wandelte unter den Menschen, und er war klug und verschlagen und wußte sich in der Gestalt von Dingen zu verbergen, die harmlos aussahen.

Dieser Ort aber war alles andere als harmlos. Sein Anblick erweckte Abscheu und Ekel in Tobias. Von dem

Kreis verklumpter schwarzer Erde ging eine Gefahr aus, wie eine unhörbare Stimme, die ihm zuschrie, wegzulaufen, zu fliehen, der schützenden Hand Gottes nicht mehr zu vertrauen, in die er sein Leben gelegt hatte.

Tobias begriff die heimtückische Versuchung, die in dieser Vorstellung lag, im letzten Moment und machte hastig das Kreuzzeichen. Er schloß die Augen, betete lauter und zwang seine Stimme mit aller Macht, nicht zu zittern, bis die Worte klar und weithin hörbar über die Lichtung schallten; vielleicht seine einzige Waffe gegen die teuflischen Mächte, die diesen Ort bewohnten. Lange stand er so da, stieß ein Gebet nach dem anderen hervor und schleuderte den Dämonen die mächtigsten Bannsprüche entgegen, die er gelernt hatte.

Seine Mühe war vergeblich.

Er spürte es. Die Worte schienen zu . . . *Dingen* zu werden, im gleichen Moment, in dem sie über seine Lippen kamen, und mit ihrer Körperlosigkeit auch ihre Macht einzubüßen, so daß sie dem finsteren Etwas im Herzen der Lichtung nichts mehr anzuhaben vermochten. Was zurück kam, war kein Echo, sondern ein meckerndes Hohngelächter, das die Angst wie eine kalte Hand nach seinen Eingeweiden greifen ließ. Mit einem Schrei fuhr er herum und stürmte davon, um Stunden später die Straße wiederzufinden.

Obwohl der Tag noch jung gewesen war, hatte er bei der ersten Hütte, an der er vorbeikam, um Essen und ein Nachtlager gefragt. Aber es war ein sehr schweigsamer Dominikaner gewesen, dem die Köhlerfamilie an diesem Abend Obdach gewährt hatten. Selbst das Nachtgebet hatte er sich fast widerwillig abgerungen, und als er am nächsten Morgen mit dem ersten Grau der Dämmerung aufbrach, da hatte er auf ihren Gesichtern einen Ausdruck gesehen, der ihn schmerzte: Sie schienen ihn, den Mann Gottes, zu fürchten, zumindest war ihnen in seiner Nähe unbehaglich zumute, und also waren sie froh, daß er ging. Ganz gegen seine sonstige Gewohnheit hatte er unter seine Kutte gegriffen und eine kleine Münze hervorgezogen, um die Leute für das Nachtlager und die Mahlzeit zu bezahlen. Er wußte selbst jetzt noch nicht, warum er das tat. Vielleicht, weil er das Gefühl hatte, ihnen nicht nur Essen und den wärmsten Schlafplatz am Feuer weggenommen zu haben, sondern auch ein wenig von der Hoffnung auf die Allmacht Gottes.

Tobias versuchte die Erinnerungen an jene schrecklichen Augenblicke am Hexenkreis zu verscheuchen, aber es gelang ihm nicht. Vielleicht würde er jene fürchterliche Begegnung mit den Mächten der Finsternis niemals mehr ganz vergessen, denn auf dieser Lichtung im Wald war mehr geschehen, als daß er den Atem des Teufels gefühlt hatte. Pater Tobias war mit der stärksten Waffe Satans konfrontiert worden: dem Zweifel. Wie gerne hätte er jetzt die Beichte abgelegt, denn er hatte nicht nur die Berührung des Teufels gespürt, er hatte auch gesündigt, hatte er doch an Gottes Schutz gezweifelt, in jenen schrecklichen Momenten, in denen er am Waldrand stand und die verhängnisvollen Zeichen sah. Doch auch auf diesen Trost würde er für lange Zeit verzichten müssen, so wie auf viele Annehmlichkeiten, die das Leben im Dominikanerkloster von Lübeck bot. Buchenfeld war eine kleine Stadt, nur ein Flecken, der nicht einmal einen eigenen Markt besaß und dem der Bischof von Hildesheim vermutlich noch nie einen Besuch abgestattet hatte. Und auch wenn man ihm versichert hatte, daß seine Aufgabe dort nicht viel Zeit in Anspruch nähme, so ahnte er doch, daß es lange dauern würde, ehe er wieder in die stille Abgeschiedenheit seiner Zelle zurückkehren konnte, um das Leben zu führen, für das er eigentlich geschaffen war: sich ganz dem Studium der Bibel und der Schriften der ehrwürdigen Kirchenväter hinzugeben — nebst einigen anderen Dingen, die vom Abt seines Klosters zwar nicht gebilligt, wohl aber stillschweigend akzeptiert worden waren.

Pater Tobias hatte ein Geheimnis. Er war jetzt zweiunddreißig Jahre alt, und mehr als die Hälfte dieser zweiunddreißig Jahre hatte er Bücher studiert und kopiert. Aber während der letzten Jahre hatte er die Scholastik für sich entdeckt. Am Anfang hatte er diese Lehre rundheraus abgelehnt, wie viele seiner Brüder und wie auch Pretorius, sein Abt, der keinen Hehl aus seinem Mißtrauen den modernen

Wissenschaften gegenüber machte. Dann hatte er sich doch damit beschäftigt, zuerst aus dem bloßen Gedanken heraus, das, was er so vehement bekämpfte, besser kennenzulernen, um mehr und griffigere Argumente dagegen zu haben. Aber er war rasch der Faszination dieser Lehre verfallen, wie so viele vor ihm.

Die Welt der Wissenschaften war so faszinierend, so voller Geheimnisse und Wunder und verblüffender Erkenntnisse, und für jedes Rätsel, das sie löste, taten sich drei neue auf. Und es war nicht so, daß sie Gott leugnete, wie viele ihrer Gegner vorschnell behaupteten. Ganz im Gegenteil: Manches, das Tobias nie begriffen hatte, wurde ihm verständlicher, und er glaubte lieber an Dinge, die er verstand, statt es sich einfach zu machen und alles Unverständliche mit dem Wirken Gottes oder des Teufels zu erklären. War es nicht ein viel größeres Wunder, zu sehen, welch komplizierten Mechanismus der Herr erschaffen hatte, um die Erde und all ihre Pflanzen und Kreaturen im Gleichgewicht zu halten? Er war stolz darauf, ein Mann der Ratio zu sein, ein Geistlicher, der Aristoteles gelesen und verstanden hatte und der seinen Augustinus kannte. Und er nahm sogar den bitteren Wermutstropfen in Kauf, der diese Erkenntnis begleitete — nämlich, daß allein dieser Stolz ja schon eine Sünde war. Er führte ein frommes Leben. Er entsagte den fleischlichen Gelüsten — anders als manche seiner Brüder, er frönte nicht der Völlerei, und er sprach dem Wein selten zu; *ein* kleines Laster konnte er sich erlauben.

Während er so in seine Gedanken versunken war, merkte er gar nicht, wie der Wald sich zu lichten begann. Plötzlich sah er Felder und Wiesen vor sich liegen, und in einiger Entfernung ein schmales Flüßchen, über das eine gemauerte Brücke führte. Dahinter, gegen das Licht der noch tiefstehenden Sonne nur als Schatten zu erkennen, lag der Ort.

Tobias blieb stehen.

Das mußte Buchenfeld sein. Man hatte ihm gesagt, daß die kleine Stadt gleich hinter dem Wald lag, und eigentlich noch *im* Wald, denn der Boden, über den er schritt, hatte noch vor einem Menschenalter zum Eichenwald gehört, ehe er gerodet und in Äcker und Wiesen umgewandelt worden war.

Wenn diese Auskunft stimmte, dann hatten die Menschen hier gründliche Arbeit geleistet. So weit er sehen konnte, erhob sich kein Baum, kein Strauch, keine Pflanze mehr, die ihm weiter als bis zur Hüfte reichte. Die meisten Felder waren bereits abgeerntet, aber sein kundiges Auge erkannte, daß die Bauern hier ihr Handwerk verstanden — zur Linken lag ein weitläufiges, bis unmittelbar an den Wald heranreichendes Feld mit Dinkel, dahinter, zwischen der Stadt und dem Fluß eine Weide, auf der wohl Kühe oder Schafe gehalten wurden, und auf der anderen Seite des Weges Hopfen, Bohnen und Gerste, das meiste davon bereits abgeerntet. So klein und unbedeutend ihm Pretorius Buchenfeld geschildert hatte, kannten seine Einwohner doch die Vorteile der Dreifelderwirtschaft, die in einem guten Jahr nicht nur eine, sondern gleich *zwei* Ernten einbringen konnte.

Es wurde rasch wärmer. Der Wald hatte die Kälte der Nacht noch zurückbehalten, aber hier draußen spürte er die Kraft der Sonne, zuerst angenehm, dann lästig und schließlich fast schon unangenehm, denn es wurde sehr heiß unter seinem Gewand. Er bekam Durst. Da er sicherlich noch eine halbe Stunde Fußmarsch von der Stadt entfernt war und die Straße einen großen Bogen zur Brücke hin schlug, ging er quer über das abgeerntete Weizenfeld zum Fluß hinunter, um zu trinken — und sich zu säubern, denn die dreitägige Reise hatte Spuren auf seiner Kleidung und seinem Gesicht hinterlassen. Er wollte sauber sein, wenn er Buchenfeld betrat. Schließlich war er kein Bettelmönch.

Der Fluß war nicht sehr tief. Tobias konnte bis auf den Grund sehen, und es gab so gut wie keine Strömung, so daß er sogar darauf verzichtete, den Umweg über die Brücke zu nehmen, sondern einfach hindurchwatete.

Tobias legte den Stab und den Beutel mit seinen Habseligkeiten zu Boden, schlüpfte aus seinen Sandalen und watete in den Fluß hinaus. Das Wasser war kälter, als er erwartet hatte; im ersten Moment mußte er die Zähne zusammenbeißen, und auch die Strömung war viel stärker, als es den

Anschein gehabt hatte. Aber es war eine helle, wohltuende Kälte, die auch den letzten Rest von Müdigkeit und selbst die Erschöpfung der Reise vertrieb. Nach ein paar Augenblicken genoß er das Gefühl, mit dem die eisige Kälte an seinem Körper emporkroch. Schließlich tauchte er ganz in den Fluß.

Er blieb so lange unter Wasser, bis seine Lungen zu platzen schienen, dann stand er mit einem Ruck auf, atmete keuchend ein paarmal ein und aus und schlüpfte schließlich aus seiner Kutte.

Als er auch das Untergewand über den Kopf streifte, glaubte er eine Bewegung auf der Brücke wahrzunehmen. Erschrocken hielt er inne und spähte aus mißtrauisch zusammengepreßten Augen zu dem grauen Bauwerk hinüber. Aber da war nichts. Er mußte sich getäuscht haben.

Sorgsam tauchte er das Gewand drei-, viermal ganz unter, bis sich der grobe Stoff ganz mit Wasser vollgesogen hatte, schwenkte es ein paarmal hin und her und warf es dann zurück ans Ufer. Dann ging er ein zweites Mal in die Knie, um sich das Wasser mit beiden Händen ins Gesicht zu schöpfen und sich zu waschen. Erst danach stillte er seinen Durst.

Das Wasser war herrlich. Es war klar und eiskalt, und es spülte nicht nur den Nachgeschmack des schlechten Weins aus seinem Mund, den ihm der Köhler am vergangenen Abend vorgesetzt hatte — und der für diesen guten Mann sicher eine Kostbarkeit gewesen war —, sondern auch die schlechten Gedanken aus seinem Kopf. Es schmeckte so köstlich, daß er mit tiefen, gierigen Zügen trank und schließlich die Augen schloß, um die letzten Schlucke zu genießen.

Als er die Augen wieder öffnete, blickte er in das Gesicht eines toten Kindes.

Der Fluß hatte es herangetragen, sein Körper hatte sich an einem Stein verfangen. Das tote Kind wandte ihm das Gesicht zu, als wolle es ihn ansehen. Seine Ärmchen bewegten sich mit der Strömung und winkten ihm zu.

Tobias schrie auf und verlor auf dem schlammigen Flußgrund den Halt. Für einen Moment geriet er unter Wasser, sprang aber sofort wieder empor und versuchte, das nahe Ufer zu erreichen. Da er Wasser geschluckt hatte, begann er zu würgen. Er hustete, während er mit entsetzten, fahrigen Bewegungen aus dem Wasser watete. Dann kroch er ein Stück die Uferböschung hinauf, ehe er endlich wieder zu Atem kam.

Er hatte zwar aufgehört zu schreien, aber dennoch war er entsetzt wie noch nie in seinem Leben. Das tote Kind dort im Wasser winkte ihm zu, es *hatte ihn berührt*. Seine Finger hatten seine Wange gestreift, und es war mehr als die Berührung toten Fleisches gewesen. Es war ihm gefolgt, nicht wirklich ein Kind, sondern ein *Ding*, das aus dem schwarzen Kreis toter Erde im Wald herausgekrochen war und ...

Tobias stöhnte. Mit aller Gewalt zwang er sich, den Gedanken nicht zu Ende zu denken. Er wußte einfach, daß er den Verstand verlieren würde, wenn er es tat. Wenn er nicht *irgend etwas* tat, um sich selbst zu beweisen, daß dieses Kind nicht aus der Hölle geschickt worden war, um ihn zu holen.

Zitternd richtete er sich auf, sah sich hastig nach allen Seiten um und kroch dann auf Händen und Knien wieder zum Wasser zurück. Das tote Kind war noch immer da, denn sein Fuß hatte sich unter dem Stein verfangen, und seine kleinen Ärmchen bewegten sich noch immer in der Strömung. Es winkte ihm zu. *Komm her. Ich bin dein. Ich gehöre dir. Und du mir.*

Tobias schloß mit einem Stöhnen die Augen, ballte die Hände zu Fäusten und preßte die Kiefer so fest aufeinander, daß es weh tat. Heiliger Dominikus, *das ist nur ein totes Kind!* dachte er. *Sonst nichts! Vielleicht ein Unfall, wahrscheinlich aber ein Mord.* Kein Bote aus der Hölle. Es war nicht aus dem Hexenkreis im Wald gekommen, sondern aus dem Schoß einer Frau, die es nicht haben wollte.

Seine Beruhigungsversuche halfen. Tobias' Herz raste noch immer wie der Hammer eines von Veitstanz befallenen Schmiedes, und alle seine Glieder zitterten, aber der Wahnsinn wich allmählich aus seinen Gedanken. Langsam stand er auf, watete wieder in den Fluß zurück und zwang sich, den winzigen toten Körper im Wasser genau zu betrachten.

Es war ein sehr kleines Kind. Ein neugeborener Knabe. Obwohl unter Wasser, war sein Körper noch hier und da mit Mutterpech beschmiert, und aus der Nabelschnur — zerrissen, nicht zerschnitten! — stiegen rosarote Schlieren auf und verteilten sich im Wasser. Vielleicht hatte er sogar etwas von diesem Blut . . .

Tobias verscheuchte auch diesen Gedanken, ehe ihm übel werden konnte, und beugte sich herab. Behutsam hob er das Kind aus dem Wasser, trug es ans Ufer und legte es ins Gras. Sein Körper war noch warm. Im ersten Moment hatte er es nicht gemerkt, denn das eisige Wasser hatte jedes bißchen Wärme aus seiner Haut gesogen, aber jetzt spürte er, daß darunter noch warmes Fleisch war. Hätte er es gekniffen, dann hätte es geblutet. Es konnte erst vor wenigen Augenblicken geboren sein.

Und das bedeutete, daß seine Mutter ganz in der Nähe sein mußte!

Plötzlich fiel ihm die Bewegung ein, die er auf der Brücke zu sehen geglaubt hatte. Er hatte sie sich nicht eingebildet. Jemand war dort gewesen. Vielleicht die Mutter dieses toten Kindes.

So schnell er konnte, streifte er sich sein nasses Hemd wieder über und rannte los. Die Brücke war weiter entfernt, als er geschätzt hatte, und da er dicht am Fluß entlanglief, um den Schutz der Böschung auszunutzen und nicht vorzeitig entdeckt zu werden, kam er nicht besonders gut voran. Er brauchte lange, bis er die Brücke erreicht hatte; zu allem Überfluß glitt er auf dem nassen Gras auch noch aus und schlug sehr schmerzhaft hin, so daß er einige Augenblicke benommen liegenblieben und nach Atem ringen mußte. Schließlich kroch er das letzte Stück der Böschung auf Händen und Knien hinauf und richtete sich keuchend auf.

Er war allein. Die Brücke erwies sich als ein überraschend massives Bauwerk, das viel zu mächtig für das schmale Flüßchen zu sein schien, aber er konnte von seinem Standpunkt aus bequem über die kniehohe Mauer blicken, und von hier aus setzte sich der Weg schnurgerade bis nach Buchenfeld fort. Niemand war zu sehen.

Enttäuscht, aber auch ein wenig erleichtert, ohne daß er den Grund dafür im ersten Moment selbst zu sagen wußte, wollte er sich schon wieder umdrehen und zu der Stelle am Flußufer zurückgehen, an der er seine Kleider zurückgelassen hatte, als er die Spuren sah. Sie führten auf der anderen Seite der Brücke die Böschung hinab und endeten in einem großen Flecken niedergetrampelten Grases. Er folgte ihnen, und obwohl er wenig Erfahrung in solcherlei Dingen hatte, fiel es ihm nicht sehr schwer, die Geschichte zu verstehen, die sie ihm erzählten: Jemand war vor nicht allzulanger Zeit hier ans Ufer des Flusses hinuntergestiegen und hatte sich ins Gras gesetzt. Die Pflanzen waren in weitem Umkreis niedergedrückt, als hätte jemand mit aller Gewalt daraufgetreten (oder vor Schmerz mit den Beinen gestrampelt?). Tobias mußte nicht sonderlich intensiv suchen, um auch den letzten Beweis dafür zu finden, daß er hier nicht auf die Spuren eines unbedarften Wanderers gestoßen war, der wie er den Fluß zu einer letzten Rast benutzte: Nur ein paar Schritte flußabwärts fand er ein Bündel blutiger Tücher. Er angelte es aus dem Fluß, wickelte es auseinander und warf es nach einem Augenblick angeekelt zurück ins Wasser. Diesmal wurde es von der Strömung ergriffen und rasch davongetragen. Die gemauerte Unterseite der Brücke verwehrte von hier aus den Blick auf die Stelle, an der er zum Ufer hinuntergegangen war. Deshalb hatte weder er die Frau noch sie ihn gesehen. Seine Erregung wich einem tiefen, fast heiligen Zorn, als er sah, wie die Strömung das Bündel auseinanderriß und davonschwemmte. Dasselbe hatte auch mit dem Kind passieren sollen. Wäre er nicht genau in diesem Moment vorbeigekommen, so wäre das Verbrechen wahrscheinlich niemals ruchbar geworden.

Und die Kindsmörderin *mußte* noch ganz in der Nähe sein! Der Weg zur Stadt zurück betrug mindestens eine halbe Stunde, zumal für eine Frau, die gerade entbunden hatte und sicher nicht sehr schnell laufen konnte.

Er lief die Böschung wieder hinauf, sah ein letztes Mal zur

Stadt zurück und überzeugte sich davon, daß sich zwischen dem Fluß und Buchenfeld keine Menschenseele aufhielt. Also blieb nur die andere Richtung, hin zum Wald.

Tobias überlegte einen Moment, ob er zurückgehen und seine Sachen holen sollte, entschied aber dann, daß er damit zu viel Zeit verlieren würde, und lief los.

Schon nach wenigen Schritten fand er weitere Spuren. Die Frau war auf dem Weg geblieben, wohl, weil das Gehen dort weniger mühsam war, aber sie hatte Blut verloren, dunkle Flecke waren auf dem staubigen Weg zu sehen. So schnell, daß er am Ende völlig außer Atem und in Schweiß gebadet war, lief er den ganzen Weg zurück, den er gekommen war, und blieb am Waldrand stehen. Die Spur verlor sich hier.

Unschlüssig sah er sich um. Er glaubte nicht, daß die Frau sehr tief in den Wald eingedrungen war. Es war nicht schwer, sich auszumalen, was geschehen war: Sie hatte das Kind geboren und ertränkt, und sie hatte es wahrscheinlich nicht gewagt, sofort nach Buchenfeld zurückzukehren, sondern sich zum Wald geschleppt, um sich irgendwo im dichten Unterholz zu verstecken und abzuwarten, bis sie wieder bei Kräften war. Eine Frau in ihrem Zustand würde nicht besonders weit kommen, ganz egal, ob sie ihn nun gesehen hatte oder nicht.

Tobias blickte um sich. Der Weg, der zur Brücke und nach Buchenfeld führte, mündete nach wenigen Schritten in die Straße durch den Wald. Sie konnte sie überquert haben und dort zwischen den Bäumen verschwunden sein, aber er hielt es für wenig wahrscheinlich: Gebüsch und Unterholz waren dort drüben so dicht, daß es selbst ihm schwergefallen wäre, hindurchzukommen. Sie würde mit ihren Kräften haushalten.

Also wandte er sich nach links. Er trat leise auf, um kein überflüssiges Geräusch zu machen, und blieb nach wenigen Schritten wieder stehen und lauschte. Das Licht drang hier, nur wenige Schritte jenseits des Waldrandes, kaum noch durch das dichte Laub, und wieder hatte er das Gefühl, in eine schattige grüne Kathedrale zu treten, in der *Dinge* lebten und Stimmen düstere Geschichten aus einer fernen,

unheiligen Zeit erzählten. Für einen Moment kehrte die Angst zurück. Wenn es diese Frau und das Kind nun gar nicht gab, sondern beides nur eine Falle war, ein Köder, um ihn hierher zurückzulocken, damit die Dämonen dieses Ortes vollenden konnten, was sie gestern begonnen hatten?
Unsinn!
Der Mönch rief sich in Gedanken zur Ordnung und ging ein paar Schritte weiter.

Er sah die Bewegung, aber er reagierte zu spät. Tobias machte einen ungeschickten Schritt zur Seite und hob ebenso ungeschickt die Arme, aber er konnte nicht mehr verhindern, daß die Gestalt gegen ihn prallte und ihn zu Boden riß. Schmerzhaft schlug er auf, prallte mit dem Rücken gegen einen Stein und versuchte, die Hände freizubekommen, um sein Gesicht zu schützen. Es gelang ihm, doch nur, weil der andere in diesem Moment von ihm abließ und sich aufrichtete. Tobias sah eine hastige Bewegung, einen rasenden Schatten, und warf ganz instinktiv den Kopf zur Seite. Ein harter Gegenstand schrammte schmerzhaft über seine Hand und hinterließ einen tiefen, blutigen Kratzer darauf, und einen winzigen Augenblick später bohrte sich derselbe Gegenstand mit einem dumpfen Geräusch neben seinen Kopf in den Waldboden.

Tobias schrie vor Schrecken, rollte herum und kam in einer eher zufälligen Bewegung auf Hände und Knie, noch während der Angreifer versuchte, den Stock wieder aus dem Boden zu ziehen. Tobias plagte sich auf —

— und hielt verblüfft inne.

Die Gestalt, die ihn von den Füßen gerissen und um ein Haar umgebracht hätte, reichte ihm kaum bis zur Brust, und er selbst war wahrlich kein Riese!

Es war ein Kind, ob Junge oder Mädchen, war nicht zu erkennen, denn sein Gesicht und sein Haar starrten vor Schmutz, aber Pater Tobias erkannte sehr wohl, daß es allerhöchstens sechs oder sieben Jahre alt sein konnte. Seine Kraft reichte kaum aus, den Stecken wieder aus dem Waldboden zu zerren.

Aber sofort mußte Tobias erkennen, daß er keineswegs

außer Gefahr war, denn plötzlich hatte das Kind den Stock *doch* in der Hand und stürzte wie ein wildes Tier wieder auf ihn zu. Der Stock stieß nach seinem Magen, und Tobias handelte sich eine zweite, noch tiefere Schramme an der Hand ein, als er ihm im letzten Moment auswich und ihn gleichzeitig packte, um ihn dem kleinen Teufel zu entreißen.

Es gelang ihm nicht.

Das Kind hielt seine Waffe mit aller Kraft fest, so daß Tobias es mitsamt dem Stock zu sich heranzerrte, bis es nahe genug war, daß er mit der linken Hand nach ihm greifen und es am Kragen seines schmutzigen Hemdes packen konnte. Sofort ließ es seinen Stecken los und versuchte davonzulaufen, und als es sich nicht befreien konnte, wandte es sich um und begann mit beiden Fäusten auf ihn einzuschlagen. Allmählich wurde Tobias zornig. Es war ein Zorn, der viel mehr ihm selbst galt, daß er sich von einem Kind derart hatte überrumpeln lassen, aber die Schläge der kleinen Fäuste taten weh, und zu allem Überfluß begann das Kind jetzt auch noch nach ihm zu treten, und es trug zwar einfache, aber äußerst harte Sandalen mit schweren hölzernen Sohlen.

Tobias packte es auch mit der anderen Hand am Kragen, hob es einfach in die Höhe und schüttelte es heftig. »Hör auf!« schrie er. »Hör sofort auf, oder ich muß dich schlagen!«

Der kleine Wildfang hörte nicht auf, sondern versuchte nun, ihm mit seinen langen Fingernägeln die Augen aus dem Kopf zu kratzen. Tobias drehte wütend das Gesicht zur Seite, setzte das strampelnde Bündel mit einem harten Ruck wieder auf den Boden zurück — und versetzte ihm eine Ohrfeige. Das Kind fiel zu Boden. Aber es gab nicht den mindesten Laut von sich. Nicht einmal, als Tobias ihm nachsetzte und drohend die Hand hob.

»Hörst du jetzt endlich auf?« fragte er.

Der Knabe — sein Hemd war hochgerutscht, und er trug kein Unterkleid, so daß Tobias wenigstens sein Geschlecht erkennen konnte — funkelte ihn an. Seine Wange rötete sich unter all dem Schmutz, und seine Augen füllten sich mit Tränen. Aber er sagte kein Wort.

Tobias zögerte. Für einen Moment wußte er nicht, welches Gefühl in ihm überwog — sein Zorn oder die Bewunderung, die er der Kraft dieses Kindes zollte. Er hatte härter zugeschlagen, als er eigentlich beabsichtigt hatte. Seine Hand brannte, und das linke Auge des Jungen blinzelte unentwegt und würde zuschwellen. »Mein Kind«, sagte er besänftigend. »Es tut mir leid. So fest wollte ich nicht zuschlagen. Aber wieso greifst du mich an? Ich habe dir nichts getan.«

Der Junge schwieg noch immer, aber er starrte ihn jetzt eher herausfordernd als ängstlich an. Und endlich begriff Tobias.

»Wo ist deine Mutter?« fragte er.

Der plötzliche Ausdruck von Schrecken auf dem Gesicht des Jungen sagte ihm, daß er ins Schwarze getroffen hatte. Und trotz allem hatte sich der Knabe nicht gut genug in der Gewalt, den raschen Blick zu unterdrücken, den er an Tobias vorbei auf eine Stelle hinter ihm warf.

Es war dieser Blick, der Tobias nun *wirklich* das Leben rettete — er und der Schatten, dessen Reflexion Tobias in den Augen des Jungen sah. Er sprang auf, machte gleichzeitig einen Schritt zurück und zur Seite und riß schützend die Hand über das Gesicht. Der Stein, mit dem die Frau nach seinem Gesicht schlug, prallte gegen seinen Unterarm. Tobias unterdrückte einen Schmerzensschrei und packte blitzschnell den Arm der Frau. Gleichzeitig griff er mit der anderen Hand nach ihrem Haar und riß ihren Kopf mit einem Ruck zurück.

Er hatte mit heftiger Gegenwehr gerechnet, aber die Frau war so schwach, daß sie in seinen Armen zusammensackte. Statt sie niederzuringen, mußte Tobias plötzlich einen Schritt nach vorn machen, um sie aufzufangen.

Fast im gleichen Moment sprang der Junge wieder auf, warf sich gegen seine Beine und begann mit aller Kraft daran zu zerren, um ihn aus dem Gleichgewicht zu bringen. Tobias stieß ihn ärgerlich davon, aber er sprang sofort wieder auf und griff nach dem spitzen Stock, um ihn Tobias in den Bauch zu stechen.

Tobias schleuderte ihn mit einen Tritt davon, aber auch

jetzt blieb der Junge nicht liegen, sondern schüttelte nur benommen den Kopf, preßte die Hand gegen seine Rippen, wo ihn der Tritt getroffen hatte — und griff unverzüglich wieder an!

Tobias ließ die wimmernde Frau zu Boden sinken, drehte sich in der Hocke herum und packte den Jungen grob an der Schulter. Dann versetzte er ihm zwei, drei schallende Ohrfeigen. Und diesmal schlug er so hart zu, daß der Knabe rücklings zu Boden stürzte und leise zu weinen begann.

»Laß ihn in Ruhe!«

Eine Hand griff nach seinem Arm. Tobias riß sich mit einem Ruck los, drückte die Frau mit sanfter Gewalt auf den Boden zurück und ging zu dem Jungen. »Rühr dich nicht von der Stelle!« sagte er, in bewußt übertrieben drohendem Tonfall. »Und versuch nicht noch einmal, mich anzugreifen, oder ich verprügele dich so, daß du deinen eigenen Namen vergißt, Bursche!« Im Grunde tat ihm der Junge leid. Er hatte weiter nichts gewollt, als seine Mutter zu verteidigen, die er bedroht glaubte. Aber das änderte nichts daran, dachte Tobias, daß er *gefährlich* war. Trotz seiner gerade erst sechs oder sieben Jahre hatte er bereits gelernt zu kämpfen.

Er warf dem weinenden Jungen einen letzten, drohenden Blick zu, dann ging er rasch zu der Frau zurück und kniete neben ihr nieder; wohlweislich allerdings so, daß er sie und den Knaben im Auge behalten konnte.

Die Frau lag mit geschlossenen Augen auf der Seite, aber sie war noch bei Bewußtsein. Es ging ihr nicht sehr gut, wie ihr keuchender, unregelmäßiger Atem und ihre glühende Stirn bewiesen. Tobias warf einen raschen Blick zu dem Jungen hinüber — er hatte sich nicht gerührt, verfolgte aber mißtrauisch jede seiner Bewegungen —, dann beugte er sich herab und drehte sie behutsam auf den Rücken. Ihre Haut fühlte sich heiß und trocken an, und ihr Herz pochte so heftig, daß Tobias den rasenden Takt durch ihr Kleid hindurch spürte, als er sie an den Schultern ergriff. Sie stöhnte leise und hob für einen Moment die Lider, aber er war nicht sicher, ob sie ihn wahrnahm. Der kurze, verzweifelte Angriff auf ihn schien auch den letzten Rest ihrer Kraft aufgezehrt zu haben.

Er sah aus den Augenwinkeln, wie der Junge aufstand, wandte sich in der Hocke zu ihm und winkte ihn herrisch zu sich heran. »Hilf mir!«

Der Knabe kam zögernd heran, aber er schien jetzt endgültig zu begreifen, daß Tobias seiner Mutter nichts Böses wollte, denn nach einem weiteren Augenblick half er ihm, die fiebernde Frau in eine halbwegs bequeme Haltung auf dem Waldboden zu betten. Tobias bedauerte jetzt, seine Sachen nicht geholt zu haben. Er hatte nicht einmal etwas, das er ihr anstelle eines Kissens unter den Kopf schieben konnte, und schon gar nichts, ihre Schmerzen zu lindern.

Und Schmerzen hatte sie. Ihre Lippen waren blau und bebten, und trotz des schlechten Lichtes hier konnte Tobias erkennen, daß ihre Haut bleich wie die einer Toten war. Ein Netz feiner Schweißperlen bedeckte ihr Gesicht, und als sein Blick an ihrem Kleid herunterwanderte, sah er, daß sie noch immer blutete. Er fühlte sich hilflos. Er war Priester, kein Arzt.

»Wir . . . brauchen Hilfe«, sagte er stockend. »Lebt jemand hier im Wald, in der Nähe?«

Der Junge schüttelte den Kopf und schwieg.

»Dann lauf ins Dorf«, sagte Tobias. »Sag Bescheid, was passiert ist. Sie sollen einen Wagen schicken. Habt ihr einen Arzt in eurem Dorf?«

Was für eine dumme Frage. Der Junge sah ihn auf eine Art an, die Tobias klar machte, daß er nicht einmal wußte, was ein Arzt *war*.

»Aber dann doch sicher eine Hebamme«, sagte Tobias. »Geh und hol sie. *Lauf!*«

Obwohl er das letzte Wort geschrien hatte, rührte sich der Junge nicht von der Stelle. Sein Blick irrte nur zwischen Tobias und dem Gesicht seiner Mutter hin und her.

»Worauf wartest du?« fragte Tobias grob. »*Geh endlich!*«

Zum ersten Mal antwortete der Junge: »Ihr werdet sie töten.«

»Was für ein Unsinn!« fuhr Tobias ihn an. »Sie wird sterben, wenn wir nichts tun, begreif das doch!«

Der Junge war wie erstarrt. Nur seine Lippen begannen zu

zittern, und die Tränen, die jetzt über sein Gesicht liefen, rührten nicht mehr von dem Schlag her, den Tobias ihm versetzt hatte. »Laß ihn. Er hat . . . recht.«

Die Stimme der Frau klang schwach, ihre Worte kaum mehr als ein letzter Hauch. Unwillkürlich richtete Tobias die Augen zum Himmel und begann ein kurzes Gebet.

»Laß uns in Frieden. Geh«, flüsterte die Frau dann.

Tobias war so verblüfft, daß er im ersten Moment nicht einmal Worte fand, um zu antworten. Sein Blick glitt noch einmal über das Gesicht der jungen Frau. Ihr Alter war schwer zu schätzen, denn sie war mindestens ebenso schmutzig und verwahrlost wie der Junge, aber ihre Stimme klang jung, obwohl das Fieber sie hatte brüchig werden lassen, und ihre Zähne waren unversehrt und von einem fast makellosen Weiß. Sie konnte kaum älter als zwanzig sein, dachte er bestürzt.

»Geh!« sagte sie noch einmal, als er nicht reagierte. Ihr Blick flackerte. Sie atmete mühsam ein — jeder Atemzug wurde von einem rasselnden Laut begleitet —, und Tobias sah, daß ein rascher, aber sehr heftiger Krampf ihren ausgemergelten Körper schüttelte. Er versuchte, ihr Gewicht zu schätzen, gestand sich aber fast im selben Augenblick ein, daß er kaum in der Lage wäre, sie bis ins Dorf hinunter zu tragen. Er war kein sehr kräftiger Mann.

»Willst du sterben?« fragte er ernsthaft. »Das wirst du, wenn wir dich nicht zu jemandem bringen, der dir hilft.«

»So schnell stirbt es sich nicht«, antwortete die Frau. Sie biß die Zähne zusammen, atmete noch einmal sehr tief ein und versuchte dann, sich aufzusetzen. Es gelang ihr sogar. Aber sie sackte fast sofort wieder zurück und krümmte sich vor Schmerzen.

»Du dummes Weib!« sagte Tobias zornig. »Ich sollte dich hier sterben lassen, so, wie du das Kind getötet hast!«

Mühsam hob sie den Kopf und blickte ihn an. Ihr Gesicht war schmerzverzerrt, aber ihr Augen blitzten. »Wovon redest du?« fragte sie. »Ich habe niemanden getötet. Ich . . . ich habe gedacht, du wolltest uns etwas antun. Deshalb habe ich dich angegriffen. Ich hatte Angst.«

»Lüg nicht!« Tobias deutete auf ihr blutiges Kleid und dann zurück in die Richtung, aus der er gekommen war. »Ich habe das Kind gefunden. Und ich habe deinen Sohn gesehen, als er auf der Brücke stand und Ausschau hielt, ob euch auch niemand beobachtet!«

Es war nur eine Vermutung, aber er schien der Wahrheit damit ziemlich nahe zu kommen, denn ihr Blick flackerte kurz und angstvoll. Es war der Blick einer ertappten Sünderin, den Tobias schon oft in seinem Leben gesehen hatte. Dann aber schürzte die Frau trotzig die Lippen und versuchte abermals, sich aufzusetzen. Diesmal gelang es ihr. »Und wenn«, stöhnte sie. »Was geht es dich an?«

Im ersten Moment war Tobias viel zu verblüfft, um überhaupt zu antworten. Aber dann begriff er, daß weder sie noch der Junge ihn gesehen hatten, wie er sich dem Fluß näherte. Vermutlich hatten sie ihn das erste Mal zu Gesicht bekommen, als er ihrer Spur zum Wald zurück folgte — und er trug ja jetzt nur das zerschlissene Untergewand, war barfüßig und völlig durchnäßt. Wie sollte sie wissen, wer er war?

»Nimm an, es ginge mich etwas an«, sagte er ausweichend. »Und sei es nur, weil es *jeden* Christenmenschen etwas angeht, wenn eine Frau ihr Neugeborenes tötet!«

In ihrem Blick lag nur Trotz. »Das habe ich nicht«, behauptete sie. »Es wurde tot geboren. Ich . . . war auf dem Weg in die Stadt, als die Wehen begannen. Frag meinen Sohn, er kann es dir bestätigen. Es kam tot zur Welt.«

»Und dann hast du es kurzerhand in den Fluß geworfen?« schnappte Tobias. »Ich glaube dir nicht. Und selbst wenn — ein Kind einfach wegzuwerfen ist nicht viel besser, als es zu ermorden. Hast du dir gar keine Gedanken um seine Seele gemacht? Es hätte beerdigt werden müssen. Es hätte die Sakramente erhalten müssen, damit sich Gott seiner Seele annimmt.«

»Seine Seele . . .« Die Stimme der Frau wurde bitter, und ein böses, schreckliches Funkeln trat in ihren Blick. »Es hatte keine Seele.«

»Versündige dich nicht noch mehr, Weib«, sagte Tobias

ernst. »Du weißt, daß du vielleicht stirbst. Willst du dein Gewissen außer mit einem Mord auch noch mit Gotteslästerung belasten?«

»Gotteslästerung?« Sie lachte auf eine schmutzige Art und Weise, als hätte er einen obszönen Witz gemacht. »Was weißt du von Gotteslästerung? Was willst du von uns? Laß uns in Ruhe! Wenn du glaubst, daß ich hier sterbe, dann laß mich sterben! Es geht dich nichts an!«

»Vielleicht doch«, antwortete Tobias leise. »Wie ist dein Name, Weib?«

Einen Moment lang sah sie ihn nur trotzig an, aber dann antwortete sie widerwillig: »Greta. Das ist mein Sohn Friederich. Warum fragst du?«

»Weil ich wissen möchte, für wen ich beten muß, Greta«, antwortete Tobias. »Warum hast du das Kind getötet? Du weißt, daß es ein Verbrechen gegen Gott ist, ein Menschenleben auszulöschen.«

»Bist du . . . ein Pfaffe?« fragte Greta mißtrauisch. Ihre Stimme gewann an Kraft, sie schien sich zusehends zu erholen.

»Und wenn?« fragte er.

»Dann ändert es auch nichts mehr«, antwortete sie. Plötzlich war ihre Stimme hart, erfüllt von einer Feindseligkeit, die er sich nicht recht erklären konnte. Sie hustete, aber als er die Hand nach ihr ausstrecken wollte, schlug sie seinen Arm beiseite und funkelte ihn an. »Du kommst zu spät, Pfaffe!« sagte sie. Und plötzlich schrie sie: »Ja! Bring mich ins Dorf! Klag mich an! Laß mich in den Kerker werfen oder hinrichten, aber verschone mich mit deinen frommen Sprüchen! Du bist der Inquisitor, nach dem sie geschickt haben, nicht wahr? Was glaubst du, jetzt noch ändern zu können! Du kommst zu spät! Du hättest vor einem Jahr kommen sollen, um die Hexe zu verbrennen. Jetzt wirst du nichts mehr ausrichten gegen die Macht des Teufels.«

Ihre ungeheure Feindseligkeit überraschte und erschreckte Tobias. Er fühlte sich hilflos, von einem einfachen Weibsbild beschuldigt, wo er doch der Ankläger sein sollte. Er spürte, daß ihr Zorn echt war und nicht nur die Wut einer sterbenden Sünderin, die mit ihren Schicksal haderte und erkannte, daß ihr das Himmelreich verschlossen bleiben würde.

»Was meinst du damit?« fragte er verwirrt.

»Was ich damit meine?« Sie hustete wieder, preßte die Hand gegen den Leib und atmete ein paarmal tief ein und aus, ehe sie fortfuhr. Sie sprach jetzt etwas leiser, aber nur, weil sie einfach keinen Atem mehr hatte, nicht etwa, weil ihr Zorn verflogen wäre.

»Ja, ich habe das Kind getötet!« sagte sie trotzig. »Und ich habe es in den Fluß geworfen, damit es dort verfault, wenn du es genau wissen willst! Du sprichst von seiner Seele? Es hatte keine!«

»Schweig!« befahl Tobias scharf. Unwillkürlich schlug er das Kreuzzeichen. »Du versündigst dich!«

Die Frau lachte, aber es klang wie ein Schrei. »Es hatte nie eine Seele«, beharrte sie, »weil es kein Geschöpf Gottes war, sondern ein Höllenbastard! Versündigt hätte ich mich, hätte ich es am Leben gelassen! Du willst es in Heiliger Erde bestatten? Dann geh und hol es dir und grab es ein, und du wirst sehen, daß der Boden sauer wird, wo es liegt, und die Pflanzen verdorren. Und es ist nicht meine Schuld! O nein, bestimmt nicht! Ich habe sie gewarnt. Ich habe ihnen gesagt, sie sollen diese Satansbrut davonjagen. Nehmt Feuer und Pech und verbrennt sie, habe ich gesagt, aber keiner hat auf mich gehört!«

Tobias wurde hellhörig. »Wovon sprichst du?« fragte er.

»Wovon ich spreche? Von der Hexe! Von diesem Teufelsweib, das uns alle verzaubert hat! Sie hat mich verdorben und meinen Gatten und . . . und diese Teufelsfrucht, die ich aus meinem Leib gerissen habe! Und sie wird auch alle anderen ins Unglück stürzten!« Sie hustete wieder und krümmte sich unter einer neuen Welle des Schmerzes, und Tobias begriff, daß sie sterben würde und ihre Seele verloren war. Er versuchte vergeblich, auch nur noch eine Spur Zorn zu empfinden. Was sie getan hatte, war eine Todsünde, aber es stand ihm nicht zu, darüber zu richten. Jetzt nicht mehr. Sie würde sehr bald ihrem Schöpfer gegenüberstehen und seiner Gnade ausgeliefert sein. Er streckte die Hand aus und berührte behutsam ihre Schulter. Diesmal wehrte sie sich nicht.

»Hör auf, so zu reden, mein Kind«, sagte er sanft. »Das Fieber verwirrt deine Sinne. Du weißt nicht mehr, was du sagst. Bete zu Gott, daß er dir vergibt. Wenn du willst«, fügte er nach einem fast unmerklichen Zögern hinzu, »tue ich es für dich.«

Er wollte die Hände falten, aber plötzlich richtete sie sich noch einmal auf und hielt seinen Arm fest. »Tu das nicht«, sagte sie. »Mir kann niemand mehr helfen. Du würdest dich nur beschmutzen, wenn du es versuchst. Ich muß für das bezahlen, was ich getan habe. Es ist gut so. Ich will es nicht anders.«

Tobias befreite sich mit sanfter Gewalt aus ihrem Griff, streckte noch einmal die Hand aus und berührte mit Zeige- und Mittelfinger der Rechten ihre Stirn. »*In nomine patris, et fil . . .*«

Die Frau schrie auf wie unter Schmerzen, schlug seinen Arm zur Seite und kroch rücklings ein Stück von ihm fort. Ihr Gesicht war verzerrt, als hätte er sie mit glühendem Eisen berührt.

»*Rühr mich nicht an!*« schrie sie. »Ich bin verflucht, und jeder, der mich berührt, muß zugrunde gehen!«

Sie phantasierte. Es ging jetzt schnell zu Ende, begriff Tobias, und das Fieber und der nahe Tod begannen ihre Sinne zu verwirren, so daß sie nun wirklich nicht mehr wußte, was sie sagte oder tat. Er stand auf. »Ich laufe ins Dorf und hole Hilfe«, sagte er, mehr zu dem Jungen gewandt als zu Greta. »Aber es wird dauern — sicher eine Stunde, wenn nicht länger. Gib so lange auf sie acht.«

Der Junge nickte nervös. Seine Augen waren dunkel vor Angst, als er neben seiner Mutter niederkniete und nach ihrer Hand griff. Er zitterte.

»Hab keine Angst«, sagte Tobias. »Ihr wird schon nichts geschehen. Ich laufe, so schnell ich kann!«

»Nein!«

Gretas Stimme war überraschend fest, und als sie die Augen öffnete, war ihr Blick wieder klar. Wahrscheinlich nur ein letzter, lichter Moment, dachte Tobias mitfühlend. Obwohl er wußte, wie kostbar jeder Augenblick sein mochte, ließ er sich noch einmal neben ihr auf die Knie niedersinken und griff nach ihrer anderen Hand. Vielleicht war diese Berührung der letzte Trost, der ihr in ihrem Leben gespendet wurde.

»Bitte geh nicht«, flehte Greta.

»Aber ich kann nichts für dich tun«, antwortete Tobias ernst. »Du wirst verbluten oder am Fieber sterben. Willst du das?«

»Ich sterbe nicht«, antwortete Greta leise. »Und wenn, dann . . . dann ist es Gottes Wille.«

»Gottes Wille ist nicht, daß wir aufgeben«, antwortete Tobias. »Es ist eine Sünde, nicht um sein Leben zu kämpfen.«

»Sie . . . sie werden mich töten«, sagte Greta. »Sie werden mich umbringen, wenn sie erfahren, was ich getan habe. Du . . . du hast recht. Ich habe das Kind getötet. Ich habe es ertränkt. Aber ich mußte es tun. Es . . . es war ein Kind des Teufels, glaub mir, und ich . . . ich habe doch schon zwei andere Kinder.«

Tobias blickte überrascht den Jungen an. »Der Knabe ist nicht dein einziges Kind?«

»Er hat . . . noch eine Schwester«, antwortete Greta. »Es waren drei, aber . . . eines ist im vorletzten Winter gestorben. Es ist erfroren. Mein Gatte war krank und konnte nicht arbeiten, und wir . . . wir durften kein Holz schlagen, der Landgraf hat es verboten, und da ist es erfroren.«

Ihre Augen füllten sich mit Tränen, und sie hielt seine Hand so fest, daß es weh tat. »Sie werden mich töten, wenn du sie schickst«, sagte sie noch einmal. »Theowulf haßt mich seit Jahren. Er . . . er sucht nur nach einem Vorwand, um mich anzuklagen.«

»Ich kann dich nicht hier liegen und sterben lassen«, sagte Tobias ernst. »Aber ich verspreche dir, daß ich darauf achten werde, daß man dich gerecht behandelt.«

Greta antwortete nicht mehr. Aber sie sah ihn auf eine Art an, die es ihm unmöglich machte, ihrem Blick länger als

einige Momente standzuhalten. Glaubte sie denn, er verstünde sie nicht? Es war nicht das erste Mal, daß er einer Frau gegenüberstand, die aus purer Verzweiflung ihr eigenes Kind getötet hatte. Das Leben der einfachen Menschen war hart, manchmal so hart, daß er sich zu fragen begann, warum Gott ausgerechnet den Ärmsten solche Prüfungen auferlegte.
Er verscheuchte den Gedanken beinahe erschrocken und löste seine Hand aus ihrem Griff.
»Wer ist dieser Theowulf, von dem du sprichst?« fragte er.

»Sie ist seine Gespielin!« stieß Greta haßerfüllt hervor. »Er hat die Hexe ins Dorf gebracht! Er ist schuld an allem! Bevor sie kam, war alles gut. Aber mit ihr ist der Teufel bei uns eingekehrt! Sie ist schuld an allem! Es ist ihre Schuld, daß ich dieses Satanskind bekommen habe! Wenn du jemanden bestrafen willst, dann sie!«
»Ich verspreche dir, daß dir Recht geschehen wird«, sagte er noch einmal. »Du hast mein Wort. Wenn es bei euch wirklich eine Hexe gibt — und *wenn* sie Schuld an deinem Schicksal trägt, dann wird *sie* es sein, die bestraft wird, nicht du.«
Er meinte diese Worte sehr ernst. Er wußte noch nichts über Buchenfeld und die angebliche Hexe, die dort seit einem Jahr ihr Unwesen treiben sollte — und im Grunde bezweifelte er auch, daß es sie wirklich gab —, aber die Frau tat ihm leid. Sie redete irre, schwach und vom Fieber geschüttelt, wie sie war, aber das bedeutete nicht, daß sie *log*. Vielleicht war sie keine Mörderin, sondern einfach so verwirrt, daß man sie nicht für das verantwortlich machen konnte, was sie getan hatte. »Und jetzt gehe ich und hole Hilfe«, sagte er. Er lächelte aufmunternd. »Später, wenn du gesund und wieder bei Kräften bist, werden wir ein Gebet sprechen und über alles reden.«
Tobias lächelte noch einmal, beugte sich vor, um ihre Wange zu streicheln, und ließ für einen ganz kurzen Moment ihren Sohn aus dem Auge, und der Junge nutzte die Gelegenheit, den Stein zu ergreifen und ihn Tobias mit aller Macht gegen die Schläfe zu schmettern.

Stöhnend kippte er zur Seite, schlug die Hände gegen den Kopf und krümmte sich vor Schmerz. Er verlor nicht das Bewußtsein, aber vor seinen Augen wurde es schwarz, und der Schmerz in seinem Kopf war so schlimm, daß ihm übel wurde.

Wie von weit, weit her hörte er, wie der Junge etwas zu seiner Mutter sagte und sie in scharfem Ton antwortete, dann schleifende, mühsame Geräusche, und schließlich schwanden ihm doch die Sinne.

Er konnte allerdings nicht sehr lange ohnmächtig dagelegen haben, denn als er erwachte, hörte er das Geräusch von Schritten, die sich entfernten. Stöhnend öffnete er die Augen, hob die Hand an den Kopf und fühlte warmes Blut auf seinem Gesicht. Er versuchte sich aufzurichten, schaffte es beim zweiten oder dritten Anlauf und zog die Knie an den Körper, um die Stirn darauf zu betten. Die Schatten des Waldes führten einen irren Tanz um ihn auf, und die Übelkeit kam zurück; für einen Moment schlimmer und quälender als der hämmernde Schmerz in seinem Kopf.

Pater Tobias blieb lange so sitzen, und als Schmerz und Übelkeit schließlich abebbten, waren die Schritte Gretas und des Knaben längst verklungen.

Mühsam stand er auf, suchte an einem Baumstamm Halt und wischte sich mit dem Handrücken das Blut aus den Augen. Er fühlte sich schwach. Seine Knie zitterten, und er spürte, daß die Übelkeit bei jeder größeren Anstrengung sofort zurückkommen würde, so daß er den Gedanken, die beiden zu verfolgen, fast augenblicklich wieder aufgab. Er verspürte auch wenig Lust, in seinem Zustand mit einer halbtoten Frau und einem vom Teufel besessenen Kind zu kämpfen.

Der Weg zurück zum Fluß kam ihm viel weiter vor als der Hinweg. Das Gehen bereitete ihm Mühe. Sein Schädel dröhnte bei jedem Schritt, als wolle er zerspringen. Das Licht schmerzte in seinen Augen, und das Blut auf seinem Gesicht begann einzutrocknen, so daß die Haut unangenehm spannte.

Und mit jedem Schritt, den er sich vom Wald entfernte, stieg sein Zorn.

Dabei galt er weniger dieser Frau, die vielleicht nur halb verrückt vor Angst gewesen war, und ihrem Sohn, der nichts anderes getan hatte, als seine Mutter zu verteidigen, sondern sehr viel mehr sich selbst, daß er sich so von den beiden hatte übertölpeln lassen.

Taumelnd vor Schwäche und Schmerzen erreichte er die Brücke, schlitterte ungeschickt die Böschung hinunter und watete knietief ins Wasser. Er vermied es absichtlich, sein Spiegelbild im Fluß anzusehen, denn er vermutete zu Recht, daß er keinen sehr imposanten Anblick bot, sondern ließ sich auf die Knie herabsinken und tauchte den Kopf ins Wasser.

Er wusch sich gründlich das Gesicht und das Haar und fuhr mit den Fingerspitzen über seine Schläfe.

Die Berührung tat weh, aber sie verriet ihm auch, daß er nur eine harmlose Wunde davongetragen hatte. Trotzdem wusch er sie gründlich aus, ebenso wie die Schrammen auf seinem Handrücken und die zahllosen kleinen Kratzer und Abschürfungen an seinen Füßen, denn er wollte nicht ein dummes, überflüssiges Fieber vollenden lassen, was der Junge angefangen hatte. Erst als er sicher war, alles getan zu haben, was er konnte, richtete er sich wieder auf und ging im Fluß bis zu der Stelle zurück, an der er seine Kutte und den Beutel mit seinen Habseligkeiten zurückgelassen hatte. Und das tote Kind.

Es war nicht mehr da.

Im allerersten Moment war er so verblüfft, daß er seinen Augen nicht traute. Überrascht blickte er um sich, suchte die Böschung und das Ufer ab und sah schließlich sogar in den Fluß.

Das Kind war nicht mehr da. Jemand mußte es geholt haben.

2

Es wurde fast Mittag, bis er Buchenfeld erreichte. Die Strecke vom Fluß zur Stadt erwies sich als weitaus länger, als es den Anschein gehabt hatte. Außerdem hatte er seine eigenen Kräfte über- oder die Schwere seiner Verwundung unterschätzt; allein vier- oder fünfmal mußte er unterwegs haltmachen, weil Übelkeit oder Schwindelgefühl ihn plagten, und einmal wurde es so schlimm, daß er das Gefühl hatte, sich übergeben zu müssen.

Tobias verfluchte sich im stillen für seinen Leichtsinn. Die verbissene Wut, mit der der Knabe ihn angegriffen hatte, hätte ihn warnen sollen. Er fühlte sich ein wenig besser, als er sich der Stadt näherte. Sein Schatten war so kurz geworden, daß es schon fast Mittag sein mußte. Zwischen den ärmlichen Häusern flimmerte die Luft, und er sah keinen Menschen, als er durch das Stadttor trat. Buchenfeld schien wie ausgestorben. Es herrschte eine Stille, die ihm noch öfter auffallen sollte und für die er erst viel, viel später eine schreckliche Erklärung finden sollte.

Im Moment irritierte sie ihn nur.

Buchenfeld war ein kleiner Ort — aber nicht *so* klein, wie er erwartet hatte. Hinter dem mit Balken verstärkten Erdwall, der die Stadt anstelle einer Mauer umgab, erhoben sich sicherlich zehn Dutzend Häuser, die meisten kleine, ärmliche Holzhütten mit niedrigen, strohgedeckten Dächern; nur wenige waren aus Stein erbaut. Überdies erblickte er mehrere zweistöckige Gebäude, eines davon mit einem wuchtigen Turm, daß es von Ferne wie ein mächtiges Gotteshaus aussah. Aber es war keine Kirche. Der Turm war ein Wehr-, kein Glockenturm, und bei näherer Betrachtung wirkte das Gebäude, als hätte jemand hier beschlossen, eine Burg zu errichten, aber entweder nicht die nötige Zeit oder nicht die Mittel gehabt, den Bau zu vollenden.

Überhaupt bot Buchenfeld einen sonderbaren Anblick, nicht nur weil es offenbar ein Ort ohne Gotteshaus war. (Aber wo beteten die Menschen dann zu ihrem Gott?) Das

Tor, durch das Pater Tobias schritt, bestand nur aus einem Rahmen, in dem vier wuchtige eiserne Scharniere vor sich hinrosteten. Ein Teil der Straße, die von dort aus zu jenem wehrhaften Gebäude in der Stadtmitte führte, war gepflastert, und zwar mit einer Kunstfertigkeit, die Tobias überraschte und die selbst den Straßen im reichen Lübeck zur Ehre gereicht hätte. Aber ein anderer Teil des Weges bestand aus staubigem, festgetretenem Erdreich, das sich bei Regen in Morast verwandeln mußte.

Und Buchenfeld *stank*.

Der Geruch von schmutzigen Kaminen schlug ihm entgegen, von menschlichen und tierischen Abfällen, von Schweiß und Krankheit. Das alles kannte er. Wenn es in den Städten, in denen er bisher gelebt hatte, etwas gab, woran er sich erinnerte, dann an den *Geruch*, und im ersten Moment glaubte er, es läge einfach an ihm und den paar Tagen, die er unter freiem Himmel verbracht hatte, daß er den Gestank der Stadt so deutlich wahrnahm.

Aber das entsprach nicht der Wahrheit. Es war nicht das erste Mal, daß er nach längerer Wanderschaft in eine Stadt zurückkam — und Buchenfeld war nicht einmal eine richtige Stadt, sondern nur ein winziger Flecken, von dem man ihm gesagt hatte, daß seine Einwohner keine tausend Seelen zählten. In einer Stadt wie Lübeck, in der viel mehr Menschen zusammenlebten und ihre Abfälle und Ausscheidungen auf die Straßen kippten, war ein solcher Gestank erklärbar — aber hier?

Pater Tobias blieb stehen und sah sich um. Ein leichter Wind fuhr über die niedrige Stadtmauer und zerzauste sein Haar; sonderbar, daß er diesen Gestank nicht forttrug. Es schien Tobias eher, als trüge er ihn *heran*.

Hinzu kam die unheilige Stille. Selbst der faulige Wind, den er auf dem Gesicht spürte, verursachte nicht das leiseste Geräusch. Es war still wie in einer Totenstadt. Niemand zeigte sich zwischen den Häusern, kein Schatten erschien in einem Fenster, niemand kam, um ihn zu begrüßen oder auch nur neugierig anzugaffen, und das, obwohl man seine Ankunft bemerkt haben mußte, denn es gab zwischen dem

Fluß und dem Ort nichts, was den Blick verwehrte. Tobias erinnerte sich, was Greta über Buchenfeld gesagt hatte, und ein Schaudern überkam ihn. Vielleicht hatte sie doch nicht ganz so irre geredet, wie er geglaubt hatte.

Er ging weiter, ein wenig unschlüssig, wohin er sich wenden sollte. *Darüber* hatte er nicht nachgedacht — und warum auch? Er war nicht aus freien Stücken hier, sondern weil man ihn *gerufen* hatte. Also hätte man ihn empfangen müssen, wie es sich gebührte, schließlich war er ein ehrwürdiger Dominikaner. Nicht einmal nach dem Bürgermeister konnte er fragen, denn niemand kreuzte seinen Weg, und aus irgendeinem Grund war ihm der Gedanke unangenehm, an einer der Hütten klopfen und um Auskunft bitten zu sollen.

So schlug er den Weg zur Stadtmitte ein. In einem der großen steinernen Gebäude würde er schon finden, wonach er suchte.

Sein Kopf begann wieder stärker zu schmerzen, und das Licht der Sonne tat ihm in den Augen weh. Blinzelnd drehte er das Gesicht zur Seite und ging mit weit ausgreifenden Schritten weiter.

Die Tür eines der beiden steinernen Gebäude wurde plötzlich geöffnet, und ein kleiner, mit einem schäbigen Rock bekleideter Mann trat ins Freie. Er hatte eine Glatze, die nur noch von einem dünnen, schmuddeligen Kranz grauer strähniger Haare gesäumt wurde, und ein feistes Gesicht, das wie eine Speckschwarte glänzte. Über seinem rechten Auge prangte eine häßliche Warze, die von einem dünnen Kranz eingetrockneten Blutes gesäumt war, als hätte er versucht, sie abzukratzen oder zu -schneiden.

Er war nicht herausgekommen, um Pater Tobias zu begrüßen, denn er blieb mitten im Schritt stehen, als er ihn gewahrte, und verzog für einen Moment überrascht das Gesicht. Tobias sah, daß er etwas in der linken Hand trug, das er jetzt rasch hinter dem Rücken versteckte, und für die Dauer eines Gedankens schien er einfach unschlüssig, ob er ins Haus zurückgehen und so tun solle, als hätte er den unerwarteten Besucher nicht gesehen. Aber ihre Blicke waren sich bereits begegnet. Die Hand des Dicken machte noch eine Bewegung hinter seinem Rücken, als stopfe er hastig etwas unter seinen Gürtel, dann zwang er ein öliges Lächeln auf sein Gesicht und kam mit kleinen, trippelnden Schritten näher. Er sagte nichts, sondern legte nur den Kopf auf die Seite und sah Tobias fragend an.

Die Situation kam Tobias immer unwirklicher vor. Er war so verwirrt und hilflos, daß er im ersten Moment nicht einmal Worte fand. Er wußte nicht, was er erwartet hatte — einen solchen Empfang jedenfalls nicht. Schließlich räusperte er sich übertrieben und deutete ein Kopfnicken an — sehr vorsichtig, um den hämmernden Schmerz zwischen seinen Schläfen nicht zu einer neuen Attacke zu provozieren.

»Einen schönen Tag wünsche ich«, begann er umständlich.

Der Dicke nickte. Seine Linke fuhrwerkte weiter hinter seinem Rücken herum. »Pater?«

»Mein Name ist Tobias«, antwortete Tobias. »Pater Tobias. Der Bürgermeister Eurer Stadt erwartet mich. Ich wurde vom Abt des Dominikanerklosters in Lübeck gesandt, um . . .«

»Ihr seid gekommen, um die Hexe zu verbrennen?« Das Gesicht des Dicken hellte sich auf; auf eine Art und Weise, die Tobias darin bestärkte, ihn nicht zu mögen.

»Ich bin der Inquisitor, nach dem ihr geschickt habt«, antwortete er kühl. »Ob und wer verbrannt wird, wird die Interrogatio erweisen.«

Wenn dem Dicken die plötzliche Kälte in Tobias' Stimme überhaupt auffiel, dann ignorierte er sie meisterhaft. Aber von seiner phlegmatischen Art war plötzlich nichts mehr zu spüren — mit zwei, drei Schritten kam er näher, zog endlich die linke Hand aus seiner Hose und griff mit der anderen nach Tobias' Bündel. Tobias preßte den schmalen Leinensack fester an sich, und der Dicke führte die Bewegung nicht zu Ende. Aber ihm entging keineswegs das dünne, abfällige Lächeln, das für einen kurzen Moment über seine Lippen huschte.

»Ich glaube, man erwartet mich«, sagte er steif. »Vielleicht seid Ihr so freundlich, mich zu Eurem Bürgermeister zu führen?«

»Den Bürgermeister?« Der Dicke lachte, als hätte Tobias einen guten Scherz zum besten gegeben, und zerrte wieder an Tobias' Bündel. »So etwas haben wir hier nicht.«

»Aber man sagte mir . . .«

»Wenn Ihr irgendwelche Fragen oder Wünsche habt, Pater, so wendet Euch getrost an mich. Man nennt mich Bresser.«

Tobias dachte einen Moment angestrengt nach. Aber Bresser gehörte eindeutig nicht zu den Namen, die man ihm genannt hatte. Und auch nicht zu denen, von denen in dem Brief die Rede gewesen war.

»Aber kommt doch erst einmal herein, Pater«, fuhr Bresser fort. »Es redet sich schlecht auf der Straße. Und ich finde, Ihr seht . . . ein wenig mitgenommen aus, wenn die Bemerkung gestattet ist. War die Reise sehr anstrengend?«

Tobias murmelte eine Antwort, von der er selbst nicht so genau wußte, was sie bedeutete, geschweige denn, daß der Dicke sie verstehen konnte, und gab dem Zerren der fettigen Stummelfinger endlich nach. Im Grunde war er sehr froh, der Last endlich ledig zu sein: der grobe Strick, an dem der Beutel über seiner Schulter hing, schnitt schmerzhaft in seine Haut, und obwohl das Leinensäckchen eigentlich nichts mehr enthielt als einige Schriftstücke, einen Laib Brot und die wenigen Dinge, die er zur Ausübung seines Amtes benötigte, hatte er sein Gewicht im Laufe des letzten Wegstückes doch unangenehm zu spüren begonnen.

Während er von der gepflasterten Hälfte der Straße heruntertrat und Bresser zur Tür folgte, fiel sein Blick noch einmal auf das andere Gebäude. Jetzt, von nahem betrachtet, kam es ihm noch viel wuchtiger und wehrhafter vor als aus der Ferne. Tobias vermochte das Gefühl nicht zu begründen. Es war ein Gefühl ähnlich dem, das er im Wald gehabt hatte. Dies war ein unguter gottloser Ort. Ein Ort, von dem er sich besser fernhielt. Leise fragte er:

»Dieses Gemäuer da — was ist es?«

Der Dicke blieb stehen und blinzelte ihn aus seinen Schweinsäuglein an. »Es gehört Theowulf. Er wohnt dort, wenn er sich in der Stadt aufhält.«

Theowulf? Das war der Name, den . . .

»Dem Grafen«, fuhr Bresser fort, als er des fragenden Ausdruckes auf Tobias' Gesicht gewahr wurde. Er machte eine flatternde vage Bewegung mit der Hand. »Graf Theowulf. Ihm gehört das Land, so weit Ihr blicken könnt, und der Wald, den Ihr durchquert habt.«

»Und die Stadt?«

»Der Grund und Boden — nein«, antwortete Bresser geheimnisvoll. Dann ging er weiter, gerade so schnell, daß Tobias ihn hätte zurückrufen müssen, um eine weitere Frage zu stellen. Gebückt trat er durch die niedrige Tür, stieß sie mit dem Ellbogen ganz auf und verschwand in den Schatten, die dahinter nisteten.

»Kommt, ehrwürdiger Vater. Hier im Haus ist es ein wenig kühler. Und ich lasse Euch gleich eine Erfrischung und zu essen bringen. Ihr müßt müde von der Wanderung sein.«

Drinnen war es tatsächlich etwas kühler als in der Glut der Mittagssonne. Außerdem roch es hier nicht nach Fäulnis, sondern leicht nach Moder, wie in einem Haus nach einem langen Winter, ehe zum ersten Mal die Fenster wieder geöffnet wurden.

Pater Tobias konnte nicht viel sehen; die Tür stand zwar offen, aber sie war so schmal, daß selbst seine schlanke Gestalt sie fast völlig ausfüllte und das wenige Sonnenlicht aussperrte. Immerhin erkannte er, daß sie sich in einer kurzen, zu drei weiteren Türen führenden Diele befanden. Zur Rechten führte eine schmale, sehr steile Treppe ohne Geländer ins obere Stockwerk. Der Raum war sehr niedrig; wenn die anderen Zimmer auch nicht höher waren, würde er sich in diesem Haus nur geduckt bewegen können. Die Balken unter der Decke waren weder verkleidet noch mit Schnitzereien verziert, und der Bewohner dieses Hauses hatte sich nicht einmal die Mühe gemacht, die Wände zu kalken. Das Haus wirkte verwahrlost; nicht so sehr heruntergekommen, sondern *unbewohnt*, als hätte es lange Zeit leergestanden.

Dieser Eindruck vertiefte sich noch, als Bresser eilfertig vor Tobias herlief und die Tür ganz am Ende der Diele aufstieß.

Dahinter lag ein überraschend großes, aber ebenfalls sehr niedriges Zimmer. Durch zwei Fenster, in deren Rahmen gelbgefärbtes Ölpapier war, strömte helles Sonnenlicht herein, doch es enthüllte auch hier nichts als nackte steinerne Wände, eine unverkleidete Decke und rohe Holzdielen, die unter Tobias' Gewicht knarrten und ächzten. Das Mobiliar bestand lediglich aus einem Tisch, einer ungepolsterten Bank, zwei niedrigen Schemeln und einer gewaltigen Truhe.

Tobias war verwirrt. Nicht, daß er Luxus erwartet oder gar *gefordert* hätte — im Gegenteil: seine Zelle im Lübecker Kloster war weitaus spartanischer eingerichtet als dieses Zimmer. Eigentlich hätte er im Gegenteil erfreut sein müssen, in einem solchen Gebäude einen Bewohner von offenbar bescheidenem Lebensstil anzutreffen. Aber er war alles andere als erfreut. Dieses Haus war . . . sonderbar. Ein sonderbares Haus in einer sonderbaren Stadt; und mit einem äußerst sonderbaren Bewohner.

Bresser führte ihn zur Bank neben dem Fenster und lud seinen Beutel auf dem Tisch ab. »Setzt Euch, Pater«, sagte er. »Ruht Euch ein wenig von der Anstrengung aus. Ich werde gleich meine Frau schicken, damit sie Euch zu essen und trinken bringt.«

»Macht Euch keine Umstände, guter Mann«, sagte Tobias, ließ sich aber mit einem dankbaren Nicken auf die Bank sinken. »Ich bin nicht hungrig.«

»Unsinn!« widersprach Bresser. »Natürlich seid Ihr hungrig. Wo habt Ihr übernachtet, wenn die Frage gestattet ist?«

»Im Wald«, antwortete Tobias. »Bei einem Köhler, der mit seiner Frau . . .«

»Ich kenne die beiden«, unterbrach ihn sein Gastgeber. »Und ich kenne auch den Weg von ihrem Haus hierher.«

»Es sind nur ein paar Stunden.«

»Ein guter Tagesmarsch, meint Ihr wohl«, verbesserte ihn Bresser. »Ihr *müßt* hungrig sein.«

Tobias seufzte — aber er widersprach nicht mehr, sondern

zuckte nur ergeben mit den Schultern und sah zu, wie der Dicke auf seinen kurzen Beinen herumwieselte und das Zimmer verließ. Einen Augenblick später hörte er ihn draußen lautstark und in einem wenig freundlichen Tonfall nach einer Frau namens Maria brüllen.

Die Dominikaner standen nicht im Rufe, Verächter eines reichhaltigen Mahls zu sein. Niemand nahm im Ernst an, daß jemand, der das Gewand des Herrn trug, auch wirklich anspruchslos war. Und selbst die Ärmsten entwickelten eine erstaunliche Verschwörermentalität, wenn es darum ging, jemandem, der den sinnlichen Genüssen des Lebens abgeschworen hatte, das eine oder andere davon doch zukommen zu lassen. Tobias war wirklich nicht hungrig — aber auf der anderen Seite sagte er sich, daß der Dicke durchaus recht hatte: Der Weg war ziemlich weit gewesen, und sein Körper brauchte eine Stärkung, ob er nun Hunger verspürte oder nicht.

Während er auf die Rückkehr des Dicken und seiner vermutlich ebenfalls dicken und speckigen Frau wartete, blickte er aus dem Fenster und versuchte, sich über das sonderbare Gefühl Klarheit zu verschaffen, das Buchenfeld in ihm auslöste. Er war nicht sicher, ob es nicht an ihm lag: Immerhin hatte er eine lange Reise hinter sich, ein lebensgefährliches, zumindest aber aufregendes Erlebnis, war müde und erschöpft und noch dazu verletzt worden. In einem solchen Zustand wäre ihm vielleicht sogar das heilige Rom sonderbar vorgekommen.

Durch das Fenster, vor dem er saß, konnte er einen Teil des benachbarten Turmhauses erkennen, und wieder fiel ihm auf, wie düster und unheimlich es wirkte. Die Steine waren gewaltige Brocken, die jeder einzelne passend zugemeißelt und ohne Mörtel aufeinandergesetzt worden waren; eine Technik, die schon seit langem nicht mehr benutzt wurde. Vieles, was alt und gut war, war verlorengegangen. Sie lebten in einer schnellen Zeit, dachte Tobias, die viele Veränderungen brachte. Die Wissenschaften befanden sich auf dem Vormarsch, und kaum ein Jahr verging ohne eine neue, erstaunliche Erfindung, ohne neues, überraschendes Wissen.

Manchmal machte diese rasende Veränderung der Welt — und vor allem des Verständnisses der *Menschen* von dieser Welt — Pater Tobias große Angst.

Ein Geräusch von der Tür her riß ihn in die Wirklichkeit zurück. Tobias hob den Kopf und erblickte eine vielleicht vierzigjährige, verhärmte Frau mit schmalen Händen und grauem Haar, die mit einem hölzernen Tablett unter der Tür erschienen war. Auf diesem Tablett trug sie einen Deckelkrug aus Zinn nebst einem passenden Becher, einen Laib Brot, Käse und einen sauberen Teller, auf dem ein knusprig gebratenes Stück Schweinefleisch dampfte. Überrascht fragte sich Tobias, wie sie diese Mahlzeit in den wenigen Augenblicken zubereitet haben mochte, die er jetzt hier saß. Dann fielen ihm die fettigen Hände des Dicken wieder ein und die Tageszeit — wahrscheinlich hatte die Familie in der Küche beim Essen gesessen, als er eintraf. Keine Zauberei. Nur Zufall.

Und der verlockende Geruch des gebratenen Fleisches weckte tatsächlich seinen Hunger. Er lächelte dankbar, als Maria das Tablett vor ihm auf den Tisch ablud, und mußte sich sogar beherrschen, um nicht zu gierig nach den Speisen zu greifen.

»Langt nur tüchtig zu, ehrwürdiger Vater«, sagte Bresser, während er an ihm vorbei zum Fenster eilte. »Und habt keine Hemmungen, nach mehr zu fragen, wenn es nicht reicht. Wir haben genug.«

Tobias unterdrückte ein Lächeln. Die Portion, die vor ihm stand, hätte für fünf Mahlzeiten gereicht. Er wollte gerade eine entsprechende Bemerkung machen, als Bresser nach dem offenen Fensterflügel griff und sich zu ihm herumdrehte.

»Wenn es Euch recht ist, schließe ich das Fenster, bis Ihr gegessen habt. Damit Euch der Gestank nicht zu arg belästigt.«

Tobias sah ihn überrascht an, und zum ersten Mal wirkte das Lächeln des dicken Mannes nicht aufgesetzt, sondern echt. »Oh, ich verstehe«, sagte er. »Ihr habt absichtlich nichts gesagt, um niemanden zu beleidigen. Aber das braucht Ihr nicht. Wir finden diesen Gestank ebenso widerwärtig wie Ihr. Auch wenn wir uns wahrscheinlich daran gewöhnt haben — was bleibt uns auch anderes übrig?« fügte er seufzend hinzu.

»Aber was ist es?« wunderte sich Tobias.

»Der Pfuhl«, antwortete Bresser. »Ihr werdet ihn kennenlernen. Aber jetzt eßt erst einmal. Wir können derweil reden oder auch danach, ganz wie es Euch beliebt.«

Seine Frau klappte den Deckel der Kanne hoch und goß goldfarbenen, klaren Wein in den Becher. Tobias sprach ein kurzes Gebet, dann nahm er das Messer und schnitt sich einen gehörigen Kanten von dem Brot ab. Es war noch warm und roch so verlockend, daß er sich beherrschen mußte, sich nicht gleich ein ganzes Stück in den Mund zu schieben. Bresser setzte sich zu ihm, und auch Maria wollte sich einen Schemel heranziehen, aber ihr Mann scheuchte sie mit einem befehlenden Blick aus dem Zimmer. Einen Moment lang war Tobias versucht, sie zurückzurufen und ihr zu sagen, daß sie ruhig bleiben könne. Aber er begriff auch fast im gleichen Atemzug, daß er ihr damit keinen Gefallen erwies.

Für eine Weile schwiegen sie. Tobias' Hunger meldete sich immer machtvoller zu Wort, als hätten die ersten Bissen ihn gerade erst richtig geweckt, und er fühlte sich erst halb gesättigt, als er das Fleisch zur Gänze und fast die Hälfte des Brotlaibes vertilgt hatte. Er hätte noch einen Nachschlag vertragen können, aber er spürte die Blicke seines Gegenübers die ganze Zeit auf sich lasten, und er wollte nicht wie jemand erscheinen, der der Völlerei frönte, so beließ er es dabei, ein letztes Stück Brot abzubrechen, mit dem er den Bratensaft vom Teller tupfte, und es mit einem Schluck Wein herunterzuspülen. Dann fuhr er sich genießerisch mit dem Handrücken über den Mund und lehnte sich zurück.

»Ein gutes Mahl habt Ihr mir bereitet«, sagte er. »Ich danke Euch. Eure Frau ist eine vorzügliche Köchin, richtet Ihr das aus.«

»*Ich* danke *Euch*, daß Ihr mein bescheidenes Geschenk angenommen habt«, antwortete Bresser mit einem öligen

Lächeln. »Leider konnten wir Euch nicht standesgemäß bewirten.«

Er schien auf eine ganz bestimmte Antwort zu warten, aber Tobias verspürte wenig Neigung, Floskeln auszutauschen. Er lehnte sich zurück, schloß die Augen und genoß einfach für die Dauer von fünf, sechs Herzschlägen die Dunkelheit und Stille. Dann richtete er sich wieder auf und sah Bresser an. »Es gibt also niemanden, der verantwortlich ist?«

»Ich sagte bereits, daß ich mich um all Eure Wünsche kümmere, Vater, und . . .«

Tobias unterbrach ihn mit einer nur angedeuteten, aber befehlenden Geste. »Wenn ihr keinen Bürgermeister oder Schulzen in der Stadt habt, wer hat dann den Brief geschrieben, in dem ich hierher gebeten wurde?« fragte er.

»Verkolt«, antwortete Bresser. Tobias konnte es nicht in Worte fassen — aber er hatte plötzlich das sichere Gefühl, ein Thema angesprochen zu haben, das dem Dicken nicht behagte. »Er war . . . so etwas wie der Bürgermeister hier.«

»*War* und *so etwas wie*?« hakte Tobias nach.

Bresser bewegte sich unwillig auf seinem Stuhl hin und her. »Er starb«, antwortete er. »Er erledigte alle anfallenden Arbeiten für den Grafen, wenn Ihr versteht.«

Tobias nickte. Er *glaubte* zumindest zu verstehen. Wer immer dieser Theowulf war, er schien ziemlich selbstherrlich über Buchenfeld zu herrschen. Offensichtlich gestattete er der Stadt weder einen eigenen Rat noch ein Gotteshaus, was ihn als einen höchst unheiligen Menschen auswies. Aber darum würde er sich später kümmern. Er war nach Buchenfeld gekommen, um den Anschuldigungen nachzugehen, die gegen eine Frau aus dieser Stadt erhoben worden waren; nicht, um den Rat der Stadt zu untersuchen. Das ging ihn nichts an. Aber es störte ihn. Ungerechtigkeit hatte ihn immer gestört, obwohl (oder vielleicht gerade *weil*?) er sich durchaus darüber im klaren war, daß er in einer Welt lebte, in der das Wort *Gerechtigkeit* durchaus verschiedene Bedeutungen haben mochte; immer abhängig davon, wer man war und wo man stand.

Tobias verscheuchte den Gedanken. Er wollte sich erheben, doch in diesem Moment schoß ein dünner, stechender Schmerz durch seinen Kopf, und er hatte sich nicht gut genug in der Gewalt, einen Schmerzlaut zu unterdrücken und nicht die Hand an seine pochende Schläfe zu heben.

»Fühlt Ihr Euch nicht wohl, Pater?« fragte Bresser besorgt. Tobias zögerte einen Moment. Er fragte sich erneut, warum er nichts von der Frau und ihrem Sohn im Wald erzählt hatte. Die Lüge — die ja gar keine Lüge, sondern eher ein Verschweigen gewesen war — war ihm so glatt von den Lippen gegangen, daß er sie nicht hatte zurückhalten können. Aber sie wurde nicht zur Wahrheit, wenn er sie mit einer zweiten Lüge bestärkte.

Er zögerte noch einen Moment, dann zuckte er mit den Schultern und erzählte Bresser die Geschichte des Angriffs; nicht ganz und nicht in allen peinlichen Einzelheiten. Bresser hörte wortlos, aber mit immer finsterer werdendem Gesichtsausdruck zu.

»Der Junge hat Euch *niedergeschlagen*?« ächzte er ungläubig, als Tobias zu Ende gekommen war.

Tobias zuckte mit den Schultern und lächelte ein wenig verlegen. »Er hat nur seine Mutter verteidigt«, sagte er aus dem plötzlichen — und ihm selbst nicht ganz verständlichen — Bedürfnis heraus, den Jungen zu verteidigen. Vielleicht lag es nicht so sehr an dem, was geschehen war, sondern einzig und allein an Bresser. Er bedauerte bereits wieder, die Geschichte überhaupt erzählt zu haben. Bresser war kein Mann, dem man sich anvertraute. Er mochte ihn nicht, und er hatte nicht einmal ein ungutes Gefühl bei diesem Gedanken.

»Und er hat mich nicht wirklich verletzt«, fügte er hinzu.

Bresser machte eine zornige Handbewegung. »Er hätte Euch umbringen können«, antwortete er.

»Aber er hat es nicht«, gab Tobias zurück; schärfer, als er beabsichtigt hatte. Und er fuhr im gleichen Tonfall fort: »Ich habe Euch das auch nicht erzählt, um Euer Mitleid zu erwecken. Kennt Ihr diese Frau?«

Bresser schüttelte so rasch den Kopf, als hätte er nur auf diese Frage gewartet. Erst danach tat er so, als überlege er einige Augenblick lang angestrengt. Der Mann ist ein Lügner, dachte Tobias.

»Nein«, sagte er dann. »Es gibt vier Frauen in Buchenfeld, die im Moment guter Hoffnung sind. Aber keine bekommt ihr Kind in diesen Tagen. Und es ist auch keine dabei, die einen Sohn hat, auf den Eure Beschreibung paßt.« Er lächelte unsicher. »Sie muß Euch belogen haben.«

»Ja«, seufzte Tobias. »Das hat sie wohl. Sie hatte sicher einfach nur Angst.«

»Mit Grund«, sagte Bresser zornig. »Kindsmord ist nichts, was wir hier dulden. Der Graf achtet streng darauf, daß die Gesetze der Kirche und des Kaisers eingehalten werden. Ich schicke gleich ein paar Männer in den Wald, die nach der Frau suchen sollen.«

Sie werden sie nicht finden, dachte Tobias. Laut sagte er: »Tut das. Aber schärft ihnen ein, sie gut zu behandeln.« Er stand auf. »Vielleicht seid Ihr jetzt so liebenswürdig, mir mein Quartier zu zeigen«, sagte er und dachte, daß es doch irgendwo in diesem unseligen Flecken Erde ein Gotteshaus geben mußte.

Bresser sah ihn mit leiser Überraschung an, und Tobias beeilte sich, hinzuzufügen: »Es ist zwar kaum Mittag, aber Ihr habt wohl recht — der Weg war anstrengend. Ich würde gerne eine Stunde ruhen, ehe ich mit der Untersuchung beginne.«

Bresser erhob sich schwerfällig. »Ihr könnt hier Quartier beziehen. Ich habe Platz genug. Das Haus ist ohnehin zu groß für meine Frau und mich.«

Abermals verspürte Pater Tobias ein Gefühl des Unbehagens, das er nur schwer unterdrücken konnte. Der Gedanke, in diesem Haus zu wohnen, gefiel ihm nicht. Es war groß und warm, aber es war *Bressers* Haus, und Pater Tobias hatte schon längst begriffen, daß es stimmte, was die Leute erzählten: daß nämlich ein Haus im Laufe der Zeit etwas von seinem Besitzer annahm, sich seinem Charakter anpaßte, so wie es umgekehrt jene Menschen veränderte, die in ihm lebten. Aber er widersprach nicht. Mit etwas Glück würde er nur wenige Tage bleiben; vielleicht sogar nur diese eine Nacht. Es war eine Sache, mit dem Finger auf einen zu deuten und *Hexe!* zu schreien; eine ganz andere, diese Behauptung zu beweisen. Tobias hatte lange mit seinem Abt geredet, ehe er aufgebrochen war, und viele Stunden über Berichten und Protokollen ähnlicher Fälle verbracht. Viele Hexenprozesse endeten damit, daß der gerufene Inquisitor die Anklagepunkte widerlegte und nicht selten die Ankläger plötzlich die Angeklagten waren. Und die wenigen Indizien, die ihm bisher bekannt waren, erschienen Tobias wenig glaubhaft.

Nein — er glaubte nicht, daß er lange am Ort verweilen würde. So widersprach er nicht, sondern trat gebückt um den Tisch herum, nahm seinen Beutel und stieß sich den Kopf an der niedrigen Decke, als er den Fehler beging, sich aufrichten zu wollen.

Bresser sah ihn verzeihungsheischend an, als gäbe er sich die Schuld daran, daß dieses Haus offensichtlich für Zwerge gebaut war, sagte aber nichts, sondern eilte zur Tür und stolperte fast über seine eigenen Füße, als er sie hastig aufriß. Über die schmale Stiege draußen im Flur führte er Tobias ins obere Geschoß des Hauses, dessen Zimmer erstaunlicherweise ein gutes Stück höher waren als die unteren — er konnte hier aufrecht stehen, und obgleich auch hier alles leer und verstaubt war, machte der kleine Raum, in den er ihn brachte, einen viel bewohnteren Eindruck als die Stube unten.

Er war allerdings fast leer: unter dem schmalen Fenster stand ein äußerst unbequem aussehendes Bett mit einer zerschlissenen Decke, daneben ein niedriger Schemel. Es gab weder einen Tisch noch eine Truhe. »Ihr könnt Euch hier erst einmal ausruhen, Vater«, sagte Bresser. »Später bringe ich Euch eine andere Decke — und einen Tisch. Ich denke, Ihr braucht einen Tisch?«

»Vielleicht werde ich das eine oder andere schreiben müssen«, bestätigte Tobias. »Aber macht Euch keine Mühe.«

»Es macht keine Mühe. Im Gegenteil.« Bresser lachte wieder sein unsympathisches Lachen. »Vielleicht ist es ganz gut, wenn ich auf diese Weise gezwungen werde, wenigstens eine

Kammer herzurichten.« Er machte eine erklärende Geste auf das fast leere Zimmer. »Hier ist alles noch ein wenig unfertig, wie Ihr ja selbst sehen könnt.«

Tobias' Kopf dröhnte, und ihm wurde schwindelig. Er wollte nichts anderes, als sich auf dieses Bett legen, ganz egal, wie unbequem es auch war, und eine Stunde schlafen. Aber Bresser würde keine Ruhe geben, bis er die Geschichte erzählt hatte, die ihm offenbar auf den Nägeln brannte.

»Ihr lebt noch nicht lange hier?« fragte er.

Bresser schüttelte den Kopf. »In Buchenfeld schon, aber nicht in diesem Haus. Erst wenige Wochen. Sobald die Ernte ganz eingeholt ist, hoffe ich ein wenig Zeit zu finden, mich um das Haus zu kümmern. Es ist eine Schande, es so verfallen zu lassen. Aber ich habe nur zwei Hände, und nicht jede Arbeit kann sogleich getan werden.« Er lachte, sah Tobias an und trat verlegen von einem Fuß auf den anderen.

»Meine Frau und ich leben allein, müßt Ihr wissen«, fuhr er fort. »Der Herr war nicht so gnädig, uns mit Kindern zu segnen.«

Tobias ging zum Fenster, öffnete es und sah hinaus. Obgleich nur ein Stockwerk hoch, konnte er doch fast die ganze Stadt bis zum Wall hin überblicken. Die Straßen waren jetzt nicht mehr leer: auf dem großen Platz vor den beiden Steingebäuden balgten sich ein paar Kinder, hier und da schlurfte eine Gestalt über die halbgepflasterte Straße, Schatten bewegten sich hinter Türen. Aber es war noch immer sehr still. Er *hörte* Geräusche: Stimmen, das Lachen von Kindern, die gedämpften Laute der Arbeit, die in den Häusern verrichtet wurde ... Aber alles war irgendwie ... gedämpft. Fast, dachte er, als hätte sich diese ganze Stadt angewöhnt, nur zu flüstern, um nicht irgend etwas zu erwecken ...

Ein sonderbar unwirkliches Gefühl überkam ihn, und er schloß das Fenster wieder und drehte sich zu Bresser um. Der Dicke sah ihn erwartungsvoll an.

»Es ist ein ... schönes Haus«, sagte Tobias — nur, um überhaupt etwas zu sagen. »Warum hat sein Vorbesitzer es aufgegeben?«

»Es gehörte Verkolt«, antwortete Bresser. »Er starb, wie ich Euch ja bereits sagte. Niemand wollte es haben. So hat der Graf es mir überlassen.«

Tobias blickte ihn zweifelnd an. Ein solches Haus? Mit Ausnahme des Turmhauses wirkten alle anderen Gebäude der Stadt wie verkommene Ställe gegen dieses stattliche Gemäuer.

»Es ist das Haus der Hexe«, antwortete Bresser auf seinen fragenden Blick. »Manche halten es für verflucht. Sie sagen, Verkolt wäre an den Blattern gestorben oder einer anderen üblen Krankheit, die sie ihm angehext habe. Aber das glaube ich nicht. Ich denke, sie hat ihm einfach Gift ins Essen gegeben, um ihn loszuwerden.«

»Ein Mord?« Bruder Tobias sah Bresser zweifelnd an. *Davon* hatte nichts in dem Brief gestanden. Wenn es ein einfacher Mord war, fiel die Angelegenheit in die Zuständigkeit der weltlichen Macht. Pater Tobias trennte diese Dinge streng.

»Mord . . .« Bresser schien das Wort abzuwägen. »So kann man das nicht sagen. Verkolt war ein alter Mann, der die Vierzig schon lange hinter sich hatte. Er war oft krank. Eines Tages starb er eben. Aber jeder hier weiß, daß es die Schuld der Hexe war.«

Ja, dachte Tobias zornig. *So wie diese arme Frau im Wald, die auch die Hexe für den Tod ihres Kindes verantwortlich machte.* »Und wo ist sie jetzt?« fragte er.

»Die Hexe?« Bresser deutete mit einer Kopfbewegung auf das Fenster. »Im Kerker, wo Hexen hingehören. Nach Verkolts Tod ließ Theowulf sie in Ketten legen und einsperren.«

»Wann war das?« erkundigte sich Tobias, plötzlich hellhörig geworden.

»Vor einigen Wochen.« Bresser überlegte eine Zeitlang angestrengt. Dann zuckte er wieder mit den Achseln. »Drei, vielleicht vier.«

Tobias rechnete rasch im Kopf nach. Der Brief aus Buchenfeld war vor fünf Wochen abgeschickt worden, also offensichtlich wenige Tage *vor* Verkolts Tod. Deshalb also war darin keine Rede davon gewesen.

»Ihr habt ihr einen Prozeß gemacht wegen des Mordes?« vermutete Tobias. »Der Graf hat offiziell Anklage erhoben?«

Bresser schüttelte den Kopf. »Wozu die Umstände? Jedermann weiß, daß sie eine Hexe ist. Was den Mord angeht, so ist diese Schandtat ohnehin nicht zu beweisen.« Er lachte matt. »Ihr wißt, wie sie sind. Geschickt wie der Teufel. Verkolt wurde krank und starb — aber jedermann hier weiß, daß sie es war, die ihn umgebracht hat.«

»Woher?« fragte Tobias scharf.

Bresser sah ihn irritiert an. »Was meint Ihr damit?« fragte er.

»Woher wißt Ihr, daß es die Hexe war, die Verkolt getötet hat? Ihr habt selbst gesagt — er wurde *krank*.«

»Jeder weiß das«, verteidigte sich Bresser. Er trat ein Stück zurück und schob Schultern und Kinn vor. Sein Lächeln wirkte noch falscher als zuvor. »Sie war sein Weib. Sie pflegte ihn, als er krank wurde. Den ganzen Sommer hindurch.«

»Das klingt nicht nach Hexerei«, sagte Tobias.

Bresser schnaubte. »Sie ließ niemanden an ihn heran«, antwortete er trotzig. »Der Graf ließ einen Arzt aus der Stadt kommen. Unser Lehnsherr kümmert sich um uns. Er schickte nach dem Arzt und bezahlte ihn aus seiner Privatschatulle, aber sie ließ ihn nicht einmal ins Haus. Sie hat ihn davongejagt. Sie hat alle davongejagt, die kamen. Verkolt wurde immer schwächer und kränker, aber sie ließ keinen an ihn heran. Wahrscheinlich hatte sie Angst, ihr Plan könnte durchschaut werden.«

»Vielleicht hatte sie auch einfach nur Angst um ihren Mann«, sagte Tobias.

»Angst!« Bresser lachte. »Jedermann weiß, daß sie eine Hexe ist«, sagte er kampflustig. »Und jedermann weiß, wie verschlagen und heimtückisch Hexen sind. Ihr solltet das besser wissen als ich, Vater. Immerhin seid Ihr eigens den weiten Weg gekommen, um über sie zu richten.«

»Ich wurde hierher geschickt, um gewissen Anschuldigungen nachzugehen, die in einem Brief erhoben wurden«, verbesserte ihn Tobias kühl. »Was ich bisher gehört habe, das klingt mir weniger nach Hexerei als mehr nach Dummheit.«

Bresser starrte ihn an. Tobias' Betonung ließ nicht viel Zweifel daran, wen er mit dem Wort *Dummheit* wirklich meinte.

Ein paar Augenblicke lang standen sie einfach so da und starrten sich an. Tobias schalt sich in Gedanken einen Narren. Es war absolut nicht nötig gewesen, daß er sich jetzt mit diesem Kerl stritt. Er sollte seine Kräfte lieber für eine lohnendere Gelegenheit aufheben — von denen es wahrscheinlich noch mehr geben würde, als ihm lieb war. Möglicherweise würde er sich in den kommenden Tagen weniger mit der Hexe als mehr mit der Verbohrtheit der Buchenfeldener herumschlagen müssen. Ganz egal, ob Bresser nun der Narr war, für den er ihn hielt, oder nicht — er lebte in diesem Haus und hatte Einfluß und Macht, und sei es nur, weil er zufällig der Protegé des Grafen war. Tobias fragte sich, was für ein Mensch dieser Theowulf war, wenn er einen Kerl wie Bresser auf eine solche Position setzte. Entweder ein ganz besonders dummer oder ein ganz besonders gerissener Herrscher — aber wahrscheinlich kein sehr sympathischer, gottesfürchtiger Zeitgenosse.

Endlich warf Tobias einen letzten, entsagungsvollen Blick auf das Bett und wandte sich mit einem Seufzen wieder an Bresser. »Bringt mich zu ihr.«

Bresser erschrak sichtbar. »Zu der Hexe?«

Tobias nickte. »Jetzt?« fragte Bresser noch einmal.

Tobias nickte ungeduldig. »Gibt es irgendeinen Grund, mit der Interrogatio zu warten?«

»N . . . nein«, antwortete Bresser stockend und verbesserte sich fast sofort: »Oder doch. Sie ist . . . im Turm. Das ist der einzig sichere Ort hier.«

»Worauf warten wir also noch?« wollte Tobias wissen.

Bresser druckste einen Moment herum. »Eigentlich ist es kein Problem«, sagte er ausweichend. »Es ist nur . . . die Leute haben Angst vor ihr. Keiner wollte sie versorgen. Auch wenn sie eine Hexe ist, braucht sie doch Essen und Wasser und gewisse andere Dinge. Niemand wollte diese Aufgabe übernehmen, so daß sich meine Frau bereit erklären mußte, es zu tun.«

»Und?«
»Es gibt nur einen Schlüssel zum Turm«, sagte Bresser. »Und den trägt sie immer bei sich.«
»Dann laßt uns gehen und sie darum bitten«, sagte Tobias.

»Das ist unmöglich.« Bresser schüttelte fast erschrocken den Kopf; viel zu hastig, um seiner Behauptung auch nur den *Anschein* von Wahrheit zu geben. Er war ein jämmerlicher Lügner, und dafür verachtete Tobias ihn noch mehr. Er haßte Lügen, aber wenn er schon belogen wurde, so empfand er es beinahe schon als Beleidigung, wenn man versuchte, ihn derart plump hereinzulegen.
»Sie ist nicht hier«, fuhr Bresser fort. »Ich habe sie zum Schloß geschickt, um den Grafen von Eurer Ankunft zu benachrichtigen. Der Weg ist weit. Sie wird nicht vor einer Stunde wieder zurückgekehrt sein.«
Er fuhr sich unsicher mit dem Handrücken über die Lippen. Sein Blick flackerte. »Warum . . . ruht Ihr Euch nicht eine Stunde aus, und ich komme und wecke Euch, sobald sie zurück ist?«
»Ihr wollt mir nicht erzählen, daß es keinen zweiten Schlüssel zu diesem Turm gibt«, sagte Tobias kalt.
»Natürlich gibt es den«, antwortete Bresser hastig. »Der Graf besitzt einen zweiten Schlüssel. Und auch Verkolt hatte einen. Aber all seine Sachen wurden aufs Schloß gebracht, gleich nach seinem Tod.«
»Warum?«
»Er war ein reicher Mann«, antwortete Bresser. »Der Graf hatte Angst vor Dieben — und auch davor, daß die Hexe sich alles nehmen und damit bei Nacht und Nebel verschwinden könnte. Außerdem glaube ich, daß Beweise darunter waren.«
»Beweise? Wofür?«
»Für die Untaten der Hexe.«
Tobias starrte ihn an. Allmählich machten ihn Bressers Worte nicht mehr ärgerlich, sondern wütend. Er konnte all dieses dumme Gerede von Zauberei und Hexenwerk nicht mehr hören.

»Gibt es einen Schmied in dieser Stadt?« fragte er.
Bresser nickte. »Sicher.«
»Versteht er sein Handwerk?«
»Niemand hat sich bisher über ihn beschwert«, antwortete Bresser. »Warum fragt ihr?«
»Dann laßt uns gehen und ihn holen«, sagte Tobias und trat an Bresser vorbei zur Tür. »Wenn er sein Handwerk versteht, wie Ihr sagt, wird es ihm sicherlich keine Schwierigkeiten bereiten, das Schloß zum Turm aufzubrechen, ohne allzu großen Schaden anzurichten.«

Tobias konnte beinahe fühlen, wie Bresser bleich wurde. Er besaß nicht die Dreistigkeit, ihn festzuhalten, aber er schlüpfte mit einer hastigen Bewegung hinter ihm durch die Tür und drängte sich an ihm vorbei, so daß Tobias wieder stehenbleiben mußte, wollte er ihn nicht gewaltsam aus dem Weg schieben.

»Ich bitte Euch, Pater!« sagte er beschwörend. »Das könnt Ihr nicht tun! Das Haus ist Besitz des Grafen. Ihr könnt nicht das Schloß aufbrechen lassen, ohne . . .«

»Oh, ich denke, ich kann«, unterbrach ihn Tobias kühl. »Macht Euch keine Sorgen. Ich werde die Verantwortung übernehmen. Und den Schaden werde ich ersetzen, sollte einer entstehen. Ich trag' eine gewisse Summe bei mir, über die ich nach Belieben verfügen kann.«

Es bereitete Tobias ein geradezu diebisches Vergnügen, zuzusehen, wie Bresser verzweifelt nach einer weiteren Ausrede suchte. Schließlich tat er doch, was er eigentlich nicht hatte tun wollen: Er streckte die Hand aus und schob den kleinen Mann einfach beiseite.

»Ich bitte Euch, Pater — das ist doch wirklich nicht nötig!« Bresser folgte ihm schwitzend und händeringend die Treppe hinab. »Der Schmied wird so lange brauchen, um die Tür zu öffnen, wie meine Frau, um zurückzukommen. Und glaubt mir — der Graf wird nicht sehr erbaut sein, wenn Ihr sein Eigentum beschädigt.«

Tobias blieb mitten auf der Treppe stehen und drehte sich zu Bresser herum. *Er* war nicht besonders erbaut davon, bedroht zu werden. Da Bresser hinter ihm stand, war er für den Moment sogar ein Stück größer als Pater Tobias. Trotzdem schien er unter Tobias' Blick zusammenzuzucken.

»Ein albernes Türschloß, wenn es um das Seelenheil einer ganzen Stadt geht?« fragte er spöttisch. »Ich bitte Euch!«

Bresser verzog das Gesicht zu einer Grimasse. »Er . . . er wird mich zur Verantwortung ziehen, Pater«, sagte er.

Als letzte Rettung versuchte er, an Tobias' Mitgefühl zu appellieren. Was für ein erbärmlicher Geist! »Ich werde ihm sagen, daß ich darauf bestanden habe«, entgegnete Tobias. »Gegen Euren Willen. Und nun macht Euch keine Sorgen. Geht und holt diesen Schmied — oder noch besser: Zeigt mir den Weg.« *Damit du nicht auf die Idee kommst, ihn wegzuschicken und mir zu erzählen, er wäre zufällig nicht in der Stadt.*

Bresser kapitulierte. Vor Tobias' Augen sackte er regelrecht in sich zusammen, wie ein Blasebalg, aus dem die Luft entwich. »Wenn Ihr darauf besteht . . .«

»Das tue ich«, bestätigte Tobias noch einmal. Er ging rasch die Treppe hinab und trat geduckt einen Schritt zur Seite, um Bresser Platz zu machen. Hinter einer der Türen drangen Geräusche hervor, und Tobias registrierte voller Schadenfreude, wie Bresser zusammenfuhr und ihm einen verstohlenen Blick zuwarf. Tobias ließ sich nichts anmerken — aber dann, ganz plötzlich, begriff er, wie kindisch er sich benahm, und er ärgerte sich wieder; über Bresser, aber auch über sich selbst. Mit seiner tumben, schwerfälligen Art hatte Bresser es doch tatsächlich geschafft, daß Tobias sich mit einem kleinen Geist wie ihm auseinandersetzte. Der Gedanke allein steigerte seinen Groll noch mehr. Im Grunde hätte Bresser nichts mehr verdient, als daß er das böse Spiel bis zum bitteren Ende trieb und ihn das Schloß aufbrechen ließ, während seine Frau sich zehn Schritte weiter im Haus zu schaffen machte.

Aber Grausamkeit hatte nie zu Tobias' Charaktereigenschaften gehört. Außerdem war Bresser die Gebete, die er zur Buße für ein solches Verhalten sprechen mußte, gar nicht wert.

»Wartet«, sagte er.

Bresser blieb stehen und sah sich nervös um. »Ja?«
Tobias hob die Hand und tat so, als lausche er angestrengt — obwohl die Geräusche hinter der Tür jetzt verstummt waren.
»Sagtet Ihr nicht, daß Ihr und Eure Frau allein lebt?«
Bresser nickte.
»Ich dachte, ich hätte etwas gehört«, fuhr Tobias fort. »Aber vielleicht habe ich mich getäuscht. Eure Frau kann ja wohl kaum schon zurück sein.«
»Nein«, antwortete Bresser. »Aber ich glaubte gerade auch, etwas . . . Wartet einen Moment, bitte.«
Er machte eine fahrige Handbewegung und drängte sich ein zweites Mal an Tobias vorbei. Beinahe rennend trat er durch die Tür und drückte sie hinter sich sorgfältig wieder ins Schloß. Tobias hörte ihn auf der anderen Seite einige Augenblicke lang erregt sprechen, dann kam er zurück, über das ganze Gesicht strahlend.
»Was für ein Glück!« sagte er. »Dieses dumme Weib ist gar nicht gegangen, stellt Euch vor! Ich hatte ihr eingeschärft, sofort zum Grafen zu eilen, aber Ihr wißt ja, wie die Weibsbilder sind — sie wollte zuerst noch die Küche herrichten und ein sauberes Laken für Euer Bett heraussuchen. Aber ich werde sie nicht für ihren Ungehorsam bestrafen. Immerhin . . .«
Tobias blickte ihn eisig an, und Bresser brach mitten im Wort ab. »Habt Ihr den Schlüssel?«
»Nein«, antwortete Bresser. »Aber meine Frau bringt ihn. Sie kommt sofort.«
Sobald sie den Schlüssel gefunden hat, dachte Tobias. *Den du wahrscheinlich selbst irgendwo hingelegt hast.* Aber er ersparte sich eine Antwort, schon aus Angst, noch mehr Unsinn aus Bressers Mund hören zu müssen, und verließ ohne ein weiteres Wort das Haus.
Obwohl ihm der Gestank erneut zugleich ekelhaft und sonderbar vorkam, atmete er doch erleichtert auf, als er auf die Straße trat, denn hier konnte er sich wenigstens wieder aufrichten. Er blinzelte. Nach dem Halbdunkel im Haus brannte die Mittagssonne förmlich in den Augen, und er spürte plötzlich, wie heiß es geworden war. Zwischen den

ärmlichen Gebäuden der Stadt schien die Luft zu vibrieren, und er begann unter seiner groben Kutte fast sofort zu schwitzen. Bresser wieselte mit kleinen Schritten an seine Seite und sagte irgend etwas, aber Tobias verstand dessen Worte nicht. Für einen Moment schwindelte ihn. Alles ... drehte sich um ihn herum, und zum zweiten Mal — und ungleich heftiger als vorhin in der Dachkammer — überkam ihn dieses sonderbare Gefühl des Unwirklichen. Er kam sich vor wie in einem Traum, einem jener ganz besonders üblen Nachtmahre, in denen die Wirklichkeit nur ein ganz kleines Stückchen verrückt geworden war; gerade so weit, daß das Grauen aus den Schatten hervorlugte, ohne daß man es wirklich erkennen konnte. Die Gestalten der Kinder, die immer noch vor dem Haus lärmten, erschienen ihm eine Spur zu dunkel, schwarze Schatten, die nur so taten, als wären sie Körper, die Häuser ein bißchen geduckt, als wären sie in Wahrheit getarnte, kauernde Raubtiere, der Staub, den die Kinder aufwirbelten, bildete groteske Formen, die nur scheinbar zufällig waren, und ...

Heiliger Dominikus — was geschah mit ihm? Tobias stöhnte. Er machte einen taumelnden Schritt, hob zitternd die Hand an den Kopf und schluckte bitteren Speichel herunter, der sich unter seiner Zunge sammelte.

»Was habt Ihr?«

Bressers Stimme drang wie von weit, weit her an sein Ohr. Das Bild der Straße verbog sich vor seinen Augen, wurde zu einem grotesken Zerrbild, als betrachte er es in einem unsauber geschliffenen Silberspiegel. Galle füllte seinen Mund; rascher, als er sie herunterschlucken konnte, und der einzige Grund, aus dem er sich nicht übergab, war ein Gefühl der Scham Bresser gegenüber.

»Was ist mit Euch, Pater?« Bresser berührte ihn an der Schulter; gleichzeitig griff er mit der anderen Hand nach Tobias' Ellbogen, um ihn zu stützen.

Das Schwindelgefühl verging, und zurück blieb ein hämmerndes Dröhnen zwischen seinen Schläfen. Er konnte noch immer nicht richtig sehen, aber es war jetzt nur noch der Schmerz, der sein Sehvermögen beeinträchtigte.

Pater Tobias gestattete sich noch einige weitere Augenblicke, in denen er reglos verharrte und mit der Schwäche seines eigenen Körpers rang, ehe er sich mit einem lauten Stöhnen aufrichtete und seinen Arm aus Bressers Griff löste.

»Nichts«, sagte er. »Es ist nichts. Danke.«

Bresser blickte ihn zweifelnd an. Plötzlich war es vollkommen still. Als Tobias sich umwandte, sah er, daß die zerlumpten Kinder in der Gasse ihn ebenfalls anstarrten; mit einer Mischung aus Neugier und Schrecken.

Mit einer hastigen Bewegung drehte er sich wieder zu Bresser um. »Es ist nichts«, sagte er noch einmal. »Mein Kopf schmerzt. Ich . . . bin wohl aus dem Alter heraus, in dem ich mich mit kleinen Jungen prügeln sollte.«

Er lächelte matt, und Bresser erwiderte dieses Lächeln pflichtschuldig. Aber der Dicke blieb trotzdem ernst. »Hört auf mich und legt Euch eine Stunde hin«, sagte er. »Ich schicke jemanden zum Schloß. Der Graf hat eine Magd, die sich ein wenig auf die Heilkunst versteht. Es wäre besser, wenn sie sich die Wunde ansieht.«

»Das ist nur ein Kratzer.«

»Manchmal ist das, was man nicht sieht, schlimmer«, antwortete Bresser ernst. Tobias glaubte zu spüren, daß aus diesen Worten wirklich die Sorge um seine Gesundheit sprach; und nicht etwa der Gedanke, ihn doch noch vom Betreten des Turmes abzuhalten. Aber er fühlte sich auch wirklich bereits besser. Vielleicht war er einfach völlig erschöpft von der Reise. Möglicherweise setzte ihm auch der bestialische Gestank mehr zu, als er gedacht hatte.

Er widerstand im letzten Moment dem Impuls, den Kopf zu schütteln. »Später«, sagte er. »Jetzt will ich mir erst diese Hexe ansehen.«

Bresser seufzte. Aber er widersetzte sich nicht mehr, sondern schüttelte nur stumm den Kopf und ging vor Tobias her zu dem benachbarten Haus.

Tobias betrachtete das sonderbare Gemäuer aufmerksam, während er sich ihm näherte. Es verlor auch jetzt nichts von seiner unheimlichen Ausstrahlung — es *war* ganz eindeutig älter als alle anderen Häuser in Buchenfeld. Vermutlich war die Stadt im Laufe der Jahrzehnte allmählich um dieses Gemäuer gewachsen, fast als wäre es ein Gotteshaus. Tobias konnte sich allerdings beim besten Willen niemanden vorstellen, der seine Hütte freiwillig in der Nähe *dieses* Gebäudes errichtete. Der klobige, gedrungene Turm bot keinen Schutz. Er strahlte eine finstere Macht aus. Die Zinnen des Turmes glichen zerbrochenen Hexenzähnen; die Fenster waren spitz und klein; keines davon breit genug, auch nur einen schlank gewachsenen Menschen einzulassen — trotzdem war jedes einzelne mit einem massiven eisernen Kreuz gesichert. Das Dach war klobig und der First mit sonderbar eckigen Schindeln gedeckt, wie Tobias sie noch nie zuvor gesehen hatte. Es sah aus wie der Rückenkamm eines Drachen.

Seine Schritte wurden immer langsamer, während er Bresser folgte. Dafür schlug sein Herz rascher. Selbst die Tür dieses Gebäudes flößte ihm Unbehagen ein. Sie war breit, aber sehr niedrig und massiv. Zu beiden Seiten befanden sich schmale Fenster, eigentlich nur Schießscharten, kaum breit genug, um eine Hand hindurchzustecken.

Und dann, endlich, begriff er, was dieses Gebäude *wirklich* war.

Eine Festung.

Tobias war verwirrt. Das Land wimmelte von Festungen und Burgen, und manche, die er selbst gesehen hatte, waren nicht viel größer gewesen als dieses Turmhaus — aber wer baute mitten in einem öden kargen Landstrich eine Festung?

Bresser hatte die Tür geöffnet (übrigens ohne einen Schlüssel zu benötigen; so massiv die Tür war, gab es kein Schloß an ihr, sondern nur einen massiven Riegel) und war stehengeblieben, und Tobias schritt ein wenig schneller aus, um nicht zurückzubleiben.

Im Innern war es so kühl, wie er erwartet hatte, aber überraschend hell. Das gesamte Untergeschoß bestand aus einem einzigen, großen Raum mit kleinen, aber sehr zahlreichen Fenstern, deren Licht den Saal in ein Gitter aus scharf abgegrenzten Hell- und Dunkelbereichen verwandelte. Er hatte eine ähnliche Kargheit wie in Bressers Haus erwartet, statt dessen war der Saal mit sauberen, schwarzen und weißen

Fliesen gepflastert. Vor einem mächtigen Kamin an der Südwand thronte eine Eichentafel, die Platz für mindestens fünfzig Personen bot, an der allerdings nur ein halbes Dutzend Stühle standen. Rechts und links des Kamins hingen Waffen an den Wänden — Schilde, Schwerter, Hellebarden und Teile von Rüstungen. Überall standen Kerzenleuchter, und neben der Tür befanden sich geschmiedete Halterungen, in die man Fackeln stecken konnte. Direkt gegenüber dem Eingang hing ein gewaltiges Ölgemälde. Tobias versuchte, die darauf abgebildete Gestalt zu erkennen, aber es gelang ihm nicht. Das Bild war so zwischen zwei Fenstern aufgehängt, daß ihn das einfallende Licht nur eine Silhouette erahnen ließ; Purpur auf Braun. Daneben, fast am entgegengesetzten Ende des Saales, führte eine Treppe wie ein geschnitztes Schneckenhaus zugleich nach oben und unten.

Bresser steuerte diese Treppe an, ohne auf ihn zu warten, und Tobias mußte nun eilen, um nicht zurückzubleiben. Ihm fiel auf, wie unheimlich ihre Schritte in der Stille des verlassenen Saales widerhallten. Als er sich im Gehen herumdrehte, bemerkte er die kleinen Staubwölkchen, die er und Bresser aufgewirbelt hatten. Sie tanzten im Gitternetz der Sonnenstrahlen wie Nebel, der aus dem Sumpf steigt.

Zu seiner Überraschung wandte sich Bresser auf der Treppe nicht nach unten. Er hatte ganz instinktiv angenommen, daß sich das Verlies in den Kellergewölben des Hauses befand. Aber Bresser stieg schnaufend, die linke Hand auf dem wuchtigen Geländer, die Treppe hinauf. Es gab eine Klappe am Ende der Treppe — keine Tür, sondern nur eine massive, mit zusätzlichen eisernen Riemen verstärkte Klappe, in der sich schmale eisenverstärkte Schlitze befanden. Die Funktion dieser Öffnungen begriff Tobias sofort. Es waren Scharten, durch die man hindurchschießen oder eine Speerspitze stecken konnte.

Tobias blieb stehen, während Bresser sich mit einer Kette abmühte, die die Klappe öffnete. Sie war offenbar lange nicht mehr benutzt worden; die Mechanik hatte Rost angesetzt, denn es kostete Bresser all seine Kraft, sie weit genug zu öffnen, so daß sie hindurchgehen konnten.

Ehe Tobias sich hindurchzwängte, warf er noch einen Blick zurück auf die Halle. Die schwarz-weißen Fliesen auf dem Boden schienen ein Muster zu bilden, das er zwar nicht in seiner Gänze wahrnahm, das ihm aber Unbehagen bereitete. Schaudernd wandte er sich um und beeilte sich, Bresser zu folgen.

Er betrat ein einziges, recht großes Zimmer, das aber durch einige geschickt angeordnete Teppiche und Vorhänge in einen Koch- und einen großzügigen Schlafbereich unterteilt war. Auch hier lag überall Staub, wie ein grauer Überzug, der unter ihren Schritten aufstob und Tobias zum Husten reizte.

Vor der einzigen Tür, die es außer der Bodenklappe noch gab, blieb Bresser stehen und wandte sich zu ihm um.

»Worauf wartet Ihr?« fragte Tobias.

»Auf meine Frau, Pater«, antwortete Bresser. »Sie wird sogleich mit dem Schlüssel kommen.«

»Dann wollen wir hoffen, daß sie es auch tut«, sagte Tobias ernst. »Nicht, daß sie ihn etwa verlegt hat und ich doch noch den Schmied kommen lassen muß.« Er deutete auf das massive Vorhängeschloß neben Bressers rechter Hand (Großer Gott, es mußte einen halben Zentner wiegen!) und unterstrich seine Worte mit einem grimmigen Blick, der Bressers Nervosität noch steigerte. »Ist das der Eingang zum Verlies?«

Bresser nickte. »Es ist nur ein Raum, den wir hergerichtet haben«, sagte er. »Bisher brauchten wir kein Gefängnis in Buchenfeld. Aber es ist der sicherste Ort in der Stadt.«

Kein Gefängnis? Tobias war überrascht. Buchenfeld war kein ganz kleiner Ort mit seinen tausend Seelen. Es war schwer vorstellbar, daß nicht ein einziges schwarzes Schaf in dieser Herde sein sollte. Doch er schwieg und sah sich um.

Der Staub, den ihre Schritte aufgewirbelt hatten, hing in dichten trägen Schwaden in der Luft, und Tobias spürte die Kälte dieses Gemäuers. Schaudernd hob er die Hand und zog die Kutte enger um den Hals zusammen.

»Was ist das hier eigentlich?« fragte er.

»Dieses Haus?« Bresser zuckte mit den Schultern, als

Tobias ihm ein angedeutetes Nicken schenkte, und machte eine bedeutungslose Geste mit der linken Hand. »Es gehört dem Grafen. Früher einmal hat seine Familie hier gelebt, bevor sie das Schloß gebaut haben. Aber das ist lange her. Es steht schon seit drei Generationen leer. Manchmal wohnen der Graf und sein Gefolge hier, aber nicht oft.«

Seinem Aussehen nach zu urteilen, nur alle fünfzig Jahre, dachte Tobias sarkastisch. Laut sagte er: »Ist es dann nicht eine Schande, es leerstehen zu lassen?«

»Ihr habt recht«, antwortete Bresser. »Aber niemand will in diesem Gemäuer leben. Ihr vielleicht, Vater?«

Tobias schüttelte fast erschrocken den Kopf, und Bresser fuhr nach einem flüchtigen Lächeln fort: »Es ist zu groß. Im Winter kann man es nicht heizen, und es wird niemals richtig Tag hier drinnen. Und die meisten Leute fürchten sich vor der ewigen Dunkelheit hinter diesen Mauern. Theowulf nächtigt lieber bei mir als in diesem Haus.«

Tobias verstand den Grafen. Ihm selbst erginge es ja nicht anders. »Die meisten Leute?« wiederholte er. »Ihr nicht?«

Bresser lächelte. »Nein. Ich gehöre nicht zu diesem abergläubischen Volk. Wenn Ihr mich fragt, ich glaube nicht an Geister und Dämonen, die in alten Gemäuern herumspuken. Das ist auch der Grund«, fügte er mit hörbarem Stolz hinzu, »aus dem der Graf mich zu Verkolts Nachfolger ernannt hat.«

Ja, dachte Tobias. *Das und der Umstand, daß du ein Narr bist, mein Freund.* Mit einer Spur genau berechneten Spotts in der Stimme antwortete er: »Ihr glaubt nicht an Geister, aber an Hexen? Wie geht das zusammen?«

Für einen Moment blitzte die alte Feindseligkeit wieder in Bressers Augen auf. »Sehr gut, Vater«, antwortete er überheblich. »Seht Ihr, ich sehe das so: Sicher gibt es einen Teufel, so, wie es einen Gott gibt, denn schließlich hat Gott den Teufel erschaffen, um den Menschen schwerste Prüfungen aufzuerlegen. Doch dann ist der Teufel immer mächtiger geworden, er drängte das Gute immer weiter zurück und wurde ein Fürst der Hölle, der sogar Jesus Christus, den Messias, in Versuchung führen konnte.«

Tobias starrte ihn an. Er verbot sich eine zornige Erwiderung, die ihm auf der Zunge lag, und machte nur eine Geste zu Bresser, fortzufahren.

»Ich glaube nicht an Geister, aber Hexen sind keine Geister, oder? Sie sind Menschen, die sich in verbotenen Künsten auskennen. All dieses Gerede von Dämonen und Geistern dient doch nur dem einzigen Zweck, uns von der wahren Macht des Bösen abzulenken.« Bressers Blick wurde lauernd, und Tobias ahnte, daß er besser daran tat, sich nicht auf eine theologische Diskussion einzulassen; nicht mit diesem Trottel und schon gar nicht an *diesem* Ort.

Trotzdem antwortete er nach kurzen Zögern: »Ihr glaubt, daß der Teufel ebenso mächtig ist wie unser Gott?«

»Mit Verlaub, Herr. Wäre unser Christengott soviel mächtiger als Luzifer und seine Höllenbrut, würde das Böse nur einen kümmerlichen Schatten auf unser Dasein werfen. Aber die Erde ist ein Jammertal, und die Allmacht Gottes, den Sieg über den Teufel gibt es nur im Himmelreich.«

Das *war* Häresie. Doch Bresser hob rasch die Hand und fuhr in fast entschuldigendem Ton fort: »Verzeiht, wenn ich mich vielleicht nicht so geschliffen ausdrücke, wie es ein Mann wie Ihr gewohnt sein mag, ehrwürdiger Vater. Natürlich zweifle ich nicht an der Liebe Gottes. Er will uns schwache Menschen retten, aber das Böse ist stark und waltet in allen Dingen.«

Ein einfacher Mann? dachte Tobias. Das war die geschliffene Spitzzüngigkeit eines Ketzers, Worte wie giftige Schlangen. Er war völlig verwirrt, solch eine finstere Botschaft aus dem Munde *dieses* Mannes zu hören; eines Mannes, den er vor einem Augenblick noch für einen Tor gehalten hatte — und der es wahrscheinlich auch war.

»Ich bin Euch nicht böse«, log er. »Im Gegenteil. Es ist . . . eine interessante, wenn auch recht finstere Theorie. Wir sollten bei Gelegenheit darüber diskutieren.« *Und wer weiß*, fügte er in Gedanken hinzu, *vielleicht gibt es dann in Buchenfeld doch noch Arbeit für die Inquisition. Aber anders, als du dir träumen läßt, du Narr.*

»Jederzeit«, antwortete Bresser. Seine Stimme klang ein

wenig triumphierend. Vielleicht glaubte er tatsächlich, sein Gegenüber bereits in das Netz seines wirren Gedankengespinstes verwickelt zu haben. »Wir werden viel Zeit haben zu reden. Die Abende hier sind lang, und . . .«

Schritte von der Treppe her unterbrachen Bresser. Tobias blinzelte in die staubige Dämmerung und erkannte Maria, Bressers Frau, die mit kleinen Schritten und gesenkten Schultern auf sie zukam. Waren ihre Bewegungen auch vorhin schon so angstvoll gewesen? überlegte er. Oder spürte sie wie er den unheimlichen Odem dieses Ortes?

Bresser ging ihr entgegen und streckte die Hand aus, woraufhin sie ihm einen Schlüssel überreichte. Während sich Bresser daran machte, das Schloß zu öffnen, versuchte Tobias Maria anzusehen. Sie wich seinem Blick aus, und plötzlich glaubte er den Grund ihrer Furcht zu wissen: Sie wollte keinen Priester belügen.

Das Schloß sprang auf, und Bresser stemmte die Schulter gegen die schwere Tür, um sie vollends zu öffnen. Dunkelheit schwappte wie eine Woge in den Raum, gefolgt von einem Schwall abgestandener, nach menschlichen Abfällen und Fieber riechender Luft.

Der Mönch warf Bresser einen ebenso überraschten wie zornigen Blick zu, schob ihn einfach zur Seite und trat durch die Tür.

Im allerersten Moment war er blind. In der Kammer herrschte vollkommene Finsternis. Es gab ein Fenster, aber es war mit Brettern vernagelt, und nachdem sich seine Augen an die Dunkelheit gewöhnt hatten, sah er, daß jemand selbst die Ritzen mit Lumpen zugestopft hatte. Es stank so entsetzlich, daß Tobias kaum atmen konnte, und im gleichen Moment fiel ihm etwas ein, was ihm draußen bereits aufgefallen war, dem er aber noch keine Bedeutung zugemessen hatte. Eine dicke Schicht Staub lag auf dem Boden, aber nirgends waren Spuren zu sehen. Wenn jemand hier gewesen war, dann mußte es *Wochen* her sein.

Angestrengt sah Tobias sich um, konnte aber nur Schatten erkennen. Ein Geräusch drang an sein Ohr, das er im ersten Moment für ein Wimmern hielt, bis er begriff, daß es die mühsamen, rasselnden Atemzüge eines sterbenden Menschen waren. Seine Sandalen verursachten feuchte, klebrige Geräusche auf dem Boden, als er zu Bresser herumfuhr.

»Wie lange war niemand in diesem Raum?« fragte er. »Wann habt Ihr das letzte Mal nach ihr gesehen?«

Bresser zögerte.

»Wann?« herrschte ihn Tobias an.

»Seit ... zwei Wochen«, antwortete Bresser stockend. Hastig fügte er hinzu: »Wir haben Wasser und Brot für einen Monat hiergelassen, und ...«

»Öffnet das Fenster!« unterbrach ihn Tobias. »Sofort!«

»Aber Vater! Der Graf ...«

»Mach das Fenster auf!« befahl Tobias. »Ich befehle es dir!«

Er konnte auch Bresser nur als Umriß erkennen, aber daß der Mann unter seinen Worten zusammengefahren war, hatte er dennoch gesehen. Mit schnellen Schritten eilte er an Tobias vorbei und begann die Latten von der winzigen Fensteröffnung zu reißen.

Selbst das Licht, das in den Raum strömte, wirkte schmutzig. Tobias blinzelte im allerersten Moment, sah sich um —

— und blieb betroffen mitten in der Bewegung stehen.

Die Gestalt ähnelte eher einem Lumpenbündel als einem lebendigen Menschen. Weder Gliedmaßen noch Gesicht waren zu erkennen — die Frau hatte sich zusammengekrümmt, die Beine an den Körper gezogen und die Knie fest mit den Armen umschlungen; die Haltung eines Ungeborenen, das Schutz in der Wärme des Mutterleibes suchte. Ihr Kleid mußte einmal weiß gewesen sein, war aber jetzt von einem matten Braun und hing in Fetzen, die nicht zerrissen, sondern von Fäulnis zerfressen waren. Der Gestank, der Pater Tobias entgegenschlug, war so entsetzlich, daß ihm übel wurde.

Er starrte Bresser an. Der Dicke erwiderte seinen Blick fast trotzig, und was Tobias im allerersten Moment für Betroffenheit hielt, entpuppte sich beim zweiten Hinsehen als Angst — vor Tobias oder vor dem Grafen, gegen dessen ausdrücklichen Befehl er Tobias hier hereingebracht hatte.

Tobias schluckte den bitteren Speichel herunter, der sich schon wieder unter seiner Zunge gesammelt hatte, und machte einen zweiten, zögernden Schritt auf die Jammergestalt in der Ecke zu, blieb aber sofort wieder stehen. Es kam ihm selbst verrückt vor — aber er hatte Angst, weiterzugehen und in das Gesicht zu blicken, das unter dem verfilzten braungrauen Haar sein mochte. Die Frau lebte noch, aber für einen Moment wünschte sich Tobias fast, daß sie doch schon gestorben wäre. Nur ein Wunder konnte sie noch retten. Und niemand, gleich, was er getan hatte, sollte unter *solchen* Umständen sterben müssen.

»Hol etwas Wasser«, bat er, an Bressers Frau gewandt.

Maria zögerte, warf einen Blick auf ihren Mann und bewegte sich erst, als dieser fast unmerklich nickte. Tobias' Groll wuchs durch dieses Verhalten noch. Zum ersten Mal im Leben hatte er den Wunsch, jemanden zu schlagen.

Er drängte seinen Ekel zurück und ging neben der Frau in die Hocke. Er schämte sich vor sich selbst dafür, aber seine Hände zitterten, und es kostete ihn all seine Kraft, die Arme auszustrecken und die zusammengekauerte Gestalt zu berühren. Aber auch sie, so sagte er sich, sei ein Geschöpf Gottes, eine verwirrte Seele vielleicht nur.

Der Stoff ihres Kleides war feucht und löste sich unter seiner Berührung in schmierige Fetzen auf. Die Haut darunter war mit Schorf bedeckt und starrte vor Schmutz; und sie schien zu glühen. *Zwei Wochen!* dachte Tobias entsetzt. Sie hatten sie hier eingesperrt, und sie hatten sich volle zwei Wochen lang nicht um sie gekümmert!

Er sah auf, schenkte Bresser einen zornbebenden Blick und sah sich suchend um. In einer Ecke lag etwas, das er erst beim dritten Hinsehen als einen Haufen grünverschimmeltes Brot erkannte, das zum Teil schon zu einer weißlichen Masse zusammengefault war; stinkender Schleim, der tötete, wenn man ihn aß. Daneben faulte ein kleiner Rest Wasser in einem Zinkeimer. Tobias' Groll schlug beinahe in Haß um.

Als er fester zugriff und versuchte, die Frau herumzudrehen, klirrte Eisen.

Tobias schloß entsetzt die Augen. Sie hatten sich nicht

damit zufrieden gegeben, sie hier einzuschließen und einfach zu vergessen. Sie hatten sie angekettet.

»Schließt . . . die Ketten . . . auf«, sagte er stockend. Das Sprechen fiel ihm schwer. In seiner Kehle saß ein bitterer, harter Kloß. Übelkeit, Ekel und Zorn vermischten sich zu einem Gefühl, das er nicht kannte und das ihn fast Angst vor sich selbst empfinden ließ.

»Das darf ich nicht«, antwortete Bresser. »Der Graf läßt mich auspeitschen, wenn ich das tue.«

Tobias sah auf. Seine Stimme war ganz ruhig, aber das neuerliche Zusammenfahren des dicken Mannes verriet ihm, daß sich in seinem Blick sehr viel von dem spiegelte, was er empfand.

»Das ist nichts gegen das, was ich mit Euch tun werde, wenn Ihr nicht auf der Stelle gehorcht«, sagte er. »Was haltet Ihr von einer Anklage wegen Mordes? Was haltet Ihr davon, wenn sich die Inquisition mit *Euch* beschäftigt, Bresser?«

Bresser wurde bleich. Er mochte ahnen, daß Tobias nur leere Drohungen ausstieß; aber er sah Tobias wohl auch an, wie ernst er es meinte. Und er war nicht nur ein Geistlicher. Er war Inquisitor. Die schlichte Kutte, die er trug, gab ihm Macht über Leben und Tod.

»Vater, ich . . .«

»*Öffnet die Ketten!*« schrie Tobias.

Bresser nickte abgehackt, klaubte einen Schlüssel aus der Jackentasche und ließ sich mit deutlich angeekeltem Gesichtsausdruck neben Tobias auf die Knie sinken. Als er nach den Ketten griff, gab er sich alle Mühe, die zitternde Gestalt nicht zu berühren.

Tobias half ihm, so gut er konnte. Er ging sehr behutsam zu Werke, denn obwohl die Frau das Bewußtsein verloren zu haben schien, ahnte er doch, daß ihr jede Berührung unerträgliche Pein bereitete. Vorsichtig drehte er sie herum, bettete ihren Kopf auf seinem Schoß und wartete voller Ungeduld darauf, daß Bresser die Ketten löste. Abermals fuhr er zusammen, als er sah, daß das Fleisch ihrer Handgelenke darunter fast bis auf die Knochen aufgerissen war; eine einzige, schwärende Wunde, die näßte und stank.

Bresser biß sich auf die Unterlippe und sah weg, und Tobias begriff, daß alle Vorhaltungen sinnlos wären. Kopfschüttelnd streckte er die Hand aus, strich das verklebte Haar aus dem Gesicht der bewußtlosen Frau —
— und stürzte jählings in die Hölle.
Ihre Tore öffneten sich für ihn im gleichen Moment, in dem er in das Gesicht unter dem Schmutz und Eiter blickte, die verzerrten, fast unkenntlichen und für ihn doch so entsetzlich *vertrauten* Züge gewahrte, dem Blick der offenen, aber nichts sehenden Augen begegnete. Ihr feuriger Atem streifte ihn, als er in dieses Gesicht blickte, und er schien etwas in seiner Seele zu treffen, als er einen furchtbaren Augenblick später begriff: Es war seine Katrin.

3

Im Leben jedes Menschen gibt es eine große Sünde. Sünden gab es viele; fast so viele, wie es Gelegenheiten gab, zu sündigen. Es verging kein Tag, an dem man nicht eine oder mehrere beging, viele Sünden waren entschuldbar und erklärlich — was sie indes keinen Deut leichter wiegen ließ, denn es war ja gerade die heilige Pflicht eines jeden Menschen, sein Leben so zu gestalten, daß er nicht gegen die Gebote der Kirche und Gottes verstieß. Es hatte von jeher zu Bruder Tobias' festen Überzeugungen gezählt, daß kein menschliches Wesen außer der Jungfrau Maria ohne Sünde war, nicht einmal die Heiligen; ja, wahrscheinlich nicht einmal die Apostel, obgleich sie von Gottes Sohn selbst geleitet worden waren.

Aber darüber hinaus — und auch davon war Tobias fest überzeugt — beging jeder Mensch mindestens *eine* große Sünde (die nicht immer mit einer der sieben Todsünden übereinstimmen mußte!), und es war das Gewicht dieser einen Sünde, die letztendlich die Richtung bestimmen mochte, in die sich die Waagschale der Gerechtigkeit senkte: zum Paradies oder zur Hölle hin.

Tobias' Todsünde hieß Katrin.

Großer Gott — wie lange war es her, daß er sie kennengelernt hatte? Er wußte es nicht. Katrin war drei Jahre jünger als er — mithin jetzt neunundzwanzig —, und sie hatten sich oft getroffen, hatten in der wenigen Zeit, in der sie keine Arbeiten im Haus verrichten mußten, mit der Rupfenpuppe gespielt, die Katrins Pflegemutter ihr gefertigt hatte, und waren gemeinsam durch die endlosen finsteren Wälder gestreift. Im Sommer hatten sie zusammen im Fluß gebadet und waren im Winter gemeinsam lachend über das Eis geschlittert. Sie waren Freunde gewesen; ungleiche Freunde, denn Katrin war ein Findelkind, das keine Eltern hatte und von einer gutherzigen Frau aus dem Dorf aufgezogen wurde, obgleich das arme Weib oft genug selbst kaum zu essen hatte, während Tobias als Sohn eines Kaufmannes von bescheidenem Wohlstand aufwuchs, nicht reich, aber doch das Kind einer Familie, der das Wort Hunger beinahe fremd war. Er war ein Junge, sie ein Mädchen, aber sie waren klein — er sieben und sie vier, als sie sich kennenlernten, und niemand hatte etwas gegen ihre Freundschaft gehabt. Sie wuchsen gemeinsam wie Bruder und Schwester auf, ihr Dorf war klein, und von der Welt erfuhren sie nur, wenn ein Barde in den Ort kam und von Kaiser und Reich erzählte, Dinge, von denen sie kaum etwas verstanden.

Tobias' Leben — und wohl auch das Katrins — wäre wahrscheinlich völlig anders verlaufen, wäre nicht in dem Jahr, in dem er sechzehn geworden war, etwas geschehen: Ein Wanderprediger kam in die Stadt.

Er hatte keine Schule besucht. Schulen gab es in den großen Bischofsstädten für die Kinder der Fürsten oder vornehmen Ratsherren. Lesen und ein wenig Rechnen hatte ihm sein Vater beigebracht, genug zumindest, daß er später das Geschäft übernehmen konnte, ohne es binnen einer Woche zu ruinieren. Was die Bibel anging, so gab es ohnehin nur eine Autorität im Ort: den Pfarrer, der eine Bibel besaß und auf alle Fragen die richtige Antwort wußte. Er war auch der einzige, der die Freundschaft zwischen Tobias und Katrin recht argwöhnisch betrachtete — ahnte er doch, daß die beiden im Wald etwas anderes taten, als Beeren zu sammeln oder Holz zu holen. Auch Tobias' Vater schien um ihre Liebe zu wissen, aber nie verlor er ein Wort darüber; es war ohnehin klar, daß Tobias und Katrin heiraten und er das Geschäft des Vaters übernehmen würde.

Wäre nicht der Wanderprediger gekommen.

Tobias interessierte sich zu jener Zeit nicht sonderlich für die Belange der Kirche. Er glaubte an Gott und an den Teufel und besuchte regelmäßig die Messe, im übrigen meinte er, seiner Christenpflicht damit Genüge zu tun.

So kam es, daß er — wie die meisten anderen Dörfler auch — die verhärmte Gestalt in der einfachen, nur von einem Strick zusammengehaltenen Kutte, die eines Morgens auf dem Marktplatz erschien und ewiges Feuer und Verdammnis zu predigen begann, nicht besonders ernst nahm. Zwar blieb er stehen und hörte ihren Predigten eine Weile zu, aber das, was er verstand, klang ihm recht düster und sonderbar. Er hatte nicht einmal gewußt, zu welchem der zahllosen Bettelorden der Mönch gehörte, und sollte es auch nie erfahren.

Was Tobias aber in seinen Bann schlug, war die Art, *wie* der Mann redete. Er sprach mit flammenden Worten, die von Gesten von eindringlicher Macht begleitet wurden, und die Dörfler, die nur stehengeblieben waren, weil das Erscheinen des Bettelmönchs eine Abwechslung im täglichen Einerlei bedeutete, hingen schon bald gebannt an seinen Lippen.

Auch ihm erging es nicht anders.

Er war zusammen mit Katrin gekommen. Es war ein freundlicher Sommerabend, und die Sonne würde erst in zwei, drei Stunden untergehen. Sie hatten zum Fluß gehen wollen und dabei aus irgendeinen Grund den Umweg über den Marktplatz gemacht. Katrin liebte es zu baden, Tobias nicht. Aber er sah ihr gern dabei zu, und sie mochte es, wenn er am Flußufer saß und sie betrachtete. Er bewunderte sie, und Katrin genoß es, bewundert zu werden. Sie hatte auch Grund, stolz auf sich zu sein, denn obwohl sie gerade erst in diesem Jahr dreizehn geworden war, hatte sie bereits den Körper einer Frau, noch sehr schlank und ein bißchen kindlich, aber vielleicht gerade deshalb so reizvoll — ohne die schweren, faltigen Brüste seiner Mutter oder ihre feisten Oberschenkel, die von blauen Adern wie ineinander verbissenen Würmern bedeckt waren. Katrins Brüste waren klein und fest, mit dunklen, harten Spitzen, die sich aufstellten, wenn sie im kalten Wasser badete.

Ja, er sah ihr gerne zu, wie sie im Fluß ein Bad nahm, manchmal stundenlang, während er am Ufer saß und aufpaßte, daß sie niemand überraschte. Vielleicht war es der Reiz des Verbotenen, der es so aufregend machte, denn meist taten sie dann hinterher die Dinge, von denen er im Hause des Vater nichts erzählte.

Auch der wortgewaltige Bettelmönch sprach von diesen verbotenen Dingen, sprach von Verdammnis und fleischlichen Gelüsten mit düsteren, unheilschwangeren Worten, die Tobias jedoch eher faszinierten, als sie ihn abstießen; und die ihm nicht die Spur von Angst einjagten, was sie ja eigentlich sollten.

Der Prediger war eine seltsame Erscheinung: groß, *sehr* groß, hatte er schmale, nach vorne gebeugte Schultern, als schleppe er eine unsichtbare Last mit sich herum, und dürre Hände, deren Finger sich wie die Beine fleischfarbener Spinnen unentwegt und hektisch bewegten, wenn er sprach. Sein Gesicht war schmal und ausgezehrt. Die Augen lagen tief in den Höhlen und hatten dunkle faltige Säcke. Seine Wangen waren von Narben zerfurcht, und unter den Schatten eines langen Bartes nisteten dunkle Schatten, wie von einer gerade überstandenen Krankheit oder einem langsamen Siechtum, das seinen Körper vielleicht schon seit Jahren von innen heraus aufzehrte. Seine Stimme war ein hohes Fisteln, schrill geworden im Laufe der Jahre. Seine Augen, unter buschigen Brauen verborgen, blickten mit einem niemals verlöschenden Zorn in die Welt, als erfülle ihn alles, was er sah, mit Ekel und Bitterkeit. Und zumindest einige der Zuhörer, die ihn in einem weiten Halbkreis umstanden, schienen durchaus beeindruckt von dem, was er sagte, wie ihre betretenen Mienen verrieten.

Vater Hegenwald aber, der Pfarrer, der sich unauffällig

unter die Zuhörer gemischt hatte, sah nicht besonders beeindruckt aus, fand Tobias. Schon eher zornig. Er beobachtete ihn schon eine ganze Weile, und ihm war nicht entgangen, daß der Ausdruck auf seinem Gesicht finsterer wurde, je länger er dem Lamento des Mannes in der Bettlerkutte lauschte. Und obwohl Hegenwald weder sein Priestergewand trug noch sich in irgendeiner anderen Art ausgewiesen hatte, schien der Bettelmönch irgendwie zu fühlen, daß er hier mehr als einen x-beliebigen Neugierigen vor sich hatte, denn sein feurig zorniger Blick ruhte des öfteren auf Hegenwald.

Tobias verfolgte dieses sonderbare Duell zwischen den beiden Gottesmännern mit einer Mischung aus Heiterkeit und Verwirrung. Er hatte bis zu diesem Tag sein Dorf niemals wirklich verlassen und hatte immer angenommen, daß die Kirche eine einzige, große Gemeinschaft war, zwischen deren Mitgliedern vollkommene Übereinstimmung herrschte. Daß dies nicht so war — und das bewiesen die Worte des Mönchs und die Blicke, die Hegenwald dem Prediger zuwarf —, verwirrte ihn.

Katrin begann ungeduldig an seinem Arm zu zerren. Sie wollte zum Fluß gehen. Ganz offensichtlich langweilte sie die finstere Predigt des Mönchs. Aber Tobias schüttelte vehement den Kopf. Er wollte noch nicht gehen. Dieser Fremde mit dem kranken Gesicht und den Spinnenfingern faszinierte ihn.

». . . lasset ab von euren weltlichen Gütern, von Besitz und Eigentum, denn diese Dinge sind des Teufels!« rief er gerade mit seiner schrillen, eindringlichen Stimme. Seine Hände vollführten dabei Bewegungen, als schleudere er seine Worte förmlich um sich. »Und ich sage, entsaget all diesen Verlockungen Satans und der Hölle, denn nur wer völlig frei ist von weltlichem Besitz, der kann sich ganz dem Herrn hingeben. Satan aber lauert überall, in jedem Ding, jedem Wort, ja, jedem unschuldigen Gedanken.«

»Laß uns gehen«, sagte Katrin mit leiser Stimme.

»Ich will ihn hören«, antwortete Tobias. Er versuchte, sie abzuschütteln, aber Katrin zog noch heftiger an seinem Arm.

»Ich mag ihn nicht«, sagte sie. »Er ist mir unheimlich und macht mir angst.«

Vielleicht war es, weil sie so laut gesprochen hatte, vielleicht geschah es auch nur aus Zufall — aber plötzlich wandte sich der Bettelmönch um und starrte Tobias aus seinen kalten, durchdringenden Augen an. Das Herz des Jungen machte einen erschrocknen Satz, als der Zeigefinger des Wanderpredigers sich hob und direkt auf Katrin und ihn deutete; in einer Geste, die nichts anderes als anklagend war.

»Seht diese beiden Kinder!« rief er. »Gottes Geschöpfe, vom Weibe geboren und noch unschuldig, will man meinen! Und doch hat Satan auch nach ihnen bereits seine Hand ausgestreckt, denn ist es nicht die Todsünde der Fleischeslust, die zu ihrer Geburt führte?«

»Ich will gehen!« sagte Katrin. Und Tobias widersprach nicht mehr. Ganz plötzlich *hatte* er Angst. Der Blick dieser dunklen Augen verbrannte ihn wie Feuer, und für einen Moment war er sicher, daß sie einfach hinter seine Stirn und seine geheimsten Geheimnisse erblicken konnten. Er nickte nervös und wollte sich umwenden, aber der Bettelmönch hob befehlend die Hand, und Tobias blieb wie gebannt stehen.

»Bleib!« donnerte er. »Sage mir, Knabe — bist du frei von Sünde? Oder hat Satan auch dich bereits verdorben, wie alle anderen hier?«

Später, wenn er über diesen Tag nachdachte — und er tat es bei Gott oft —, war er zu dem Schluß gekommen, daß der Mann einfach verrückt war, ein religiöser Eiferer, wie es sie in diesen Tagen zuhauf gegeben hatte. Aber in diesem Moment war er fest davon überzeugt, daß der Prediger seine Gedanken las, so mühelos, als stünden sie mit flammenden Lettern auf seiner Stirn geschrieben. Er konnte fühlen, wie alle Farbe aus seinem Gesicht wich, und auch Katrin erbleichte.

Was auch dem Bettelmönch nicht entging. Mit einem triumphierenden Laut trat er vor, streckte die Hände aus und packte Tobias und Katrin, schnell und mit einem Griff, der so fest war, daß er schmerzte. Tobias versuchte sich loszureißen, aber der Mann war viel stärker als er.

»Seht sie euch an!« schrie er. »Noch Kinder, und doch schon in des Teufels Griff! Was habt ihr getan? Redet! Bekennt eure Sünden, und euch wird verziehen werden.«

Tobias hatte nicht vor, diesem geifernden Mönch auch nur ein Wort zu sagen, aber noch nie in seinem Leben hatte er eine tiefere Angst und größere Scham gespürt. Gott hatte ein Zeichen gesandt, ein Zeichen, das alle Welt erkannte: er und Katrin lebten in Sünde.

»*Bekennet!*« schrie der Bettelmönch. »Gesteht eure Sünden und tut Abbitte, und Gott der Herr wird euch vergeben!«

»Kommt zu Euch, Prediger.«

Vater Hegenwalds Stimme klang nicht besonders laut, aber so schneidend, daß der Mönch für einen Herzschlag erstarrte und die beiden Kinder in seinen Händen einfach zu vergessen schien.

»Laß die Kinder los!« herrschte ihn Hegenwald an. »*Auf der Stelle!*«

Der Prediger reagierte nicht, sondern legte nur den Kopf auf die Seite und starrte Hegenwald an. »Wer bist du?« fragte er.

Tobias zog und zerrte, was er nur konnte, aber er erreichte damit nur, daß der Mann noch fester zupackte und ihm nun fast vollends den Atem abschnürte. Und auch Katrin wehrte sich mit aller Kraft. Aber sie versuchte nicht, seinen Griff zu sprengen, sondern bäumte sich nur noch einen Moment lang auf, drehte sich dann herum und schlug ihm dann das Knie zwischen die Oberschenkel.

Der Prediger keuchte. Seine Augen weiteten sich vor Schmerz. Er krümmte sich, ließ Katrin und Tobias los und schlug die Hände gegen seinen Unterleib. Dann fiel er unter dem schadenfrohen Gelächter der Umstehenden langsam auf die Knie herab und rang keuchend nach Atem.

Auch Tobias war gestürzt, als der Mann ihn plötzlich losließ. Hastig kroch er ein Stück von der Gestalt in der schmutzigen Kutte weg, richtete sich auf und sah sich nach Katrin um. Sie stand nur einen Schritt neben ihm, aber sie blickte nicht ihn, sondern den Bettelmönch an — und für einen Moment schauderte es Tobias, als er ihr Gesicht sah.

Da war nichts von all dem, was *er* empfand — keine Furcht, kein Schrecken, geschweige denn das Entsetzen, das die Erkenntnis begleiten mußte, die Hand gegen einen Mönch erhoben zu haben. Katrins Augen loderten, und der Ausdruck darin war nur noch mit Haß zu beschreiben. Plötzlich war Tobias sicher, daß sie den Mann getötet hätte, hätte sie in diesem Moment eine Waffe in der Hand gehabt.

Er reagierte auf die instinktive Art eines Kindes — er streckte die Hand aus, packte Katrins Arm, fuhr herum und rannte davon, wobei er das Mädchen einfach hinter sich herzog. Im ersten Moment ließ sie es geschehen. Tobias erreichte die gegenüberliegende Seite des Marktplatzes, dann erst wagte er, einen Blick über die Schulter zu werfen. Der Bettelmönch hatte sich erhoben, stand aber noch immer vor Schmerzen gekrümmt da; Vater Hegenwald war vor ihn getreten und redete nun mit ebenso flammenden Worten auf ihn ein, wie es zuvor der Prediger getan hatte.

Tobias rannte weiter, lief zwischen die letzten Häuser des Dorfes auf den Wald zu. Schließlich blieb er stehen, und Katrin riß sich los. Sie war völlig außer Atem, und auch Tobias' Herz schlug schnell und hart. Ängstlich sah er sich um, registrierte erleichtert, daß sie nicht verfolgt wurden.

Katrin schien keinerlei Angst vor einer Verfolgung zu haben. Ihr Gesicht war rot vor Anstrengung, und ihr Haar hing in verschwitzten Strähnen in ihrer Stirn. Der Blick, mit dem sie ihn maß, war eisig.

»Das war knapp«, sagte Tobias. »Ich dachte schon, der Kerl würde uns was tun? Ob er verrückt ist?«

Katrins Blick blieb so kühl, wie er war, aber gleichzeitig las Tobias einen Zorn darin, den er nicht verstand. Als sie an ihm vorbeiging, hob er die Hand, aber sie wich ihm mit einer geschickten Bewegung aus und funkelte ihn an.

»Du wolltest es ihm sagen«, sagte sie.

Tobias verstand nicht einmal, was sie meinte. »Was?«

Aber Katrin erklärte ihre Worte nicht, sondern warf nur mit einem Ruck den Kopf in den Nacken und eilte an ihm vorbei. Tobias sah ihr einen Moment lang irritiert nach, ehe er ihr folgte. Er versuchte sie einzuholen, aber als er auf zwei Schritte heran war, begann sie zu laufen.

Tobias gab auf. Sie wollte nicht mit ihm sprechen.

Dabei blieb es, bis sie den See erreichten, der eine knappe halbe Stunde vom Dorf entfernt lag: Sie redete nicht mit ihm, und sie sah ihn nicht einmal an, sondern eilte die ganze Zeit über zwei Schritte vor ihm her.

Der See war im Grunde gar kein See, sondern nur eine flache Schüssel aus hartem Fels. Nur in seiner Mitte gab es eine Stelle, an der man wirklich *schwimmen* konnte. Aber er lag mitten im Wald, weit genug vom Dorf entfernt, und, was fast noch wichtiger war, es war ein verrufener Ort. Die Leute mieden ihn. Der Wald war an dieser Stelle besonders dicht und unzugänglich, und man erzählte sich düstere Geschichten über diesen See. Es hieß, daß vor Jahren einmal eine Frau ihr Kind hier ertränkt haben sollte und seither ein Fluch über diesem Ort lastete. Auch Tobias hatte ihn lange Zeit gemieden.

Katrin kannte solche Vorbehalte nicht. Sie hatte Tobias eines Tages ganz selbstverständlich hierher geführt; im Grunde war er ihr damals nur gefolgt, um nicht als Feigling vor ihr dazustehen. Aber nach und nach hatte er begriffen, daß an all den Geschichten und düsteren Legenden um diesen Ort nichts wahr war. Im Gegenteil, der Ort strahlte eine ganz eigene Art von Frieden aus.

Außerdem gab es hier Fische, die niemals zuvor die Tücken eines Angelhakens kennengelernt hatte. Er hatte es sich daher zur Angewohnheit gemacht, stets ein Stück Angelschnur und einen Haken mitzuführen, so daß er fast immer einen Fisch mit nach Hause brachte, den seine Mutter dann briet, ohne neugierige Fragen über die Herkunft dieses unverhofften Geschenks zu stellen.

Und natürlich waren Katrin und er hier völlig ungestört. *Sie* war es gewesen, die ihm diesen Ort gezeigt hatte, und ganz gewiß *nicht* nur, um ihm eine Stelle zum Fischen zu verraten.

Um so überraschter war Tobias, daß sie heute hierher gingen. Er verstand den Grund ihres Zornes noch immer nicht ganz, aber sie *war* zornig, so wütend wie nie zuvor.

Als sie das Ufer erreichten, lief Katrin ohne innezuhalten in den See hinaus und streifte mit einer raschen Bewegung ihr Kleid über den Kopf. Tobias fing es auf, als sie es achtlos hinter sich warf, hielt es einen Moment unschlüssig in der Hand und sah ihr zu, wie sie nackt weiterlief und schließlich mit einer eleganten Bewegung ins Wasser eintauchte. Einen Moment lang überlegte er, ihr zu folgen. Doch er tat es nicht, sondern legte ihr Kleid unter einen Busch, wo sie es finden mußte, wenn sie aus dem Wasser kam. Dann ging er wieder ein paar Schritte in den Wald zurück und suchte nach einer günstigen Stelle, um nach Würmern zu graben. Eine Weile später hatte er drei fette Regenwürmer gefunden, die er auf das trockene Eichenblatt legen konnte, das er zu diesem Zweck bereitgelegt hatte. Einer kroch ihm davon, bis er die Angelschnur aus der Tasche gezogen und die Knoten entwirrt hatte. Den zweiten spießte er sorgfältig auf den eisernen Angelhaken, wo er sich wand und zappelte wie ein armer Sünder in den Flammen des Fegefeuers, den dritten wickelte er in das Eichenblatt und steckte ihn sorgsam in die Tasche, in der er die Angelschnur gehabt hatte.

Der Stock, den er als Rute benutzte, lag noch an derselben Stelle, an der er ihn das letzte Mal zurückgelassen hatte. Es war ein guter Stock: ein Weidenzweig, fast gerade und eine Handbreit größer als Tobias selbst, biegsam genug, selbst der Kraft eines fünf Pfund schweren Fisches zu widerstehen. Sorgfältig befestigte er die Schnur an der kleinen Kerbe, die er in sein Ende geritzt hatte, und sah sich noch einmal nach Katrin um, ehe er die Leine ins Wasser warf.

Sie schwamm noch immer im Wasser, ein schlanker brauner Schatten im glitzernden Silberblau des Sees, und sie war weit genug entfernt, daß er keine Gefahr lief, sie versehentlich zu verletzten. Tobias hatte einmal gesehen, welch entsetzliche Wunden ein so winziger Angelhaken ins Fleisch eines Menschen reißen konnte; der Anblick hatte ihn so mitgenommen, daß er volle vier Wochen lang nicht mehr angeln konnte.

Katrins ausgelassenes Herumtoben im Wasser hatte noch einen anderen, erfreulichen Nebeneffekt: ihre Bewegungen verscheuchten die Fische aus der Mitte des Sees, so daß er nur wenige Augenblicke zu warten brauchte, bis der Weidenzweig in seiner Hand das erste Mal zuckte. Rasch zog er den Fisch heraus und stellte enttäuscht fest, daß es nur ein kümmerlicher Grünling war; kaum so lang wie sein Zeigefinger. Es lohnte sich kaum, ihn mit nach Hause zu bringen, so daß er sich entschied, ihn wieder ins Wasser zu werfen.

Als ärgere sich der See, daß er sein Opfer verschmäht hatte, dauerte es sehr lange, bis der zweite Fisch anbiß. Dafür war es eine um so fettere Beute: Die Angel spannte sich mit einem Ruck, der sie Tobias um ein Haar aus der Hand gerissen hätte. Er machte einen unsicheren Schritt, suchte nach festem Halt, bis er schließlich bis zu den Waden im Wasser stand und die Angel in seiner Hand noch immer wie wild zuckte. Er versuchte vergeblich zu erkennen, *was* für einen teuflischen Fisch er gefangen hatte: über seinem Köder sprudelte das Wasser, als koche es, und er sah nur ein undeutliches Aufblitzen in den Wogen.

Tobias zog und riß mit aller Macht an seiner Angel, aber der Fisch stand ihm an Körperkraft kaum nach; doch dann verlor Tobias völlig den Halt und mußte sein Opfer fahren lassen.

Tobias blickte einen Herzschlag lang verblüfft auf den Weidenzweig in seinen Händen, ehe er aufsah — und einen überraschten Laut ausstieß.

Das Wasser hatte aufgehört zu brodeln, plötzlich aber stand Katrin vor ihm und hielt einen zappelnden, riesigen Barsch in den Händen. Obwohl es ihr große Anstrengung bereiten mußte, den tobenden Fisch zu bändigen, lachte sie laut. Der Schwanz des Fisches klatschte immer wieder gegen ihren nackten Oberarm, und Tobias wußte, wie schmerzhaft diese Hiebe sein konnten. Aber sie schien es gar nicht zu spüren.

Hastig ließ Tobias seine Angel fallen, watete zu ihr und packte mit beiden Händen zu. Aber selbst zu zweit gelang es ihnen nicht, den Fisch zu bändigen; er entglitt seinen Fingen immer wieder und hätte sich beinahe losgerissen. Tobias wollte sich umwenden, um zum Ufer zu waten und einen

Stein zu nehmen, mit dem er den Barsch erschlagen konnte, aber da schob Katrin ihn mit einer unwilligen Bewegung zur Seite, holte aus — und schleuderte den Fisch in hohem Bogen ans Ufer. Tobias konnte hören, wie er irgendwo im Gebüsch aufschlug.

Einen Moment lang starrte er Katrin fast entsetzt an. Sie lächelte triumphierend. Wahrscheinlich verstand sie gar nicht, warum er so erschrocken war.

Und er erklärte es ihr auch nicht, sondern hastete zum Ufer, um nach dem Fisch zu suchen.

Er fand ihn nicht. Deutlich hörte er das Klatschen und Schlagen seines Schwanzes auf dem Boden, aber das Unterholz war an dieser Stelle so dicht, daß er ihn nicht sogleich entdecken konnte. Er kam auf die Idee, sich nach der Angelschnur zu bücken und den Fisch damit aus dem Dickicht herauszuziehen. Mit einem Stein bereitete er der Qual des Fisches ein Ende.

Dann plötzlich stand Katrin neben ihm. Sie hatte ihr Kleid aufgehoben, zog es aber nicht an, sondern benutzte es, um sich damit abzutrocknen. In ihren Augen funkelte es spöttisch, als sie den Kopf in den Nacken warf, um sich das Haar abzutrocknen.

»Warum hast du das getan?« fragte er vorwurfsvoll. »Kein Tier sollte so lange leiden.«

Katrin lachte; ein glockenheller, zarter Ton, der unnatürlich lange über dem See widerzuhallen schien. Irgendwie ist sie verändert, dachte Tobias. Sie waren oft am See gewesen und doch hatte er das Gefühl, sie noch nie so gesehen zu haben: Ihre Haut, die mit einem Netzwerk aus winzigen Wassertröpfchen bedeckt war, schimmerte wie Seide, und ihr Gesicht schien zu glühen. Ihr Anblick erregte ihn, und er schämte sich dafür, denn noch immer dröhnten die Worte des Bettelmönchs in seinem Kopf.

»Warum hast *du* das getan, du Dummkopf?« fragte sie, nachdem sie ihr Haar vollends trockengerieben hatte und das Kleid achtlos zu Boden warf. »Jetzt sieh dir an, wie er aussieht! Du hast seinen Kopf zu Brei zerschlagen. Ekelig.«

Aber ihre Stimme klang nicht ärgerlich oder angewidert,

sondern eher spöttisch, und das Blitzen in ihren Augen war . . .

Tobias wußte es nicht. Er wußte nur, daß es ihm nicht gefiel. Rasch wandte er den Blick und sah wieder auf den toten Fisch herab. Katrin hatte recht — vom Kopf des Fisches war nur ein blutiger Brei übriggeblieben. Er stand auf, schleuderte den Stein ins Wasser und ging dann selbst zum See zurück, um seine Hände zu säubern.

Er hörte, wie Katrin ihm folgte, und einen Augenblick später sah er ihr Spiegelbild im Wasser neben sich. Aber er sagte kein Wort, sondern wusch sich übermäßig lange und ausgiebig die Hände und richtete sich dann auf, noch immer, ohne sie anzusehen. Was nur war mit Katrin geschehen?

Als er zum Ufer zurückgehen wollte, streckte Katrin die Hand aus und hielt ihn fest. Ein unheimlicher Glanz lag in ihren Augen, als er sie ansah. Sie lächelte, aber auf eine Art, wie sie es noch nie getan hatte.

Unsicher streifte er ihren Arm ab, erwiderte ihr Lächeln sehr flüchtig und rannte fast zum Ufer zurück. Katrin lachte. Aber sie versuchte nicht, ihn noch einmal festzuhalten, sondern folgte ihm nur und sah schweigend zu, wie er sich daran machte, den Angelhaken zu lösen. Danach waren seine Finger so besudelt, daß er zum zweiten Mal zum Wasser gehen mußte, um sich zu waschen.

»Gibst du mir ein Stück?« fragte Katrin, als er zurückkam.

Tobias sah sie fragend an.

»Von deinem Fisch«, erklärte sie. »Ich habe Hunger.«

Tobias zögerte. Er hatte vorgehabt, den Fisch mit nach Hause zu nehmen, denn er war groß genug, ein Abendessen für die ganze Familie abzugeben. Aber vielleicht hätte er dann auch erklären müssen, warum er das arme Tier so zugerichtet hatte. So zuckte er mit den Schultern und nickte gleichzeitig.

»Er gehört dir genauso«, sagte er. »Wir haben ihn zusammen gefangen.«

Er brach den Fisch auf, löste ein Stück des weißen Fleisches von den Gräten und sah zu, wie Katrin davon abbiß. Sie sah ihn auffordernd an, aber er war kein bißchen hungrig. Ganz im Gegenteil — er war sicher, daß er von *diesem* Fisch keinen Bissen herunterbekommen würde, ganz egal, wie groß sein Hunger auch sein mochte.

Katrin jedenfalls schien solche Hemmungen nicht zu kennen. Sie aß schnell, fast gierig, als wäre sie ausgehungert und nicht erst ein paar Stunden vergangen, seit sie zusammen mit Tobias' Familie ein ausgiebiges Mittagsmahl eingenommen hatte.

Als sie fertig war, legte Tobias den Fisch auf einen flachen Stein am Ufer (er nahm sich fest vor, ihn dort zu vergessen, wenn sie sich auf den Heimweg machten) und warf einen Blick in den Himmel hinauf. Die Sonne war bereits hinter den Bäumen verschwunden.

»Wonach suchst du?« fragte Katrin.

»Es ist nicht mehr viel Zeit«, antwortete Tobias. »Wir . . . sollten uns bald auf den Heimweg machen.«

»Sicher.« Katrin lächelte, ging an ihm vorbei und setzte sich ins weiche Moos am Waldrand. »Aber laß uns noch ein wenig bleiben. Es ist so schön heute abend.«

Tobias widersprach nicht, sondern setzte sich nach kurzem Zögern neben sie. Er wußte selbst nicht, warum er plötzlich keine Lust mehr hatte, hier zu sein. Es bestand kein Grund zur Eile — es war Sommer und wenn er an die Szene dachte, die sich auf dem Marktplatz abgespielt hatte, dann hatte er eigentlich keinen Grund, besonders früh nach Hause zu kommen. Vermutlich hatte sein Vater von dem Zwischenfall mit dem Bettelmönch gehört und würde ihm Vorhaltungen machen.

Als hätte sie seine Gedanken gelesen, sagte Katrin plötzlich: »Glaubst du, daß er verrückt ist?«

»Wer?«

»Der Wanderprediger.« Katrin hob den Kopf, blickte in den Himmel und lehnte sich gegen seine Schulter. »Ich meine, so wie er geredet hat . . . Hast du seine Augen gesehen?«

Tobias' Miene wurde starr. »Was war damit?«

»Sie waren böse«, antwortete Katrin. »Ich habe niemals solche Augen gesehen. Ich glaube, er ist wahnsinnig.« Sie drückte sich an ihn, und Tobias schloß sie in den Arm. Sie war noch immer naß, und die Feuchtigkeit durchdrang sein Hemd und ließ ihn schaudern. Hier im Schatten begann es bereits kühler zu werden, Katrin mußte frieren. Er verstand nicht, warum sie ihr Kleid nicht angezogen hatte. »Außerdem habe ich gehört, wie dein Vater heute morgen mit Bartel gesprochen hat. Über ihn.«

»Über den Prediger?« wunderte sich Tobias.

Katrin nickte. »Er sagte, der Pfarrer wäre sehr zornig. Hegenwald haßt Männer wie ihn, die nur kommen und das Volk aufwiegeln.«

»Er hat niemanden aufgewiegelt«, sagte Tobias nach kurzem Nachdenken.

»Aber er verwirrt die Leute. Er sagt, daß sie kein Recht haben, glücklich zu sein. Das ist schlecht. Welchen Sinn hat ein solches Leben. Immer nur Angst . . .« Sie zögerte. Dann: »Hättest du es ihm gesagt?«

»Was?« fragte Tobias.

»Daß wir uns schon lieben, obwohl . . .«

Überrascht hob Tobias den Kopf und sah sie an. Katrin war sehr ernst. Und jetzt erst begriff er. Mit einem Male war ihm klar, warum sie ihn so erschrocken und danach so zornig angesehen hatte. Hatte sie wirklich geglaubt, daß er ihr Geheimnis verraten würde — an einen geifernden Wanderprediger?

»Natürlich nicht«, antwortete er, in einem Tonfall, der Entrüstung ausdrücken sollte, aber nur verletzt klang.

»Einen Moment lang dachte ich es«, sagte sie. Sie versuchte zu lächeln, aber es mißlang ihr, und ganz plötzlich mußte sie mit den Tränen kämpfen. »Ich hatte solche Angst.«

»Unsinn«, sagte Tobias. »Ich würde dich doch nicht . . .«

»Ich glaube, sie würden mich davonjagen«, fuhr Katrin fort, ganz leise, mit zitternder Stimme.

»Unsinn!« sagte Tobias noch einmal. »Warum sollten sie?«

»Weil das, was wir hier tun, Sünde ist«, antwortete Katrin mit großem Ernst. »Du weiß doch, was Vater Hegenwald über die fleischliche Lust gesagt hat. Daß sie verboten ist.

Und daß Gott die mit ewiger Verdammnis bestraft, die sich ihr hingeben.«

»Wenn sie in Sünde geschieht«, antwortete er mit kindlicher Logik. »aber das gilt nicht für uns. Wir werden heiraten, oder nicht? Ich meine, wir gehören zusammen, und . . .«

Katrin hob die Hand, zog seinen Kopf zu sich herab und küßte ihn.

Es war wie die Male zuvor, und doch gleichzeitig vollkommen anders. Ihre Lippen waren so weich und warm wie immer, aber da wuchs eine Erregung in ihm, als wäre es das erste Mal, daß er sie berührte, und als er die Hand hob, um ihre Brust zu streicheln, da zitterte er. Sein ganzer Körper bebte, jeder einzelne Nerv schien in Flammen zu stehen, und die Erregung zwischen seinen Lenden wurde fast zu einem pochenden Schmerz.

Katrin seufzte, schloß die Augen und ließ sich rücklings ins Moos sinken, wobei sie ihn mit sich zog. Ihre Finger glitten über seine Schultern, krallten sich in seinen Rücken und rissen dann mit einem Ruck sein Hemd herunter, während Tobias' Hände über ihren Leib fuhren, über ihren festen, flachen Bauch und weiter hinab, zu jenem dunklen verbotenen Dreieck zwischen ihren Schenkeln, das zu berühren sie ihm bisher nicht gestattet hatte.

Heute ließ sie es geschehen.

Geschickt und schnell streifte sie seine Hose ab und streichelte ihn, zuerst sanft, dann immer rascher und heftiger, bis er vor Erregung stöhnte und sich wand, und es vergingen nur Augenblicke, bis er sich auf ihre Schenkel ergoß.

Erschrocken und beschämt richtete er sich auf und starrte sie an, und für einen ganz kurzen Moment sah sie genauso erschrocken aus wie er. Aber dann lächelte sie, und als er etwas sagen wollte, zog sie ihn abermals zu sich herab und verschloß seine Lippen mit einem Kuß.

Katrins Hände fuhren liebkosend über seinen Rücken. Wieder jagte ein süßer Schauer durch seinen Körper. Er war glücklich. Sie gehörten zusammen. Das Leben auf Erden bestand nicht nur aus Mühsal und Pein, nein, auch in dieser

Welt konnte man ein Stück des Himmelreiches finden. Er hob ein wenig den Kopf, küßte ihre Lippen und ihre geschlossenen Augen und bettete die Stirn an ihrem Hals. Ihm war schwindelig vor Glück.

Dann traf ein Schlag seinen nackten Rücken und ließ ihn vor Schmerz aufschreien.

Mit einem Satz sprang er in die Höhe, fuhr herum und stürzte sofort wieder, als ihn ein zweiter, noch heftigerer Schlag ins Gesicht traf. Er stolperte über Katrins Beine, schlug schwer mit dem Hinterkopf gegen eine Wurzel und blieb für einen kurzen Moment benommen liegen. Sein Mund füllte sich mit Blut. Dunkle Schleier wogten vor seinen Augen.

»*Ihr Verdammten!*« brüllte eine Stimme, die ihm schrecklich bekannt vorkam. »*Kinder des Teufels! Ihr wagt es, hier herumzuhuren und Gott dem Herrn ins Gesicht zu speien?!*«

Tobias versuchte sich hochzustemmen, aber es ging nicht. In seinen Armen war keine Kraft mehr. Blut floß ihm aus dem Mund, und er wurde fast verrückt vor Schmerzen. Wie durch einen dichten Nebel hindurch sah er eine riesenhafte, dunkle Gestalt, die wie ein Dämon aus der Nacht erschienen war und sich drohend über Katrin beugte. Das Mädchen wimmerte vor Angst, krümmte sich und hob schützend den rechten Arm über das Gesicht, während sie mit dem anderen ihre Brüste zu bedecken versuchte.

»*Hure!*« brüllte der Bettelmönch. »*Das Feuer der Hölle komme über dich! Ihr frevelt Gott! Ihr wagt es, mir unter die Augen zu treten und eurer widerwärtigen Lust zu frönen!*« Er beugte sich vor, riß Katrin brutal an den Haaren in die Höhe und versetzte ihr mit der anderen Hand eine schallende Ohrfeige, die ihren Kopf gegen einen Baum prallen ließ. Katrin schrie und sackte zusammen, aber der Priester riß sie sofort wieder in die Höhe und holte zu einem weiteren Schlag aus.

»*Laß sie in Ruhe!*«

Tobias schien wie durch Zauberei auf die Füße zu kommen. Er fühlte die Bewegung kaum, aber sie war so schnell und kraftvoll, daß er den Wanderprediger erreichte und ihm in den Arm fiel, noch ehe er ein zweites Mal zuschlagen konnte.

Sein ungestümer Angriff ließ den Mann taumeln. Er ließ Katrin los, die wimmernd in sich zusammensank, versuchte, Tobias abzuschütteln, und begann schließlich mit der freien, zur Faust geballten Hand auf ihn einzuschlagen.

Tobias nahm zwei, drei der harten Schläge hin, ehe seine Kraft erschöpft war. Mit einem Schmerzlaut ließ er den Arm des Mannes fahren und brach in die Knie.

Der Bettelmönch trat nach ihm. Die Bewegung war zu schnell und schlecht gezielt, so daß er nicht das Gesicht des Jungen traf, sondern nur seine Schulter streifte.

Tobias wurde übel. Der Prediger brüllte von Hölle und Verdammnis, aber der Junge verstand die Worte nicht mehr; seine Schultern und sein Kopf schmerzten unerträglich von den Schlägen, die er eingesteckt hatte, und das einzige, was er denken konnte, war die absurde Frage, wieso er noch nicht das Bewußtsein verloren hatte oder gestorben war.

Dann hörte er Katrin schreien, und der Laut riß ihn wieder in die Wirklichkeit zurück. Stöhnend stemmte er sich auf die Ellbogen hoch, wischte sich mit dem Handrücken das Blut aus dem Gesicht und versuchte, etwas zu erkennen. Alles, was er sah, waren zwei ungleiche Schatten, der eine dunkel und groß, der andere hell und klein, die miteinander rangen. Katrin schrie wie von Sinnen.

Seine Hände fuhren über den Boden und fanden einen Stock. Er umklammerte ihn, sprang auf und stürzte sich noch einmal auf den Bettelmönch. Mit der Kraft der Verzweiflung packte er ihn, riß ihn von Katrin weg und schlug mit seinem Stock zu. Ein gellender Schrei erklang. Tobias riß seinen Stock zurück, fühlte einen sonderbar weichen Widerstand, und dann wiederholte sich der Schrei, so voller unsagbarer Qual, daß auch Tobias erschrocken aufschrie und einen Schritt zurückwich.

Der Wanderprediger war nach hinten getaumelt. Er hatte die Hände vor das Gesicht geschlagen und schrie; es waren solch schreckliche Laute, wie Tobias sie bisher nur aus den Kehlen von Tieren gehört hatte, die das Messer des Schlachters fühlten. Zwischen den Fingern des Mannes quoll rotes, zähes Blut hervor.

Verwirrt blickte Tobias an sich herab. Er stand breitbeinig da, hatte sich schützend vor Katrin aufgebaut und hielt den Stock in beiden Händen. Nur daß der Stock kein Stock war, sondern seine Angelrute.

Und dann nahm der Bettelmönch die Hände herunter, und nun brach auch aus Tobias ein wilder, unbändiger Schrei hervor.

Der Mönch hatte keine Augen mehr, sondern nur noch zwei fürchterliche, blutende Wunden.

Auch Katrin schrie auf und verbarg entsetzt das Gesicht zwischen den Händen. Tobias taumelte zurück und ließ die blutbesudelte Angelrute fallen. Der Bettelmönch kreischte wie von Sinnen; seine Stimmbänder mußten zerreißen. Taumelnd und blindlings um sich schlagend wankte er an Tobias vorüber, so dicht, daß er ihn fast gestreift hätte, prallte gegen einen Baum und stürzte. Er begann wie ein Besessener zu toben. Sein Fäuste hämmerten gegen den Boden, rissen Moos und Wurzeln heraus und schleuderten sie davon, während er immer noch schrie und schrie.

Tobias stand wie gelähmt da. Er schrie nicht mehr; er *atmete* nicht einmal mehr, sondern starrte nur dieses verwüstete Gesicht an, die fürchterlichen Wunden, die er dem Mann geschlagen hatte. Er hatte einen Menschen *verstümmelt*, ihm das Kostbarste genommen, was er außer seinem Seelenheil besaß: sein Augenlicht.

Aber er hatte es doch nicht gewollt!

Er wollte schreien. Er wollte zu ihm eilen und ihn packen und schütteln, wollte ihm sagen, daß es ein schrecklicher Unfall gewesen war, aber er konnte es nicht. Seine Glieder gehorchten ihm nicht mehr. Er hatte seinen Körper mißbraucht, um zu töten, und er hatte damit sein Recht verspielt, Gehorsam von ihm zu verlangen.

Der Bettelmönch kam schreiend wieder auf die Füße. Sein Gesicht war über und über mit Blut bedeckt, Blut tränkte seine Kutte, Blut besudelte den Boden, auf dem er gelegen hatte, Blut färbte seine Fäuste rot, mit denen er blind um sich schlug. Kreischend wankte er auf den See zu und stürzte, als sein Fuß auf den nassen Steinen am Grunde des

Wassers ausglitt. Tobias vernahm das schreckliche Geräusch, mit dem sein Schädel auf einem Stein aufschlug. Es ging durch Mark und Bein und konnte nur eines bedeuten: Tod.

Tobias rührte sich nicht. Wie gelähmt starrte er auf die schlanke Gestalt in der dunklen Kutte, unter deren Kopf sich das Wasser in rosa Schlieren zu färben begann.

Später — selbst als man den Leichnam untersucht und zweifelsfrei festgestellt hatte, daß er an dem eingeschlagenen Schädel gestorben und nicht ertrunken war, selbst als ebenso zweifelsfrei festgestellt wurde, daß es sich bei allem wirklich nur um einen entsetzlichen Unfall gehandelt hatte — selbst dann marterte Tobias sich mit Vorwürfen. Er hätte ihn nicht retten können; aber was er sich zeit seines Lebens niemals verzieh, war der Umstand, daß er es nicht einmal *versucht* hatte.

Tobias stand einfach da und preßte Katrin an sich, und gemeinsam warteten sie, bis die Bewegungen des Sterbenden schwächer wurden und dann ganz aufhörten.

4

Tobias wagte nicht die todgeweihte Katrin in sein Zimmer zu bringen, wie er es eigentlich vorgehabt hatte. Sie war zu schwach und mußte daher an Ort und Stelle versorgt werden. Bresser war irgendwann gegangen — wahrscheinlich, um geradewegs zum Grafen zu laufen und sich dort über die Eigenmächtigkeit des sonderbaren Inquisitors zu beschweren —, aber seine Frau war geblieben, und obwohl sie kaum ein Wort gesagt und auch auf Tobias' Fragen nur so einsilbig geantwortet hatte, half sie ihm doch nach Kräften, sich um die Todkranke zu kümmern. Wenn Tobias ehrlich war, dann war sehr viel mehr *sie* es, die sich um Katrins Wunden kümmerte, den Schmutz von ihrer Haut wusch und immer wieder ihren Kopf anhob, um ihr behutsam winzige Schlucke eiskalten Wasser einzuflößen. Der Versuch, sie mit kleinen Stücken in Milch aufgeweichten Brotes zu füttern, endete damit, daß Katrin sich qualvoll erbrach. Tobias war bis in den Abend hinein nicht sicher, das sie den Tag überleben würde.

Er wußte nicht, wie er reagieren würde, wenn sie starb. Er weigerte sich einfach, diese Möglichkeit zu akzeptieren, obwohl sie doch so nahelag. Wie es schien, hatte ein grausames Schicksal ihn Katrin nach fast siebzehn Jahren wiederfinden lassen, nur damit er Zeuge ihres qualvollen Todes wurde.

Oder ihr Henker.

Denn eigentlich war er nach Buchenfeld gekommen, um seines Amtes als Inquisitor zu walten. Er sollte die Indizien sichten, die Interrogatio durchführen und dann im Namen des Herrn sein Urteil fällen. Seine Aufgabe lautete: Trieb eine Hexe ihr Unwesen in Buchenfeld oder nicht?

Eine Hexe namens Katrin.

Aber all diese nüchternen Überlegungen schob er schnell beiseite. Um seine heilige Pflicht als Inquisitor würde er sich kümmern, wenn die Zeit dazu gekommen war — und Katrin diesen Tag überlebte.

Aber das Wunder, um das er betete wie niemals um etwas zuvor in seinem Leben, geschah: Sie überlebte den Tag; als sich der Abend herabsenkte, hatte sich ihr Zustand ein wenig gebessert. Das Fieber war gesunken, ihre Haut war noch immer heiß, aber sie glühte jetzt nicht mehr wie unter einem inneren Feuer, das sie verzehrte, und auch ihr Herzschlag beruhigte sich ein wenig. Vielleicht hatte sie eine Chance. Vielleicht.

Schließlich wagten sie es, sie aus dem Turm zu bringen. Maria hatte Decken und einen warmen Wollmantel beschafft, in die sie die zitternde Gestalt einwickelten, und die Angst gab Tobias die Kraft, sie zu tragen, aber sie war auch kaum mehr als ein abgemagertes Skelett, über das sich fieberverbrannte Haut spannte und das aus irgendeinem Grund noch lebte.

Tobias brachte sie in das Zimmer, das Bresser ihm selbst zugewiesen hatte, legte sie auf das Bett und setzte sich selbst auf den unbequemen Sessel daneben. Dann schärfte er Maria ein, niemanden zu ihnen zu lassen, nicht einmal ihren Mann oder den Grafen. Sie versprach, es zumindest zu versuchen, und das war eigentlich schon mehr, als er erwarten konnte. Tobias war sich darüber im klaren, was er der Frau antat, indem er sie zwang, ihm zu helfen. Wenn schon nicht den Zorn des Grafen, so würde sie sich zumindest den Unwillen ihres Mannes zuziehen, und sie würde teuer für diese Hilfe bezahlen, spätestens in dem Moment, in dem Tobias die Stadt wieder verließ. Aber nicht einmal diese Erkenntnis vermochte die Mauer aus Zorn und hilfloser Verzweiflung zu durchdringen, die sich um sein Denken aufgebaut hatte.

Es gab nur noch Katrin.

Er hatte nur Augen für sie, und gleich, woran er zu denken versuchte, welche Fragen ihn auch beschäftigten — seine Gedanken kehrten immer zu ihr zurück. Er hatte nicht geglaubt, sie jemals wiederzusehen; ja, er hatte in den letzten siebzehn Jahren seines Lebens jeden Gedanken an sie vertrieben, schon um sich den Schmerz zu ersparen, der ihn begleitete. Er schlief nicht in dieser Nacht, sondern saß Stunde um Stunde auf dem Schemel neben dem Bett, hielt ihre Hand und wechselte manchmal die feuchten Tücher aus, die Maria auf ihre Beine und ihre Stirn gelegt hatte.

Er erlebte alles noch einmal — jede Stunde, die sie zusammengewesen waren, bis zum furchtbaren Ende. Letztendlich war genau das geschehen, was Katrin an jenem Abend im Wald vorausgesagt hatte: Sie *hatten* sie weggeschickt. Und sie *hatten* ihr weit schlimmere Dinge angetan.

Als der Morgen graute, glitt Katrin von fiebergeschüttelter Bewußtlosigkeit hinüber in einen sehr tiefen, ruhigen Schlaf, und seine Erfahrung im Umgang mit Kranken sagte ihm, daß nun weitere Stunden vergehen würden, ehe sie erwachte. Trotzdem blieb er neben ihrem Bett sitzen, bis es draußen vollkommen hell geworden war. Dann erhob er sich und verließ mit müden Schritten das Zimmer.

Im Haus war es nicht mehr still. Aus dem unteren Geschoß drangen die Stimmen Bressers und seiner Frau herauf, die zu streiten schienen. Er fühlte erst jetzt, wie erschöpft er war. Sein Rücken schmerzte, seine Augen brannten, und in seinem Mund klebte ein schlechter Geschmack. Er wankte ein wenig, als er die Treppe hinunterging, und für einen Moment wünschte er sich weit weg, in den sonnigen Rosengarten seines Klosters in Lübeck. Mitunter verfluchte er sein Amt, und der Zweifel an Gott und der Welt nagte an ihm.

Bresser und seine Frau hielten sich in der Stube auf, in der er gestern gegessen hatte. Die Tür stand einen Spaltbreit offen, so daß Tobias sehen konnte, daß die beiden tatsächlich stritten; zu seiner Überraschung wehrte sich Maria nach Kräften. Er verstand die Worte nicht, denn er war viel zu müde, um sich darauf zu konzentrieren. Mit hängenden Schultern schlurfte er weiter, stieß die Tür mit gespreizten Fingern auf und nickte Maria grüßend zu, als sie mitten im Wort innehielt und sich zu ihm herumdrehte.

»Guten Morgen, Vater«, sagte sie. »Wie geht es ihr?«

Tobias lächelte flüchtig. »Gut«, sagte er. »Ich glaube, sie wird es überleben.«

Bressers Gesicht verfinsterte sich bei diesen Worten noch mehr, aber er enthielt sich jeden Kommentars, sondern blickte Tobias nur ärgerlich an und drehte sich dann zum Fenster. Draußen liefen Gestalten auf und ab, die im grellen Licht der Morgensonne zu unheimlichen Schatten zu gerinnen schienen.

Tobias verscheuchte den Gedanken, ging zum Tisch und ließ sich erschöpft auf die harte Bank fallen. Er stützte die Ellbogen auf die Tischplatte, verbarg für einen Moment das Gesicht in den Händen und fuhr sich müde mit den Fingern über die Augen. Sie brannten, als hätte jemand Säure hineingegossen. Er verstand selbst nicht genau, warum er *so* müde war. Es war längst nicht die erste Nacht, in der er auf Schlaf verzichtete. Aber er fühlte sich, als hätte er eine Woche nicht geschlafen.

»Legt Euch hin, Pater«, sagte Maria. »Ihr müßt todmüde sein. Ich bereite Euch unser Bett.«

Tobias nahm die Hände herunter, lächelte dankbar und

schüttelte den Kopf. »Das ist sehr freundlich«, sagte er, »aber nicht nötig. Bring mir einen Schluck Wasser und eine Kleinigkeit zu essen, das ist alles, was ich brauche.«

Maria widersprach nicht, sondern ging, um seine Wünsche zu erfüllen.

Bresser blieb.

Er drehte sich nicht zu Tobias herum, sondern stand hoch aufgerichtet und starr am Fenster, die Hände hinter dem Rücken verschränkt. Tobias blickte ihn lange an, ehe er sich schließlich räusperte.

Bresser wandte sich widerwillig herum und sah ihn an. Er schwieg noch immer.

»Nun, was hat der Graf gesagt?« fragte Tobias.

Der Dicke blinzelte und machte eine fahrige Handbewegung, als verscheuche er eine lästige Fliege.

»Ich bitte Euch, Bresser«, sagte Tobias müde. »Ihr wart beim Grafen, nachdem Ihr den Turm verlassen habt. Was hat er gesagt?«

»Nichts«, antwortete Bresser. »Nicht viel, jedenfalls. Aber er war zornig.«

»Das glaube ich gern«, antwortete Tobias. Er wünschte sich, seine Stimme hätte nicht so müde geklungen. »Doch auch ich bin zornig. Sobald ich gegessen habe, werdet Ihr mich zu ihm bringen. Ich habe ein paar Worte mit Eurem Herrn zu reden.«

Diesmal erschrak Bresser wirklich. Einen Moment lang sah er Tobias hilflos, ja, beinahe *entsetzt* an, dann stammelte er: »Das . . . das geht nicht.«

»Warum nicht?« erkundigte sich Tobias.

Bresser druckste herum. Plötzlich konnte er nicht mehr stillstehen, sondern trat nervös von einem Bein auf das andere.

»Weil . . . weil . . . ich meine, es ist nicht nötig«, stotterte er. »Er kommt hierher. Ich . . . ich soll Euch ausrichten, daß er zur Mittagsstunde hier sein wird, um mit Euch zu reden.«

»Den Weg kann ich ihm abnehmen«, sagte Tobias. »Bringt mich zu ihm. Ihr sagtet doch gestern, daß es nicht allzu weit sei, oder?«

»Zu Pferde, ja«, sagte Bresser hastig. »Zu Fuß ist es ein Tagesmarsch, wenn nicht mehr.«

»Ich kann reiten«, sagte Tobias ruhig.

»Aber der Graf ist nicht da. Ich meine, er . . . er ist sicher schon losgeritten, um auf dem Weg noch den einen oder anderen Hof zu besuchen. Wir würden ihn verpassen, glaubt mir.«

Tobias seufzte. Bresser war ein miserabler Lügner, was wahrscheinlich schlichtweg an seiner Dummheit lag. Die wenigsten Menschen begriffen, daß das Lügen eine Kunst für sich war und zumindest ein gewisses Maß an Schläue dazu gehörte, sie zu beherrschen. Wäre er nicht einfach zu müde dazu gewesen, dann hätte er spätestens jetzt Bresser gründlich die Leviten gelesen.

»Nun gut«, sagte er, und Bresser atmete sichtbar auf. »Dann erwarte ich den Grafen eben hier. Vielleicht ist es ganz gut so. Ihr könnt mir die Stadt zeigen, bis er kommt. Und ich kann mit einigen Leuten reden. Ach ja«, fügte er hinzu, als Bresser sich umwenden und gehen wollte, »und noch etwas.«

Bresser blieb stehen. Sein Blick wurde wieder lauernd. »Ja?«

»Ich brauche jemanden für einen Botengang.«

Bresser legte den Kopf schräg. »Wozu?«

»Wir brauchen einen Arzt«, antwortete Tobias. »Einen *richtigen* Arzt, nicht dieses Kräuterweib des Grafen. Ihr Zustand ist sehr ernst. Ich will sichergehen, daß sie es überlebt.«

»Die Hexe?«

»Katrin Verkolt«, antwortete Tobias eisig. »Ich kann mich darauf verlassen, daß Ihr jemanden nach Lüneburg schickt?«

»Der . . . der Weg ist sehr weit«, sagte Bresser ausweichend. Tobias konnte direkt sehen, wie es hinter seiner Stirn arbeitete, als er nach einer Ausrede sucht. »Und ich weiß nicht genau, wo wir einen Arzt finden, der —«

»Warum schickt Ihr nicht nach demselben, der im Sommer hier war, um sich um Verkolt zu kümmern?« unterbrach ihn Tobias. »Keine Sorge, ich bezahle für seine Bemühungen.«

»Das ist es nicht«, sagte Bresser hastig. »Es ist nur . . . es ist ein Tagesmarsch nach Lüneburg, wenn nicht mehr, und es ist —«

»Dann gebt dem Boten ein Pferd«, sagte Tobias. »Sucht einen zuverlässigen Mann aus. Und schärft ihm ein, daß ich ihn bis zum Abend zurück erwarte — in Begleitung des Arztes. Ich mache Euch persönlich verantwortlich, wenn er nicht pünktlich kommt.«

Bresser schluckte. Seine Hände spielten nervös miteinander. »Verzeiht, ehrwürdiger Vater, aber haltet Ihr es nicht für etwas übertrieben, solche Umstände zu machen? Ich meine, sie stirbt so oder so. Hexen werden verbrannt.«

Tobias starrte ihn an. Er beherrschte sich mit aller Macht, nicht loszubrüllen, aber er spürte selbst, daß er sein Gesicht nicht vollends unter Kontrolle hatte. Bresser erbleichte und wich einen halben Schritt zurück.

So ruhig, wie er konnte, sagte er: »Hexen werden verbrannt, das stimmt, Bresser. *Wenn* sie Hexen sind. Wenn zweifelsfrei erwiesen ist, daß sie mit dem Teufel im Bunde stehen. Wenn ihnen der Prozeß gemacht und alles Für und Wider abgewogen worden ist und der zuständige Inquisitor zu dem Schluß gekommen ist, daß sie *wirklich* schuldig sind. Ich bin hier, um diese Untersuchung zu führen. Ich kann nicht über eine Tote richten, oder?«

»Nein, Pater«, sagte Bresser steif. »Verzeiht. Ich habe gedacht —«

»Geht und schickt den Boten los«, unterbrach ihn Tobias eisig. »Und haltet Euch zu meiner Verfügung. Sobald ich gegessen und mich ein wenig ausgeruht habe, möchte ich mit einigen Leuten reden.«

Bresser starrte ihn noch einen Herzschlag lang mit kaum verhohlenem Haß an, aber er sagte kein Wort mehr, sondern ging, und Tobias blieb allein zurück.

Müdigkeit schlug wie eine Woge über ihm zusammen; es war eine sonderbare Müdigkeit, die nicht zum Schlaf führen würde, wenn er sich ihr hingab. Die Verlockung, die Stirn auf die Arme sinken zu lassen und wenigstens für einen Moment die Augen zu schließen, war groß. Gleichzeitig hatte er fast Angst davor, denn er fühlte, daß jenseits der Dunkelheit hinter seinen Augenlidern noch etwas lauerte: eine Finsternis tiefer als jede mondlose Nacht.

Was waren das für Gedanken? Wirklich seine eigenen?

Tobias richtete sich erschrocken auf. Sein Herz klopfte, und seine Augenlider waren verklebt; voller Schrecken begriff er, daß er doch geschlafen hatte, wenn auch vielleicht nur Augenblicke. Und etwas . . . hatte sich verändert.

Dann begriff er: Bresser hatte das Fenster nicht geschlossen, als er hinausgegangen war. Die schattenhaften Gestalten, die vorhin auf der Straße auf und ab gelaufen waren, standen jetzt still — und blickten ihn durch das geöffnete Fenster an.

Es waren drei, große, unheimliche Gestalten, deren Schattenaugen auf ihn gerichtet waren. Er fühlte es, als hätten ihre Blicke einen klebrigen Abdruck auf seiner Haut hinterlassen. Allein das Wissen, daß er — und sei es nur für wenige Augenblicke — hilflos dagesessen und ihren düsteren Blicken ausgeliefert gewesen war, verstärkte das Gefühl des Unbehagens in ihm.

Tobias verscheuchte den Gedanken, richtete sich auf und nickte den Gestalten draußen zu. Einen Augenblick lang reagierten sie nicht, dann wandten sie sich um — einer nach dem anderen und auf eine Art, die fast wie eine Zeremonie wirkte — und gingen davon. Seltsam, dachte Tobias. Und unheimlich.

Er rief sich in Gedanken zur Ordnung. Die Situation war schwierig genug, auch ohne daß er anfing, Gespenster zu sehen. Er mußte einen klaren Kopf behalten. Aber dieser Entschluß mochte rascher gefaßt als in die Tat umgesetzt sein. Zu viel war geschehen in den wenigen Stunden, die er jetzt hier in diesem unheimlichen Buchenfeld war.

Seine Vergangenheit hatte ihn eingeholt; sie hatte alles, was zwischen jenem furchtbaren Tag vor siebzehn Jahren und gestern lag, mit einer einzigen beiläufigen Bewegung fortgewischt. Was mochte sein Gott und Schöpfer mit ihm vorhaben? Welchen sonderbaren Weg führte er ihn? Tobias versuchte seine Gedanken in einem Gebet zu sammeln, aber schon nach wenigen Worten spürte er, wie seine Gedanken abglitten. Dieser Ort verwirrte ihn, ein Ort ohne Kirche; sein Kloster und der Bischof waren weit. Doch dann dachte er daran, was die Märtyrer erlebt haben mußten, auf die sich die Steine der Heiden richteten, und daran, daß Gott der Wahrheit immer einen Weg bahnen würde.

Endlich kam Maria und brachte das Essen. Ohne ein Dankgebet zu sprechen, machte er sich darüber her und verzehrte alles bis auf den letzten Rest. Er aß in Ruhe. Er hatte es nicht sehr eilig, mit den Leuten hier zu reden. Vielleicht war es besser, wenn er zuerst mit dem Grafen sprach und *dann* mit seinen Untertanen.

Plötzlich stand Bresser in der Tür. Mit einem raschen Blick überzeugte der Dicke sich davon, daß Tobias seine Mahlzeit beendet hatte, dann deutete er mit einer äußerst knappen Kopfbewegung hinter sich. »Ich habe getan, was Ihr befohlen habt, Herr. Ich habe einen Jungen mit einer dringenden Botschaft nach Lüneburg geschickt. Aber ich kann nicht versprechen, daß er vor Einbruch der Dunkelheit zurück ist. Der Weg ist weit, und die Sonne ist bereits vor zwei Stunden aufgegangen.«

Tobias ersparte sich eine Antwort. Er hatte wenig Lust, sich schon wieder mit Bresser zu streiten. Insgeheim bedauerte er längst, dessen Angebot angenommen zu haben, unter seinem Dach zu leben. Aber den Triumph, sich eine andere Unterkunft zu suchen, gönnte er ihm auch nicht.

So nickte er nur müde, stemmte sich mit einer wenig eleganten Bewegung in die Höhe und ging wortlos an Bresser vorbei aus dem Zimmer. Draußen in der Diele blieb er wieder stehen.

»Dann führt mich ein wenig herum«, sagte er. »Es ist ja noch Zeit, bis wir mit dem Grafen rechnen können.«

»Wollt Ihr . . . jemanden Bestimmtes sprechen?« fragte Bresser.

Tobias verneinte. »Zeigt mir einfach den Ort. Ich werde dann entscheiden, mit wem ich rede.« Es war nicht das erste

Mal, daß er die Untersuchung in einem Hexenprozeß leitete. Er hatte die Erfahrung gemacht, daß es manchmal besser war, nicht nur mit den Zeugen zu reden, die schon auf seine Ankunft warteten. Und denen man ganz genau eingeschärft hatte, was sie zu sagen hatten.

Tatsächlich schien Bresser ein wenig enttäuscht zu sein, denn er zuckte nur gleichmütig mit den Achseln. »Wie Ihr wollt«, sagte er knapp und ging an ihm vorbei.

Tobias blieb stehen, als er das Haus hinter ihm verlassen hatte, blinzelte geblendet ins Licht der unerwartet kräftigen Morgensonne und atmete tief ein. Aber statt der kühlen, erfrischenden Morgenluft spürte er nur wieder diesen ekligen Gestank. Eine Glocke widerlicher Gerüche schien über dem Ort zu liegen, so scharf und süßlich, daß er ihm schier den Atem nahm und ein leises Gefühl von Übelkeit in seinem Magen hervorrief.

»Großer Gott!« sagte er. »Das stinkt ja erbärmlich!«

Bresser nickte.

»Ja. Heute ist es besonders schlimm. Es liegt am Wind. Meistens weht er den ärgsten Gestank von der Stadt fort, aber manchmal trägt er ihn auch direkt hierher. So wie heute.« Er verzog angeekelt das Gesicht und sah Tobias an, als erwarte er eine Zustimmung auf das, was er als nächstes sagte. »Dem Herrn sei Dank, daß es nicht jeden Tag so schlimm ist. Ich fürchte, wir müßten die Stadt sonst über kurz oder lang aufgeben. Niemand kann das auf die Dauer ertragen.«

»Aber was im Namen aller Apostel bewirkt diesen Gestank?« fragte Tobias.

»Der Pfuhl«, antwortete Bresser.

»Das habt Ihr mir bereits erzählt«, versetzte Tobias gereizt. »Ich frage Euch, was dieser Pfuhl *ist*.«

Bresser zögerte einen winzigen Augenblick. »Vielleicht seht Ihr es Euch selbst an«, sagte er dann. »Es läßt sich schwer erklären. Der Weg ist nicht besonders weit«, fügte er hinzu, als er sah, daß Tobias zögerte. »Und wir können ihn umgehen und uns mit dem Wind nähern.«

»Warum nicht?« Tobias zuckte mit den Achseln. So sehr ihn der Geruch anwiderte, so sehr fragte er sich, was so bestialisch stank. Es roch wie ein Höllenloch, in dem Luzifer höchstpersönlich wütete, oder wie ein Schlachtfeld, über das der Tod seine grausame Hand ausgestreckt hatte.

»Gehen wir.«

Zu seinem Entsetzen wandte sich Bresser in jene Richtung, aus der der Wind kam, so daß der süßliche Verwesungsgeruch ihnen entgegenwehte. Mit jedem Schritt wurde der Gestank schlimmer. Tobias glaubte schon diesen Wind der Fäulnis zu sehen, wie dicke zähe Schlieren, die zwischen den Häusern hingen und alles mit einer klebrigen Schicht überzogen.

»Wie haltet ihr das aus?« fragte er angeekelt.

Bresser zuckte die Achseln. »Es ist nicht immer so schlimm«, sagte er. »Manchmal merkt man es gar nicht — und man gewöhnt sich im Laufe der Zeit daran.«

Tobias bezweifelte das. So mochte es in der Hölle riechen, wo die verlorenen Seelen der Menschen dem ewigen Leiden ausgesetzt waren. Aber er antwortete nicht — er hielt eine Hand vor die Nase gepreßt und bemühte sich, nur durch den Mund zu atmen. Nachdem sie den Wall durchschritten und die Stadt verlassen hatten, nahm der Gestank ein wenig ab. Tobias sprach ein kurzes Dankgebet, was ihm dann aber gleich lächerlich vorkam. Es gab viel härtere Prüfungen, die einem der Schöpfer auferlegen konnte.

Bresser wandte sich nach Westen, um Buchenfeld in weitem Bogen zu umgehen. Ihr Ziel war ein kleines Waldstück, eine halbe Stunde vom Ort entfernt. Es mußte einmal zum großen Eichenwald gehört haben, der das Land bedeckt hatte, bevor man vor einigen Jahrhunderten begonnen hatte, ihn zu roden, um neues Ackerland zu gewinnen. Viele Menschen waren damals nach Osten gezogen und hatten sich niedergelassen und Städte gegründet. Manchmal erzählten fahrende Sänger davon oder von den Zügen ins Heilige Land, als Gottfried von Bouillon Jerusalem befreien wollte, und dann wünschte sich Tobias für einen Moment, in einer anderen aufregenderen Zeit geboren zu sein.

Eine Handbewegung Bressers riß ihn aus seinen Gedanken. Dann sah er zerrissene, scharfkantige Felsen vor sich, die wie die buckeligen Skelette riesiger Drachentiere aus dem Boden ragten. Doch der Wald hatte auch diese Felsenburg erobert, aus den Fugen wuchsen kleine Bäume und Pflanzen. Die Steinwälle waren überwuchert. Wieder einmal hatte die Natur den Sieg über Menschenwerk davongetragen. Sie kamen auch kaum noch voran, weil das Unterholz immer dichter wurde, wie eine Mauer aus Dornen, hinter der ein Geheimnis verborgen lag. Doch selbst durch dieses Dickicht drang dieser höllische Gestank, der jetzt wieder stärker wurde.

Tobias sah Bresser fragend an, erntete aber nur ein Achselzucken und sagte nichts. Als sie sich dem Wald bis auf zwanzig oder dreißig Schritte genähert hatten, sah der Dominikaner, daß es eine Bresche im Unterholz gab: Ein schmaler Pfad war durch den Wald geschlagen worden, auf den Bresser mit schnellen Schritten zuhielt.

Der Tag blieb hinter ihnen zurück. Es wurde nicht völlig dunkel, aber die Kronen der uralten Bäume über ihren Köpfen waren doch so dicht, daß sie das Sonnenlicht zu einem grüngrauen Schimmer dämpften. Ihre Umgebung erinnerte Tobias auf unangenehme Weise an jene Lichtung im Wald, auf der er den Hexenkreis gefunden hatte. Die Vorstellung, daß hier seit vielleicht einem Jahrhundert das Licht Gottes nicht mehr wirklich geschienen hatte, ließ ihn schaudern. Er hatte das Gefühl, in eine Welt einzudringen, in der Menschen nichts zu suchen hatten. Vielleicht war dieser bestialische Gestank eine Warnung, nicht weiterzugehen.

Plötzlich blieb Bresser stehen und wandte sich doch zu ihm um. Er sagte kein Wort, sondern machte nur eine deutende Handbewegung — aber Tobias sah auch fast sofort, was er ihm zeigen wollte.

Nur einen knappen Schritt vor Bresser endete der Weg wie abgeschnitten und stürzte in die Tiefe.

Unter ihnen lag der Pfuhl.

Frierend vor Entsetzen trat Tobias neben Bresser und sah hinunter.

Es war ein nahezu kreisrunder, gut zwanzig Schritte messender Kessel aus demselben geborstenen Felsgestein, aus dem der Grund dieses ganzen Waldstückes bestand. Vor Urzeiten mochte es ein kleiner gewöhnlicher See gewesen sein, doch jetzt war es nichts anderes als ein Höllenloch: eine stinkende, grünlich schillernde Brühe, die mit einer Schicht aus verfaultem Laub und braunen Algengewächsen bedeckt war. Obwohl der See keinen sichtbaren Zu- oder Ablauf hatte, kräuselten sich dann und wann kleine Wellen auf ihm, und jedes Mal stieg ein neuer Schwall dieses übelkeiterregenden Gestanks auf. Selbst die Felsen schienen dort, wo sie bis zum Wasser hinabreichten, in Fäulnis übergegangen zu sein. Grünbraune Algengewächse waren wie Spinnennetze an den Rändern des steinernen Kessels emporgewachsen; es gehörte nicht viel Phantasie dazu, sich die widerwärtigsten Geschöpfe vorzustellen, die unter der Oberfläche dieses Modertümpels vegetieren mochten.

Tobias verharrte eine ganze Weile reglos und starrte auf die schmierige Brühe herab. Es war nicht der erste tote See, den er sah — aber er konnte sich nicht erinnern, jemals etwas Widerwärtigeres erblickt zu haben. Es war wie ein Stück Hölle auf Erden.

»Heiliger Dominikus, was ist hier geschehen?« flüsterte er und wandte die Augen gen Himmel. Seine Frage war eigentlich nicht an Bresser gerichtet, dennoch antwortete der dicke Mann.

»Das war die Hexe.« Tobias fuhr herum. Er verlor durch die überhastete Bewegung auf dem glitschigen Stein fast den Halt und mußte sich an einem Ast festklammern, um sein Gleichgewicht wiederzufinden.

»Was redet Ihr da?«

»Die Wahrheit, Pater«, antwortete Bresser ruhig. In seiner Stimme klang Trotz, aber auch eine Überzeugung, die Tobias erschreckte. »Das ist das Werk der Hexe. Und das ist nicht alles, was sie getan hat, aber vielleicht das schlimmste. Deshalb habe ich Euch vorher nichts gesagt. Ich wollte, daß Ihr es mit eigenen Augen seht.«

Tobias schwieg. Er wußte nicht, was er sagen sollte. Bressers Worte klangen völlig verrückt, aber offenbar war er vollkommen von ihrer Wahrheit überzeugt.

»Es war ein ganz normaler See, bis zum letzten Sommer«, fuhr Bresser fort. »Das Wasser war nie sehr gut. Es roch, und es schmeckte bitter, so daß nicht einmal die Tiere davon tranken. Aber es war *Wasser*.« Er legte eine winzige Pause ein, um seine Worte wirken zu lassen. »Dann im letzten Jahr begann sie in den Wald zu gehen. Sie ging oft hierher, und immer nachts. Manchmal hörte man . . . Laute.«

»Laute?«

Bresser zuckte mit den Schultern. »Geräusche eben. Unheimliche Geräusche. Schreie, aber nicht die von Tieren. Und Lichter.«

»Habt Ihr das gesehen?« fragte Tobias. »Oder selbst gehört?«

»Ich nicht«, antwortete Bresser. »Aber andere. Sie werden es Euch bestätigen, wenn Ihr fragt. Und als die Hexe begann, hierher zu gehen, da begann das Wasser zu faulen. Und schließlich wurde es zu dem, was es jetzt ist.« Er verzog angeekelt das Gesicht. »Im letzten Winter ist ein Schaf aus dem Stall ausgebrochen und hatte sich hierher verirrt. Es ist hineingefallen. Es konnte sich befreien, und es fand sogar wieder nach Hause. Aber am nächsten Morgen war es tot. Braucht Ihr noch mehr Beweise, daß sie wirklich eine Hexe ist?«

Tobias schwieg. Bressers Worte erschütterten ihn nicht — der Mann war ein Narr, und selbst wenn Katrin hierher gekommen war, war das lange noch kein *Beweis*, daß sie irgend etwas mit der furchtbaren Verwandlung dieses Sees zu tun hatte. Im Gegenteil konnte sich Tobias einfach nichts vorstellen, was ein Mensch zu tun imstande war, um aus einem ganz normalen See diese Kloake zu machen: Was ihn jedoch in Schrecken versetzte, war der Anblick des Sees an sich. Das Gewässer war *vergiftet*. Selbst die Bäume, die rund um den Felsenkegel wuchsen, waren bereits krank. Sie würden sterben, noch ehe ein Jahr vorüber war. Vielleicht würde dieser ganze Wald sterben.

Er wollte sich umwenden, um Bresser eine weitere Frage zu stellen, als er eine Bewegung am jenseitigen Ufer wahrzunehmen glaubte. Neugierig sah er genauer hin — und unterdrückte im letzten Moment einen Schrei.

Zwischen den Bäumen stand der Tod.

Für einen winzigen Moment hatte Pater Tobias ihn deutlich vor Augen, eine hoch aufgerichtete, massige Gestalt, in schwarze Lumpen gekleidet und eine Sense in der rechten Hand, auf deren Stiel er sich stützte. Sein Gesicht war bleich, eine weiße Maske aus schimmernden Knochen, hinter deren leeren Augenhöhlen es unheimlich glitzerte, die Nase ein tiefes Loch und der Mund darunter ein klaffender Spalt.

Dann, im nächsten Augenblick, verschwand die Gestalt. Nicht einmal ein Blatt rührte sich dort, wo das Unterholz sie verschluckt hatte.

Tobias schlug erschrocken das Kreuzzeichen und flüsterte den Namen Jesu Christ. Bresser sah ihn irritiert an.

»Was habt Ihr?«

»Nichts«, antwortete Tobias hastig. »Ich dachte, ich . . . hätte eine Bewegung gesehen . . . jemanden . . . etwas . . . aber das . . . das ist unmöglich.«

Seine Stimme schwankte und klang selbst in seinen eigenen Ohren schrill. Seine Gedanken überschlugen sich. Es war der Tod gewesen, den er dort drüben gesehen hatte, daran gab es gar keinen Zweifel. Der Schwarze Schnitter hatte dagestanden und ihn angeblickt, nicht Bresser, nicht den Wald, nicht den Pfuhl, sondern *ihn*. War er gekommen, um Sühne zu fordern? Hatte er ihm Katrin nur gezeigt, um ihm zu sagen, daß seine Zeit nun abgelaufen war?

»Etwas?« wiederholte Bresser stirnrunzelnd. »Vielleicht ein Tier?« Er schrak zusammen. »Es gibt Wölfe in den Wäldern. Sie kommen selten heraus und eigentlich niemals *hierher*, aber vielleicht ist es —«

»Kein Wolf«, unterbrach ihn Tobias. »Es war kein Tier.«

»Aber was dann?«

»Nichts«, sagte Tobias. »Vielleicht . . . habe ich mich getäuscht. Dieser . . . dieser Gestank verwirrt mir die Sinne.« Mit einem Ruck wandte er sich um und machte eine Geste den Weg hinunter. »Laßt uns gehen. Ich habe genug gesehen.«

Bresser blickte ihn noch einen Moment lang zweifelnd an,

zuckte aber dann nur mit den Schultern und trat beiseite, um ihn vorbeizulassen.

Und hinter seiner Gestalt wuchs eine zweite, größere empor, schimmerndes Weiß unter schwarzen Fetzen, in deren Hand rasiermesserscharfer Stahl blitzte, der —

Tobias erkannte seinen Irrtum einen winzigen Augenblick bevor er vollends die Beherrschung verlieren und einfach losschreien konnte.

Die Gestalt hinter Bresser war nicht der Tod. Sie war nicht in schwarze Lumpen gekleidet, sondern trug einen knöchellangen dunklen Umhang und darunter wollene Hosen, Stiefel und ein mattes Kettenhemd. Das Weiß über ihrem Gesicht war nicht die Farbe toter Knochen, sondern die Farbe einer sonderbar geformten Mütze, und der schimmernde Stahl gehörte nicht zu eine Sense, sondern war die Klinge eines beidseitig geschliffenen Schwertes, das ohne Scheide, nur von einer einfachen Schlaufe gehalten, am Gürtel des Mannes hing.

Der Mann — er stand im Schatten des Weges, so daß Tobias sein Gesicht nicht erkennen konnte — musterte Bresser und ihn, und als Bresser sich ebenfalls umwandte, da fuhr auch er erschrocken zusammen; wenn auch aus einem völlig anderen Grund, wie Tobias im nächsten Moment begriff.

»Herr!« sagte er. Er deutete eine Verbeugung an, machte einen nervösen Schritt zurück und suchte einen Moment lang nach Worten.

»Herr?« Tobias sah ihn stirnrunzelnd an. War das —?

»Das . . . das ist der Graf, Vater«, sagte Bresser stockend. »Graf Theowulf.«

»Und Ihr seid Pater Tobias, nehme ich an«, fügte die Gestalt im Schatten hinzu.

Pater Tobias nickte überrascht, trat dem Grafen einen Schritt entgegen und blieb wieder stehen, um einen Blick über den See zurück zu werfen. War es möglich, daß . . . nein. Theowulf konnte unmöglich dort drüben gestanden, um den Kessel geschritten und dann unbemerkt hinter ihnen aufgetaucht sein — nicht in den wenigen Augenblicken, die vergangen waren.

»Ich war nicht dort drüben«, sagte Theowulf in diesem Moment.

»Ihr habt —«

»— Eure Worte gehört, ja«, unterbrach ihn Theowulf. »Ich habe Euch nicht gelauscht, wenn Ihr das meint. Es war unbeabsichtigt.« Tobias hörte ein leises, nicht angenehm klingendes Lachen. »Ihr seid nicht der erste, der dem finsteren Zauber dieses Ortes zum Opfer fällt, Pater. Viele sehen hier Dinge, die es nicht gibt. Ich glaube, es liegt an diesem See. Vom Wasser steigen schlechte Dämpfe auf, die die Sinne verwirren. Laßt uns hier weggehen. Es gibt bessere Orte, um zu reden.«

Tobias widersprach nicht — was ihm im übrigen auch wenig genutzt hätte, denn sowohl Theowulf als auch Bresser wandten sich rasch um und gingen den Weg zurück, ohne seine Antwort abzuwarten.

Tobias atmete hörbar auf, als sie den Wald verließen und wieder ins Sonnenlicht hinaustraten. Der Gestank war auch hier allgegenwärtig, aber längst nicht mehr so erstickend wie direkt am See, und er spürte erst jetzt, wie kühl es dort gewesen war. Er fror. Auf seinen Armen und seinem Rücken hatte sich eine Gänsehaut gebildet.

Fröstelnd rieb er sich die Oberarme mit den Händen, legte den Kopf in den Nacken und blinzelte zur Sonne empor, als fände er Trost in ihrem klaren, fast weißen Licht. Erst nach einer ganzen Weile senkte er den Blick wieder und sah zu Theowulf und Bresser hinüber, die ein paar Schritte weitergegangen waren und halblaut miteinander redeten. Genauer gesagt: Bresser redete, und Theowulf hörte zu, wobei er nur dann und wann einmal nickte, im übrigen aber Tobias nicht aus dem Auge ließ.

Graf Theowulf war ein sehr großer, massiger Mann, dessen gedrungener Körperbau und kräftige Hände ihn älter erscheinen ließen, als er war. Sein Gesicht war breitflächig, ohne fett zu wirken, und seine Wangen glatt rasiert, was Tobias ein wenig überraschte. Unter dem albernen weißen Hut, den er wohl zum Schutz vor der Sonne trug, lugte eine Strähne des schwärzesten Haares hervor, das Tobias jemals zu Gesicht bekommen hatte. Seine Augen verbargen sich unter buschigen Brauen.

Es waren sehr wache Augen. Tobias wußte sofort, als er ihrem Blick begegnete, daß diesen Augen nichts entging und daß hinter ihnen ein überaus scharfer Geist lauerte.

Überhaupt entsprach der Graf nicht im mindesten dem Bild, das er sich von ihm gemacht hatte. Er war noch recht jung, keinen Tag älter als fünfundzwanzig, und er machte nicht den Eindruck eines selbstherrlichen Tyrannen, der das Land mit eiserner Hand beherrschte. Seine Kleidung war zweckmäßig, fast schon einfach; als einzigen Schmuck trug er einen schweren Siegelring mit einem verschlungenen Symbol aus Gold am Daumen seiner linken Hand.

»Zufrieden?« fragte Theowulf plötzlich.

Im ersten Moment war Tobias so überrascht, daß er gar nicht antwortete. Theowulf lachte leise, unterbrach Bressers Redefluß mit einer beiläufigen, aber befehlenden Geste und kam gemächlich herangeschlendert. »Seid Ihr zufrieden mit dem, was Ihr seht?« fragte er. »Ich nehme an, Ihr habt Euch eine bestimmte Meinung über mich gebildet, nach allem, was Ihr bisher erlebt und gesehen habt. Deckt sie sich mit dem, was Ihr nun seht?«

Tobias fuhr leicht zusammen, als ihm klar wurde, wie unverschämt er Theowulf angestarrt haben mußte. Er rettete sich in ein Lächeln. »Verzeiht«, sagte er. »Ich war nur . . . ein wenig verwirrt . . . und überrascht. Bresser sagte, ihr kämt erst zur Mittagsstunde.«

»Bresser ist ein Dummkopf«, entgegnete Theowulf freundlich. »Ich trug ihm auf, Euch zu bitten, das Mittagsmahl mit mir einzunehmen.« Er seufzte, warf dem dicken Mann einen spöttischen Blick zu und wedelte mit der Hand.

»Du kannst gehen, Bresser. Ich begleite Pater Tobias zurück in die Stadt. Geh und sage deinem Weib, sie soll eine gute Portion von ihrem vorzüglichen Braten bereiten.«

Bresser entfernte sich so schnell, daß es fast wie eine *Flucht* wirkte. Tobias war erstaunt, wie schnell er auf seinen kleinen kurzen Beinen zu laufen imstande war. Als er Bresser nachblickte, fiel ihm erst auf, daß der Graf nicht allein gekommen war: Einen Steinwurf entfernt warteten zwei Männer in schwarzen Mänteln. Drei gesattelte Pferde mit Schabracken und schweren, ledernen Sätteln standen ein Stück abseits.

»Leider wußte ich nicht, daß wir Euch hier treffen würden«, sagte Theowulf, als er seinem Blick folgte. »Sonst hätte ich noch ein Pferd mitgebracht.«

»Der Weg ist ja nicht weit«, antwortete Tobias.

»Und im Gehen redet es sich besser«, fügte Theowulf hinzu. »Ihr habt Recht, Pater. Dann laßt uns reden. Wir haben viel zu besprechen.« Er wartete auch jetzt eine Entgegnung gar nicht ab, sondern gab den beiden Männern einen Wink, ihm und Pater Tobias zu folgen, und wandte sich zur Stadt.

Tobias zögerte. Er hatte sich seine erste Begegnung mit dem Grafen anders vorgestellt. Zwar war er insgeheim froh, daß sie nicht sofort in Streit geraten waren, aber Theowulf hatte auf eigentümliche Weise das Gespräch sofort an sich gerissen. *Er* diktierte *Tobias*, worüber sie sprachen, nicht umgekehrt.

»Woher wußtet Ihr, daß wir hier sind?« fragte er, während sie langsam nebeneinander nach Buchenfeld zurückgingen — nicht in direkter Richtung, denn das hätte bedeutet, wieder in den fauligen Wind hineinzutreten.

»Am Pfuhl?« Theowulf zuckte mit den Schultern. »Gar nicht. Ich sah Euch in den Wald gehen. Und ich dachte mir, daß Bresser Euch den Pfuhl zeigen wird. Jeder, der zum ersten Mal hierher kommt, sieht ihn sich an. Seid Ihr beeindruckt?«

Tobias machte eine vage Bewegung. »Ein anderes Wort wäre mir lieber«, sagte er.

»Erschüttert?« Theowulf lachte. Der Mann irritierte Tobias immer mehr. Er sah wie ein großer, fröhlicher Junge aus. Aber auf der anderen Seite waren seine Schritte fest und sicher, und als er ging, da ruhte sein Handgelenk auf dem Griff des Schwertes, und sein Blick irrte immer wieder hierhin und dorthin und suchte die Felder vor ihnen ab. Sein Körper spricht die Sprache eines Ritters, dachte Tobias verwirrt.

»Bresser erzählte mir, daß es bis vor zwei Jahren einfach ein See war«, sagte er, als das Schweigen zwischen ihnen unbehaglich zu werden begann.

»Das stimmt.«

»Was ist damit geschehen?«

Theowulf sah ihn an und lächelte. »Hat Bresser Euch das nicht gesagt? Die Hexe hat ihn vergiftet.«

»Ich bitte Euch!« Tobias seufzte. »Von einem Mann wie Bresser erwarte ich einen solchen Unsinn. Aber von Euch?«

»Ihr schmeichelt mir, Pater.«

Die Stimmung zwischen ihnen begann sich zu entspannen. Schweigend gingen sie die nächsten Schritte. Jeder schien seinen Gedanken nachzuhängen und sich ein Bild vom anderen zu machen. Tobias dachte daran, daß er noch vor einer Woche auf der Burg in Lübeck gewesen war, seinem geliebten Kloster, und nun hier mit dem seltsamsten Grafen einherschritt, der ihm je begegnet war. Doch wie hieß es in der Bibel: Die Wege des Herrn waren mitunter unerforschlich.

»Ihr habt recht, Tobias«, knüpfte Theowulf nach einer Weile an das unterbrochene Gespräch an. »Bresser ist ein Narr. Aber seine Erklärung ist so gut wie jede andere. Die Wahrheit ist — ich weiß nicht, was mit dem See geschah. Niemand weiß das.« Er seufzte. »Glaubt nicht, daß ich es mir leicht gemacht habe. Drei Teufelsaustreiber haben sich den Pfuhl angesehen und versucht, die Geister auszutreiben, darüber hinaus zwei Alchimisten und . . .« Er zögerte einen winzigen Moment, dann lachte er fast spitzbübisch und fügte in übertriebenem Verschwörerton hinzu: ». . . ein altes Kräuterweib, das eine Tagesreise entfernt im Wald haust und sich auf die Schwarzen Künste versteht.«

Tobias blieb überrascht stehen. »Hexerei?« entfuhr es ihm. »Ihr bestellt einen Inquisitor, um eine Frau aus Eurer Stadt der Hexerei anzuklagen, und bedient Euch selbst der Schwarzen Magie?«

»Katrin ist so wenig eine Hexe wie ich«, antwortete Theowulf gelassen. »Oder das Kräuterweib.« Er lächelte, als er Tobias' Überraschung bemerkt. »Ihr interessiert Euch für die

Wissenschaften, nicht wahr, Pater Tobias? Und Ihr seid ein Mann, dem man nachsagt, daß er um sein schweres Amt weiß und niemals leichtfertig Anklage erhebt.«

»Woher wißt Ihr das?« fragte Tobias überrascht.

»Ich habe gewisse Erkundigungen über Euch eingezogen«, antwortete Theowulf. »Und wenn sie zutreffen, dann solltet Ihr wissen, daß die meisten der sogenannten Schwarzen Künste nichts anderes als angewandte Wissenschaft sind. Nicht, daß sie verstehen, was sie da tun — aber sie können es. Nur hat es in diesem Fall nichts genutzt. Der See ist verhext, daran gibt es nicht den geringsten Zweifel.«

»Ich verstehe nicht recht«, gestand Tobias. »Ihr glaubt nicht, daß Katrin eine Hexe ist? Warum habt Ihr mich dann bestellt?«

»Das habe ich nicht«, antwortete Theowulf. »Als ich davon erfuhr, daß Verkolt diesen Brief geschrieben hat, war es zu spät, ihn aufzuhalten. Außerdem habe ich nicht gesagt, daß ich sie für unschuldig halte. Sie hat ihren Mann ermordet. Und vielleicht noch mehr — das wird die Untersuchung ergeben.«

»Ich bin ein Inquisitor, kein Gewaltrichter«, sagte Tobias ärgerlich. »Wenn es sich um einen *Mord* handelt, der aufzuklären ist, dann ruft die weltliche Gerechtigkeit.«

»Ich *habe* Euch nicht gerufen«, erinnerte ihn Theowulf noch einmal. »Aber Ihr seid nun einmal hier. Und ich glaube, Ihr seid der richtige Mann für diese Aufgabe. Natürlich könnt Ihr gehen und Katrin dem Richter überlassen, aber Ihr wißt so gut wie ich, daß das Urteil *dann* im Grunde schon feststeht.«

»Nur dann?« fragte er Tobias. »Haltet Ihr sie nicht auch bereits für schuldig?«

»Sie ist es«, bestätigte Theowulf. »Zumindest meiner Überzeugung nach. Aber ich will mich nicht zum Herrn über Leben und Tod aufschwingen. Nein, nein — dieses undankbare Geschäft überlasse ich Männern wie Euch.«

Er lachte, aber sein Lachen klang kalt und herzlos.

»Ihr seid also der Überzeugung, daß Katrin ihren Mann umgebracht hat?« setzte Tobias erneut an.

Theowulf nickte.

»Warum? Die Geschichte, die mir Bresser gestern erzählte, hörte sich eher nach einer schweren Krankheit an.«

»Oder einem langsamen Vergiften«, fügte Theowulf hinzu. »Verkolt war der Apotheker in Buchenfeld — hat Euch das Bresser nicht erzählt?«

»Nein.«

»Aber er war es. Früher einmal gab es sogar einen Arzt in Buchenfeld, aber er wurde krank und starb.« Theowulf lachte. »Ist das nicht sonderbar?«

»Nicht im geringsten«, antwortete Tobias.

Theowulf zuckte mit den Schultern. »Wenn man die ganze Geschichte kennt, schon«, behauptet er. »Ihr müßt wissen, daß Buchenfeld fast zwanzig Jahre lang von allen schweren Krankheiten verschont geblieben war. Niemand wurde ernsthaft krank. Ein paar Frauen starben im Kindbett — nichts sonst, keine Schwindsucht, kein Aussatz. Niemand wurde *krank*, nur der Arzt.«

»Ich finde das keineswegs sonderbar«, beharrte Tobias, aber Theowulf ignorierte den vorwurfsvollen Klang seiner Stimme — oder nahm ihn tatsächlich nicht zur Kenntnis. Er lachte bloß.

»Ihr habt keinen Sinn für Humor, Tobias«, sagte er. »Das Leben ist so hart, daß man auch seinen Schattenseiten noch etwas abgewinnen sollte. Aber zurück zum Thema: Der Arzt starb vor fünf Jahren, und es kam kein neuer.«

»Warum nicht?«

»Wozu?« fragte Theowulf anstelle einer Antwort. »In einem Ort ohne Krankheiten braucht es keinen Quacksalber, genauso wie eine gottesfürchtige Gemeinde keinen Priester braucht, damit die Menschen ihr Seelenheil erlangen.«

Tobias zuckte zusammen. Die Worte des Grafen waren anmaßend und warfen ein schlechtes Licht auf seinen Glauben. Jetzt wußte der Dominikaner, wie der einfältige Bresser auf seine gefährlichen und ketzerischen Gedanken gekommen war.

»Es blieb nur Verkolt«, fuhr Theowulf fort. »Er war ein alter Mann, aber auch ein Mann mit Erfahrungen. Er kannte sich aus, wenn Ihr versteht. Manche behaupten, er verstünde sich ebensogut auf die Heilkunst wie ein richtiger Arzt. Es bestand keine Notwendigkeit, einen Doktor nach Buchenfeld zu holen. Buchenfeld ist eine arme Stadt. Die Leute haben gerade genug für sich und manchmal nicht einmal das. Aber Verkolt war auch einsam. Und er war reich.«

»Sagtet Ihr nicht gerade selbst, Buchenfeld wäre eine arme Stadt?« fragte Tobias.

»Apotheker verstehen es, mit Geld umzugehen«, antwortete Theowulf ruhig. »Das ist kein Geheimnis. Nach Verkolts Tod habe ich all seine Habseligkeiten auf mein Schloß bringen lassen. Ihr könnt sie Euch bei Gelegenheit ansehen. Sein Vermögen ist nicht gering.«

»Ihr glaubt, Katrin hätte ihn aus *Habsucht* getötet?« fragte Tobias.

Der ungläubige Ton in seiner Stimme ließ Theowulf aufsehen. »Ihr kennt diese Frau«, sagte er plötzlich.

Tobias schwieg einen Augenblick. Natürlich wäre es sinnlos, diesen Umstand zu leugnen — Bresser und seine Frau hätten schon blind sein müssen, um *nicht* zu sehen, daß er Katrin kannte. Aber er hatte gehofft, dies dem Grafen bei einer günstigeren Gelegenheit sagen zu können. Er nickte.

»Solange Ihr mir keine bessere Erklärung liefert, muß ich an dieses Motiv glauben«, fuhr Theowulf fort. »Er unternahm eine Reise nach Hamburg, im gleichen Jahr, als der Arzt starb. Als er zurückkam, brachte er Katrin mit sich, als seine Frau. Und noch im selben Jahr begann er krank zu werden. Den Rest der Geschichte kennt Ihr.«

»Das ist doch alles kein Beweis«, sagte Tobias heftig. »Ihr sagtet selbst — Verkolt war ein alter Mann. Vielleicht war die Reise zu viel für ihn —«

»— oder die Freuden der Ehe, ja, ich weiß«, unterbrach ihn Theowulf. »Glaubt Ihr nicht, ich hätte all dies schon selbst bedacht? Aber sie ließ niemanden an ihn heran, selbst als er schwer erkrankte und abzusehen war, daß er nicht mehr lange zu leben hatte. Sie ließ nicht einmal jemanden mit ihm reden, in den letzten Wochen! Und in der Nacht, als er starb, griffen sie zwei meiner Leute auf — zu Pferde, mit

Gepäck für eine lange Reise und den Satteltaschen voller Gold. Was sollte ich von diesem Benehmen halten, wenn nicht, daß sie allen Grund hatte, so schnell wie möglich aus der Stadt zu verschwinden?«

Er schüttelte den Kopf, seufzte schwer und machte eine Handbewegung, als Tobias etwas erwidern wollte. »Als ich hörte, daß Ihr auf dem Weg hierher seid, habe ich ein Protokoll über die ganze Geschichte anfertigen lassen, Pater Tobias. Ihr könnt es lesen und werdet alles erfahren. Und Ihr könnt reden, mit wem Ihr wollt. Glaubt nicht, daß mir etwas daran liegt, eine Unschuldige auf den Scheiterhaufen zu bringen. Ich gäbe viel dafür, eine bessere Erklärung für Verkolts Tod zu finden; und all die anderen Dinge. Doch ich bin von ihrer Schuld überzeugt.«

»Habt Ihr deshalb befohlen, sie verhungern zu lassen?« fragte Tobias böse.

Theowulf schüttelte traurig den Kopf. »Das habe ich nicht, Tobias«, sagte er. »Ich gab den Befehl, sie einzusperren, und der Turm ist nun einmal der einzige Platz in Buchenfeld, an dem sie sicher war.«

»*Sie*?«

»Pater Tobias«, antwortete Theowulf beinahe verblüfft. »Ihr begreift offenbar nicht. Ich glaube nicht, daß sie eine Hexe ist — aber die Leute hier denken es. Sie sind überzeugt davon. Sie hätten sie längst aufgehängt, wenn ich sie nicht geschützt hätte. Die Menschen hier sind einfache Bauern und Hirten. Sie warten nicht immer unbedingt auf einen Richter, sondern haben ihre eigene Art, die Dinge zu regeln.«

»Euer Schutz hätte sie fast umgebracht«, sagte Tobias.

»Ich weiß«, gestand Theowulf. »Und es tut mir leid. Diese dumme Frau hat mich einfach nicht verstanden — oder sie wollte es nicht. Ich habe befohlen, daß niemand sich ihr nähern durfte. Aber ich meinte damit, daß niemand ihre Ketten lösen sollte oder zu einem anderen Zweck die Zelle betreten, als ihr frisches Wasser und Brot zu bringen. Ich habe Bresser das sehr deutlich gesagt.«

Das war eine Lüge. Tobias wußte es. Er traute Bresser durchaus zu, die Befehle seines Herrn absichtlich mißzuverstehen — aber er hatte auch das Entsetzen in Marias Augen gesehen, als sie den erbärmlichen Zustand der Gefangenen erblickte.

»Ich mache mir Vorwürfe«, fuhr Theowulf fort. »Ich hätte mich davon überzeugen müssen, daß man meine Befehle auch ausführt. Wird sie es überleben?«

»Ich glaube ja«, antwortete Tobias. »Ich habe nach einem Arzt geschickt.«

»Dann wollen wir hoffen, daß Bresser nicht so dumm ist, statt dessen einen Schmied zu holen«, sagte Theowulf mit einem flüchtigen Lächeln. Er wurde sofort wieder ernst, als er Tobias' eisigen Blick bemerkte, und fügte hinzu: »Es gibt eine alte Frau auf meinem Schloß, die . . .«

»Ich weiß«, unterbrach ihn Tobias. »Aber das ist nicht nötig. Sie hat das Schlimmste bereits überstanden, hoffe ich.«

Theowulf deutete ein spöttisches Kopfnicken an. »Ich verstehe«, sagte er. »Ihr verzichtet doch lieber darauf, die Schwarze Kunst anzuwenden.«

Darauf antwortete Tobias gar nicht. Er hatte das Gefühl, als spielte der Graf mit ihm, so wie er mit Bresser spielte, mit seiner Frau, vielleicht mit der ganzen Stadt.

Theowulf schien das Unbehagen des Mönchs zu spüren und wechselte unvermittelt das Thema. »Ihr müßt mich auf meinem Schloß besuchen, Pater Tobias«, sagte er. »Ich werde Euch meine Bibliothek zeigen. Sie wird Euch gefallen. Überdies ist es bei mir viel bequemer als in Bressers Haus. Es ist eine Schande, wie er es verfallen läßt. Wenn Ihr wollt, könnt Ihr bei mir wohnen, solange Eure Untersuchungen dauern.«

Tobias schüttelte den Kopf. »Es ist besser, ich bleibe in der Stadt«, sagte er. »Ich werde mit vielen Leuten reden müssen. Aber ich komme sicher auf Euer Angebot zurück. Ich bin neugierig auf Euer Schloß.«

5

Theowulf und er aßen gemeinsam zu Mittag, und danach saßen sie sicherlich noch zwei Stunden beisammen und redeten — über das Reich und den Kaiser, über das mächtige Lübeck und die Dominikaner, nur nicht über Katrin. Geschickt überging Tobias die Andeutung, die Theowulf in seine Rede einflocht. Er wollte zunächst mit Katrin sprechen, bevor er etwas von ihrer gemeinsamen Geschichte preisgab. Schließlich verlangte die Natur ihr Recht: Tobias hatte eigentlich vorgehabt, mit seinen Nachforschungen in Buchenfeld zu beginnen, nachdem der Graf die Stadt verlassen hatte, aber die Müdigkeit überwältigte ihn schier. Er begab sich auf sein Zimmer und löste Maria bei ihrer Krankenwache an Katrins Bett ab.

Er schlief ein, kaum daß sie das Zimmer verlassen und die Tür hinter sich zugezogen hatte.

Als er erwachte, war die Sonne bereits untergegangen. Alle Dinge im Zimmer verschwammen in einem matten, grauen Licht, und es war empfindlich kühl geworden.

Katrin war wach.

Er wußte es, noch bevor er sie angesehen hatte. Es war, als *fühle* er ihren Blick wie eine sanfte Berührung, die er zu lange, viel zu lange vermißt hatte. Sie war bei Sinnen, und der Blick ihrer Augen, noch immer vom Fieber verschleiert, glitt über sein Gesicht, seine Hände, seine ganze Gestalt.

Tobias' Kehle war wie zugeschnürt. Kein Wort brachte er hervor, fast als habe ein böser Geist ihm die Sprache geraubt. Sie war es: seine Katrin. Hatte er wirklich geglaubt, daß die vergangenen Jahre irgend etwas geändert, ihn irgend etwas vergessen gemacht hätten? Es stimmte nicht. Schmerz wühlte in ihm, Schmerz über die verflossenen Jahre, und dann tat er etwas, was vermutlich die ganze Stadt gegen ihn aufgebracht hätte; er segnete sie.

Schließlich war sie es, die das lange, atemlose Schweigen brach. Ihre Stimme klang dünn und brüchig und ließ ihn schaudern; und zugleich schien sie ihm wie die Musik eines Engels.

»Bist du es wirklich?« fragte sie.

Tobias konnte nicht sofort antworten. Er lächelte ein flüchtiges Lächeln und spürte, wie ihm Tränen in die Augen traten, und dann fiel ihm ein, daß er in all der Zeit nie geweint hatte oder einen seiner Mitbrüder hatte weinen sehen. Mönche kannten keine Tränen.

»Wie lange bist du schon wach?« fragte er.

»Lange«, antwortete Katrin. »Eine Stunde, zwei, eine halbe . . . ich weiß es nicht. Lange genug.«

»Warum hast du mich nicht geweckt?«

»Warum sollte ich?« erwiderte Katrin. »Es gab keinen Grund. Außerdem wollte ich dich ansehen. Du hast dich verändert, und doch habe ich dich sofort erkannt.«

»Es ist viel Zeit vergangen, seit . . .«

Katrin hustete; ein trockener, qualvoller Laut, bei dem sich ihr Körper unter der dünnen Decke aufbäumte. Tobias sprang hastig auf, griff nach dem Wasserkrug, der neben ihm auf dem Boden stand, und füllte den Becher. Katrins Haut fühlte sich noch immer heiß und fiebrig an, als er ihren Kopf anhob und mit der anderen Hand den Becher an ihre Lippen setzte. Sie trank in großen, gierigen Schlucken. Ihre Lippen waren spröde und ausgetrocknet. Als sie den Becher geleert hatte, bat sie Tobias mit Blicken um einen zweiten. Er schüttelte den Kopf.

»Später«, sagte er. »Du würdest nur alles wieder von dir geben, wenn du jetzt zu schnell trinkst.«

»Hast du mich aus dem Kerker befreit?« fragte sie.

Tobias nickte.

»Dann war es doch kein Traum. Ich . . . ich habe dich gesehen, als du die Ketten gelöst und mich gewaschen hast. Aber ich dachte, es wäre nur eine Vision.«

»Bresser hat die Ketten gelöst«, antwortete Tobias, »und seine Frau hat dich gewaschen. Aber ich war die ganze Zeit dabei.«

Katrin ließ den Kopf wieder auf das Kissen zurücksinken und schloß die Augen, und für einen Moment befürchtete er, sie könne wieder eingeschlafen sein, so unvermittelt, wie es bei Schwerkranken manchmal geschieht. Aber dann redete sie weiter, und ihre Stimme war sogar überraschend klar: »Ich wußte nicht, daß du ins Kloster gegangen bist.«

»Und ich nicht, daß du die Frau eines Apothekers geworden bist.« Dann trat wieder Stille ein. Für einen Moment war es, als seien sie die einzigen Menschen auf Gottes Erde, obwohl sie doch Geräusche von der Straße hörten, und einmal klang Bressers Stimme dumpf zu ihnen herauf.

»Wie hast du mich gefunden?« fragte Katrin endlich.

»Hat man dir gesagt, daß ich hier bin, oder hast du mich gehört?«

»Gehört?«

»Ich habe dich gerufen«, murmelte sie. »O mein Gott, wie oft habe ich an dich gedacht. Sie haben versucht, jede Erinnerung an dich auszulöschen, aber ich habe es nicht zugelassen. Ich habe dich nie vergessen.«

Und plötzlich wußte er, warum etwas in ihm so heftig davor zurückschreckte, sich gehenzulassen, endlich all das zu sagen, was er sich in den endlosen Stunden in der vergangenen Nacht zurechtgelegt hatte. Er fühlte sich schäbig, weil er sie verlassen und aus seinem Gedächtnis verbannt hatte.

»Ich dich auch nicht«, log er.

»Ich wußte es«, flüsterte Katrin. »Du hast mich gehört, nicht? Es ist nicht wahr, daß man nur miteinander reden kann, wenn man sich gegenübersteht. Du hast gehört, wie ich nach dir gerufen habe.«

»Nein«, sagte er leise.

Katrin hob die Lider und drehte den Kopf. »Dann ist es ein Zufall, daß du hier bist?«

Er senkte den Blick und sagte noch einmal: »Nein.«

Einen Moment lang sah Katrin ihn verwirrt an — und dann erschien ein Ausdruck ungläubigen Begreifens in ihren Augen. Ihr Blick löste sich von seinem Gesicht und glitt über die einfache Kutte, die er trug.

»Du?« flüsterte sie. »Du bist . . . der . . . der . . .«

»Der Inquisitor, ja«, sagte Tobias. Er brachte es nicht fertig, ihr bei diesen Worten ins Gesicht zu sehen. »Der Abt des Dominikanerklosters in Lübeck erhielt einen Brief, in dem Anklage gegen eine Hexe hier in Buchenfeld erhoben wurde. Mich wählte er aus, den Vorwürfen nachzugehen.« Seine Kehle schmerzte bei diesen Worten, als wären sie kleine scharfkantige Waffen, die blutige Wunden hinterließen. Seine Hände zitterten. O mein Gott, dachte er, warum hast du mich hierher geführt?

Abermals blickte ihn Katrin für endlose Momente fassungslos an — und dann begann sie zu lachen; ein hohles, seltsam schrilles Lachen, das in einen Hustenanfall überging.

»Was erheitert dich daran?« fragte er.

»O Tobias, begreifst du nicht, welchen Scherz sich das Schicksal da mit uns erlaubt? Wir sehen uns wieder, und du rettest immer das Leben — und dabei haben sie dich geschickt, um mich auf den Scheiterhaufen zu bringen.«

»Deshalb wurde ich nicht geschickt«, antwortete er.

»Sie sagen, ich bin eine Hexe«, erwiderte sie hart. »Und die Inquisition verbrennt Hexen, oder?«

»Wenn sie welche sind, ja«, antwortete er widerwillig.

Einen Herzschlag lang sah sie ihn mit undeutbarem Ausdruck an, aber dann nickte sie und deutete wieder auf den Krug. »Gibst du mir noch etwas Wasser?«

Tobias erfüllte ihre Bitte. Katrin leerte auch diesmal den ganzen Becher, aber sie trank sehr viel langsamer, und danach kehrte für eine geraume Zeit wieder Stille zwischen ihnen ein. Draußen verblaßte das letzte Tageslicht, und Tobias entzündete die Kerze, die Maria vorsorglich auf das Fensterbrett gelegt hatte. Sie flackerte und füllte den Raum mit warmen Licht.

»Wie fühlst du dich?« fragte Tobias.

»Nicht gut«, antwortete Katrin. »Aber auch nicht so schlimm wie gestern. Ich war tot, als du mich aus dem Kerker geholt hast.«

Für einen Moment blitzte ein Bild vor Tobias' innerem Auge auf: ein weißes Knochengesicht unter einer dunklen Kapuze, halb verborgen zwischen dornigem Gestrüpp.

»Fast«, sagte er leise.

»Fast. Aber wärst du eine Stunde später gekommen . . .«
Oder hätte er sich hingelegt, um zu schlafen, wie Bresser vorgeschlagen hatte . . . »Ich bin es aber nicht«, sagte er.
»Du *hast* mich gehört«, sagte Katrin plötzlich. »Das war kein Zufall, Tobias. Nach all der Zeit bist du genau im richtigen Moment gekommen. Wie lange ist es her? Fünfzehn Jahre?«
»Siebzehn.«
»Siebzehn Jahre.« Katrin seufzte. »Ein halbes Menschenleben.« Dann huschte ein Lächeln über ihr Gesicht. »Hattest du viele Frauen nach mir?«
Die Worte trafen ihn wie ein Messerstich. Auch diese Wunde war noch lange nicht verheilt, obwohl er sie seit einem Jahrzehnt nicht mehr gespürt hatte.
»Nein«, sagte er einfach.
Katrin lächelte und betrachtete wieder seine Kutte. »Natürlich, du hast Keuschheit gelobt. Ein Mönch entsagt der fleischlichen Lust.«
Ja, er war nach Lübeck ins Kloster gegangen, fast unmittelbar nach jenem furchtbaren Abend, aber er war jung gewesen, und seine Tage mit Katrin hatten ihm gezeigt, daß es einen Bereich des Lebens gab, der durchaus seine Vorzüge hatte — ganz gleich, was die strengen Männer in den grauen Kutten sagten, die ihn erzogen. Er war kein Heiliger. Es war keineswegs so gewesen, daß er keine Frauen *gewollt* hatte. Er hatte es nicht *gekonnt*. Das Gelübde abzulegen und einzuhalten war ihm daher sehr leichtgefallen.
Katrin sah ihn mitfühlend an. »Was haben sie mit dir gemacht?«
»Gemacht?« Tobias lächelte bitter. »Nichts. Es ging nicht mehr. Nach diesem Abend . . .« Er zögerte, schluckte den bitteren Kloß herunter, der plötzlich in seiner Kehle saß, und versuchte zu lachen, brachte aber nur einen krächzenden Laut zustande.
»Unser letzter Abend?«
»Wenn du ihn so nennen willst . . . meine erste Frau und mein erster Toter — beide in der gleichen Stunde.«
Unten im Haus fiel eine Tür zu, und bald darauf hörte er

Stimmen und schwere Schritte, die die Treppe hinaufpolterten.

»Das wird der Arzt sein«, sagte er und stand auf.

Katrin hob erschrocken die Hand. »Laß mich nicht allein!« sagte sie.

»Das tue ich nicht«, antwortete Tobias. »Ich komme zurück, sobald er fertig ist. Wenn du willst, warte ich vor der Tür. Dir wird nichts geschehen.« Ohne daß er es selbst so recht merkte, verfiel er ihr gegenüber in jenen Ton, den er Schwerkranken gegenüber immer anzuschlagen pflegte. Sie widersprach auch nicht, sondern sah ihn nur mit großen verschreckten Augen an.

Tobias trat noch einmal an ihr Bett, beugte sich vor, ergriff ihre Hand — und küßte sie auf den Mund.

Für einen Moment war er kein Mensch mehr, befand sich auch nicht in einer schäbigen Kammer, sondern er war jung, Vögel sangen, irgendwo zwischen den Bäumen ging die Sonne unter, und vor ihm lag ein schönes Mädchen, die junge Katrin. Sie hatte die Augen geschlossen, ihr langes Haar war wie ein Schleier, und der Kuß, den sie ihm schenkte, war unendlich süß und verlockend.

Tobias träumte, doch dann sprang die Tür auf, und er begriff entsetzt, was er da tat.

Mit einem Ruck richtete er sich auf, schlug erschrocken die linke Hand gegen die Lippen, hatte aber gerade noch genug Geistesgegenwart, mit der anderen das Kreuzzeichen auf Katrins Stirn zu machen. Was hatte er getan? Was geschah mit ihm?!

Trotz des Orkans, der hinter seiner Stirn tobte, hatte er sich in der Gewalt, als er sich zu Bresser und dem Arzt umdrehte, die das Zimmer betreten hatten. Der dicke Bresser starrte ihn verwirrt an, aber er konnte nichts bemerkt haben. Tobias hatte schließlich mit dem Rücken zur Tür gestanden. Ohne ihn noch eines weiteres Blickes zu würdigen, wandte sich Tobias dem Arzt zu.

Er war ein großer, dunkelhaariger Mann mit der Statur und den Händen eines Schmiedes. Seine Gesichtszüge war grob, aber er hatte wache Augen, deren sanfter Blick nicht zu seiner übrigen Erscheinung passen wollte. Seine Kleidung war voller Staub und Schmutz, und unter den Armen klebten große Schweißflecke. Er verlor kein überflüssiges Wort, sondern begrüßte Tobias nur mit einem knappen Nicken und erkundigte sich dann nach dem Befinden der Kranken. Als Tobias antwortete, verfinsterte sich sein Blick. Doch er sagte auch jetzt nichts, sondern nahm nur auf dem Schemel neben dem Bett Platz und bat Tobias und Bresser, das Zimmer zu verlassen und ihm Maria zu schicken.

Bresser entfernte sich hastig und begann schon auf der Treppe nach seiner Frau zu schreien, während Tobias einen Moment lang unschlüssig vor der Tür stehenblieb. Immerhin hatte er Katrin versprochen, hier zu wachen. Aber sie war bei dem Arzt in guten Händen. Er war ein ehrlicher Mann.

Tobias war so verwirrt wie niemals zuvor in seinem Leben. Es war, als stünde er auf dünnem Eis und hörte es brechen, nur daß er nicht sicher war, was sich darunter befand: eiskaltes Wasser oder der flammende Abgrund der Hölle. Zitternd hob er die Hand und betastete seine Lippen. Sie schienen zu brennen, und er schmeckte noch immer die verlockende Süße des Kusses. Warum hatte er das getan? Er hatte sie nicht so geküßt, wie ein Priester eine Kranke, wie ein Vater seine Tochter. Er zitterte. Alles drehte sich um ihn, und sein Herz pochte so laut, daß er meinte, man müsse es im ganzen Haus hören. Was er verspürt hatte in diesem Moment, das war *Lust* gewesen, nichts anderes als sündige fleischliche Lust. Wäre Bresser nicht in diesem Moment gekommen ... Er weigerte sich, diesen Gedanken zu Ende zu denken

Tobias eilte in die Stube, überzeugte sich davon, daß er allein war, und nahm das schlichte Holzkreuz in beide Hände, das er um den Hals trug. Er kniete unter dem Fenster nieder, schloß die Augen und begann zu beten.

Seine Lippen bewegten sich lautlos. Er flehte Gott um Kraft an, Kraft, diese furchtbare Prüfung zu bestehen, der Versuchung zu widersagen und sich den schlechten Gedanken, die irgendwo in ihm heranwuchsen, zu stellen. Er mußte Klarheit gewinnen: Klarheit über das, was er selbst empfand, und über die Dinge, die geschehen mußten. Er war nicht mehr der junge Tobias, sondern der Inquisitor, der seines Amtes walten mußte, auch wenn es ihm mehr als schwerfiel.

Er saß lange Zeit so da und betete, und seine Gedanken drehten sich wirr im Kreis, bis schließlich die Tür aufging und er Schritte hörte und sich erhob.

Es war Maria. Sie trug eine brennende Kerze in der Hand und fuhr überrascht zusammen, als sie ihn sah; offensichtlich hatte sie gar nicht gewußt, daß er hier war, sondern war nur hereingekommen, um das Licht anzuzünden. Sie wollte wieder gehen, aber Tobias hielt sie zurück.

»Laßt Euch von mir nicht aufhalten«, sagte er.

»Verzeiht. Ich . . . wollte Euch nicht stören. Ich wußte nicht, daß Ihr betet.«

»Ich wollte mich ohnehin gerade erheben«, antwortete Tobias.

Schweigend sah er zu, wie sie zwei kleine Kerzen entzündete, die den Raum mit einer anheimelnden Helligkeit und dem angenehmen Geruch von heißem Wachs erfüllten.

»Ist der Arzt noch bei ihr?« fragte Tobias.

Maria nickte. Ihr Blick wich ihm aus. Als Tobias sie am Arm berührte, spürte er, daß sie zitterte. Hastig zog er die Hand wieder zurück.

»Ich habe mich noch gar nicht bei Euch bedankt«, sagte er. »Bitte entschuldigt. Ihr habt mir sehr geholfen.«

»Ich habe nur meine Pflicht getan«, erwiderte Maria.

»Ihr habt sehr viel mehr getan«, verbesserte sie Tobias. »Ich habe gesehen, wie Euer Mann Euch angesehen hat. Er war nicht sehr erfreut. Er wird Euch bestrafen, sobald ich fort bin.«

»Das macht nichts«, sagte sie. »Ich bin seine Strafen gewohnt. Er schreit und tobt, und er beruhigt sich auch wieder. Ich habe keine Angst.«

Tobias glaubte ihr. Auf ihre stille, unauffällige Art war diese einfache Frau tapferer und vielleicht sogar stärker als er. Um so schwerer fiel es ihm, die nächste Frage zu stellen.

Er hatte es immer gehaßt, Menschen, die ihm von sich aus ihre Hilfe anboten, mehr abzuverlangen, als sie eigentlich geben konnten. Aber er hatte keine Wahl. Maria war vielleicht seine einzige Verbündete in dieser ganzen Stadt.

»Glaubt Ihr auch, daß sie eine Hexe ist?« fragte er.

Zu seiner Überraschung lächelte Maria. »Nein«, sagte sie. Und dann fügte sie etwas hinzu, das ihn wie ein Schlag ins Gesicht traf: »Ihr liebt sie, nicht wahr?«

Tobias starrte sie an. Er glaubte zu stürzen, tief, tief, in ein dunkles Loch, aus dem es kein Entrinnen gab.

»Gott liebt alle Menschen«, stammelte er schließlich. »Und ich . . .«

»Das meine ich nicht.« Marias Stimme war sanft; ihr Lächeln glich dem einer Mutter, die um das große Geheimnis ihres Kindes weiß und ihm verspricht, es in ihrem Herzen zu bewahren. »Ihr liebt sie, wie ein Mann eine Frau liebt. Nicht wie ein Priester einen Menschen.«

»Macht das einen Unterschied?« fragte Tobias und wußte, wie töricht und entlarvend seine Entgegnung war.

»Manchmal schon«, antwortete Maria. »Und das ist auch gut so. Sie braucht jemanden, der sie liebt. Mehr als alles andere.«

Wieder glaubte Tobias, der Boden unter seinen Füßen sei ins Wanken geraten. Großer Gott, nichts war mehr, wie es vor ein paar Tagen gewesen war. Sein ruhiges, trotz seines schwierigen Amtes im Grunde beschauliches Leben war völlig in Unordnung geraten.

»Du hast recht«, sagt er schließlich.

»Ich werde niemandem etwas verraten«, erwiderte Maria leise. »Aber Ihr müßt Euch vorsehen. Mein Gatte hat Verdacht geschöpft, und er rennt mit allem, was er zu wissen glaubt, sofort zum Grafen. Ihr habt Theowulf kennengelernt. Er ist ein gefährlicher Mann.«

»Ich habe keine Angst«, sagte Tobias.

»Das weiß ich«, antwortete Maria. »Und das ist es, was *mir* angst macht. Ihr dürft den Grafen niemals unterschätzen, Pater Tobias. Ein Menschenleben gilt ihm nichts. Er wird nicht tatenlos zusehen, wie Ihr ihm alles verderbt.«

»Alles verderbt?« wiederholte Tobias. »Was meint Ihr damit?«

Hastig wandte Maria sich um. Auf der Treppe wurden wieder Schritte laut.

»Später«, flüsterte sie. »Wir reden später weiter. Heute nacht — wenn mein Mann schläft. Nur eins noch: Wenn Ihr wissen wollt, was an der Geschichte von der Hexe Wahres ist, dann fragt nicht die, zu denen Bresser Euch bringt, sondern geht zu Derwalt und seinem Bruder.«

Und damit trat sie hastig einen Schritt zurück, öffnete die Tür und fügte sehr viel lauter und in verändertem Tonfall hinzu: ». . . wie Ihr wollt, Pater Tobias. Ihr könnt es Euch ja noch überlegen.«

Bresser betrat den Raum und sah ein wenig verärgert aus, als er Tobias und Maria beisammen erblickte.

»Ich habe Pater Tobias vorgeschlagen, ihm für diese Nacht unsere Schlafkammer zu überlassen«, sagte Maria. »Wir beide können abwechselnd bei der Kranken wachen. Aber er wollte nicht.«

Tobias unterdrückte ein Lächeln. Maria war nicht nur ungleich mutiger als ihr Mann — sie war auch entschieden klüger.

»Das war . . . eine gute Idee«, erwiderte Bresser, stockend und in einem Tonfall, der ganz entschieden das Gegenteil behauptete. »Ihr müßt zu Tode erschöpft sein.«

»Das bin ich«, bekannte Tobias. »Aber ich muß endlich die Pflichten meines Amtes erfüllen. Beginnen wir mit den Untersuchungen.«

Seine Worte brachten Bresser sichtlich in Verlegenheit. »Es ist bereits dunkel«, sagte er. »Die Leute hier gehen früh schlafen. Es wäre besser, ich würde Euch morgen bei Tagesanbruch herumführen.«

»Oh, ich möchte nicht herumgeführt werden«, antwortete Tobias. »Es ist mir lieber, ich mache mir selbst ein Bild. Laßt mich einfach ein wenig mit den Leuten reden.«

»Wie Ihr wünscht«, antwortete Bresser enttäuscht. »Aber das wird Zeit beanspruchen.«

»Ich habe Zeit genug.«

»Heute ist Freitag«, sagte Bresser. »Der Graf hat mir aufgetragen, die Verhandlung für Sonntag anzu —«

»Was für eine Verhandlung?« unterbrach ihn Tobias kalt.

»Der Prozeß gegen die Hexe«, antwortete Bresser mit ehrlicher Überraschung. »Ihr sagtet doch selbst, daß Ihr auf einem ordnungsgemäßen Prozeß besteht.«

»Das stimmt«, sagte Tobias. »Wenn ich zu dem Schluß komme, daß es einen Prozeß geben wird.« Er maß Bresser mit einem verächtlichen Blick und gab sich sogar Mühe, seiner Stimme jenen überheblichen Klang zu verleihen, den er sonst selbst so sehr haßte.

»Ich glaube, es ist an der Zeit, hier das eine oder andere klarzustellen, Bresser«, sagte er. »Ich weiß ja nicht, welche Rolle Ihr hier in der Stadt spielt, aber mir scheint, Euer Herr hat keine sehr glückliche Hand damit bewiesen, *Euch* hier seine Macht zu übertragen. Es gibt gewisse Formalien, an die selbst ich mich zu halten habe. Und die besagen nun einmal, daß ich mich *zuerst* davon zu überzeugen habe, daß es sich bei diesen Anschuldigungen nicht nur um reine Hirngespinste oder einen Racheakt handelt, und *danach* entscheide ich, ob es einen Prozeß gibt. Darüber hinaus habt Ihr ja selbst dafür gesorgt, daß Eure Gefangene im Moment gar nicht in der Lage ist, in einem Prozeß auszusagen.«

»Da habt Ihr recht.«

Ohne daß Tobias oder Bresser es bemerkt hatten, war der Arzt ins Zimmer getreten. Er wirkte erschöpft. Auf seinem Hemd prangten einige frische Flecke, und in seinen Augen stand ein Ausdruck tief empfundenen Grolls.

»Es grenzt an ein Wunder, daß sie noch lebt. Wer hat sich um sie gekümmert? Ihr, Pater?«

Tobias nickte. »Ich hoffe, ich habe nichts verdorben«, sagte er. »Ich habe ein wenig Erfahrung im Umgang mit Kranken, aber —«

»Ganz im Gegenteil«, unterbrach ihn der Arzt. Er ging zum Tisch, setzte sich und stützte sich schwer mit den Unterarmen auf der Platte auf. »Ich würde sagen, Ihr habt ihr das Leben gerettet. Bitte, seid so freundlich, und bringt mir etwas zu trinken. Ein Becher Wasser vielleicht.«

Die beiden letzten Sätze galten Maria, die sich eilfertig herumdrehte und ging, während ihr Mann unter der Tür stehenblieb und abwechselnd Tobias und den Arzt mit einer Mischung aus Feindseligkeit und schlechtem Gewissen anglotzte.

»Wird sie es überleben?« fragte Tobias.

Der Arzt zögerte einen Moment. Dann nickte er. »Ja. Diese Frau hat eine unglaubliche Kraft in sich. Wer ist dafür verantwortlich, daß sie so zugerichtet wurde?«

»Eine Verkettung unglücklicher Umstände«, entgegnete Tobias. Der Arzt runzelte zweifelnd die Stirn, auch der dicke Bresser wirkte überrascht. Aber Tobias war zu dem Schluß gekommen, daß es vielleicht nicht klug war, jetzt schon sein Wissen preiszugeben.

»Unglückliche Umstände, so?« sagte der Arzt. Er lachte humorlos. »Nun gut, so kann man das auch nennen. Aber das geht mich nichts an.« Er öffnete seine Tasche, kramte einen Moment darin herum und zuckte schließlich enttäuscht mit den Schultern. Dann sah er Bresser an.

»Habt Ihr Verkolts gesamte Habe aufs Schloß schaffen lassen, oder hat sich der Graf damit begnügt, sein *Gold* in Sicherheit zu bringen?« fragte er spöttisch.

»Ich verstehe nicht.«

»Sie braucht gewisse Medikamente«, erklärte der Arzt, »die ich leider nicht bei mir habe. Ich könnte sie bringen lassen, aber in Verkolts Apothekenschrank müßte sich alles befinden, was sie braucht.«

Bresser begann unglücklich von einem Fuß auf den anderen zu treten. »Ich . . . weiß es nicht«, gestand er schließlich. »Die Männer des Grafen haben alles in zwei Kisten verstaut, die jetzt im Keller sind. Ich kann nachschauen, ob —«

»Schreibt einfach auf, was sie braucht«, fiel ihm Tobias ins Wort. »Ich sehe nachher selbst nach.«

»Ich kann lesen!« sagte Bresser hastig. »Ich erledige das schon. Gebt mir . . . ein Blatt Papier, und ich gehe hinunter und schaue nach, während Ihr eßt. Die Kellertreppe ist gefährlich«, fügte er mit einem nervösen Lächeln hinzu. »Zwei Stufen sind locker. Wenn man sich dort unten nicht auskennt, ist man seines Lebens nicht sicher.«

Der Arzt sah ihn zweifelnd an, zog aber dann ein Blatt Pergament aus der Tasche und kritzelte ein paar Worte darauf, die Bresser stumm für sich las, wobei sich seine Lippen bewegten wie das Maul eines Fisches, der auf dem Trockenen schwamm.

»Wenn Ihr Schwierigkeiten mit meiner Handschrift habt«, sagte der Arzt, »gehe ich gerne mit und sehe selbst nach.«

»Es geht schon«, sagte Bresser hastig. »Ich kann lesen. Es ist nur das Licht, meine Augen sind nicht mehr die besten.«

Tobias sah ihm verwirrt nach, als er ging. Hätte es irgendeinen Grund dafür gegeben, dann hätte er jetzt angenommen, daß Bresser soeben fast verzweifelt zu verhindern versucht hatte, daß er oder der Arzt in den Keller hinabgingen.

Der Mönch schloß die Tür hinter Bresser, ging zum Tisch und warf im Vorübergehen einen Blick aus dem Fenster. Draußen war es stockdunkel. In keinem einzigen Haus brannte Licht. Aber für einen winzigen Moment glaubte er eine Gestalt am Fenster vorüberhuschen zu sehen.

»Ist es seine Schuld?«

Tobias verstand die Frage des Arztes nicht sogleich. »Was?«

»Ich frage, ob er diese arme Frau so zugerichtet hat«, wiederholte der Arzt.

»Wie kommt Ihr darauf?« Tobias warf einen letzten nervösen Blick zum Fenster und setzte sich.

»Weil ich Augen im Kopf habe und sehen kann«, antwortete der Arzt. »Außerdem kenne ich Bresser. Er ist ein Idiot, aber er ist auch gefährlich. Es macht ihm Spaß, zu quälen. Das ist auch der Grund, aus dem Theowulf ihn zum Schulzen eingesetzt hat. War es seine Schuld?«

»Ich weiß es nicht«, gestand Tobias. »Angeblich war es ein Irrtum. Der Graf behauptet, es wäre die Schuld von Bressers Frau, weil sie seine Befehle falsch verstanden hat. Aber das ist eine Lüge.«

»Sie wollten sie sterben lassen«, sagte der Arzt grimmig.

»Natürlich — das wäre der einfachste Weg gewesen.«

»Wozu?«

»Sie loszuwerden«, antwortete der Arzt. »Die zweite Möglichkeit seid Ihr, Pater. Aber ich glaube nicht, daß Theowulf besonders begeistert über Euer Erscheinen ist.«

»Nicht . . . unbedingt«, gestand Tobias. »Ihr kennt Euch in den Gegebenheiten hier offenbar gut aus.«

»Ich bin der einzige Arzt, der gelegentlich in diesen öden Landstrich kommt. Was bleibt mir anderes übrig, als mich hier *auszukennen*?« antwortete der Arzt spöttisch.

Es dauerte einen Moment, bis Tobias überhaupt begriff, was er gerade gehört hatte. »Ihr kommt öfter hierher?« fragte er aufgeregt.

»Dann und wann. Die Menschen hier sind zäh. Sie werden selten krank, und wenn, rufen sie mich noch seltener. Sie haben kein Geld, mich zu bezahlen.«

»Dann seid Ihr am Ende vielleicht sogar der, der Verkolt behandelt hat?«

»Nein«, antwortete der Arzt. »Ich bin der, der ihn *nicht* behandelt hat. Ich wollte es — aber sie hat mich davongejagt.«

»Aber Ihr habt ihn gesehen?«

»Sicher.«

»Wurde er vergiftet?« fragte Tobias gerade heraus.

Der Arzt zögerte einen kurzen Moment. Dann nickte er. »Soweit ich das beurteilen kann, ja«, sagte er.

»Was soll das heißen — soweit Ihr das beurteilen könnt?«

»Ich habe ihn nicht gründlich untersucht. Katrin hat es nicht zugelassen. Sie hat sich wie eine Furie aufgeführt, als ich ihn auch nur anrühren wollte. Aber ich denke, es war Gift. Eines, das sehr langsam wirkt, aber unerbittlich.«

»Wißt Ihr, welches?«

Sein Gegenüber lachte. »Nein, Pater. Wenn diese Frau wirklich vom Teufel besessen ist, wie die Narren hier behaupten, wißt Ihr dann, um welchen Dämon es sich handelt?«

Tobias sah ihn verwirrt an, und der Arzt fügte mit einer erklärenden Geste hinzu: »Seht Ihr, ich kenne die Zusammensetzung und Wirkungsweise etlicher hundert Gifte. Und es gibt etliche weitere hundert, deren Wirkung ich nicht genau kenne — und wahrscheinlich tausend, von denen ich bisher noch nicht einmal gehört habe. Hätte ich Verkolt untersuchen können, gleich nachdem er starb, dann hätte ich Euch vielleicht Genaueres sagen können. Aber so . . .« Er zuckte bedauernd mit den Schultern.

Tobias war enttäuscht, wenn auch nicht sehr. Es wäre vermessen, vom Schicksal zu verlangen, daß es ihm so einfach gemacht wurde. Nach einer Pause fuhr er fort:

»Ich nehme an, Ihr wißt, warum ich hier bin?«

»Natürlich.«

»Dann werdet Ihr es mir nicht übel nehmen, wenn ich Euch vielleicht als Zeugen lade.«

»Doch — das nehme ich übel. Aber ich glaube, ich kann Euch nicht daran hindern.«

»Kaum«, antwortete Tobias lächelnd. Er wurde sofort wieder ernst. »Euch ist nicht daran gelegen, vielleicht einem Unschuldigen zu helfen — oder eine Schuldige zu überführen?«

»Mir ist nicht daran gelegen, mich mit diesem Grafen anzulegen«, antwortete der Arzt. »Theowulf ist verrückt. Und er ist gefährlich. Die Leute hier fürchten ihn wie die Pest. Und sie haben allen Grund dazu.«

»Wieso?«

Bressers Rückkehr hinderte den Arzt daran, zu antworten — worüber er sichtlich aufatmete. Das Thema behagte ihm nicht.

Bresser brachte gleich einen ganzen Arm voller kleiner, staubiger Fläschchen und Töpfe, die mit schmalen, in einer krakeligen Handschrift beschrifteten Zetteln versehen waren. Der Arzt suchte eines der kleinen Fläschchen heraus, wollte es Bresser geben, er reichte es dann aber Tobias.

»Davon eine Messerspitze, in etwas Wasser gelöst«, sagte er. »Alle zwei Stunden.«

»Das ist alles?«

»Das ist alles«, bestätigte der Arzt. »Lediglich die kalten Wadenwickel, mit denen Ihr schon angefangen habt. Der Rest bleibt dem Willen Gottes überlassen.«

Tobias verstaute das Fläschchen sorgsam in einer Tasche seiner Kutte und sah zu, wie Bresser den Rest wieder forttrug — offensichtlich nicht zurück in den Keller, denn er kehrte schon nach Augenblicken zurück und setzte sich ungefragt zu ihnen, so daß sie ihre unterbrochene Unterhaltung nicht fortsetzen konnten. Tobias ärgerte sich darüber. Aber letztendlich befand er sich in *Bressers* Haus. Er konnte ihn schlecht ohne triftigen Grund aus dem Zimmer jagen.

Der Arzt hatte sich eigentlich verabschieden wollen, aber dem Drängen Marias, zu bleiben und mit ihnen das Abendessen einzunehmen, gab er gerne nach. Maria verstand einen Gast zu bewirten: Es gab Hirse und sogar ein gutes Stück Fleisch, das dem Arzt ganz offensichtlich mundete.

Als sie gegessen hatten, sprach Tobias ein kurzes Dankesgebet, und der Arzt erhob sich, um zu gehen.

»Ich begleite Euch noch ein wenig«, sagte Tobias und machte gleichfalls Anstalten aufzustehen. Mit einem raschen Seitenblick in Bressers Richtung fügte er hinzu: »Nach dem Essen gehe ich immer noch ein paar Schritte. Eine alte Gewohnheit.«

Bresser schwieg dazu, aber er tat es auf eine Weise, die Tobias deutlich sagte, wie wenig er von dieser *Gewohnheit* hielt. Immerhin versuchte er nicht mehr, ihn mit irgendeinem dummen Vorwand zurückzuhalten, sondern begleitete ihn und den Arzt nur bis zur Tür seines Hauses. Aber er blieb darunter stehen, ein gedrungener, drohender Schatten gegen das gelbe Licht, das aus dem Haus drang, als sie die Straße hinuntergingen.

Tobias sah sich unbehaglich um. Die Nacht war sehr hell und sternenklar; noch ein oder zwei Tage, und es war Vollmond. Auch der Gestank vom Pfuhl her hatte nachgelassen. Eigentlich, überlegte er, war es ein Abend, an dem man erwartete, die Leute vor den Häusern sitzen zu sehen, wo sie ein Schwätzchen halten oder einfach die Schönheit des Augenblicks genießen konnten. Aber die Stadt wirkte wie ausgestorben. In keinem einzigen Haus brannte Licht. Kein Laut war zu hören, außer denen, die Tobias und sein Begleiter selbst verursachten. Es war unheimlich.

Erst als sie sich so weit von Bressers Haus entfernt hatten, daß er sicher war, nicht mehr gehört zu werden, brach Tobias das Schweigen.

»Verzeiht, wenn ich darauf bestehe«, sagte er, »aber . . . Ihr habt meine Frage noch nicht beantwortet.«

Der Arzt sah ihn an, ohne im Schritt innezuhalten. Er war zu Pferde gekommen, hatte das Tier aber am Stadtrand zurückgelassen, außerhalb des Walles, wo es fressen und Kräfte für den Rückweg sammeln konnte. »Welche Frage?«

»Ob Ihr glaubt, daß Katrin eine Hexe ist.«

Ein flüchtiges Lächeln huschte über das Gesicht des Mannes. »Mit Verlaub, Vater«, antwortete er umständlich, »aber Ihr habt sie gar nicht gestellt, bisher.«

»Habe ich nicht?« vergewisserte sich Tobias, perfekt Überraschung heuchelnd.

»Nein. Aber ich will sie Euch trotzdem beantworten: Ich weiß es nicht. Ich bin nicht in der Position, mir ein Urteil in diesen Dingen erlauben zu können.«

»Die Leute hier —«

»Die Leute sind Narren, die alles nachplappern, was der Graf oder Bresser ihnen sagen«, fiel ihm der Arzt unerwartet grob ins Wort. »Andererseits — heißt es nicht, daß Kinder und Narren stets die Wahrheit sagen?«

Tobias war enttäuscht. Er hatte sich mehr Hilfe von diesem Mann erhofft. Aber vielleicht bestand gerade darin sein Fehler; er mußte aufhören, ständig auf Hilfe anderer zu warten, sondern selbst anfangen, etwas zu tun.

»Es tut mir leid, wenn ich Euch nicht mehr helfen konnte«, sagte der Arzt, als sie den Stadtwall erreicht hatten und er sich mit einem Handschlag von Tobias verabschiedete.

»Oh, das braucht es nicht. Ihr habt mir mehr geholfen, als ich erwarten konnte.« Er lächelte dankbar. »Vielleicht gibt es da doch noch etwas . . .«

»Ja?«

»Ihr kennt Euch doch hier aus? Ich meine, Ihr kennt die Leute hier.«

»Die meisten, ja.«

»Wißt Ihr, wo ich einen Mann namens Derwalt finde? Ich könnte Bresser fragen, aber dann müßte ich den Weg vielleicht zweimal machen . . .«

»Das ist leicht«, antwortete der Arzt. »Seht Ihr das Haus dort? Das kleine, mit den zwei Kaminen?«

Tobias sah angestrengt in die Richtung, in die der ausgestreckte Arm des Arztes deutete. Er sah nur Schatten gegen den Nachthimmel; aber der Umriß des zweifachen Schornsteins war nicht zu verkennen. Er nickte.

»Das Haus rechts daneben«, sagte der Arzt.

Tobias ließ seine Hand los. »Ich danke Euch. Es kann sein, daß wir uns doch noch einmal wiedersehen.«

»Gern. Besucht mich auf dem Rückweg, wenn Ihr Eure Aufgabe hier erledigt habt.«

Tobias versprach es und blieb stehen, bis der Mann sein Pferd losgebunden und sich auf seinen Rücken geschwungen hatte, um in der Dunkelheit zu verschwinden. Dann wandte er sich um und ging auf das Haus mit den zwei Kaminen zu. Sein Blick irrte unstet über die Straße. Es war sehr dunkel, sehr still, und plötzlich mußte er wieder an den Schatten denken, den er zu sehen geglaubt hatte. Er konnte selbst nicht sagen, was daran so unheimlich gewesen war — irgendwie war der Schatten ihm entmenschlicht vorgekommen, nicht die Silhouette eines Menschen oder auch eines Tieres, sondern eine gigantische Gestalt mit einem riesigen Tierschädel.

Tobias lächelte über seine eigenen Gedanken, als ihm klar wurde, daß seine Phantasie ihm wieder einmal einen bösen Streich spielte. Er hatte all dies ganz bestimmt nicht gesehen; im Grunde hatte er gar nichts gesehen, außer einer huschenden Bewegung, für die es Hunderte von Erklärungen gab.

Er erreichte das Haus, blieb vor der Tür stehen und klopfte. Nichts.

Tobias wartete. Er zählte in Gedanken bis fünf, klopfte noch einmal und wartete wieder. Wieder nichts.

Als er die Hand zum dritten Mal hob, erklangen drinnen schlurfende Geräusche, und eine verschlafene Stimme fragte: »Wer ist da?«

»Derwalt?« fragte Tobias. »Mein Name ist Pater Tobias. Ich wohne zur Zeit in Bressers Haus; vielleicht habt Ihr mich schon gesehen. Ich muß Euch sprechen.«

Für Augenblicke herrschte überraschte Stille. Dann: »Wartet einen Moment.«

Das Poltern und Hantieren drinnen nahm zu, und kurz darauf drang gelber Kerzenschein durch die Fugen der Tür. Ein Riegel wurde zurückgeschoben.

Derwalt war ein kleiner Mann, der Tobias kaum bis zur Schulter reichte. Sein Haar war schütter und vor der Zeit grau geworden, und unter seinem linken Auge prangte eine rote, entzündete Narbe. Auch seine Hände waren vernarbt; zwei Glieder seines linken kleinen Fingers fehlten. Er trug eine flackernde Kerze in der Hand, die er mit der anderen abschirmte, als er beiseite trat, um Tobias einzulassen.

Tobias sah sich rasch und mit unverhohlener Neugier im Haus um. Es war ein überraschend geräumiges Gebäude, dessen Inneres nur aus einem einzigen Raum bestand, wie es bei einfachen Häusern üblich war. Ein großer Kamin aus Lehmziegeln und Ton beherrschte das hintere Drittel des Zimmers; davor befanden sich zwei einfache Schlafstätten aus strohgefüllten Säcken und groben Decken. Direkt neben dem Eingang standen ein großer Tisch mit vier Stühlen, einige Truhen und ein einfacher Schrank.

»Nehmt Platz, ehrwürdiger Herr.« Derwalt schloß hastig die Tür (wobei Tobias auffiel, daß er einen beinahe ängstlichen Blick auf die Straße hinauswarf, fast, als müsse er sich überzeugen, daß auch niemand etwas von dem nächtlichen Besucher bemerkt hatte), stellte die Kerze auf den Tisch und machte eine entsprechende Handbewegung, als Tobias nicht sofort reagierte. Der Mönch bemerkte erst jetzt, daß Derwalt nicht allein lebte. Unter den Decken des zweiten Bettes lugte ein Haarschopf hervor; und ein Paar dunkler Augen, das ihn neugierig musterte. Tobias tat so, als bemerke er es nicht, setzte sich und wartete, bis Derwalt auf einem zweiten Stuhl ihm gegenüber Platz genommen hatte.

»Was kann ich für Euch tun, Herr?« fragte Derwalt.

Ja, was eigentlich? Tobias gestand sich überrascht und ein wenig verärgert ein, daß sein Besuch nicht nur für Derwalt eine Überraschung darstellte. Er selbst hatte gar nicht darüber nachgedacht, was er ihn fragen wollte.

»Ich muß mich für die späte Störung entschuldigen«, begann er. »Aber da ich Euch nun schon aufgeschreckt habe — wärt Ihr also so freundlich, mir ein paar Fragen zu beantworten?«

»Es geht um die Hexe«, vermutete Derwalt. Die Gestalt unter der Decke bewegte sich plötzlich, und auch Derwalt selbst wirkte ängstlich.

»Um die Anschuldigungen, die gegen Verkolts Witwe erhoben worden sind«, antwortete Tobias.

»Und warum kommt Ihr damit zu mir?« fragte Derwalt.

»Ich werde *jeden* hier befragen«, sagte Tobias. »Ihr seid einfach der erste. Irgendwo muß ich beginnen.«

»Ja«, seufzte Derwalt. »Aber ich weiß nicht, ob ich . . . Euch helfen kann. Ich habe sie kaum gekannt.«

Er warf einen nervösen Blick auf das zweite Bett und begann nervös an der Unterlippe zu nagen.

»Eure Frau kann ruhig aufstehen«, sagte Tobias. »Was wir zu besprechen haben, ist kein Geheimnis. Vielleicht habe ich auch an sie ein paar Fragen.«

Derwalt fuhr sichtlich zusammen. Sein Lächeln wirkte gezwungen. »Sie ist nicht . . . nicht meine Frau«, gestand er. »Aber es ist nicht, wie Ihr denkt. Es ist nur so, daß . . .«

». . . mich das im Moment überhaupt nicht interessiert«, unterbrach ihn Tobias. »Seid Ihr verheiratet?«

Derwalt schüttelte den Kopf. »Nein.«

»Und du, Weib?« wandte er sich mit erhobener Stimme an die Gestalt unter der Decke. Im ersten Moment erhielt er keine Antwort, dann bewegte sich das graubraune Bündel, und ein schmales, überraschend hübsches Frauengesicht erschien. Ihr Alter war in dem trüben Licht schwer zu schätzen, aber sie war auf jeden Fall deutlich jünger als Derwalt.

»Nicht mehr«, antwortete sie stockend. »Mein Mann starb vor vier Jahren.«

»Also, warum habt ihr Angst?« fragte Tobias den fassungslosen Derwalt. »Ich bin hier, um über eine Hexe zu urteilen — und zu keinem anderen Grund. Was könnt ihr mir über Verkolts Frau erzählen?«

Derwalt war noch immer verwirrt. Was immer er erwartet

hatte — *das* jedenfalls nicht. Für gewöhnlich hätte Tobias auch anders reagiert, hätte zumindest sanft getadelt und ihnen nahegelegt, den Stand der Ehe nicht zu mißachten und der Sünde zu entgehen, aber vielleicht hatte ihn sein Erlebnis mit Katrin so verwirrt, daß er lieber schwieg.

Derwalt zögerte noch einen Moment, aber als er sprach, klang seine Stimme nicht mehr ganz so widerwillig wie zuvor. »Nicht viel, Herr«, sagte er. »Sie ist eine Hexe, nicht wahr? Was soll man über eine Hexe erzählen?«

»Habt Ihr jemals gesehen, wie sie gezaubert hat?« fragte Tobias. »Oder irgend etwas anderes getan, was Euch zu dieser Überzeugung bringt?«

Derwalt schüttelte den Kopf. »Ich nicht«, antwortete er. »Aber andere. Und das Unglück begann erst, als sie in die Stadt gekommen ist.«

»Welches Unglück?« fragte Tobias.

»Nun . . . alles eben«, antwortete Derwalt verstört. Sein Blick flackerte. »Die Ernten wurden schlechter. Mehrere Menschen in der Stadt starben, und viele wurden krank. Und dann der See im Wald. Er —«

»Ich habe gesehen, was mit ihm passiert ist«, unterbrach ihn Tobias. Er seufzte. So kam er nicht weiter. Was er jetzt von Derwalt hörte, das würde er in den nächsten Tagen noch zahllose Male zu hören bekommen. Er kannte das: Niemand hatte selbst etwas gesehen, aber jeder von einem gehört, der etwas gesehen oder erlebt hatte. Und es gab immer ein Unglück, das sich anbot, als Hexerei dargestellt zu werden.

»Erzählt mir einfach, wie es begann«, sagte er. »Verkolt brachte sie eines Tages von einer Reise mit?«

Derwalt nickte. »Ja. Es ist vier oder fünf Jahre her. Es war kurz nach Pargis' Tod . . .«

»Pargis?«

»Der Arzt«, sagte Derwalt. »Wir hatten einen Arzt hier. Aber er starb, und eine Weile gab es nur Verkolt. Er war der Apotheker hier — aber das wißt Ihr ja sicher bereits. Er war alt, und man sagt, er fuhr in die Stadt, um sich einen Nachfolger zu suchen — oder einen Gehilfen.«

»Und statt dessen kam er mit einer Frau zurück.«

»Ja.« Derwalts Finger begannen mit der Kerze zu spielen, ohne daß er es selbst merkte, und das Licht flackerte. »Sie war sehr schön«, fuhr er fort. »Sie war eine gute Frau. Verkolt blühte auf, als sie bei ihm war. Und sie war ihm wirklich eine Hilfe. Sie verstand so viel von seinen Medikamenten wie er selbst. Und sie half vielen hier.«

»Dazu ist ein Apotheker schließlich da, oder?«

»Aber nicht umsonst«, sagte Derwalt. »Gesundheit ist etwas für die Reichen. Die Leute hier sind nicht reich, Herr. Kaum einer, der immer genug zu essen hatte — wo soll er da Geld für Medizin hernehmen? Verkolt hat oft die Hilfe verweigert, wenn die Familie des Kranken das Geld für seine Medizin nicht aufbringen konnte.«

»Und Katrin nicht?«

»Nicht immer«, sagte Derwalt. »Nur, wenn Verkolt es merkte; und selbst dann nicht jedes Mal. Sie hatten oft Streit miteinander, weil sie Kindern und Armen umsonst Medizin gegeben hat. Und oft genug hat sie sie heimlich behandelt, ohne daß er es gemerkt hat. Sie war eine wirklich gute Seele. Kaum einer in Buchenfeld, der sie nicht liebte und dem sie noch nicht geholfen hätte.«

»Das klingt nicht nach einer Hexe«, sagte Tobias.

Derwalt sah ihn an und schwieg. Sein Blick wich Tobias aus.

»Warum erzählst du ihm nicht alles?« fragte die junge Frau auf dem Bett. »Erzähl ihm auch den Rest der Geschichte.«

»Welchen Rest?«

Derwalt biß sich auf die Unterlippe und schwieg weiter, und die Frau sagte: »Sie hat ihm das Leben gerettet, im letzten Jahr. Und sie hat ihr eigenes dabei aufs Spiel gesetzt.«

»Stimmt das?« fragte Tobias.

Derwalt nickte widerwillig. »Es war ein Unfall«, sagte er. »Ich war . . . draußen im Wald. An dem See, den sie den Pfuhl nennen. Damals war es noch nicht ganz so schlimm wie heute, aber schlimm genug. Ich . . . ich bin Zimmermann, müßt Ihr wissen. Aber im Winter gibt es nicht immer Arbeit für mich. Dann schnitze ich Becher und Holzlöffel. Ich war . . . auf der Suche nach Holz. Es gibt sehr schöne

Wurzeln unten am See. Aber ich war unaufmerksam. Ich glitt auf einem Stein aus und stürzte ins Wasser.«

»Und?« fragte Tobias, als Derwalt keine Anstalten machte, von sich aus weiterzureden.

»Ich kann nicht schwimmen«, gestand Derwalt. »Und wenn Ihr am See wart, dann wißt Ihr, wie steil seine Wände sind. Ich fand nirgends Halt, und ich wäre unweigerlich ertrunken, wenn Katrin nicht gekommen wäre. Sie sprang ins Wasser und fischte mich heraus.«

»Und starb fast daran«, fügte die Frau auf dem Bett hinzu. Tobias sah Derwalt überrascht an.

Derwalt nickte. »Danach wurden wir beide krank«, sagte er. »Das Wasser war wohl damals schon vergiftet. Ich lag wochenlang im Fieber da. Sie pflegte mich und flößte mir Medizin ein, die ganze Zeit über. Erst viel später habe ich erfahren, daß sie genauso krank war wie ich selbst. Aber sie hat sich trotzdem um mich gekümmert, obwohl sie selbst zwei Tage lang auf Leben und Tod dalag. Sie war eine gute Frau.«

»Wieso sprecht Ihr in der Vergangenheit?« fragte Tobias.

»Nun, weil . . . weil eben alles anders geworden ist«, sagte Derwalt.

»*Was* ist anders geworden?«

»Alles eben«, antwortete Derwalt. »Bitte, Pater, ich . . . möchte nicht mehr darüber reden. Sie sagen, sie ist eine Hexe. Und wenn alle es sagen, dann wird es schon stimmen.«

»Das habe ich jetzt schon ein paarmal gehört, seit ich hierher gekommen bin«, sagte Tobias verärgert. »Aber niemand hat mir bisher gesagt, was sie wirklich *getan* hat.«

»Ihr habt den See gesehen, oder? Sie hat ihn verhext. Und Klevers Kind.«

»Was für ein Kind?«

»Sie hatte Streit mit seiner Frau«, antwortete Derwalt. Seine Stimme klang jetzt fast verstockt. »Sie haben sich auf offener Straße angeschrien, und sie hat sie verflucht. Und als ihr Kind fünf Wochen später zur Welt kam, da hatte es keine Arme, und die Hände wuchsen ihm direkt aus den Schultern.«

Tobias schauderte. »Habt Ihr . . . das gesehen?« fragte er.

»Alle haben es gesehen«, sagte Derwalt. »Das ganze Dorf. Es gab eine Untersuchung. Der Graf selbst kam, um sich das Kind anzusehen, und . . .«

Etwas polterte gegen die Tür. Derwalt fuhr so erschrocken zusammen, daß er um ein Haar die Kerze umgestoßen hätte. Für einen Moment verzerrte sich sein Gesicht zu einer Grimasse, die von Panik beherrscht wurde.

»Was war das?« fragte Tobias.

»Nichts«, antwortete Derwalt. »Sicher nur ein streunender Hund.« Aber seine Stimme und die Angst in seinen Augen verrieten ihn. Es kostete ihn Mühe, überhaupt noch zu sprechen.

»Bitte . . . geht jetzt, Herr«, sagte er nervös. »Es ist spät, und . . . und ich habe Euch alles gesagt, was ich weiß.«

Das hatte er ganz und gar nicht. Aber Tobias begriff, daß er jetzt nichts mehr von ihm erfahren würde. Er stand auf, wandte sich zur Tür und blieb noch einmal stehen. »Ich werde sicher noch einmal mit Euch reden«, sagte er. »Ich lasse Euch dann rufen, sobald ich offiziell damit beginne, die Zeugen zu verhören.«

»Tut das«, sagte Derwalt. »Aber ich werde Euch nichts anderes sagen können als das, was ich Euch jetzt gesagt habe, hört Ihr. Nichts!«

Tobias blickte ihn verwirrt an. Derwalt schrie fast, und seine Stimme war schrill. Er zitterte.

Aber als er sich endgültig zur Tür wenden wollte, hielt Derwalt ihn noch einmal zurück. »Wollt Ihr einen guten Rat von mir annehmen, Pater?« fragte er.

Tobias blieb noch einmal stehen. »Gern.«

»Ihr solltet nicht . . . nicht nach Einbruch der Dunkelheit auf die Straße gehen. Es ist gefährlich. Der Wald ist nicht weit, und manchmal verirren sich Wölfe hierher. Im letzten Jahr hatten wir sogar einen Bären in der Stadt. Er hat zwei Männer verletzt und ein Pferd gerissen, ehe es uns gelang, ihn zu töten. Geht nicht aus dem Haus, nachdem die Sonne untergegangen ist.«

Tobias blickte ihn durchdringend an. Aber er nickte nur.

»Ich werde Euren Rat beherzigen«, versprach er und streckte die Hand nach der Tür aus.

Derwalt löschte die Kerze einen Augenblick, bevor Tobias die Tür öffnete und ihr Licht nach draußen fallen konnte, und Tobias verließ das Haus.

Es war kühl geworden. Der Wind hatte aufgefrischt, und das Licht des beinahe vollen Mondes löschte alle Farben aus. Ein leises Rascheln drang an Tobias' Ohr, ohne daß er seine Ursache ergründen konnte, und Derwalts letzte Worte schienen noch einmal hinter seiner Stirn zu klingen: Geht nicht nach Einbruch der Dunkelheit aus dem Haus . . .

Er lächelte — aus dem einzigen Grund, sich selbst Mut zu machen —, zog fröstelnd die Schultern zusammen und wandte sich zurück in die Richtung, in der Bressers Haus lag. Seine Schritte, so leise sie waren, erzeugten unheimliche hallende Echos auf dem gepflasterten Teil der Straße. Der Wind bauschte seine Kutte, und die Schatten schienen sich dichter zusammenzuziehen, als wollten sie eine Mauer bilden, die Wand eines Tunnels aus Schwärze, durch den er schritt und der keinen Anfang und kein Ende hatte.

Er war nicht allein.

Die Erkenntnis schlich ganz plötzlich und so sicher in seine Gedanken, daß es keines Beweises bedurfte.

Jemand war hier. Ganz in seiner Nähe. Tobias konnte *spüren*, daß ihn jemand beobachtete.

Er blieb stehen, schlug mit der linken Hand das Kreuzzeichen und schmiegte die andere um das kleine Kruzifix, das wieder an seinem Hals hing. Aber das Holz war kalt. Seine Berührung spendete nicht den gewohnten Trost, sondern ließ ihn nur erneut frösteln.

Mit klopfendem Herzen schaute er sich um. Im ersten Moment sah er nichts außer dieser Finsternis, die sonderbarerweise nur hier in der Stadt zu herrschen schien — er konnte den Wald und die Felder davor in allen Einzelheiten erkennen, denn der Himmel war sternenklar, und der Mond schien wie eine große, bleiche Laterne. Aber aus einem unheimlichen Grund heraus drang sein Licht nicht zwischen die Häuser. Buchenfeld lag in vollkommener Schwärze da.

Wäre nicht der Schatten des Turmes gewesen, der die übrigen Gebäude wie ein Gigant aus steingewordener Finsternis überragte, hätte er vielleicht nicht einmal zu Bressers Haus zurückgefunden. Buchenfeld schien zu einer einzigen, dunklen Masse zusammengeschmolzen zu sein.

Und in dieser Masse bewegte sich etwas.

Tobias' Herz machte einen erschrockenen Satz, als er den Schatten sah, der wenige Meter hinter ihm stand; verschwommen und halb aufgesogen von der Dunkelheit hinter ihm, aber trotzdem deutlich zu erkennen; ein menschlicher Umriß, der dastand und ihn ansah.

Er schluckte nervös, fuhr sich mit der Zungenspitze über die Lippen, um sie zu befeuchten, und straffte die Schultern.

»Wer bist du?« fragte er. »Was willst du von mir?«

Seine Stimme zitterte und verriet mehr von seiner Angst, als ihm recht war. Der Schatten bewegte sich nicht. Dafür erschien ein zweiter gleich hinter ihm.

»Wer seid ihr?« fragte Tobias noch einmal. »Redet!«

Entschlossen trat er einen Schritt auf die beiden stummen Gestalten zu — und blieb abrupt wieder stehen.

Auch diesmal *spürte* er die Bewegung mehr, als er sie sah: rechts und links der Straße waren zwei weitere Gestalten aufgetaucht, groß und dunkel wie die beiden ersten. Sie sagten nichts. Sie regten sich nicht. Sie machten nicht einmal eine bedrohliche Bewegung, sondern standen einfach nur da und blickten Tobias an.

Dann bewegte sich eine dieser Gestalten doch, und Kopf und Schultern gerieten für einen winzigen Moment aus dem Schatten des Hauses, vor dem sie stand.

Daß Tobias nicht aufschrie, lag nur daran, daß ihm die Kehle wie zugeschnürt war.

Der Mann trug einen schwarzen Umhang, der seine Gestalt vollkommen verbarg und in einer gewaltigen spitzen Kapuze endete. Und darunter war kein Gesicht, sondern bleicher, schimmernder Knochen. Und als hätte es erst des Anblickes dieses einen Gesichtes bedurft, um ihn auch die anderen erkennen zu lassen, begriff Tobias plötzlich, daß sich das gräßliche Bild unter den anderen Kapuzen wiederholte, keine Gesichter, sondern grinsende Knochengrimassen. Metall blitzte flüchtig: die Schneide der Sense, auf deren Stiel sich eine der Gestalten stützte.

Die Lähmung hielt einen kurzen, schrecklichen Moment an. Dann schrie Pater Tobias gellend auf, warf die Arme in die Luft und rannte die Straße hinunter, so schnell er konnte.

Halb verrückt vor Angst erreichte er Bressers Haus, stürzte hinein und rannte die Treppe hinauf. Flüchtig sah er Bressers Gesicht unter der Stubentür auftauchen und hörte, wie er ihm etwas nachrief, aber er verhielt nicht einmal im Schritt, sondern stürmte in die Kammer unter dem Dach. Erst als er die Tür hinter sich geschlossen hatte, begann sich sein rasender Puls wieder langsam zu beruhigen.

Aber es dauerte noch sehr, sehr lange, bis er den Mut aufbrachte, sich von seinem Platz an der Tür zu lösen und sich auf den unbequemen Hocker neben Katrins Bett zu setzen. »Luzifer«, flüsterte er, »Gottes gefallener Engel und seine Höllenmächte spielen ein grausames Spiel mit mir.«

6

Es war die zweite Nacht, in der er nur sehr wenig Schlaf fand. Zwar nickte er immer wieder ein, wachte aber schon bald mit heftig klopfendem Herzen wieder auf und starrte die Tür an, und seine überreizten Nerven gaukelten ihm Geräusche und Bewegungen vor, die es nur in seiner Phantasie gab: Im Hämmern seines eigenen Herzen glaubte er schwere, unmenschliche Schritte zu hören, die langsam die Treppe hinaufkamen, begleitet von Atemzügen, die aus keiner menschlichen Kehle drangen. In den Schatten, mit denen das Mondlicht das Zimmer füllte, meinte er kriechende Bewegungen wahrzunehmen, und in Katrins gleichmäßigen Atemzügen ein unheimliches Flüstern und Wispern, wie die Stimmen satanischer Kinder, die sich böse Geschichten erzählten.

Irgendwann — es mußte Mitternacht sein, aber er war nicht sicher, denn er konnte auch seinem Zeitgefühl nicht mehr trauen — stand er auf, überzeugte sich mit einem raschen Blick davon, daß es Katrin gutging, und trat ans Fenster.

Die Stadt lag dunkel und reglos unter ihm, eine einzige finstere Schattenmasse, in der die Umrisse der Häuser nur zu erahnen waren, nicht wirklich zu sehen, nun selbst ein Pfuhl, ein finsterer Höllenschlund, in dem Knochenmänner wandelten. Tobias wollte sich zwingen, nach den schwarzen Gestalten Ausschau zu halten, die ihn so erschreckt hatten, aber sein Blick schrak vor dem Bild der Stadt zurück und wanderte ohne sein Zutun, ja, fast gegen seinen Willen über den Stadtwall hinaus nach Westen, über die Felder, die abgeerntet im Licht des Mondes dalagen, und hin zu dem kleinen Wald, in dem der Pfuhl lag.

Zwischen den Bäumen tanzte ein Licht.

Im ersten Moment glaubte Tobias fast, daß es sich nur um einen neuen Streich handelte, den ihm seine überbeanspruchten Nerven spielten; er wußte, daß Übermüdung durchaus dazu führen konnte, daß man Dinge sah, die gar nicht da waren. Er blinzelte ein paarmal, fuhr sich mit dem Handrücken über die Augen und sah noch einmal hin.

Das Bild blieb. Der Wald war nur als finstere Masse in der Nacht zu erkennen, ein unregelmäßig geformter Schatten mit struppigen Rändern, aber ziemlich genau in seiner Mitte war ein blasses, bläuliches Leuchten auszumachen. Ein Feuer?

Er blieb eine Weile reglos so stehen und sah zum Wald hinüber, aber das Licht blieb. Es änderte sich nicht, wurde weder blasser noch heller, was eigentlich bewies, daß dort drüben nichts brannte. Und daß jemand an diesen schrecklichen Ort gegangen war und dort mitten in der Nacht ein Feuer entzündet hatte . . . nein, das konnte Pater Tobias sich beim besten Willen nicht vorstellen. Und außerdem stimmte die Farbe nicht. Sie schwankte zwischen Blau und einem unheimlichen lodernden Grün, wie es Tobias noch nie zuvor gesehen hatte. Aber was war dieses unheimliche Leuchten dann?

Er mußte an Bressers Worte denken. Er hatte sie nicht ernst genommen, die vermeintlichen Laute und Lichter für reine Hirngespinste gehalten — aber jetzt sah er sie selbst. Etwas *geschah* an jenem höllischen Platz im Wald. Aber was? Und vor allem — es hatte nichts mit Katrin zu tun. Die Hexe, der man diese unheimlichen Dinge zuschrieb, lag mehr tot als lebendig in seiner Kammer.

Einen Moment lang spielte er ernsthaft mit dem Gedanken, hinunterzugehen und zum Wald zu laufen, um der Ursache dieses unheimlichen Leuchtens auf den Grund zu gehen. Aber wirklich nur einen Moment lang. Er hatte keine Angst vor dem Wald oder dem, was er darin finden mochte. Er hatte Angst vor der Stadt. Er konnte den Wald nicht erreichen, ohne die Stadt zu durchqueren, und das wiederum bedeutete, sich ein zweites Mal den fürchterlichen Schatten zu stellen. Nein. Unmöglich. Er war ein schwacher Mensch, und selbst Gottes Liebe brachte ihn nicht dazu, sich einer grauslichen Dämonenbrut entgegenzustellen.

Einen Moment lang erwog er die Möglichkeit, hinunterzugehen und Bresser zu wecken, um ihm das Licht zu zeigen und ihn zu fragen, was er jetzt davon hielt, wo die angebliche Hexe doch neben ihnen lag. Aber es hätte nichts genutzt. Nicht bei Bresser.

Das Leuchten war eine gute halbe Stunde zu sehen, und selbst als es schließlich zu verblassen begann und dann ganz verschwand, stand Tobias noch lange Zeit am Fenster und starrte hinaus, ehe er sich endlich wieder umwandte und zu seinem Hocker zurückging. Er war verwirrt. Er hatte so etwas noch nie gesehen; ja, noch nie davon gehört. Nicht einmal in einem seiner Bücher hatte er je von einem solch unheimlichen Licht gelesen.

Trotzdem war er weiter denn je davon entfernt, an Hexerei zu glauben. Es würde — *mußte* — eine logische Erklärung für all dies geben. Schon um Katrins willen.

Jemand klopfte ganz leise gegen die Tür.

Tobias richtete sich erschrocken hoch, riß die Augen auf und lächelte erleichtert, als er Marias Stimme erkannte, die gedämpft durch das Holz drang. »Herr? Seid Ihr noch wach?«

»Ja. Kommt nur herein.«

Bressers Frau schlüpfte ins Zimmer und schob die Tür hinter sich wieder zu. Sie trug eine Kerze in der Hand, die sie aber nicht angezündet hatte. Tobias konnte ihr Gesicht in der Dunkelheit nicht erkennen, aber er sah, wie sie erst ihn, dann Katrin und dann wieder ihn ansah und schließlich den Kopf schüttelte.

»Was habt Ihr vor?« fragte sie. »Euch umbringen?«

»Was meint Ihr damit?«

»Ich meine«, antwortete Maria, »daß Ihr schon gestern nacht nicht geschlafen habt. Und auch jetzt nicht.«

»Doch, das habe ich«, widersprach Tobias, aber Maria ließ ihn nicht einmal ausreden, sondern machte nur eine ärgerliche Kopfbewegung.

»Im Sitzen, und auf diesem Folterstuhl, ja. Das ist kein Schlaf. Ihr seid vielleicht ein Heiliger, Tobias, aber Ihr seid auch ein Mensch. Ich werde den Rest der Nacht an ihrem Bett wachen. Ihr geht hinunter und legt Euch in mein Bett. Ihr werdet gründlich ausschlafen.«

»Und Euer Mann?« Tobias versuchte, scherzhaft zu klingen, obwohl er eigentlich zu müde für einen Scherz war. »Er wird nicht erbaut sein, wenn er sich über seine Frau beugt, um ihr einen Morgenkuß zu geben, und mich findet.«

»Bresser küßt mich schon seit Jahren nicht mehr, dem Herrn sei Dank dafür«, antwortete Maria. »Und außerdem ist er nicht da. Macht Euch keine Sorgen.«

»Er ist nicht da?«

»Er ist zum Schloß gegangen, nachdem Ihr zurückgekommen seid. Ihr könnt also unbesorgt sein. Wir sind völlig allein im Haus. Ich kann so gut auf sie aufpassen wie Ihr — im Moment wahrscheinlich sogar besser. *Ich* falle nämlich nicht gleich vom Stuhl vor Müdigkeit.«

Tobias widersprach nicht mehr. Maria hatte ja recht. Es fiel ihm selbst jetzt schwer, aufrecht sitzenzubleiben. Und Katrin schlief sehr ruhig. Ihr Atem ging gleichmäßig, und das Fieber war weiter gesunken. Er nickte, stand unsicher auf und schlurfte mit hängenden Schultern an Maria vorbei.

»Es ist die Tür gleich unten neben der Treppe«, sagte sie.

»Ich habe ein neues Laken aufs Bett gelegt. Macht es Euch bequem.«

»Ich danke Euch«, sagte Tobias matt. »Ihr weckt mich, sobald die Sonne aufgegangen ist?«

»Sicher. Und ich rufe Euch auch, wenn sie wach wird. Aber das wird nicht geschehen.«

Tobias warf einen letzten, zärtlichen Blick auf die schlafende Gestalt, dann verließ er das Zimmer und schlurfte die Treppe hinunter. Erst als er unten angekommen war, fiel ihm ein, daß er ja auch Maria nach diesem Licht hätte fragen können. Aber jetzt noch einmal zurückzugehen erschien ihm einfach zu mühsam. Und ebensogut konnte er diese Frage am nächsten Morgen stellen. Er fand das Schlafzimmer, legte sich auf das Bett und schlief ein, noch ehe er auch nur die Decke über sich gezogen hatte.

Er erwachte am nächsten Morgen nicht mit dem ersten Hahnenschrei, wie er es gewohnt war, sondern durch die stickige Wärme, die sich im Zimmer breitgemacht hatte. Er fühlte sich so ausgeruht und frisch, daß ihm gleich klar war, daß es weit nach Sonnenaufgang war. Maria hatte ihn gegen ihr Versprechen schlafen lassen — aber er nahm ihr diese kleine Schummelei nicht übel. Im Grunde war sie vernünftiger gewesen als er. Er half niemandem — und Katrin am allerwenigsten —, wenn er sich zugrunde richtete.

Ohne sonderliche Hast schwang er die Beine vom Bett, richtete sich auf und blieb noch einen Moment auf der Bettkante sitzen. Sein Blick wanderte durch das Zimmer. Es war recht ärmlich eingerichtet: dieses eine Bett, eine Truhe, in der Bressers und Marias Kleider liegen mochten, und ein schmales Tischchen, auf dem eine Kanne mit Wasser und eine Schüssel aus Ton standen. Tobias lächelte, als er sah, daß das Wasser frisch war. Maria hatte es vorsorglich für ihn bereitgestellt, ohne ihn zu wecken. Die Wände waren kahl, aber es gab ein paar helle Flecken, wo bis vor kurzer Zeit Bilder gehangen haben mußten, und ein einfaches Kruzifix, das an einem Nagel über dem Kopfende des Bettes hing. Irgend etwas an dem Kreuz war sonderbar.

Es dauerte eine ganze Weile, bis diese Erkenntnis vollends

in Tobias' Bewußtsein gedrungen war. Erst als er sich bereits über die Wasserschüssel gebeugt und damit begonnen hatte, sich zu waschen, fiel es ihm ein. Verwirrt sah er auf, blinzelte sich das Wasser aus den Augen und besah sich das Kruzifix noch einmal.

Es war ein ganz normales Kruzifix. Nichts daran war ungewöhnlich.

Nicht an ihm. Wohl aber an seinem Umriß.

Das Kreuz hatte einen hellen Fleck auf der Wand hinterlassen, wie die Bilder, die abgehängt worden waren. Aber die Umrisse stimmten nicht. Sie hatten die richtige Größe und auch die richtige Form — es war ganz eindeutig *dieses* Kreuz, das schon seit Jahren hier gehangen hatte, aber der helle Schatten war verrutscht.

Neugierig trat Tobias näher und sah, daß man das Kreuz abgenommen haben mußte. Jemand hatte versucht, den Nagel wieder in dasselbe Loch zu schlagen, in dem er all die Zeit über gesteckt hatte, aber er hatte recht schlampige Arbeit geleistet. Warum hatte man dieses Kreuz abgenommen? Und warum hatte man es wieder hingehängt und sich bemüht, den Eindruck zu erwecken, als wäre es nie fort gewesen?

Tobias fand auf diese Frage so wenig eine Antwort wie auf alle anderen, die er sich seit seiner Ankunft in Buchenfeld gestellt hatte, aber er beschloß, ihr auf jeden Fall nachzugehen. Die Antwort darauf war wichtig.

Nach einem kurzen Gebet verließ er das Zimmer. Die Haustür stand offen, als er in die Diele trat, und im ersten Moment blinzelte er in die ungewohnte Helligkeit. Unwillkürlich wollte er sich zur Treppe wenden, um hinaufzugehen und nach Katrin zu schauen, aber in diesem Moment erschien Maria unter der Tür zur Stube und sagte:

»Sie schläft noch. Ich war gerade bei ihr. Guten Morgen, Pater Tobias.«

»Guten Morgen«, antwortete Tobias lächelnd. »Oder besser — guten Tag. Ihr seid ein böses Mädchen, Maria. Ihr hattet versprochen, mich zu wecken, wenn die Sonne aufgeht.«

»Habe ich das?« fragte Maria scheinheilig. »Das muß ich vergessen haben. Könnt Ihr mir noch einmal verzeihen?«

»Ich werde zu Gott beten, daß er Euch diese gräßliche Sünde vergibt«, antwortete Tobias. »Macht Euch keine Sorgen. Ihr werdet sicher mit hundert Jahren Fegefeuer davonkommen.«

»Tut das, Tobias«, sagte Maria. »Und während Ihr es tut, kommt herein. Ich habe eine Mahlzeit für Euch bereitet.«

Tobias folgte ihr — und stockte unwillkürlich im Schritt, als er sah, daß die Stube nicht leer war. Bresser saß am Tisch und kaute an einem Stück Fleisch, daß ihm der Bratensaft am Kinn heruntertropfte. Mit der linken Hand wischte er ihn weg. Mit der anderen, die den Braten hielt, winkte er Tobias aufgeräumt zu sich heran und machte gleichzeitig eine wedelnde Geste auf einen freien Stuhl.

»Setzt Euch, Herr, setzt Euch«, sagte er mit vollem Mund. »Eßt einen Bissen mit mir. Wir haben einen anstrengenden Tag vor uns.«

Tobias warf einen überraschten Blick zum Fenster, dann sah er Maria an. »Ist es —«

»Es ist noch nicht Mittag«, fiel ihm Bresser ins Wort. »Keine Sorge. Ich bin früher zurückgekommen. Aber ich wollte Euch nicht stören. Ihr habt Euren Schlaf wirklich verdient.«

»Ihr wart auf dem Schloß?« begann Tobias, nachdem er einige Bissen der Mahlzeit zu sich genommen hatte, die Maria ihm gebracht hatte.

Bresser nickte und ließ sich ein weiteres Stück Fleisch schmecken. Er wohnte zwar wie ein armer, fraß aber wie ein reicher Mann.

»Was gab es denn so Wichtiges, daß Ihr mitten in der Nacht dorthin gegangen seid?« fuhr Tobias fort.

»Der Graf hatte mir befohlen, ihm zu berichten, was der Arzt sagt«, antwortete Bresser mit vollem Mund. »Ich hätte es Euch gestern abend schon gesagt, aber Ihr seid so schnell an mir vorbeigelaufen, daß ich keine Gelegenheit dazu hatte. Was geschah dort draußen?«

Tobias ließ sein Brot sinken und sah Bresser durchdringend an. »Wie kommt Ihr auf die Idee, daß dort irgend etwas geschah?« fragte er lauernd.

Bresser grinste. »Ihr hättet Euch sehen sollen, Herr«, antwortete er. »Ihr wart bleich, als hättet Ihr ein Gespenst gesehen.«

Das hatte er ja auch. Genauer gesagt — gleich vier Gespenster. Vorsichtig sagte er: »Ich . . . war ein wenig erschrocken, das stimmt.«

Er wartete darauf, daß Bresser ihn nach dem Grund dieses Erschreckens fragte, aber er tat es nicht. Statt dessen sah er ihn nur einen Moment lang ernst an und seufzte dann tief. »Das überrascht mich nicht.«

»Wieso?«

Bresser zuckte mit den Schultern und rieb sich die fettigen Finger an der Weste sauber. »Ich wollte es Euch gestern nicht sagen«, antwortete er. »Ich war sicher, daß Ihr es falsch versteht. Aber es . . . es ist besser, in Buchenfeld nach Einbruch der Dunkelheit nicht mehr auf die Straße zu gehen.«

Das waren fast dieselben Worte, die Derwalt benutzt hatte. Tobias sah Bresser verunsichert an und schwieg.

»Ist Euch nicht aufgefallen, wie still es hier des Nachts ist?« fragte Bresser.

»Doch.«

»Das hat einen Grund«, fuhr Bresser fort. »Es war nicht immer so. Früher einmal war dies eine ganz normale Stadt. Bevor es den Pfuhl gab und all die anderen Dinge . . .«

»Welchen Grund?« fragte Tobias ungehalten.

»Die Leute wagen sich nicht mehr aus den Häusern, sobald die Sonne untergegangen ist«, antwortete Bresser. »Sie wagen es nicht einmal, Licht zu machen. Es geschehen . . . sonderbare Dinge, wenn es finster geworden ist.«

»Was genau meint Ihr damit: sonderbare Dinge?«

Bresser zuckte mit den Schultern. »Das ist schwer zu sagen. Manche behaupten, Geister gesehen zu haben. Manche sagen, die Toten wandeln durch die Straßen. Manche hören unheimliche Laute. Ihr könnt fragen, wen Ihr wollt — jeder wird eine andere Geschichte erzählen.«

»Das klingt . . . ziemlich verworren, findet Ihr nicht?«

fragte Tobias. Gleichzeitig mußte er mit aller Macht die Bilder zurückdrängen, die vor seinen Augen entstehen wollten: Bilder von Gestalten mit Knochengesichtern.

»Aber es ist wahr«, antwortete Bresser gelassen. »Oh, nicht in jeder Nacht, natürlich. Aber oft genug. Ich will gar nicht wissen, was Ihr gestern abend gesehen habt. Aber ich glaube, es war schlimm genug.«

»Und wie lange geht das schon so?« fragte Tobias.

»Seit einem Jahr«, antwortete Bresser. »Seit das mit dem See geschah und alles andere.«

»Und niemand hat je versucht, herauszufinden, was es mit diesen . . . Ereignissen auf sich hat?« fragte Tobias.

Bresser lächelte dünn, als er das winzige Stocken in Tobias' Worten registrierte. »Wolltet Ihr das — gestern nacht?« fragte er. »Ich jedenfalls nicht. Einmal hat es einer versucht.«

»Und?«

»Niemand hat je wieder von ihm gehört.«

Tobias schwieg betroffen. Was er in den letzten Minuten von Bresser erfahren hatte, das verwirrte ihn eigentlich mehr, als es ihn erschreckte. So schlimm seine Worte waren — es waren nur *Worte*.

Er sprach nicht weiter. Sie frühstückten schweigend zu Ende, und danach sprach er ein kurzes Gebet, an dem Bresser nicht teilnahm. Er faltete zwar die Hände und schloß die Augen, und seine Lippen bewegten sich, als spräche er Tobias' gemurmelte Worte für sich nach, aber Tobias spürte genau, daß er das nur vortäuschte. Er mußte an das Kreuz denken, das abgenommen und wieder aufgehängt worden war. Plötzlich war er sicher, daß der einzige Grund, aus dem Bresser dies getan hatte, *seine* Anwesenheit in diesem Haus war.

Nachdem er das Gebet zu Ende gebracht hatte, wollte er sich erheben und das Haus verlassen, aber Bresser hielt ihn noch einmal zurück.

»Da wäre noch etwas.«

»Ja?«

»Es geht um die He . . . um Katrin«, verbesserte er sich.

»Was ist mit ihr?«

Bresser druckste einen Moment herum. »Sie kann nicht ... nicht hierbleiben«, sagte er schließlich. »Ihr müßt das verstehen. Die Leute beginnen schon zu reden. Sie schläft in Eurem Bett —«

»Und ich in Eurem, Bresser«, unterbrach ihn Tobias kalt.

»Ich will sie nicht unter meinem Dach haben«, antwortete Bresser, ohne ihn anzusehen.

Bresser wirkte nicht sehr zufrieden mit sich. Wahrscheinlich hätte er Katrin am liebsten im nächsten Moment auf die Straße geworfen. Und Tobias verstand ihn sogar. Bresser hatte ihn gewollt oder ungewollt an seinem eigentlichen Auftrag gemahnt. Es war so viel auf ihn eingestürmt, daß er allmählich zu vergessen begann, *warum* er überhaupt hier war. Er konnte schlecht mit der Frau, der er einen Prozeß wegen Hexerei machen sollte, in einem Zimmer schlafen.

Im Grunde, das wußte Tobias, war seine Mission mit dem Moment gescheitert, als er den Turm betreten und erkannt hatte, um *wen* es sich bei der Hexe handelte. Er wollte nicht mehr, daß die heilige Inquisition auftrat, sondern suchte nur noch Beweise für Katrins Unschuld. Einen Prozeß wollte er unter allen Umständen vermeiden.

»Ich werde darüber nachdenken«, versprach er noch einmal. »Vielleicht überlegt ihr in dieser Zeit schon einmal, ob es in Buchenfeld einen Ort gibt, an dem wir sie unterbringen können — außer diesem entsetzlichen Turm da drüben.«

»Keinen«, sagte Bresser. »Aber ich habe mit dem Grafen gesprochen. Ihr könnt sie aufs Schloß bringen. Dort ist Platz genug. Und sie wäre in Sicherheit.«

Tobias beschloß, später in Ruhe über diesen Vorschlag nachzudenken, zuckte zur Antwort nur mit den Achseln und verließ endgültig die Stube. Bresser folgte ihm, und Tobias unterdrückte im letzten Moment den Impuls, ihn abermals wegzuschicken. Er mußte vorsichtig sein. Bressers Mißtrauen war ohnehin geweckt. Der Mann war vielleicht dumm, aber nicht blind.

Begleitet von Bresser, der ihn herumführte und ihm alles erklärte, wonach er fragte, begann er seinen ersten ausführlichen Rundgang durch Buchenfeld. Was er sah, bestätigte den Eindruck, den er bisher von diesem Ort gewonnen hatte: Buchenfeld war eine sehr arme Stadt. Kleine Häuser, zumeist aus Holz, standen geduckt Reihe an Reihe. Abfall war einfach in die Gosse geworfen worden, wo ein paar schmutzige Hühner nach Nahrung suchten. Und doch erschien Tobias im klaren Licht der Sonne der Ort freundlicher als am vergangenen Abend. Wo die Gespenster der Nacht gewesen waren, da gab es jetzt nur noch Schatten, und wo sich gestern nacht angsterfülltes Schweigen breitgemacht hatte, da hörte er jetzt die geschäftigen Laute einer kleinen, aber sehr wachen Stadt.

Trotzdem deprimierte ihn dieser erste Rundgang durch die Stadt. Er war in vielen einfachen Häusern gewesen, hatte viele einfache Orte besucht, Orte, in denen die Menschen manchmal nicht einmal genug Hirse für eine einfache Mahlzeit hatten, aber in Buchenfeld schien die Armut unter jedem Dach zu wohnen. Keiner, weder Bauer, Bader oder Schmied, schien reicher zu sein als der Nachbar. Abgesehen von Bresser waren alle in dieser Stadt gleich, etwas, was ihm noch nirgendwo begegnet war. Er sprach Bresser darauf an.

»Das ist richtig, Pater«, antwortete der dicke Mann. »Das haben wir dem Grafen zu verdanken.« Er machte eine hastige Bewegung, als er sah, daß Tobias seine Worte völlig falsch verstand. »Nicht, was Ihr denkt, Pater Tobias«, sagte er. »Er nimmt niemandem etwas weg — ganz im Gegenteil. Die Leute hier wären ohne ihn viel ärmer.«

Er machte eine weit ausholende Geste auf die abgeernteten Felder und fuhr in entsagungsvollem Tonfall fort: »Die beiden letzten Ernten waren katastrophal. Fast alles verdarb, ehe es eingeholt werden konnte. Eine Menge Vieh ist gestorben. Hätte der Graf nicht tief in seine Privatschatulle gegriffen, dann wären viele hier verhungert oder würden im kommenden Winter verhungern.«

Auch Tobias' Blick wanderte über die leeren Felder, und er erinnerte sich an seine eigenen Gedanken, als er vor zwei Tagen aus dem Wald gekommen war und diese Felder das erste Mal gesehen hatte. »Das erstaunt mich«, sagte er. »Ihr betreibt eine Dreifelderwirtschaft, nicht?«

Bresser nickte mit sichtbarem Stolz. »Eine Idee des Grafen. Am Anfang waren wir dagegen, aber er hat uns überzeugt.«

»Ihr müßtet *mehr* ernten statt weniger«, sagte Tobias.

Bresser nickte abermals. »Das ist richtig. Aber die letzten beiden Ernten wurden fast völlig vernichtet. Es blieb nicht einmal genug zur Aussaat übrig. Theowulf mußte Saatgut *kaufen.*«

»Er ist ein richtiger Heiliger, Euer Graf, wie?« fragte er sarkastisch.

»Nein«, antwortete Bresser. Seine Stimme klang ein wenig zornig. »Nur ein Mann, der seine Aufgabe ernst nimmt. Früher, als es uns gutging, haben wir ihm gegeben. Jetzt geht es uns schlecht, und er gibt uns.«

»Gerade genug, um nicht zu verhungern.«

»Ja. Und er sorgt dafür, daß keiner mehr hat als der andere, auch das ist richtig. Und es ist gut so, solange die einen in Saus und Braus leben und ihre Nachbarn verhungern.«

»Wie Verkolt?« fragte Tobias.

»Verkolt war ein reicher Mann — und?« Bresser machte ein obszönes Geräusch. »Auch er hat seinen Teil gegeben. Er wollte es nicht, aber Theowulf hat ihn gezwungen. Das ist kein Geheimnis. Jeder hier gibt, was er hat — und bekommt, was er braucht.«

»Ihr scheint mir eine einzige, große glückliche Familie zu sein«, entfuhr es Tobias in bitterem Tonfall.

»Der Graf nimmt sich selbst nicht davon aus«, sagte Bresser. »Der Graf hat Euch eingeladen, sein Schloß zu besuchen, vielleicht nehmt Ihr seine Einladung an.«

Tobias nickte, und Bresser fuhr fast grimmig fort: »Dann könnt Ihr Euch selbst umsehen. Auch er gibt, was er kann. Wenn Ihr glaubt, er lebt in Luxus, dann täuscht Ihr Euch, Pater. Seit zwei Jahren, seit das Unglück über Buchenfeld hereingebrochen ist, hat niemand hier gehungert, und keiner ist erfroren.«

Tobias schwieg betroffen. Bressers Worte waren von einer solchen Inbrunst, daß er erst gar nicht auf die Idee kam, sie anzuzweifeln.

»Aber was ist geschehen?« fragte er. Er deutete wieder auf die Felder. »Der Boden ist fruchtbar. Ihr seid viele, und ihr habt Vieh. Was ist mit den Ernten geschehen?«

»Sie wurden zerstört«, sagte Bresser.

»Ein Unwetter?« fragte Tobias.

»Nein«, antwortete Bresser. Und plötzlich zitterte seine Stimme, und seine Augen flammten in einem Zorn auf, den Tobias niemals bei ihm erwartet hätte. »Das war die Hexe, Pater. Ich weiß, Ihr hört das nicht gerne. Aber es ist die Wahrheit. Sie hat diese ganze Stadt verhext!«

Tobias sah ihn zutiefst verstört an. Aber er beherrschte sich. »Seit zwei Tagen höre ich nichts anderes, Bresser«, sagte er. »Jedermann erzählt mir, daß diese Stadt verflucht ist. Daß dies und jenes geschehen ist. Aber niemand sagt mir, *was* passiert ist. Wie soll ich über irgend etwas richten oder euch helfen, wenn ich nicht weiß, wogegen ich kämpfe?«

»Gegen das allmächtige Böse, Pater«, antwortete Bresser ernst. »Ihr habt es gestern abend gesehen. Und gestern morgen im Wald.«

»Ihr habt also doch etwas gesehen«, sagte Tobias.

»Nein«, antwortete Bresser. »Aber Ihr. Ihr wart bleich wie der Tod. Und nicht, weil Ihr einen Schatten erblickt habt. Ich will nicht wissen, was es war. Die Angst eines Mannes gehört ihm allein. Aber Ihr wißt, daß ich nicht lüge. Etwas geschieht hier. Und wenn es nicht die Hexe ist, dann findet heraus, was sonst. Helft uns!«

Tobias war erschüttert. Von Bresser hatte er diese Worte nicht erwartet. Und er spürte auch, daß er sie nie wieder hören würde. Es hatte Bresser all seine Kraft gekostet, sie hervorzubringen.

»Das werde ich«, versprach er. »Und jetzt bringt mich zu ein paar Leuten, mit denen ich reden kann.«

Bresser starrte ihn für einen Moment durchdringend an, dann drehte er sich mit einer abrupten Bewegung herum und deutete — scheinbar wahllos, wie es Tobias vorkam — auf das erstbeste Haus.

Der Rest des Vormittages verlief so, wie Tobias erwartet

hatte: Er sprach mit einem halben Dutzend Männern und Frauen, und fast alle hatten etwas zu berichten, was mit der Hexe zu tun hatte: Der eine hatte ein Geschwür, das sie ihm angehext hatte, dem zweiten war die Katze gestorben, nachdem Katrin sie angeblickt hatte, der dritte wußte von einem, dessen Kuh ein Kalb mit zwei Köpfen zur Welt brachte, nachdem die Hexe sie berührt hatte ...

Tobias hörte aufmerksam zu, auch wenn die Geschichten sich zu wiederholen begannen. Das meiste, was er erfuhr, war der übliche Unsinn, wenn es irgendwo hieß, eine Hexe treibe ihr Unwesen. Die Indizien aber fehlten. Doch gerade Beweise brauchte er, wollte er die Anklagepunkte gegen Katrin widerlegen. Das Volk von Buchenfeld mochte Unsinn erzählen, aber es glaubte fest an diesen Unsinn, daher war es schwierig, ohne Gegenbeweise eine gesicherte Verteidigung aufzubauen. Doch wie sollte er gegen Hexenmärchen vorgehen? Sollte er, der Inquisitor, dem Volk sagen, es gäbe keine Hexen, wo er doch selbst schon Hexen verfolgt hatte?

Als sie mit einem Dutzend Leute gesprochen hatten, fand Tobias die Gelegenheit günstig, noch einmal mit Derwalt zu reden, diesmal in aller Offenheit, so daß ihre Unterhaltung eher dazu beitragen mußte, den Mann zu beruhigen. Bresser hatte zwar mehr oder weniger die Führung übernommen, aber Tobias hatte schon ein paarmal willkürlich an einer Tür gepocht, so daß der Helfershelfer des Grafen kein Mißtrauen schöpfte, als er sich jetzt Derwalts Haus zuwandte und anklopfte.

Niemand öffnete, kein Geräusch war zu hören, Tobias klopfte noch einmal. »Wer wohnt hier?« fragte er dann.

»Derwalt«, antwortete Bresser. Tobias hielt ihn genau im Auge, aber Bresser schien keinen Verdacht geschöpft zu haben. »Er ist oft fort. Ich glaube, er hilft im Moment dabei, Temsers Scheune wieder aufzubauen. Sie brannte vor ein paar Wochen nieder«, fügte er auf Tobias' fragenden Blick hinzu. »Und auch das ein Werk der Hexe.«

»Natürlich«, sagte Tobias. »Was sonst?«

»Warum geht Ihr nicht zu ihm und fragt, was geschehen ist?« fragte Bresser ärgerlich. »Es war ein Blitzschlag — am hellichten Tag, ohne daß auch nur eine Wolke am Himmel gesehen wurde. Und wenn Ihr schon einmal dabei seid, dann fragt auch gleich den Müller, was mit seinem Korn geschehen ist! Aber Ihr wollt die Wahrheit ja gar nicht wissen!«

Das waren mutige, beinahe aufrührerische Worte für einen Mann in Bressers Position, fand Tobias. Aber vielleicht war er auch nur verzweifelt. Und zumindest in einem Punkt hatte er recht.

»Das werde ich tun«, versprach er. »Laßt uns zurückgehen und eine Kleinigkeit essen, Bresser. Und danach bringt Ihr mich zu diesem Temser — und dem Müller.«

»Heute noch?«

»Warum nicht?«

Bresser zögerte einen Moment. Er sah zum Himmel. »Es ist schon spät. Die Zeit wird nicht reichen, um beide zu besuchen. Nicht, wenn wir vor Einbruch der Dunkelheit zurück sein wollen.«

Tobias ersparte sich eine Antwort. Nach seinem eigenen Erlebnis vom gestrigen Abend verstand er die panische Furcht der Buchenfeldener, nach Sonnenuntergang ihre Häuser zu verlassen, nur zu gut.

»Das Schloß des Grafen«, sagte er, »wo liegt es? In der gleichen Richtung?«

»Nicht direkt«, antwortete Bresser. Aber er hatte verstanden, worauf Tobias hinauswollte. »Aber es ist auch kein so großer Umweg. Zu Pferde können wir es von Temsers Hof aus erreichen. Wenn wir uns beeilen.«

»Dann sollten wir keine Zeit mehr verlieren«, sagte Tobias.

Während sie schweigend miteinander das Mittagsmahl einnahmen, stellte sich Tobias zum ersten Mal der Frage, was er tun sollte, wenn es ihm nicht gelang, Katrins Unschuld zu beweisen. Er fand keine Antwort, aber die Frage allein war entsetzlich genug, ihn noch stiller und niedergeschlagener werden zu lassen.

Nach dem Essen ging Bresser fort, um zwei Pferde zu holen, und Tobias begab sich noch einmal auf seine Kammer. Katrin war wach, aber sie hatte wieder Fieber bekommen und schien ihn kaum zu erkennen. Ihre Stirn glühte, und sie phantasierte. Das Pulver, das er ihr nach Anleitung des Arztes eingeflößt hatte, schien das Fieber eher geschürt zu haben, statt es zu dämpfen. Doch er wußte auch, daß manche Medikamente so wirkten: daß sie die Krankheit aus dem Körper des Patienten herausbrannten.

Es behagte Tobias nicht, Katrin für einen oder womöglich auch zwei Tage allein zu lassen. Aber Maria versprach, auf sie acht zu geben. Nichts hätte er lieber getan, als an ihrem Bett zu sitzen, zu beten und darauf zu warten, daß sie mit Gottes Kraft gesundete. Aber er mußte gehen, um das Rätsel dieser sonderbaren Stadt zu lösen.

Er verließ das Haus, und gemeinsam schritten Bresser und er die Straße hinunter zum Stadttor. Es war wieder sehr warm geworden. Die Sonne stand im Zenit, und vom Pfuhl her wehte ein erstickender süßlicher Gestank herüber.

Am Tor bestiegen sie die Pferde, und dann ritten sie eine gute halbe Stunde am Fluß entlang, bis sie die Mühle erreichten. Tobias hatte Bresser nicht gefragt, wieso das Haus des Müllers so weit abseits lag, aber er begriff den Grund, kaum daß er die Mühle erblickte: in der Nähe der Stadt floß der Fluß gemächlich dahin, aber mit der Zeit wurde er immer wilder und rasender, daß Tobias es sich zweimal überlegt hätte, darin zu baden, wie er es an seinem ersten Tag getan hatte. Seltsamerweise schienen die Wassermassen ganz von selbst anzuschwellen — es gab keinen anderen Fluß, der hier mündete. Er sprach Bresser darauf an, aber der zuckte nur mit den Schultern.

»Das war schon immer so«, sagte er. »Im Frühjahr tritt der Fluß sogar manchmal über die Ufer und überschwemmt die Felder. Vielleicht gibt es eine Quelle mitten im Flußbett. Oder einen unterirdischen Zufluß. Dort hinten steht die Mühle.«

Tobias hatte das Gebäude schon vor einer Weile gesehen: ein gedrungener Schatten mit hellem Dach, der nicht neben, sondern offenbar im Fluß errichtet worden war. Als sie näher kamen, erkannte er Einzelheiten: Die Mühle erhob sich auf einer hölzernen, nur hüfthohen Plattform, das große Wasserrad, das sich trotz der rauschenden Strömung nur gemächlich drehte, schien direkt aus ihrem Boden heraus zu wachsen.

»Eine ungewöhnliche Konstruktion«, sagte er.

Bresser nickte voller Stolz. »Eine Idee des Grafen«, sagte er. »Bis vor wenigen Jahren stand sie neben dem Fluß, wie alle Wassermühlen. Aber manchmal konnte der Müller nicht arbeiten, weil er zu wenig Wasser führte, und manchmal bekam er nasse Füße, wenn es Hochwasser gab. Jetzt kann er das ganze Jahr mahlen — wenn es etwas zu mahlen gibt.«

Tobias betrachtete neugierig die Mühle. Die Idee, das Haus *in* den Fluß zu setzen, erschien ihm so einfach wie genial. Seine Neugier, diesen sonderbaren Grafen ein wenig besser kennenzulernen, wuchs.

»Wie weit erstreckt sich der Besitz des Grafen?« fragte Tobias. »Er herrscht nicht nur über Buchenfeld?«

»Keineswegs«, antwortete Bresser. »Es gibt fast zwei Dutzend Höfe und ein kleines Fleckchen im Norden. Er hat nicht einmal einen Namen. Es wohnen nur zwanzig Leute dort.«

Ein recht ansehnlicher Besitz, fand Tobias — für einen kleinen Landgrafen, dessen Namen zwei Tagesreisen entfernt niemand mehr kannte.

Ihr Kommen war bemerkt worden. An einer Seite des Mühlenhauses öffnete sich eine niedrige Tür, als sie aus den Sätteln stiegen, und ein grauhaariger Mann mit weißer Schürze trat heraus. Er musterte den Dominikanerpater mit unverhohlener Neugier.

Tobias nickte dem Mann zu, blieb aber reglos stehen, bis auch Bresser abgestiegen war und die beiden Pferde mit den Zügeln aneinandergebunden hatte; eine vielleicht ungewöhnliche, aber durchaus wirkungsvolle Art und Weise, sie am Fortlaufen zu hindern. Erst danach schritten sie zur Mühle.

Da sich das Gebäude mitten im Fluß erhob, mußten sie über einen schmalen, geländerlosen Steg gehen, der die Plattform mit dem Ufer verband. Sie war nicht sehr sorgsam verarbeitet — die Balken ächzten unter Tobias' und Bressers Schritten, und hin und wieder spritzte Wasser auf. Ein leichter, muffiger Geruch fiel Tobias auf, der vom Fluß ausging. Er war lange nicht so schlimm wie der Gestank des Pfuhls — aber er erinnerte ihn daran. Alarmiert blieb er stehen und sog prüfend die Luft ein.

»Ihr habt völlig recht, Vater«, sagte Bresser, als hätte er seine Gedanken gelesen.

»Womit?«

Bresser deutete auf den Fluß. Das Wasser schoß schäumend unter ihren Füßen dahin, aber es war hier nicht mehr blausilbern, sondern leicht bräunlich. »Mit dem, was Ihr denkt«, sagte er. »Auch der Fluß beginnt zu verderben. So fing es am Pfuhl auch an.« Er wirkte plötzlich sehr ernst. »Wenn sich sein Wasser ebenso verwandelt, dann werden wir die Stadt aufgeben müssen.«

Sie gingen weiter. Der Müller mußte Bressers Worte gehört haben, denn er hatte nur wenige Schritte entfernt gestanden, aber er sagte nichts dazu. Er begrüßte sie nicht einmal, sondern wiederholte nur sein angedeutetes Nicken und wies mit einer ebenso knappen Handbewegung auf die offenstehende Tür hinter sich. Bresser signalisierte Tobias mit Blicken, nichts zu sagen, und trat mit gesenktem Kopf in die Mühle. Der Mönch folgte ihm.

Im Innern war es so dunkel, daß er im ersten Moment fast nichts sah. Ein riesiges Wasserrad, das nur zu einem Drittel aus dem Boden ragte, knarrte vor sich hin. Der Raum war so feucht, daß sich Tobias sogleich fragte, wieso hier noch nicht alles verschimmelt und vermodert war. Wenn der Müller tatsächlich hier *lebte*, dann mußte er spätestens nach einem Jahr die Gicht in den Knochen haben.

Der Boden unter ihren Füßen ächzte, als der Müller hinter ihnen hereinkam. Tobias drehte sich zu ihm herum und sah, daß er trotz seines kleinen Wuchses ein sehr schwerer Mann war, mit groben Händen, auf denen die Arbeit mit dem Mühlstein ein Geflecht tiefer Narben hinterlassen hatte. Eines seiner Augen war trüb.

»Du bist der Inquisitor, der gekommen ist, um die Hexe zu verbrennen?« begann er recht mürrisch.

Tobias setzte zu einer Antwort an, aber Bresser kam ihm

zuvor. »Das ist Pater Tobias, Müller«, sagte er. »Er ist aus dem stolzen Lübeck zu uns gekommen, um die Angelegenheit . . .« Er räusperte sich und warf Tobias einen fast beschwörenden Blick zu. ». . . zu untersuchen. Ich soll dir vom Grafen ausrichten, daß er auf alle Fragen Antworten bekommen soll.«

Der Müller maß Bresser mit einem Blick, der deutlicher als alle Worte sagte, was er von dem hielt, was der Graf ihm *ausrichten* ließ. Tobias registrierte dieses Verhalten sehr aufmerksam. Graf Theowulf schien nicht nur Freunde zu haben.

Aber der Müller entgegnete nichts, sondern ging einfach an Bresser vorbei zu einem Stapel Säcke hinter dem Wasserrad und machte eine grobe Handbewegung. Tobias folgte ihm, während Bresser mit sichtlichem Unbehagen stehenblieb und abwechselnd das Wasserrad und den gewaltigen Mühlstein ansah, die sich quietschend drehten. Tobias mußte noch einmal an Bressers Worte denken: *Wenn es etwas zu mahlen gibt.*

»Hier«, sagte der Müller, als Tobias vorsichtig um den riesigen Stein herumgetreten war und hinter ihm stehenblieb. »Seht es euch nur an.«

Er zog ein Messer unter der Schürze hervor, rammte es bis zum Heft in einen der Säcke hinein und schlitzte ihn von einem Ende bis zum anderen auf.

Tobias wich unwillkürlich einen halben Schritt zurück — und riß erstaunt die Augen auf. Er hatte weißen Mehlstaub erwartet, aber was aus dem Sack herausquoll, war eine widerwärtige, übelriechende Masse, die an der Messerklinge kleben blieb und dünne, ekelige Fäden zog.

»Heiliger Dominikus!« flüsterte er erschrocken. »Was ist denn *das?!*«

»Das hat sie getan!« antwortete der Müller in einem kalten, fast teilnahmslosen Zorn, der Tobias mehr erschreckte, als hätte er geschrien. »Die Arbeit eines halben Jahres, dahin in einer Nacht.«

Tobias sah irritiert auf. Das Gesicht des Müllers blieb ausdruckslos, nur in seinem eigenen, sehenden Auge flackerte es. Sein Mund war ein dünner Strich, die Lippen so fest aufeinandergepreßt, daß das Blut daraus gewichen war.

»Das müßt Ihr mir erklären«, sagte er. »In diesen Säcken war —?«

»Mehl«, unterbrach ihn der Müller. »Das feinste Mehl, das man sich vorstellen kann. Alles, was von der Ernte übrigblieb, die mager genug ausfiel.«

Tobias betrachtete zweifelnd das knappe Dutzend aufgequollener Säcke. Bresser rief gegen das Ächzen des Mühlrades: »Wir haben das meiste verbrannt, weil wir fürchteten, daß ein Fluch darauf liegt. Das da haben wir liegengelassen, damit Ihr es Euch ansehen könnt.«

Seinen Widerwillen unterdrückend, trat Tobias ein Stück vor und beugte sich über den aufgeschlitzten Sack. Es fiel ihm schwer, zu glauben, daß diese widerlich riechende Masse jemals *Mehl* gewesen sein sollte. Ein dünnes Pilzgeflecht durchzog den Sack wie das Netz einer Spinne, und hier und da wimmelten Maden. Tobias schluckte, als sich bittere Galle unter seiner Zunge zu sammeln begann.

»Es ist ziemlich feucht hier drinnen, nicht wahr?« fragte er zögernd. »Ich meine, könnte es nicht sein, daß —«

»Nein, das könnte nicht sein«, unterbrach ihn der Müller grob, noch ehe er überhaupt zu Ende sprechen konnte. »Ich bin zeit meines Lebens Müller. Mein Vater war es, und dessen Vater. Ich verstehe mein Handwerk. Ich weiß besser als Ihr, daß das hier nicht der richtige Ort ist, um Mehl zu lagern. Aber es sah auch schon so aus, ehe wir es hierher brachten. Vielleicht nicht ganz so feucht, aber genauso verdorben. Ich habe einem Hund davon zu fressen gegeben. Er ist daran gestorben.«

Angesichts der fauligen Masse konnte Tobias darüber nicht verwundert sein. Was ihn erstaunte war, daß der Hund es gefressen hatte.

»Dann zeigt mir den Platz, an dem ihr es aufbewahrt habt«, verlangte er.

»Das geht nicht«, antwortete Bresser anstelle des Müllers. »Wir haben die Scheune verbrannt. Zusammen mit allem, was sie enthielt.«

Tobias hatte fast mit einer solchen Antwort gerechnet. Eine Zeitlang starrte er das klebrige, widerliche Zeug mit einer Mischung aus Ekel und Erschütterung an, dann nickte er niedergeschlagen und wandte sich um. »Erzählt mir, was passiert ist«, sagte er. »Aber nicht hier. Es ist kalt hier drinnen. Ich bin ein wenig empfindlich, was das angeht«, fügte er mit einem angedeuteten Lächeln hinzu.

Der Müller grunzte eine unverständliche Antwort, drehte sich aber gehorsam um und verließ die Mühle. Sie gingen über die schmale Brücke zurück ans Ufer und wandten sich nach rechts, wo sich ein kleines, strohgedecktes Haus erhob. Tobias hatte es bisher nicht gesehen, weil es hinter der Mühle stand. Daneben entdeckte er die brandgeschwärzten Ruinen der Scheune. Der Anblick überraschte den Mönch ein wenig. Das Gebäude so einfach niederzubrennen mußte riskant gewesen sein. Daß die Flammen nicht auf das Wohnhaus des Müllers übergegriffen hatten, war fast ein kleines Wunder.

Sie betraten das Haus. Auch hier herrschte jene unangenehme Finsternis, denn alle Fenster waren verschlossen, und das Ölpapier sah aus, als hätte es schon vor fünf Jahren ausgewechselt werden müssen. Aber zumindest war der Raum trocken.

Tobias, Bresser und ihr Gastgeber setzten sich, während die Müllersfrau einen Krug Bier und Brot brachte. Tobias nippte an dem Bier, schüttelte aber den Kopf, als der Müller auf das Brot deutete. Er war nicht hungrig.

»Also, erzähl ihm alles«, sagte Bresser grob. »Wir haben nicht viel Zeit. Wir müssen noch zu Temser — und vielleicht zum Grafen.«

»Wozu die Mühe?« fragte der Müller zornig. »Reicht nicht, was du hier gesehen hast?«

»Ich habe einen Sack verfaultes Mehl gesehen«, antwortete Tobias — fast schärfer, als er wollte. Die scheinbar grundlose Feindseligkeit des Müllers verwirrte ihn. »Mehr nicht. Ihr wolltet mir erzählen, wie es dazu kam?«

Der Müller blickte ihn fast zornig an. Aber seine Stimme klang beherrscht, als er sprach. »Das ist rasch erzählt. Die Hexe hat es verflucht.«

»Bitte!« sagte Tobias. »Haltet an Euch. Ihr sollt nicht falsch Zeugnis ablegen.«

»Wie soll ich an mich halten, wo es um meine Existenz geht? Wir werden verhungern, wenn der Winter kommt. Wovon soll ein Müller leben, der nichts zu mahlen hat?« Er machte eine Handbewegung, als Tobias ihn abermals unterbrechen wollte, und fuhr in etwas ruhigerem Ton fort: »Aber gut, wie du willst, Pfaffe. Es ist schnell erzählt. Sie kam im Frühjahr und verlangte von mir, die Mühle nicht mehr zu benutzen.«

»Wie?« entfuhr es Tobias überrascht.

Ein grimmiges Lächeln huschte über das Gesicht des Müllers. »Ich war genauso erstaunt wie du. Ich sagte ihr, sie wäre verrückt. Seit wir die Mühle neu gebaut hatten, mahle ich dreimal so viel Korn wie zuvor. Aber sie sagte, ich dürfte das nicht. Es läge ein Fluch auf ihr. Sie wäre Teufelswerk. Sie verlangte von mir, eine neue Mühle zu bauen, eine mit einem Windrad, wie die Holländer sie benutzen.«

»Aber warum?«

»Das habe ich sie auch gefragt«, antwortete der Müller. »Aber sie hat nicht geantwortet. Sie hat nur gedroht, ich würde schon sehen, was ich davon hätte, wenn ich nicht auf sie hörte.«

»Was Ihr natürlich nicht getan habt.«

»Hättest du es?«

Tobias schwieg einen Moment und schüttelte dann den Kopf. »Nein«, sagte er ehrlich.

»Siehst du. Ich auch nicht. Seit vier Generationen mahlen wir das Korn mit der Kraft des Wassers. Windmühlen stehen am Meer, wo der Wind beständig heranweht. Hier sind sie zu nichts nutze. Ich habe sie herausgeworfen. Sie fing an zu toben und stieß wilde Drohungen aus, und schließlich habe ich sie geschlagen und aus meinem Haus gejagt. Aber nur wenige Tage später fing das Korn an zu verderben. Zuerst habe ich mir nicht einmal etwas dabei gedacht — es kommt immer wieder einmal vor, daß ein Sack Korn verdirbt, zumal hier, so nahe am Wasser. Aber diesem ersten Sack folgte ein zweiter, und ein dritter, und dann kam Bodel —«

»Bodel?«

»Einer der freien Bauern, für die ich Korn gemahlen habe. Er kam, um seine Lieferung abzuholen. Ich gab ihm das Mehl und bekam meinen Anteil, aber schon am Abend desselben Tages war er wieder hier. Er schäumte vor Wut. Schrie mich an, ich hätte ihn betrogen. Fast hätten wir uns geschlagen, so wütend war er. Und dann zeigte er mir, was in den Säcken war, die ich ihm mitgegeben habe.« Er ballte zornig die Fäuste auf der Tischplatte. »Du hast es gerade gesehen. Das meiste war verdorben. Nicht alles, aber das allermeiste.«

»Wir haben dann den Grafen gerufen«, fuhr Bresser fort, als der Müller nicht weitersprach, sondern nur haßerfüllt ins Leere starrte. »Seine Männer haben die Scheune untersucht. Sie haben fast alle Säcke geöffnet. Es war überall dasselbe.«

»Die Ernte eines ganzen Jahres!« flüsterte der Müller. »Dahin. Alles verdorben. Wir müßten verhungern, hätte der Graf uns nicht Korn beschafft. Wir! Die wir in den letzten Jahren Korn nach Hamburg gebracht haben, so viel hatten wir davon!«

»Ich nehme doch an, Ihr habt . . . Katrin gefragt, was es mit ihren Worten auf sich hatte?« fragte Tobias zögernd. Er mußte vorsichtig sein. Wenn er zu deutlich spüren ließ, daß es ihm eigentlich nur darum ging, sie zu *ent*lasten, dann würde er von den Leuten nichts mehr erfahren.

»Natürlich«, sagte der Müller. »Aber sie hat nur gelacht. Sie hat mir ins Gesicht gelacht und geschrien, daß sie mich schließlich gewarnt hätte!«

»Sonst nichts?«

»Reicht das nicht?« fragte Bresser, ehe der Müller antworten konnte. »Verzeiht, Pater, aber . . . was Ihr gesehen habt, ist doch Beweis genug, oder?«

Tobias schwieg. Was immer er jetzt sagen konnte, würde alles nur schlimmer machen. Er nahm sich vor, noch einmal mit dem Müller zu reden. Aber ohne Bresser. Er stand auf.

»Hebt einen dieser Säcke auf«, sagte er. »Es kann sein, daß ich ihn noch brauche. Und Ihr werdet Eure Aussage wiederholen, wenn es zum Prozeß kommt?«

»Wenn du es verlangst«, sagte der Müller grimmig.

Er ging zur Tür, öffnete sie und wartete, bis Tobias und Bresser ihm gefolgt waren.

Aber Tobias zögerte noch, das Haus zu verlassen. Nachdenklich sah er sich um.

»Ihr lebt allein hier mit Eurer Frau? Ihr habt keine Kinder?«

Es war nur ein Lidzucken. Aber er sah deutlich das Erschrecken in Bressers Augen, als der Müller zu einer Antwort ansetzte, und so kurz es war — er spürte das Stocken in dessen Worten, als er im letzten Moment etwas anderes sagte, als er ursprünglich vielleicht vorgehabt hatte. »Wir hatten einen Sohn«, sagte er. »Aber es hat dem Herrn gefallen, ihn zu sich zu rufen. Vor fünf Jahren.«

»Das tut mir leid«, sagte Tobias ehrlich. »Aber Ihr wißt, einzig unser Herr lenkt unseren Weg.«

»Vielleicht ist es besser so«, antwortete der Müller. »Wozu einen Sohn haben, wenn nichts da ist, was ich ihm hinterlassen kann?«

»Es wird eine neue Ernte geben«, sagte Tobias.

»Und? Niemand wird sein Korn noch bei mir mahlen lassen.«

Tobias wollte antworten, aber er konnte es nicht. Die Verbitterung in den Worten des Mannes war zu groß. Für ihn schien es keinen Trost mehr zu geben.

Tobias segnete ihn und verabschiedete sich mit einem stummen Kopfnicken. Ohne ein Wort gingen sie zu den Pferden zurück und saßen wieder auf.

Und sie schwiegen auch weiter, bis sie sich ein paar Meilen vom Fluß und der Mühle entfernt hatten.

»Er ist ziemlich verbittert«, sagte Tobias schließlich.

»Der Müller?« Bresser drehte sich ungeschickt im Sattel herum, um ihn anzusehen, und fiel dabei fast vom Pferd. Hastig klammerte er sich an den groben Hanfstrick, den er als Zügel benutzte, und suchte wieder festen Halt auf dem Rücken des Tieres, ehe er weitersprach. »Ja — und warum auch nicht? Er sagt die Wahrheit.«

»Was die Hexe angeht?«

»Auch das«, antwortete Bresser. »Aber nicht nur. Selbst wenn es morgen wieder besser würde — niemand wird sein Korn mehr bei ihm mahlen lassen.«

»Aber es ist doch nicht seine Schuld!« sagte Tobias.

»Und?« Bresser lächelte bitter. »Ihr wißt, wie die Leute sind, Pater Tobias. Sie sagen das eine und tun das andere. Er tut mir leid. Das Schicksal war hart zu ihm. Zuerst hat er Frau und Sohn verloren, und jetzt das?«

»Seine Frau *und* seinen Sohn?« vergewisserte sich Tobias.

»Oh, Ihr wundert Euch?« Bresser deutete ein Achselzucken an. »Sie ist seine zweite Frau. Sie heirateten vor drei Jahren, aber Gott schenkte ihnen bisher keine Kinder mehr. Wahrscheinlich ist er zu alt.«

Tobias sah ihn nachdenklich an. Etwas an dem, was Bresser ihm da erzählt hatte, war wichtig; ungemein wichtig. Aber jedes Mal, wenn er nach dem Gedanken greifen wollte, schien er ihm zu entschlüpfen. »Ich werde für ihn beten«, sagte er schließlich.

Bresser lächelte. »Tut das, Pater«, sagte er, und seine Worte klangen wie grober Spott.

Bresser ritt recht schnell, so daß Tobias sein Pferd antreiben mußte — was ihm nicht leichtfiel, denn er war kein sonderlich geübter Reiter. Zudem hatte ihm Bresser — ob absichtlich oder nicht, vermochte er nicht zu sagen — eindeutig das schlechtere Tier gegeben, während er selbst ein Pferd ritt, dem auch eine weitaus schnellere Gangart keine Mühe bereitet hätte. So ritten sie fast eine Stunde schweigend mehr hinter- als nebeneinander her, und Tobias war wirklich erleichtert, als Tremsers Hof endlich vor ihnen auftauchte: ein überraschend großes, gepflegtes Gehöft, aus dem ihnen schon von weitem ein geschäftiges Hämmern, Sägen und die Stimmen zahlreicher Männer entgegenschallten.

Sie näherten sich dem Gehöft von der Rückseite, so daß sie die niedergebrannte Scheune erst sahen, als sie den Hof schon fast erreicht hatten. Der Brand mußte schon einige Zeit her sein — oder Temser und seine Helfer hatten *sehr* schnell gearbeitet, denn das Gebäude war schon fast zur

Gänze wieder aufgebaut: ein doppelstöckiger, sicherlich dreißig Schritte im Geviert messender Bau mit einer Dachkonstruktion aus frisch geschlagenem Holz, auf der einige Männer bereits damit beschäftigt waren, gewaltige Reetbündel zu befestigen.

Der Anblick überraschte Tobias. Nach allem, was er bisher erlebt hatte, hatte er einen kleinen Hof erwartet, ärmlich bis schmutzig, auf dem eine Handvoll Menschen ums Überleben kämpfte.

Das genaue Gegenteil war der Fall. So gewaltig die Scheune war, wirkte sie doch nicht riesig, denn sie paßte in ihren Abmessungen zu den übrigen Gebäuden des Hofes. Das Wohnhaus, in dem auch die Ställe untergebracht waren, war gleichfalls geräumig, und es gab eine zweite, etwas kleinere Scheune, sehr alt, aber in gutem Zustand. Durch die offenstehende Tür konnte Tobias gleich zwei Ochsenkarren erkennen, und eine dritte, zweirädrige Kutsche war neben dem Wohnraum abgestellt.

Ihre Ankunft blieb nicht unbemerkt. Einige der Männer auf dem halbfertigen Scheunendach hörten auf zu arbeiten und blickten neugierig zu den beiden ungleichen Reitern herab, und im Wohnhaus öffnete sich eine Tür, und ein grauhaariger, stämmiger Mann trat heraus, gefolgt von einer Frau seines Alters und einer Schar lärmender Kinder.

»Temser?« fragte Tobias, mit einer Kopfbewegung auf den Grauhaarigen.

Bresser verneinte. »Das ist Ulbert, der Erste Knecht. Temser ist . . .« Er beschattete die Augen mit der Hand, sah sich einen Moment suchend um, dann deutete er mit der anderen zum Scheunendach hinauf. ». . . dort. Der Mann im grünen Hemd. Seht Ihr ihn?«

Tobias blickte einen Moment in die gleiche Richtung. Er erkannte Temser eigentlich nur, weil er geschickt über die Sparren zu balancieren begann.

Sie saßen ab. Der Hofknecht nahm ihm und Bresser die Zügel aus den Händen und führte die Pferde davon, während die Frau näher kam und sich als die Bäuerin vorstellte. Die Kinder — vermutlich Enkel der Bäuerin — umringten

Bresser und ihn lärmend und begannen, die beiden Fremden ohne Scheu zu betrachten — und auf Kinderart zu untersuchen, indem sie sie betasteten, an ihren Kleidern zerrten und sich allerlei Schabernack einfallen ließen. Bresser scheuchte die kleinen Plagegeister unwillig davon, während Tobias sie gewähren ließ und allenfalls dem einen oder anderen, der zu dreist wurde, durch das Haar fuhr.

Schließlich war Temser die lange Sprossenleiter heruntergestiegen und kam mit weit ausgreifenden Schritten auf sie zu, und seine Frau kehrte ins Haus zurück, um eine kleine Mahlzeit vorzubereiten. Bresser und Tobias gingen dem Bauern entgegen.

»Ihr müßt Pater Tobias sein!« begrüßte ihn Temser, kaum daß er auf Rufweite herangekommen war. Er lächelte, und dieses Lächeln wirkte nicht aufgesetzt oder übertrieben. Der Mann freute sich wirklich, ihn zu sehen, vielleicht nicht einmal, weil er etwas von ihm wollte, sondern einfach, weil er ein freundlicher Mensch war, der gerne Besuch empfing.

»Gott schütze Euch«, antwortete Tobias und griff nach seiner ausgestreckten Hand. »Und Ihr seid Temser, nehme ich an.«

Temsers Händedruck war fest und ehrlich. Er blinzelte Tobias fast schelmisch zu, als er eine Kopfbewegung auf Bresser machte und hinzufügte: »Ich nehme an, Bresser hat Euch schon alle Schlechtigkeiten erzählt, die es über mich zu wissen gibt?«

Bresser lächelte gequält, während Tobias sich bemühte, im gleichen Tonfall zu antworten: »Offenbar gibt es wenig Schlechtes über Euch zu berichten.«

»Es gibt da einige, die anderer Meinung sind«, sagte Temser, machte aber dann eine Handbewegung, die Tobias daran hinderte, weiter auf dieses Thema einzugehen. Er war nicht sicher, ob es wirklich *nur* ein Scherz war.

»Ihr seid also der Heilige Mann, auf den wir alle seit Wochen warten, damit er den Zorn der Kirche auf das sündige Haupt der Hexe herabbeschwört«, sagte er spöttisch, wobei er einen Schritt zurückwich und Tobias mit einem Blick maß, als sähe er ihn überhaupt jetzt das erste Mal.

»Ich muß gestehen, ich habe mir Euch . . . anders vorgestellt.«

»Wie denn?« erkundigte sich Tobias.

Temser zuckte mit den Schultern. »Ich weiß nicht«, gestand er. »Anders eben. Vielleicht älter. Grimmiger?«

Es war eindeutig eine *Frage*, aber er gab Tobias gar keine Gelegenheit, sie zu beantworten, sondern deutete zum Haus. »Kommt herein, ich schätze mich glücklich, Euch in meinem bescheidenen Haus zu wissen. Ihr müßt durstig sein, wenn Ihr den ganzen Weg von Buchenfeld bis hierher durchgeritten seid.«

»Das sind wir nicht«, antwortete Tobias. »Zuvor machten wir beim Müller Halt.«

Temser verzog das Gesicht. »Dann braucht Ihr erst recht einen guten Schluck«, sagte er. »Ihr schlagt mir doch die Einladung nicht ab, mit uns zu speisen?«

»Ich fürchte, doch«, antwortete Bresser an Tobias' Stelle. »Wir können nicht sehr lange bleiben. Pater Tobias möchte heute noch den Grafen aufsuchen.«

Temser war überrascht, und Tobias glaubte zu spüren, daß es nicht unbedingt eine *angenehme* Art von Überraschung war. Doch er beherrschte sich und sprach nichts von alledem aus, was ihm auf der Zunge liegen mochte, sondern zuckte nur mit den Schultern. »Aber einen Krug Bier trinkt Ihr mit uns, oder? Und eine kleine Wegzehrung könnte sicher auch nicht schaden. Es ist noch eine gute Stunde bis zum Schloß.«

»Gern«, antwortete Tobias rasch, ehe Bresser wieder an seiner Statt antworten konnte. Plötzlich lächelte er und hielt sich demonstrativ mit beiden Händen das verlängerte Rückgrat. »Wenn ich ganz ehrlich sein soll, könnte ich eher ein weiches Kissen vertragen. Ich bin das Reiten nicht mehr gewohnt.«

Der Bauer lachte schallend, während Bresser eher peinlich berührt aussah. »Wir werden sehen, was wir tun können«, sagte Temser. »Nun kommt erst einmal herein.« Er drehte sich um und blieb fast sofort wieder stehen, als er die beiden Pferde sah, die der Hofknecht zur Tränke auf der anderen Seite des Hofes geführt hatte. »Welches Pferd hat dieser nichtswürdige Kerl Euch gegeben?« fragte er. »Den Schecken oder die schwarze Stute?«

»Die Stute«, antwortete Tobias, während Bressers Augen kleine Blitze in Temsers Richtung zu verschießen schienen.

»Das sieht ihm ähnlich. Der Gaul ist fast so alt wie er selbst und kaum noch gut genug, einen kleinen Wagen zu ziehen.« Er seufzte tief und bedachte Bresser mit einem vorwurfsvollen Blick. »Ich werde Euch ein anderes Pferd geben, wenn Ihr weiterreitet«, sagte er. »Eines, auf dem man auch *reiten* kann. *Ulbert!*« fügte er mit erhobener Stimme hinzu. *»Sattelt die Graue für den Herrn. Und beeil dich!«*

»Ich habe ein friedliches Pferd herausgesucht«, verteidigte sich Bresser. »Wäre es dir lieber, ich hätte eines genommen, auf dem er sich den Hals bricht?«

Temser würdigte ihn nicht einmal einer Antwort, sondern ging zum Haus, und Tobias folgte ihm. Kurz bevor er es betrat, blieb er noch einmal stehen und sah sich um. Die meisten der kleinen Gestalten auf dem Scheunendach hatten ihre Arbeit wieder aufgenommen, und das Hämmern und Rufen hallte wieder genauso laut über den Hof wie vorhin. Nur einer der Männer regte sich noch nicht, sondern blickte weiter zu ihnen herab. Dann erkannte ihn Tobias. Es war Derwalt. Er widerstand im letzten Moment der Versuchung, ihm zuzunicken, und beeilte sich, Temser zu folgen.

Im Haus hatte die Bäuerin bereits das vorbereitet, was sie unter einer einfachen Mahlzeit verstehen mochte: der große Tisch in der hellen, überraschend geräumigen Wohnküche bog sich schier unter den aufgetragenen Speisen und Getränken, so daß Tobias unwillkürlich stehenblieb und die beiden Bauersleute überrascht ansah.

»Oh, das ist nur ein Zufall«, sagte Temser lächelnd. »Wir haben schon alles für ein Mahl vorbereitet. Die Leute draußen, Ihr versteht?« Er deutete auf das Fenster, hinter dem die im Bau befindliche Scheune sichtbar war. »Wir können nicht viel bezahlen. Die letzte Ernte war nicht sehr gut. Die meisten arbeiten nur für eine Mahlzeit und einen Laib Brot, den sie mit nach Hause nehmen können.«

»Ihr . . . eßt sehr früh«, sagte Tobias, während er zum

Tisch ging und sich setzte — eigentlich nur, um überhaupt etwas zu sagen, denn er bemerkte aus den Augenwinkeln, daß Bresser schon wieder zum Sprechen angesetzt hatte. Allmählich begann ihm seine Art, sich ständig einzumischen, auf die Nerven zu gehen.

»Gezwungenermaßen, Vater. Die Männer gehen früh nach Hause. Der Weg nach Buchenfeld ist weit, und sie haben Angst, von der Dunkelheit überrascht zu werden.«

Seine Stimme klang bei diesen Worten so spöttisch, daß Tobias ihn unwillkürlich fragte: »Ihr nicht?«

»Nein«, antwortete Temser. »Sie sind ein abergläubisches Pack, wenn Ihr mich fragt.«

»Ihr habt keine Angst vor den . . . Dingen, die hier nachts geschehen?« fragte Tobias.

»Dinge?« Temser schien das Wort einen Moment auf der Zunge zu behalten wie einen Schluck Bier, dessen Geschmack er prüfte — und der ihm nicht gefiel. Schließlich zuckte er mit den Schultern. »Dinge geschehen oder auch nicht«, antwortete er geheimnisvoll. »Aber jetzt greift doch erst einmal zu. Hier, nehmt — bei einem guten Schluck spricht es sich besser.«

Er beugte sich über den Tisch und füllte Tobias' Becher randvoll mit goldgelbem Bier, das köstlich schmeckte. Und nach dem anstrengenden Ritt hierher war es eine schiere Wohltat. Tobias leerte den Becher mit dankbaren großen Schlucken und ließ sich ohne Protest nachschenken, nippte aber danach nur noch daran. Er brauchte einen klaren Kopf. Bresser trank einen winzigen Schluck, ehe er seinen Krug wieder absetzte. Er starrte aus dem Fenster.

Mit ihnen waren auch ein paar von den Kindern hereingekommen, die sich jetzt ohne Scheu von den aufgetischten Speisen bedienten. Tobias sah lächelnd auf sie herab. Er mochte Kinder. Wie sagte doch der Herr? Ihnen gehörte das Himmelreich.

»Das sind doch nicht alles Eure Kinder, oder?« fragte Tobias.

Temser lachte. »Um ganz ehrlich zu sein — kein einziges. Der Kleine da, mit den blonden Haaren, ist mein Enkelsohn.

Die anderen gehören dem Gesinde.«

Tobias atmete auf. Beim Anblick der Kinder war ihm plötzlich eingefallen, *was* ihn an den Worten des Müllers so verwirrt hatte, und als Temser zur Antwort ansetzte, da hatte er einen winzigen Moment lang schon befürchtet, wieder eine Geschichte von einem gestorbenen Kind zu hören.

»Wir sind nicht hier, um über *Kinder* zu reden«, mischte sich Bresser ein.

Temser schenkte ihm einen ärgerlichen Blick, aber Tobias hob rasch die Hand und sagte besänftigend: »Ich fürchte, er hat recht. Wir haben noch einen weiten Weg vor uns. Bis zum Schloß und zurück . . .«

»Das schafft ihr ohnehin nicht«, sagte Temser. »Ihr werdet auf dem Schloß übernachten müssen — oder besser noch hier. Ich würde mich freuen, wenn Ihr den Abend mit uns verbrächtet. Und morgen früh könnt Ihr dann ausgeruht weiterreiten, um den Grafen zu besuchen. Bresser kann ja schon einmal vorausreiten und alles für Eure Ankunft vorbereiten.«

Tobias erwog diesen Vorschlag einen Moment lang ganz ernsthaft — zumal er spürte, daß er ehrlich gemeint war —, aber dann lehnte er ab. »Ich täte es gerne«, sagte er. »Aber Bresser hat leider recht. Ich habe viel zu tun — und nur sehr wenig Zeit. Aber vielleicht komme ich auf Euer Angebot zurück. Es kann sein, daß ich noch eine ganze Weile hier in Buchenfeld bin.«

»So?« fragte Temser spöttisch — und eindeutig in Bressers Richtung gewandt. »Aber hat man Euch denn noch nicht genug Beweise für die schändlichen Zaubereien der Hexe vorgelegt?«

»Wegen eines dieser Beweise bin ich hier«, sagte Tobias ernst. »Man sagte mir, Eure Scheune sei abgebrannt.«

»Das ist richtig«, antwortete Temser. Plötzlich war ein neuer Klang in seiner Stimme. Er schien . . . verärgert. »Aber wie Ihr seht, ist der Schaden schon fast wieder behoben. Gottlob«, fügte er spöttisch hinzu, »war die letzte Ernte so schlecht, daß nicht allzuviel Korn verbrannte.«

Tobias' Blick wanderte irritiert zwischen Temser und Bresser hin und her. Es war nicht zu übersehen, daß zwischen den beiden Männern ein stummes Duell stattfand. Bresser starrte Temser fast haßerfüllt an, aber der Bauer hielt seinem Blick trotzig stand.

»Man sagte mir auch, daß es dabei . . . nicht ganz mit rechten Dingen zugegangen sei«, fuhr er vorsichtig fort.

Temser lachte abfällig. »Mumpitz! Wer erzählt so etwas? Bresser?«

»Ich war dabei!« sagte Bresser dumpf.

»Eben darum solltest du es besser wissen«, antwortete Temser. Er gab sich jetzt gar keine Mühe mehr, seinen Ärger zu verhehlen. Mit einem Ruck wandte er den Kopf und sah Tobias an. »An diesem Feuer war absolut nichts Teuflisches, Vater«, sagte er. »Es sei denn, Ihr bezeichnet einen Blitz als Zauberei.«

»Einen Blitz aus heiterem Himmel!« protestierte Bresser. »Am hellichten Tage. Und es war keine Wolke am Himmel!«

»Es war ein ganz normales Sommergewitter«, beharrte Temser. »So etwas kommt vor. Bresser weiß das so gut wie ich. Dieses ganze Gerede von Hexerei und Schwarzer Magie hat ihm die Sinne verwirrt.«

Bresser wollte auffahren, aber Tobias brachte ihn mit einer herrischen Geste zum Schweigen. »Ihr glaubt nicht, daß Katrin eine Hexe ist?« fragte er.

»Eine Hexe?« Temser lachte und trank einen Schluck Bier. »Sie ist so wenig eine Hexe wie ich oder Ihr.«

Eine spürbare Erregung machte sich in Tobias bereit. »Mit dieser Meinung steht Ihr ziemlich allein da, wie mir scheint«, sagte er.

»So?« Temser schoß einen weiteren zornigen Blick in Bressers Richtung ab. »Das glaube ich nicht. Ihr solltet Euch vielleicht einen anderen Führer suchen, Vater. Und mit den Leuten sprechen, wenn sie keine Angst haben müssen, belauscht zu werden.«

»Übertreib es nicht, Temser«, sagte Bresser drohend.

»Ihr habt diese Angst nicht?« fragte Tobias rasch.

»Nein.« Temser schüttelte den Kopf. »Es gibt nicht mehr viel, was mir angst machen könnte, Pater. Ich bin ein alter

Mann. Was soll mir noch geschehen? Und ich kann mich nicht beschweren. Unser Herrgott hat mir mehr geschenkt, als ich erwarten konnte. Wovor also sollte ich Angst haben — oder worum? Um die wenigen Jahre, die mir noch bleiben? Gott hat mich bisher trefflich beschützt. Er wird es auch noch weiter tun.«

»So alt seht Ihr noch nicht aus.«

»Ich bin fast sechzig«, antwortete Temser.

Tobias war überrascht. Der Bauer gehörte zu jenen Menschen, deren Alter schwer zu schätzen war.

»Ja, es stimmt«, sagte Temser lächelnd, als er Tobias' Überraschung bemerkte. »Und wißt Ihr — ein langes Leben hat so manchen Vorteil. Man beginnt, vieles anders zu sehen. Katrin ist keine Hexe.«

»Und deine Scheune?« fragte Bresser trotzig.

»Ich sagte dir bereits — es war der Blitz«, antwortete Temser scharf. »Zum Teufel, Bresser — du warst schließlich dabei. Du hast es gesehen. Was soll dieser Unsinn also?«

»Ob Blitz oder nicht«, sagte Tobias sehr rasch, um den Streit zwischen den beiden Männern zu schlichten, »man berichtete mir von . . . verschiedenen sonderbaren Dingen, die sich hier getan haben. Das verdorbene Mehl habe ich selbst gesehen.«

»Oh, das ist richtig«, sagte Temser. »Und Ihr werdet noch mehr sehen, wenn Euch Bresser nur fleißig herumführt — was er ganz sicher tun wird. Aber das werdet Ihr überall, immer und in jeder Stadt. Wenn Ihr nur lange genug sucht, findet Ihr immer etwas Sonderbares. Es war schon immer leichter, den Teufel oder eine Hexe zu bemühen, statt die Schuld bei den Menschen zu suchen.«

»Habt Ihr dabei . . . einen Bestimmten im Sinn?« fragte Tobias.

Temser setzte zu einer Entgegnung an, dann verharrte er und schüttelte den Kopf.

Tobias schwieg noch einen Moment. Dann leerte er bedächtig seinen Krug und warf Bresser einen auffordernden Blick zu. »Ich denke, es wird Zeit, weiterzureiten«, sagte er.

Bresser nickte und stand auf, und Temser warf Tobias

einen enttäuschten Blick zu und sagte: »Ich bitte Euch noch um wenige Minuten, Pater.«

»Gern.« Tobias hatte sich halb erhoben und wollte sich wieder zurücksinken lassen, aber nun stand auch Temser auf und machte eine Bewegung zur Tür.

»Begleitet mich zur Scheune«, bat er. »Bevor dieser Narr noch mehr Unsinn erzählt. Ihr könnt mit zwei meiner Knechte sprechen, die sahen, wie sie abbrannte. Und ich werde Euch beweisen, daß es ein Blitz war und nicht das Werk des Teufels.«

Bresser starrte ihn nun mit unverhohlenem Haß an, aber sein Blick schien den Bauern nur zu amüsieren. Hintereinander — und wieder gefolgt von einem halben Dutzend lärmender Kinder — gingen sie zur Scheune hinüber. Tobias hob unwillkürlich den Blick, als sie das Haus verließen. Derwalt war nicht mehr auf dem Dach.

Dafür gewahrte er ihn im Inneren der noch halb offenen Scheune, als sie durch das Tor traten. Er stand an einem Bock, auf dem ein gewaltiger, gehobelter Balken lag, und war damit beschäftigt, die Nut für einen Keil zu fräsen. Als Tobias hinter Bresser und Temser hereinkam, blickte er kurz auf und sah dann fast ängstlich wieder auf seine Arbeit herab. Bressers Blick glitt teilnahmslos über ihn hinweg.

»Stefan! Bert!« rief Temser. »Kommt hierher!«

Die beiden Gerufenen kamen mit raschen Schritten näher. Es waren zwei junge Männer mit offenen Gesichtern, die Tobias voller unverhohlener Neugier und Bresser voller ebenso unverhohlener Feindseligkeit anblickten.

»Pater Tobias ist gekommen, um sich nach dem Feuer zu erkundigen«, sagte Temser. »Erzählt ihm, was geschehen ist.«

Einer der beiden — der Jüngere — trat vor. Er zögerte und schien nun doch nervös zu werden.

»Nur keine Furcht«, sagte Tobias. »Erzähl einfach, was du gesehen hast.«

»Es . . . es ging sehr schnell, ehrwürdiger Herr«, sagte der Knecht. »Es war ein Blitz. Ein schrecklicher Blitz, ganz dünn und so hell, daß er in den Augen weh tat.«

Tobias wandte sich an den Älteren der beiden. »Stimmt das?«

Der Mann nickte. »Ja. Es ist so, wie Stefan sagt. Ich habe nie so etwas erlebt. Es war furchtbar. Er . . . er zischte, und die Luft stank, als wäre der Teufel selbst aus der Hölle gefahren. Er war ganz dünn und . . . hatte Äste.«

»Die Scheune fing sofort Feuer«, fügte Stefan hinzu. »Wir haben versucht, zu löschen, aber es ging nicht mehr. Er hat das Dach in Brand gesetzt und ist hier in den Boden gefahren. Ihr könnt da drüben noch die Stelle sehen, wo er die Wand geschwärzt hat.«

Tobias' Blick folgte seiner ausgestreckten Hand, und tatsächlich erkannte er eine breite, rußige Spur, gezackt wie ein Blitz, unter der die Lehmziegel der Scheunenwand zu schwarzer krumiger Schlacke verbrannt waren. »Alles brannte sofort lichterloh. Wir konnten noch das Tor aufreißen, um das Vieh herauszulassen, aber die Ernte war nicht mehr zu retten. Es ist alles verbrannt.«

»Und es hatte nicht geregnet?« fragte Tobias. »Kein Gewitter, kein Donner?«

»Hinterher«, sagte Bert. »Kurz darauf brach ein Gewitter los.«

»Das war unser Glück«, fügte Temser hinzu. »Hätte es nicht zu regnen begonnen, dann wäre vielleicht alles abgebrannt. So waren es nur ein paar Sack Korn und eine alte Scheune.«

»Ihr nehmt den Verlust Eurer Ernte sehr gelassen«, sagte Tobias.

Temser zuckte mit den Schultern. »Es war ohnehin nicht viel. Ich bekomme nichts zurück, wenn ich mit dem Schicksal hadere. Außerdem . . .« fügte er mit einem raschen, spöttischen Blick in Bressers Richtung hinzu, ». . . wird uns der Graf sicherlich helfen, das Schlimmste zu überstehen. Und wir haben noch ein paar Vorräte für den Winter.«

Bresser starrte ihn wütend an, enthielt sich aber jedweder Antwort.

»Was für ein Wetter herrschte an diesem Tag?« wandte sich Tobias an Stefan.

Der Knecht überlegte nicht lange. »Es war heiß«, sagte er. »Sehr heiß. Und schwül. Man konnte kaum atmen, so schlimm wurde es. Die Luft knisterte.«

»Vielleicht war es wirklich nur ein Gewitter«, sagte Tobias nachdenklich. Fast nur um Bresser zu beruhigen, fügte er hinzu: »Vielleicht. Ich werde . . . darüber nachdenken.«

»Tut das, Vater«, sagte Bresser, während er und Temser weiter zornige Blicke wechselten. Und hinter ihm sah Derwalt kurz von seiner Arbeit auf und warf Tobias einen fast beschwörenden Blick zu. Er antwortete mit einem angedeuteten Nicken.

»Ich denke, es wird jetzt wirklich Zeit«, sagte er. »Geht und holt die Pferde, Bresser. Ich möchte mich noch etwas umsehen.« Er machte eine Kopfbewegung auf eine Rußspur in der Wand. »Nur einen Moment.«

Bresser blickte ihn fast ebenso finster an, wie er gerade den Bauern und seine beiden Knechte gemustert hatte, aber dann verschwand er ohne ein weiteres Wort, und Tobias ging rasch zur Wand hinüber, ehe Temser Gelegenheit fand, ihn wieder in ein Gespräch zu verwickeln. Nach einigen Augenblicken schickte der Bauer die beiden Knechte wieder an ihre Arbeit zurück und ging ebenfalls.

Für eine Weile blieb Tobias einfach vor dem verschmorten Wandstück stehen und betrachtete es interessiert. Nicht, daß ihm der Anblick irgend etwas gesagt hätte — der Stein war schwarz verkohlt und brüchig geworden. Aber er hatte nie zuvor einen Blitzschlag gesehen, von einigen gespaltenen Bäumen einmal abgesehen. Trotzdem untersuchte er die Stelle äußerst gewissenhaft, ehe er sich umwandte und dann scheinbar ziellos durch die Scheune zu schlendern begann.

Neben Derwalt blieb er stehen und fragte so laut, daß seine Worte überall gehört werden mußten: »Und was ist mit Euch, guter Mann? Habt Ihr den Blitz auch gesehen?« Sehr viel leiser, und ohne die Lippen zu bewegen, fügte er hinzu: »Was war gestern abend los mit Euch, Derwalt?«

»Nein«, antwortete Derwalt in der gleichen, schon fast übertriebenen Lautstärke. »Ich lebe nicht hier auf dem Hof. Ich bin aus Buchenfeld.« Flüsternd fügte er hinzu: »Geht nicht zum Grafen, ich beschwöre Euch! Nicht heute!« Und wieder laut und deutlich hörbar: »Ich muß Euch sprechen. Kommt heute nacht hierher. Ich werde Temser bitten, hier schlafen zu dürfen. Um Mitternacht an der Scheune.«

»Ist noch mehr Volk aus Buchenfeld hier?« fragte Tobias laut, und mit einem neugierigen Blick in die Runde.

Der Zimmermann hob die Hand und machte eine Geste, die die ganze Scheune einschloß. »Fast alle, Herr. Soll ich sie rufen?«

Tobias tat so, als überlege er eine Weile. In Wahrheit betrachtete er die winzigen Gestalten auf dem Dach über sich aufmerksam. Einige hatten in ihrer Arbeit innegehalten und blickten zu Derwalt und ihm herab. Schließlich schüttelte er den Kopf.

»Nein«, sagte er. »Aber ich rede später noch mit ihnen. Vielleicht am Sonntag — nach der Messe.«

7

Das Schloß des Grafen lag mitten im Wald, eine Viertelstunde über eine sich durch das Unterholz quälende Straße, die dermaßen von Wagenspuren und Löchern durchzogen war, daß ihre Pferde mehrmals stolperten und sie alle Mühe hatten, in den Sätteln zu bleiben. Der Anblick des Schlosses war seit langer Zeit das erste Bild, das Tobias' Vorstellungen so genau entsprach, als hätte er es schon einmal gesehen:

Eigentlich war es eher eine *Burg* als ein Schloß; eine finstere, zinnengekrönte Burg mit einer niedrigen Mauer und einem Turm, der breiter als hoch war und keine Fenster hatte. Die Mauern waren dreifach mannshoch, so daß selbst das flache Dach des Turmes nicht über die Blätterkrone des Eichenwaldes hinausragte — entweder war dieses Gebäude sehr alt und die Bäume zu der Zeit, als man es erbaut hatte, noch nicht so gewaltig gewesen, oder es war seinen Erbauern mehr darauf angekommen, es zu *verstecken* als wehrhaft zu gestalten. Tobias' kundiges Auge, zu dessen zahlreichen Interessen auch die Architektur gehörte, erkannte sofort, daß die Burganlage zwar einfach, aber trotzdem klug durchdacht war: ein möglicher Angreifer hätte sich jählings in einem Gewirr von Winkeln, Kanten, Ecken und Mauervorsprüngen wiedergefunden, das ihn unbeweglich und somit zu einer hilflosen Zielscheibe für alle machte, die auf der Mauerkrone oder dem Turmdach standen. Theowulfs Schloß erinnerte ihn mehr als alles andere an eine Raubritterburg.

Bresser bestätigte Tobias' Vermutung mit einem Kopfnicken. »Das ist richtig«, sagte er. »Die Vorfahren des Grafen *waren* Raubritter.« Er warf Tobias einen langen, sonderbaren Blick zu. »Aber er hört das nicht gerne. Sprecht ihn nicht darauf an, wenn er das Thema nicht von sich aus anschneidet.«

Der Rat war ehrlich gemeint. Aber allein die Tatsache, daß er schon wieder versuchte, ihm etwas vorzuschreiben — und sei es in bester Absicht —, machte Tobias zornig. Und diesmal hielt er nicht mit seiner Meinung hinter dem Berg.

Sie hatten sich dem offenstehenden Burgtor bis auf einen Steinwurf genähert, aber jetzt verhielt er sein Pferd noch einmal, und auch Bresser zerrte mit einem Ruck an den Zügeln, so daß sein Tier ärgerlich den Kopf in den Nacken warf und zu tänzeln begann.

»Jetzt hört mir einmal zu, Bresser«, begann Tobias scharf. »Seit ich hier bin, versucht Ihr mir zu erklären, was ich zu tun und nicht zu tun, was ich zu sagen und besser nicht zu sagen habe. Ich bin durchaus in der Lage, mir selbst eine Meinung zu bilden. Habt Ihr das verstanden?«

Bresser starrte ihn an. Seine Kiefer mahlten, und für einen Moment blitzte es in seinen Augen beinahe so zornig auf wie vorhin, als er sich mit dem Bauern gestritten hatte. Er nickte zögernd.

»Wie Ihr befehlt, Pater Tobias«, sagte er steif. »Ich wollte Euch nur . . .«

»Es ist mir völlig egal, was Ihr *wolltet*, Bresser«, unterbrach ihn Tobias. »Ich habe Euch gebeten, mir als Führer zu dienen. Nicht mehr, und nicht weniger. Wenn ich etwas wissen will, dann frage ich. Und wenn ich etwas sagen will, dann sage ich es. Ohne Euch um Erlaubnis zu fragen.«

»Ganz wie Ihr wollt, Vater«, antwortete Bresser. »Verzeiht meine Unverschämtheit. Es kommt nicht wieder vor.«

Tobias' eigene Worte taten ihm schon fast wieder leid. Sie waren mehr als angebracht gewesen, aber er hatte den Moment falsch gewählt. Er kannte Menschen wie Bresser nur zu gut und wußte, daß sie dazu neigten, Freundlichkeit und Güte rasch als Schwäche auszulegen.

Er ritt weiter und überwand die letzten Meter durch das Tor in einem leichten Galopp; mit dem Pferd, das Temser für ihn hatte aufzäumen lassen, eine Leichtigkeit. Der alte Klepper, auf dem er das erste Stück des Weges zurückgelegt hatte, wäre wahrscheinlich glattweg unter ihm zusammengebrochen.

Pater Tobias verscheuchte den Gedanken und konzentrierte sich auf seine unmittelbare Umgebung. Was er vom Inneren der Burg sah — er hatte beschlossen, Theowulfs Heimstatt in Gedanken weiterhin *Burg* zu nennen —, als er durch das Tor ritt, paßte zu seinem äußeren Anblick: Auch im Innenhof war alles grob und düster. Die Burg bestand nur aus dem mächtigen Mauergeviert und jenem wuchtigen Turm, der ihm jetzt, aus der Nähe betrachtet, noch unheimlicher vorkam; ein gemauertes finsteres Etwas, das einem das Gefühl gab, es müsse jeden Augenblick zusammenbrechen und den Betrachter unter seinen Trümmern begraben. Nicht einmal so sehr sein Aussehen, wohl aber seine *Ausstrahlung* erinnerten den Mönch an das Turmhaus in Buchenfeld.

Tobias saß ab. Anders als auf dem Hof des Bauern kam ihnen niemand entgegen, um sie zu begrüßen und die Pferde zu nehmen. Der Innenhof — er maß etwa zwanzig auf dreißig Schritte — war vollkommen leer, abgesehen von einer Tränke und einem gemauerten Brunnen, über den ein Verschluß aus eisenbeschlagenen Brettern gelegt war. Es gab nur sehr wenige, recht schmale Fenster. Entweder, dachte Tobias, war dieses sogenannte Schloß menschenleer, oder die Mauern verschluckten jeden Laut.

Er warf einen fragenden Blick zu Bresser — den der Dicke wie ein trotziges Kind ignorierte — und band den Zügel seines Pferdes an einen Holzpflock neben der Tränke. Sie war leer, und auf ihrem Grund hatte sich Staub gesammelt.

»Es scheint niemand hier zu sein«, sagte er nachdenklich. »Vielleicht hätten wir unser Kommen doch besser angekündigt.«

»Der Graf ist schon da«, knurrte Bresser. Er stieg ab, ließ sein Pferd einfach stehen und hielt mit raschen Schritten auf eines der Gebäude zu.

Tobias hatte angenommen, daß sie in eines der drei Häuser gehen würden, aber Bresser steuerte zielsicher den Turm an. Seine Tür sah Tobias erst, als sie sie fast erreicht hatten: eine schmale, kaum schulterhohe Luke, die gerade genug Platz für einen Mann bot. Wer immer diese Burg errichtet hatte, schien eine gewaltige Angst vor Feinden gehabt zu haben.

Bresser schlug mit der Faust gegen die Tür. Das Holz war so dick, daß seine Hiebe kaum ein Geräusch zu verursachen schienen, aber sie wurden gehört: Nach einem Augenblick drang das Scharren eines schweren Riegels durch die Tür, dann schwang sie auf, und ein bleiches, stoppelbärtiges Gesicht blinzelte in das ungewohnte Sonnenlicht hinaus. Eine verschlafene Stimme nuschelte ein grobes: »Ja?!«

»Ich bin's«, sagte Bresser. »Ich bringe Besuch für den Grafen.«

»Besuch? Wen?« Das Gesicht beugte sich ein wenig weiter ins Sonnenlicht heraus, und Tobias glaubte einen der Männer zu erkennen, die er gestern in Begleitung des Grafen gesehen hatte. Aber er war nicht sicher. Er hatte auf die beiden Begleiter kaum geachtet.

Der Mann jedenfalls schien ihn nicht wiederzuerkennen, denn er musterte ihn eine geraume Weile mit nicht sehr freundlichen Blicken, dann zuckte er mit den Schultern und trat zurück, um die beiden Besucher einzulassen. Bresser machte eine einladende Geste, und Tobias quetschte sich an ihm vorbei und duckte sich unter der niedrigen Tür hindurch.

Im Innern war es so dunkel, daß er im ersten Moment blind war. Als sich seine Augen an das staubige Dämmerlicht gewöhnt hatten, sah er, daß sie sich in einer winzigen, fensterlosen Kammer befanden, deren zweiter Ausgang ebenso schmal und niedrig war, aber hinter der Tür lag ein überraschend heller, breiter Treppenaufgang, der nach oben zu einer zweiflügeligen Tür führte; auch sie sehr massiv, aber mit allerlei Zierat und Schnitzereien versehen.

»Wartet hier«, knurrte ihr Führer, als sie vor dieser Tür angelangt waren. »Ich melde Euch dem Grafen. Wir werden sehen, ob er Zeit hat.«

Tobias blickte ihn irritiert an, aber Bresser machte eine rasche Geste, und er schwieg. Sie mußten sich auch nur einige wenige Augenblicke gedulden, bis der Diener zurückkam und Bresser und Tobias mit einer barschen Geste zu verstehen gab, ihm zu folgen.

Der Graf sah nicht minder überrascht aus als sein Torwächter; aber er hatte sich sehr viel schneller wieder in der Gewalt; nur einen einzigen Moment lang blickte er Pater Tobias und Bresser an — Tobias überrascht, Bresser hingegen eindeutig tadelnd —, dann zwang er ein Lächeln auf sein Gesicht und trat Tobias mit ausgestreckter Hand entgegen.

»Pater Tobias!« rief er aus. »Welch freudige Überraschung, Euch in meinem Haus begrüßen zu dürfen.«

»Überraschung? Ihr hattet mich eingeladen. Ihr habt sogar darauf bestanden, daß ich Euch besuche.«

»Das stimmt. Aber ich habe nicht so bald mit Euch gerechnet.« Er wedelte mit der Hand, als Tobias antworten wollte, und legte ihm jovial den Arm um die Schulter, um ihn mit sich zu ziehen. Tobias versteifte sich ein wenig. Er mochte es nicht, berührt zu werden. In diesem Punkt hatte er etwas von einem gehetzten Wild an sich. Zwar gab er sich im allgemeinen Mühe, diese Abneigung zu überspielen, aber Theowulf war sensibel genug, es zu spüren. Er zog den Arm zurück und lächelte entschuldigend.

»Kommt herein, Tobias«, sagte er noch einmal. »Ihr müßt müde sein. Es ist ein langer Weg von Buchenfeld bis hierher.«

»Das ist es«, bestätigte Tobias. »Aber wir waren zu Pferd.«

»Dann will ich hoffen, daß Bresser Euch keine allzu schlechte Mähre ausgesucht hat«, fügte Theowulf spöttisch hinzu. »Das tut er gern, müßt Ihr wissen.« Er bemerkte das leise Zusammenzucken Bressers und seufzte. »Ah, ich sehe schon — er hat es getan. Laßt mich raten — die graue Stute.«

Tobias nickte, und der Blick, mit dem Theowulf Bresser maß, wurde noch strafender. »Du solltest dich schämen, Bresser, unserem Gast so übel mitzuspielen. Der Gaul bricht zusammen, wenn man auch nur eine fette Katze auf seinen Buckel setzt. Und du solltest dich doppelt schämen, keinen Boten vorausgeschickt zu haben, um eure Ankunft zu melden.«

»Wir bedürfen nicht viel«, sagte Tobias.

»Ihr solltet so empfangen werden, wie es eines Mannes Gottes würdig ist«, erklärte Theowulf. »Ihr überrascht mich leider vollkommen.«

»Wir kommen ungelegen?« fragte Tobias.

»Keineswegs. Aber Ihr habt mein Haus ja bereits gesehen. Es ist nicht sehr groß, und wir legen hier nicht viel Wert auf Luxus. Ich werde sehen, was der Koch noch zubereiten kann, aber ich fürchte, es wird ein eher einfaches Mahl sein.«

»Macht Euch keine Mühe«, sagte Tobias. »Ich bin nicht hungrig. Wir kommen direkt von Temsers Hof.«

Theowulf grinste. »Oh, ich verstehe«, sagte er. »Seine Frau hat Euch mit den Wundern ihrer Küche verwöhnt.«

»Ich fürchte, ja«, sagte Tobias. Er lächelte und ließ die flache Hand auf seinen Magen herabfallen. »Mehr als vielleicht gut ist.«

»Wem sagt Ihr das?« fragte Theowulf. »Sie ist eine vorzügliche Köchin. Ich besuche ihren Mann manchmal nur unter einem Vorwand, um bei ihnen zu essen, ich gestehe es.«

Tobias lachte pflichtschuldig, während er sich immer unwohler zu fühlen begann. Theowulfs Freundlichkeit wirkte sonderbar aufgesetzt. Es mochte durchaus sein, daß er nichts zu *verbergen* hatte — aber Tobias war plötzlich sicher, daß er *doch* ungelegen kam, ganz gleich, was Theowulf behauptete.

Sie betraten das Gemach des Grafen. Theowulf war nicht allein. Der Raum ähnelte jenem Kaminzimmer im Turmhaus von Buchenfeld; auch hier erhob sich vor dem Kamin eine gewaltige Tafel. Fast ein Dutzend Stühle war besetzt, von Männern, die aus völlig verschiedenen Ständen stammen mußten — einige waren kostbarer als der Graf selbst gekleidet, andere trugen einfache Jacken und Hosen wie Bauern oder Knechte. Eine ausgiebige, aber einfache Mahlzeit war aufgetragen worden, und gerade als Tobias und Bresser eintraten, schenkte ein Diener Bier aus.

»Oh«, sagte Tobias überrascht. »Ihr habt Gäste. Das tut mir leid. Ich wollte nicht ungelegen kommen.«

»Das tut Ihr keineswegs«, sagte Theowulf entschieden. »Sie wollten ohnehin gerade aufbrechen. Der Grund unserer Zusammenkunft ist längst besprochen, aber Ihr wißt ja, wie das ist: Man kommt ins Reden, und plötzlich sind Stunden vorüber, ohne daß man es auch nur merkt.«

Tobias begann sich immer unwohler zu fühlen, zumal der Graf so laut gesprochen hatte, daß selbst dem Dümmsten klar sein müßte, daß seine Worte nur den einen Zweck hatten: seinen Gästen zu verstehen zu geben, daß sie jetzt gehen *sollten*. Tatsächlich erhoben sich die meisten und verließen den Saal, ohne auch nur noch ein Wort mit Theowulf zu wechseln. Binnen kurzem hatte sich der Saal geleert. Tobias versuchte vergeblich, von einem der Männer, die an ihm vorübergingen, einen Blick zu erhaschen. Keiner sah in seine Richtung. Aber eigentlich sah auch keiner *verärgert* aus oder gar zornig.

»Es tut mir wirklich leid, Graf«, sagte er noch einmal. »Mir lag nichts ferner, als Eure Gäste zu vertreiben.«

Theowulf machte eine wegwerfende Handbewegung und lachte. »Ihr habt es aber«, sagte er lachend. »Nur, daß Ihr mir einen Gefallen damit getan habt, Pater.« Er lachte erneut, als er die Verwirrung des Mönchs bemerkte, ging zum Tisch und ließ sich in einen gewaltigen Stuhl mit geschnitzter Lehne fallen. Er seufzte hörbar, schloß für einen

Moment die Augen und wedelte dann aufgeräumt mit der Hand, damit Bresser und Tobias sich ebenfalls setzten.

»Ich habe seit einer Stunde nach einem Vorwand gesucht, sie hinauszuwerfen«, gestand er lächelnd. »Aber manchmal muß man seinen Bauern zuhören, sonst werden sie rebellisch und leisten einem keine Dienste mehr.«

Tobias lächelte unsicher und sah zur Tür. »Trotzdem«, sagte er. »Ihr hättet Euch wenigstens ... von ihnen verabschieden können. So viel Zeit habe ich schon.«

»Oh, ich hoffe doch, Ihr habt mehr Zeit, Pater«, sagte Theowulf. »Ihr werdet mir doch die Ehre erweisen, die Nacht unter meinem Dach zu verbringen? Außerdem ist es nicht nötig, daß ich mich von ihnen verabschiede. Ich habe noch das große Vergnügen, den Abend und womöglich die halbe Nacht mit ihnen zuzubringen«, fügte er mit einem säuerlichen Lächeln hinzu. »Für heute abend ist eine Jagd angesetzt. Wollt Ihr daran teilnehmen?«

Tobias schüttelte den Kopf, was Theowulf, wie seine Miene verriet, insgeheim gehofft hatte.

»Dann werde ich Euch ein paar Stunden allein lassen müssen«, sagte Theowulf bedauernd. »Aber wir werden sehen. Vielleicht gelingt es mir, mich unter einem Vorwand wegzuschleichen. Ihr mögt die Jagd nicht?«

»Ich habe noch nie gejagt«, sagte Tobias. »Ich glaube nicht, daß ein Diener Gottes sich an einer Jagd beteiligen sollte.«

»Aber manchmal ist die Jagd notwendig«, sagte Theowulf. »Es bereitet mir keine Freude, das Blut einer unschuldigen Kreatur zu vergießen, die mir nichts getan hat und die im Grunde wehrlos gegen mich ist. Wenn ich jage, dann ziehe ich Wölfe oder Bären als Beute vor, keine wehrlosen Rehe oder Hasen. Aber es ist schon so, wie Ihr sagt — manchmal muß man Dinge tun, die man im Grunde seines Herzens verabscheut.«

Er sprach ganz ruhig, in fast beiläufigem Ton und ohne den Mönch dabei anzusehen, und doch begriff Tobias fast zu spät, daß Theowulf alles andere tat, als nur so dahinzuplappern, wie es den Anschein hatte. Er wußte ganz genau, warum der Inquisitor gekommen war. Tobias mahnte sich in Gedanken zur Wachsamkeit. Er hatte Theowulf schon wieder unterschätzt.

»Ja«, sagte er vorsichtig. »Der Mensch ist die Krone der Schöpfung, und daher versteht er es, zu jagen und sich die Erde untertan zu machen.«

Theowulf sah ihn unter nur halb gehobenen Lidern hervor, aber sehr aufmerksam an. Dann lächelte er, stützte sich auf den Armlehnen seines wuchtigen Thronsessels in die Höhe und beugte sich vor, um nach seinem Bierkrug zu greifen, führte die Bewegung aber nicht zu Ende, als er bemerkte, daß Tobias vor dem benutzten Geschirr eines der Gäste saß, sondern setzte den Becher wieder ab und gab dem Diener einen befehlenden Wink.

Der Mann beeilte sich, den Teller fortzutragen und einen frischen Becher vor Tobias zu stellen. Tobias wollte abwinken, als er ihn füllte, aber Theowulf sah ihn fast strafend an.

»Ihr beleidigt mich, Pater«, sagte er. »Und vor allem meinen Braumeister. Trinkt wenigstens einen Schluck nach dem langen Ritt.« Er sah auf. »Und du, Bresser — warum gehst du nicht in die Küche hinunter und läßt dir auch etwas zu essen geben.«

Bresser verstand den Wink und entfernte sich, und Tobias griff resignierend nach dem Becher und trank einen kleinen Schluck. Das Bier dieser Gegend war gut, aber er mußte vorsichtig sein. Er hatte schon zu viel getrunken für einen Mann, der nur gelegentlich ein wenig Wein gewöhnt war.

»Ihr wart also bei Temser«, begann Theowulf von neuem, als auch der Diener gegangen und sie allein waren.

»Und beim Müller.«

»Dann habt Ihr einen weiten Weg hinter Euch — für einen Tag. Ein Grund mehr, hierzubleiben.«

»Wir werden sehen«, antwortete Tobias ausweichend.

»Habt Ihr erfahren, was Ihr wissen wolltet?« fragte Theowulf.

Tobias zögerte. Warum traute er diesem Mann nicht? »Ich . . . bin nicht sicher«, antwortete er ausweichend. »Was der Müller mir gezeigt hat, war schlimm. Aber Temser . . .«

»Hat das genaue Gegenteil behauptet«, fiel ihm Theowulf ins Wort. »Bresser ist ein Narr, Euch an einem Tag zu diesen beiden Männern zu führen.«

Tobias sah ihn fragend an.

»Der Müller haßt Katrin«, erklärte Theowulf. »Und nicht erst, seit sie sein Korn verdorben hat — verzeiht«, korrigierte er sich. »Seit er glaubt, daß sie sein Korn verhext hat.«

»Warum?«

»Hat er Euch erzählt, daß er kinderlos geblieben ist, seit sein erster Sohn gestorben ist? Nun, er ging zu Verkolt und ließ sich ein Pulver nach dem anderen mischen, um diesen Makel zu beheben. Und ich habe ihn im Verdacht, daß er zu mehr als einem Quacksalber gelaufen ist. Schließlich wandte er sich in seiner Verzweiflung an Katrin — Ihr wißt, daß sie oft den Kranken auch ohne Lohn geholfen hat?«

Tobias nickte abermals, und Theowulf zog eine Grimasse. Dann lachte er. »Er ist impotent«, sagte er. »Das ist das Geheimnis seiner Kinderlosigkeit.«

»Und Katrin hat es ... *herumerzählt?*« fragte Tobias ungläubig.

»Natürlich nicht«, antwortete Theowulf. »Jedermann wußte es. Aber Katrin war die letzte, der er sich anvertraut hat — wie er meinte. Und als auch sie ihm nicht helfen konnte, da begannen die Leute allmählich über ihn zu lachen. Ihr wißt, wie die Leute sind. Und er seinerseits gab ihr die Schuld an seinem Schicksal. Er hätte auch *Hexenwerk* geschrien, wenn der Sturm seine Mühle zerstört hätte oder ein Hochwasser. Bei Temser verhält es sich anders. Vor drei Jahren stürzte sein ältester Sohn vom Pferd und brach sich beide Beine. Keiner glaubte, daß er je wieder würde laufen können. Katrin heilte ihn.«

Er leerte seinen Becher, seufzte tief und schenkte sich selbst nach. »Ihr seht, Pater, gerade diese beiden sind keine guten Zeugen für Euch.«

»Und Ihr?«

Theowulf schwieg einen Moment. »Ich fürchte, ich auch nicht«, sagte er dann. »Sagte ich Euch bereits, daß ich Euch nicht um Eure Aufgabe beneide?«

»Ja«, antwortete Tobias. »Das sagtet Ihr.«

»Aber jetzt vergeßt das alles«, sagte Theowulf in verändertem, fast aufgekratztem Ton. »Wir haben noch Zeit genug, uns die Köpfe darüber heiß zu reden. Jetzt erzählt mir, was es Neues in der Welt gibt.«

»Ich fürchte, ich muß Euch enttäuschen«, sagte Tobias. Er bemühte sich, nicht *zu* alarmiert zu klingen. Theowulf wollte sich ganz sicher *nicht* einfach nur mit ihm unterhalten, um ein paar Freundlichkeiten auszutauschen. Dieser Mann überließ absolut nichts dem Zufall. »Das Leben in den Mauern eines Klosters ist noch abgeschiedener als das in einem Schloß wie Eurem. Ich fürchte, ich weiß weniger über Kaiser und Reich als Ihr.«

»Jetzt stellt Ihr Euer Licht unter den Scheffel«, sagte Theowulf. »Ich habe Euch doch gesagt, daß ich Erkundigungen über Euch eingezogen habe, Pater Tobias — schon vergessen?« Er drohte ihm spöttisch mit dem Zeigefinger. »Wir haben eine Menge gemeinsam, Pater.«

»So? Und was, zum Beispiel?«

»Nun — unsere Liebe zur Wahrheit, zum Beispiel«, antwortete Theowulf. »Ich weiß, daß Ihr ein aufrechter Mann seid. Selbst unter Euren eigenen Brüdern genießt Ihr einen gewissen Ruf, nicht wahr? Und unser gemeinsames Interesse an der Wissenschaft.«

»Ihr . . . interessiert Euch dafür?«

Theowulf nickte.

»Selbstverständlich. Ihr wart beim Müller, sagtet Ihr? Dann habt Ihr seine Mühle gesehen.«

»Das ist Eure Konstruktion?«

Theowulf nickte stolz. »Ja«, sagte er, lächelte flüchtig und schränkte ein: »Oder sagen wir — zu einem Teil. Die Idee stammt nicht von mir, sondern aus einem Buch, das ich gelesen habe. Aber ich habe sie konstruiert. Gefällt sie Euch?«

Statt zu antworten, warf Tobias einen Blick auf das Bücherregal neben dem Kamin. Er besaß vier Borde, und alle vier waren gefüllt. Ein wahrer Schatz in einer solch düsteren und entlegenen Gegend.

Theowulf folgte seinem Blick, abermals gesellte sich Stolz auf seine Züge. »Seht Euch meine Bibliothek ruhig an«, sagte er. »Sie wird Euch gefallen, ich bin sicher.«

Tobias stand auf und ging um den Tisch herum an den Schrank. Er hörte, wie sich auch Theowulf erhob und ihm folgte, aber der Graf trat nicht neben ihm, sondern blieb in zwei Schritten Entfernung stehen.

Eine ganze Weile beschäftigte er sich mit nichts anderem, als die Bücher zu untersuchen. Er las die Titel auf den schweren, in steinhart gewordenes Schweinsleder gebundenen Rücken, nahm den einen oder andern Band heraus und blätterte darin oder las ein paar Abschnitte. Es waren tatsächlich sehr kostbare Bücher — so wie alle Bücher eine kleine Kostbarkeit darstellten. Und es handelte sich fast ausschließlich um wissenschaftliche Abhandlungen, einige davon über Themen, von denen selbst Tobias noch nie gehört hatte.

Aber unter diesem Schatz aufgehäuften Wissens fand er auch drei oder vier Titel, die ihm nicht gefielen — Bücher, die sich mit verbotenem Wissen beschäftigten, mit Schwarzer Magie und Zauberei und den Irrlehren anderer Religionen. Er stellte eine entsprechende Frage, aber Theowulf zuckte nur mit den Schultern.

»Kennt Ihr nicht auch einige dieser Bücher?« fragte er.

»Das ist etwas anderes«, antwortete Tobias, aber Theowulf unterbrach ihn sofort wieder.

»Wieso? Daß ich diese Bücher *besitze*, bedeutet doch nicht, daß ich ihnen glaube, oder? Und wie soll man wissen, was richtig oder falsch ist, wenn man sich nicht auch das Falsche anhört? Wie wollt Ihr, zum Beispiel, über eine Hexe urteilen, wenn Ihr nicht wißt, was sie tut und warum?«

Tobias antwortete nicht. Es hätte eine Menge gegeben, was er auf diese Worte hätte sagen können — zum Beispiel, daß sie verdächtig nahe an Ketzerei heranreichten —, aber er hatte wenig Lust, sich jetzt auf einen theologischen Streit mit Theowulf einzulassen. Dazu war er nicht hier. Mit einer demonstrativen Geste klappte er das Buch, das er gerade in der Hand hielt, wieder zu und stellte es auf das Regalbrett zurück.

»In den Händen so manches anderen Inquisitors könnte das hier allein Euer Todesurteil besiegeln«, sagte er, während er sich zu Theowulf herumdrehte.

Der Graf lächelte. »Eine Drohung, Pater?«

Tobias hielt seinem Blick stand; aber es fiel ihm schwer. »Glaubt Ihr denn, daß ich das nötig hätte — Euch zu drohen?«

»Kaum«, antwortete Theowulf. »Schließlich stehen wir auf derselben Seite — oder?«

Und für einen ganz kurzen Moment brach die Feindschaft zwischen ihnen beinahe offen aus. Aber sie beherrschten sich beide.

»Das weiß ich nicht«, gestand Tobias schließlich. »Nicht sicher.«

»So?« Theowulf lachte, trat nun doch neben ihn und nahm scheinbar wahllos einen der schweren Folianten vom Regal. Das Pergament der Seiten knisterte zwischen seinen Fingern. Wunderschöne Illustrationen und kunstvolle Schriftzeichen huschten vorüber und verschwammen zu einem sonderbaren Bild, das wiederum eine eigene, gänzlich andere Bedeutung zu haben schien. Plötzlich war Tobias gar nicht mehr so sicher, daß Theowulf nur *zufällig* nach diesem Band gegriffen hatte, denn es war eines der Bücher über Hexerei.

»Und ich dachte, Euer Auftrag hier in Buchenfeld wäre ganz eindeutig«, fuhr Theowulf nach einer Weile fort.

»Das ist er«, antwortete Tobias. »Ich wurde hierher gesandt, weil Verkolt vor seinem Tod einen Brief abschickte, in dem er schwere Beschuldigungen wegen Hexerei erhebt.«

»Und?« fragte Theowulf. »Hattet Ihr Gelegenheit, Euch zu überzeugen, was an diesen Beschuldigungen wahr ist und was nicht?«

»Noch nicht«, antwortete Tobias. »Es gibt ein paar Dinge, die mich zutiefst verwirren, Graf. Und ein paar Leute.«

»Und ich gehöre zu diesen Leuten«, vermutete Theowulf.

Tobias antwortete nicht, aber sein Schweigen war Antwort genug. Plötzlich klappte Theowulf das Buch zu und warf es achtlos auf das Regal zurück. Sein Gesicht wirkte mit einem Male kalt.

»Ich verwirre Euch«, vermutete er. »Aber das beruht ganz auf Gegenseitigkeiten, Tobias. Auch Ihr verwirrt *mich*. Und das ist etwas, was ich selten erlebe. Ich habe nie von einem Inquisitor wie Euch gehört.«

»Einem Mann, der die Wahrheit sucht?« fragte Tobias.

»Einem Mann, der sie nicht sehen will«, sagte Theowulf scharf. »Bresser hat Euch den Pfuhl gezeigt, nicht wahr? Er hat Euch zum Müller gebracht, und Ihr habt gesehen, in welchem Zustand sich die Stadt befindet. Die Menschen dort haben Angst, Tobias! Die letzten Ernten waren Mißernten. Was nicht verdarb, das wurde zerstört, auf die eine oder andere Weise. Es geschehen . . . Dinge.«

»Dinge?«

»Man sagt, daß der Tod nachts über die Felder rings um die Stadt wandelt«, antwortete Theowulf mit großem Ernst. »Und das ist nicht alles. Habt Ihr denn bisher gar nichts getan, außer Euch um Katrins *Gesundheit* zu kümmern?«

»Doch«, sagte Tobias. »Das habe ich. Ich habe mit einigen Leuten gesprochen. Aber ich habe noch nichts gehört, was mich *überzeugt* hätte, daß hier wirklich Hexerei im Spiel ist!«

»Habt Ihr nicht?« fragte Theowulf böse. »Dann kommt mit!«

Er fuhr mit einer zornigen Bewegung herum und stürmte zur Tür. »Kommt«, rief er noch einmal. »Ich werde Euch einen der Beweise *zeigen*, an denen Euch ja so sehr gelegen ist!«

Sie verließen den Saal und wenige Augenblicke später den Turm, und Theowulf stürmte, ohne auch nur im Schritt innezuhalten, auf die beiden Pferde an der ausgetrockneten Tränke zu. Der Torwächter folgte ihnen, aber Theowulf scheuchte ihn mit einer unwilligen Geste fort und schrie ihn an, den Gästen auszurichten, daß sie in einer Stunde zurückkehren würden. Dann drehte er sich ungeduldig im Sattel um und wartete darauf, daß auch Tobias aufsaß.

Tobias folgte ihm wie betäubt. Der plötzlich, jähe Stimmungswandel Theowulfs hatte ihn vollkommen überrascht. Er überlegte angestrengt, ob er irgend etwas gesagt — oder auch unterlassen — hatte, um ihn so zornig zu machen, fand aber keine Antwort.

Der Graf galoppierte so schnell vor ihm durch den Wald, daß Tobias Mühe hatte, ihn nicht aus den Augen zu verlieren, und sich mit aller Kraft am Zügel festhalten mußte. Er war kein geübter Reiter. Ein Pferd in schnellem Galopp dahinjagen zu lassen sah leicht aus, war es aber nicht.

Gottlob lag ihr Ziel nicht allzu weit entfernt. Der Weg gabelte sich, und Theowulf bog in die rechte, schmalere Abzweigung ein, wo aus der Wagenspur bald ein unkrautüberwucherter Trampelpfad wurde, der manchmal kaum mehr zu erkennen war, so daß der Graf zu einer langsameren Gangart gezwungen war, ob er wollte oder nicht. Aber er blickte nicht einmal jetzt zu Tobias zurück, sondern duckte sich nur mit raschen, ärgerlichen Bewegungen unter tiefhängenden Ästen und Buschwerk.

Endlich erreichten sie eine Lichtung, auf der ein kleines Haus stand — eigentlich nur eine ärmliche Hütte, deren Dach an einer Seite eingefallen war. In einem windschiefen Verschlag dahinter waren zwei dürre Ziegen untergebracht, und ein nicht minder dürrer, räudiger Köter sprang den beiden Reitern kläffend entgegen und wurde jäh von einer Kette zurückgerissen. Auf der Rückseite des Hauses befand sich ein schlammiger Pferch, in dem sich ein halbes Dutzend Schweine suhlten.

Theowulf sprang aus dem Sattel, versetzte dem Hund einen Tritt und wandte sich zu Tobias um. »Kommt!« befahl er herrisch. »Ich will Euch etwas zeigen!«

Tobias gehorchte fast gegen seinen Willen. Theowulfs Worte waren von einer fast suggestiven Kraft, gegen die er im ersten Moment einfach hilflos war. Unwillkürlich streckte er die Hand aus und ließ sich vom Grafen aus dem Sattel helfen.

Unterdessen hatte sich die Tür des Hauses geöffnet, und ein bleicher, stoppelbärtiger Mann mit schulterlangem filzigem Haar war herausgetreten. Er erschrak sichtlich, als er den Grafen erblickte, aber er kam nicht dazu, auch nur ein Wort zu sprechen, denn Theowulf fuhr ihn sofort an:

»Wo ist es? Wir wollen es sehen!«

Der Mann deutete mit einer Handbewegung auf den Waldrand. »Dort. Aber wir . . . ich meine, es ist nicht mehr viel davon übri . . .«

Theowulf blieb abrupt stehen und starrte ihn an, und der Mann geriet vollends ins Stocken und trat nervös von einem Bein auf das andere. Hinter ihm erschien ein zweiter, etwas kleinerer Schatten unter der Tür. Ein Paar dunkler Augen blickte Theowulf und Tobias voller Furcht an.

»Was habt ihr damit getan?« schnappte Theowulf. »Sagt nicht, ihr hättet es verbrannt! Ich habe es euch verboten!«

»Ich weiß, Herr«, stotterte der Mann. »Aber meine Frau . . . ich meine, wir . . . wir hatten Angst. Wir haben . . .«

»Ich lasse dich auspeitschen, Kerl!« brüllte Theowulf. »Also — wo habt ihr es vergraben?«

»Hinter . . . hinter der großen Buche, Herr«, stotterte der Mann. »Wo die Steine liegen. Was davon übrig ist. Es ist . . . nicht ganz dahin. Es brannte nicht gut, und . . .«

Er brach abermals ab, und als Tobias den Blick wandte und Theowulfs Gesicht sah, begriff er auch, warum. Das Antlitz des Grafen loderte vor Zorn.

»Gut«, sagte Theowulf und versuchte, seine Beherrschung zurückzugewinnen. »Dann laßt uns hoffen, daß es auch wirklich *schlecht genug* gebrannt hat. Um deinetwillen.« Er machte eine ärgerliche Geste. »Geh. Bring uns zu diesem Platz und grab es aus!«

Der Mann duckte sich wie ein geprügelter Hund und verschwand im Haus, kam aber schon einen Augenblick später mit Hacke und Schaufel zurück und eilte mit angstvoll gesenktem Blick an Tobias und Theowulf vorbei.

Sie folgten ihm. Ein kurzes Stück gingen sie den Weg zurück, den Theowulf und der Graf gekommen waren, dann drangen sie nach links ins Dickicht ein. Der Mann versuchte vergeblich mit dem Stiel seiner Hacke eine Gasse für Tobias und Theowulf zu schlagen. Tobias' Hände und Gesicht bekamen mehr als nur einen Hieb eines dornigen Zweiges ab, und auch Theowulf duckte sich immer wieder fluchend.

Schließlich erreichten sie eine Stelle, an der der Wald weniger dicht war — noch keine Lichtung, aber doch ein Flecken steiniger Erde, auf dem außer einer mächtigen Krüppelbuche nur Moos und Farn wuchsen. In der Mitte dieses kleinen Fleckens war unlängst gegraben worden. Ohne ein weiteres Wort machte sich der Bärtige daran, den Boden mit seiner Hacke zu bearbeiten.

»Warum seid Ihr so hart zu ihm?« fragte Tobias; leise, damit nur Theowulf seine Worte hörte.

Der Graf schürzte ärgerlich die Lippen. »Warum?« fragte er. »Weil ich diesem Narren verboten hatte, das Tier zu verbrennen! Ich wollte, daß Ihr es seht. Aber dieses ungebildete Pack weiß ja nicht . . .« Er brach ab, starrte einen Moment lang an Tobias vorbei ins Leere und zwang sich dann zu einem gemäßigteren Ton. »Verzeiht, Pater«, sagte er. »Aber ich war einfach zornig.«

»Weil er Euren Befehl mißachtet hat?« erkundigte sich Tobias.

Zu seiner Verwunderung lächelte Theowulf. »Nein«, sagte er. »Ich habe versucht, ihm und seinem Weib zu *erklären*, daß wir diesen Kadaver vielleicht noch brauchen. Aber sie haben nur irgend etwas von Teufel und der Hölle gefaselt und konnten es wahrscheinlich kaum abwarten, bis ich gegangen war, um ihn zu verbrennen und dann hier zu verscharren.«

»Worum handelte es sich?« fragte Tobias.

»Das werdet Ihr gleich sehen«, antwortete Theowulf. »Und dann werdet Ihr mich vielleicht besser verstehen.«

Tobias begriff, daß Theowulf nichts mehr sagen würde. Also geduldete er sich und trat wortlos hinter den Schweinehirten, der seine Hacke schwang, als hinge sein Leben davon ab. Er hatte sich bereits ein gutes Stück in die Erde hineingearbeitet, aber er und seine Frau schienen den Kadaver wirklich sehr tief vergraben zu haben. Unter seiner Hacke flogen Erdbrocken und Steine davon, und er stand bereits bis zu den Waden in dem Loch.

Endlich stieß seine Hacke mit einem weichen, sonderbar unangenehmen Laut auf Widerstand. Der Mann warf sie zur

Seite und bediente sich der mitgebrachten Schaufel, um weiterzugraben. Schließlich bückte er sich und hob ächzend einen in einen Sack eingeschlagenen, schlaffen Körper aus dem Erdloch. Mit sichtlich angewidertem Gesicht legte er ihn zu Boden, griff wieder nach seiner Hacke und benutzte sie, um den Sack aufzureißen.

Tobias hielt unwillkürlich den Atem an, als er sah, was in dem Sack lag.

Es war ein verkohltes Schwein — und es hatte zwei Köpfe.

Tobias wurde bleich, richtete sich stocksteif auf und bekreuzigte sich. Ein eisiger, lähmender Schrecken, der mit Übelkeit und schierem Entsetzen gepaart war, durchfuhr ihn. Gleichzeitig war er unfähig, den Blick von der entsetzlichen Mißgeburt zu seinen Füßen loszureißen.

Die Haut des Tieres war verbrannt, und hier und da schimmerten poröser Knochen durch das verschmorte Fleisch — aber der zweite, mißgestaltete Schädel, der dicht neben dem eigentlichen Kopf des Frischlings aus den Schultern ragte, war deutlich zu erkennen. Er hatte weder Augen noch Ohren, aber es war nicht mehr festzustellen, ob diese Mißbildung angeboren oder nur eine Folge des Feuers war, aber er war da. Und er widersprach allen Gesetzen Gottes und der Natur, dachte Tobias hysterisch.

»Großer Gott«, flüsterte er.

Theowulf schnaubte. »Eine Dämonenbrut«, sagte er.

Tobias ignorierte ihn, bekreuzigte sich abermals und trat rasch einen Schritt zurück, ehe er endlich seinen Blick von der fürchterlichen Kreatur losriß und sich an den Schweinehirten wandte. »Hat es . . . gelebt?« fragte er mit zitternder Stimme.

Die Augen des Mannes waren dunkel vor Furcht. Wie Tobias starrte er wie gebannt auf den verkohlten Kadaver. Sein Adamsapfel bewegte sich ununterbrochen, und an seinem Hals zuckte eine Ader.

»Ja«, antwortete er. »Ich habe es sofort erschlagen. Aber es . . . es hat . . . gelebt, als es auf die Welt kam. Es hat gestrampelt und geschrien, als wäre der Teufel in seinen Leib gefahren, und . . . und es hat nach mir gebissen.«

»Hat es Euch verletzt?« fragte Tobias.

Der Mann schüttelte den Kopf, aber er preßte trotzdem die Hand an seinen Leib, als wäre sie verletzt. »Nein. Dem Herrn sei Dank.«

Tobias drängte seinen Widerwillen mit aller Macht zurück, ging vorsichtig neben dem Kadaver in die Hocke und zwang sich, das fürchterliche Bild noch einmal und in aller Genauigkeit anzusehen. Abgesehen von diesem zweiten Kopf schien das Tier keine Auffälligkeiten aufzuweisen — soweit man das noch beurteilen konnte, nachdem der Schweinehirt und seine Frau versucht hatten, es zu verbrennen. Tobias konnte es den beiden nicht übelnehmen. Ganz gleich, was der Graf ihnen befohlen hatte: wenn der Anblick ihn sich schon vor Grauen schütteln ließ, was mochten erst diese beiden einfachen Leute dann dabei empfunden haben?

Mit einem Ruck stand er wieder auf, drehte sich um und sagte, ohne den Mann anzusehen. »Grabt es wieder ein. Und grabt recht tief, hört Ihr? Und legt ein paar schwere Steine auf die Stelle, damit kein Tier den Kadaver ausgräbt.«

Er entfernte sich ein paar Schritte von der offenen Grube und wollte wieder stehenbleiben, aber Theowulf hatte sich bereits umgewandt und ging zurück zum Weg, so daß er ihm folgen mußte. Er beeilte sich, aber es gelang ihm erst, den Grafen einzuholen, als sie schon wieder beim Haus waren und Theowulf in den Sattel stieg. Er wollte ihn ansprechen, aber der Graf bedeutete ihm mit Blicken, ebenfalls aufzusitzen und ihm zu folgen — er wollte wohl nicht, daß jemand ihre Unterhaltung hörte.

Immerhin ritt Theowulf nicht mehr so schnell wie auf dem Hinweg, so daß er zu ihm aufschließen konnte, als sie den breiteren Teil des Waldweges wieder erreicht hatten. Doch plötzlich fühlte Tobias sich wie erschlagen. Nichts, was er sagen konnte, keines der vielen geschliffenen Argumente, die er sich für seine Unterhaltung mit dem Grafen zurechtgelegt hatte, schien noch irgendeine Gültigkeit zu haben. Worte verblaßten zu einem Nichts, angesichts dieses fürchterlichen Bildes.

»Also das war es, was Ihr mir zeigen wolltet«, sagte er schließlich.

Theowulf nickte grimmig. Der Ausdruck von Zorn war jetzt völlig aus seinem Gesicht gewichen; aber dafür las Tobias eine Bitterkeit und Sorge darin, die ihm vorher noch nicht aufgefallen waren.

»Es tut mir leid, wenn ich Euch erschreckt habe«, sagte Theowulf. »Aber ich wollte, daß Ihr es *seht*. Es gibt Dinge, die lassen sich mit Worten nicht beschreiben.«

»Da habt Ihr recht«, murmelte Tobias. Er fühlte sich hilflos. Für einen Moment wünschte er sich zurück ins freundliche Lübeck. Mein Gott, dachte er dann, warum hast du mir eine solche Aufgabe auferlegt. Er blickte sich um, sah den düsteren Wald und das unwirtliche Land und senkte in einem Moment der Demut die Augen.

»Wieso hat Bresser mir nichts davon erzählt?« fragte er einen Moment später den Grafen.

Theowulf lachte humorlos. »Weil er es nicht wußte«, sagte er. »Niemand weiß davon, und wenn Ihr es nicht herumerzählt, dann bleibt das auch so. Der Hirt und sein Weib werden bestimmt nichts sagen.«

»Ihr wollt das . . . verschweigen?« fragte Tobias ungläubig.

Theowulf nickte. »Das Tier kam vor drei Tagen zur Welt«, sagte er. »Niemand außer den zweien, Euch und mir hat es gesehen. Und das soll auch so bleiben.«

»Aber warum?«

»Warum nicht?« gab Theowulf zurück. »Hat es irgend einen Nutzen, noch mehr Schrecken zu verbreiten? Die Menschen hier haben Angst genug, auch ohne daß bald Geschichten von zweiköpfigen Schweinen kursieren.«

»Aber es ist ein Beweis.«

Theowulf verhielt sein Pferd mit einem Ruck und sah Tobias an. »Braucht Ihr ihn?« fragte er.

Tobias verstand nicht gleich. »Wie . . . meint Ihr das?«

»Braucht Ihr einen Beweis, um die Hexe zu verurteilen?« fragte Theowulf noch einmal. »Ich meine — braucht Ihr *noch* einen Beweis über das hinaus, was Ihr schon wißt?«

Tobias war völlig verwirrt. »Sagtet Ihr nicht vorhin selbst, daß ich im Grunde noch keinen *Beweis* hätte?« fragte er.

Der Graf nickte. »Und Ihr werdet auch keine finden«, erklärte er. »Nicht die Art von Beweisen, an der Euch zu liegen scheint. Wenn das, was Ihr bisher gesehen habt, nicht reicht — was dann? Was wollt Ihr noch? Eine von Satan persönlich unterschriebene Bestätigung?« Er lachte böse. »Ihr wißt alles, was Ihr wissen müßt, Tobias. Jetzt tut Eure Pflicht.«

»Aber gerade darum muß ich mehr wissen.«

»Verurteilt die Hexe«, verlangte Theowulf. Er sprach sehr leise, sehr ernst.

»Es ist nötig, begreift das doch.«

»Ob sie schuldig ist oder nicht?« fragte Tobias entsetzt. »Aber . . . aber Ihr selbst sagtet doch, Ihr wärt nicht davon überzeugt, daß sie eine Hexe ist!«

»Das spielt doch gar keine Rolle«, sagte Theowulf.

»Ich soll . . . eine *Unschuldige* verurteilen? Ihr verlangt von mir, daß ich eine Frau auf den Scheiterhaufen schicke, ohne mich davon zu überzeugen, daß sie auch wirklich getan hat, was man ihr zur Last legt?«

»Wollt Ihr nicht begreifen, was hier geschieht, oder könnt Ihr es nicht?« fragte Theowulf gereizt. »Ja, ich verlange ganz genau das von Euch, wenn Ihr schon darauf besteht, daß ich es ausspreche.« Er machte eine zornige Geste. »Die Menschen hier sind fast wahnsinnig vor Angst. Irgend etwas geschieht hier, Tobias! Etwas Schreckliches. Ich weiß nicht, ob es der Teufel ist, der seine Hände im Spiel hat, oder nur eine schreckliche Aneinanderreihung von Zufällen. Und es spielt auch keine Rolle. Wichtig ist, daß die Menschen hier auf ein Zeichen warten. Ein Zeichen, daß etwas geschieht. Daß ihnen geholfen wird. Seht Euch doch um! Eine arme Stadt, eine Handvoll trostloser Gehöfte und Menschen, die nichts lieber tun, als den Teufel und seine Dämonen für ihr Unglück verantwortlich zu machen, statt ihr Schicksal selbst in die Hand zu nehmen.«

»Warum helft Ihr ihnen nicht dabei, wenn das wirklich Eure Meinung ist?« fragte Tobias.

»Aber das tue ich«, widersprach Theowulf. »Oder ich *versuche* es zumindest. Doch leider sind meine Mittel begrenzt. Und meine Möglichkeiten auch. Ich kann ihnen Gold geben, um Korn zu kaufen. Ich kann ihnen Holz geben, um ihre Häuser auszubessern. Ich kann ihnen Schutz vor Räubern und Gesindel geben. Aber ich kann sie nicht vor ihrer eigenen Angst beschützen! Ihr seid ein Mann Gottes. Ihr könnt es.«

»Indem ich einen *Mord* begehe? Ihr müßt verrückt sein.«

»Keinen Mord«, verbesserte ihn Theowulf ernst. »Pater Tobias — jeder andere Inquisitor an Eurer Stelle hätte dieser Katrin schon längst den Prozeß gemacht. Die Beweise sind mehr als ausreichend. Und seit wann braucht die Inquisition Beweise? Sie —«

»Kein Wort mehr!« unterbrach ihn Tobias. Seine Stimme zitterte. »Ich will nichts mehr hören!«

»Warum?« Theowulfs Augen wurden schmal. »Gefällt Euch nicht, was ich sage? Habt Ihr Angst vor der Wahrheit?«

»Ich glaube, ich habe mich in Euch getäuscht, Graf«, antwortete Tobias steif. »Ich hielt Euch für einen Ehrenmann. Nicht für einen gemeinen Mörder.«

»Gemeiner Mörder?« Theowulf lachte. Aber es klang böse. »Wenn Ihr mich einen gemeinen Mörder nennt, dann sind wir es alle. Wie viele Hexen habt Ihr schon verbrannt, Pater Tobias? Zehn? Hundert?«

»Keine einzige«, antwortete Tobias gepreßt. »Und wenn —«

»Dann nehme ich an, daß Ihr dieses Amt noch nicht sehr lange innehabt«, fiel ihm Theowulf spöttisch ins Wort. »Und ich nehme ebenso an, daß Ihr es auch nicht mehr lange innehaben werdet. Die Aufgabe der Inquisition ist —«

»— nicht, Unschuldige zu ermorden!« unterbrach ihn Tobias erregt. Er schrie fast.

»Nein? Was dann? Sagt mir nicht, die Menschen wirklich vor Hexerei und Schwarzer Magie zu beschützen!« Er beugte sich im Sattel zur Seite und ballte die Faust vor Tobias' Gesicht. Im allerersten Moment hielt Tobias es für eine Drohung und prallte zurück. Aber das war es nicht.

»Ich will Euch sagen, was die Inquisition ist, Tobias!« fuhr

Theowulf erregt fort. Er schüttelte die Faust. »Die geballte Faust der Kirche. Das Schwert, mit dem sie alle Andersgläubigen niederknüppelt! Das einzige, was die Inquisition beschützt, ist die Kirche selbst! Und jetzt sagt nicht, das wäre nicht wahr! Ihr tötet und brennt im Namen Jesu Christi, aber glaubt mir, Tobias — die Hälfte Eurer Brüder würde selbst ihn auf den Scheiterhaufen zerren, käme er heute wieder.«

»Das ist Gotteslästerung!« keuchte Tobias.

»Ist es das? Oder ist es nur eine Wahrheit, die Ihr nicht hören wollt?« schnappte Theowulf. »Was tätet Ihr, käme einer zu Euch, der von sich behauptet, Gottes Sohn zu sein? Der Tote auferweckt und Lahme gehen macht? Der fünftausend mit einem Fische und einem Laib Brot speist? Ich zweifle nicht an Eurer Aufrichtigkeit, Pater Tobias. Ihr seid vielleicht die eine Ausnahme, aber glaubt mir — die meisten von Euch würden Zauberei und Teufelswerk brüllen und ihn ein zweites Mal ans Kreuz schlagen!«

»*Genug!*« schrie Tobias. »*Genug, sage ich! Das höre ich mir nicht mehr an!*«

Er schlug die Hände gegen die Ohren, aber es gelang ihm nicht, sie vor Theowulfs Worten zu verschließen, die wie Pfeile in sein Herz trafen. Weil sie die Wahrheit waren. Weil der Graf nur das aussprach, was Tobias selbst nie zu denken gewagt — aber oft insgeheim gefühlt hatte.

Theowulf schwieg eine Weile. Aber er beruhigte sich nur langsam. Sein Atem ging rasch und in kurzen, harten Stößen, und sein Gesicht hatte sich vor Erregung gerötet. Doch als er endlich weitersprach, klang seine Stimme wieder halbwegs ruhig.

»Es . . . tut mir leid«, sagte er. »Ich hätte das nicht sagen sollen, ich weiß. Aber ich bin des Heuchelns allmählich müde, Pater Tobias. Und ich glaubte, Ihr wäret ein Mann, der mich versteht. Ich glaube es immer noch.«

»Was soll ich verstehen?« fragte Tobias. Auch er bemühte sich, ruhig zu klingen. Es gelang ihm so gut oder schlecht wie Theowulf. »Daß Ihr von mir verlangt, ich solle einen Mord befehlen — aus purer Berechnung? Um das Volk zu beruhigen?«

»Es ist Politik, keine Berechnung«, erklärte Theowulf. »Aber vielleicht habt Ihr doch recht. Was ist Politik anders als Berechnung? Alles ist Politik, Pater Tobias. Die Kirche verbrennt Hexen, um das Volk stillzuhalten. Der König verbrennt seine Feinde, um über seine eigenen Probleme hinwegzutäuschen. Und wir . . .« Er seufzte.

»Ach verdammt!« sagte er plötzlich. »Ich bin ein Narr. Ich . . . habe es völlig falsch angefangen. Es tut mir leid. Ich habe nicht gesagt, was ich eigentlich sagen wollte.«

»Doch«, antwortete Tobias. »Das habt Ihr.«

Theowulf sah ihn lange und mit undeutbarem Blick an. »Dann werdet Ihr . . . den Prozeß führen?«

»Ich habe nie gesagt, daß ich es nicht tun werde«, sagte Tobias. »Aber ich werde ihn gerecht führen — nach bestem Wissen und mit dem Segen Gottes.«

»Sie hat Verkolt getötet, da bin ich ganz sicher«, sagte Theowulf. »Er war ein widerwärtiger alter Mann, habgierig und böse. Viele in der Stadt hatten Angst vor ihm, und fast alle haben ihn gehaßt. Aber ein Mord bleibt ein Mord. Sie muß bestraft werden.«

»Wenn sie es getan hat — sicher«, antwortete Tobias. »Aber das ist nicht meine Aufgabe.«

Theowulf brauste nicht wieder auf, obgleich Tobias das beinahe erwartet hatte. Aber entweder war er zu müde, um zu streiten, oder er hatte sich für eine andere Taktik entschieden. »Kommt«, sagte er. »Reiten wir weiter.«

Die Pferde trabten wieder an, und Theowulf ließ einige Augenblicke verstreichen, ehe er an seine unterbrochene Rede wieder anknüpfte: »Was, glaubt Ihr, wird geschehen, wenn Ihr Katrin freisprecht?«

Tobias hob die Schultern. »Das weiß ich nicht. Sie wird sich vor dem Richter verantworten müssen, wenn sie wirklich ihren Mann umgebracht haben sollte.«

»Das meine ich nicht«, sagte Theowulf. »Was glaubt Ihr, wird hier in Buchenfeld passieren?«

»Wie meint Ihr das?«

»Sie werden sich eine neue Hexe suchen«, antwortete Theowulf. »Oder einen Hexer. Versteht Ihr — die Menschen hier sind halb von Sinnen vor Angst. Sie sind . . . verzweifelt. Es herrscht Unruhe. Man sieht es noch nicht, aber man spürt es. Die letzte Ernte wurde vernichtet, und Ihr habt gesehen, was mit dem See im Wald geschah. Wenn Ihr Katrin freisprecht, Tobias, werden sie sich ein anderes Opfer suchen. Und vielleicht mehr als eines. Vielleicht wird es Tote geben. Sehr viele Tote. Ihr habt die Männer gesehen, mit denen ich heute abend auf Jagd gehen werde?«

»Sicher.«

»Aber Ihr wißt nicht, wer sie sind«, fuhr Theowulf fort. »Es sind meine Hintersassen.« Er betonte das Wort auf so sonderbare Art, daß Tobias ihn fragend ansah, aber Theowulf reagierte nicht darauf, sondern fuhr nach einer winzigen Pause fort. »Sie sind nicht nur hier, um mit mir ein paar Rehe oder Wildschweine zu jagen, Tobias. Sie sind gekommen, weil sie Angst haben. Der nächste Winter wird Hunger bringen. Sie verlangen, daß ich etwas tue. Aber ich weiß nicht, was.«

»Einen Mord zu begehen ist keine Lösung.«

Theowulf seufzte. »Mord . . . welch ein Wort, Tobias. Manchmal ist einer einfach im falschen Moment am falschen Platz. Manchmal frage ich mich, ob *ich* am richtigen Platz bin.«

»Das klingt . . . nicht so, als wäret Ihr mit Eurem Schicksal zufrieden«, sagte Tobias zögernd.

»Doch«, antwortete Theowulf. »Oder nein.« Er lachte. »Ja *und* nein, muß es wohl heißen. Ich möchte mit keinem der anderen tauschen — aber ich glaube, ihnen geht es ebenso. Wofür haltet Ihr mich, Tobias?«

»Wofür ich Euch halte? Was meint Ihr damit?«

»Für einen Mann von Macht und Einfluß, der beides genießt und mit eiserner Faust über seine Untertanen herrscht?« fragte Theowulf. »Wenn das so ist, dann irrt Ihr Euch. Ich will ganz ehrlich zu Euch sein, Tobias: Meine Grafschaft zerfällt. Die Menschen arbeiten nicht mehr, weil sie Angst haben. Sie lassen ihre Felder brachliegen, weil sie es nicht mehr wagen, die Sicherheit ihrer Häuser zu verlassen. Einer traut dem anderen nicht mehr, und sie beginnen, *mir* zu mißtrauen. Uns droht der Untergang. Und ich weiß nicht, ob ich ihn noch verhindern kann. Vielleicht ist es bereits zu spät.«

»Darf auch *ich* ganz offen sprechen?« fragte Tobias. Theowulf nickte.

»Ist das der wahre Grund für mein Kommen?« fragte Tobias. »Habt Ihr Angst um Eure Macht?«

Einen Moment starrte Theowulf ihn betroffen an — dann warf er den Kopf in den Nacken und begann schallend zu lachen. Tobias sah ihn verwirrt an.

»Das ist es, was Ihr glaubt?« fragte Theowulf, nachdem er wieder zu Atem gekommen war. »Da kann ich Euch beruhigen, mein Freund. Ich will sie nicht, diese Macht. Sie ist zu schwer für das, was man dafür bekommt. Ich würde sie herschenken, gäbe es einen, der dumm genug wäre, sie zu nehmen. Aber ich will Euch sagen, was ich wirklich will: Ich will nachts ruhig schlafen. Ich will am Morgen aufwachen, ohne Angst zu haben, daß die Welt rings um mich herum in Flammen steht. Ich will, daß die Menschen, die mir vertrauen, den nächsten Tag noch erleben. Meine Grafschaft ist nicht groß, Pater Tobias — aber es sind alles in allem doch mehr als zweitausend Seelen, die mir unterstehen. Und ich will nicht, daß sie verlorengehen — ganz gleich, ob an den Teufel oder das Chaos.«

»Ihr wollt nur Ruhe und Ordnung, wie?« fragte Tobias mit bitterer Stimme. »Deshalb habt Ihr mich gerufen.«

»Ich habe Euch nicht gerufen«, korrigierte ihn Theowulf. »Und ginge es nach mir, würde ich jeden auspeitschen, der das Wort *Hexerei* auch nur in den Mund nimmt. Aber Ihr seid nun einmal hier. Die Dinge sind ins Rollen gekommen, und ich muß sehen, daß ich das Beste daraus mache. In gewissem Sinne habt Ihr recht: Ich will nichts als Ruhe und Ordnung auf meinem Land. Und mir ist jedes Mittel recht, sie zu erhalten.« Er zögerte einen Moment.

»Ich mache Euch einen Vorschlag, Tobias«, sagte er dann. »Und bitte entscheidet nicht gleich darüber, sondern denkt nach. Einen Tag, zwei — so lange Ihr braucht.«

»Und welchen?« fragte Tobias mißtrauisch.

»Es war falsch von mir, Euch überreden zu wollen, Euer Amt zu mißbrauchen«, sagte Theowulf. »Ich sehe das ein. Aber Eure Reaktion beweist mir, daß ich mich nicht in Euch getäuscht habe: Ihr seid genau der aufrechte Mann, für den ich Euch gehalten habe. Aber glaubt mir, wenn ich sage, daß das Volk ein Opfer verlangt. Deshalb denkt über Folgendes nach: ich hatte den Prozeß gegen Katrin für den kommenden Sonntag angesetzt, aber ich sehe ein, daß Ihr mehr Zeit braucht. Ich gebe Euch noch eine Woche mehr. In dieser Zeit gewähre ich Euch jede Hilfe, die ihr verlangt. Keine Frage wird Euch unbeantwortet bleiben und keine Tür verschlossen. Ihr habt also Zeit genug, Euch Eure eigene Meinung zu bilden. Aber am Sonntag in acht Tagen werdet Ihr über die Hexe zu Gericht sitzen. Und Ihr werdet sie schuldig sprechen und zum Tode auf dem Scheiterhaufen verurteilen, ganz gleich, zu welchem Ergebnis Ihr wirklich gekommen seid.«

Er hob rasch die Hand, als Tobias ihn schon wieder unterbrechen wollte, und fuhr mit leicht erhobener Stimme fort: »Glaubt Ihr, daß sie eine Hexe ist, so ist es ohnehin Eure Pflicht, sie zu verbrennen. Glaubt Ihr aber, daß sie unschuldig ist, so werden wir es so arrangieren, daß es nur so *aussieht*, als würde sie verbrannt. Ich gebe Euch mein Wort, daß ich dafür sorgen werde, daß sie in aller Heimlichkeit fortgebracht wird. Wohin immer Ihr wollt — in die Freiheit oder an einen Ort, an dem sie sich für Verkolts Tod zu verantworten hat.«

Das war ein ungeheuerlicher Vorschlag. Und doch widersprach Tobias nicht sofort. Theowulfs Plan hatte etwas ungemein Verlockendes — und sei es nur der Umstand, sich so aus der Verantwortung zu schleichen, die der Graf ihm gegen seinen Willen aufgebürdet hatte.

Und Katrins Leben zu retten . . .

»Sagt jetzt nichts«, sagte Theowulf. »Denkt darüber nach, ich bitte Euch. Ihr könnt mir Eure Entscheidung heute abend mitteilen, wenn ich von der Jagd zurückkehre, oder morgen früh. Ich weiß, was Ihr empfinden müßt, aber glaubt mir — es lohnt sich, zumindest darüber nachzudenken.«

»Das werde ich tun«, versprach Tobias.

8

Der Weg zurück zu Theowulfs Burg verlief sehr schweigsam, wofür Tobias im stillen dankbar war. Er wollte jetzt nicht reden — weder mit dem Grafen noch mit sonst jemandem. Im Grunde wollte er nicht einmal über Theowulfs Vorschlag nachdenken. Was natürlich nicht möglich war, denn allein der feste Vorsatz, an etwas ganz Bestimmtes *nicht* zu denken, war der beste Weg, ganz *bestimmt* daran zu denken. Und Tobias' Gedanken kreisten ununterbrochen um Theowulfs Vorschlag.

So ungeheuerlich er war, enthielt er doch zugleich eine teuflische Verlockung, die er bereits jetzt zu spüren begann. Und die schlimmer werden würde, denn er ahnte, daß er sie mit jedem Argument, das er *dagegen* fand, in Wahrheit nur stärken würde.

Vielleicht hatte er den Kampf jetzt schon verloren.

Es wäre seine Pflicht gewesen, dieses Ansinnen sofort und in aller Schärfe zurückzuweisen. Allein daß er das nicht getan hatte, offenbarte schon seine Schwäche. Und daß Theowulf darauf bestand, seine Antwort erst später zu hören — nun, das war zweifellos wieder einer seiner kleinen klugen Schachzüge.

Alles wäre so einfach, wäre es statt Katrin eine andere Frau gewesen, über die er richten sollte. Gott, dachte er wieder, welche Prüfung hast du mir auferlegt, mich ausgerechnet *hierher* zu schicken?

Als sie in die Burg zurückkehrten, bat er Theowulf, ihm einen Raum zuzuweisen, in dem er ungestört beten konnte. Daraufhin erhielt er eine kleine, kahle Kammer im oberen Stockwerk des Wohnturmes, die kalt und düster war, denn wie alle Räume verfügte auch sie nur über ein winziges Fenster, durch das ein schmaler Lichtstreifen fiel. Aber die Kammer bot genau das, was Tobias im Moment suchte: Stille und Abgeschiedenheit. Sorgsam verschloß er die Tür hinter sich, kniete sich neben dem Fenster auf den Boden und begann zu beten.

Eine Stunde lang, eine zweite und schließlich eine dritte, bis das Licht zu verblassen begann und sein Rücken schmerzte.

Und doch fühlte er nichts — nur kalte Leere.

Der Trost, den er stets im Gebet gefunden hatte, kam nicht. Der schier unerschöpfliche Quell von Kraft und Stärke, der sein Glaube bisher für ihn gewesen war, war versiegt.

Tränen füllten seine Augen, als er begriff, daß Gott ihn nicht mehr hörte, und aus dem Schmerz in seiner Seele wurde Entsetzen, als ihm klar wurde, warum: nicht, weil er sich plötzlich von einem gütigen in einen grausamen Herrn verwandelt hätte, sondern weil er, Tobias, nicht mehr in der Lage war, ihn zu rufen. Es gelang ihm nicht mehr, sein Herz zu öffnen. Der Schlüssel zu Gott, das große Geheimnis aller Religionen — die Ehrlichkeit — war dahin. Er war nicht mehr ehrlich. Nicht zu Gott und nicht zu sich selbst.

Er hatte versucht, sich einzureden, daß er wirklich über Theowulfs ungeheuerlichen Vorschlag nachdachte; ihn einfach nach logischen Grundsätzen erwog und sein Gewissen entscheiden ließ. Aber das war von allem vielleicht die größte Lüge.

Die Wahrheit war, daß er niemals vorgehabt hatte, Katrin zu verurteilen. Es war ihm gleichgültig, ob sie ihren Mann ermordet hatte, es spielte nicht einmal eine Rolle, ob sie eine Hexe war oder nicht. Er hatte nie daran gedacht, irgend etwas anderes zu tun, als ihre Unschuld zu beweisen und sie freizusprechen. Die gigantische Lüge, die Theowulf ihm vorgeschlagen hatte, hatte ihm seine eigenen dunklen Absichten vor Augen geführt.

O ja — er konnte ihr Leben retten. Er hatte die Mittel und die Macht, denn in einem hatte Theowulf völlig recht: unter dem schlichten Gewand, das er trug, war er immer noch ein Inquisitor, ein Mann, der nicht nur den Trost der Kirche, sondern auch *Angst* verbreitete. Die Inquisition war genau das, wofür Theowulf sie hielt — die stählerne Faust der Kirche, die imstande war, selbst Königreiche hinwegzufegen, wenn es sein mußte. Bisher hatte er sich jedoch stets eingeredet, daß sie nur im Namen Gottes eingesetzt wurde, eine fürchterliche Gewalt, eine Waffe — doch eine, die nur das Böse traf und dem Guten keine Wunden schlug. Und auch das war eine Lüge.

Als es draußen vollends dunkel wurde, glomm auf dem Hof der rote Schein brennender Fackeln auf, und Tobias hörte Stimmen. Müde erhob er sich, trat ans Fenster und streckte sich, um hinauszusehen. Das Fenster lag hoch, und die Mauer war so dick, daß er nur einen winzigen Ausschnitt des Hofes überblicken konnte. Aber er sah, daß sich Theowulfs Gäste vollzählig auf dem kleinen Geviert versammelt hatten. Einige Knechte brachten gesattelte Pferde herbei. Lautes Stimmengewirr drang zu ihm. Offenbar brach die Gesellschaft zu der Jagd auf, von der Theowulf gesprochen hatte.

Tobias verließ seine Kammer, wandte sich nach rechts und betrat die Treppe am Ende des Ganges, ehe er merkte, daß er sich in der Richtung geirrt hatte, also blieb er stehen und wollte zurückgehen. Aber gerade als er sich herumdrehte, sah er einen Schatten am unteren Ende der Treppe und verhielt abermals, um nach dem Weg zu fragen. Dieser Turm war größer, als es von außen den Anschein hatte.

»Wer da?« rief er.

Die Gestalt am unteren Ende der Treppe blieb gleichfalls stehen. Tobias konnte sie nur als Umriß erkennen, aber sie erschien ihm zu klein für einen Erwachsenen — es mußte ein Zwerg oder ein Kind sein.

»Verzeih«, fuhr er fort. »Aber ich habe mich . . .«

Der Schatten bewegte sich, und einen Herzschlag lang konnte Tobias sein Gesicht sehen.

Es war ein Gesicht, das er kannte.

Er hatte es nur einmal gesehen, und da war es verzerrt vor Angst und Anstrengung gewesen — und doch war er sicher, sich nicht zu irren.

Es war der Junge, der ihm bei seiner Ankunft in Buchenfeld beinahe den Schädel eingeschlagen hätte.

Verblüfft riß er Mund und Augen auf, und im gleichen

Moment fuhr der Knabe herum und verschwand mit schnellen Schritten in der Dunkelheit.

»Heda!« rief Tobias. »Bleib stehen!«

Er erwachte endlich aus seiner Erstarrung und stürzte hinter dem Jungen her die Treppe herab, immer zwei Stufen auf einmal nehmend und die linke Hand stützend an der Mauer. »So warte doch! Ich tue dir nichts! Ich will nur mit dir reden!«

Natürlich war der Junge längst verschwunden, als er schweratmend das Ende der Treppe erreichte. Und Tobias konnte sich nicht einmal erinnern, in welche Richtung er gerannt war — nach rechts oder nach links. Es war alles zu schnell gegangen, und er war einfach zu verblüfft gewesen, den Knaben hier in diesem Gemäuer wiederzusehen.

Keuchend vor Anstrengung versuchte er, in dem dämmerigen Gang Spuren auszumachen — was aber auf dem kalten Stein vollkommen sinnlos war.

In welcher Richtung war der Junge nur gelaufen?

Tobias sah abwechselnd nach rechts und links. Zur Linken erstreckte sich ein kurzes Stück Gang, an das sich eine weitere Treppe anschloß, während er auf der anderen Seite gleich drei geschlossene Türen gewahrte. Hatte er das Geräusch einer Tür gehört? Er wußte es nicht.

Kurzentschlossen wandte er sich nach rechts und rüttelte nacheinander an den Türen. Die beiden ersten waren verschlossen, aber bei der dritten hatte er Glück: Sie schwang so leicht auf, daß er um ein Haar das Gleichgewicht verloren und in den dahinterliegenden Raum hineingestürzt wäre und erst im letzten Moment sein Gleichgewicht wiederfand, indem er sich am Türrahmen festhielt.

Der Knabe war nirgend im Raum zu sehen. Doch Tobias' Enttäuschung hielt nur einen Augenblick, dann machte sie Verwunderung Platz.

Die Kammer war klein und fensterlos, wie die meisten Räume in dieser unheimlichen Schattenburg, aber taghell erleuchtet: an die fünfzig Kerzen brannten und verbreiteten warmes, gelbes Licht. Überall standen Tische und Regale, die von Tiegeln, Töpfen, Flaschen, Krügen und allen anderen denkbaren Behältnissen überquollen. An der Wand der Tür gegenüber hing ein goldgerahmtes Bild in düsteren Farben, das einen Mann mittleren Alters zeigte, bekleidet mit einem schweren Fellmantel, unter dem er ein Kettenhemd und einen Schwertgurt trug. Offensichtlich ein Vorfahre Theowulfs. Ein scharfer, nicht unbedingt unangenehmer, aber sehr *fremdartiger* Geruch hing in der Luft, und auf einem der Tische gewahrte Tobias eine Anordnung von Kesseln, Schalen und gewundenen metallenen Rohren, wie er sie bisher allenfalls auf Bildern zu Gesicht bekommen hatte, die das Laboratorium eines Alchimisten zeigten. Die Decke über diesem Tisch war rußgeschwärzt.

Tobias warf einen hastigen Blick über die Schulter in den Gang zurück, mit dem er sich davon überzeugte, daß ihn bisher niemand bemerkt hatte, trat vollends in den Raum hinein und schob die Tür hinter sich zu. Und in den nächsten gut zehn Minuten vergaß er den Jungen, vergaß er Theowulf, ja, sogar den Gewissenskonflikt, in den ihn dessen Vorschlag gestürzt hatte, denn was er in dieser sonderbaren Kammer fand, verblüffte ihn über die Maßen.

Es *war* ein Laboratorium. Auf den verschiedenen Tischen und auch auf dem Boden entdeckte er nach und nach höchst eigenartige Gerätschaften sowie eine Unzahl von Büchern und in großen ledernen Mappen untergebrachten Blättern, die zum größten Teil in lateinischer, manche aber auch in Tobias völlig unbekannten Sprachen abgefaßt waren. Und in all diesen zahllosen Krügen und Flaschen fanden sich ebenso zahllose Tinkturen und Substanzen.

Es gab keinen Zweifel, dachte Tobias verblüfft — Theowulf *war* ein Alchimist. Er wußte nicht, ob er ein guter oder schlechter war, aber gewiß ein höchst fleißiger. Auf einem der Tische fand Tobias eine Liste mit Substanzen, die Theowulf offensichtlich ausgegangen waren, denn er hatte zum Teil die benötigten Mengen samt der Quellen, aus denen er sie bezog, dahinter notiert.

Und schließlich fand er etwas, was ihn nicht nur verwunderte, sondern zutiefst erschreckte. Es war ein Zufall: Er hatte sich schon fast entschlossen, den Raum wieder zu verlassen, als er versehentlich an einen der Tische geriet und dabei einen tönernen Krug umstieß. Es gelang ihm, ihn im letzten Moment aufzufangen, ehe er vom Tisch fallen und zerbrechen konnte. Aber dabei floß etwas von seinem Inhalt über Tobias' Hände.

Angeekelt verzog er das Gesicht. Es war eine dunkelbraune Flüssigkeit, die in den winzigen Rissen in seiner Haut, die er sich im Wald zugezogen hatte, wie Säure brannte. Und sie stank bestialisch. Hastig stellte Tobias den Krug wieder zurück auf den Tisch, wischte sich die Hände an einem herumliegenden Tuch ab —

— und sah plötzlich erstaunt auf seine eigenen Finger.

Er kannte diesen Geruch. Er war nicht ganz so intensiv wie im Wald, aber es war ganz zweifellos der gleiche Gestank, der vom Pfuhl ausging.

Verblüfft griff er ein zweites Mal nach dem Tonkrug, entfernte den Lappen, mit dem er verschlossen war und roch an der Flüssigkeit. Einen Moment später stopfte er ihn hastig wieder zurück und verzog angewidert das Gesicht. Es konnte keinen Zweifel geben — das Wasser in diesem Krug stammte aus dem See im Wald. Aber was um alles in der Welt *wollte* der Graf damit?

»Seid Ihr zufrieden?«

Tobias fuhr erschrocken herum und blickte in Theowulfs Gesicht. Es war dunkel vor Zorn, und seine Augen flammten so wütend, daß Tobias unwillkürlich einen Schritt zurückwich.

»Mit dem, was Ihr gefunden habt?« fügte Theowulf im gleichen Tonfall hinzu. »Das ist es doch, was Ihr gesucht habt, nicht wahr?«

»Ich . . . verzeiht . . . Ich wollte —«

»Ihr habt Euch sicher nur verirrt und nach dem Ausgang gesucht, nicht wahr?« fiel ihm Theowulf ins Wort.

Tobias blickte den jungen Grafen mit immer größerer Verstörtheit an. Er verstand seinen Zorn nicht. Er war hier eingedrungen, ohne um Erlaubnis zu fragen, und vermutlich war dieser Raum etwas, das Theowulf sorgsam vor neugierigen Blicken versteckt hatte; Grund genug, verärgert zu sein.

Aber kein Grund für eine solche Wut. Was er in Theowulfs Augen sah, war blanke Mordlust.

»Ich . . . habe mich in der Tat verlaufen«, erwiderte er stockend. »Ein Kind — einen Jungen, um genau zu sein. Ich wollte ihn nach dem Weg fragen, aber er ist einfach weggelaufen.«

Der Zorn in Theowulfs Blick verschwand; für einen kurzen Moment schien der Graf aufzuatmen.

»Einen Jungen?« vergewisserte er sich. »Hier gibt es keine Kinder —« Plötzlich trat ein überraschter Ausdruck auf seine Züge. »Oh«, sagte er dann, »ich verstehe. Ihr meint den Sohn der Zigeunerin.«

Nun war es Tobias, der überrascht war. »Zigeunerin?«

Theowulf nickte. »Eine arme Frau. Ich habe sie vor ein paar Tagen im Wald gefunden. Ihre Leute haben sie davongejagt, weil sie ein Kind erwartete, und sie hat es ganz allein dort draußen bekommen und verloren. Sie war mehr tot als lebendig, als ich sie und den Jungen fand.«

Er lachte, es klang nicht ganz echt, und der Blick, mit dem er Tobias dabei maß, war zu fröhlich, um irgendwie anders als aufgesetzt zu wirken. »Der Kleine ist ein richtiger Teufelsbraten. Ihr hättet sehen sollen, wie er sich gewehrt hat, als ich versucht habe, seine Mutter auch nur anzufassen.«

Tobias hatte es nicht nur gesehen, er hatte am eigenen Leib *gespürt*, wozu dieser Knabe imstande war. Aber er hatte auch gehört, was seine Mutter erzählt hatte, und das war eine ganz andere Geschichte gewesen als die, die der Graf ihm auftischte.

Er räusperte sich übertrieben, um das Thema für beendet zu erklären, und sah sich mit einer Mischung aus Neugier und unverhohlener Bewunderung in der Kammer um.

»Es tut mir wirklich leid, daß ich hier eingedrungen bin, Graf«, sagte er. »Aber ich muß auch gestehen, daß es mich überrascht. Ihr versucht Euch als Alchimist?«

Theowulf zog eine Grimasse und schüttelte mit einem entsagungsvollen Seufzer den Kopf. »Ich wollte, ich wäre es«, sagte er. »Ich habe Euch erzählt, daß mich die Wissenschaften interessieren.«

Tobias nickte.

»Nun, dann bleibt es nicht aus, daß man das eine oder andere auch selbst auszuprobieren versucht«, fuhr Theowulf fort. Er lächelte Tobias an und schlenderte an ihm vorüber. Die raschen, fast angstvollen Blicke, mit denen er die Regale, die Tische und die darauf aufgebauten Utensilien betrachtete, entgingen dem Mönch keineswegs. Theowulf suchte etwas, etwas, von dem er nicht ganz sicher war, ob Tobias es gesehen hatte.

»Leider bin ich nie über das Stadium eines Zauberlehrlings hinausgekommen«, fuhr Theowulf spöttisch fort. »Wenn ich das Wort in Eurer Gegenwart benutzen darf, Pater Tobias.«

Tobias blieb ernst. »Das hier sieht nicht nach dem Werk eines *Lehrlings* aus«, sagte er betont. Nachdenklich blickte er auf den Krug mit dem stinkenden Wasser und berührte ihn mit der Hand. »Ihr experimentiert mit Wasser aus dem Pfuhl?«

Theowulfs Lächeln wirkte noch verkrampfter. »Ja«, gestand er. Er hatte den Tisch mittlerweile umkreist und war wieder stehengeblieben. Er sah Tobias an, aber seine Fingerspitzen glitten hierhin und dorthin, berührten schließlich das Blatt, auf dem er sich Notizen gemacht hatte und das Tobias vorhin gelesen hatte, spielte einen Moment damit und drehte es herum. Für einen weniger aufmerksamen Beobachter hätte die Bewegung wie zufällig gewirkt; so, als hätte auch sie keinen anderen Zweck, als seine Finger beschäftigt zu halten. Aber Tobias hatte auch gelernt, nicht nur auf die Sprache, sondern auch auf die Gesten der Menschen zu achten.

»Ich habe versucht herauszufinden, was damit nicht stimmt«, gestand Theowulf. »Aber es ist mir nicht gelungen.«

»Dann glaubt Ihr also doch nicht an Hexerei?« fragte Tobias. »Ich meine — wenn Ihr versucht, das Problem mit wissenschaftlichen Mitteln zu lösen, könnt Ihr kaum der Meinung sein, es sei auf magischem Wege entstanden . . .«

Theowulf lächelte. Aber er ging nicht weiter auf diese

Worte ein, sondern schüttelte nur den Kopf und trat mit plötzlich raschen, kraftvollen Schritten wieder um den Tisch herum, um zwei Schritte vor Tobias stehenzubleiben.

»Eine interessante Frage«, sagte er. »Aber sie ist schneller gestellt als beantwortet, Pater. Laßt uns heute abend bei einem guten Schluck darüber reden. Oder morgen.«

»Ich glaube nicht, daß ich bleiben werde«, antwortete Tobias. »Ich möchte so bald wie möglich nach Buchenfeld reiten.«

»Jetzt?« Theowulf erschrak.

»Warum nicht jetzt?« gab Tobias zurück. »Der Weg ist nicht zu weit. Das Pferd, das Temser mir gegeben hat, kann es in zwei Stunden schaffen.«

»Das kommt überhaupt nicht in Frage!« sagte der Graf entschieden. »Ihr seid mein Gast, für heute abend und morgen bis zum Mittagsmahl. Ich bestehe darauf. Oder wollt Ihr mich beleidigen?«

»Keineswegs«, antwortete Tobias kühl. »Aber ich habe zu tun.«

»Die eine Nacht mehr oder weniger wird daran auch nichts mehr ändern«, erwiderte Theowulf barsch. »Glaubt mir, Tobias — Der Weg zurück nach Buchenfeld ist gefährlich, vor allem nachts. Es gibt wilde Tiere, und Ihr könntet Euch verirren.«

»Dann begleite ich Euch ein Stück«, sagte Tobias. »Ihr wolltet doch mit Eurer Jagdgesellschaft aufbrechen.«

»Wir reiten in die entgegengesetzte Richtung«, antwortete Theowulf so rasch und in einem leicht triumphierenden Ton, als hätte er genau diesen Vorschlag erwartet. »Und . . .« Er zögerte, lächelte dann beinahe jungenhaft, ». . . wir werden sehr schnell reiten.«

»Aber ich . . .«

»Dann erweist mir wenigstens die Ehre zu bleiben«, unterbrach ihn Theowulf. »Es wird ohnehin schon dunkel. Außerdem haben wir noch eine Menge interessanter Dinge zu besprechen. Und«, fügte er betont hinzu, »Ihr seid mir noch die Antwort auf meine Frage schuldig.«

Er sah Tobias einen Moment lang an, dann drehte er sich

mit einer plötzlichen Bewegung herum, trat an eines der Regale heran und nahm zwei Zinnbecher zur Hand. Ohne ein Wort zu sagen, griff er nach einem Krug, füllte etwas von seinem Inhalt in die beiden Becher und reichte einen davon an Tobias weiter.

Tobias ergriff ihn, zögerte aber, selbst als Theowulf ihm auffordernd mit seinem Becher zuwinkte.

»Trinkt einen Schluck, Pater«, sagte Theowulf auffordernd. Er lachte. »Oder habt Ihr Angst, daß ich Euch vergifte?« Er lachte erneut, setzte seinen Becher an und leerte ihn mit einem einzigen Zug. Tobias blieb ernst, aber nach einem kurzen Zögern trank auch er, und er stellte fest, daß es ein wirklich ausgezeichneter Wein war.

»Ich lasse Euch ein Zimmer mit einem bequemen Bett zuweisen«, sagte Theowulf, nachdem er seinen Becher wieder zurückgestellt hatte. »Ihr könnt Euch ausruhen, bis ich von der Jagd zurück bin. Es wird nicht sehr lange dauern. Zwei Stunden, vielleicht drei. Und danach gebe ich Euch zwei Männer mit, die Euch nach Buchenfeld eskortieren, wenn Ihr unbedingt noch in der Nacht aufbrechen wollt.«

Pater Tobias widersprach nicht. Für seinen Geschmack hatte Theowulf zu schnell nachgegeben — er benahm sich ohnedies recht sonderbar.

»Was also bezweckt Ihr?« fragte er noch einmal und deutete auf die Utensilien. »Ihr versucht doch nicht etwa, Gold zu machen?«

Theowulfs Blick wurde eisig, aber er sagte nichts, sondern drehte sich herum und ging zur Tür, wo er abermals stehenblieb.

Tobias verstand die Aufforderung. Er folgte dem Grafen, duckte sich an ihm vorbei unter dem niedrigen Türsturz hindurch und blieb draußen auf dem Gang stehen.

»Ich interessiere mich für die Wissenschaften«, sagte Theowulf, nachdem er ihm gefolgt war und sie nebeneinander zur Treppe zurückgingen. »Genau wie Ihr, Pater. Aber zuerst war es nicht mehr als ein Zeitvertreib: Die Abende sind lang und eintönig hier draußen.«

»Und was ist es jetzt?« fragte Tobias.

Theowulf schien um die Antwort verlegen zu sein, denn er zuckte mit den Achseln und schwieg eine ganze Weile. »Ich weiß es nicht«, gestand er schließlich. »Vielleicht nur eine Spielerei.«

»Aber eine gefährliche«, fügte Tobias hinzu, als der Graf nicht weitersprach.

Theowulf sah ihn fragend an, und Tobias fügte erklärend hinzu: »In einer Gegend, in der die Leute von Hexerei und schwarzer Magie sprechen, kann es auch für einen Alchimisten gefährlich werden. Selbst wenn er ein Graf ist.«

Zu seiner Verwunderung lächelte Theowulf. »Wollt Ihr mir drohen, Pater?« fragte er.

Tobias schüttelte den Kopf und zwang sich zu einem dünnen, nicht besonders humorvollen Lächeln. »Ihr wißt, wie die Leute sind, Theowulf«, sagte er. »Ihr braucht ihnen nur einen Anlaß zu geben, und sie schwören Stein und Bein, sie hätten den Teufel persönlich auf einem Besenstiel am Mond vorbeireiten gesehen.«

»Und da ist ein verrückter Graf, der im Keller seines Schlosses Zaubertränke zusammenbraut, gerade der richtige, meint Ihr?« Theowulf lachte laut auf. »Vielleicht habt Ihr sogar recht. Aber außer Euch und mir gibt es nur zwei Leute auf diesem Schloß, die um die Existenz dieses Raumes wissen. Und so soll es auch bleiben.«

»Ich werde niemandem davon erzählen«, sagte Tobias.

Theowulf nickte. »Ich weiß.«

»Seid Ihr da so sicher?«

Theowulf nickte abermals und sah ihn an. »Völlig«, antwortete er. »Ich glaube, ich kenne Euch ganz gut, Pater. Wir sind vielleicht nicht immer einer Meinung, aber ich weiß um Eure Gerechtigkeit.«

Sie gingen an der Kammer vorüber, in der Tobias die letzten Stunden im Gebet verbracht hatte, und Theowulf blieb stehen, runzelte die Stirn und sah abwechselnd ihn und die geschlossene Tür an, und für einen Moment hatte Tobias das unheimliche Gefühl, der Graf wisse ganz genau, was sich darin abgespielt hatte.

Aber dann verscheuchte der Mönch diesen unsinnigen Gedanken und ging mit raschen Schritten weiter.

»Ihr versprecht mir, hierzubleiben und auf mich zu warten«, sagte Theowulf, als sie die große Halle mit dem Kamin und der Tafel erreicht hatten.

Tobias antwortete nicht, aber Theowulf schien sein Schweigen als Zustimmung zu deuten, denn er lächelte plötzlich zufrieden, wies mit der linken Hand auf die große Tafel und mit der rechten Hand auf das Bücherregal neben dem Kamin und sagte: »Nehmt Platz. Wenn Ihr irgend etwas braucht, dann ruft einen der Diener. Sie werden jeden Eurer Wünsche erfüllen. Ansonsten, denke ich, werdet Ihr genügend Bücher finden, um Euch die nächsten zwei oder drei Stunden zu vertreiben. Ich verspreche, so schnell wie möglich zurück zu sein.«

Tobias antwortete auch jetzt nicht. Er war nach wie vor entschlossen, die Burg zu verlassen und unverzüglich nach Buchenfeld zurückzukehren, aber es schien ihm müßig, noch einmal darüber zu reden. Überhaupt fühlte er sich matt; seine Glieder waren schwer, und als er sich in den großen Lehnstuhl am Ende der Tafel sinken ließ, der eigentlich dem Grafen vorbehalten war, da tat er es mit einem Gefühl der Erleichterung, als hätte er eine Woche lang nicht mehr geschlafen. Er wollte nur für einen Moment die Augen schließen, aber es überstieg fast seine Kräfte, die Lider wieder zu heben. Und als er es tat, schien sich der Raum für einen Moment um ihn zu drehen.

Er hörte, daß Theowulf irgend etwas sagte, um sich zu verabschieden, aber er hatte nicht einmal mehr die Kraft, darauf zu antworten, sondern nickte nur und schloß erneut die Augen.

Er mußte wohl auf der Stelle eingeschlafen sein, denn das nächste, was er bewußt wahrnahm, war Lärm, der durch eines der Fenster vom Hof hereindrang.

Mühsam, als wögen sie plötzlich Zentner, hob er die Lider und sah sich um. Er war allein. Auf der großen Tafel, die vorhin noch leer gewesen war, standen jetzt ein einfaches, kaltes Mahl und ein Leuchter, in dem ein halbes Dutzend

Kerzen brannten. In seinem Mund war ein übler Geschmack und zwischen seinen Schläfen ein ganz leichtes Schwindelgefühl. Als er versuchte, sich in die Höhe zu stemmen, gelang es ihm nicht auf Anhieb. Erst beim dritten Mal stand er auf, fühlte sich aber so wackelig auf den Beinen, daß er nach der Tischkante greifen mußte, um nicht sofort wieder zurückzusinken.

Was war nur mit ihm los?

Noch immer drang Lärm vom Hof herein. Er hatte also nur wenige Augenblicke geschlafen, denn offenbar war die Jagdgesellschaft noch nicht aufgebrochen.

Oder kehrte sie bereits zurück?

Der Gedanke, womöglich stundenlang in diesem Sessel gesessen und geschlafen zu haben, erschreckte ihn so sehr, daß er für einen Moment sogar seine Müdigkeit vertrieb. Er atmete tief ein und aus, fuhr sich mit beiden Händen durch das Gesicht und ging mit unsicheren Schritten zum Fenster, um hinauszublicken.

Der Hof war von brennenden Fackeln fast taghell erleuchtet. Fünf oder sechs von Theowulfs Männern bewegten sich im Schein der Fackeln und halfen der Gesellschaft, die Pferde aufzuzäumen oder in die Sättel zu steigen. Gelächter und Stimmen, das Knarren von altem Leder und das Klirren von Metall drangen an das Ohr des Mönchs, und er stellte erleichtert fest, daß die Jagdgesellschaft tatsächlich erst im Aufbruch begriffen war. Er hatte also nur wenige Minuten geschlafen.

Aber das war an sich schon sonderbar genug . . .

Er war zwar müde — das Reiten hatte ihn mehr angestrengt, als er sich eingestehen wollte —, aber *so* müde, daß er mitten im Gespräch mit Theowulf einschlief, nun doch nicht.

Nun — vielleicht hatte er seine Kräfte einfach überschätzt. Seit er nach Buchenfeld gekommen war, hatte er keine Nacht mehr ausreichend geschlafen.

Er sah dem Treiben unten auf dem Hof noch eine Weile zu, dann drehte er sich herum, ging zum Tisch zurück und griff nach einem der beiden Krüge, die neben dem Essen standen.

Er enthielt Wein. Tobias stellte ihn zurück, nahm den anderen Krug und stellte zufrieden fest, daß er mit Wasser gefüllt war. Er benetzte sein Gesicht damit, schöpfte eine weitere Handvoll, die er sich in den Nacken rieb, und schauderte, als er die Kälte spürte.

Seine Arme und Beine fühlten sich bleiern an, doch es gelang ihm jetzt, zumindest die Augen offenzuhalten. Einen Moment fragte er sich, ob Theowulf ihm etwas in den Wein geschüttet hatte, damit er schlief. Aber er verjagte den Gedanken fast so schnell, wie er ihm gekommen war. Warum sollte der Graf das tun? Außerdem hatten sie beide aus demselben Krug getrunken.

Tobias widerstand der Verlockung, sich noch einmal hinzusetzen und zu warten, daß Theowulf und die anderen endlich davonritten. Er wäre vermutlich auf der Stelle wieder eingeschlafen. So stand er eine ganze Weile neben dem Tisch, wobei er eiserne Kraft brauchte, um sich überhaupt auf den Beinen zu halten, und wartete darauf, daß das Stimmengewirr und das Hufgeklapper draußen auf dem Hof nachließen. Es dauerte wahrscheinlich nur wenige Minuten, aber für ihn schienen Ewigkeiten zu vergehen.

Allmählich gelang es ihm, seiner Müdigkeit Herr zu werden. Als der Lärm und das Getrampel auf dem Hof allmählich verklangen, löste sich Pater Tobias von seinem Platz und schlurfte mit hängenden Schultern und kleinen, mühsamen Schritten zur Tür. Er verließ den Saal, ging die Treppe hinunter und stieß sich prompt den Kopf am Ausgang, weil er vergessen hatte, wie niedrig die Tür war.

Draußen auf dem Hof brannten noch immer die Fackeln, und in ihrem Schein sah er, daß Bressers und sein Pferd noch an der gleichen Stelle standen, an der sie selbst die Tiere zurückgelassen hatten. Auch die Männer des Grafen, die er von oben beobachtet hatte, waren noch da: der Torwächter, der Bresser und ihm aufgetan und sie zum Grafen geführt hatte, sowie drei oder vier andere, in einfache Gewänder gehüllte Gestalten, die ihn verwundert ansahen.

Tobias bewegte sich in Richtung des Pferdes, blieb dann stehen und drehte sich zur Seite. Seine Augen brannten wie

Feuer, und seine Stirn fühlte sich fiebrig und heiß an. Er hatte Durst. Mühsam schleppte er sich zum Brunnen, streckte die Hand nach dem Eimer aus und erinnerte sich erst dann des Brettes, das über den Schacht gelegt war.

»Da werdet Ihr Pech haben, ehrwürdiger Herr«, sagte eine Stimme hinter ihm.

Tobias wandte den Blick und erkannte den Wächter.

»Der Brunnen ist ausgetrocknet«, sagte der Mann mit einer erklärenden Geste. »Schon vor Jahren. Wir müssen das Wasser aus einer Quelle im Wald holen, eine halbe Stunde entfernt.«

Tobias senkte enttäuscht die Hand, preßte die Augen zu und atmete wieder vier-, fünfmal sehr tief und langsam ein. Es half, wenn auch nicht besonders gut. Die frische Luft schien ihn eher müde zu machen als zu erquicken. Und jeder Schritt fiel ihm schwer.

»Ihr seht erschöpft aus, Pater«, fuhr der Wächter fort. »Warum legt Ihr Euch nicht ein wenig hin und schlaft. Ich wecke Euch, sobald der Graf und die anderen zurück sind.«

»Ich bleibe nicht«, antwortete Tobias halblaut.

»Aber der Graf sagte . . .«

»Ich muß zurück«, unterbrach ihn Tobias.

Der Mann zögerte noch einen Moment. Auf seinem Gesicht war deutlich der Kampf zu sehen, der sich in seinem Inneren abspielte — zum einen die Angst vor Theowulf, der augenscheinlich sehr eindeutige Befehle erteilt hatte, was Tobias' weitere Behandlung anging, zum anderen aber auch der Respekt vor dem Mönch. Schließlich siegte die Furcht vor der geistlichen Macht. »Wie Ihr befehlt, Herr«, sagte er. Gleichzeitig winkte er zwei Männern zu, die sich auf der Stelle herumdrehten und zu den Pferdeställen auf der anderen Seite des Burghofes gingen. »Diese beiden werden Euch begleiten.«

»Das ist nicht nötig«, widersprach Tobias. »Ich finde den Weg.«

»Aber der Graf hat darauf bestanden, daß Ihr Begleitung habt«, beharrte der Wächter.

»Dann sagt ihm, daß ich es abgelehnt habe«, widersprach Tobias.

Der Mann zögerte einen Moment. »Er wird sehr zornig sein, wenn er das hört, Pater«, sagte er. »Und er ist nicht für seine Geduld bekannt.«

»Er wird Euch schon nichts tun«, murmelte Tobias. Er war einfach nur müde. Selbst zu müde, um über die Worte des Mannes nachzudenken. Das einzige, was ihn noch auf den Beinen hielt, waren das sichere Wissen, daß er gehen mußte — ohne auch nur zu ahnen, woher dieses Wissen kam —, und seine Verabredung mit Derwalt. Er hatte auch die Panik in den Augen des Zimmermanns nicht vergessen, als er ihm zugeflüstert hatte, in dieser Nacht nicht auf dem Schloß zu bleiben.

»Bitte überlegt es Euch, Pater«, sagte der Torwächter. Der Ton in seiner Stimme verriet Angst.

»Der Graf wird —«

»Der Graf wird überhaupt nichts«, unterbrach ihn Tobias grob. Er versuchte, in den Sattel zu steigen, schaffte es nicht und mußte abermals die Hilfe des Knechtes in Anspruch nehmen.

»Sagt ihm«, fuhr er fort, als er schließlich auf dem Rücken des Tieres saß und sich schwankend festhielt, »daß ich ausdrücklich darauf bestanden habe, unverzüglich und allein nach Buchenfeld zurückzureiten. Und sagt ihm auch« fügte er nach einer kleinen Pause hinzu, »daß ich über seinen Vorschlag nachdenken und ihm die Antwort in zwei Tagen zukommen lassen werde.«

Der Mann wollte abermals widersprechen. Er griff nach den Zügeln des Pferdes, aber Tobias streifte seine Hand ab und lenkte das Tier zum Tor.

Der Wächter rannte ihm nach und rief irgend etwas, aber Tobias war einfach zu müde, um es zu verstehen. Fast auf dem Hals des Pferdes liegend und mehr schlafend als wach, ritt der Mönch durch das Tor.

Er schien wirklich im Reiten zu schlafen, denn das nächste, was er wieder wahrnahm, war, daß er sich mitten im Wald befand, auf dem schmalen, an allen Seiten von dornigen Büschen eingeschlossenen Weg, über dem sich die Kronen der uralten Eichen wie ein Dach vereinten.

Vom Schloß und den Männern war nichts mehr zu sehen oder zu hören, und die einzigen Laute, die er außer dem Rauschen des Windes in den Baumwipfeln überhaupt wahrnahm, war das Getrampel seines Pferdes. Er begriff plötzlich, daß er keine Ahnung hatte, wo er sich befand, aber noch bevor dieses Begreifen in Schrecken umschlagen konnte, teilten sich die Büsche vor ihm, und er erkannte die Schatten eines weitläufigen Bauerngehöftes in der Dunkelheit. Das Pferd, das ja Temser gehörte, hatte ganz von selbst nach Hause gefunden und ihn ohne sein Zutun zu seinem Stall geführt.

Pater Tobias richtete sich im Sattel auf und reckte sich. Seine Augen brannten noch immer, und der schlechte Geschmack in seinem Mund war so stark geworden, daß er ihm nun fast Übelkeit bereitete. Und doch fühlte er sich ein wenig wohler. Im Schloß des Grafen wäre er fast zusammengebrochen, jetzt war er nur noch müde.

Und auch dieser letzte Rest von Müdigkeit verflog, während das Pferd sich gemächlich seinem Stall näherte. Er spürte jetzt die Kälte wieder, die sich über den nächtlichen Wald gelegt hatte, und er bekam Durst und Hunger. Er hoffte, daß auf dem Hof nicht schon alles schlief. Sobald er mit Derwalt geredet und sich davon überzeugt hatte, daß er in Sicherheit war, würde er zu den Bauern gehen und darum bitten, bei ihnen zu übernachten. Aus irgendeinem Grunde fühlte er sich auf diesem Hof sehr viel sicherer als in Theowulfs finsterem, kalten Gemäuer.

Aber seine Hoffnungen wurden enttäuscht.

Als er sich dem Gehöft näherte, sah er, daß hinter keinem einzigen der Fenster noch Licht brannte. Die Häuser lagen da wie schwarze Felsen in der Nacht. Nirgends rührte sich etwas. Nicht einmal der Laut eines Tieres war zu hören.

Tobias hätte zumindest einen Hund erwartet, der ihm kläffend entgegensprang, aber auf dem großen Geviert regte sich absolut nichts, als das Pferd sich dem Stall näherte. Kurz davor hielt er an, kletterte umständlich von seinem Rücken und sah in den Himmel hinauf.

Es war beinahe Mitternacht. Er kam also gerade noch rechtzeitig zu seiner Verabredung mit Derwalt.

Langsam ging er auf die halb fertiggestellte Scheune zu. Seine Schritte erzeugten langsam verhallende Echos, und als das Pferd einmal aufschnaubte, zuckte er unwillkürlich zusammen. Erneut fiel ihm auf, wie unheimlich diese Stille war, fast, als wäre alles Leben von diesem Hof geflüchtet.

Er verscheuchte diesen unsinnigen Gedanken und betrat die Scheune. Sie war leer. Im bleichen Licht des Mondes erkannte er liegengelassenes Werkzeug, über das er beinahe gestolpert wäre, und sauber aufgestapelte Lehmziegel, mit denen die Arbeit am nächsten Tag fortgesetzt werden sollte. Derwalt war noch nicht gekommen.

Pater Tobias blieb einen Moment unentschlossen unter der Tür stehen, sah sich in dem großen, dunklen, völlig leeren Raum um und setzte sich schließlich unweit des Eingangs auf einen Stapel gehobelter Holzbalken, um zu warten.

Derwalt kam nicht.

Tobias wartete eine Viertelstunde, eine halbe, schließlich eine ganze, aber das einzige Leben, das er in dieser Zeit sah, war ein Nachtvogel, der sich für einen Moment auf den Sparren des halbfertigen Daches niederließ und dann wieder davonflatterte. Der Zimmermann kam nicht.

Tobias war enttäuscht und beunruhigt zugleich. Er ahnte, daß Derwalt ihre Verabredung nicht leichtfertig vergessen hatte, sondern aus irgendeinem Grund nicht hatte kommen können.

Der neue Tag war schon mehr als eine Stunde alt, als Tobias sich endlich eingestand, daß ein weiteres Warten keinen Sinn mehr haben würde. Er überlegte, zum Haus hinüberzugehen und den Bauern zu wecken, verwarf diesen Gedanken dann aber. Er hätte zu viele Fragen beantworten müssen, um sein Auftauchen mitten in der Nacht zu erklären.

Er konnte ebensogut noch eine weitere Stunde reiten und nach Buchenfeld zurückkehren. So wandte er sich mit einem enttäuschten Seufzer zum Stall, um das Pferd zu holen.

Im Innern war es vollkommen dunkel, aber er fand das Tier trotzdem auf Anhieb — denn es war das einzige Pferd, das hier stand.

Überrascht hielt Tobias inne und betrachtete die lange Reihe leerer Boxen vor der gegenüberliegenden Wand. Der Stall war für mindestens ein Dutzend Tiere angelegt worden, aber jetzt stand nur sein Pferd in seinen Verschlag, das den Kopf halb in den Hafersack versenkt hatte, der vor ihm hing. Und plötzlich wußte er auch, warum es auf diesem Hof so unheimlich still war. Ganz einfach, weil er tatsächlich der einzige Mensch hier war. Sie waren alle fort.

Aber wohin? Noch dazu mitten in der Nacht?

Verwirrt und zutiefst beunruhigt führte er das Pferd wieder aus dem Stall, kletterte ächzend auf seinen Rücken hinauf und verließ den Bauernhof wieder.

Diesmal konnte er sich nicht auf die Führung des Tieres verlassen, sondern mußte in seinem eigenen Gedächtnis nach dem rechten Weg zurück nach Buchenfeld kramen. Er gestand sich ein, daß er im Grunde keine Orientierung hatte; er hatte sich ja völlig Bressers Führung anvertraut. Aber er war ziemlich sicher, zumindest den Weg zurück zum Fluß zu finden, und von dort aus brauchte er dem Wasserlauf nur noch zu folgen, um nach Buchenfeld zu gelangen.

So ritt er einfach die Straße hinunter, die — wie er sich erinnerte — direkt zum Fluß und zum Haus des Müllers führte, und zerbrach sich den Kopf über das sonderbare Verschwinden Temsers und seiner Leute. Warum hatte Derwalt ihn gewarnt, diese Nacht nicht auf dem Schloß zu verbringen — die gleiche Nacht, in der sowohl der Bauer und all seine Knechte als auch Graf Theowulf und seine Gäste nicht in ihren Häusern waren?

Gut eine Stunde lang ritt er so durch die Nacht, ehe schließlich der Fluß und die Wassermühle vor ihm auftauchten. Er schlug einen großen Bogen, um sie zu umgehen, und saß am Fluß noch einmal ab, um sich kaltes Wasser ins Gesicht zu schöpfen, denn seine Müdigkeit war zurückgekehrt. Auch das Tier stillte lautstark seinen Durst. Aber es trank nicht sehr viel, und nachdem Tobias sich einige Hände des eiskalten Wassers über Kopf und Nacken geschöpft hatte, fiel ihm wieder der leicht stechende Geruch auf, der vom Fluß ausging. Es war ein anderer Wasserlauf als jener, der im Süden an Buchenfeld vorbeizog. Das Wasser, das dort rein und klar war, war hier verdorben. Er widerstand der Versuchung, noch mehr davon zu trinken, wischte sich mit dem Ärmel das Wasser aus Gesicht und Augen und führte sein Pferd am Zügel auf den Weg zurück.

Als er wieder aufsitzen wollte, vernahm er ein Geräusch. Es klang sehr leise und verzerrt, so daß er weder sagen konnte, was es war, noch aus welcher Richtung es kam. Beunruhigt sah er sich um, erkannte nichts und wollte schon zum zweiten Mal nach dem Sattel greifen, als er es abermals hörte: Es waren menschliche Stimmen. Die Stimmen mehrerer, zahlreicher Männer, die sich schreiend verständigten, dazu das dumpfe Dröhnen von schnell dahingaloppierenden Pferden. Und in der Ferne glaubte Tobias, einige Schatten zu erkennen, die sich auf ihn zubewegten.

Abermals ergriff eine namenlose Furcht von ihm Besitz. Hastig führte er das Tier am Zügel in den Schutz einiger Büsche, die am Flußufer wuchsen. Es war nur ein dürres Geäst, kaum genug, das Pferd wirklich zu verbergen.

Die Stimmen und die Pferde kamen immer näher. Tobias konnte einzelne Gestalten ausmachen. Es waren Reiter, Reiter in dunklen Kleidern, Mänteln, die wie schwarze Flügel hinter ihnen herflatterten, als sie, tief über die Rücken ihrer Pferde gebeugt, heransprengten. Ihre Gesichter schimmerten hell in der Dunkelheit, und er hörte die scharfen Rufe, mit denen sie sich verständigten, konnte sie aber nicht verstehen.

Sein Herz begann zu klopfen. Etwas . . . Unheimliches ging von diesen Reitern aus. Er konnte nicht sagen, was, aber es war, als hätte er etwas gesehen, das er noch nicht greifen, dessen Fremdartigkeit er aber wohl schon spüren konnte. Eine düstere Aura von Gefahr umgab die Berittenen.

Sie schienen etwas zu jagen.

Als Pater Tobias dann sah, auf was sie Jagd machten, hätte er um ein Haar gellend aufgeschrien.

Es war ein Mensch.

Der Mann stolperte mit hastigen, weit ausgreifenden Schritten am Flußufer entlang, kaum einen Steinwurf von Tobias' Versteck entfernt. Und er sah sich dabei immer wieder gehetzt nach seinen Verfolgern um, wodurch er mehr als einmal ins Stolpern geriet und beinahe gestürzt wäre. Noch wenige Augenblicke, vermutete Tobias, und die Jäger mußten ihn erreicht haben.

Er mußte etwas tun!

Aber er tat nichts. Er stand einfach da und sah zu, wie gelähmt vor Angst und Entsetzen. Später redete er sich immer und immer wieder ein, daß er nichts hätte tun können; er war allein und unbewaffnet, und sie waren mehr als ein Dutzend Reiter. Und trotzdem verzieh er sich dieses Zögern nicht. Er stand einfach da, starrte auf den Weg und war gelähmt vor Angst.

Die dunklen Reiter holten tatsächlich schnell auf. Doch als sie noch dreißig Schritte von dem flüchtenden Mann entfernt waren, zügelten sie ihre Tiere und begannen, sich aufzuteilen. Die eine Hälfte galoppierte weiter hinter dem Mann her, während die andere einen weiten Bogen schlug, um ihm den Weg abzuschneiden.

Sie spielen mit ihm, dachte Tobias entsetzt. *Sie spielen mit ihm, wie die Katze mit der Maus spielt.*

Auch der Gejagte erkannte jetzt, daß er keine Chance mehr hatte. Er lief plötzlich langsamer, blieb für einen Moment stehen und sah sich wild nach allen Richtungen um. Er hob die Hände; in einer hilflosen, beinahe flehenden Geste, und genau in diesem Moment riß die Wolkendecke am Himmel auf, so daß das bleiche Licht des Mondes sein Antlitz Tobias in aller Deutlichkeit enthüllte.

Es war Derwalt!

Doch Tobias blieb nicht einmal Zeit, den neuerlichen, lähmenden Schrecken zu verarbeiten, den diese Erkenntnis mit sich brachte, denn im nächsten Moment war der erste Reiter herangepprescht, und das gleiche, kalte Mondlicht fiel auf sein Gesicht.

Es war eine totenbleiche, knochige Fratze. Nase und Augen waren schwarze, grundlose Löcher, der Mund zu einem höhnischen Grinsen verzerrt, und die Hände, die die Zügel des Pferdes hielten, waren keine Hände, sondern die dürren Knochenklauen eines Skelettes!

So schnell der Himmel aufgerissen war, so rasch schlossen sich die Wolken auch wieder, und barmherzige Dunkelheit senkte sich über das furchtbare Bild. Aus Verfolger und Verfolgtem wurden wieder schwarze, tiefenlose Schatten, die einen grotesken Tanz in fast vollkommener Lautlosigkeit aufzuführen schienen.

Doch was Pater Tobias in diesem Moment gesehen hatte, reichte aus, ihn für Augenblicke an den Rand des Wahnsinns zu treiben. Er wollte schreien, aus seinem Versteck herausstürzen, den schrecklichen Kreaturen das heilige Kreuz, das um seinen Hals hing, entgegenhalten, ihnen die machtvollsten Bannsprüche entgegenschleudern, die er als Inquisitor erlernt hatte, sie mit der Macht seiner heiligen Worte verbrennen —

— aber er konnte nichts von alledem. Es war, als wäre nicht nur sein Wille, sondern sein ganzes Denken ausgelöscht. Er hatte nicht einmal Angst in diesem Augenblick. Er stand einfach da, starrte die tanzenden Schatten an und wartete vergeblich darauf, daß er irgend etwas empfand, das man Angst oder Entsetzen nennen konnte. Aber in ihm war nichts, nur eine tiefe, gottlose Leere, die schlimmer war als jede Furcht, die er hätte empfinden können. Reglos sah er zu, wie der knochengesichtige Reiter auf Derwalt losjagte und im allerletzten Moment, gerade als er glaubte, er müsse den Zimmermann einfach über den Haufen reiten, sein Pferd zur Seite und den Arm in die Höhe riß. Die furchtbare Skelettklaue vollführte eine blitzartige Bewegung, und plötzlich schrie Derwalt voller Schmerz und Entsetzen auf, taumelte zurück und brach in die Knie.

Der Reiter galoppierte weiter, doch noch bevor Derwalt sich wieder erheben konnte, sprengte ein zweiter gewaltiger Schatten heran, und ein neuerlicher Schlag traf den Zimmermann. Derwalts Schrei klang noch schmerzerfüllter; diesmal fiel er nicht mehr auf Hände und Knie herab, sondern stürzte längs auf den Boden.

Pater Tobias schloß mit einem lautlosen Stöhnen die Augen, sank auf die Knie herab und bekreuzigte sich, ehe er die Hände zum Gebet faltete. Seine Lippen bewegten sich zwar, aber sein Kopf war wie leergefegt. Er fand die heiligen Worte nicht mehr. Wie vor ein paar Stunden im Schloß des Grafen war da nichts, was auf sein lautloses Flehen antwortete, keine warme, schützende Hand, die sich nach seiner Seele ausstreckte und den Schmerz linderte. Als er nach einigen Augenblicken die Lider wieder hob, waren die Schatten noch immer da und das Bild schrecklicher denn je.

Derwalt hatte sich wieder auf Hände und Knie gestemmt und saß stöhnend da. Die Knochenreiter bildeten einen Halbkreis um ihn und das Flußufer. Als das Mondlicht abermals auf die düstere Szenerie fiel, schmolz auch Pater Tobias' allerletzte, verzweifelte Hoffnung dahin. Es war kein Trugbild gewesen, kein Streich, den ihm seine übermüdeten und überreizten Nerven gespielt hatten: Die Gesichter der Männer in den Sätteln der riesigen Schlachtrosse waren keine gewöhnlichen Gesichter. Es waren grinsende Totenkopffratzen.

Mittlerweile hatte sich Derwalt wieder auf die Füße geplagt und stand schwankend da. Sein Blick irrte verzweifelt umher, tastete für einen Moment das Flußufer ab und kehrte dann zurück zu dem stummen Halbkreis riesiger, drohender Gestalten, der ihn umgab. Sein Gesicht war blutüberströmt, er schien nicht einmal mehr die Kraft zu haben, sich auf den Füßen zu halten. Trotzdem wagte er einen taumelnden Schritt, machte dann einen zweiten und dritten, ehe einer der Reiter sein Pferd ein Stück zur Seite bewegte und ihm damit den Weg versperrte.

Aber Derwalt gab noch nicht auf. Mit einer Kraft und einem Mut, die ihm wohl nur die schiere Verzweiflung verlieh, fuhr er plötzlich herum, warf sich fast in der gleichen Bewegung in die entgegengesetzte Richtung und war mit einem blitzschnellen Schritt neben einem der Reiter. Mit einem Schrei streckte er die Arme aus und riß mit aller Gewalt am Zaumzeug des Pferdes.

Das Tier bäumte sich auf. Seine Vorderhufe schlugen wütend in die Luft und verfehlten Derwalts Schädel nur um eine Handspanne, und der Knochenreiter hatte plötzlich alle Mühe, sich im Sattel zu halten.

Der Reiter neben ihm versuchte, sein Tier herumzureißen, und griff gleichzeitig zum Gürtel; wohl um eine Waffe zu ziehen, wie Tobias vermutete. Aber da war Derwalt bereits zwischen den beiden Tieren hindurchgetaucht und rannte mit weit ausgreifenden Schritten davon. Sofort gaben die anderen Knochenreiter ihren Tieren die Zügel und sprengten hinter ihm her.

Hätten sie es gewollt, so hätten sie ihn binnen weniger Schritte eingeholt, aber ganz im Gegenteil wuchs Derwalts Vorsprung für einige Augenblicke sogar, ehe die Reiter etwas mehr an Tempo zulegten und wieder aufholten. Jäger und Gejagter waren nur noch Schatten in der düsteren Nacht, als sich das Manöver, das Tobias schon einmal beobachtet hatte, wiederholte und sich die Gruppe der Verfolger teilte.

Tobias sah, wie Derwalt unter dem Ansturm von zwei berittenen Gestalten auf die Knie fiel, ehe die Männer abermals einen Kreis um ihre Beute bildeten. Und auch diesmal griffen sie ihn nicht an. Das Geschehen war schon zu weit von Tobias' Versteck entfernt, als daß er noch Einzelheiten erkennen konnte, aber nach einer Weile begannen sich die Schatten wieder zu bewegen, und er ahnte, daß es Derwalt abermals gelungen war, seinen unheimlichen Verfolgern zu entwischen. Es war ein Spiel. Ein tödliches, unmenschliches Spiel, das sie mit ihm trieben. Die Toten waren aus ihren Gräbern emporgestiegen, um die Lebenden zu jagen, und er, Tobias, der vielleicht der einzige war, der etwas hätte tun können, tat nichts. Er hatte die Hände so fest zusammengepreßt, daß das Blut aus seinen Fingern gewichen war, und bewegte die Lippen zu einem stummen Gebet, das kein Gebet mehr war, sondern nurmehr aus leeren, bedeutungslosen Worten bestand. Und so blieb er auch noch sitzen, als sich der entsetzliche Schattentanz in der Nacht verloren hatte und er längst wieder allein war.

Es dauerte fast eine Stunde, bis er die Kraft fand, sein Pferd wieder aus dem Gebüsch am Flußufer herauszuführen und zitternd in den Sattel zu steigen, um nach Buchenfeld zurückzureiten.

9

Auch am darauffolgenden Morgen erwachte er erst Stunden nach Tagesanbruch. Das Zimmer war erfüllt von hellem Sonnenlicht und Wärme, als er die Augen aufschlug. Im allerersten Moment hatte er Schwierigkeiten, sich zurechtzufinden. Er erinnerte sich kaum, wie er nach Buchenfeld zurückgekommen war. Alles, was zwischen jenen furchtbaren Momenten am Ufer und dem Moment, in dem er in dieses Haus taumelte, passiert war, erschien ihm wie ein böser, sinnloser Alptraum. Er hatte das Pferd erbarmungslos angetrieben, um dem Irrsinn zu entkommen, der in der Nacht auf ihn lauerte, doch mit jeder Meile war das Entsetzen in ihm größer geworden, und mit jedem Mal, da er sich einzureden versucht hatte, er hätte nichts tun können, war die Überzeugung in ihm gewachsen, daß alles, was am Ufer des Flusses geschehen war, in seine Schuld fiele. Derwalt war vermutlich tot; doch er könnte wahrscheinlich noch leben, hätte er, Tobias, nicht versucht, ihm Geheimnisse zu entlocken, die er nicht preisgeben durfte. Er hatte ihm vertraut, denn er hatte in Tobias nicht einen Mann gesehen, der ihn um Hilfe bat, sondern die Macht der Kirche, die Macht Gottes, die ihn selbst vor jenen entsetzlichen Kreaturen der Hölle beschützen würde.

Die Verantwortung für Derwalts Schicksal lastete auf Tobias' Gewissen. Und wenn der Tag kam, an dem er dem Herrn gegenübertrat und Zeugnis über sein Leben und Werk ablegen mußte, so würde er auch diese Schuld bekennen müssen.

Tobias stand auf. Er fühlte sich schmutzig und verschwitzt, und als er einen Blick auf das Bett herabwarf, in dem er gelegen hatte, sah er, daß das Laken zerwühlt und feucht war. Er fühlte sich keineswegs erfrischt oder ausgeruht, noch immer steckte die Angst ihm in den Knochen, fast noch schlimmer als in der vergangenen Nacht. Er wußte, daß er die schrecklichen Bilder der vergangenen Nacht nie wieder vergessen würde. Und sein eigenes Versagen. Denn wozu war er hergekommen? Er, nicht nur ein Geistlicher, nicht nur ein Prediger, sondern ein Inquisitor, der die einzige Macht auf dieser Welt repräsentierte, die der Hölle und ihren Abgesandten Einhalt gebieten konnte. Wozu war er gekommen, wenn nicht, um diese Menschen vor den Abgesandten der Finsternis zu schützen?

Doch er hatte sie ihnen ausgeliefert.

Tobias sah ein, daß solcherlei Überlegungen zu nichts führten, und zwang sich mit aller Macht, an praktischere Dinge zu denken. Es hatte keinen Sinn, wenn er sich in Selbstvorwürfen erging. Noch immer konnte er versuchen, Schlimmeres zu verhindern.

Wie am Tag zuvor hatte Maria auch heute eine Schale mit frischem Wasser neben seinem Bett abgestellt. Er wusch sich flüchtig, trocknete sich das Gesicht mit dem Ärmel seiner Kutte und warf im Hinausgehen einen Blick auf das kleine Kruzifix über dem Bett. Der verschobene Schatten auf der Wand schien ihn zu verhöhnen. Alles erschien ihm so klar, so einfach — wieso konnte er nicht einfach die Hand ausstrecken und die Lösung aufheben, die zum Greifen nahe vor ihm liegen mußte?

Aber es war, als lähme etwas seine Gedanken, als durchdringe ein böser, finsterer Zauber die Luft in dieser Stadt wie der Gestank des Sees, eine unsichtbare Macht, die nicht nur ihre Bewohner, sondern auch ihn daran hinderte, das Offensichtliche zu sehen.

Er verließ das Schlafzimmer, warf einen Blick in die leere Stube und wandte sich dann zur Treppe. Das Haus war still wie immer, aber die ausgetretenen Stufen knarrten, und als er sich der Tür zur Dachkammer näherte, vernahm er gedämpfte Stimmen, die miteinander redeten: Maria und Katrin.

Er wollte die Hand nach der Tür ausstrecken, doch in diesem Moment hörte er einen überraschten Laut hinter sich, und als er sich herumdrehte, erkannte er Bresser, der am Fuße der Treppe aufgetaucht war und ihn überrascht ansah.

»Pater Tobias? Ihr seid wach?«

»Wäre ich es nicht, könnte ich kaum hier stehen und diese dumme Frage beantworten«, erwiderte Tobias gereizt.

Bresser lächelte unglücklich und trat von einem Fuß auf den anderen. »Wo seid Ihr gestern abend gewesen?« fragte er nach einer Weile.

»Ich habe Euch gesucht.«

»Ich habe dem Grafen gesagt, daß ich nicht auf seinem Schloß bleibe.«

»Er war sehr zornig, als er von der Jagd zurückkehrte und erfuhr, daß Ihr allein losgeritten seid«, erwiderte Bresser, ohne auf seine Worte einzugehen. »Ich bin sofort losgeritten, um Euch zu suchen, aber ich habe Euch nicht gefunden.«

»Ich habe mich im Dunkeln verirrt«, antwortete Tobias unwillig.

»Das war nicht sehr klug von Euch, Pater«, sagte Bresser mit mildem Vorwurf. »Euch hätte wer weiß was geschehen können.« Er betonte die letzten Worte auf sonderbare Art, und sein Blick wurde fragend, fast lauernd. Wußte er, was Pater Tobias widerfahren war?

»Wie Ihr seht, ist mir nichts passiert«, antwortete Tobias knapp. »Wartet auf mich. Wir haben einige Dinge zu besprechen — sobald ich fertig bin.«

Ohne Bresser auch nur noch eines weiteren Blickes zu würdigen, ging er weiter, riß die Tür auf und drückte sie fast hastig hinter sich wieder zu, ehe er sich zum Bett umwandte.

Katrin war tatsächlich wach. Ihre Augen glänzten noch immer fiebrig, doch sah sie nicht mehr wie eine Sterbende aus. Sie saß aufrecht im Bett, und als sie Tobias erkannte, überzog ein strahlendes Lächeln ihre Züge. Sie wollte sich sogar aufrichten und die Arme nach ihm ausstrecken, aber Bressers Frau, die neben ihr auf dem niedrigen Schemel hockte, hielt sie mit sanfter Gewalt davon ab und schüttelte tadelnd den Kopf. »Nicht bewegen«, sagte sie. »Du bist noch lange nicht wieder gesund.« Dann wandte sie sich um und blickte zu Tobias auf.

»Guten Morgen, Pater Tobias.« Der Spott in ihren Worten entging dem Mönch nicht. Er erwiderte ihr Lächeln auf die gleiche, belustigte Art und Weise und sagte: »Du hast mich schon wieder nicht rechtzeitig geweckt.«

»Wenn man bedenkt, wann Ihr zurückgekommen seid, Pater«, antwortete Maria, »hätte ich Euch von Rechts wegen noch für mindestens drei oder vier Stunden im Schlafzimmer einschließen müssen.« Sie schüttelte den Kopf und seufzte übertrieben. »Ich habe genug mit einer Kranken zu tun. Was habt Ihr vor? Euch möglichst schnell zugrunde zu richten?«

Sie stand auf, warf Katrin einen raschen, mahnenden Blick zu, und deutete mit einer Handbewegung auf den Hocker, auf dem sie gesessen hatte. »Nehmt Platz, Tobias«, sagte sie. »Ihr habt sicher eine Menge zu besprechen. Ich werde in der Zwischenzeit das Essen vorbereiten — und Euch Bresser vom Hals halten.«

Tobias war ein wenig verwirrt, und Katrin sagte: »Ich habe ihr alles erzählt.«

»Du hast —?«

»— mir das wenige erzählt, was ich mir noch nicht selbst zusammengereimt habe«, unterbrach ihn Maria. »Aber keine Sorge, ich werde niemandem etwas verraten.«

Tobias war so verblüfft, daß er einen Moment nicht einmal nach Worten suchte, sondern Katrin und Bressers Frau nur abwechselnd und mit einer Mischung aus Bestürzung und Zweifel ansah. Dann registrierte er das warnende Funkeln in Katrins Blick und begriff, daß sie ihr eben doch nicht *alles* erzählt hatte. Und der Schrecken, der ihn ergriffen hatte, wich ein wenig. Trotzdem sagte er kein Wort mehr, sondern wartete geduldig, bis Maria die Tür hinter sich geschlossen hatte und ihre Schritte draußen auf dem Gang verklungen waren, ehe er Platz nahm und nach Katrins Hand griff.

Ihre Finger zitterten. Er konnte spüren, wie schnell ihr Herz schlug. Sie sah gesünder aus, als sie war. Und trotzdem hatte sich ihr Zustand auf eine wunderbare Weise gebessert in den wenigen Stunden, seit er sie das letzte Mal gesehen hatte.

»Glaubst du wirklich, es war klug, ihr alles zu verraten?« fragte er.

Katrin lächelte schmerzlich. »Sie hat die Wahrheit gesagt, Tobias«, antwortete sie. »Ich habe ihr nichts verraten, sondern nur ein paar sehr bestimmte Fragen beantwortet. Aber keine Sorge — einige Dinge habe ich für mich behalten.«

Tobias lächelte. Aber wie so vieles in den letzten Tagen war auch dieses Lächeln eine Lüge. Katrins Worte taten weh. Was zwischen ihnen gewesen war an jenem Abend am See, stand Tobias plötzlich schmerzhafter denn je vor Augen. Nur daß das Schöne jener Augenblicke in der Erinnerung verblichen war, während er das fassungslose Entsetzen beim Anblick des sterbenden Mannes bewahrt hatte.

Tobias räusperte sich, um das immer unangenehmer werdende Schweigen zwischen ihnen zu durchbrechen, und er fühlte, wie sich Katrins Hand in seinen Fingern ein wenig versteifte. Sie schien zu spüren, daß irgend etwas in ihm vorging.

»Wie fühlst du dich?« fragte er, nur um etwas zu sagen.

Katrin lächelte müde und zog ihre Hand vollends zurück. Er wollte sie impulsiv festhalten, führte die Bewegung aber nicht zu Ende, sondern senkte nur den Blick. »Es geht mir gut«, sagte Katrin endlich. »Jedenfalls besser als gestern. Warum bist du nicht heraufgekommen?«

Tobias sah sie fragend an.

»Heute nacht«, erklärte Katrin. »Ich habe gehört, wie du zurückgekommen bist.«

»Ich war . . . sehr müde«, antwortete Tobias ausweichend. »Und ich wußte nicht, daß du noch wach bist.«

Die Wahrheit war, daß ihm der Gedanke, nach Katrin zu sehen, nicht einmal gekommen war. Er war so voller Angst und Entsetzen gewesen, daß er wie ein in Panik geratenes Tier einfach in dieses Haus geflüchtet war und sich in seinem Bett verkrochen hatte.

»Du warst beim Grafen?« fragte Katrin. Ihr Lächeln wirkte plötzlich ein wenig unsicher.

Tobias entgegnete nichts, sondern nickte nur, ergriff nun doch ihre Hand und hielt sie fest.

»Er ist ein interessanter Mann, nicht wahr?«

»Er ist ein *sonderbarer* Mann«, antwortete Tobias. »Er . . . verwirrt mich.«

227

»Du bist nicht der einzige, dem es so ergeht«, antwortete Katrin mit einem flüchtigen Lächeln. »Er verwirrt jeden, der ihm zum ersten Mal begegnet.«

Tobias sagte nichts darauf. Es fiel ihm immer schwerer, überhaupt einen klaren Gedanken zu fassen. Es war drei Tage her, daß er Katrin gefunden hatte, drei Tage, seit dem Moment, daß die vergangenen siebzehn Jahre jäh zu einem Nichts zusammengeschrumpft waren, als hätte es sie gar nicht gegeben. Und doch — sie waren keine Kinder mehr. Er war der Dominikanermönch und sie — ja, was war sie? Eine Hexe? Ein Teufelsweib, das Menschen vergiftete?

»Du . . . weißt, wessen man mich bezichtigt?« fragte Katrin, und wie ein grelles Feuer brach ihre helle Stimme in seine düsteren Gedanken.

»Ja«, sagte er und hatte nicht die Kraft, ihrem Blick standzuhalten. In seinem Hals saß ein bitterer Kloß. Er spürte, daß er irgend etwas völlig Sinnloses sagen oder tun würde, wenn er das Thema nicht wechselte.

»Warum erzählst du mir nicht, wie es dir ergangen ist?« fragte er. »Ich habe nicht geglaubt, dich jemals wiederzusehen.«

Katrin streckte die freie Hand nach dem schmalen Fensterbrett aus, hielt sich daran fest und richtete sich ein wenig mehr im Bett auf. Tobias wollte ihr dabei helfen, aber sie schüttelte den Kopf, und er führte die Bewegung nicht zu Ende. Fast erschrocken gestand er sich ein, daß er Angst davor hatte, sie zu berühren, denn er erinnerte sich gut daran, was das letzte Mal geschehen war, als er allein mit ihr in diesem Zimmer gewesen war.

»Ich wußte nicht, daß du verheiratet bist«, begann er von neuem, wobei er sich im stillen für seine eigene Ungeschicktheit verfluchte. Aber wenn Katrin diese Frage sonderbar vorkam, so überspielte sie es meisterhaft, denn sie sah ihn nur einen Moment nachdenklich an und nickte dann. »Zum zweiten Mal sogar«, sagte sie. »Mein erster Mann starb, nur wenige Wochen nach unserer Hochzeit.«

»Das tut mir leid«, antwortete Tobias.

Ein bitteres Lächeln huschte über Katrins Züge, aber sie

beherrschte sich weiter. »Und wie ist es dir ergangen?« fragte sie mit einer Kopfbewegung auf seine Kutte. »Wie ich sehe, hast du Karriere gemacht.«

Der Spott in ihrer Stimme kränkte Tobias. Daß es Menschen gab, die der Kirche und ihren Dienern feindlich gegenüberstanden, hatte er früh begriffen und akzeptiert. Er konnte mit einem Ketzer tagelang diskutieren, ohne die Beherrschung zu verlieren, aber Spott über seinen Dienst an der Sache Gottes machte ihn rasend.

»Ich trage dieses Gewand aus freien Stücken«, sagte er verletzt.

Katrins Überraschung war echt. »Ja?« fragte sie zweifelnd. Tobias nickte. »Am Anfang nicht«, gestand er. »Oh, es war durchaus als Strafe gedacht, daß sie mich ins Kloster nach Lübeck geschickt haben. Ich konnte es mir aussuchen: eine peinliche Untersuchung, in die auch meine Familie hineingezogen worden wäre, oder einige Jahre im Kloster, wo ich erzogen und geläutert werden sollte.«

Er lächelte schmerzlich. »Pater Hegenwald war wohl der Meinung, daß meine Seele noch nicht ganz verloren ist. Und offensichtlich war er auch nicht allzu traurig über den Tod dieses Wanderpredigers. Ich glaube, daß er mich als eine Art verlängerten Arm Gottes betrachtet hat, der diesem armen Mann nur das gab, was ihm zustand.«

Seltsamerweise fiel es ihm ganz leicht, darüber zu reden, denn so furchtbar der Moment auch gewesen war, so hatte er doch spätestens als erwachsener Mann begriffen, daß es sich tatsächlich nur um einen Unfall gehandelt hatte, an dem im Grunde keiner der Beteiligten — und wenn, so allerhöchstens das Opfer selbst — irgendeine Schuld traf. Und zumindest in einem Punkt sagte er nicht ganz die Wahrheit: Pater Hegenwald hatte den schrecklichen Tod des Wanderpredigers nicht nur insgeheim, sondern in aller Offenheit gutgeheißen; mit einem Schweigen im richtigen Moment und mit einer angedeuteten Bemerkung, die Tobias erst später vollends begriffen hatte.

Die Kirche mochte die Bettelmönche nicht, denn sie wußte — unbeschadet all dessen, was ihre Priester von den

Kanzeln herabpredigten — sehr wohl, daß ein voller Magen sehr viel leichter von Gottes Gnade zu überzeugen war als ein knurrender.

»Und später?« fragte Katrin, als er nicht von sich aus weitersprach.

Tobias zuckte mit den Schultern. »Der Rest ist schnell erzählt«, sagte er. »Ich wurde von den Mönchen erzogen. Sie lehrten mich Lesen, Schreiben und vor allem Denken.«

»Und sie überzeugten dich«, vermutete Katrin.

Tobias schüttelte den Kopf. »Nein, ich fand zu Gott, das ist wahr, aber ich fand ihn aus mir heraus. Niemand hat versucht, mich zu etwas zu überreden.«

Natürlich hatten sie versucht, dem störrischen Jungen, der er damals gewesen war, den Glauben an Gott und die Kirche mit dem Stock einzuprügeln. Aber all diese Versuche hatten ihn eher daran gehindert, seinen wahren Glauben zu finden. Das war ganz von allein geschehen, einfach aus dem tiefen Wissen heraus, daß die Welt und die Geschicke der Menschen einem viel zu komplexen, undurchschaubaren Plan folgten, als daß er das bloße Wirken des Zufalls sein konnte. Es war seine Logik gewesen, die ihn letztendlich zu Gott geführt hatte.

Und vielleicht, dachte er, war das auch der Grund, aus dem sein Glaube in den letzten Tagen zu wanken begonnen hatte, weil das, was er hier und jetzt erlebte, nicht mal mit *Logik* zu erklären war.

»Und du?« fragte er.

Wieder lächelte Katrin dieses bittere, schmerzerfüllte Lächeln. »Meine Geschichte ist fast genauso schnell erzählt«, sagte sie, wobei sie ihn nicht ansah, sondern aus dem Fenster blickte.

»Sie brachten mich weg wie dich. Aber nicht in ein Kloster, sondern in ein Haus, in dem ich . . . arbeiten mußte.« Das fast unmerkliche Stocken in ihren Worten überzeugte Tobias davon, daß auch sie nicht ganz die Wahrheit sprach.

»Ich blieb dort, bis ich zwanzig war«, fuhr sie fort. »Danach bin ich geflohen. Ich hab's schon vorher ein paarmal versucht, aber sie haben mich jedesmal wieder eingefangen, aber dann ist es mir doch gelungen. Ein Jahr bin ich durch das Land geirrt, bis ich schließlich Bert getroffen habe.«

»Bert?«

»Meinen Mann«, antwortete Katrin. »Meinen ersten Mann. Er war sehr gut zu mir, er nahm mich auf, und wir heirateten. Aber dann starb er, und ich war wieder allein.«

»Und Verkolt?« fragte Tobias. Katrin ließ einige Augenblicke verstreichen, ehe sie langsam den Kopf in dem Kissen drehte und ihn mit undeutbarem Ausdruck ansah. »Er war sehr gut zu mir«, sagte sie. »Jedenfalls am Anfang. Und ich war jung damals, und von irgendwas mußte ich leben.«

»Und deshalb bist du mit ihm gegangen?«

Katrin zuckte mit den Achseln. »Warum nicht? Ich war Bedienung in einer Schenke, als ich ihn kennenlernte, fast eine Leibeigene. Er war ein alter Mann, aber er war nett und reich.«

»Das klingt, als hätte er dich gekauft«, sagte Tobias.

»Das hat er auch«, bestätigte Katrin. »Was ist daran verwerflich? Er wollte mich, und ich wollte etwas mehr vom Leben als nur einen Teller Suppe am Tag.« Sie lachte ganz leise. »Bist du jetzt entsetzt?«

Tobias blieb ihr auch auf diese Frage die Antwort schuldig. Er hätte entsetzt sein müssen, zumindest betroffen, aber er kannte das Leben zu gut, um sie nicht zu verstehen.

Auf diese Art schleppte sich ihr Gespräch über eine Stunde hin. Es war, als hätten sie beide Angst, zuviel über das Leben zu erfahren, das der andere in den vergangenen siebzehn Jahren geführt hatte. Und tatsächlich ertappte sich Tobias mehr als einmal dabei, ihr kaum zuzuhören, wenn sie ihm etwas erzählte oder eine seiner Fragen beantwortete. Vielleicht wollte er all das im Grunde gar nicht wissen. Katrin — die Katrin seiner Erinnerung — war ein blutjunges Mädchen gewesen, das er geliebt hatte, und zumindest den Gedanken an diese reine Liebe wollte er sich bewahren.

Schließlich war es Katrin, die das Gespräch auf den Punkt brachte, den er bisher sorgsam vermieden hatte. »Glaubst du es?« fragte sie unvermittelt.

Tobias wußte nur zu gut, was sie damit meinte. Trotzdem sah er sie einen Moment verwirrt an und fragte: »Was?«

»Daß ich eine Hexe bin«, antwortete Katrin ernst.

»Unsinn!« antwortete Tobias — selbst für seinen Geschmack eine Spur zu schnell, um wirklich überzeugend zu wirken. Und Katrin machte sich nicht einmal die Mühe, den Kopf zu schütteln oder zu lächeln, sondern sah ihn nur weiterhin fragend an.

»Ich . . . bin noch nicht sehr lange hier«, fuhr er stockend fort. »Ich hatte nicht sehr viel Zeit, mich umzusehen.«

»Aber du hast mit einigen Leuten gesprochen«, antwortete Katrin. »Und du wohnst in Bressers Haus. Er haßt mich.«

»Ich glaube nicht an Hexerei«, sagte Tobias und wußte, welch ungeheuerliches Bekenntnis er soeben ausgesprochen hatte.

»Du? Als Inquisitor?«

»Ja«, erwiderte Tobias. »Ich bin oft gerufen worden, um eine Hexe zu verurteilen. Fast immer stellte es sich als Hysterie oder Haß heraus. Es ist üblich geworden, den Teufel zu bemühen, wenn man mit seinen Problemen nicht mehr selbst fertig wird.«

»Aber das ist keine Antwort auf meine Frage«, sagte Katrin. »Glaubst du, was man dir über mich erzählt hat?«

»Wen fragst du jetzt?« fragte Tobias nach sekundenlangem Schweigen. »Den Inquisitor — oder den einfachen Mönch?«

»Ist das ein Unterschied?«

»Ich . . . weiß es nicht«, gestand Tobias zögernd. »Ich glaube ja.«

»Dann frage ich den Inquisitor«, sagte Katrin.

Tobias schüttelte den Kopf. »Ich habe eine Menge erschreckender Dinge erlebt, seit ich hergekommen bin. Aber nichts davon ist das Werk einer Hexe. Was nichts daran ändert«, fuhr er mit leicht erhobener Stimme fort, »daß es sich um sehr erschreckende Dinge handelt.« Er überlegte einen Moment, ihr von seinem Erlebnis am vergangenen Abend zu berichten, tat es aber nicht. Er hoffte noch immer, daß sich alles doch mit ein wenig Logik lösen ließe.

»Seltsame Dinge?« Katrin lachte so gequält, daß Tobias

zusammenfuhr, denn nie hätte er sie für ein solch kaltes, grausames Lachen fähig gehalten. »Ja«, fuhr sie in verächtlichem Ton fort. »So kann man es auch nennen.«

»Und wie würdest du es nennen?« fragte Tobias.

»Dummheit«, erwiderte Katrin. »Dummheit, Ignoranz und Haß.«

»Erkläre mir das.«

»Wenn du noch einige Tage bleibst und dich umsiehst, brauchst du keine Erklärungen mehr«, antwortete Katrin. Sie machte eine zornige Handbewegung zu der Stadt jenseits des Fensters. »Schau dich doch um. Die Menschen hier sind Narren. Bis auf ganz wenige Ausnahmen.«

»Mir kamen sie eher verängstigt vor«, sagte Tobias vorsichtig.

»Verängstigt? O ja! Und sie haben auch allen Grund dazu. Aber was sie fürchten sollten, das ist ihre eigene Dummheit, nicht den Teufel oder irgendwelche Hexen oder Dämonen. Du hast Buchenfeld kennengelernt. Sie sitzen in ihren Häusern und zittern, wenn der Wind um die Dächer pfeift. Schau dich um! Eine Stadt von tausend Seelen. Sie haben nicht einmal einen Priester hier. Ist dir das noch nicht aufgefallen?«

Natürlich hatte er diesen Umstand bemerkt, es hatte ihn mehr verwundert als so manches andere. Und doch hatte er sich nie einen Reim darauf machen können.

»Und weißt du, warum?« Katrins Stimme klang noch erregter. »Sie haben ihn davongejagt und das Gotteshaus, das nur eine elende Bretterhütte gewesen war, eingerissen. Vor vier Jahren, als ich hierherkam, gab es einen Pfarrer. Aber danach begann das, was du gerade als ›erschreckende Dinge‹ bezeichnet hast.«

»Was?« fragte Tobias rasch.

Katrin zuckte mit den Achseln. »Ein Unwetter, eine Seuche unter den Tieren, eine schlechte Ernte ... Was eben geschieht, wenn eine Stadt ein schlechtes Jahr oder auch zwei hat. Der Pfarrer war ein Dummkopf. Statt den Leuten Mut zu machen, fing er an, ihnen die Schuld an ihrem Schicksal zu geben. Er faselte irgendwelches dummes Zeug

233

von Gottes Strafe — für Dinge, die sie vermutlich nie getan haben. Er erlegte ihnen Bußen auf, er beschwor sie zu beten.«

»Was ist daran närrisch?« fragte Tobias.

»Nichts«, antwortete Katrin. »Nichts, wenn man den Menschen gleichzeitig Mut macht. Aber das hat er nicht getan. Und sie ihrerseits begannen nach kurzer Zeit, ihm und seinem Gott die Schuld zu geben. Aber sie fragten nicht, warum die Tiere krank wurden oder die Ernten auf den Feldern verdorrten, und irgendwann jagten sie den Pfarrer aus der Stadt und Gott aus ihren Herzen.«

Tobias blickte sie zweifelnd an. Was Katrin erzählte, das war . . . unvorstellbar. Möglich vielleicht in einem kleinen Dorf am Ende der Welt, in irgendeiner Stadt im Osten, in der die Macht der Kirche nicht gefestigt war — aber hier?

»Und . . . daraufhin geschah nichts?« fragte er zweifelnd.

Katrin lächelte. »Oh, natürlich war es nicht so einfach«, sagte sie. »Niemand nahm einen Stock und schlug ihn damit. Aber der Pfarrer spürte, daß die Menschen sich mehr und mehr von ihm abwandten. Er war ein Dummkopf. Er verlegte sich auf Drohungen, statt nachzudenken, was er besser machen könnte, und eines Tages ging er zum Grafen.« Sie lachte bitter. »Du hast Theowulf kennengelernt.«

Tobias nickte. »Ja.« Es fiel ihm nicht allzu schwer, sich vorzustellen, wie der Landgraf reagiert hatte. Wahrscheinlich war dem Pfarrer hinterher gar nichts anderes übriggeblieben, als Buchenfeld zu verlassen, wollte er sein Gesicht wahren und sich nicht für alle Zeiten lächerlich machen. Trotzdem begriff er nicht, warum der Bischof keinen Nachfolger geschickt hatte oder gleich eine Untersuchungskommission, die genauer in Augenschein nahm, was hier in Buchenfeld vor sich ging.

»Und du?« fragte er.

Katrin sah ihn lange und durchdringend an. »Du weißt, was ich von der Kirche halte«, sagte sie.

Nach allem, was Hegenwald ihr angetan hatte, verachtete sie die Kirche und alles, was damit zu tun hatte, und doch war sie ein religiöser Mensch. Tobias kannte mehrere Männer und Frauen, die ähnlich dachten. Manche mochten ihre Schwierigkeiten mit der Inquisition bekommen haben.

»Erzähl mir von Verkolt«, sagte er. »Was war er für ein Mensch?«

»Das ist nicht so leicht zu sagen«, antwortete Katrin nachdenklich. »Er war ein guter Mann — aber er war auch ein Ungeheuer.«

Tobias sah sie fragend an.

»Er war gut zu mir«, erklärte Katrin. »Und er war gut zu denen, die er kannte und mochte. Zu den anderen war er wie Stein. Einmal haben wir gehungert, weil er der Familie eines Freundes das letzte Essen gab, das wir besaßen, aber ich habe auch erlebt, daß er ein Kind sterben ließ, weil seine Mutter kein Geld hatte, Medizin zu kaufen. Was soll man von einem solchen Menschen halten?«

»Hat er dich geschlagen?« fragte Tobias leise.

Katrin lächelte. »Selten«, sagte sie. »Einmal oder zweimal vielleicht, wenn wir Streit hatten, aber das kam nicht sehr oft vor.«

»Nur, wenn du gegen seinen Willen Medikamente verteilt hast«, vermutete Tobias.

Katrin sah überrascht auf. »Ich sehe, du hast wirklich schon mit einigen Leuten geredet«, sagte sie.

»Das habe ich«, sagte Tobias. »Und um so weniger verstehe ich, daß ich dich vor drei Tagen in diesem Turm gefunden habe.«

Katrins Lächeln wurde böse. »Wißt Ihr denn nicht, ehrwürdiger Mönch, daß der Teufel oft in Gestalt des Guten auftritt?« fragte sie. Sie schüttelte den Kopf und machte eine beinahe herrische Handbewegung, als er etwas sagen wollte. »Ich habe dem einen oder anderen geholfen, aber das hätte wohl jeder an meiner Stelle getan, der ein Herz in der Brust hat und keinen Stein. Und ich hätte mehr tun können.«

»Woran ist Verkolt gestorben?« fragte Tobias.

»An dem Gift, das ich ihm eingeflößt habe«, antwortete Katrin.

Tobias starrte sie aus aufgerissenen Augen an, ehe ihm klar wurde, wie ihre Worte gemeint waren.

235

»Du solltest nicht scherzen«, sagte er. »Ob ich dir glaube oder nicht — es ist ein schwerer Vorwurf, der gegen dich erhoben wird.« Er zögerte einen Moment. »Und das ist nicht der einzige«, fügte er hinzu.

»Ich weiß«, sagte Katrin.

Tobias wartete darauf, daß sie weitersprach, aber das tat sie nicht. Er war enttäuscht. Er hatte wenn schon nicht die Auflösung dieses unheimlichen Rätsels, so doch wenigstens Hilfe von ihr erwartet. Aber nichts von alledem, was sie ihm bisher erzählt hatte, brachte ihn auch nur einen Schritt weiter. Dabei hatte er immer mehr das Gefühl, daß sie die Lösung all dieser Rätsel kannte. Warum half sie ihm nicht, ihr Leben zu retten?

Er sah sie noch einen Moment ernst an, dann stand er auf, trat ans Fenster und blickte auf die Straße hinab. Das Bild unterschied sich nicht von dem, das er am vergangenen Morgen gesehen hatte. Die Häuser waren noch immer so klein und häßlich, die Menschen noch immer so klein und grau und geduckt, und die Furcht nistete noch immer zwischen den ärmlichen Hütten. Aber etwas war für ihn hinzugekommen: das Wissen, daß diese Furcht nicht grundlos war, daß es etwas gab, das nachts um die Stadt strich.

»Irgend etwas geschieht hier, Katrin«, sagte er leise. »Irgend etwas Furchtbares geht hier vor sich. Ich war in der Mühle. Ich habe gesehen, was mit dem Korn passiert ist. Und ich war im Wald und habe ein totes Tier gesehen, das niemals hätte geboren werden dürfen.« Er drehte sich mit einem Ruck herum und sah auf sie herab.

»Ich weiß nicht, von welchem Tier du redest«, antwortete Katrin. »Aber es war nicht das einzige. Und nicht nur Tiere. Auf dem Friedhof liegt ein Kind, dessen Hände direkt aus den Schultern wuchsen, als es auf die Welt kam.«

»Ich weiß«, sagte Tobias. »Vielleicht werde ich es ausgraben lassen, um es mir anzusehen.«

Katrin schüttelte ganz leicht den Kopf. »Tu das nicht«, sagte sie. »Ich habe mitgeholfen, es auf die Welt zu bringen. Ich weiß, welch entsetzlichen Anblick es bot.«

»Du hast mitgeholfen?« fragte Tobias zweifelnd.

»Warum nicht? Es gibt weder einen Arzt noch eine Hebamme hier. Ich war die einzige, die überhaupt helfen konnte.«

»Ich habe gehört, du hättest Streit mit seiner Mutter gehabt, bevor es auf die Welt kam?«

»Auch das ist richtig«, antwortete Katrin. »Und? Was konnte das Kind dafür, daß seine Mutter ein törichtes Weib war. Ich habe sie mehr als einmal gewarnt. Ich habe auch diesen starrköpfigen Müller gewarnt und viele andere auch. Keiner hat auf mich gehört, dafür haben sie mir hinterher die Schuld gegeben, als ganz genau das passiert ist, was ich ihnen prophezeite.«

»Und was war das?« fragte Tobias.

»Was du gesehen hast«, antwortete Katrin. »Ein Kind, das ohne Arme geboren wurde. Das Schicksal war gnädig genug, es sterben zu lassen, ehe es den ersten Atemzug tat. Ein anderes kam blind auf die Welt, und es hatte weniger Glück und überlebte. Und mehrere Frauen hier verloren ihre Kinder. Aber das hat nichts mit Hexerei zu tun.«

»Womit dann?«

»Ich weiß es nicht«, antwortete Katrin. »Es muß am Wasser liegen. Es ist verdorben.«

»Der See?«

Katrin nickte. »Nicht nur der See. Es gibt einen Brunnen am nördlichen Ende der Stadt. Sein Wasser ist gleichfalls verdorben. Ich habe sie gewarnt, davon zu trinken. Manche haben auf mich gehört, manche nicht. Erst als es zu spät war, als einige krank wurden und einige starben, fingen sie an, das Wasser aus dem Fluß zu holen. Sie tranken von dem Wasser und stellten fest, daß sie am nächsten Tag noch gesund und am Leben waren. Keiner dieser Narren hat auch nur gedacht, daß das Gift, das es enthält, vielleicht erst später wirkt.«

»Welches Gift?« fragte Tobias.

»Woher soll ich das wissen?« antwortete Katrin störrisch. »Ich bin nicht die einzige, die sie gewarnt hat. Auch mein Mann, Verkolt, hat das getan. Aber er hörte auf, als ihm klar wurde, daß sie nicht auf ihn hören würden. Und selbst der Graf hat ihnen verboten, den Brunnen weiter zu benutzen, nachdem die ersten krank wurden und einige Tiere, die von dem Wasser tranken, starben. Aber sie haben erst darauf gehört, als es zu spät war.«

»Du glaubst, es hat mit dem See im Wald zu tun?« vermutete Tobias.

»Ich weiß es nicht«, sagte Katrin. »Wüßte ich es, wäre ich wahrscheinlich nicht hier.«

»Dieser See . . .« Tobias sah sie durchdringend an. »Was ist damit geschehen? Du sollst sehr oft dort gewesen sein. Einige Leute behaupten, sie hätten unheimliche Laute gehört und Lichter gesehen.« Für einen ganz kurzen Moment hatte er das Bild noch einmal vor Augen: das unheimliche grüne Leuchten, das aus dem winzigen Waldstückchen herüberdrang, wie der giftige Widerschein eines Höllenpfuhls.

»Ja«, antwortete Katrin. »Ich war oft am See. Das Wasser war niemals so, daß man es getrunken hätte. Es eignet sich schlecht, den Durst zu löschen, aber es enthält Salze, die gut gegen manche Krankheiten sind. Verkolt hat oft Wasser von dort geholt, um seine Medikamente zu mischen. Und er hat mich hingeschickt, um es für ihn zu tun, als er zu alt und der Weg zu beschwerlich für ihn wurde.«

Diese Erklärung klang beinahe einleuchtend, fand Tobias, aber es war nicht die ganze Wahrheit. Schließlich hatte er das Licht selbst gesehen. »Und die Lichter und Geräusche?« fragte er.

Katrin machte einen abfälligen Laut. »Dummes Gerede!« antwortete sie. »Du kennst die Leute. Sie reden viel Unsinn. Ich weiß nicht, was mit diesem verhexten See passiert ist, niemand hier weiß das. Vor etwas mehr als einem Jahr fing das Wasser an zu riechen und faulte. Auch Verkolt wurde davon krank.«

Tobias fiel es schwer, ihr zu glauben, nach allem, was sie ihm zuvor über den Brunnen erzählt hatte.

»Es war zu spät, als wir es merkten«, sagte Katrin, der seine Zweifel nicht entgangen waren. »Er kannte die heilende Kraft dieses Wassers, und er litt seit langen Jahren unter der Gicht, so daß er dann und wann etwas davon trank. Es verdarb nicht von einem Tag auf den anderen, sondern ganz langsam, unmerklich zuerst. Als es so deutlich wurde, daß wir es spürten, da hatte er schon zuviel davon getrunken. Er wurde krank.«

»Und starb daran?« fragte Tobias zweifelnd.

»Nein«, antwortete Katrin. »Nicht daran. Aber das Fieber schwächte seinen Körper so, daß er sich nicht mehr davon erholte. Ich habe ihn gepflegt so gut ich konnte, aber er war ein alter Mann und ich bin kein Arzt.«

»Man hat mir erzählt, daß du jede Hilfe abgelehnt hast«, sagte Tobias.

»Hilfe?« Katrin schnaubte abfällig. »Welche Hilfe? Diesen Quacksalber, den mir der Graf aus der Stadt kommen ließ? Oder dieses alte Kräuterweib, das ihn binnen eines Tages zu Tode gepflegt hätte?«

»Du sollst niemanden mehr an ihn herangelassen haben«, sagte Tobias.

Diesmal antwortete Katrin nicht gleich, und ein sonderbarer Ausdruck, eine Mischung aus Trauer, Schmerz und Resignation, trat in ihre Augen. »Das stimmt«, sagte sie nach einer Weile sehr leise und mit einem bitteren Klang in der Stimme. »Ich war . . . verzweifelt. Ich wußte, daß er starb. Ich habe versucht, für ihn zu tun, was ich konnte, aber es war nicht genug. Vielleicht war es ein Fehler.«

»Das war es«, sagte Tobias.

»Ich habe ihn . . . sehr gemocht«, sagte Katrin leise. »Er war ein alter Mann, manchmal konnte er recht grausam sein, aber er war mir nicht gleichgültig. Ich war einfach verzweifelt, als mir klar wurde, daß ich ihn verliere.«

Dieses Gefühl der Verzweiflung verstand Tobias nur zu gut. Man lebte nicht fünf Jahre mit einem Menschen zusammen, ohne etwas für ihn zu empfinden.

»Wirst du mich verurteilen?« fragte Katrin plötzlich.

Die Frage überraschte Tobias in ihrer Offenheit so sehr, daß er nichts antworten konnte, sondern sie nur verwirrt anblickte, ehe er sich schließlich in ein mattes Lächeln flüchtete.

»Wirst du es tun?« fragte Katrin noch einmal. »Du hast

Zeit genug gehabt, mit allen hier zu reden. Du hast mit Bresser gesprochen, mit dem Grafen und sicherlich auch mit vielen anderen.«

»Natürlich«, antwortete Tobias hilflos. »Aber nichts von dem, was ich gehört und gesehen habe, reicht aus, dich oder irgendeinen anderen zu verurteilen.«

»Aber auch nicht, mich freizusprechen«, sagte Katrin leise.

Tobias blieb ihr die Antwort auf diese Frage schuldig; vielleicht, weil er sie nicht wußte, vielleicht aber auch, weil er sie insgeheim sehr wohl kannte, aber sie nicht aussprechen wollte. »Gib mir noch ein wenig Zeit«, sagte er ausweichend. »Einige Tage. Ich werde . . . schon eine Lösung finden.«

Katrin blickte ihn traurig an. Sie hatte eine andere Antwort erwartet, begriff Tobias, und dieser Gedanke tat ihm weh. Hatte er wirklich geglaubt, daß sie nichts forderte? Daß sie stumm abwartete, bis er sein Urteil fällte?

Plötzlich klopfte es an der Tür, und Tobias empfand eine große Erleichterung, daß sie nun nicht mehr weitersprechen konnten.

Es war Maria. Sie stand mit einer Schale dampfender, würzig riechender Brühe und einem halben Laib Brot draußen auf dem Gang, und Tobias beeilte sich, die Tür zu öffnen und zurückzutreten, damit sie an ihm vorbeigehen konnte.

»Bresser will Euch sprechen, Pater Tobias«, sagte sie, während sie das Bett ansteuerte. Tobias bedankte sich mit einem Kopfnicken, warf Katrin zum Abschied ein flüchtiges Lächeln zu und ging hinunter. Bresser saß auf der Bank unter dem Fenster und hatte die Hände auf der Tischplatte vor sich gefaltet, als er eintrat. Bressers Finger spielten nervös miteinander, und seine Lippen bewegten sich lautlos, als übe er die Worte, die er Tobias sagen wollte.

Es war stickig im Zimmer. Tobias trat ohne ein Wort an Bresser vorbei zum Fenster, öffnete es und atmete mehrmals hintereinander tief ein und aus, als frische Luft ins Zimmer strömte. Und ungeachtet des süßlichen Verwesungsgestankes, der schon wieder über der Stadt lag, ging das Leben draußen seinen gewohnten Gang. Menschen bewegten sich hierhin und dorthin, standen zu zweit oder in kleinen Gruppen und redeten. Und doch war etwas anders als sonst. Plötzlich begriff er es: Auf der anderen Seite des Platzes, dem Turmhaus gegenüber, standen zwei Männer und blickten zu ihnen herüber. Sie starrten ihn geradewegs an, nicht aus Zufall, sondern aus Berechnung. Sie mußten spüren, daß Tobias sie entdeckt hatte, aber es störte sie nicht, vielleicht auch wollten sie, daß er sie sah.

Tobias verscheuchte den Gedanken, drehte sich mit einem Ruck vom Fenster weg und blickte Bresser an.

»Ihr wolltet mich sprechen?«

Bresser sah auf und legte seine Hände flach auf die Tischplatte. Er nickte. »Ich habe mir Sorgen um Euch gemacht, Pater Tobias«, sagte er. »Ihr hättet gestern abend nicht allein losreiten dürfen.«

Tobias runzelte verärgert die Stirn. »Ich dachte, darüber hätten wir schon gesprochen«, sagte er.

»Das haben wir. Aber Ihr . . .« Bresser stockte, fuhr sich nervös mit der Zungenspitze über die Lippen und schien nach Worten zu suchen. »Darf ich ganz offen sein?« fragte er schließlich.

»Natürlich.«

»Ihr benehmt Euch . . . nicht sehr umsichtig, Vater«, begann Bresser vorsichtig. »Ihr seid gewarnt worden, von mir, vom Grafen und anderen. Und Ihr habt selbst . . . gewisse Dinge gesehen. Ihr solltet all diese Warnungen nicht in den Wind schlagen.«

Tobias legte den Kopf schräg und sah Bresser beinahe lauernd an. »Ist das eine Drohung?«

»Nein«, antwortete Bresser fast erschrocken. »Aber eine Warnung. Es hilft niemandem, weder Euch noch der Hexe oder den Menschen hier, wenn Euch etwas zustößt.«

Tobias antwortete nicht sofort, sondern ging um den Tisch herum, setzte sich und sah Bresser eine ganze Weile durchdringend an. »Und was sollte mir zustoßen?« fragte er schließlich.

»Ich weiß es nicht«, antwortete Bresser in einer Art und Weise, die deutlich machte, daß er es sehr wohl wußte. »Doch Ihr solltet vorsichtiger sein. Nicht nur mit dem, was Ihr tut.«

Tobias schwieg. Das *war* eine Warnung; so deutlich, wie sie nur sein konnte. »Ich weiß Eure Sorge um mich zu schätzen, Bresser«, sagte er nach einer Weile. »Aber sie ist überflüssig. Niemand würde es wagen, Hand an einen Inquisitor zu legen, der im Dienste Gottes handelt.«

Bresser schien diese Ansicht zu bezweifeln, aber er zog es vor, das Thema zu wechseln.

»Ihr habt über das nachgedacht, was ich Euch gestern über die Hexe sagte?« fragte er.

Tobias blickte ihn fragend an.

»Sie kann nicht weiter in meinem Haus bleiben«, erklärte Bresser. »Sie ist schon wieder ganz gesund. Es gibt keinen Grund mehr, sie länger hier zu lassen. Die Leute fangen bereits an zu reden.«

»Über wen?« fragte Tobias. »Über sie oder über mich?«

»Ich will es nicht, basta!« sagte Bresser mit einer entsprechenden Handbewegung. »In diesem Haus ist kein Platz für sie und mich.«

»Dann würde ich vorschlagen, Ihr sucht Euch eine andere Unterkunft, solange ich in der Stadt bin«, antwortete der Mönch seelenruhig. »Ich brauche ohnehin einen Platz, an dem ich meine Arbeit verrichten kann. Ich muß Zeugen befragen, mir Notizen machen und in Ruhe arbeiten können. Und schließlich muß der Prozeß vorbereitet werden.«

Bresser starrte ihn voller Zorn an, aber er verkniff sich jede Antwort, sondern ballte lediglich die Fäuste. Einige Augenblicke lang blickte er Tobias durchdringend an, dann stand er auf und verließ ohne ein weiteres Wort das Zimmer.

Tobias sah ihm nachdenklich nach. Für einen ganz kurzen Moment hatte er so etwas wie Triumph verspürt, aber das Gefühl verging schnell, und zurück blieb ein bitterer Nachgeschmack. Er war einfach nicht mehr sicher, ob er Bresser nicht Unrecht tat. Vielleicht waren seine Warnungen wirklich ernst gemeint. Und vielleicht sollte er aufhören, sie als Drohung aufzufassen.

Tobias war zutiefst verwirrt. Nach den Geschehnissen der vergangenen Nacht hatte ihn das Gespräch mit Katrin noch mehr in Unsicherheit gestürzt. Sie war nicht mehr das Nachbarskind, das er liebte, sondern eine erwachsene Frau, die um ihr Leben kämpfte. Der Dominikaner gestand sich ein, daß er bisher nicht versucht hatte, die Situation mit ihren Augen zu sehen. Sie hatte den sicheren Tod vor Augen gehabt. Sein plötzliches Auftauchen mußte ihr wie ein Wunder vorkommen. Konnte er da irgend etwas anderes erwarten, als daß sie annahm, er sei gekommen, um ihr zu helfen?

Durfte er es überhaupt?

Pater Tobias war sich mit schmerzhafter Deutlichkeit bewußt, daß er im Grunde nur eine einzige Wahl hatte: nämlich unverzüglich nach Lübeck zurückzukehren und seinem Abt zu berichten, was er hier erlebt und gesehen hatte. Damit aber würden ihm die Untersuchungen aus der Hand genommen werden; und das hieße, daß Katrins Schicksal besiegelt war.

Ein dünnes, schmerzerfülltes Lächeln huschte über das Gesicht des Mönches. Er hatte vor dem Augenblick gezittert, in dem er vor der Entscheidung stehen würde, entweder Katrin oder seinen Glauben zu opfern. Und er hatte nicht einmal gemerkt, daß die Entscheidung schon in dem Moment gefallen war, in dem er das Zimmer im Turm betreten hatte und seiner einst geliebten Katrin gegenüberstand.

Plötzlich hielt er die Stille um sich herum nicht mehr aus. Er sprang auf und stürzte auf die Straße hinaus. Nichts auf dem Platz schien sich verändert zu haben, nur die beiden Männer, die das Haus beobachtet hatten, waren verschwunden.

Die nächsten beiden Stunden verbrachte er damit, beinahe ziellos durch die Stadt zu schlendern. Er sprach mit niemandem, stellte keine Fragen, aber er sah sich sehr aufmerksam um. Erst später am Nachmittag kehrte er ins Haus zurück und ging wieder ins Dachgeschoß hinauf, um nach Katrin zu sehen. Sie schlief. Er weckte sie nicht, sondern blieb nur eine Zeitlang neben dem Bett stehen und sah auf ihr bleiches, vom Fieber ausgezehrtes Gesicht herab. Was er bei ihrem Anblick empfand, wußte er nicht und wollte es auch gar nicht wissen. Vielleicht war es manchmal einfacher, die Augen vor der Wahrheit zu verschließen und sich einfach selbst zu belügen. Aber er kam zu einem Entschluß in diesen Augenblicken. Und als er sich schließlich herumdrehte und wieder aus dem Zimmer trat, wußte er endgültig, was er zu tun hatte.

Es war noch nicht sehr spät, aber Maria hatte trotzdem bereits damit begonnen, das Abendessen vorzubereiten, und sie nahmen das Essen gemeinsam und in einer Art erbittertem Schweigen ein. Bresser gab sich alle Mühe, sich seinen Zorn nicht zu deutlich anmerken zu lassen, was ihm allerdings nur mit mäßigem Erfolg gelang. Als sie gegessen und Tobias das Gebet gesprochen hatten, stand Bresser auf und verließ wortlos das Zimmer. Seine Frau sah ihm traurig nach, schaute dann Tobias an und wollte ebenfalls aufstehen, aber er bedeutete ihr mit einer Geste, noch einem Moment sitzen zu bleiben.

Sie gehorchte, warf ihm aber einen fast ängstlichen Blick zu. Dabei schien es Tobias, daß es weniger Angst vor als vielmehr um ihn war. Er fragte sich, was Bresser ihr erzählt hatte. Er sagte jedoch nichts, sondern stand auf, ging zur Tür und überzeugte sich davon, daß ihr Mann nicht auf dem Flur stand und lauschte, ehe er die Tür wieder sorgsam hinter sich schloß und zum Tisch zurückkehrte.

»Er ist sehr zornig, nicht wahr?« fragte er, nachdem er sich wieder gesetzt hatte.

Maria nickte. Aber sie schüttelte auch fast in der gleichen Bewegung wieder den Kopf. »Ja«, sagte sie. »Aber ich glaube, er hat einfach nur Angst.«

»Vor mir?« fragte Tobias. »Oder vor Katrin?«

»Beides«, antwortete Maria nach kurzem Zögern. Sie wich seinem Blick aus. »Vor Euch, weil Ihr . . . weil Ihr ein mächtiger Mann seid, und sie fürchtet er als Hexe.«

»Und du?« fragte Tobias.

»Sie wird mir nichts tun«, antwortete Maria.

»Du glaubst auch, daß sie eine Hexe ist?« fragte er verwirrt.

Maria nahm all ihre Kraft zusammen, um den Kopf zu heben und seinem Blick standzuhalten. »Ich weiß es nicht«, gestand sie, »aber ob sie es ist oder nicht, sie wird mir nichts zuleide tun.«

Tobias starrte sie an. Vielleicht war Bressers Frau in dieser ganzen Stadt der einzige Mensch, dem er wirklich traute; aber er hatte schon wieder einen Fehler begangen: Indem er sich klar gemacht hatte, daß sie nicht gegen ihn war, hatte er ganz instinktiv unterstellt, sie wäre für ihn.

»Du also auch?« murmelte er betroffen.

Marias Blick flackerte. Ihre Finger, die auf dem Tisch nervös miteinander spielten, begannen zu zittern. »Ich stehe auf Eurer Seite«, sagte sie, »aber . . . aber ich . . .«

Tobias unterbrach sie mit einem Lächeln und berührte ihre Hand. »Schon gut«, sagte er leise. »Ich verstehe.«

Marias Augen füllten sich mit Tränen. »Ihr dürft nicht glauben, daß ich Euch verraten hätte oder feige wäre«, sagte sie. »Aber Bresser ist mein Mann, und der Graf . . .« Wieder geriet sie in Stocken. Und wieder schüttelte der Mönch sanft den Kopf.

»Schon gut«, sagte er noch einmal. »Ich weiß, was du sagen willst.«

Er lächelte noch einmal, stand auf und fuhr in völlig verändertem Tonfall fort: »Geh und hol deinen Mann. Sag ihm, daß ich ein paar Dinge von ihm brauche und einen Auftrag für ihn habe, bevor er geht. Ich werde morgen mit der offiziellen Untersuchung beginnen.« Er machte eine Handbewegung in das fast leere Zimmer hinein. »Dazu brauche ich ein paar Möbel hier. Einen Schreibtisch, einige Stühle . . . Er soll aus dem Haus nebenan herüberbringen lassen, was er findet. Und ich brauche eine Liste der Zeugen, die ich offiziell vernehmen kann. Sag ihm, daß ich sie morgen früh haben möchte.«

10

In dieser Nacht träumte er, daß Katrin zu ihm käme. Er war früh zu Bett gegangen, um sich gründlich auszuschlafen; eigentlich zum ersten Mal seit seiner Ankunft in Buchenfeld. Und obwohl er innerlich aufgewühlt war sie selten zuvor in seinem Leben, schlief er fast sofort ein, denn ganz egal, welcher Sturm in seiner Seele tobte, sein Körper verlangte immer stärker nach seinem Recht. Er schlief sofort ein, und anders als in seinen gewöhnlichen Träumen wußte er, daß er träumte:

Er befand sich nicht mehr im Haus der Bressers. Statt auf der weichen Matratze des Bettes lag er auf einem noch weicheren Lager aus Moos. Und statt der fleckigen, niedrigen Zimmerdecke des Schlafzimmers blickten seine Augen ins samtene Schwarz-Blau eines Nachthimmels, an dem nicht eine einzige Wolke stand. Der Mond, der sich nun bis auf einen kaum fingerbreiten Streifen an seiner rechten Seite vollkommen gerundet hatte, überschüttete sein Gesicht mit bleichem Licht, das alle Farben auslöschte und die Dinge mit harten Konturen versah. Die vielfältigen Gerüche des Waldes drangen in seine Nase, und er hörte das Rauschen der Blätter, die sich hoch über seinem Kopf im Wind bewegten.

Verblüfft richtete er sich auf, fuhr sich — ganz, als wäre er wirklich erwacht — mit der Hand über Gesicht und Augen und unterdrückte ein Gähnen. Er fühlte sich auf eine angenehme, entspannte Art und Weise ermattet. Die kalte Nachtluft, in der nicht mehr der bestialische Gestank des Pfuhls lag, tat seinen Lungen wohl. Obgleich noch immer müde, fühlte er sich doch gleichzeitig von einer Tatkraft durchdrungen, die er in den letzten Tagen schmerzlich vermißt hatte.

Tobias stand ganz auf, machte einen Schritt und blieb wieder stehen, um sich erneut umzusehen. Er befand sich im Wald, dessen uralte Stämme sich hinter ihm wie eine Mauer aus Schwarz und Grau erhoben. Vor ihm erstreckte sich eine runde, von den weit überhängenden Baumkronen der uralten Eichen halb überschattete Lichtung, auf der wild wucherndes Unkraut und Buschwerk das Sonnenlicht gefunden hatten, das ihnen die Bäume drinnen im Wald verwehrten.

Tobias wollte weitergehen und ganz auf die Lichtung hinaustreten, aber dann zögerte er plötzlich. Er konnte nicht erklären, warum — aber er hatte das Gefühl, diese Lichtung zu kennen; und aus einem Grund, der ihm genauso unklar blieb, war diese Erinnerung mit einem unguten Gefühl verknüpft, beinahe mit Angst. Als er seine Furcht schließlich überwandt und doch weiterging, da begriff er den Grund für sein Zögern.

Er kannte diese Lichtung. Wie jetzt im Traum war er schon einmal wirklich hier gewesen. Am ersten Tag, ehe er Buchenfeld erreichte. Es war die verwunschene Lichtung im Wald, auf der er den Dämonen begegnet war und den Hexenkreis gefunden hatte. Er wußte es, einen Augenblick bevor er das Unterholz mit den Händen teilte und hindurchtrat, um den schwarzen, kreisrunden Ring verdorbener Erde zu sehen, auf dem sich weißes Pilzgeflecht wie das Netz einer absurden Spinne ausgebreitet hatte. Tobias blieb schaudernd stehen. Schon am Tage hatte dieser Ort unheimlich ausgesehen und ihm Angst eingejagt. Jetzt, in der Kälte und Stille der Nacht und in einem Licht, das alle Details verwischte und nur die Essenz der Dinge sichtbar bleiben ließ, erfüllte ihn der Anblick beinahe mit Panik. Vielleicht begriff er in diesem Moment zum ersten Mal wirklich, warum man solche Orte Hexenkreise nannte und warum die Menschen, die einen solchen Ring giftiger Pilze auf totem Boden entdeckten, in abergläubischer Furcht davonliefen. Obgleich von jeder Spur wirklichen Lebens geflohen, schien sich der Kreis schwarzer, klumpiger Erde zu bewegen. Da war ein Zucken und Huschen, ein Beben und Wogen, das das Auge nicht wirklich wahrnahm, sondern lediglich wie eine Bewegung im Augenwinkel registrierte. Es war ein Ort, an dem die Schöpfung Gottes verhöhnt wurde: Das Lebende war tot, und das Tote lebte. Der Boden zitterte, als bewege sich ein Dämon darunter, der hinausdrängte, an unsichtbaren Ketten zerrend, die ihn seit Urzeiten gefangenhielten, ohne ihn jemals ganz zu bändigen. Tobias' Hände und Lippen begannen zu beben. Seine Nachtvisionen waren zum Alptraum geworden, in dem selbst das Wissen, dies alles nicht wirklich zu erleben, nicht half, sondern es eher noch schlimmer machte, denn es ließ ihn auch seine Hilflosigkeit erkennen. Er wollte sich bewegen, schreien, weglaufen oder wenigstens die Augen schließen, aber er konnte nichts von alledem tun. Gelähmt stand er da, wie von einer unsichtbaren, bösen Macht besessen, die ihn zwang, jenen Ort verfluchter Erde anzuschauen, und ihm selbst den trügerischen Trost der Dunkelheit hinter seinen eigenen Lidern verwehrte.

Dann hörte er die Schritte.

Sie kamen näher, und obwohl sie leicht und fast tänzelnd waren, nicht das schwere Stampfen eines hornköpfigen, geschwänzten Ungeheuers, lag eine Drohung in ihnen. Das Herz des Mönchs begann zu rasen. Kalter Schweiß bedeckte seine Haut, und die Angst schnürte ihm so die Kehle zu, daß er kaum noch atmen konnte. Trotz allem brachte er nicht die Kraft auf, sich herumzudrehen. Er stand immer noch da und starrte den schwarzen, brodelnden Sumpf aus toter Erde und totenbleichen weißen Pilzen vor sich an, während die Schritte näher kamen, einen Moment zögerten, weitergingen und dann verklangen.

Plötzlich begann auch seine Umgebung sich zu verändern. Das Licht des Mondes wurde totenbleich, und der Wald rings um die Lichtung verwandelte sich in ein bizarres Gemälde, eine gräßliche Karikatur der Wirklichkeit. Namenlose, unsichtbare Dinge schienen um ihm herum durch die Finsternis zu schwimmen und mit wirren Spinnenfingern nach seiner Seele zu greifen. Es war noch immer kalt, aber gleichzeitig legte sich die Luft wie ein feuchter, schmieriger Nebel auf seine Haut und seine Kleider, bedeckte seine Augen mit einem klebrigen Schleier und kroch in seinen Mund, um seinen Körper auch von innen heraus zu vergiften. Der Wald hatte jede Farbe verloren, die Bäume waren schwarz, ihre Äste und Blätter grau in allen nur denkbaren Schattierungen. Der Mönch stand mitten im Nichts, als sei der Wald ein Ort am Ende der Schöpfung, an dem es kein Gestern und Morgen, kein Leben und keinen Tod mehr gab. Nur noch die Angst, eine Angst jenseits der Grenzen des Vorstellbaren, die ihn auf der Stelle getötet hätte, wäre dies die Wirklichkeit und nicht ein Traum gewesen.

Die Schritte hoben jetzt wieder an. Er spürte, daß jemand dicht hinter ihm stand, fühlte es mit jenem verborgenen Sinn, der es Blinden ermöglichte, die Nähe eines anderen Menschen zu spüren. Er spürte, wie die Gestalt hinter ihm stehenblieb und die Hand hob, wie ihre Finger sich seiner Schulter näherten und kurz davor verharrten und sich schließlich darauf senkten.

Die Berührung brach den Bann. Pater Tobias schrie auf, schlug in blinder Panik um sich und brach mit einem einzigen entsetzten Schritt durch das dornige Gestrüpp, um aus dem verteufelten Rund des Hexenkreises hinauszutaumeln. Er versank bis zu den Knöcheln im Morast, der sich an seinen nackten Füßen festsaugte, als wolle er ihn festhalten. Und die Berührung der giftigen Pilze brannte wie Säure auf seiner Haut. Trotzdem taumelte er weiter, bis er schließlich das Gleichgewicht verlor und auf Hände und Knie herabfiel.

Es war das Entsetzlichste, was er jemals erlebt hatte. Kein Sturz auf sumpfiges Erdreich, sondern vielmehr ein Gefühl, als pralle er auf den Rücken eines gewaltigen, lebenden Dinges, einer bösartigen, schwarzen Kreatur, die direkt aus den tiefsten Abgründen der Hölle emporgestiegen war. Halb wahnsinnig vor Angst und Ekel bäumte er sich auf, riß die Hände in die Höhe und starrte auf das widerliche Gemisch aus schwarzen Erdbrocken und zermalmten Pilzen, das an seinen Fingern klebte. Er schrie, aber selbst seine eigene Stimme war nicht mehr seine Stimme, sie war ein hohes, panikerfülltes Kreischen, das in den schwarzen Abgründen zwischen den Bäumen zu versickern schien wie ein Lichtstrahl in einem bodenlosen Schacht. Kein Echo kehrte zurück. Selbst der Klang einer menschlichen Stimme hatte an diesem Ort jenseits der Schöpfung nichts verloren.

Dafür hörte er ein Lachen.

Es war nicht das Lachen selbst, das seinen Schrei verstummen und Pater Tobias vor Entsetzen schier zur Salzsäule erstarren ließ. Es war vielmehr das entsetzliche Wissen, wem diese Stimme gehörte!

Er wollte es nicht glauben. Er bot vielmehr den letzten Rest Kraft auf, der noch in seinem Körper war, um die Bewegung zu verhindern — und trotzdem wandte er langsam den Kopf und sah zu der schlanken Gestalt hinauf, die in der Lücke stand, die er selbst in das Dornengebüsch gebrochen hatte.

Es war Katrin.

Sie hatte sich verändert. Doch nicht auf die fürchterliche Art des Waldes, die ihr jedes Leben und jede Menschlichkeit genommen hätte. Sie trug noch immer das einfache, weiße Hemd, das Maria ihr gegeben hatte, aber ihr Haar hing jetzt sauber und glatt bis auf die Schultern herab, und von ihren Wangen war das Grau der Krankheit gewichen. Der Glanz ihrer Augen war nicht mehr das verzehrende Feuer des Fiebers, sondern pures, loderndes Leben. Und ihre Lippen waren wieder voll und dunkel. Es war, dachte Tobias, von Entsetzen geschüttelt, als wäre das Leben, das aus dem Wald und seinen Pflanzen gewichen war, in ihren Körper geflossen.

Sie bewegte sich weiter. Ihre Hände, die Haut fein und weiß wie Porzellan, teilten das dornige Gebüsch, das seine eigenen Kleider zerrissen und seine Haut zerfetzt hatte, ohne Schaden zu nehmen. Und das tote Erdreich, das seine eigenen Füße besudelt und ihn wie mit unsichtbaren Händen festgehalten hatte, beschmutzte ihre nackten Füße nicht einmal. Die finstere Macht dieses Ortes, so ungeheuerlich sie war, hatte keine Gewalt über sie, denn das neu aufgeflammte Leben in ihrem Körper war einfach zu stark.

Tobias ließ die Hände sinken. Er wollte sich aufrichten, aber nicht einmal dazu reichte seine Kraft noch. So blieb er einfach inmitten des schwarzen Schlammes hocken, bis Katrin ihn erreicht hatte und die Hand nach ihm ausstreckte. Erst dann fand er die Kraft, wieder den Arm zu heben und ihre Finger zu berühren. Und im gleichen Augenblick, in dem er es tat, war es, als flösse etwas von dem pulsierenden, brodelnden Leben in ihr nun auch in seinen Körper. Er fühlte, wie alle Schwäche und Kraftlosigkeit von ihm abfielen, und fast im gleichen Augenblick wich auch die Furcht aus ihm. An ihrer Stelle verspürte er eine Wärme und ein Gefühl der Sicherheit, wie er es zuletzt als kleines Kind gespürt hatte, wenn er sich bei einem Gewitter auf den Schoß seiner Mutter geflüchtet hatte.

Er stand auf, blickte einen Moment voller Erstaunen auf Katrin herab und hob schließlich auch die andere Hand. Sie vollzog die Bewegung mit, so daß sich ihre Finger zwischen ihren Körpern trafen und sich wie Liebende umschlangen. Ein sanftes, aber unendlich tiefes glückliches Lächeln glitt über ihre Züge, und ihre Augen glommen in einem neuen, versprechenden Feuer auf.

Tobias zitterte. Er hatte die Gewalt über seinen Körper zurückerlangt, aber in seinem Inneren tobte ein Orkan. Seine Gedanken irrten wild im Kreis, zersplitterten wie ein zerschlagener Spiegel, der die Wirklichkeit in zahllosen, voneinander unabhängigen Ausschnitten zeigte. Er verspürte gleichzeitig ein Glück und eine Furcht wie niemals zuvor, war zugleich halb von Sinnen vor Angst wie auch Glück, wollte sie an sich pressen und von sich stoßen, fühlte Wärme und Kälte, Ekstase und Ekel — alles zugleich und noch viel, viel mehr. Gefühle, wie er sie niemals kennengelernt, ja nicht einmal für möglich gehalten hatte. Er wußte noch immer, daß dies ein Traum war, aus dem er nicht aufwachen konnte, so sehr er es auch versuchte, und doch war es auch die andere Seite der Wirklichkeit. Tiefer und bedeutsamer als alles, was er zuvor erlebt hatte.

Aber er mußte aufwachen.

Er versuchte es langsam, unendlich langsam. Mit Bewegungen, für die er Minuten brauchte, um auch nur einen Finger aus ihrer Berührung zu lösen, versuchte er, die Hände zurückzuziehen und sich gleichzeitig einen Schritt von ihr zu entfernen. Katrin versuchte nicht, ihn zurückzuhalten, aber in das Lächeln auf ihren engelsgleichen Zügen mischte sich erst Überraschung, dann Enttäuschung. »Warum hast du Angst vor mir?« fragte sie.

Auch ihre Stimme war nicht mehr ihre Stimme. Es war ein seidiger Engelsklang, ein Laut wie der Flügelschlag einer Elfe, ein Geräusch, das ihn wie eine Berührung traf und aufstöhnen ließ. Seine Bewegung erstarb endgültig. Sie war wieder da! Nichts an ihrer Gestalt oder ihrem Gesicht änderte sich, und doch war sie plötzlich nicht mehr die Katrin, die er sterbend aus dem Turm in des Grafen Haus befreit hatte, sondern die Katrin seiner Erinnerung, das zwölfjährige Mädchen seiner Jugend, nun eine erwachsene Frau und doch unverändert. Aller Schmerz und alle Schrecken waren vergessen, waren nie geschehen, denn zwischen jenem Tag vor siebzehn Jahren und heute lag nichts mehr, ganz einfach, weil die Zeit an diesem verzauberten Ort ihre Macht verloren hatte.

Er antwortete nicht auf ihre Frage, aber er löste seine Hand nun endgültig aus ihrem Griff, doch nicht, um vor ihr zurückzuweichen. Vielmehr trat er wieder auf sie zu und berührte sanft ihr Gesicht mit beiden Händen, auf genau die gleiche Art, auf die er es damals an jenem Abend am See getan hatte.

Katrin schloß die Augen. Ihr Lächeln erlosch, und ein intensives Gefühl des Glücks legte sich auf ihre Züge. Er konnte fühlen, was sie empfand. Die magische Zauberkraft ihrer Berührung wirkte noch immer, seine Hände bildeten eine Brücke zwischen ihren beiden Körpern, die für einen kurzen, unendlich süßen Moment ihre Seelen miteinander verschmelzen ließ, viel, viel tiefer, als es eine körperliche Vereinigung jemals gekonnt hätte. Für Momente war er sie und sie er, wurden sie zu einem einzigen, großen Wesen, das nur aus Glück und erfüllter Sehnsucht bestand. Dann nahm er die Hände wieder herunter, und das Band zerriß, aber nicht vollständig. Wo Angst und Unsicherheit gewesen waren, da blieben Überzeugung und Zufriedenheit. Er wußte plötzlich, daß nichts, keine Macht der Welt, sie wieder trennen konnte. Er hatte sie wiedergefunden, nach so unendlich langer Zeit, und dieses Wiedersehen hatte einen Sinn, den er allmählich verstehen würde.

»Tobias«, flüsterte Katrin. Er umarmte sie, strich ihr zärtlich eine Haarsträhne aus dem Gesicht und küßte sie. Es war ein Rausch, eine Ekstase, die alles übertraf, was er sich je hatte vorstellen können.

Diesmal war es Katrin, die sich aus seiner Umarmung löste. Sie trat einen halben Schritt zurück, blickte lächelnd zu ihm hinauf und streckte die Hand aus. Als er sie ergriff, drehte sie sich herum und lief leichtfüßig zur Mitte der Lichtung, wobei sie ihn mit sich zog. Dort angekommen, blieb sie stehen, umarmte ihn und küßte ihn wieder, diesmal wild und voller Verlangen. Sie umarmten sich, preßten sich mit aller Macht aneinander und streichelten einander. Tobias zitterte vor Wonne und Begierde. Seine Nerven schienen in Flammen zu stehen. Alles, was er je geschworen hatte, alle Eide und Versprechen, jedes Gelübde, das er abgelegt hatte, waren vergessen und bedeutungslos geworden. Er hatte seinen Glauben verloren in jener entsetzlichen, finsteren Kammer in Theowulfs Schloß, und nun, auf dieser noch entsetzlicheren, finsteren Lichtung im Wald seines Alptraumes würde er auch das letzte Opfer bringen. Es war ihm gleich, ob er mit ewiger Verdammnis dafür bezahlte. Es war ihm gleich, ob er eine Million Jahre im Feuer der Hölle brennen würde für diese wenigen, kostbaren Augenblicke.

Er wehrte sich nicht, als sie sich langsam zu Boden sinken ließ und ihn dabei mit sich zog. Das schwarze Erdreich schmiegte sich wie eine klebrige Decke an seine Haut, und die toten weißen Pilze des Hexenkreises bildeten einen Ring stummer, unüberwindlicher Wächter, den nichts Lebendes oder Totes durchdringen konnte. Er beugte sich über sie, vergrub das Gesicht in ihrem Haar und sog ihren Duft ein wie eine betäubende Droge. Er wollte nur sie, die einzige Frau in seinem Leben, der einzige Mensch, für den er jemals wirklich Liebe empfunden hatte. Und er begriff plötzlich, daß sein Leben damals, an jenem Abend im Wald, geendet hatte. Alles, was danach kam, all diese unendlich bitteren Jahre waren ihm gestohlen worden, von Männern, die nur aus Verbitterung und Haß und Neid auf jeden, der Glück empfinden konnte, von einem falschen Glauben der Seligkeit predigten und Mißtrauen und Haß in die Herzen der Menschen säten. Und von ihm selbst, der diesem Irrglauben erlegen war, der zugelassen hatte, daß er sich selbst belog und um die kostbarsten Jahre seines Lebens brachte. Seine Hände fuhren über ihr Gesicht, ihren Hals, strichen weiter über ihre Schultern.

Katrin hielt seine Hand fest, lächelte und schob ihn mit der anderen Hand ein Stück von sich fort. Mit einer einzigen, fließenden Bewegung setzte sie sich auf, hob die Arme und streifte das Hemd über den Kopf. Darunter trug sie nichts. Ihr Körper war weiß wie Alabaster und schimmerte wie feinste Seide, und er war so schön, wie er ihn in Erinnerung hatte. Tobias' Blick saugte sich daran fest, glitt über ihre Schultern, die kleinen Brüste, ihre Taille und das dunkle, verlockende Dreieck darunter, was wirklich zu berühren ihm versagt geblieben war.

Und in diesem Moment erwachte er.

Doch nicht aus dem Traum. Er befand sich noch immer auf der Lichtung, Katrin lag noch immer in seinen Armen, und rings um sie herum erhob sich noch immer dieser bleiche, tote Knochenwald. Bäume wie schwarze Arme, die mit knochigen Fingern nach dem Himmel griffen und tiefe Wunden hineinrissen, und Erde, auf der niemals etwas anderes als giftige Pilze gelebt hatte. Katrin war noch immer so schön wie vor Augenblicken, und die Verlockung, die von ihr ausging, noch immer genauso mächtig. Und doch war es der Anblick ihres nackten Körpers, die Erinnerung an jene ekstatischen, unendlich süßen Augenblicke vor siebzehn Jahren, die den Zauber zerspringen ließen, denn sie brachten auch die Erinnerung an einen ungeheuerlichen Preis mit sich, den er bezahlt hatte.

Katrin blickte ihn fragend an. »Was hast du?« fragte sie.

Tobias schwieg.

Er war ihr so nahe wie kaum einem Menschen zuvor in seinem Leben, spürte ihre Nähe, ihre Wärme, ihren Geruch und die Verlockung, die von ihr ausging. Und die entsetzliche Gefahr, die sich hinter dieser Verlockung verbarg.

»Was hast du?« fragte Katrin noch einmal. In ihrer Stimme war ein fremder Ton, kein Mißtrauen, kein Vorwurf, aber doch etwas, das ihn schaudern ließ.

Plötzlich wurde ihm bewußt, wo sie überhaupt waren: Nicht nur auf dieser verfluchten Lichtung, sondern genau im Herzen des Hexenkreises, im Zentrum der sieben oder acht konzentrischen Ringe auf todbringenden, weißen Pilzen, die alles andere Leben von dieser Lichtung getilgt hatten. Seine Augen weiteten sich vor Furcht. Er löste sich vollends aus Katrins Umarmung und richtete sich auf. Sie war ihm immer noch so nah, daß er ihre Wärme spüren konnte, aber vielleicht lag das eher daran, daß er plötzlich die Kälte der Nacht wieder fühlte, die widerwärtige Berührung des schwarzen, verdorbenen Bodens spürte und das unheimliche Geräusch hörte, mit dem der Wind durch die Kronen dieses Alptraumwaldes fuhr.

»Ich . . . kann es nicht«, stammelte er.

Auch Katrin richtete sich auf. Sie lächelte noch immer, aber eine kaum wahrnehmbare Kälte hatte sich in ihre Augen geschlichen. Was Tobias in den Augen des Geschöpfes las, das wie Katrin aussah und es doch nicht sein konnte, das war eine Erkenntnis, die tiefer ging als alles, was er je zuvor erfahren hatte. Das Begreifen, daß es etwas Schlimmeres gab als die Mächte der Hölle: die Kälte, denn der Teufel war zumindest noch fähig, Haß zu empfinden. Dieses Wesen vor ihm kannte nicht einmal mehr den Haß. Ja, es wußte nicht einmal, was Erbarmungslosigkeit war, denn um erbarmungslos zu sein, mußte man das Erbarmen kennen, um zu hassen die Liebe, um zu wüten die Freude. In Katrins Augen war nichts.

»Was ist mit dir?« fragte sie noch einmal. »Willst du mich nicht? Ich habe so lange auf dich gewartet. Komm.« Sie streckte die Arme nach ihm aus, aber er stieß sie von sich, sprang mit einer entsetzten Bewegung auf die Füße und prallte zwei, drei Schritte zurück.

»Nein!« brüllte er. »Nein! Weiche! Weiche von mir!«

Katrin lachte. Sie erhob sich mit einer fließenden Bewegung und kam ihm nach. Tobias wollte fliehen, aber seine Füße verfingen sich in dem Gewirr aus Pilzen und Wurzelgeflecht, das den Boden durchzog. Er strauchelte und schlug schwer auf den Boden auf, der noch immer weich und klebrig war, zugleich aber so hart, daß ihm der Aufprall fast das Bewußtsein raubte. Katrin kam näher. Sie lachte, und ihre Stimme war noch immer dieser goldene, glockenhelle Elfenklang, der jeden einzelnen Nerv in seinem Körper vibrieren ließ. Vielleicht war dies das Entsetzlichste von allem: daß er die Gefahr erkannt hatte. Er wußte, daß das Wesen vor ihm alles war, nur nicht Katrin, und daß er für die Vereinigung mit ihr einen Preis würde bezahlen müssen, der schlimmer war als der Tod oder die Verdammnis der Hölle. Und doch begehrte er sie.

»Warum wehrst du dich?« fragte Katrin. »Liebst du mich nicht mehr? Du bist doch gekommen, um mich zu retten. Jetzt tue es.«

Tobias schrie in heller Panik auf, als sie neben ihm auf die Knie herabsank und die Hände nach ihm ausstreckte. Er fegte ihre Arme beiseite, schlug mehrmals das Kreuzzeichen und versuchte, rücklings vor ihr davonzukriechen, aber er kam nicht von der Stelle. Der Boden verwandelte sich vollends in einen klebrigen Sumpf, in den seine Hände bis über die Knöchel einsanken und keinen Halt fanden, und aus den dünnen Pilzfäden wurden glühende Stricke, die sich tief in seine Haut gruben und ihn fesselten.

»Wehre dich nicht«, flüsterte Katrin. »Es hat doch keinen Zweck. Du belügst dich nur selbst. Du willst mich, Tobias. Dein ganzes Leben lang hast du nur an mich gedacht. Warum willst du dich quälen?« Sie beugte sich weiter vor. Ihre Lippen, voll und rot und verlockend, kamen näher, berührten seine Stirn, seine Wangen und schließlich seinen Mund.

Tobias bäumte sich auf. Er schrie. Seine Hände waren noch immer gefesselt, aber er warf seinen Oberkörper hin und her und trat mit den Beinen aus. Er schrie wie von Sinnen — und plötzlich erlosch Katrins Lächeln, und sie holte aus und schlug ihm mit aller Macht ins Gesicht.

Der Hieb ließ seinen Kopf in den Nacken fliegen. Er stöhnte vor Schmerzen, bäumte sich aber gleich wieder auf und riß verzweifelt an den unerbittlichen Fesseln, die seine Hände am Boden hielten. Katrin rief irgend etwas, das er nicht verstand, und plötzlich veränderte sich ihre Stimme, wurde dunkler und gleichzeitig zorniger, und dann traf ein zweiter, noch kräftigerer Hieb seine andere Wange und warf ihn abermals zurück.

Vor seinen Augen begannen sich bunte Kreise zu drehen. Der Alptraumwald und die Lichtung und auch Katrins Gesicht verschwammen vor seinem Blick, flossen auseinander und wurden zu wirren Farbklecksen ohne Sinn und Zusammenhang. Und dann traf ihn ein dritter Schlag, und Katrins Stimme, die nicht mehr Katrins Stimme war, schrie seinen Namen:

»*Tobias!*«

Stöhnend öffnete er die Augen. Er war nicht mehr im Wald, sondern lag wieder im Ehebett Bressers. Aber er war noch immer gefesselt. Was ihn niederhielt, waren Bressers kräftige Hände, die seine Arme gegen das Bett preßten. Und die Faust, die dreimal hintereinander in sein Gesicht gefahren war und ihn ins Leben zurückgeprügelt hatte, gehörte nicht Katrin, sondern Maria, deren schreckensbleiches Gesicht über ihm schwebte.

Tobias hörte endlich auf, sich gegen Bressers Griff zu wehren, und sank erschöpft in die Kissen zurück. »Es ist . . . gut«, flüsterte er.

Maria atmete erleichtert auf. Aber Bresser hielt ihn weiter fest, wenn auch nicht mehr mit ganz so unerbittlicher Kraft wie bisher.

»Seid Ihr wach?« fragte Maria zögernd.

Selbst das schwache Kopfnicken, mit dem Tobias antwortete, überstieg beinahe seine Kräfte, und seine Stimme war ein so mattes Flüstern, daß es ihn wunderte, daß Maria ihn überhaupt verstand.

»Ja. Ihr könnt mich loslassen.«

Bresser zögerte noch einen Moment. Dann zog er ganz langsam das Knie, mit dem er seine Beine blockiert hatte, zurück, tauschte einen fragenden Blick mit seiner Frau und löste schließlich auch seinen Griff um Tobias' Handgelenke. Er richtete sich auf, trat aber nicht vom Bett zurück, um sofort wieder zupacken zu können, sollte Tobias erneut in Raserei verfallen.

»Was ist passiert?« flüsterte Tobias stockend. Seine Augen fielen zu. Er hatte nicht mehr die Kraft, die Lider zu heben, alles drehte sich um ihn, und Marias Stimme schien plötzlich wie aus einem unendlich tiefen Brunnen an sein Bewußtsein zu dringen.

»Ihr habt geschrien, Tobias«, antwortete Maria. »Ihr habt geschrien, und als wir hereinkamen, da habt Ihr Euch hin- und hergeworfen und um Euch geschlagen. Bresser mußte Euch festhalten. Wir hatten Angst, daß Ihr Euch selbst verletzen könntet.«

Tobias öffnete mühsam die Augen. Marias Gesicht verschwamm vor seinem Blick, und Bressers war nur ein bleicher Farbfleck, irgendwo über ihm. Aber immerhin sah er, daß es im Zimmer wieder hell war. Es dämmerte bereits, aber er fühlte sich nicht erholt, sondern beinahe erschöpfter als am Abend, als er sich hingelegt hatte.

»Hattet Ihr einen Traum?« fragte Maria.

Tobias nickte schwach. Er wollte antworten, mußte sich aber erst mit der Zungenspitze über die Lippen fahren, die trocken und rissig geworden waren. »Ja«, flüsterte er. »Einen . . . schlimmen Traum.«

Er wollte sich aufrichten, doch als er die Finger spreizte, um sich auf der Matratze abzustützen und in die Höhe zu stemmen, da wagte er es nicht, die Bewegung zu Ende zu führen, sondern blickte zuerst an sich herab, als müsse er sich davon überzeugen, daß der Alptraum auch wirklich vorbei war. An seinen Fingern und seinen nackten Füßen klebte kein schwarzer Morast. Trotzdem hatte er das Gefühl, die widerwärtige, warme Berührung noch zu spüren.

Zitternd richtete er sich auf. »Ja, einen sehr schlimmen Traum. Ich danke euch, daß ihr mich geweckt habt.«

»Es ist Besuch für Euch gekommen«, sagte Bresser.

Tobias sah auf. Seltsamerweise fiel es ihm immer noch schwer, Bressers Gesicht wirklich zu erkennen. Aber auch die Silhouetten der Dinge im Raum verschwammen, als bestünden sie aus Rauch, der an den Rändern langsam auseinandertrieb. Etwas stimmte mit seinem Sehvermögen nicht, auch seine Zunge schien ihm nicht so recht zu gehorchen.

»Besuch?« fragte er mühsam.

»Der Graf ist gekommen«, antwortete Bresser. »Ich war gerade auf dem Weg, Euch zu wecken, als ich Euch schreien hörte.«

»Aber wir können ihn wegschicken«, fügte Maria hinzu. Bresser warf ihr einen ärgerlichen, fast zornigen Blick zu, aber sie fuhr unbeirrt fort: »Er wird Verständnis dafür haben, wenn ich ihm sage, daß Ihr Euch nicht wohl fühlt, Tobias.«

»Das ist nicht nötig.« Tobias unterdrückte ein Stöhnen. Eine leise Übelkeit begann sich in seinem Magen auszubreiten, und er fühlte, wie ihm überall am Körper kalter Schweiß ausbrach. Wenn das, was er spürte, die körperlichen Nachwirkungen des Alptraumes waren, so mußte er noch schlimmer gewesen sein, als er sich erinnerte. Als er sich ganz aufsetzte, verebbte das Schwindelgefühl zwischen seinen Schläfen zwar, aber dafür wurde die Übelkeit heftiger, und dazu gesellte sich ein dünner, bohrender Schmerz.

Sein Stolz reichte nicht mehr aus, Bressers hilfreich hingehaltene Hand zu ignorieren, als er aufstand. Zweimal sank er kraftlos auf die Bettkante zurück, ehe es ihm endlich gelang, auf wackeligen Knien stehenzubleiben. Seine Augen verweigerten ihm noch immer den Gehorsam. Bressers Gesicht gewann keine Konturen, auch wenn er ihm sehr nahe kam. Er hob die Hand, fuhr sich stöhnend über Augen und Stirn und schüttelte wortlos den Kopf, als Bresser ihm unter die Arme greifen wollte.

»Ihr seht nicht gut aus, Tobias«, sagte Maria besorgt. »Legt Euch lieber wieder hin. Ihr habt Fieber.«

Tobias schüttelte abermals den Kopf — sehr, sehr vorsichtig — und versuchte, ein Lächeln auf seine rissigen Lippen zu zwingen. »Es ist schon gut«, sagte er kraftlos. »Ich fühle mich nicht wohl, aber es war nur . . . ein Traum. Ein sehr schlimmer Traum. Vielleicht erzähle ich ihn euch später. Aber jetzt bringt mich zum Grafen.«

Maria zögerte, doch Tobias machte eine befehlende Handbewegung, so daß sie sich schließlich umwandte und das Zimmer verließ, während Bresser neben ihm herging, um ihn zu stützen. Tobias versuchte tapfer, aus eigener Kraft zu gehen, aber er mußte allein dreimal nach Bressers Hand greifen, bevor er das Schlafzimmer verließ, und zwei weitere Male, um den kurzen Flur zu überqueren und sich unter der Tür zur Stube hin durchzubücken.

Graf Theowulf saß am Tisch. Auf seinem Gesicht lag ein finsterer, beinahe zorniger Ausdruck, und seine Finger trommelten nervös auf der Tischplatte. Aber der Ärger auf seinen Zügen machte jähem Schrecken Platz, als Tobias eintrat und er in sein Gesicht blickte. Abrupt sprang er auf, warf Bresser einen erschrockenen, fragenden Blick zu und eilte Tobias entgegen.

»Pater Tobias!« rief er aus.

»Was habt Ihr? Seid Ihr krank?«

»Nein«, antwortete Tobias. Um seine Behauptung zu beweisen, ließ er Bressers Hand los und straffte die Schultern; was beinahe seine Kräfte überschritten hätte. Trotzdem fügte er hinzu: »Ein kleiner Schwächeanfall. Kein Grund zur Beunruhigung.«

Tobias entging nicht die rasche, wortlose Verständigung, die zwischen dem Grafen und Bresser stattfand. Er fragte sich, ob es richtig gewesen war, Marias Rat in den Wind zu schlagen und herzukommen. Was immer Theowulf von ihm wollte, er war kaum in der Lage, mit ihm zu diskutieren, geschweige denn, ihm zu widersprechen.

Er zog die Hand endgültig von Bressers Arm fort und ging zum Tisch; mit kleinen, schlurfenden Schritten wie ein Greis. Die Übelkeit in seinen Eingeweiden wuchs, und aus seinen Beinen schien jegliche Kraft zu weichen. Tobias spürte, wie kalter, klebriger Schweiß aus all seinen Poren trat und seine Kutte durchtränkte. Er fiel mehr auf die Bank herab, als er sich setzte. Mit aller Macht mußte er gegen die Verlockung ankämpfen, einfach den Kopf nach vorn sinken zu lassen, die Stirn auf den Händen zu betten und die Augen zu schließen. Der Schlaf der vergangenen Nacht hatte ihn Kraft gekostet, statt ihn zu erfrischen. Die Übelkeit wühlte immer heftiger in seinen Eingeweiden. Bitterer Speichel sammelte sich unter seiner Zunge. Er schluckte ihn hinunter.

Der Graf blieb noch einen Moment stehen und sah verwirrt auf ihn herab. Dann ging er zu seinem Platz auf der anderen Seite des Tisches zurück und setzte sich ebenfalls wieder. »Ihr seht nicht gesund aus, Tobias«, sagte er. »Wenn Ihr Euch nicht wohl fühlt, dann komme ich gern ein anderes Mal wieder, um mit Euch zu sprechen.«

Tobias gab seinen Muskeln den Befehl, den Kopf zu schütteln, aber er war nicht sicher, ob sie es auch wirklich taten. »Das ist nicht nötig«, murmelte er. Er konnte nicht weitersprechen, weil sich sein Mund schon wieder mit Galle füllte und er sie kaum so schnell hinunterzuschlucken vermochte, wie er kam.

»Was ist los mit Euch?« fragte Theowulf geradeheraus. »Ich habe Schreie gehört.«

Tobias raffte all seine Kraft zusammen, um den Kopf zu heben und den Grafen anzusehen. Theowulf saß auf der anderen Seite des Tisches. Je nachdem, wie Tobias seinen Kopf hielt, konnte er die Züge des Grafen erkennen oder auch nicht. Es war ein furchtbares Wechselspiel aus klarem Blick und entsetzlichen Visionen. Der Mönch kam sich vor, als wäre er in jener Welt der Alpträume in das Netz einer gewaltigen Spinne geraten. Und es klebten noch einige dieser Fäden an seiner Haut und versuchten, ihn zurückzuzerren. »Es war nur ein Traum«, wiederholte er, »nichts weiter.«

Theowulfs Augenbrauen zogen sich zweifelnd zusammen. Dann zuckte er mit den Schultern. »Ich bin gekommen, um mit Euch zu reden.« Er zögerte einen ganz kurzen Moment. »Allein.«

Tobias war viel zu erschöpft, um den Kopf zu drehen, aber er hörte, wie sich Bresser und Maria umwandten und mit schnellen Schritten das Zimmer verließen. Einen Augenblick später fiel die Tür ins Schloß.

»Ist mit Euch auch wirklich alles in Ordnung?« vergewisserte sich Theowulf.

»Wenn ich es doch sage — ja!« erwiderte Tobias gereizt. »Was wollt Ihr? Warum habt Ihr Euch den weiten Weg gemacht? Nur, um Euch nach meinem Befinden zu erkundigen?«

Er vermochte Theowulfs Reaktion auf diese scharfen Worte nicht zu erkennen, denn sein Gesicht trieb wieder auseinander; ein teigiger Brei, dessen Farbe allmählich die totenbleicher Pilze annahm.

»Also gut«, sagte Theowulf kalt. »Wie Ihr wollt. Warum seid Ihr gestern abend einfach davongelaufen?«

»Davongelaufen?« Tobias lachte leise. »Ich wußte nicht, daß ich auf Eurem Schloß gefangen war.«

»Was soll der Unsinn«, schnappte Theowulf.

»Nun, um davonzulaufen, muß man ein Gefangener sein — oder ein Leibeigener«, antwortete Tobias.

Theowulfs Gesicht verdunkelte sich vor Zorn. »Hört mit diesen Haarspaltereien auf«, verlangte er. »Ihr wißt ganz genau, was ich meine. Ich hatte Euer Wort, daß Ihr auf dem Schloß bleibt, bis ich zurück bin.«

»Und Ihr habt auch alles in Eurer Macht Stehende getan, um dafür zu sorgen, daß ich es halte, nicht wahr?« fragte Tobias.

»Was soll das heißen?«

»Nichts«, antwortete Tobias. »Es war . . . Unsinn. Verzeiht!«

Theowulf blickte ihn finster an, ging aber nicht weiter auf das Thema ein. »Es war wirklich nicht sehr klug von Euch, mutterseelenallein und nachts das Schloß zu verlassen«, begann er von neuem. »Ist Euch eigentlich klar, was Euch alles hätte zustoßen können?«

»Nein«, antwortete Tobias. »Was denn zum Beispiel?«

»Ihr hättet Euch verirren können.« Theowulf ballte ärgerlich die linke Hand auf dem Tisch zur Faust. »Es gibt wilde Tiere in den Wäldern hier. Ihr hättet vom Pferd stürzen und Euch schwer verletzen können. Und hundert andere Dinge.«

Wie zum Beispiel ein Dutzend Höllenreiter mit weißen Knochengesichtern, fügte Tobias in Gedanken hinzu, schwieg aber.

»Warum habt Ihr nicht wenigstens die Eskorte mitreiten lassen, die ich für Euch bereitgestellt hatte«, fuhr Theowulf verärgert fort. Aber es war keine Frage, auf die er eine Antwort erwartete, denn er sprach sofort weiter. »Ihr seid ein kluger Mann, Tobias. Aber nach dem, was Ihr gestern getan habt, glaube ich, daß Ihr auch zugleich sehr dumm seid.«

»Weil ich mich Eurem Willen widersetzt habe?«

»Weil Ihr Euch selbst in Gefahr gebracht habt!« antwortete Theowulf aufgebracht. »Ihr hättet ums Leben kommen können! Glaubt Ihr, daß damit irgendeinem in diesem Ort geholfen wäre?«

Tobias wollte antworten, doch in diesem Moment breitete sich die Übelkeit wie eine klebrige, warme Woge in seinem ganzen Körper aus und schnürte ihm die Kehle zu. Der Speichel floß so schnell in seinem Mund, daß er ihn nicht mehr hinunterschlucken konnte. Ein heftiger, krampfartiger Schmerz zog seinen Magen zusammen. Er stöhnte, krümmte sich und suchte mit zitternden Fingern an der Tischkante Halt, um nicht vollends von der Bank zu stürzen.

Theowulf wurde bleich und sprang auf. »Tobias! Was habt Ihr?«

Der Schmerz wurde schier unerträglich. Theowulf war mit zwei, drei raschen Schritten um den Tisch herum und streckte die Hände nach ihm aus, aber Tobias sah ihn kaum noch. Alles drehte sich um ihn herum. Alles verzerrte sich und wurde unwirklich. Rote Fäden aus Schmerz erschienen vor seinen Augen, und sein Magen schien sich in einen stacheligen Ball aus Eisen zu verwandeln. Er wankte, kippte zur Seite und stürzte nur deshalb nicht von der Bank, weil der Graf gedankenschnell zugriff und ihn festhielt.

Dann wurde der Schmerz übermächtig. Tobias bäumte sich auf, stürzte nach vorn und erbrach sich würgend in Theowulfs ausgestreckte Hände, ehe er das Bewußtsein verlor.

11

Feuer und Eis: die Hitze des Fiebers, das seinen Körper von innen heraus verbrannte, und Schüttelfrost, der jedes bißchen Wärme aus seinen Gliedern sog. Schmerz, Übelkeit und Krämpfe, Licht, Dunkelheit und Stimmen, die ihn umgaben, mit ihm sprachen, Hände, die ihn berührten, ihn zudeckten, ihn wuschen und ihm manchmal kleine Mengen kalter Flüssigkeit einflößten. An all das und die zusammenhanglosen Bilder der Fieberträume erinnerte er sich später, wenn er an diese beiden Tage und Nächte zurückdachte, in denen er auf Leben und Tod lag. Und obwohl er in dieser Zeit selten das Bewußtsein erlangte, wußte er doch, wie es um ihn stand. Und vielleicht war es dieses Wissen, das ihn letztendlich rettete. Er durfte nicht sterben. Wenn er starb, dann siegte der Tod gleich zweimal, nicht nur über ihn, sondern auch über Katrin.

Dann würde die Hölle triumphieren. Über diese Stadt und ihre Bewohner und über ihn, denn er hatte gesündigt. Er hatte seinen Glauben und seinen Gott verleugnet, und er hatte sich der Todsünde der fleischlichen Lust hingegeben; daß es nur im Traum geschehen war, machte es keinen Deut besser.

Am Morgen des dritten Tages erwachte er zum ersten Mal wirklich. Es war noch dunkel, aber jemand hatte eine Kerze entzündet, die das Zimmer in ein gelbes, ruhiges Licht tauchte, und in der matten Helligkeit erkannte er Marias Gestalt, die zusammengesunken auf einem Schemel neben dem Bett hockte und im Sitzen schlief. Eine Schale mit Wasser und ein Stapel sauberer Tücher lagen auf einem zweiten Schemel neben ihr.

Tobias betrachtete die schlafende Frau eine Weile voller Dankbarkeit.

In all dem Durcheinander von Bildern und Geräuschen, das er in den letzten Tagen wahrgenommen hatte, hatte er doch gespürt, daß sie während all der Zeit an seinem Bett Wache hielt und sich um ihn kümmerte. Wahrscheinlich war es ihr zu verdanken, daß er überhaupt noch lebte.

Tobias drehte den Kopf. Das Kissen raschelte, und so leise das Geräusch auch war, es reichte aus, um Maria aufzuwecken. Sie fuhr im Schlaf zusammen, öffnete mit einem Ruck die Augen und blinzelte zwei-, dreimal, ehe sie vollends in die Wirklichkeit zurückfand. Hastig stand sie auf, beugte sich über ihn und sah besorgt in sein Gesicht.

»Wie fühlt Ihr Euch?« fragte sie.

Tobias wollte antworten, aber seine Kehle brannte, als hätte er gemahlenes Glas geschluckt. Jetzt erst spürte er, welch entsetzlichen Durst er hatte.

»Versucht nicht, zu sprechen«, sagte Maria. »Schließt einfach die Augen für ›ja‹ und laßt sie offen für ›nein‹.«

Tobias senkte die Lider und hob sie wieder, und Maria lächelte zufrieden. »Seid Ihr durstig?« fragte sie.

Tobias blinzelte mehrmals hintereinander. Maria wandte sich rasch vom Bett ab und kehrte mit einer flachen Holzschale zurück. Als sie sie an seine Lippen setzte, konnte er riechen, daß sie kein Wasser, sondern kalte Brühe enthielt. Die Flüssigkeit schien in seiner ausgedörrten Kehle zu versickern, lange bevor sie seinen Magen erreichte.

Maria zog die Schale wieder fort, kaum daß er ein paar Schlucke getrunken hatte, und machte eine entschiedene Kopfbewegung, als er sie enttäuscht ansah.

»Das ist genug für jetzt«, sagte sie. »Ich bin froh, wenn Ihr die Brühe bei Euch behaltet.«

Tobias schluckte, würgte ein paar Mal trocken und schluckte dann wieder, als sich sein Mund wieder mit bitterer Galle zu füllen begann.

Maria entspannte sich erst wieder, als sie begriff, daß Tobias sich nicht übergeben würde. Erst jetzt fiel ihm der schreckliche Geruch im Zimmer auf: Es roch nach kaltem Schweiß. Und es war kein anderer als er selbst, der diesen Geruch verströmte. Die Erkenntnis war ihm peinlich. Tobias war ein reinlicher Mensch, und er hatte darüber hinaus genug mit Kranken und Sterbenden zu tun gehabt, um zu wissen, wie erniedrigend es war, in den letzten Stunden manchmal selbst die Kontrolle über die einfachsten Körperfunktionen zu verlieren.

Maria nahm eines der Tücher vom Stapel, tauchte es ins Wasser und wrang seine Zipfel sorgfältig aus, bevor sie ihm damit über Stirn und Augen fuhr. Dann legte sie es weg, nahm ein frisches Tuch und tupfte damit über seinen Mund. Die Berührung tat weh, denn seine Lippen waren ausgedörrt vom Fieber.

»Laßt es mich wissen, wenn es Euch zu unangenehm wird«, sagte Maria. »Habt Ihr verstanden?«

Tobias nickte mit den Augen.

Maria sah einen Moment nachdenklich auf ihn herab, dann legte sie das Tuch aus der Hand und begann rasch, aber sehr behutsam die mittlerweile eingetrockneten Wadenwickel auszutauschen. Die Kälte der nassen Lappen auf der Haut ließ ihn schaudern, aber er spürte auch, daß das Fieber zurückging. Dann legte Maria ihm ein frisches Tuch auf die Stirn, wobei ihm etwas Wasser ins Gesicht lief. Sorgfältig wischte sie es weg, trat wieder vom Bett zurück und kam nach wenigen Augenblicken mit einer anderen hölzernen Schale, die diesmal kaltes, klares Wasser enthielt. Wie die Suppe zuvor trank er es, ohne irgendein Gefühl zu empfinden.

»Danke«, flüsterte er. Seine Stimme war nur ein Hauch; das gebrochene Wispern eines uralten Mannes. Er erschrak beinahe selbst, als er sie hörte.

»Ihr sollt nicht reden«, schalt ihn Maria.

Wieder spürte er ein kurzes, wohltuendes Gefühl von Wärme und Geborgenheit. Er wußte auch, daß Maria recht hatte; nichts von dem, was er jetzt sagen oder fragen konnte, hätte nicht bis später Zeit gehabt, aber er hatte so entsetzlich viel Zeit verloren, vielleicht schon zu viel.

»Wie geht es . . . Katrin?« fragte er mühsam.

Maria blickte erstaunt auf ihn herab. Dann lachte sie, allerdings nur für einen ganz kurzen Moment, ehe sie wieder ernst wurde. »Ihr seid ein seltsamer Mann, Tobias. Jeder andere in Eurer Lage hätte gefragt, was passiert ist, aber Ihr denkt zuerst an sie.«

»Und was . . . ist . . . passiert?« fragte Tobias stockend.

Die Worte brachten ihm schon wieder einen tadelnden Blick ein, aber Maria schien auch einzusehen, daß sie ihn wohl am ehesten zum Schweigen brachte, wenn sie seine Fragen beantwortete.

»Ich weiß es nicht«, antwortete sie, »ich dachte, Ihr könntet es mir sagen. Ihr wart sterbenskrank — aber das wißt Ihr wohl besser als ich.«

Sie schwieg einen Moment, ein Ausdruck tiefer Sorge breitete sich auf ihren verhärmten Zügen aus. Sie setzte sich wieder auf ihren Schemel, zögerte unmerklich und streckte dann den Arm aus, um seine rechte Hand in die ihre zu nehmen. Die Berührung tat gut. Ihre Haut war rissig und voller Schwielen, und doch erfüllte sie Tobias mit einem Gefühl der Wärme.

»Wie lange . . . habe ich . . . hier gelegen?« flüsterte er.

»Zwei Tage«, antwortete Maria. »Wir haben den Arzt kommen lassen, damit er nach Euch sieht. Wir waren in Sorge. Es . . . sah eine Weile nicht gut um Euch aus, Tobias. Ich war nicht sicher, ob Ihr es überlebt.«

»Und was hat er gesagt.«

Maria zuckte mit den Schultern. »Nicht viel«, antwortete sie. »Er hat Euch eine Medizin eingeflößt, und dann ist er in den Keller gegangen und hat in Verkolts Sachen herumgesucht. Er hat mir dieses Pulver hiergelassen und gesagt, ich soll Euch eine Messerspitze davon in etwas Wasser auflösen. Ihr wart wirklich sehr krank. Auch der Graf war schon hier.«

»Nur er?« fragte Tobias spöttisch. »Oder auch das Kräuterweib?«

»Nein«, antwortete Maria lächelnd. »Er meinte, Ihr würdet wohl eher sterben wollen, ehe Ihr die Hilfe heidnischer Zauberei in Anspruch nehmt.« Sie lächelte bei diesen Worten, und doch ließen sie Tobias innerlich schaudern, denn sie enthielten eine Botschaft Theowulfs an ihn, die nur er verstehen konnte.

»Ich bin hungrig«, sagte er. »Habt Ihr noch etwas von Eurer Suppe?«

Maria nickte, stand auf und schüttelte fast in der gleichen Bewegung den Kopf. »Ich gehe und koche neue«, sagte sie.

Sie verließ das Zimmer, und Tobias schloß wieder die Augen. Er fühlte sich schwach. Obwohl er zwei Tage und Nächte im Bett gelegen hatte, wünschte er sich doch nichts mehr, als einfach einschlafen zu können.

Und er mußte wohl im gleichen Moment wirklich eingeschlafen sein, denn als er aufschrak, war es hell im Zimmer, und von der Straße drangen erregte Stimmen herein. Er war allein. Aber auf dem kleinen Schränkchen neben seinem Bett stand eine frische Schale mit Suppe, die nur noch lauwarm war, als er die Hand danach ausstreckte. Vorsichtig richtete er sich auf, griff mit beiden Händen nach der Schüssel und trank. Die Brühe schmeckte köstlich. Mit behutsamen, kleinen Schlucken leerte er die Schale, stellte sie zurück und genoß das warme, wohltuende Gefühl, das sich in seinem Magen ausbreitete. Er blieb noch eine Zeitlang so sitzen, mit geschlossenen Augen und aufrecht gegen die Wand gelehnt, dann schlug er vorsichtig die Bettdecke zurück und versuchte aufzustehen.

Er war noch recht wackelig auf den Beinen, und doch fühlte er, wie die Kraft in seinen Körper zurückkehrte. Schwerfällig wandte er sich zur Tür. Plötzlich vernahm er Stimmen. Er konnte die Worte nicht verstehen, und doch schienen es sehr ärgerliche Männerstimmen zu sein. Sie schienen zu streiten oder erregt zu diskutieren. Tobias blieb stehen, sah einen Moment nachdenklich auf das gelbe Ölpapier des Fensters, durch das das Sonnenlicht drang, und machte dann kehrt.

Ein wenig mußte er seine Kräfte wohl doch überschätzt haben, denn als er das Fenster erreichte, da wankte er bereits wieder vor Erschöpfung und war in kalten Schweiß gebadet. Zitternd hielt er sich mit einer Hand am Fensterbrett fest, rang schwer nach Atem und streckte dann den anderen Arm aus, um das Fenster zu öffnen. Er brauchte frische Luft.

Auf der Straße standen ein paar Männer zusammen, unter ihnen war auch Bresser. Tobias konnte noch immer nicht verstehen, was sie redeten, aber ihre Gesten verrieten ihren Zorn. Es ging um dieses Haus. Und um die Menschen, die darin wohnten.

Tobias schloß das Fenster wieder, ehe die Männer draußen bemerken konnten, daß er sie beobachtete, und ging zum Bett zurück. Müde ließ er sich auf die Kante sinken, stützte die Ellbogen auf die Knie auf und verbarg das Gesicht in den Händen. Statt ihm gutzutun, hatte die frische Luft das Schwindelgefühl in seinem Kopf wieder geweckt. Er mußte sich wieder hinlegen. Er war schwach und krank — und zutiefst verwirrt. Der kurze Blick auf die Straße hinaus hatte ihn erschreckt, denn er hatte ihm klargemacht, daß er Bressers Worte nicht ernst genug genommen hatte.

Noch während er diesen Gedanken nachging, schlief er wieder ein, und das nächste Mal erwachte er nicht von selbst, sondern durch eine Hand, die sanft, aber beharrlich an seiner Schulter rüttelte. Er fühlte sich immer noch müde, wenngleich er jetzt auch nicht mehr die bleierne Schwere eines Fieberschlafes in seinen Gliedern spürte. Er hob die Hand, versuchte vergeblich, den Arm von sich zu schieben. Schließlich öffnete er die Augen und blickte in das besorgte Gesicht des Arztes, den er vor einer Woche zu Katrin gerufen hatte.

»Pater Tobias?« Der Arzt lächelte ein kaltes, mitleidloses Lächeln. »Es ist gar nicht so leicht, Euch wachzubekommen.«

»Ich bin müde«, antwortete Tobias leise. »Ist das ein gutes oder ein schlechtes Zeichen?«

»Daß Ihr diese Frage stellt, ist ein gutes Zeichen«, antwortete der Arzt. »Wie fühlt Ihr Euch?«

Tobias lauschte einen Moment in sich hinein, aber er mußte sich eingestehen, daß er die Frage nicht beantworten konnte. Er fühlte sich schwach, müde und ausgelaugt, aber er hatte einfach zu wenig Erfahrung darin, krank zu sein, also zuckte er einfach mit den Achseln. »Ich denke, es geht schon wieder«, antwortete er. »Noch ein paar Stunden Ruhe, und ich werde wieder aufstehen können.«

»Und ich denke, solche Entscheidungen überlaßt Ihr besser mir, Pater«, sagte der Arzt und drohte ihm spöttisch mit dem Zeigefinger. »Schließlich mische ich mich auch nicht in Eure Geschäfte ein und versuche, das Seelenheil Eurer Schäfchen zu retten, oder?«

»Ich mache Euch eine Menge Mühe, nicht wahr?« sagte Tobias leise.

Das Lächeln in den Augen des Arztes erlosch. »Ihr macht mir eine Menge Kopfzerbrechen«, antwortete er ernst. »Ich weiß einfach nicht, was mit Euch los ist. Als wir uns das letzte Mal trafen, da wart Ihr der gesündeste Mensch, mit dem ich seit Monaten zu tun hatte. Und vor zwei Tagen war ich ernsthaft in Sorge, Euch zu verlieren.«

»Was ist passiert?« fragte Tobias.

Der Arzt seufzte. »Ich hatte gehofft, genau diese Frage Euch stellen zu können«, antwortete er. Er seufzte abermals. »Ganz ehrlich: Ich habe keine Ahnung. Habt Ihr irgend etwas Verdorbenes gegessen oder getrunken?«

Tobias schüttelte den Kopf, ohne zu überlegen. »War es eine Vergiftung?« fragte er.

Wieder bestand die Antwort des Arztes aus einem Achselzucken. »Ich weiß es nicht«, wiederholte er. »Die Symptome deuten darauf hin. Aber wenn Ihr sagt, Ihr hättet weder etwas gegessen noch getrunken . . .« Er stockte einen Moment, legte den Kopf auf die Seite und sah Tobias forschend an. »Habt Ihr ein Pilzgericht gegessen?« fragte er.

Tobias erstarrte. Für einen Moment tauchte das Bild einer schwarzen Alptraumlichtung vor seinem geistigen Auge auf, einer Lichtung voller weißer, toter Pilze, von verdorbener Erde.

»Ich frage nur, weil die Symptome auf eine Vergiftung durch Pilze hinweisen«, fuhr der Arzt fort.

Tobias reagierte immer noch nicht. Er hatte das Gefühl, einen Schlag mit einem nassen Lappen ins Gesicht bekommen zu haben. *Pilze?* Aber das war doch . . . unmöglich.

»Ich fürchte«, fuhr der Arzt seufzend fort, als Tobias auch jetzt noch keine Anstalten machte zu antworten, »wir werden es wohl nie ganz herausbekommen. Aber die Hauptsache ist, es geht Euch wieder besser. Wenn Ihr Euch noch einige Tage schont und im Bett bleibt, dann seid Ihr bald wieder bei Kräften.«

Tobias hörte seine Worte kaum. Voller Entsetzen starrte er den Arzt an. Es war vollkommen ausgeschlossen, nicht, wenn er nicht wirklich anfangen wollte, an Hexerei und Schwarze Magie zu glauben!

Der Arzt sah ihn noch einen Moment stumm an. Dann beugte er sich herab, um etwas vom Boden aufzuheben und in seine Tasche zu legen, verschloß sie mit kleinen, sehr sorgfältigen Bewegungen und stand auf. Tobias wollte sich im Bett aufrichten, aber er schüttelte rasch den Kopf und machte eine warnende Handbewegung. »Bleibt nur liegen«, sagte er. »Begeht nicht den Fehler, Eure Kräfte zu überschätzen, nur weil Ihr Euch ein wenig besser fühlt.«

»Aber ich . . . fühle mich schon besser«, widersprach Tobias.

»Ja, das sieht man Euch an«, antwortete der Arzt spöttisch. »Ihr seht wirklich aus wie das blühende Leben selbst, Vater.«

»Bitte bleibt noch einen Moment.« Tobias ignorierte den mißbilligenden Blick des Arztes und richtete sich doch auf die Ellbogen auf. »Eine Pilzvergiftung, sagt Ihr? Seid Ihr da sicher?«

»Nein. Ich fragte, ob Ihr Pilze gegessen habt. Es kann auch irgend etwas anderes gewesen sein. Man erzählte mir, Ihr wärt nachts im Wald gewesen. Vielleicht habt ihr eine giftige Pflanze berührt oder . . .« Er schwieg einen Moment. »Habt Ihr aus dem See getrunken?«

Tobias schüttelte den Kopf, und der Arzt seufzte wiederum tief. »Dann weiß ich es auch nicht«, sagte er. »Aber wie gesagt — es spielt eigentlich auch keine Rolle. Ihr habt es überstanden. Und nun muß ich gehen, Vater, ich habe noch viel Arbeit. Ich lasse Euch noch etwas von dem Pulver hier, das Maria Euch in den letzten beiden Tagen gegeben hat. In zwei oder drei Tagen komme ich noch einmal vorbei und sehe nach Euch. Solange verlaßt Ihr dieses Zimmer nicht, habt Ihr verstanden?«

»Ja«, antwortete Tobias, »aber ich kann nicht hier liegen bleiben. Ich habe wichtige Dinge zu tun, das wißt Ihr.«

Ein Schatten huschte über das Gesicht des Arztes, aber zu Tobias' Überraschung widersprach er nicht. »Also gut«, sagte er schweren Herzens, »dann versprecht mir zumindest, Euch nicht zu überanstrengen. Wenn Ihr fühlt, daß Eure Kräfte nachlassen, dann legt Euch hin und ruht aus. Und eßt und trinkt, soviel Ihr könnt. Ihr habt in den letzten Tagen viel Kraft verloren.«

Nachdem Tobias versprochen hatte, auf sich achtzugeben,

verließ der Arzt das Zimmer. Einen Moment später trat Maria ein. Sie trug ein Tablett mit Brot, das frisch aus dem Backofen kam und dessen Duft das ganze Zimmer erfüllte, und eine weitere Schale ihrer köstlichen Suppe.

Der Mönch verspeiste fast alles, was sie ihm gebracht hatte. Maria blieb die ganze Zeit bei ihm und sah ihm mit einer Mischung aus Zufriedenheit und Sorge zu. Sie sagte kein Wort, aber sie machte auch keine Anstalten, das Zimmer zu verlassen, als er gegessen hatte, sondern räumte die Reste nur wieder auf ihr Tablett und stellte es zu Boden, ehe sie auf dem Hocker neben seinem Bett Platz nahm.

»Ihr müßt nicht hierbleiben und auf mich aufpassen«, sagte Tobias. »Es geht mir schon wieder ganz gut.«

»Das ist es ja gerade, was mir Sorgen macht«, antwortete Maria. »Ich fürchte, wenn ich nicht hierbleibe und auf Euch achtgebe, dann spaziert Ihr sogleich wieder hinaus.«

»Ihr habt an der Tür gelauscht«, sagte Tobias.

»Nein«, antwortete Maria. »Ich habe mit dem Arzt gesprochen, bevor er hier hereinkam.«

Gegen seinen Willen mußte der Mönch lächeln. Dann wurde er sofort wieder ernst. »Wie geht es Katrin?« fragte er.

»Im Augenblick besser als Euch«, antwortete Maria. »Der Arzt hat nach ihr gesehen, als er vor zwei Tagen bei Euch war. Er ist auch jetzt noch einmal zu ihr hinaufgegangen. Aber sie erholt sich erstaunlich schnell. Sie wird rascher wieder bei Kräften sein als Ihr, wenn Ihr nicht aufpaßt.«

Sie lächelte bei diesen Worten, aber Tobias glaubte, auch eine ganz schwache Spur von Sorge in ihrer Stimme zu erkennen. Und er glaubte auch zu wissen, welchen Grund diese Sorge hatte.

»Geht und holt Euren Mann«, sagte er. »Ich habe etwas mit ihm zu besprechen.«

Maria zögerte. »Es wäre besser, wenn Ihr Euch schont, Tobias«, sagte sie.

»Natürlich wäre das besser«, erwiderte Tobias. »Dummerweise habe ich keine Zeit dazu. Also seid so lieb und holt Bresser, bevor ich selbst aufstehen muß, um nach ihm zu sehen.«

Maria gab auf. Mit einem Blick, als betrachte sie ein störrisches Kind, erhob sie sich, nahm ihr Tablett und verließ das Zimmer. Tobias hörte sie draußen auf dem Flur mit jemandem reden, und nur wenige Augenblicke später wurde die Tür wieder geöffnet.

Aber es war nicht Bresser, der hereinkam, sondern Graf Theowulf.

Er sah müde aus. Seine Kleider waren staubig, und das alberne weiße Hütchen saß schräg auf seinem Kopf. Trotzdem lächelte er, als er sich dem Bett mit Tobias näherte, und hob in einer jovialen Geste die Hand.

»Pater Tobias«, sagte er in aufgeräumtem Tonfall. »Ich höre, es geht Euch schon wieder besser. Gott sei gepriesen.«

Schwang da Spott in den letzten drei Worten mit? Tobias war nicht sicher, aber das Lächeln, mit dem er auf Theowulfs Begrüßung antwortete, fiel weniger freundlich aus, als er eigentlich beabsichtigt hatte.

Der Graf reagierte jedoch nicht darauf, sondern zog sich mit einer lässigen Fußbewegung den Schemel heran und ließ sich darauf niederfallen. Er atmete hörbar auf. Tobias sah, daß er in Schweiß gebadet war.

»Ich bin wirklich froh, daß es Euch wieder gutgeht«, fuhr Theowulf fort, als Tobias keine Anstalten machte, von sich aus das Gespräch zu eröffnen, sondern ihn nur durchdringend ansah. »Eine Zeitlang waren wir alle wirklich in Sorge um Euch.« Er seufzte noch einmal. »Aber ich hatte Euch gewarnt, nicht wahr?«

Tobias zog die Augenbrauen zusammen. Er versuchte, sich aufzurichten, rutschte aber zweimal kraftlos zurück, bis Theowulf sich schließlich kommentarlos vorbeugte und das Kissen so unter seinen Nacken schob, daß er halb aufgerichtet dalag.

Tobias nickte dankbar, aber sein Gesichtsausdruck hellte sich um keinen Deut auf.

»Seid Ihr gekommen, um Euch nach meiner Gesundheit zu erkundigen oder um unseren Streit fortzusetzen?« fragte er.

Theowulfs Lächeln erlosch für einen Moment. »Ich war wirklich in Sorge um Euch«, sagte er schließlich. »Aber Ihr habt natürlich recht: Es gibt eine Menge zu besprechen. Und wir haben nicht mehr sehr viel Zeit.«

Er lächelte und bewegte unsicher die Hände im Schoß. »Ich hoffe, Ihr habt ein wenig Zeit gefunden, um über meinen Vorschlag nachzudenken«, fuhr er fort.

»Das habe ich«, sagte Tobias unbestimmt.

Theowulf sah ihn erwartungsvoll an. Dann, als der Dominikaner schwieg, stand er auf, um unruhig im Zimmer auf und abzugehen. »Warum macht Ihr es mir und Euch so unnötig schwer, Tobias«, fragte er, ohne den Mönch anzusehen.

»Wie meint Ihr das?«

Theowulf hielt inne und drehte mit einem Ruck den Kopf. Für einen winzigen Moment glaubte Tobias, einen Ausdruck blanker Wut in seinen Augen zu erkennen, aber er war sich nicht sicher, zumal Theowulfs Stimme ruhig und fast heiter klang, als er antwortete: »Das wißt Ihr ebensogut wie ich, Pater Tobias. Wir sind allein. Niemand hört zu, niemand belauscht uns. Also können wir genausogut offen reden. Ich weiß, daß Ihr diese Frau kennt und nicht erst, seit Ihr hierher gekommen seid.«

Tobias war verwirrt und alarmiert zugleich. Hatte Maria ihr Wort gebrochen und sein Geheimnis doch verraten?

»Was ich Euch vor drei Tagen auf meinem Schloß erzählt habe, Tobias, ist die Wahrheit«, fuhr Theowulf fort. »Mir liegt nichts daran, Katrin etwas anzutun, ganz im Gegenteil. Ich habe sie immer gemocht, und ich mag sie auch jetzt noch.«

»Warum wollt Ihr sie dann opfern?« fragte Tobias.

Theowulf machte eine zornige Handbewegung. »Niemand spricht davon, irgend jemanden zu opfern«, entgegnete er. »Und selbst wenn — ich würde keinen Moment zögern, mein Leben zu opfern, um den Menschen hier zu helfen.«

»Wem ist damit geholfen, einen Unschuldigen auf den Scheiterhaufen zu bringen?« fragte Tobias.

»Niemandem!« Theowulfs Gesicht verdunkelte sich vor Zorn. »Habt Ihr eigentlich überhaupt nicht zugehört? Ihr wird kein Leid geschehen, wenn Ihr genau das tut, was ich

Euch sage. Niemandem wird überhaupt etwas geschehen. Aber die Menschen hier brauchen ein Zeichen, sie müssen sehen, daß etwas geschieht, daß die Kirche und ich unser Versprechen einhalten und sie beschützen. Sie werden sehen, daß wir den Verantwortlichen gefunden haben und bestrafen, und danach werden sie alle wieder an ihre Arbeit gehen, und vielleicht wird sich dann alles wieder zum Guten wenden. Der Winter wird hart werden, aber mein Vermögen reicht aus, die Menschen hier vor dem Verhungern zu schützen. Und im nächsten Jahr wird mit Gottes Hilfe die Ernte wieder besser ausfallen.«

»Glaubt Ihr, daß es Gottes Wunsch ist, daß wir diese Menschen hier belügen?« fragte Tobias.

Abermals machte Theowulf eine ärgerliche Geste. »Belügen! Was für ein großes Wort! Aber selbst wenn — es ist das kleinere von zwei Übeln. Bitte verzeiht, wenn ich so offen spreche, Tobias, aber Ihr habt ja keine Ahnung, was hier vorgeht. Die Menschen haben Angst, sie suchen irgend jemanden, den sie verantwortlich machen können. Und wenn es nicht die Hexe ist . . .«

»Dann seid Ihr es, nicht wahr?« unterbrach ihn Tobias.

Betroffenheit machte sich auf Theowulfs Gesicht breit. Er wich seinem Blick aus, starrte einen Moment ins Leere und begann, mit den Füßen zu scharren.

»Ja«, antwortete er dann. »Vermutlich bin ich es. Aber wenn Ihr jetzt glaubt, ich hätte Angst davor, dann täuscht Ihr Euch. Ich sagte Euch schon einmal: Mir liegt nicht viel an der Macht. Ich habe sie nicht gewollt. Ich habe diese Grafschaft und das Schloß von meinem Vater geerbt, ohne daß mich jemand gefragt hat, ob ich das will oder nicht.«

»Ihr tut mir richtig leid«, sagte Tobias mit beißendem Spott.

»Aber ich habe das alles nun einmal«, fuhr Theowulf ungerührt fort, »und ich muß sehen, daß ich das Beste daraus mache.«

Es wurde still im Zimmer. Eine Zeitlang sagte keiner von ihnen etwas. Schließlich begann Theowulf wieder auf und ab zu gehen. Nach einer geraumen Weile blieb er am Fenster stehen, faltete die Hände hinter dem Rücken und blickte auf die Straße hinaus.

»Ich muß darüber nachdenken«, sagte Tobias leise.

»Dazu hattet Ihr Zeit genug, meint Ihr nicht?«

»Was Ihr von mir verlangt, ist viel«, sagte Tobias. »Ich gehe ein großes Risiko ein.«

Theowulf lachte gequält. »Ist es nicht Eure Aufgabe, Euer eigenes Glück unter das der anderen zu stellen, heiliger Mann?« fragte er spöttisch.

Tobias schüttelte den Kopf, obwohl Theowulf noch immer auf die Straße hinausblickte und die Bewegung gar nicht sehen konnte. »Ihr mißversteht mich, Graf«, sagte er. »Wenn Euer Vorhaben mißlingt, dann wird das Vertrauen dieser Menschen in die Kirche für alle Zeiten dahinsein. Und dann haben sie gar nichts mehr, woran sie noch glauben können.«

Theowulf fuhr herum. »Denkt Ihr denn, sie vertrauten der Kirche jetzt?« schnappte er. »Ihr wißt, daß es in dieser Stadt nicht einmal einen Pfarrer gibt.«

Tobias nickte.

»Wißt Ihr auch, warum das so ist?« fragte Theowulf.

»Ich denke schon«, antwortete Tobias, aber Theowulf unterbrach ihn sofort mit einer zornigen Bewegung.

»Nun, wahrscheinlich hat man Euch erzählt, daß er fortgegangen ist. Aber das ist nur die halbe Wahrheit.«

»Und wie lautet die ganze?« erkundigte sich Tobias.

Theowulf beruhigte sich wieder. »Wollt Ihr die offizielle Version hören oder die Wahrheit?« fragte er.

»Die Wahrheit«, antwortete Tobias.

Theowulf schürzte die Lippen. Wieder erschien ein Ausdruck von tiefem, unauslöschlichen Zorn in seinen Augen. Als er weitersprach, klang seine Stimme bitter. »Er war ein Narr«, sagte er. »Ein starrköpfiger, kurzsichtiger alter Narr. Die Menschen hier brauchten Hilfe, aber er predigte den Zorn Gottes. Sie waren verzweifelt, aber er streckte ihnen nicht die Hand entgegen, sondern schlug sie ihnen ins Gesicht. Er ist nicht fortgegangen, sondern geflohen, Tobias. Wäre er nicht davongelaufen, hätten sie ihn umgebracht. Und dasselbe wird wieder passieren.«

»Ich hatte den Eindruck«, begann Tobias, wurde aber sofort wieder unterbrochen.

»Mit Verlaub, Pater Tobias, Euer Eindruck interessiert mich nicht. Ihr hattet offenbar auch den Eindruck, meine Warnungen in den Wind schlagen zu können. Mit dem Ergebnis, daß Ihr fast gestorben wärt.«

»Jetzt übertreibt Ihr«, antwortete Tobias unsicher. »Was mir passiert ist, hat wohl kaum etwas damit zu tun.«

»Ach«, fragte Theowulf lauernd, »hat es nicht? Was glaubt Ihr wohl, warum ich Euch gewarnt habe, allein durch den Wald zu reiten? Ihr wärt weiß Gott nicht der erste gewesen, der bei Dunkelheit loszieht und nie wieder gesehen wird. Oder halbtot oder sterbend zurückkommt. Außerdem . . .«

»Außerdem?« fragte Tobias, als Theowulf plötzlich ins Stocken geriet.

»Die Leute beginnen zu reden«, antwortete Theowulf nach einem neuerlichen Zögern. »Über Euch und die Hexe.«

»Inwiefern?«

»Seht Ihr das denn nicht selbst?« fragte Theowulf erregt. »Ihr seid seit mehr als einer Woche hier. Sie haben Euch gerufen, weil sie Eure Hilfe brauchten, weil sie sich bedroht fühlten, weil sie glauben, es gäbe eine Hexe, die mit dem Teufel und seinen Dämonen gemeinsame Sache macht. Aber das einzige, was Ihr getan habt, war, sie aus dem Gefängnis zu befreien und gesund zu pflegen. Es ist nichts geschehen, seit Ihr hier seid, absolut nichts.«

Tobias dachte an das, was er am Morgen beobachtet hatte: die Gruppe von Männern, die sich mit Bresser stritt und dabei erregt auf das Haus deutete. Er schwieg.

»Ich bin nicht nur hier, um mich nach Eurem Befinden zu erkundigen«, gestand Theowulf plötzlich. »Ich bin hier, weil sie mich gerufen haben.«

»Wollen sie jetzt den Inquisitor vor das Gericht stellen?« fragte Tobias. Er versuchte vergeblich, seiner Stimme einen scherzhaften Klang zu verleihen. Die Worte klangen jedoch nur drohend.

Theowulf nickte. »Ja«, sagte er ernst. »Wenn ich jetzt dieses Zimmer verlasse, dann werde ich hinausgehen, und ich muß ihnen irgend etwas sagen, oder, bei Gott, ich weiß nicht, was geschehen wird.«

Tobias blickte ihn betroffen an. Es wäre nicht das erste Mal, daß sich der Volkszorn gegen einen Inquisitor richtete, wenn er nicht tat, was die Leute von ihm erwartet hatten. Tobias hatte keine Angst davor, er konnte sich nicht vorstellen, daß es wirklich soweit kam, daß sie ihm etwas antaten. Er fürchtete aber, daß sie seine Anwesenheit einfach ignorierten

und so verfuhren, wie sie es ursprünglich vorgehabt hatten.

»Ich sagte Euch, es war ein Fehler, Katrin aus dem Turm zu holen«, fuhr der Graf in ernstem Tonfall fort, als hätte er seine Gedanken gelesen. »Sie ist in diesem Haus nicht sicher.«

Theowulf gab sich keine Mühe, seine Enttäuschung zu verbergen. »Also gut«, sagte er, »ich werde sehen, was ich tun kann. Aber bis zum Abend brauche ich eine Entscheidung, so oder so.«

»Und wenn ich . . . Euer Angebot ausschlage?« fragte Tobias.

»Dann«, antwortete Theowulf in sehr, sehr ernstem Tonfall, »liegt die Verantwortung für alles, was weiter geschieht, ganz allein bei Euch, Pater Tobias.«

Er ging und ließ den Mönch allein zurück, ohne noch ein einziges Wort zu sagen. *Dann liegt die Verantwortung ganz allein bei Euch, Pater Tobias . . .*

Tobias wiederholte sich diese Worte immer und immer wieder. Aber es gelang ihm nicht, ihnen dadurch ihren unheimlichen, düsteren Klang zu nehmen. Er fühlte sich verwirrter und hilfloser denn je. Waren diese Worte des Grafen eine Drohung oder eine Warnung, aus der nur die Sorge um ihn und das Wohl der Stadt sprach? Er wußte es einfach nicht. Er würde es auch nicht herausbekommen, wenn er weiter in seinem Bett lag und darauf wartete, daß die Dinge sich von selbst regelten.

Tobias hatte vor, abzuwarten, bis er sicher sein konnte, daß Theowulf das Haus verlassen hatte, aber sein Körper war noch zu geschwächt. Er schlief wieder ein, und als er erwachte, fühlte er sich erschöpfter und matter denn je. Der Tag ging schon wieder zur Neige. Er war allein, aber durch die Tür drangen die Stimmen Marias und Bressers, die lautstark miteinander redeten, und von der Straße vernahm er die gewöhnlichen Geräusche der Stadt: Stimmen, Schritte, das Knarren eines Wagens . . . Alles schien so normal, so entsetzlich normal zu sein.

Er erhob sich, blieb einen Moment mit geschlossenen Augen auf der Bettkante sitzen und lauschte in sich hinein. Aus der quälenden Übelkeit war ein zwar noch spürbares, aber erträgliches Unwohlsein geworden, das in seinem Magen und seinen Eingeweiden rumorte. Er stand auf, warf einen Blick zum Fenster — es war geschlossen, und das Ölpapier nahm den letzten Sonnenstrahlen ihre ganze Kraft — und wandte sich schließlich zur Tür. Bressers und Marias Stimmen klangen erregter, als er sie öffnete. Aber er sah keinen der beiden. Einen Moment lang überlegte er, zu ihnen zu gehen, entschied sich dann aber anders und wandte sich nach rechts, zur Treppe hin. Zu Katrin. Seit seinem Alptraum (Aber war es wirklich nur ein Traum gewesen?) hatte er Angst davor, sie wiederzusehen. Es war nicht ihre Schuld, was sich in seinem Kopf abspielte, und doch würde er sie nie wieder so hoffnungsvoll ansehen können wie noch vor wenigen Tagen.

Vor Katrins Tür hielt er inne und versuchte, sich zu sammeln. Er lauschte noch einen Moment — Bresser und seine Frau stritten noch immer —, dann öffnete er die Tür und trat gebückt ins Zimmer.

Katrin schlief. Sie lag mit geschlossenen Augen und auf der Seite auf dem Bett, den linken Arm angewinkelt und unter den Kopf geschoben, und eine Strähne ihres jetzt wieder sauberen Haares hing ihr in die Stirn. Ihr Gesicht hatte wieder eine gesunde Farbe angenommen, und auch die zahllosen kleinen Kratzer und Geschwüre auf ihrer Haut verheilten zusehends.

Ein Gefühl tiefer Zärtlichkeit überkam Tobias, als er die schlafende Frau betrachtete. Und zum ersten Mal seit Tagen wieder war es ein völlig reines Gefühl; völlig frei von Schuld, völlig frei von Vorwurf und Schrecken, völlig frei von nagenden Zweifeln und dem lautlosen, aber beharrlichen Wispern seines eigenen schlechten Gewissens. Er stand einfach da und sah sie an, und vielleicht war es das letzte Mal in seinem Leben, daß er wirklich *glücklich* war, denn es war dieses Bild, das er sich in seiner Erinnerung bewahrt hatte: das Bild eines schmalen, im Schlaf entspannten Mädchengesichtes, eines Menschen, der einfach da war und den er liebte, ohne etwas von ihm zu verlangen oder etwas geben zu müssen.

Er wußte nicht einmal, ob er sie lieben durfte. Sein Leben, seine Gedanken, seine Seele, jeder Funke seines Seins gehörten der Kirche. Er hatte geschworen, Gott und die Kirche zu lieben, und er hatte diesen Schwur nicht nur so dahingesagt. Und doch liebte er auch sie, wie jemals ein Mann eine Frau geliebt hatte. Er begriff plötzlich, daß der schreckliche Fiebertraum mehr als ein Alp gewesen war, mehr als eine sinnlose, böse Vision, mit der ihn sein eigenes, schlafendes Bewußtsein geplagt hatte. Er war Ausdruck seiner Wünsche gewesen, das, was er all die Jahre über hatte haben wollen und nicht haben durfte. Und doch begehrte er Katrin nicht körperlich. Was er für sie empfand, das war eine reine, unverdorbene Liebe, die nichts mit der Befriedigung seiner fleischlichen Gelüste zu tun hatte. Diese Bedürfnisse hatte er zu beherrschen, zu unterdrücken und schließlich zu vergessen gelernt in den eineinhalb Jahrzehnten, auch wenn sie bei Katrins Anblick einen kurzen Moment wieder aufgelodert waren wie die Glut eines längst erloschenen Feuers. Er liebte sie, und nichts, keine Macht des Himmels oder der Hölle würde daran je etwas ändern können. Und dieser Gedanke stürzte Tobias abermals in tiefste Verzweiflung.

Katrin bewegte sich unruhig im Schlaf. Ihre Hand glitt unter ihrer Schläfe hervor, und ihr Kopf fiel sacht auf das Kissen zurück. Für einen kurzen Moment sah es so aus, als würde sie erwachen. Tobias wartete beinahe mit angehaltenem Atem, bis er erkannte, daß sie weiterschlief, dann drehte er sich lautlos um, verließ das Zimmer und zog die

Tür so leise hinter sich zu, wie er nur konnte. Er war sehr froh, daß sie nicht aufgewacht war. Ihre Gespräche waren zuletzt recht mühsam gewesen. Er war der Inquisitor und sie die vermeintliche Hexe — diese Kluft stand irgendwo immer zwischen ihnen, auch wenn sie es nicht wollten.

Er ging die Treppe wieder hinunter und betrat die Stube, in der Maria und Bresser immer noch lautstark aufeinander einredeten. Als sie das Geräusch der Tür hörten, schwiegen sie abrupt und wandten den Blick. In Marias Gesicht stand eine Mischung aus Schrecken und Unwillen, als sie erkannte, daß er aufgestanden war, während Bresser ihn nur mit dem gleichen Zorn anstarrte, mit dem er zuvor seine Frau gemustert hatte. Er sagte auch nichts, sondern wollte sich umwenden, um an dem Mönch vorbei aus dem Zimmer zu gehen, aber Tobias hielt ihn mit einer Handbewegung zurück. »Wartet!«

Bresser blieb tatsächlich stehen, aber er gab sich jetzt nicht einmal mehr Mühe, höflich zu erscheinen. Der Blick, mit dem er Tobias maß, war ohne die geringste Spur von Mitleid oder gar Erleichterung.

»Ihr solltet nicht aufstehen, Tobias«, sagte Maria, »und schon gar nicht herumlaufen.«

»Ich weiß«, antwortete Tobias. »Aber es gibt zuviel zu tun, als daß ich die Zeit im Bett verbringen könnte. Seid so lieb und bereitet mir eine Kleinigkeit zum Essen, während ich mich mit Eurem Mann unterhalte.«

Er war nicht im mindesten hungrig; ganz im Gegenteil ließ allein der Gedanke an Essen die Übelkeit in seinem Magen wieder aufflammen. Aber er erkannte auf Marias Gesicht, daß die kleine Lüge den beabsichtigten Zweck erfüllte: Sie sah ihn in diesem Moment nicht als Priester, sondern einzig als Kranken, um den sie sich sorgte, und sein Appetit mußte ihr als gutes Zeichen erscheinen. Nachdem sie einen letzten warnenden Blick an Bresser gerichtet hatte, verließ sie das Zimmer.

Tobias ging zum Tisch und setzte sich. Die wenigen Schritte die Treppe hinauf und wieder hinunter hatten ihn spürbar ermüdet. Seine Knie zitterten, und er hatte Mühe, die Hände stillzuhalten.

»Setzt Euch, Bresser«, sagte er. »Ich habe zwei oder drei kleine Aufträge für Euch.«

Bresser gehorchte schweigend. Tobias schluckte die ärgerliche Bemerkung, die ihm auf der Zunge lag, herunter und mahnte sich in Gedanken zur Ordnung. Er durfte jetzt keinen Fehler begehen, und er durfte seine Kraft nicht dazu vergeuden, einen Hornochsen wie Bresser in seine Schranken zu verweisen.

»Morgen früh werdet Ihr folgendes für mich erledigen, Bresser«, begann er. »Nehmt ein paar zuverlässige Männer und geht in das Haus nebenan. Ihr werdet es reinigen und die Fenster öffnen, damit ein wenig frische Luft hereinkommt. Und Ihr werdet Euch vor allem die Turmkammer vornehmen, in der wir Katrin gefunden haben. Säubert sie *gründlich*, versteht Ihr?«

Bresser nickte, aber er sah ihn mit solcher Überraschung an, daß Tobias es vorzog, seine Worte noch einmal zu bekräftigen: »Ihr haftet mir persönlich dafür, daß kein Unrat und Schmutz zurückbleibt und sich keine Ratten oder anderes Ungeziefer dort herumtreiben. Dann laßt Ihr ein Bett, einen Tisch und zwei Stühle hineinschaffen, und ausreichend Wäsche und Decken. Habt Ihr verstanden?«

Bresser nickte abermals. »Aber wozu?« fragte er.

Tobias unterdrückte ein Seufzen. »Ich glaube, Ihr hattet recht, Bresser«, sagte er. »Es ist vermutlich wirklich besser, wenn Katrin nicht länger hierbleibt. Und ich kann und will Euch auch nicht länger aus Eurem eigenen Haus vertreiben. Außerdem brauche ich Platz, um die Untersuchungen und den Prozeß ordnungsgemäß durchzuführen, mehr Platz, als ich hier finde.«

Bressers Gesicht hellte sich auf. »Dann werdet Ihr jetzt endlich beginnen, der Hexe den Prozeß zu machen?«

»Ja, ich werde mit der Vernehmung der Zeugen beginnen. Gleich morgen früh, sobald die Sonne aufgegangen ist. Ihr werdet mir noch heute abend eine Liste mit Namen anfertigen und dafür sorgen, daß die Betreffenden sich morgen im Laufe des Vormittags bei mir einfinden. Und schickt jemanden zum Grafen, der ihm ausrichtet, daß der Prozeß am kommenden Sonntag stattfinden wird — sollte ich meine Untersuchungen bis dahin abgeschlossen haben.«

»Das werdet Ihr«, antwortete Bresser.

Tobias musterte ihn finster. »Vielleicht überlaßt Ihr das mir, mein lieber Freund«, antwortete er. »Auch wenn Ihr vermutlich recht habt. Was ich bisher gesehen habe, reicht noch nicht ganz, mir ein abschließendes Urteil zu bilden, aber es war erschreckend genug.«

Er behielt Bresser bei diesen Worten aufmerksam im Auge. Obwohl der Alte sich alle Mühe gab, gelassen zu wirken, hellte sich sein Gesicht doch auf, und in seinen Augen blitzte etwas, das Tobias an den Ausdruck eines Bluthundes erinnerte, der endlich die Beute erspähte, deren Spur er seit Stunden gefolgt war. Er mußte jetzt vorsichtig sein. Bresser war ein Narr, aber er besaß ein gehöriges Maß jener verschlagenen Schläue, die man bei Menschen niederer Intelligenz oft antraf.

»Also geht und tut, was ich Euch gesagt habe«, schloß er mit einer unwilligen Handbewegung. »Und«, fügte er hinzu, als Bresser bereits aufgestanden war, »sorgt mir dafür, daß nicht nur Zeugen vor mir erscheinen, die Euch in den Kram passen, Bresser. Ich will alles hören, was es über Katrin zu wissen gibt.«

Bressers Miene verdüsterte sich wieder, aber Tobias wußte, daß er richtig gehandelt hatte, um Bressers Zweifel — sollte es denn welche geben — vollkommen zu zerstreuen. Er wiederholte seine unwillige Handbewegung, und Bresser drehte sich abermals um und ging.

Wieder machte sich Müdigkeit und Erschöpfung in ihm breit, aber zum ersten Mal seit langer Zeit empfand er seine Mattheit nicht als unangenehm. Wenn sein Körper nach den Tagen des Fiebers und der Alpträume jetzt von sich aus wieder nach Schlaf verlangte, so war dies wahrscheinlich ein gutes Zeichen. Er stand auf und verließ die Stube, um Maria zu suchen und ihr für das Abendessen abzusagen. Er würde sich gleich wieder zu Bett begeben, um am nächsten Morgen früh aufzustehen und mit seinen offiziellen Untersuchungen zu beginnen; Untersuchungen, deren Ergebnis ihn nicht im mindesten interessierte, die aber wichtig waren, denn es galt trotz allem, gewisse Formalien einzuhalten.

Als er die Diele durchquerte, hörte er Stimmen vor dem Haus. Bresser redete mit einem Mann, den Tobias nicht kannte, aber etwas an ihrem Tonfall ließ ihn innehalten. Der Mann sprach leise in gehetztem Tonfall eines Verschwörers — oder eines Menschen, der halb verrückt vor Angst war. Tobias sah auf, erkannte einen Schatten vor der offenstehenden Haustür und eine zweite Gestalt, von der er jedoch nur den linken Arm und einen Teil der Schulter ausmachen konnte. Er wollte schon wieder weitergehen, als Bresser seine Stimme hob und seine Erregung nur mühsam unterdrücken konnte.

Tobias zögerte nicht mehr länger, sondern drehte sich mit Ruck herum, durchquerte die Diele und trat aus dem Haus.

Seine Augen weiteten sich vor Erstaunen, als er den Mann erkannte, mit dem Bresser sprach.

Es war niemand anderes als Derwalt.

Der Zimmermann erkannte Tobias im gleichen Moment wie der Mönch ihn. Er erstarrte vor Schreck, dann wollte er herumfahren und davonlaufen, aber Tobias rief ihn mit einem scharfen Befehl zurück, und Derwalt hielt inne. Bresser fuhr herum, auch er zeigte sich überrascht und entsetzt zugleich. Aber er hatte sich besser in der Gewalt als Derwalt. Nur einen Moment irrte sein Blick zwischen dem Zimmermann und Tobias hin und her, dann räusperte er sich und zwang sich ein Lächeln ab. »Pater Tobias. Ihr . . . Ihr seid . . .«

Tobias brachte ihn mit einer Geste zum Schweigen und schritt an ihm vorbei auf Derwalt zu. Ungläubig musterte er den kleinen, grauhaarigen Mann. Derwalt stand verkrampft da. Er zitterte, sein Gesicht war bleich, feiner Schweiß bedeckte seine Haut. Dann entdeckte Tobias den schmutzigen, durchgebluteten Verband an seinem linken Arm.

Ein eisiger Schrecken durchfuhr ihn. »Derwalt!« rief er. »Was um Gottes willen ist passiert?«

Der Zimmermann öffnete den Mund, als wolle er antworten, aber dann sagte er nichts, sondern warf nur einen raschen, fast entsetzten Blick auf Bresser, und Tobias verstand.

»Geht ins Haus und holt etwas Wasser für diesen Mann«, sagte er barsch zu Bresser. »Schnell! Ihr seht doch, daß er krank ist.«

Bresser rührte sich nicht. In seinem Blick flackerte Mißtrauen. »Aber Ihr . . .«

»Tut, was ich Euch sage!« befahl Tobias.

»Ich glaube nicht, daß er . . .« begann Bresser erneut.

Tobias fuhr herum und funkelte ihn an. »Wenn ich Euren Rat brauche, Bresser, dann werde ich Euch danach fragen«, sagte er zornig. »Und jetzt geht und tut endlich, was ich befehle.«

Es überraschte ihn selbst — aber für die Dauer eines Herzschlages sah es fast so aus, als wolle sich Bresser seinem Befehl widersetzen. In seinen Augen war nur Trotz und ein Mißtrauen, das wacher und brennender war denn je. Aber dann drehte er sich herum und verschwand mit weit ausgreifenden, wütenden Schritten im Haus.

Tobias sah ihm nach, bis er sicher war, daß er seine Worte nicht mehr belauschen konnte, dann drehte er sich rasch wieder zu Derwalt um, trat ganz zu ihm hin und legte ihm die Hand auf die Schulter. »Was ist passiert?« fragte er erschrocken. »Ich habe Euch in der Nacht am Fluß gesehen.«

Derwalts Gesicht wirkte noch bleicher. »Nichts!« stieß er hervor. Er machte eine Bewegung, als wolle er die Hand des Mönches abschütteln, führte sie aber nicht zu Ende, sondern wich nur ein kleines Stück von ihm fort, und Tobias zog die Hand aus freien Stücken zurück. Derwalt zitterte am ganzen Leib.

»Was ist mit Eurer Hand passiert?« fragte Tobias.

»Nichts«, wiederholte Derwalt, ohne ihn anzusehen. »Es war ein . . . ein Unfall. Ich habe nicht aufgepaßt.«

»Ein Unfall?« wiederholte Tobias zweifelnd. »Redet keinen Unsinn, Mann. Ich habe gesehen, was passiert ist. Ich war am Fluß.«

Derwalt hob den Kopf, blickte ihn einen Augenblick unsicher an und starrte dann wieder zu Boden. »Ich . . . Ich weiß nicht . . . Ich weiß nicht, wovon Ihr redet, Vater«, sagte er.

Tobias setzte zu einer wütenden Entgegnung an, doch dann begriff er, daß Derwalts Schweigen kein Ausdruck von Verstocktheit oder von Feindseligkeit war. Der Mann hatte Angst. Er war fast wahnsinnig vor Angst. »Was ist passiert?« fragte er noch einmal. »Was soll dieses Gerede von einem Unfall?«

»Es war ein Unfall«, beharrte Derwalt. »Es passierte vor zwei Tagen auf Temsers Hof. Ich habe einen Balken zurechtgehauen und war für einen Moment unaufmerksam. Und da ist mir die Axt abgeglitten.«

»Und Ihr habt Euch die Hand abgehackt?« fragte Tobias zweifelnd.

Derwalt schüttelte den Kopf. »Nicht die Hand«, sagte er, »nur drei Finger. Aber es war schlimm genug. Temser und sein Knecht haben mich zum Schloß gebracht. Das alte Weib, das bei dem Grafen wohnt, hat mich verbunden und mir eine Salbe aufgetragen. Sonst wäre ich wahrscheinlich verblutet.«

»Ich glaube Euch kein Wort«, sagte Tobias ruhig.

»Aber genauso war es!« beharrte Derwalt. Seine Stimme zitterte. Er klang beinahe verzweifelt, und für einen Moment tat er Tobias einfach nur leid. Es war ungerecht, daß er diesem armen Mann so zusetzte, doch er hatte keine andere Wahl.

»Warum belügt Ihr mich?« fragte er. »Ich stehe auf Eurer Seite, Derwalt. Was muß ich noch tun, um das zu beweisen? Ich war an diesem Abend da. Ich habe auf Euch gewartet, aber Ihr seid nicht gekommen, und da habe ich mich auf den Weg zurück gemacht. Ich bin zum Fluß hinuntergegangen, um etwas zu trinken. Und als ich wieder in den Sattel steigen wollte, da habe ich Euch gesehen. Und die«, fügte er mit besonderer Betonung hinzu, »die Euch verfolgt haben.«

Derwalt zuckte zusammen. Er begann, unruhig von einem Fuß auf den anderen zu treten, und die Finger seiner unverletzten Hand spielten nervös an seinem Gürtel. »Ich . . . Ich weiß nicht, wovon Ihr redet, Pater«, stammelte er. »Ich konnte nicht kommen. Sie sind alle losgeritten, um dem Grafen bei seiner Jagd zu helfen. Er braucht immer Männer als Treiber, und der Lohn ist nicht schlecht.«

»Und deshalb habt Ihr die Verabredung mit mir vergessen?« Tobias lachte abfällig.

»Das glaubt Ihr selbst nicht, Derwalt. Ihr habt Euer Leben riskiert, um mit mir zu sprechen, und jetzt wollt Ihr mir erzählen, Ihr hättet das vergessen, um ein paar Heller zu verdienen?«

»Genauso war es«, beharrte Derwalt. »Ihr könnt alle fragen. Temser und all seine Knechte und die anderen. Ich war auch dabei. Die Jagd hat fast die ganze Nacht gedauert, und ich . . . ich habe Euch auch nicht vergessen, aber ich konnte mich nicht davonschleichen. Sie wären mißtrauisch geworden, wenn ich nicht mitgekommen wäre.«

»Dann war das am Fluß vermutlich Euer Zwillingsbruder«, sagte Tobias spöttisch. »Oder ein Gespenst.«

»Das weiß ich nicht«, antwortete Derwalt. »Ich . . . ich weiß nicht, was Ihr gesehen habt oder wen, mich jedenfalls nicht. Und jetzt laßt mich bitte gehen, Pater.«

Tobias seufzte. Er ahnte, daß jedes weitere Wort sinnlos war. Wieso Derwalt die grausame Menschenjagd am Flußufer überlebt hatte, war ihm ein Rätsel, aber sie hatte ihn so eingeschüchtert, daß keine Macht der Welt ihn jetzt noch dazu bringen würde, ihm auch nur ein Wort zu verraten. Trotzdem versuchte er es noch einmal: »Nun gut«, sagte er, »vielleicht habe ich Euch wirklich verwechselt. Aber jetzt bin ich hier, und wir sind allein. Ihr könnt mir also durchaus sagen, was Ihr mir in dieser Nacht sagen wolltet.«

»Nichts«, antwortete Derwalt hastig. »Es war nichts. Ich war töricht. Es tut mir leid, daß ich Euch solche Umstände bereitet habe.«

»Ich kann Euch auch morgen offiziell als Zeuge laden«, sagte Tobias, »wenn Euch das lieber ist.«

»Wenn Ihr darauf besteht, werde ich natürlich kommen«, entgegnete Derwalt. »Aber ich kann Euch nicht mehr sagen als jetzt.«

Tobias gab auf. Vielleicht mußte er dem Mann noch etwas

Zeit lassen. »Nun gut«, sagte er seufzend. »Dann kommt morgen zu mir. Ich erwarte Euch eine Stunde vor Mittag dort drüben.« Er deutete mit einer Kopfbewegung auf das Turmhaus und sah, wie Derwalt abermals zusammenfuhr.

»Aber ich kann Euch nichts sagen, Pater«, wiederholte Derwalt. Seine Stimme klang ein wenig schrill. Sein Blick huschte über die dunkle Gasse. »Ich weiß nicht, was Ihr wissen wollt. Ich habe Euch alles über die Hexe erzählt, was ich weiß. Was wollt Ihr noch von mir? Warum quält Ihr mich?«

»Weil . . .« Tobias verstummte mitten im Satz, senkte den Blick und ballte in hilflosem Zorn die Fäuste. Er hatte kein Recht, wütend auf diesen Mann zu sein. Aber er empfand eine immer tiefere, unstillbare Wut auf jene unsichtbare Macht, die hinter all diesen schrecklichen Ereignissen stand, jene Macht, die schuld daran war, daß Furcht und Terror die Seelen der Menschen in dieser Stadt verpesteten und daß dieser einfache Mann, der den Mut gehabt hatte, sich ihm anvertrauen zu wollen, dafür verstümmelt worden und beinahe gestorben war.

»Es ist gut«, sagte er. »Geht. Ich erwarte Euch dann morgen.«

Derwalt fuhr auf der Stelle herum und lief so schnell davon, daß er in der Tat wie ein Flüchtender aussah. Tobias blickte ihm nach, bis sein Schatten zwischen den Häusern verschwand. Und wieder glaubte er für einen Moment, einen anderen Schatten zu sehen, etwas, das in der Dunkelheit auf der anderen Seite des Platzes stand und zu ihm herüberblickte.

Langsam drehte er sich herum und ging ins Haus zurück. In der Diele prallte er mit Bresser zusammen, der ihm mit einem Becher entgegenkam.

»Spart Euch die Mühe«, sagte Tobias unfreundlich. »Er ist fort.«

Bresser blieb stehen, warf einen überraschten Blick auf die Straße hinaus und sah dann ihn an. Aber er sagte nichts, und er hatte plötzlich alle Mühe, das triumphierende Lächeln zu unterdrücken, das sich auf sein Gesicht schleichen wollte.

»Schreibt seinen Namen ganz oben auf die Liste derer, die ich morgen sprechen möchte«, fügte Tobias finster hinzu. »Und sorgt mir dafür, daß er auch wirklich kommt.«

Bresser nickte. Und lächelte. Tobias blickte ihn beinahe haßerfüllt an, dann drängte er sich grob an ihm vorbei und lief die Treppe hinauf.

Erst als er wieder vor Katrins Tür angekommen war, beruhigte er sich ein wenig. Er gestand sich ein, daß er sich wie ein Narr verhalten hatte. Was, um Gottes willen, hatte er denn erwartet, nach allem, was Derwalt passiert war? Daß er ihm mitten auf der Straße seine Geheimnisse anvertraute? Daß er, der seinen ersten, nicht einmal vollendeten Verrat beinahe mit dem Leben bezahlt hatte, einen zweiten in aller Öffentlichkeit beging? Nein, dachte er, zornig auf sich selbst, ganz bestimmt nicht. Er konnte von Glück sagen, wenn es ihm überhaupt gelang, Derwalts Vertrauen zurückzugewinnen.

Er öffnete die Tür, trat gebückt ein und sah, daß Katrin noch immer schlief. Lautlos trat er ans Fenster, öffnete es und blickte auf die Straße hinab.

Während die Dächer der strohgedeckten Häuser noch im letzten Gold der sinkenden Sonne schimmerten, herrschte zwischen ihnen bereits Finsternis. Die engen Gassen erschienen wie schwarze Schluchten, angefüllt mit allen finsteren Geheimnissen der Nacht. Tobias sah jetzt, daß er sich nicht getäuscht hatte. Auf der anderen Seite des Platzes standen zwei Gestalten. Sie waren auch zu weit entfernt, als daß er ihre Gesichter erkennen konnte. Aber er war sehr sicher, daß es die gleichen Männer waren, die er am Morgen mit Bresser hatte streiten sehen. Er kannte ihre Namen nicht, aber er nahm sich vor, sich am nächsten Tag noch einmal gründlich in der Stadt umzusehen und auch sie auf die Liste derer zu setzen, mit denen er zu reden hatte.

Er stand recht lange am Fenster. Die Sonne versank, schließlich legte sich eine fast sternenlose Nacht über die Stadt.

Und als es vollkommen dunkel geworden war, bemerkte er das Licht wieder.

Zuerst war es nur ein blasser Schimmer, ein Funkeln, so matt, daß er nicht sicher war, ob er es wirklich sah, aber je länger er zu dem kleinen Wald hinter Buchenfeld hinüberblickte, desto deutlicher wurde es: ein unheimlicher, flackernder grüner Schein, der durch die Bäume drang und die Felder ringsum wie mit flüssigem grünen Gift übergoß. Schatten bewegten sich in diesem Schein, ein unheimliches, lautloses Huschen, ein schnelles Hin und Her, dem das Auge nicht zu folgen vermochte. Was immer dort drüben am See vorging, es war ein Stück der Hölle, das er beobachtete. Ihre Pforten hatten sich einen Spalt geöffnet, und mit diesem unheimlichen, grünen Schein krochen Angst und Verzweiflung in die Welt hinaus.

Hinter ihm bewegte sich Katrin; er wußte, daß sie wach war, ohne sich zu ihr herumdrehen zu müssen.

»Wie fühlst du dich?« fragte er.

Es dauerte eine ganze Weile, bis Katrin antwortete, und Tobias begriff, daß sie ihn schon lange beobachtet haben mußte. Und sie mußte auch wissen, was er sah.

»Ich glaube, besser als dir«, sagte sie schließlich.

Er drehte sich vom Fenster um, lehnte sich gegen die Wand daneben und lächelte matt. »Das ist verrückt, nicht?« sagte er, während er die Arme vor der Brust verschränkte. »Ich will dein Leben retten, und jetzt wäre ich fast vor dir gestorben.«

Er hörte Bressers Schritte auf dem Flur und spannte sich. Aber Bresser polterte lärmend die Treppe hinab. Etwas braute sich in diesem Haus zusammen. Tobias wußte, daß ihm und Katrin nicht mehr viel Zeit blieb.

»Ich habe nachgedacht«, sagte er langsam.

Katrin blickte ihn fragend an.

»Du mußt dieses Haus verlassen«, fuhr er fort. »Gleich morgen früh. Ich habe Bresser Befehl gegeben, alles vorzubereiten, dich in den Turm zurückzubringen.«

Katrin sagte nichts, aber in ihren Augen brannte ein Ausdruck tiefsten Schreckens, und Tobias fuhr mit leicht erhobener Stimme fort: »Keine Sorge, du wirst nicht wieder in Ketten gelegt. Ich werde dafür sorgen, daß dir kein Leid geschieht. Ich lasse ein Bett und alles andere, was du brauchst, hinüberbringen. Und ich selbst werde dafür sorgen, daß außer mir und Bressers Frau niemand das Haus betritt. Aber du kannst nicht hierbleiben.«

»Dann willst du . . .« begann Katrin.

». . . tun, weshalb ich gerufen worden bin«, unterbrach sie Tobias. »Ich werde gleich morgen früh mit der offiziellen Untersuchung beginnen. Ich werde Zeugen befragen, ich werde mir Beweise ansehen, und ich werde auch dich verhören.«

In Katrins Augen glomm Entsetzen. Tobias hatte diesen Gedanken immer wieder verdrängt — aber Katrin mußte noch immer felsenfest davon überzeugt sein, daß er nur gekommen war, um sie zu befreien.

»Du willst . . .«

»Hör mir jetzt zu«, unterbrach Tobias sie sehr leise, aber auch sehr ernst. »Vielleicht ist es das letzte Mal, daß wir allein miteinander reden können. Ich traue weder Bresser noch dem Grafen. Deshalb ist es um so wichtiger, daß du mir zuhörst. Und daß du genau das tust, was ich dir sage. Du mußt mir vertrauen, ganz gleich, was ich in den nächsten Tagen sagen oder auch tun werde. Versprichst du mir das?«

Katrin nickte.

»Gut«, sagte Tobias, »dann hör zu. Mit Ausnahme von Bressers Frau weiß niemand von uns. Der Graf weiß, daß wir uns kennen, aber nicht mehr. Ich werde dir den Prozeß machen. Ich werde nicht allzu hart mit dir umspringen, aber ich werde auch nicht immer sehr freundlich sein können. Ich werde ganz genau das tun, was man von einem Inquisitor erwartet. Der Prozeß wird zwei, höchstens drei Tage dauern, und dann werde ich dich noch einmal einer peinlichen Befragung unterziehen und abschließend mein Urteil sprechen.«

»Und wie wird das aussehen?« fragte Katrin. Ihre Stimme bebte vor Angst.

»Ich werde dich freisprechen«, antwortete Tobias.

12

Vielleicht zum ersten Mal überhaupt, seit er diese Stadt betreten hatte, erwachte er am nächsten Morgen ausgeruht und voller Tatendrang. Als Maria eine Viertelstunde nach Aufgang der Sonne in sein Zimmer kam, um ihm wie jeden Morgen eine Schale Wasser und ein frisches Tuch zu bringen, fand sie ihn schon auf dem Bettrand sitzend vor. Sie war nicht wenig erstaunt, wie rasch und gründlich er seine Krankheit überwunden hatte. Und Tobias war selbst überrascht, in welch guter Verfassung er erwacht war. Dabei waren seine Probleme keineswegs geringer geworden, ganz im Gegenteil. Aber vielleicht, dachte er, lag es einfach daran, daß er im Grunde zum ersten Mal seit seiner Ankunft wußte, was er tun würde. Seine Pläne standen fest, und bei Gott, sie mußten gelingen, wollten Katrin und er nicht ihr Leben verlieren. In fast fröhlicher Stimmung antwortete Tobias auf Marias Fragen, nahm ohne Hast sein Frühmahl ein und verließ dann das Haus, um hinüber in den Turm zu gehen und darüber zu wachen, daß Bresser seine Befehle ausführte.

Seine Sorgen diesbezüglich erwiesen sich als unbegründet. Die drei Männer und zwei Frauen, die Bresser als Hilfskräfte herangezogen hatte, hatten das stinkende, dunkle Verlies bereits leergeräumt und gereinigt. Es war noch immer ein dunkles Loch, aber die hölzernen Läden vor den Fenstern waren entfernt worden, so daß das klare Licht der Sonne hereinschien. Eine der beiden Frauen schrubbte den Boden mit einem Stück Kernseife und einer großen Bürste so gründlich, wie sie konnte. Tobias sah ihr eine Weile dabei zu, dann ging er zurück in den großen, düsteren Raum, der das gesamte zweite Geschoß des Turmhauses in Anspruch nahm, und wählte einige Möbelstücke aus, die in die Zelle geschafft werden sollten. Bresser widersprach nur einmal kurz und merkte an, daß es sich dabei um Eigentum des Grafen handelte, der vermutlich nicht sehr glücklich sei, sein kostbares Mobiliar als Einrichtung einer Zelle wiederzufinden. Aber Tobias mußte nicht einmal wirklich darauf antworten; der eisige Blick, den er Bresser zuwarf, reichte völlig aus, dessen Widerstand schon im Keim zu ersticken. Statt sich ihm weiter zu widersetzen, ging er, um Tobias' Befehle weiterzuleiten.

Tobias sah auch diesem Treiben eine Weile wortlos zu, ehe er sich wieder ins untere Geschoß des Hauses begab, um sich dort für die nächsten Tage einzurichten. Er hatte nicht vor, in diesem Gebäude zu übernachten; dafür war es ihm trotz der heftigen Geschäftigkeit, die Bressers Gehilfen verbreiteten, zu unheimlich. Wie von Theowulfs Schloß ging auch von diesem Gemäuer eine düstere, feindselige Atmosphäre aus. Trotzdem würde er den größten Teil der kommenden Tage hier verbringen müssen. So zog er zwei Männer von Bressers kleinem Hilfstrupp ab und ließ sie die Möbel im Kaminsaal nach seinen Wünschen umgruppieren: Aus der Tafel wurde eine Richterbank, die er so vor das Fenster stellen ließ, daß er lesen und auch schreiben konnte, ohne sich die Augen zu verderben, und daß das Sonnenlicht — ein sehr nützlicher Nebeneffekt — den Zeugen, die ihm gegenüberstehen würden, ins Gesicht schien und sie blendete. Den größten Teil der an den Wänden aufgereihten Waffen ließ er entfernen, was ihm Bressers Protest eintrug.

Als das Haus notdürftig gesäubert und das Mobiliar nach seinen Wünschen umgestellt war, kam der Alte wieder zu ihm und schlug vor, mit der Vernehmung der ersten Zeugen nach der Mittagsstunde zu beginnen, was Tobias jedoch ablehnte. Er wollte sofort beginnen. Er verlangte von Bresser die Liste mit den Namen der Zeugen und befahl, den ersten hereinzuführen. Bresser machte ein finsteres Gesicht, aber er widersprach nicht mehr, sondern ging, um den Mann zu holen.

Der Rest des Tages verlief so, wie Tobias erwartet hatte: Er verhörte ein halbes Dutzend Männer und Frauen aus Buchenfeld, die alle das eine oder das andere über die Hexe und ihr teuflisches Wirken zu sagen hatten. Sie berichteten mit mehr oder minder gleichen Worten den Unsinn, den Tobias schon so oft gehört hatte, daß er sich mehr als einmal beherrschen mußte, um nicht herauszuplatzen und ihnen zu sagen, was er von ihrem gotteslästerlich dummen Gerede hielt. Aber er hörte auch Dinge, die er ernst nahm — wie zum Beispiel die Geschichte eines jungen Schweinehirten, der erzählte, er habe vor drei Wochen in der Morgendämmerung den Tod über die Felder nördlich der Stadt reiten sehen.

Anders jedoch verhielt es sich mit der Aussage Temsers. Der betuchte, freie Bauer stand nicht einmal auf Bressers Liste, sondern trat plötzlich und unaufgefordert vor seinen Tisch.

Tobias war ein wenig überrascht, ihn zu sehen. Er hatte mit einem gewissen Unmut das Fehlen seines Namens auf Bressers Aufstellung registriert und sich vorgenommen, ihn für den nächsten Tag persönlich als Zeugen vorzuladen. Und daß der alte Bauer jetzt hier auftauchte, konnte kein Zufall sein.

»Temser!« rief Tobias erfreut aus. Er wollte aufstehen, aber der Bauer winkte mit einer lässigen Geste ab und ließ sich auf einen Stuhl sinken. Er wirkte nicht verkrampft wie die anderen Zeugen, die Tobias bisher verhört hatte, sondern saß locker, die Beine übereinander geschlagen da, als besuche er einen Freund und stünde nicht als Zeuge vor einem Gericht der Inquisition.

»Bemüht Euch nicht, Pater Tobias«, sagte er. »Bleibt ruhig sitzen. Ich hoffe, ich störe Euch nicht.«

»Nicht im geringsten«, antwortete Tobias. »Im Gegenteil, ich wollte ohnehin noch mit Euch sprechen.«

»Man hat mir erzählt, Ihr wärt krank gewesen«, sagte Temser.

Tobias winkte ab.

»Das stimmt. Aber es war nicht so schlimm. Ihr wißt ja, wie die Leute sind. Ihr hustet dreimal, und schon erzählen sie, Ihr hättet die Schwindsucht.«

Temser lachte.

»Wem sagt Ihr das? Aber ich bin trotzdem froh zu sehen, daß es Euch wieder gutgeht.«

»Ich muß mich noch bei Euch entschuldigen«, sagte

Tobias. »Ich konnte das Pferd leider nicht zurückbringen. Ich hoffe, irgend jemand hat es getan.«

»Es ist gestorben«, antwortete Temser.

Tobias blickte ihn betroffen an. »Gestorben?«

Temser nickte. Für einen Moment machte sich ein betrübter Ausdruck auf seinen Zügen breit, dann seufzte er, zuckte mit den Schultern und machte eine Handbewegung, als wolle er den Gedanken beiseite schieben. »Bresser hat es zurückbringen lassen, gleich am nächsten Morgen«, sagte er. »Aber es wollte nicht mehr fressen. Am Nachmittag bekam es dann eine Kolik und starb noch vor Sonnenuntergang.«

Tobias blickte ihn weiter betroffen an. Aus irgendeinem Grunde erschreckte ihn der Tod des Tieres. Das konnte kein Zufall sein, das Tier war am gleichen Tag verendet, an dem auch er mit dem Tode gerungen hatte. Und das, nachdem sie beide . . .

Nachdem sie beide Wasser aus dem Fluß getrunken hatten.

Etwas von seinem Schrecken mußte sich wohl deutlich auf seinem Gesicht abzeichnen, denn Temsers Lächeln erlosch plötzlich. »Was habt Ihr?« fragte er alarmiert.

Tobias schüttelte schwach den Kopf. »Nichts«, sagte er. »Ich mußte nur . . . an etwas denken.« Er zwang sich zu einem Lächeln, machte eine abwehrende Geste mit der linken Hand und straffte sich. »Es ist gut, daß Ihr hier seid«, fuhr er fort, abrupt das Thema und den Tonfall wechselnd. »Wie gesagt, ich hätte Euch sowieso gebeten, zu mir zu kommen. Ich brauche Eure Aussage.«

Temser lächelte. »Aber habt Ihr die denn nicht schon?«

Tobias nickte. »Natürlich. Aber die Dinge müssen ihre Ordnung haben. Auch ich bin an gewisse Formalien gebunden, wenn Ihr versteht. Dies hier ist jetzt der offizielle Teil der Untersuchung. Ich muß Euch also bitten, mir die ganze Geschichte noch einmal zu erzählen — auch wenn ich es selbst ein wenig albern finde«, fügte er mit einem flüchtigen Lächeln hinzu.

Dem Gesichtsausdruck des Bauern nach zu schließen, schien es ihm nicht anders zu ergehen, aber er fügte sich und erzählte Tobias in aller Ausführlichkeit noch einmal die Geschichte des Brandes, der seine Scheune vernichtet hatte. Tobias unterbrach ihn immer wieder, stellte Zwischenfragen, erkundigte sich nach diesem oder jenem und notierte sich vor allem die Namen aller derer, die den Blitzschlag und das anschließende Feuer beobachtet hatten. Temser antwortete geduldig auf alles, was er wissen wollte. Und er fügte das eine oder andere ungefragt hinzu; zumeist Dinge, die Katrin entlasteten, wie Tobias nicht ohne eine gewisse Zufriedenheit feststellte. Aber er mußte vorsichtig sein. Bressers Verhalten bei ihrem ersten Besuch auf dem Hof hatte ihm klar gemacht, daß Temsers Sympathien für Katrin kein Geheimnis waren. Als Zeuge war er also nicht allzu wertvoll. Wenn er Katrin freisprechen und diesen Freispruch auch später rechtfertigen wollte, so brauchte er mehr als die Aussage eines einzelnen Mannes.

Er nahm Temsers Aussage sorgfältig zu Protokoll, ließ ihn — was ungewöhnlich war, den Bauern aber sichtlich erfreute — das Notierte anschließend lesen und bestätigen und bat ihn anschließend, noch einen Moment zu bleiben, als Temser sich erheben und gehen wollte. Der Bauer ließ sich wieder auf seinen Stuhl zurücksinken und sah ihn erwartungsvoll an.

Tobias überlegte einen Moment angestrengt, wie er beginnen sollte. Die Sache war nicht leicht. Schließlich war Temser nach dem, was Derwalt widerfahren war, der einzige, dem er ein wenig traute; und wenn er ihn auch noch verschreckte, dann verlor er vermutlich seinen letzten Verbündeten.

»Das mit dem Pferd tut mir aufrichtig leid«, sagte er noch einmal. »Es war ein sehr gutes Tier.«

»Mein bestes«, bestätigte Temser. »Erst vor zwei Monaten hat mir der Graf fünf Goldstücke dafür geboten. Aber ich habe es nicht verkauft.« Er seufzte und lächelte schmerzlich. »Doch es war nie meine Art, Dingen nachzutrauern, die passiert und nicht mehr zu ändern sind. Der Herr gibt, der Herr nimmt.«

Tobias sah ihn irritiert an. Auch für einen Mann wie Temser mußte der Verlust eines so wertvollen Tieres schmerzlich sein. Daß er ihn scheinbar so gelassen hinnahm, überraschte Tobias. »Wißt Ihr, woran es gestorben ist?« fragte er. Temser verneinte. »Es ist nicht das erste Tier, das auf diese Weise verendet, und ich fürchte, es wird auch nicht das letzte sein. Im letzten Herbst waren es zwei Kühe, im Sommer davor ein Kalb. Aber ich will mich nicht beschweren. Andere hat es schlimmer getroffen. Ein Bauer, zwei Stunden von hier, hat fast sein gesamtes Vieh verloren.«

»Und niemand weiß, woran die Tiere gestorben sind?« fragte Tobias zweifelnd.

Diesmal zögerte Temser einen Moment. Nicht lange, aber doch lange genug, daß es Tobias auffiel; und er seinerseits spüren mußte, daß Tobias sein Zögern registrierte. Um so heftiger schüttelte er schließlich den Kopf. »Nein«, sagte er. »Vielleicht eine Krankheit. Vielleicht auch verdorbenes Futter — Ihr habt gesehen, in was sich das Korn verwandelt hat?«

Tobias überging die Frage. »Ich mache mir Vorwürfe«, sagte er. »Ich wollte, ich könnte Euch den Verlust ersetzen, aber für ein so wertvolles Tier reichen meine bescheidenen Mittel nicht.«

»Wieso Vorwürfe?« fragte Temser. »Es ist nicht Eure Schuld und —«

»Vielleicht doch«, unterbrach ihn Tobias. »Ich hatte versprochen, das Tier sofort zurückzubringen. Hätte ich es getan, wäre es jetzt noch am Leben.«

»Mit Verlaub, das habt Ihr nicht«, berichtigte ihn Temser lächelnd. »Aber ich bin sicher, Ihr hättet es getan, wenn es Euch möglich gewesen wäre.«

»Ich habe es sogar versucht«, sagte Tobias in beiläufigem Ton und ohne Temser anzusehen. Aber er hielt ihn scharf aus den Augenwinkeln im Blick, als er weitersprach. »Bresser wird Euch sicher erzählt haben, daß ich nicht auf dem Schloß übernachtet habe, sondern noch am Abend zurückgeritten bin.«

Temser nickte. Er sagte nichts.

»Nun, ich bin nicht auf direktem Weg nach Buchenfeld

zurückgekehrt«, fuhr Tobias fort, »sondern zuerst zu Eurem Hof geritten.«

Temser sah ihn fragend an. Er schwieg noch immer. Tobias blickte ihm jetzt wieder offen ins Gesicht, aber er suchte vergeblich nach irgend einem anderen Ausdruck als Neugier in seinen Zügen.

»Es war niemand da«, fuhr er nach einer Weile fort. »Ich war . . . ein wenig verwirrt. Es war schon recht spät, und ich hatte Angst, Euch aus dem Schlaf zu reißen, aber der Hof war verlassen. Wo wart Ihr alle?«

»Auf der Jagd«, antwortete Temser. »Hat der Graf Euch nicht erzählt, daß er für diesen Abend eine nächtliche Jagd angesetzt hatte?«

»Doch«, antwortete Tobias. »Das war auch der Grund, aus dem ich es vorzog, zurückzureiten.« Er lächelte flüchtig. »Ich hatte keine Lust, die halbe Nacht allein in diesem unheimlichen Gemäuer herumzusitzen und darauf zu warten, daß sie zurückkamen und anfingen, sich zu betrinken.«

Temser lächelte. »Ihr hättet lange warten können, fürchte ich«, sagte er. »Diese Jagden dauern manchmal bis in den nächsten Morgen hinein. Und was das Trinken angeht, habt Ihr nur zu recht. Hättet Ihr ein Wort gesagt, so wäre ich natürlich auf dem Hof geblieben.«

»Ihr wart nicht bei der Jagdgesellschaft«, sagte Tobias beiläufig.

»Natürlich nicht«, antwortete Temser. »Was erwartet Ihr? Ich bin ein einfacher Bauer, und die feinen Herren wollen einen wie mich nicht dabei haben, wenn sie Jagd auf Wildschweine und Rehe machen. Und wenn ich ganz ehrlich bin — ich möchte auch nicht so gern dabeisein. Aber meine Männer und ich verdingen uns gern als Treiber. Die Knechte sind froh, sich etwas verdienen zu können, und für mich ist es eine willkommene Abwechslung.«

Tobias blickte ihn eine Zeitlang durchdringend an. Temsers Worte klangen einleuchtend; vielleicht sogar zu einleuchtend. Möglich, daß er anfing, hinter jedem Wort eine Lüge und hinter jeder unbedachten Geste einen Verrat zu wähnen. Aber irgendwie wollten die Vorstellungen dieses freundlichen, alten Mannes und einer nächtlichen Wildschweinjagd in seinem Kopf nicht zusammengehen. Und seine Worte klangen ihm einfach zu sehr nach einer Erklärung, die er sich sorgsam zurechtgelegt hatte, weil er ganz genau diese Frage erwartete.

Was natürlich Unsinn war, denn Temser hatte bis zu diesem Moment ja gar nicht wissen können, daß er in der Nacht noch einmal auf seinem Hof gewesen war.

»Trotzdem tut es mir sehr leid«, sagte er noch einmal. »Wenn ich irgend etwas tun kann, um Euch für den Verlust des Tieres zu entschädigen, so laßt es mich wissen.«

»Das könnt Ihr«, antwortete Temser, plötzlich wieder lächelnd. »Erweist meiner Frau und mir die Ehre, Euch heute abend zum Essen einzuladen.« Er sah sich schaudernd in der großen, feuchten Halle um. »Ich kann mir nicht vorstellen, daß Ihr es besonders erhebend findet, in dieser Höhle zu übernachten.«

Tobias zögerte. Nach dem, was er erlebt hatte, hatte er gewisse Bedenken, Buchenfeld noch einmal nach Einbruch der Dunkelheit zu verlassen. Die Aussicht auf ein gutes Mahl bei Temser kam ihm andererseits sehr gelegen. So würde er Bressers Gesellschaft meiden können und gleichzeitig der Verlockung widerstehen, in Katrins Kammer hinaufzugehen.

»Ich werde darüber nachdenken«, versprach er. »Wie lange seid Ihr noch in der Stadt?«

»Noch eine Weile«, antwortete Temser. »Ich denke, daß ich eine Stunde vor Sonnenuntergang zurückreiten werde. Ihr könnt mich begleiten, wenn Ihr das wünscht. Ich verspreche Euch, daß Ihr pünktlich morgen eine halbe Stunde nach Tagesanbruch wieder hier in der Stadt seid.«

»Ich überlege es mir«, versprach Tobias. »Aber ich denke, ich werde Eurer Einladung gerne folgen.«

Temser verabschiedete sich. Pater Tobias vernahm noch drei weitere Zeugen an diesem Tag. Dann war er der Meinung, nun wirklich genug getan zu haben, um auch den Mißtrauischsten in Buchenfeld davon zu überzeugen, daß er nach seiner Rekonvaleszenz sein Amt mit allem zu Gebote stehenden Ernst ausführte. Er verließ das Haus, ging in das Bressers zurück und sagte Maria für das Abendmahl ab. Dann trug er ihr auf, nach oben zu gehen und Katrin zu holen. Sie sah ihn überrascht an. Seit sie in dieses Haus gebracht worden war, hatte Katrin die Kammer unter dem Dach nicht ein einziges Mal verlassen. Aber Tobias erklärte ihr mit wenigen freundlichen Worten, daß es schon alles seine Richtigkeit hatte und sie nichts befürchten mußte, und so wandte sie sich um und ging, seinen Befehl auszuführen. Tobias seinerseits war ein wenig überrascht, daß sie überrascht war; die Vorbereitungen, die er im Turmhaus nebenan getroffen hatte, waren eindeutig.

Er wartete einige Augenblicke, aber Maria und Katrin kamen nicht sofort zurück, so daß er sich schließlich umwandte und die Stube betrat, um dort weiter zu warten. Er war müde. Das stundenlange Reden und Fragen und Schreiben hatten ihn erschöpft. Und er hatte noch einen weiten Weg vor sich.

Als er gebückt durch die Tür trat, sah er, daß Bresser da war. Er hatte ihn vor einer Stunde das letzte Mal gesehen und ihn zu einem Botengang fortgeschickt. Jetzt saß er am Tisch, drehte einen tönernen Becher in seinen kurzen Fingern und blickte Tobias mit einer Mischung aus Ärger und Triumph entgegen. »Habt Ihr Euch endlich entschlossen, die Hexe wegzuschaffen?« fragte er.

Tobias sah ihn zornig an, nickte aber nur stumm.

»Dann werdet Ihr nichts dagegen haben, wenn ich wieder unter meinem eigenen Dach schlafe?« fuhr Bresser aggressiv fort. »Ihr werdet ja wohl dann auch drüben nächtigen?«

Tobias verharrte mitten im Schritt. Bressers Worte waren nicht nur feindselig, sondern eindeutig verletzend. Er setzte zu einer wütenden Antwort an, aber plötzlich fiel ihm auf, wie glasig Bressers Augen aussahen. Er sah auf den Becher in Bressers Händen hinab und begriff, daß der Dicke betrunken war. Sich mit einem Betrunkenen zu streiten, war nun wirklich vergebliche Liebesmüh.

Bresser musterte ihn herausfordernd und schien darauf zu warten, daß er etwas sagte. Aber Tobias drehte sich um und sah starr aus dem Fenster, bis endlich auf der Treppe wieder Schritte erklangen und er sich zur Tür wandte. »Kommt mit!« befahl er barsch.

Bresser leerte in aller Ruhe seinen Becher, erhob sich schnaufend und kam auf unsicheren Beinen um den Tisch herumgewankt. Er mußte in der knappen Stunde, die vergangen war, seit Tobias ihn das letzte Mal gesehen hatte, praktisch den ganzen Krug leergetrunken haben, um so schnell betrunken zu werden, dachte er. Nun, darüber würden sie morgen sprechen.

Maria und Katrin kamen ihm entgegen, als er die Stube verließ. Er sah Katrin jetzt zum ersten Mal anders als im Bett liegend. Und der Anblick erschreckte ihn. Sie war sehr blaß und bewegte sich so unsicher, daß Maria sie stützen mußte. Sie trug nicht mehr die Fetzen, in denen Tobias sie gefunden hatte, sondern eines von Marias Kleidern, das ihr viel zu weit war. Trotzdem war deutlich zu erkennen, wie erschreckend mager sie war. Aber was hatte er erwartet? Sie war mehr tot als lebendig gewesen, als er sie vor nicht einmal einer Woche gefunden hatte.

Er eilte ihr entgegen und ergriff ihre Hand. Gleichzeitig gab er Bresser mit einer Kopfbewegung zu verstehen, ihren anderen Arm zu ergreifen. Er gehorchte, wenn auch mit sichtlichem Widerwillen, und als er Katrin berührte, verzog er das Gesicht zu einer Grimasse, als bereite ihm die Berührung körperlichen Ekel.

In Katrins Augen schienen hundert unausgesprochene, angstvolle Fragen zu stehen, aber Tobias deutete ein Kopfschütteln an, und sie verstand. Schweigend und so schnell es Katrin möglich war, verließen sie das Haus und überquerten den Platz, um zum Turm hinüberzugehen.

Und obwohl es nur wenige Schritte waren, wurde es zu einem Spießrutenlauf.

Buchenfeld verwandelte sich von einem Herzschlag auf den anderen. Eine bislang apathische, geduckte Stadt war plötzlich von brodelnder Feindseligkeit erfüllt. Die Menschen auf der Straße blieben stehen, wie auf ein unhörbares Kommando hin, und starrten Katrin und Bresser und ihn an. Und plötzlich erschienen auch Gesichter in Türen und Fenstern. Alle Gespräche, alle Laute verstummten, und von einem Moment auf den anderen sah sich Tobias von hundert dunklen, feindselig blickenden Augenpaaren angestarrt.

Auch Katrin spürte den Haß, der ihnen entgegenschlug. Tobias spürte, wie sich ihr Körper unter dem groben Stoff des Kleides versteifte. Ihr Blick irrte unstet hierhin und dorthin, fand nirgendwo halt und kehrte schließlich angsterfüllt zu seinem Gesicht zurück.

Tobias versuchte, ihr mit einem aufmunternden Blick Mut zu machen, und ging weiter.

Nichts rührte sich. Der Mönch mußte sich mit aller Macht beherrschen, um die wenigen Schritte zum Turmhaus mit Ruhe und Würde zurückzulegen. Und als sie endlich durch die Tür in sein schattiges, dunkles Inneres traten, konnte er ein erleichtertes Seufzen nicht unterdrücken. Auch Katrin schien eine Last von den Schultern zu fallen.

Sie blieben stehen. Tobias warf Katrin einen kurzen, irritierten Blick zu und wandte sich dann noch einmal zur Tür. Er konnte jetzt nur noch einen kleinen Teil des Platzes übersehen, aber er bemerkte, daß sich die Menschen draußen noch immer nicht rührten. Sie standen einfach da. Ein stummes, drohendes Spalier, das das Haus und seine Insassen anstarrte. Und er bezweifelte mit einem Male, daß diese Feindseligkeit nur Katrin galt.

»Was . . . war das?« fragte er verwirrt.

Katrin blickte ihn nur erschrocken an, aber Bresser lachte ein leises, betrunkenes Lachen. »Ich habe Euch ja gewarnt, Pater«, sagte er, wobei er das Wort Pater auf eine Art und Weise betonte, daß Tobias es unter allen anderen nur denkbaren Umständen als Beleidigung aufgefaßt hätte. »Die Leute hier fürchten die Hexe. Was glaubt Ihr, warum ich nicht wollte, daß sie weiter unter meinem Dach lebt?«

»Das war keine Furcht«, widersprach Tobias. Er wollte noch mehr sagen, aber dann wurde ihm jäh bewußt, daß Katrin ja neben ihm stand und jedes Wort hörte. Er deutete mit einer Kopfbewegung auf die nach oben führende Treppe. »Kommt!«

Sie gingen nach oben. Katrins Schritte wurden langsamer, als sie begriff, wohin ihr Weg führte. Kurz bevor sie die Kammer im Turm betrat, blieb sie stehen. Der Blick, mit dem sie Tobias musterte, verriet, wie aufgewühlt sie innerlich war.

Tobias lächelte aufmunternd und betrat als erster die Zelle. »Komm«, sagte er.

Katrin zögerte. Und wahrscheinlich war es einzig Bressers Anwesenheit, die sie dann doch weitergehen ließ. Aber sie zitterte so heftig, daß sie die wenigen Schritte bis zur Tür kaum schaffte. Aus großen, angstvoll geweiteten Augen sah sie sich um. Der Raum mochte sich verändert haben, begriff Tobias, für sie aber würde er stets so etwas wie ein Vorhof der Hölle bleiben. Es war der Ort, an dem sie beinahe einen qualvollen, einsamen Tod gestorben wäre.

»Hab keine Angst«, sagte er. »Du bist hier sicher. Viel sicherer als in Bressers Haus.«

Er bezweifelte, ob Katrin seine Worte überhaupt wahrnahm. Ihr Blick irrte über die grauen, rissigen Wände, über den Winkel an der Wand unter dem Fenster, in dem Tobias sie gefunden hatte. Aus dem Stein ragten noch die stählernen Ösen, an denen die Kette befestigt gewesen war.

»Ich . . . will nicht . . . hierbleiben«, flüsterte sie mit bebender Stimme.

»Aber es muß sein«, widersprach Tobias. Er versuchte, ihr mit Blicken zu signalisieren, daß er nicht frei sprechen konnte, schließlich war Bresser bei ihnen und hörte jedes Wort, auch wenn er betrunken war. Tobias zweifelte nicht daran, daß der dicke Bresser jedes Wort getreulich dem Grafen übermitteln würde. Aber Katrin bemerkte auch dieses geheime Zeichen nicht. Sie hatte einfach nur Angst. Panische Angst.

»Ich . . . ich will nicht«, sagte sie noch einmal.

Tobias seufzte tief, schüttelte den Kopf und streckte die Hand nach ihr aus. Katrin wich erschrocken einen Schritt vor ihm zurück, bis sie gegen die Wand stieß und erschrocken zusammenfuhr. »Dir wird nichts geschehen, das verspreche ich«, sagte Tobias leise. »Du wirst auch nicht lange hier bleiben müssen.«

Er war sich der Gefahr, die dieser letzte Satz enthielt, vollkommen bewußt. Bresser mochte sich an diese Worte erinnern, wenn er das Urteil sprach. Aber er spürte, daß Katrin drohte, vollends die Beherrschung zu verlieren.

Er trat auf Bresser zu und streckte die Hand aus. »Den Schlüssel.«

Bresser zögerte. Der Alkohol hatte ihn mutiger werden lassen. Aber dann griff er doch unter sein Wams und zog einen großen, schon halb, verrosteten Schlüssel mit einem gewaltigen Bart hervor, den er in Tobias ausgestreckte Hand fallen ließ.

Tobias schloß die Finger darum, drehte sich wieder zu Katrin und hielt den Schlüssel in die Höhe. »Ich werde persönlich hinter dir abschließen«, sagte er. »Das ist der einzige Schlüssel, den es gibt, außer dem, den der Graf hat. Niemand kommt hier ohne mein Einverständnis herein.«

»Aber ich . . . ich will nicht hierbleiben, ich kann nicht.«

»Jetzt reicht es!« sagte Tobias in einem dermaßen scharfen, unerwarteten Ton, daß Katrin zusammenfuhr und ihn überrascht und erschrocken zugleich anblickte. »Ich habe dich hier herausgeholt, weil du mehr tot als lebendig warst, aber jetzt hast du dich erholt und wie du siehst, haben wir versucht, aus diesem Loch eine menschenwürdige Behausung zu machen. Worüber also beschwerst du dich? Ich hätte dich ebensogut wieder in Ketten legen können.« Er versuchte, Katrin mit Blicken zu signalisieren, daß diese Worte einzig und allein Bresser galten, aber sie bemerkte seine versteckten Signale nicht. Ihr Gesicht hatte alle Farbe verloren. Sie hob die Hände, machte einen Schritt, blieb wieder stehen und trat dann weiter auf Tobias zu.

Hastig wich er um die gleiche Entfernung zurück, so daß er nun unter der Tür stand. »Ich lasse dir später etwas zu Essen bringen«, sagte er. »Und ich werde einen Mann vor der Tür postieren, der Wache hält, wenn ich selbst nicht da bin.« Damit fuhr er herum, verließ die Zelle vollends und schob die Tür hinter sich zu. Auch seine Finger zitterten, als er den Schlüssel ins Schloß steckte und ihn zweimal herumdrehte. Katrin trat auf der anderen Seite ganz dicht an die Tür heran und preßte Gesicht und Hände an die Gitterstäbe vor dem kleinen Fenster darin. Aber Tobias hatte nicht die Kraft, ihrem Blick standzuhalten. Er schob den Schlüssel unter den Strick, der ihm als Gürtel diente, und ging mit weit ausgreifenden Schritten auf die Treppe zu.

Bresser folgte ihm, aber Tobias lief so schnell, daß er ihn erst einholte, als sie bereits wieder im Untergeschoß angelangt waren.

»Ihr habt gehört, was ich gesagt habe«, sagte er unfreundlich. »Schickt später Eure Frau mit einer Mahlzeit zu ihr und sorgt dafür, daß ein zuverlässiger Mann die ganze Nacht vor ihrer Tür Wache hält.«

Bresser lief händeringend neben ihm her. »Aber das ist unmöglich«, sagte er mit schwerer Zunge. »Niemand wird sich auch nur in die Nähe der Hexe wagen.«

»Dann tut es eben selbst«, schnappte Tobias zornig. »Ihr habt Euch doch beschwert, daß ich Euch in den letzten Tagen Unbequemlichkeiten bereitet habe, oder? Nun, dort oben steht ein Bett, das breit und bequem genug für einen König ist. Es wird allemal gut genug für Euch sein, um Euren Rausch darin auszuschlafen.«

Er blieb stehen, musterte Bresser kalt von Kopf bis Fuß und fügte im gleichen, zornigen Tonfall hinzu: »Und Ihr haftet mir persönlich mit Eurem Leben für ihre Sicherheit, Bresser.«

Der Widerstand des dicken Mannes erlahmte. Er nickte demütig, wobei seine Lippen unverständliche Worte formten. »Wie Ihr befehlt, Herr«, sagte er nach einer Weile.

Pater Tobias ließ ihn stehen und trat aus dem Haus.

Die Dämmerung nahte. Langsam senkte sich die Sonne im Westen hinter den Horizont. Zu allem Überfluß hatte sich der Wind gedreht und trug wieder den Pestgestank des faulenden Sees heran. Tobias rümpfte angeekelt die Nase, vollführte eine halbe Drehung, um sich Bressers Haus zuzuwenden — und blieb plötzlich stehen.

Auf der anderen Seite des Platzes, im Schatten einer schmalen Gasse, so daß er die Gestalt nur als Silhouette erkennen konnte, stand Temser. Er war nicht allein. Noch tiefer in der Gasse befand sich ein zweiter Mann, der heftig gestikulierend mit dem Bauern redete. Tobias konnte über die große Entfernung weder die Gesten erkennen, noch die Worte verstehen. Doch der erregte Ton, in dem die beiden Männer sich verständigten, ließ ahnen, worüber sie sprachen. Zudem machte Temser eine knappe Kopfbewegung auf Bressers und das Turmhaus.

Ohne sich selbst ganz darüber im klaren zu sein, warum er es überhaupt tat, wich er rasch wieder unter die Tür des Turmhauses zurück, um nicht gesehen zu werden.

Eine ganze Weile beobachtete er die beiden Männer. Das vage Gefühl von Mißtrauen wurde zur Gewißheit, als sich Temser nach einer Weile herumdrehte und gemächlich den halb gepflasterten Platz überquerte und Bressers Haus ansteuerte. Einen Augenblick später trat auch der zweite Schatten aus der Gasse hervor und wandte sich in die entgegengesetzte Richtung, dem Stadttor zu. Tobias erkannte ihn: Es war der Stallknecht des Grafen, der ihn an jenem Abend vor vier Tagen so verzweifelt und vergeblich zurückzuhalten versucht hatte.

Was um alles in der Welt hatten diese beiden miteinander zu sprechen?

Der Mönch war sich der Möglichkeit durchaus bewußt, daß er schlichtweg Gespenster sah und alles eine ganz harmlose Erklärung hatte. Er durfte nicht den Fehler begehen, in jedes hingeworfene Wort, in jede belanglose Geste ein Geheimnis hineinzudeuten; aber er durfte auch keineswegs zu leichtsinnig sein.

Tiefst verwirrt verließ er das Haus zum zweiten Mal und überquerte den Platz. Da er den kürzeren Weg hatte, erreichten Temser und er Bressers Wohnhaus beinahe gleichzeitig. Der Bauer zögerte, als er seine Schritte hörte, drehte sich herum und lächelte ihm zu. »Pater Tobias«, sagte er erfreut. »Ich wollte gerade zu Euch kommen, um Euch abzuholen.«

Tobias warf einen raschen Blick in den Himmel hinauf. »Es ist noch früh«, sagte er. »Im Grunde habe ich noch eine Menge zu tun. Und . . .«

Temser unterbrach ihn mit einer zwar freundlichen, aber

recht bestimmten Geste. »Ihr habt den ganzen Tag hart gearbeitet, Pater«, sagte er. »Also tut Euch selbst einen Gefallen und schont Euch ein wenig.« Er lächelte fast verschmitzt. »Ihr werdet sehen, meine Frau ist eine ausgezeichnete Köchin. Selbst der Graf weiß ihre Küche zu schätzen.«

»Das habe ich bereits gehört«, antwortete Tobias. »Aber trotzdem . . . Ich glaube, es war keine so gute Idee, Euch vorschnell zuzusagen. Ich bin müde, und außerdem wartet noch eine Menge Arbeit auf mich. Bitte verzeiht, wenn ich es daher vorziehen würde, hier zu bleiben.«

Für einen ganz kurzen Moment glaubte er Schrecken in Temsers Blick zu gewahren. Doch als er antwortete, klang seine Stimme sehr gefaßt und nüchtern: »Meine Gattin wäre zu Tode betrübt! Ich habe bereits einen Jungen vorausgeschickt und ihr ausrichten lassen, daß Ihr uns heute abend die Ehre gebt.« Er schüttelte den Kopf. »Ich bin sicher, sie hat bereits alles vorbereitet.«

»Nun ja, wenn das so ist . . .«

Tobias lächelte, breitete die Arme aus und ging weiter. Und Temser folgte ihm. Er hatte nicht vorgehabt, wirklich abzusagen, aber Temsers Reaktion — so rasch er sich auch wieder in der Gewalt gehabt hatte — hatte auch seine letzten Zweifel beseitigt, ob sein Mißtrauen nun berechtigt war oder nicht. Aus irgendeinem Grund legte der Bauer großen Wert darauf, daß Tobias diesen Abend auf seinem Gut verbrachte.

Oder irgendwo — nur nicht in der Stadt.

Aber warum?

Die verrücktesten Gedanken schossen Tobias durch den Kopf, während er vor Temser das Haus betrat. Vielleicht wollten die Buchenfelder dem sonderbaren Inquisitor zuvorkommen und selbst ihre Art von Gerechtigkeit an Katrin üben. Doch dann wäre es wohl kaum Temser gewesen, der ihn fortlocken sollte. Tobias mußte sich eingestehen, daß er die Lösung dieses Rätsels nicht finden würde. Ihm blieb also gar nichts anderes übrig, als den Bauern zu begleiten und zu sehen, was geschah. Aber diesmal würde er aufmerksamer sein als an jenem Abend im Schloß.

13

Sie waren frühzeitig losgeritten, so daß sie das Gut noch mit dem letzten Licht des Tages erreichten. Nichts schien sich hier verändert zu haben. Obgleich mehr als ein Dutzend Gestalten auf ihrem halbfertigen Dach der Scheune herumkletterten, hämmerten und sägten, hatte Tobias das Gefühl, als wären die Arbeiten keinen Schritt vorangekommen. Ein großer, struppiger Schäferhund mit schwarz-gelbem Fell begrüßte seinen Herrn mit freudigem Gebell. Temser zügelte sein Pferd und sprang mit einer Bewegung, die Tobias bei einem Mann seiner Statur und vor allem seines Alters kaum mehr erwartet hätte, aus dem Sattel, um sich in die Hocke sinken zu lassen und dem Hund Kopf und Nacken zu kraulen. Er sah zu Tobias auf und deutete ihm, es ihm nachzumachen. Aber Tobias zögerte. Er hatte stets Angst vor großen Hunden gehabt, dabei war er niemals im Leben von einem Hund gebissen oder auch nur angegriffen worden.

»Was habt Ihr, Tobias?« fragte Temser augenzwinkernd. »Fürchtet Ihr unseren alten Hortus?« Er lachte, als Tobias weder nickte noch verneinte, und fügte in amüsiertem Tonfall hinzu: »Laßt Euch nicht von seinem Gekläff beirren. Er ist das freundlichste Wesen, das ich kenne.«

Nicht aus Überzeugung, sondern einzig, um nicht völlig als Feigling dazustehen, kletterte Tobias ungeschickt vom Rücken des Pferdes, näherte sich dem Hund und streckte behutsam die Hand aus. Der Hund legte den Kopf schräg, schnupperte an seinen Fingern — und zog knurrend die Lefzen hoch. Tobias machte hastig einen Schritt zurück. Temser runzelte verblüfft die Stirn, griff aber gleichzeitig nach dem Nackenfell des Hundes und hielt das Tier mit eisernem Griff fest.

»Das verstehe ich nicht«, sagte er verblüfft. »Das hat Hortus noch nie getan.«

Tobias zuckte mit den Achseln, zwang sich zu einem matten Lächeln und ging in respektvollem Bogen um den Hund herum. Das Tier folgte ihm aufmerksam mit Blicken, und ein dunkles, drohendes Knurren klang aus seiner Brust. Temsers Blick wanderte irritiert zwischen Tobias und dem Hund hin und her, dann murmelte er irgend etwas, zuckte abermals mit den Schultern und führte den Hund fort, um ihn an die Kette zu legen.

»Das ist wirklich sonderbar«, sagte er verstört, als er wieder zu Tobias zurückkam.

»Ich habe niemals erlebt, daß er sich so gebärdet, wenn er nicht angegriffen wird.«

Tobias zuckte mit den Achseln. »Vielleicht«, sagte er lächelnd, »mag er keine Männer in Kutten.«

Temsers Lächeln wirkte gequält. Und für einen kleinen Moment kam ein neues Gefühl zwischen ihnen auf: ein gegenseitiges Mißtrauen, das Tobias bisher in der Nähe dieses Mannes noch nicht verspürt hatte. Aber der Augenblick verging so schnell, wie er gekommen war, und sie gingen weiter und betraten das Haus.

Wie sich herausstellte, hatte Temsers Frau tatsächlich alle Vorbereitungen für ein wahres Festmahl getroffen. In der Stube war die große Tafel festlich gedeckt: Silbernes Geschirr und Kerzenleuchter aus dem gleichen, edlen Material standen auf einer Decke aus blütenweißem Damast. In großen, polierten hölzernen Schalen lagen Obst und Gebäck, und aus der Tür zur Küche drangen verlockende Düfte und die aufgeregten Stimmen der Bäuerin und ihrer Mägde.

Tobias' Blick glitt verblüfft und bewundernd zugleich über die festlich geschmückte Tafel. Der Anblick ließ ihn zumindest ahnen, warum Temser den Verlust des wertvollen Pferdes so gelassen hingenommen hatte. Das, was er hier sah, hätte auch einem der großen Kaufmannshäuser in Lübeck oder Hamburg zur Ehre gereicht. Er hatte gewußt, daß Temser kein armer Mann war, aber wie wohlhabend er war, bewies dieses Festmahl.

»Habt Ihr das alles . . . nur meinetwegen aufgetragen?« fragte er unsicher.

Der Bauer nickte. Ein verzeihungsheischendes Lächeln

huschte über seine Züge. »Ich sagte Euch ja, Pater Tobias, daß meine Frau sich sehr freuen wird, Euch bewirten zu dürfen. Ihr nehmt ihr diesen Aufwand doch nicht übel?«

»Aber warum sollte ich?« fragte Tobias verblüfft. »Ein wahrer Christmensch sollte aber nicht nur sein eigenes Wohl sehen, sondern auch das der Menschen um ihm.«

Temser überging den letzten Satz geflissentlich, bat ihn mit einer Geste, sich einen kleinen Moment zu gedulden, und verschwand in der Küche. Tobias hörte ihn eine Zeitlang mit seiner Frau reden, dann kam er zurück, bat ihn mit einer neuerlichen Geste um Verzeihung und deutete einladend auf die Bank hinter der Tafel. »Nehmt doch Platz, Tobias«, sagte er. »Es wird noch eine Weile dauern. Oder möchtet Ihr Euch erfrischen nach dem Ritt?«

Tobias sah ihn fragend an.

»Wir können ein paar Schritte gehen«, erklärte Temser. »Es gibt eine kleine Quelle gleich hinter dem Haus. Und wenn Ihr wollt, dann zeige ich Euch den Hof.«

Tobias nahm das Angebot mit einem dankbaren Nicken an, und sie verließen das Haus wieder und überquerten den Hof. Die Quelle, von der Temser gesprochen hatte, war ein dünnes Rinnsal, das zwischen einem kleinen Haufen moosbewachsener, flacher Steine hervorsprudelte und nur wenige Schritte weiter bereits wieder im Boden versickerte. Aber das Wasser war eiskalt, und nachdem Tobias sich gründlich Gesicht und Hände gewaschen hatte, trank er ein paar Schlucke davon und stellte fest, daß es köstlich schmeckte.

Obwohl er nicht aufsah, spürte der Mönch, wie der Bauer ihn beobachtete, während er seinen Durst löschte, als erwarte er, daß Tobias wegen dieses Wassers eine Bemerkung machte; eines Wassers, das in einer Stadt wie Buchenfeld einen wahren Schatz darstellen mußte. Aber Tobias nickte nur dankbar, erhob sich wieder und erklärte Temser, daß er nun neugierig sei, sein Anwesen kennenzulernen.

Der Bauer machte nicht einmal den Versuch, seine Enttäuschung zu verhehlen, aber er sagte nichts, sondern nickte bloß und machte eine einladende Geste, ihm zu folgen.

Der Hof war tatsächlich sehr groß. Er war sogar noch viel größer, als Tobias bisher angenommen hatte, denn jenseits des sauberen Rechteckes aus festgestampftem Lehm, das an drei Seiten von Gebäuden und an der vierten von der halbfertiggestellten Scheune eingegrenzt wurde, erstreckten sich noch eine Anzahl niedriger, langgestreckter Stallungen, die Tobias bisher noch nicht aufgefallen waren und die, dem Geruch nach zu urteilen, Schweine beherbergten. Tobias war ein wenig erstaunt. Zu einem Mann wie Temser hätten eher Kühe gepaßt, fand er.

»Schweine sind leichter zu halten«, sagte Temser zur Erklärung. »Sie fressen alles, was man ihnen gibt, aber nichts, was schlecht für sie ist. Kühe sind dumm. Ständig muß man darauf achten, daß sie kein giftiges Kraut fressen oder verdorbenes Wasser saufen.«

»Das Wasser aus Eurer Quelle war nicht verdorben«, bemerkte Tobias. Er hatte plötzlich das Gefühl, einem Geheimnis auf der Spur zu sein. So dicht, daß er nur noch die Hand auszustrecken brauchte, um seine Lösung aufzuheben. Aber gerade als er es tun wollte, entglitt ihm der Gedanke wieder.

»Das ist richtig«, entgegnete Temser, »aber es ist nur diese eine Quelle. Sie ist eine kleine Kostbarkeit. Wir benutzen ihr Wasser nur zum Kochen und Trinken.«

Das Wasser, dachte Tobias. Das vergiftete Wasser im Fluß, der stinkende Pfuhl im Wald, der Brunnen, der die Leute, die daraus tranken, umbrachte. Ein anderer Brunnen im Schloß des Grafen, der sorgsam verschlossen worden war ... Alles hing irgendwie mit dem Wasser zusammen.

»Was ist mit dem See im Wald passiert?« fragte er, ohne den Bauern anzusehen, aber aus den Augenwinkeln beobachtete er sehr genau seine Reaktion.

Es dauerte lange, sehr lange, bis Temser etwas entgegnete; doch statt zu antworten, lachte er bitter. »Ich dachte schon, Ihr würdet mich nie danach fragen.«

Tobias sah dem Bauern offen ins Gesicht. Temser hielt seinem Blick stand, und so sehr Tobias auch in seinen Augen forschte — in seinem Blick waren kein Falsch, keine Lüge, kein Spott. Er tat Temser in Gedanken Abbitte für alles, was er über ihn geargwohnt hatte. Wenn es in dieser ganzen verhexten Stadt einen Menschen gab, der ehrlich zu ihm war, dann war es dieser Mann.

»Nun«, sagte Tobias, »jetzt tue ich es. Wißt Ihr es?«

Temser schüttelte den Kopf. »Niemand weiß das. Was ich weiß, ist nur, daß es bestimmt keine Zauberei war.«

»Und was dann?«

Temser seufzte. »Das wird vielleicht niemand je erfahren. Solche Dinge geschehen: Quellen entstehen und versiegen, Wälder wachsen und vergehen, Tiere werden geboren und sterben. Manchmal wird ein ganzer Landstrich krank und stirbt. Manchmal wächst ein Baum hundert Jahre und stürzt dann ohne ersichtlichen Grund um. Ein Mensch kann krank werden und sterben — warum also nicht auch ein Fluß oder ein See?«

»Jede Krankheit hat einen Grund«, antwortete Tobias. »Nichts geschieht, ohne daß zuvor etwas anderes geschehen wäre. Nur erkennen wir es manchmal nicht.«

»So wird es auch mit diesem See sein«, erwiderte Temser achselzuckend. »Sein Wasser war nie so gut, daß man es hätte trinken können. Vielleicht mußte es so kommen, vielleicht verdarb er ganz langsam, über Generationen hinweg. Aber glaubt mir«, fügte er sehr überzeugt hinzu, »das hat nichts, aber auch gar nichts mit Hexerei zu tun.«

»Die meisten in Buchenfeld sind anderer Meinung«, sagte Tobias.

Temser machte eine wegwerfende Handbewegung. »Die Menschen in Buchenfeld sind Narren«, sagte er. »Sie plappern nach, was man ihnen sagt, ohne über ihre Worte nachzudenken.«

Tobias sah ihn fragend an. »Und wer ist das?« fragte er, »man?«

Temser blieb ihm die Antwort schuldig. Und so fügte Tobias nach einem Augenblick hinzu: »Graf Theowulf?«

»Wenn Ihr es schon wißt, warum fragt Ihr dann?« erkundigte sich Temser.

Tobias seufzte. »Ich wollte, ich wüßte es«, sagte er. »Die

Wahrheit ist: Ich weiß rein gar nichts. Alles ist so . . . verwirrend. Nichts erscheint Sinn zu ergeben.«

Temser lachte ganz leise. »Vielleicht ergibt es keinen?«

»O doch«, antwortete Tobias. »Ich kann ihn nur nicht erkennen. Und da ist niemand, den ich um Rat fragen könnte.«

Was wie ein Stoßseufzer klang, das war in Wahrheit eine Frage, was der Bauer auch sehr wohl bemerkte. Aber er tat Tobias nicht den Gefallen, ihm noch einen weiteren Schritt entgegenzukommen, sondern blickte nach Norden, obwohl es dort rein gar nichts gab, was seine Aufmerksamkeit beansprucht hätte.

»Helft mir, Temser«, sagte Tobias schließlich. »Ich bitte Euch.«

»Wobei?« fragte Temser. »Ich habe Euch alles gesagt, was es über die Hexe zu sagen gibt. Sie ist keine.«

»Das meine ich nicht«, antwortete Tobias. »Ob Katrin eine Hexe ist oder nicht, wird sich erweisen. Aber ich bin nicht nur hier, um den Prozeß gegen sie zu führen.«

»So? Weshalb dann?«

»Ich dachte, Ihr wüßtet es«, antwortete Tobias ein wenig enttäuscht. »Es ist nicht nur die Aufgabe der Inquisition, Hexen zu verbrennen und Prozesse zu führen. Ich bin hier, um den Menschen in dieser Stadt zu helfen. Aber ich weiß nicht einmal, wobei oder gegen wen.«

»Und wie kommt Ihr auf den Gedanken, daß ich das wüßte?«

»Ich verstehe das alles nicht«, gestand Tobias. »Nach dem, was ich von Bresser und Katrin über den Grafen gehört habe, habe ich ihn mir als Tyrannen vorgestellt.«

Temser lachte, sah ihn aber immer noch nicht an. »Jetzt seid Ihr überrascht, daß er es nicht ist, nicht wahr?«

Tobias nickte.

»Ihr habt einen verbitterten alten Mann erwartet, der mit dem Schwert in der Hand das Land regiert«, fuhr Temser lächelnd fort, »und Ihr habt einen jungen, aufgeschlossenen Grafen gefunden, der seine rechte Hand gäbe, um seine Bauern zu retten. Aber vielleicht ist er beides?«

»Wie meint Ihr das?«

»Wißt Ihr«, antwortete Temser leichthin, »wenn ein Wolf käme, um sich an meinen Tieren zu vergreifen, dann würde ich mit meinem Leben für die Herde kämpfen, was mich nicht daran hinderte, zur Feier des Sieges eines der Tiere zu schlachten.«

»Ihr sprecht über Tiere«, sagte Tobias verstört. »Ich über die Menschen in der Stadt.«

»Das ist kein so großer Unterschied, wie Ihr meint. Der eine hält sich Schweine oder Rinder, der andere eine Stadt.«

Seine Worte erklärten nichts, sondern steigerten Tobias' Verwirrung nur noch. Aus der Feindseligkeit, die Temser Bresser gegenüber den Tag gelegt hatte, hatte er schon geschlossen, daß der Bauer auch zu Graf Theowulf ein zumindest zwiespältiges Verhältnis hatte. Doch was er jetzt aus seinen Worten herauszuhören glaubte, das war . . .

Nein — er wußte es einfach nicht. Es war weder Haß noch Zorn, weder Furcht noch Mißgunst, weder Verachtung noch Erbitterung.

»Ihr meint, sie haben Angst vor ihm?«

»Die Menschen haben immer Angst vor den Mächtigen«, antwortete Temser. »Sie fürchten die Kirche, weil sie mächtiger ist als sie, sie fürchten mich, weil ich mächtiger bin als die meisten, sie fürchten den König . . . Und sie fürchten auch den Grafen. Das ist natürlich.«

»Und Ihr?«

»Ich weiß es nicht«, gestand Temser nach einigem Überlegen. »Ich habe keinen Grund, mich vor ihm zu fürchten.«

»Das haben die Leute in der Stadt auch nicht. Nach allem, was ich gehört habe, hat er viel für sie getan.«

Temser sah ihn sehr sonderbar an. Dann seufzte er, drehte sich herum und machte eine Bewegung zum Haus zurück. »Kommt. Ich denke, das Essen wird jetzt vorbereitet sein. Wir können heute abend bei einem guten Krug Bier weiterreden. Jetzt wollen wir die anderen nicht warten lassen.«

Tobias war enttäuscht. Für einen kurzen Moment hatte er die Mauer des Schweigens durchbrochen, hinter der sich auch Temser verschanzt hatte. Und er war nicht sicher, ob es ihm ein zweites Mal gelingen würde, eine Bresche in diese unsichtbare Wand zu schlagen. Vielleicht hatte er den Bauern einfach nur überrascht. Vielleicht aber hatte Temser ihm auch etwas sagen wollen, ihn deswegen auf seinen Hof gelockt, wo sie sicher vor neugierigen Ohren miteinander reden konnten. Und vielleicht hatte er, Tobias, nur nicht die richtigen Fragen gestellt. Das Essen war tatsächlich schon aufgetragen, als sie ins Haus zurückkamen, und an der langen Tafel hatten nicht nur Temsers Frau und das Gesinde, sondern auch das knappe Dutzend Kinder Platz genommen, das Tobias schon bei seinem ersten Besuch hier aufgefallen war, so daß er keine Gelegenheit mehr fand, mit dem Bauern irgend etwas anderes als allgemeine Freundlichkeiten auszutauschen.

Anders als im Schloß des Grafen jedoch spürte Tobias die Wirkung des Alkohols kaum. Zum einen lag es an dem mehr als reichlichen Mahl, das er zu sich nahm, zum anderen aber auch daran, daß das Bier nicht sehr stark war. Mit der Zeit fühlte er eine leichte, aber sehr angenehme Müdigkeit, eine wohltuende Schwere, die sich zuerst in seinen Beinen, dann in seinen Armen und schließlich in seinem ganzen Körper ausbreitete.

Sie plauderten auch nach dem Essen noch über dies und das, bis sich Temsers Frau schließlich erhob und die Reste des Essens abzuräumen begann, was für die übrigen Teilnehmer des Mahles ein Signal zum Aufbruch zu sein schien. Zwei der Mägde halfen Temsers Frau, die Knechte und die Kinder verabschiedeten sich und gingen, so daß Tobias schließlich mit dem Bauern allein zurückblieb.

Es wurde sehr still. Aus der Küche drangen die Geräusche der drei arbeitenden Frauen, die sich jetzt nur noch gedämpft unterhielten, und Temser hatte einen Holzscheit in den Kamin gelegt und entzündet. Das Knacken des brennenden Holzes und das flackernde Feuer schufen eine anheimelnde, wohltuende Atmosphäre, die das angenehme Gefühl von Entspanntheit in Tobias' Körper noch verstärkte. Er wurde jetzt wirklich schläfrig, und als Temser schließlich das Schweigen brach und eine Frage stellte, da mußte Tobias ihn bitten, sie zu wiederholen.

Der Bauer lächelte. »Ich fragte, ob Ihr müde seid, Tobias?«
»Ein wenig«, gestand der Mönch.

Temser stand auf. »Dann werde ich Bescheid geben, daß man Euer Bett richtet«, sagte er.

»Wir können auch noch ein wenig reden«, antwortete Tobias. »Ich möchte nicht ungastlich erscheinen.«

Temser lachte leise. »Das seid Ihr nicht«, sagte er. »Wir gehen hier sehr früh zu Bett.«

»Dann laßt Euch von mir nicht aufhalten. Auch ich will bei Sonnenaufgang zurück in der Stadt sein.«

»Natürlich«, antwortete Temser. »Ich gebe gleich der Magd Bescheid. Aber bevor Ihr schlafen geht, nehmt Ihr noch einen Becher Wein mit mir.«

Tobias hob abwehrend die Hand. »Ich glaube, ich habe schon zuviel getrunken.«

»Unsinn!« widersprach Temser in gutmütig tadelndem Tonfall. »Das war unser selbstgebrautes Bier, nun kostet auch von unserem Wein.«

Er wandte sich um und trat an sein Regal neben dem Fenster, um zwei schwere Becher von einem der Borde zu nehmen. Dann bat er Tobias um einen Moment Geduld und verschwand in der Küche. Tobias blickte ihm verwirrt nach. Irgend etwas . . . störte ihn. Er hatte das absurde Empfinden, diese Situation schon einmal erlebt zu haben; und es war kein angenehmes Empfinden.

Temser kam zurück, einen bauchigen Krug in beiden Händen haltend und ein verschwörerisches Lächeln auf den Lippen. »So«, sagte er, während er den Krug auf dem Tisch abstellte und sich die Hände rieb, »das ist der Krug für besondere Gelegenheiten.«

»Ich trinke wirklich nicht besonders —«

Temser machte eine knappe, befehlende Geste. »Keinen Widerspruch!« sagte er streng. »Ich bestehe darauf! Ein kleiner Schlummertrunk wird uns beiden guttun. Außerdem bin ich gespannt auf Euer Urteil über den Wein. Er ist eine wahre Kostbarkeit.«

Er füllte die zwei Zinnbecher randvoll mit der dunkelgelben, schimmernden Flüssigkeit.

Tobias wußte plötzlich, wo er diese Situation schon einmal erlebt hatte. Der bloße Gedanke daran kam ihm irrsinnig vor.

Temser hob seinen Becher, um ihm zuzuprosten, und Tobias führte den seinen an die Lippen, trank aber nicht, sondern setzte ihn im letzten Moment wieder ab.

»Ihr habt der Magd Bescheid gesagt, daß sie mein Bett gerichtet hat?« fragte er.

Temser senkte seinen Becher wieder. »Natürlich«, antwortete er.

Tobias' Gedanken überschlugen sich. Er suchte verzweifelt nach irgendeinem Grund, Temser noch einmal fortschicken zu können. »Dann tragt ihr bitte auf, das Zimmer noch einmal gründlich zu untersuchen«, sagte er. »Sie soll darauf achten, daß keine Spinnen oder Kakerlaken unter dem Bett sind. Ich hasse Ungeziefer.«

Temser wollte etwas sagen, aber Tobias fiel ihm mit einem unglücklichen Lächeln ins Wort: »Ich weiß, daß Ihr ein sauberes Haus führt, Temser, aber das ist nun mal eine Marotte von mir. Ich hasse Ungeziefer wie die Pest. Ich bringe manchmal Stunden damit zu, das Zimmer zu inspizieren, wenn ich zum ersten Mal in einem Haus bin. Bitte faßt das nicht als Beleidigung auf.«

Temser zuckte mit den Schultern, setzte seinen Becher auf dem Kaminsims ab und ging wortlos noch einmal in die Küche.

Tobias stand auf, war mit einem Schritt am Kamin und tauschte seinen Weinbecher gegen Temsers aus. Dann kehrte er zu seinem Platz zurück und saß bereits wieder, als Temser hereinschritt.

»Ich habe Eure Anweisung weitergegeben«, sagte er. Er wirkte immer noch verstört; sogar ein wenig verärgert.

Was Tobias durchaus verstand. Seine Ausrede war wirklich ziemlich töricht gewesen. »Ich möchte Euch noch einmal um Verständnis bitten«, sagte er verzeihungsheischend. »Ich hoffe, Ihr seid nicht beleidigt.«

»Nein«, antwortete Temser. Er griff nach seinem Becher, nahm einen kräftigen Schluck und deutete, Tobias mit den Augen zu, ebenfalls zu trinken.

Tobias gehorchte. Der Wein war wirklich ausgezeichnet: Schwer und süß und sehr stark. Wenn er diesen Becher völlig leerte, dann würde er in dieser Nacht wie ein Toter schlafen — ganz egal, ob sein Verdacht zutraf oder nicht.

Er nahm einen zweiten, nicht mehr ganz so starken Schluck und sah aus den Augenwinkeln, wie Temser seinen eigenen Becher mit einer einzigen Bewegung leerte und sich genießerisch mit der Zungenspitze über die Lippen fuhr. »Nun?« fragte er. »Was sagt Ihr, Tobias?«

»Ich verstehe nicht viel vom Wein«, antwortete Tobias ausweichend, »aber es scheint mir wirklich ein ausgezeichneter Tropfen zu sein. Trotzdem — ich glaube nicht, daß ich ihn ganz austrinken möchte. Ich vertrage nicht viel, müßt Ihr wissen.«

»Trinkt nur soviel oder so wenig Ihr wollt«, antwortete Temser. »Und macht Euch keine Sorgen. Ich werde dafür sorgen, daß Ihr eine Stunde vor Sonnenaufgang geweckt werdet.«

Es gelang Tobias nicht, seinem Blick standzuhalten. Er kam sich ob des kleinen Tricks schäbig und gemein vor. Er hatte Temser aus vermutlich richtigen Gründen hintergangen. Vielleicht war seine Seele wirklich so vergiftet, daß er überall nur noch Lug und Trug sah. Sein Beichtvater in Lübeck, wenn er denn bald zurückkehrte, würde ihm eine ordentliche Strafpredigt erteilen.

Vorsichtig nippte er noch einmal an seinem Becher, stellte ihn halb geleert auf den Tisch zurück und erhob sich. »Wenn Ihr mir meine Kammer zeigen würdet . . .?«

»Selbstverständlich. Folgt mir.«

Sie verließen die Stube und gingen eine breite, nicht sehr steile Treppe ins Dachgeschoß des Bauernhauses hinauf. Temser führte ihn über einen langen Korridor bis zu einer kleinen Kammer, deren Tür halb offenstand. Das gelbe Licht einer brennenden Kerze fiel auf den Gang, und Tobias konnte den gebeugten Rücken einer Magd erkennen, die damit beschäftigt war, in seinem Bett nach nicht vorhandenem Ungeziefer zu suchen.

Als sie das Zimmer betraten, richtete sich die junge Frau

auf und sah zuerst Tobias, dann ihren Herrn irritiert an. »Ich habe alles abgesucht«, sagte sie.

Temser lächelte flüchtig. »Es ist schon gut«, sagte er, »geh nur.«

Die Magd entfernte sich, und der Bauer deutete auf das breite, frischbezogene Bett, das sie für ihn gerichtet hatte. Auch dieses Bett war mit feinstem, weißem Damast bezogen. Tobias mußte plötzlich an das denken, was Temser selbst über das Verhältnis der Menschen zu den Mächtigen gesagt hatte. Wenn es stimmt, daß Reichtum Macht bedeutete, dann war er mindestens ebenso mächtig wie der Graf.

»Ich hoffe, es ist alles zu Eurer Zufriedenheit, Pater Tobias«, sagte Temser — und hob überrascht die linke Hand vor den Mund, um ein Gähnen zu unterdrücken.

Tobias hatte sich nicht genug in der Gewalt, um nicht zu erstarren und den Bauern betroffen anzublicken. Alles, was er noch vor einem Augenblick über Temser gedacht hatte, war verschwunden. Jede Abbitte, die er ihm in Gedanken getan hatte, dahin. Sein Mißtrauen war neu erwacht.

»Ich glaube fast, Ihr hattet recht mit dem, was Ihr über den Wein gesagt habt«, sagte Temser irritiert. »Ich sollte vielleicht auch ein wenig vorsichtiger damit sein.«

»Es ist spät«, antwortete Tobias. »Auch ich bin müde. Und ich habe weniger getrunken als Ihr.« Er rieb sich übertrieben mit den Fingerknöcheln die Augen und ließ sich mit einem erschöpften Seufzen auf die Bettkante sinken.

Temser gähnte erneut, blinzelte und riß angestrengt die Augen auf. Auf seinem Gesicht spiegelten sich Müdigkeit und Verwirrung. »Wenn Ihr noch irgend etwas braucht, dann ruft nur«, sagte er. Seine Bewegungen waren fahrig geworden.

Tobias ließ sich auf das Bett sinken, schloß die Augen und tat dann so, als bereite es ihm unsägliche Mühe, die Lider noch einmal zu heben. »Gute Nacht«, sagte er.

Temser schlurfte mit kleinen, mühsamen Schritten hinaus. Er wankte fast, als er die Tür hinter sich zuzog, und das Geräusch seiner Schritte verklang nur allmählich und sehr schleppend.

Trotzdem blieb Tobias noch gute fünf Minuten reglos und mit geschlossenen Augen auf seinem Bett liegen, ehe er sich wieder erhob. Er war keineswegs müde, im Gegenteil, hinter seiner Stirn jagten sich die Gedanken. Sein Verdacht, so bizarr und wahnwitzig er ihm selbst vorgekommen war, hatte sich bewahrheitet. Temser hatte versucht, ihm etwas zu geben, damit er schlief. Und es konnte kein Zufall sein, daß er es ihm auf die gleiche Art und Weise zu verabreichen versucht hatte, auf die auch Theowulf dafür Sorge zu tragen getrachtet hatte, daß Tobias auch wirklich die Nacht in seinem Schloß verbrachte. Das Schlafmittel war nicht im Wein gewesen, sondern im Becher. Ein Trick, der so simpel wie genial war — und der Tobias völlig absurd erschien. Wer würde schon einen mit Schlafpulver präparierten Becher in seinem Regal stehen haben?

Wer, außer jemandem, der öfter einmal dafür sorgen mußte, daß unverhoffte Gäste gewisse Dinge nicht sahen oder hörten . . .

Er löschte die Kerze, ging zum Fenster und blickte auf den Hof hinab. Alles lag dunkel und still da, nirgends war ein Licht zu sehen, und das einzige Geräusch war das leise Klirren der Kette, mit der Temser den Hund festgemacht hatte.

Für die nächste gute Stunde änderte sich an dem Bild nichts. Tobias sah mehrmals in den Himmel hinauf, aber das Fenster lag so ungünstig, daß er weder den Mond noch ein bekanntes Sternbild erkennen konnte. Er schätzte, daß es noch eine Stunde bis Mitternacht sein mußte, als er im Haus wieder Geräusche vernahm. Gedämpfte, tappende Schritte; Stimmen, die sich in einem hastigen Flüsterton unterhielten; das mehrmalige Klappen einer Tür. Schließlich vorsichtige, schleichende Schritte, die den Gang hinaufkamen. Tobias ging rasch zum Bett zurück, legte sich darauf und widerstand im letzten Moment der Versuchung, sich die Decke überzuziehen. Er schloß einfach die Augen, ließ den Kopf auf die Seite fallen und atmete möglichst flach.

Er hörte, wie die Tür zu seiner Kammer ganz leise geöffnet und nur einen Spaltbreit aufgeschoben wurde. Er wagte es nicht, die Augen zu öffnen, aber er wußte, daß es Temser war, der gekommen war und sich davon überzeugte, daß er auch wirklich schlief. Und seine kleine Täuschung schien Erfolg zu haben: Er lag in der gleichen Haltung da, in der er sich auf das Bett hatte sinken lassen, als Temser ging, so, als wäre er im selben Augenblick eingeschlafen, ohne auch noch die Kraft zu haben, sich zuzudecken.

Nach einigen Augenblicken wurde die Tür wieder geschlossen, und Temsers Schritte entfernten sich. Tobias wartete noch eine Zeitlang ab, stand dann auf und schlich wieder zum Fenster. Diesmal achtete er sorgsam darauf, so dazustehen, daß sich sein Körper nicht vor dem flackernden Kerzenschein als Schatten abhob.

Seine Geduld wurde auf keine besonders harte Probe gestellt. Es vergingen nur wenige Augenblicke, ehe unten im Haus wieder die Tür fiel, und dann erschien die Gestalt Temsers unter ihm auf dem Hof.

Er war nicht allein. Vier oder fünf Männer des Gesindes folgten ihm dichtauf, und von der anderen Seite des Hofes her näherten sich zwei weitere Knechte, die ein halbes Dutzend bereits gesattelter Pferde an den Zügeln hinter sich herführten. Während die Männer aufsaßen, machte Temser noch einmal kehrt, ging zu dem angeketteten Hund zurück und band ihn los. Das Tier sprang mit einem aufgeregten Bellen an seinem Herrn hoch, und Temser streichelte hastig seinen Kopf, um es zur Ruhe zu bringen. Dann blickte er zu dem Fenster hinauf, hinter dem er Tobias schlafend wähnte.

Tobias preßte sich neben dem Fenster gegen die Wand und hielt instinktiv den Atem an. Er wußte, daß Temser ihn nicht sehen konnte, und trotzdem hatte er das verrückte Gefühl, die Blicke des Bauern wie eine körperliche Berührung zu spüren. Sein Herz begann zu hämmern, und sein Atem ging schneller.

Er wartete, bis er ganz sicher war, daß Temser nicht mehr zu ihm hochblickte, ehe er es wagte, wieder aus dem Fenster zu sehen. Mit Ausnahme des Bauern selbst waren mittlerweile alle Männer aufgesessen. Temser schien Mühe zu haben, auf den Rücken seines Pferdes zu steigen. Seine Bewegungen waren unsicher. Er griff mehrmals daneben, als er nach dem Zügel langte, und sich in den Sattel zu ziehen schien ihn jedes bißchen Kraft zu kosten. Tobias erinnerte sich gut daran, wie schwer es ihm selbst gefallen war, die Wirkung des Schlafpulvers zu überwinden und auch nur einen einzigen Schritt zu machen. Nach dem Elan, den Temser während des Tages mehr als einmal demonstriert hatte, war seine jetzige Ungeschicklichkeit der letzte Beweis: Er litt unter den Nachwirkungen des gleichen Pulvers, das auch Theowulf ihm in den Becher getan hatte.

Tobias vergeudete eine weitere, kostbare Minute damit, zornig zu sein, ehe ihm klar wurde, daß die Reiter in den nächsten Augenblicken den Hof verlassen und davonreiten würden. Er hatte nicht mehr viel Zeit.

Rasch ging er zur Tür, öffnete sie, so leise er konnte, und lauschte einen Moment lang mit geschlossenen Augen in den Flur hinaus. Nichts. Das Haus war vollkommen still. Offensichtlich schliefen alle, die den Bauern nicht auf seinem nächtlichen Ritt begleiteten.

Trotzdem schlich Tobias auf Zehenspitzen aus dem Zimmer und die Treppe hinab, und als er auf eine Stufe trat, die unter seinem Gewicht hörbar knarrte, da blieb er einen Moment mit klopfendem Herzen stehen und lauschte gebannt. Aber er hörte auch jetzt keinen Laut. So schnell er konnte, ohne dabei ein verräterisches Geräusch zu verursachen, ging er zur Tür, spähte hinaus und stellte mit einer Mischung aus Enttäuschung und Erleichterung fest, daß Temser und das halbe Dutzend Knechte den Hof verlassen hatten.

Er zögerte nur noch einen Moment. Dann trat er entschlossen aus dem Haus und blickte in die Richtung, in der die Männer verschwunden waren. Er glaubte, sie noch als Schatten in einiger Entfernung wahrzunehmen.

Eine Verfolgung zu Fuß hätte wenig Sinn gehabt. Aber er wußte ja, wo er Pferde finden konnte. Das Glück war auf seiner Seite. Die Stalltür war offen. Zwei Tiere standen aufgezäumt in ihren Verschlägen. Er führte das erste heraus und kletterte ungeschickt auf seinen Rücken, dann sah er sich noch einmal sichernd nach allen Seiten um und ritt davon.

Die Nacht war sehr dunkel. Seine Hoffnung, eine Spur zu finden, der er folgen konnte, zerschlug sich schon nach wenigen Augenblicken. Es hatte seit Wochen nicht geregnet, so daß der Boden hart und ausgetrocknet war und keine Fährte aufwies, die er erkennen konnte. Obwohl er nicht wußte, wie sehr Temser und seine Knechte ihm enteilt waren, wagte er es nicht, das Pferd zu einer schnelleren Gangart als einem leichten Trab anzutreiben. Zum einen war er kein geübter Reiter, zum anderen hätte ein Galopp einen Lärm verursacht, der in der Stille der nahezu mondlosen Nacht meilenweit zu hören gewesen wäre.

So schickte er ein Stoßgebet zum Himmel, daß der Herr ihn auf die richtige Spur lenken mochte, und überließ es dem Pferd, seinen Weg zu finden.

Es wurde immer dunkler. Der Himmel bezog sich mit schweren, bauchigen Wolken. Die Luft roch nach Regen, und einmal glaubte er, ein fernes Grollen zu hören.

Obwohl die Wolkendecke fast jedes bißchen Licht verschluckte, glaubte er, sich wieder zurück in Richtung Buchenfeld zu bewegen. Er hatte immer noch nicht die leiseste Ahnung, warum, aber er war sicher, daß Temser ihn aus der Stadt weggelockt hatte.

Plötzlich stieg wieder die Angst in ihm auf. Tobias ahnte, daß alles, was er bisher erlebt hatte, nur Teil eines großen, düsteren Geheimnisses war, in das er immer tiefer eindrang, ohne es indes zu erkennen. Aber was, dachte er entsetzt, wenn sie wirklich unterwegs zurück nach Buchenfeld waren, nach Buchenfeld — und zu ihr?

Die Furcht um Katrin ließ ihn die Angst um sein eigenes Leben vergessen. Er ritt schneller, galoppierte schließlich so rasch dahin, wie er es wagen konnte, und näherte sich bald der Stadt. Er hatte Buchenfeld bisher nie anders als still und vom Leben verlassen gesehen, aber nun war zumindest ein Teil der Stadt hell erleuchtet. Über den unregelmäßigen Erdwall drang das flackernde, rotgelbe Licht einer großen Anzahl brennender Fackeln, und mit dem Wind wehte ein Chor dumpfer Stimmen heran. Es war kein Gesang, wie er im allerersten Moment glaubte, sondern nur ein Summen.

Keine Worte, nur Laute. Was um alles in der Welt ging in dieser Stadt vor?

Obwohl Neugier und Furcht mittlerweile fast übermächtig geworden waren, ließ Tobias das Pferd wieder in eine langsamere Gangart zurückfallen. Und seine Vorsicht erwies sich als begründet. Nach nur wenigen Minuten machte er ein paar verschwommene Schatten vor sich in der Dunkelheit aus. In das unheimliche Summen der Menschenmenge mischte sich das Geräusch hämmernder Pferdehufe. Er hörte das Kläffen eines Hundes und eine scharfe Stimme, die ihn zur Ruhe gemahnte. Es waren Temser und die Knechte.

Tobias ritt noch langsamer, hielt schließlich ganz an und sah sich unschlüssig um. Alles sah so verändert aus. Er konnte Buchenfeld erkennen, aber nur, weil der Himmel über der Stadt im roten Widerschein der Fackeln glühte.

Er lenkte sein Pferd nach links und ritt quer über eines der abgeernteten Felder, so rasch es die Dunkelheit erlaubte. Temser und seine Knechte gerieten wieder außer Sicht, als er die Stadt in weitem Bogen umging und sich ihr von der entgegengesetzten Seite näherte.

Obwohl er sehr schnell ritt, war ihm klar, daß er Buchenfeld erst nach dem Bauern und seinen Begleitern erreichen würde. Gute zwanzig Schritte vor dem Erdwall, der die Stelle einer Stadtmauer rings um Buchenfeld einnahm, zügelte er sein Pferd, stieg ab und lief geduckt weiter. Es bereitete ihm keine Mühe, den Wall zu erklimmen, aber sein Herz hämmerte vor Aufregung so wild, als wolle es in seiner Brust zerspringen. Für einen Moment mußte er sich gegen die absurde Vorstellung wehren, daß das Geräusch wie dröhnender Trommelschlag überall in der Stadt zu hören sein mußte.

Die letzten Meter legte er auf Händen und Knien kriechend zurück und preßte sich, schließlich auf der Krone des Erdhügels angekommen, fest gegen den Boden.

Tobias konnte nichts sehen, außer den Schatten der ärmlichen Hütten Buchenfelds. Der Feuerschein im Herzen der Stadt tauchte den Himmel über ihm in die Farbe geronnenen Blutes, und das dumpfe, an- und abschwellende Dröhnen der Stimmen zwang nun allmählich auch seinen eigenen Herzschlag in einen abgehackten, hämmernden Rhythmus.

Einige Augenblicke lang lag er einfach da, lauschte und fragte sich vergeblich, was er nun tun sollte. Er war hilflos. Er hatte keinerlei Erfahrung in solcherlei Dingen — schließlich war es nicht seine Aufgabe, sich nachts in eine von Dämonen besetzte Stadt einzuschleichen. Der Gesang — obwohl er zweifelsfrei aus menschlichen Kehlen stammte — klang wie eine Musik der Hölle. Sein Rhythmus, dumpf und monoton und aufpeitschend zugleich, schien direkt aus Luzifers Reich zu kommen. Und die Worte, die keine Worte waren, ließen ihn an heidnische Rituale denken. Er fühlte sich in seinen Traum zurückversetzt, in dem er Katrin auf der Waldlichtung begegnet war, und für einen kurzen Augenblick hatte er jetzt wieder das gleiche Gefühl wie damals: sich in einem Bereich der Schöpfung zu befinden, in dem die Zeit und die Gesetze der Natur und der Menschen keine Gültigkeit mehr hatten. Er hatte Angst. Er war fast wahnsinnig vor Angst. Und doch hatte er gar keine andere Wahl, als sich diesem höllischen Licht im Herzen der Stadt zu nähern. Er wußte jetzt, daß sie sich hier versammelt hatten, um Katrin zu töten. Diese nächtliche Prozession konnte keinen anderen Zweck haben.

Gerade als Tobias all seinen Mut zusammengenommen hatte, um sich zu erheben, änderte sich etwas im Klang der monotonen Stimmen; zugleich verströmten auch die Fackeln ein anderes Licht. Sie brannten jetzt nicht mehr ruhig, sondern loderten stärker, als sich die Männer, die sie hielten, wie auf ein geheimes Kommando hin in Bewegung setzten.

War er zu spät gekommen? Hatten sie Katrin bereits aus dem Turm herausgeholt? Brannte der Scheiterhaufen schon, auf dem sie geopfert werden sollte?

Tausend schreckliche Gedanken schossen ihm durch den Kopf, während er, gelähmt vor Entsetzen und Angst, voranschritt und endlich das Tor erreichte. Er war zu weit von der Hauptstraße entfernt, um mehr als eine verschwommene Masse aus dunklen Körpern und brennenden, funkensprühenden Fackeln zu erkennen.

Während die Prozession langsam und in sicherer Entfernung an Tobias vorüberzog, versuchte er, sich verzweifelt darüber klarzuwerden, was er tun sollte. Er mußte sich Klarheit über Katrins Schicksal verschaffen, aber das hätte bedeutet, die Stadt zu durchqueren und zum Turm zurückzugehen. Andererseits wäre genau das völlig sinnlos. Obwohl er körperliche Gewalt verabscheute und fürchtete, traute er sich durchaus zu, es mit einem Mann aufzunehmen, wenn er um sein oder um Katrins Leben kämpfen mußte. Aber gegen diese Menschenmenge hatte er keine Chance.

Pater Tobias begriff mit einer Mischung aus Hysterie und Entsetzen, worüber er da nachdachte. Heiliger Dominikus, wie weit war es mit ihm gekommen, daß er anfing, solche Gedanken zu hegen? Was geschah mit ihm, daß er vor körperlicher Gewalt nur zurückschreckte, weil er sich des Umstandes bewußt war, daß er den Kampf verlieren würde?

Dann wandte er den Blick — und er sah etwas, das ihn für einen Moment sogar Katrin vergessen ließ.

Zwischen den Bäumen des Haines im Norden war wieder dieses unheimlich grüne Flackern entstanden. Für einen kurzen Moment konnte er vor diesem Licht die Umrisse eines Dutzends Reiter erkennen, das sich im gestreckten Galopp der Stadt näherte. Dunkle, geduckte Gestalten mit wehenden schwarzen Mänteln und bleichen Gesichtern.

Knochengesichtern.

Pater Tobias' Herz machte einen zweiten, entsetzten Sprung, als er den Kopf in die entgegengesetzte Richtung wandte und sah, daß die Prozession sich nun direkt auf ihn zubewegte. Wenn er das Tempo der Knochenreiter richtig einschätzte und die viel langsamere Bewegung der singenden Menge berechnete, dann mußten sie fast unmittelbar vor ihm zusammentreffen!

Verzweifelt sah er sich nach einem Versteck um. Es gab keines. Also kroch er über den Erdwall hinweg, preßte sich auf seiner anderen Seite gegen den Boden und lauschte einen Moment lang mit geschlossenen Augen auf das dumpfe Dröhnen der näherkommenden Pferde, das Summen der

Menge, das leiser, gleichzeitig aber noch unheimlicher und bedrohlicher geworden war, und das rasende Hämmern seines eigenen Herzens. Der rote Feuerschein überschüttete nun auch den Teil des Walles, auf dem er sich verbarg, mit seinem Licht.

Die Prozession machte tatsächlich fast unmittelbar unter seinem Versteck halt. Die Männer, die die Fackeln trugen, bildeten einen Halbkreis, ein sonderbares Muster aus glimmenden, roten Teufelsaugen, dessen Bedeutung er nicht verstand, das ihn aber wie der monotone Singsang erschaudern ließ.

Allmählich kamen die Reiter vom Wald her näher. Tobias befand sich in einem sonderbaren Zustand zwischen morbider Faszination und panischer Angst. Seine Furcht hatte einen Punkt erreicht und überschritten, der sie schon wieder unwirklich erscheinen ließ. Vielleicht war er auch verrückt, dachte er hysterisch. Vielleicht träumte er das alles nur. Oder er lag noch immer in Bressers Schlafzimmer und rang mit dem Tod, und dies war nur eine weitere böse Vision, mit der ihn sein fiebergeplagter Geist peinigte.

Sein Blick tastete unstet über die Masse dicht bei dicht stehender Körper. Er erkannte ein paar Gesichter: Temser, seine Knechte, Bresser — selbst Maria stand inmitten dieser fürchterlichen Prozession; Katrin aber entdeckte er nirgendwo.

Die Reiter waren nun bereits nahe genug, daß Tobias sie zweifelsfrei als die gleichen, knochengesichtigen Gestalten erkennen konnte, die er in jener Nacht am Fluß gesehen hatte, als sie Jagd auf Derwalt machten. Ihre Totenköpfe schienen ihm spöttisch zuzugrinsen, und als sie in den flackernden Kreis blutroter Helligkeit eintauchten, den die Fackeln in die Nacht brannten, da sah er, daß ihre Gesichter und die dünnen Skeletthände in einem unheimlichen, grünlich-blauen Licht schimmerten, als strahlten sie unter einem unheimlichen, inneren Glanz; demselben, kalten Feuer, das auch der See im Wald verbreitete.

Tobias schob sich weiter vor und den Hang hinab, bis seine zitternden Hände fast in den roten Lichtschein gerieten. Er war sich der Tatsache vollkommen bewußt, daß er mehr als leichtsinnig handelte. Eine einzige, unbedachte Bewegung, ein unvorsichtiger Laut oder auch nur ein zufälliger Blick eines der Männer und Frauen dort unten, und er war verloren. Aber das alles spielte keine Rolle mehr. Er war nahe daran, das düstere Geheimnis zu lüften, das Buchenfeld und seine Einwohner umgab.

Die Reiter hielten. Nur einer von ihnen ritt noch ein Stück vor, bis er sich der Mauer aus Männern und Frauen auf weniger als einen Steinwurf genähert hatte. Dann zügelte auch er sein Tier und richtete sich im Sattel auf. Gleichzeitig hob er die Hand zu einer befehlenden Geste. Er sagte nichts, aber einer nach dem anderen sanken die Teilnehmer der Prozession auf die Knie; nicht gleichzeitig, sondern nacheinander, so daß eine schwerfällige, gleitende Wellenbewegung durch die Menschenmenge zu laufen schien, an deren Ende sie alle mit gesenkten Häuptern auf den Knien lagen. Es war ein unheimlicher Anblick, aber einer, der trotz des Schreckens, mit dem er Tobias erfüllte, eine gewisse Faszination ausstrahlte. Er konnte die Macht, die die Gestalt mit dem Totenkopfgesicht über diese Menschenmenge hatte, beinahe anfassen, so intensiv fühlte er sie.

Eine ganze Weile geschah gar nichts. Der Knochenreiter ließ den Blick seiner unheimlichen, leeren Augen über die Menge gleiten, als weide er sich am Anblick der demütig gesenkten Häupter — oder als zöge er Kraft aus ihm. Die Furcht, die die Gestalt mit dem unheimlichen Knochengesicht verbreitete, weckte etwas in diesen Menschen, etwas, das sie wiederum in sich aufnahmen; ein Strom unsichtbarer, pulsierender Energie, der von der knienden Menge in den einzelnen Reiter hinüberfloß und seine Macht und den Terror, den er verbreitete, noch stärkte.

Der Knochenreiter schien sich an der Furcht der Menschen zu laben, er trank sie, wie ein düsterer, menschengroßer Vampir das Blut seiner Opfer. Dann, nach einer Ewigkeit, wie es Tobias schien, senkte er die Hand wieder, und die Häupter hoben sich. Die Betenden (obwohl ihm allein diese Formulierung wie Gotteslästerung erschien, fand Tobias kein anderes Wort für das, was er sah) erhoben sich nicht, aber sie wagten zumindest ihren düsteren Herrn anzublicken. Tobias konnte den Ausdruck auf einigen Gesichtern erkennen: Es war nicht nur Angst, sondern ebenso eine wilde, satanische Freude, ein Erwarten, das ihn innerlich frösteln ließ.

Noch immer rührte sich der Knochenreiter nicht. Aber jetzt setzten sich die anderen, wie auf ein geheimes Zeichen hin, wieder in Bewegung, so daß auch diese zweite, kleinere Gruppe einen Halbkreis bildete, die Hälfte eines kleinen Ringes, der von der größeren Hälfte eines viel größeren umgeben wurde ...

Und erst jetzt erkannte Tobias, daß es nicht nur ein Halbkreis war. Die Linie der Buchenfelder bildete drei scharfe, voneinander abgegrenzte Halbkreise, immer einer größer als der andere, so daß — wenn er die Figur in Gedanken vollendete — sich ein System konzentrischer, immer kleiner werdender Ringe bildete, in dessen Zentrum sich das Dutzend Knochenreiter befand. Und der Anblick erinnerte ihn an den Hexenkreis im Wald, den er selbst gesehen und den er in seinem Traum auf so furchtbare Weise wieder besucht hatte.

Der monotone Summgesang der Menge begann sich nun zu ändern. Ihre Lippen bildeten noch immer diese scheinbar sinn- und bedeutungslosen Laute, aber der Rhythmus wurde schneller, hektischer und zugleich noch drohender. Gleichzeitig begannen sie, die Oberkörper sanft hin- und herzuwiegen, wobei sich die drei Halbkreise, die sie mit ihren Leibern bildeten, gegeneinander bewegten, so daß die ganze riesige Menschenmenge zu einer einzigen zuckenden Masse zu werden schien. Der Knochenreiter besah sich auch dieses Schauspiel eine geraume Weile schweigend, dann hob er wieder die Hand, und nicht nur die Bewegung, sondern jeder Laut der Menge verstummte abrupt. Es wurde fast unheimlich still. Selbst der Wind war erloschen, als hielte die Natur den Atem an angesichts des gotteslästerlichen Geschehens, das sich hier abspielte.

»Genug!« rief der Mann mit dem Knochengesicht mit weit schallender, unheimlich dröhnender Stimme. »Ich habe euch heute nicht gerufen, um mich anzubeten!«

Tobias konnte spüren, wie die Furcht abermals nach den Herzen der Menschen griff. Die meisten Köpfe senkten sich, und auf den Gesichtern derer, die es noch wagten, den apokalyptischen Reiter anzusehen, machte sich fassungsloses Entsetzen breit; die gleiche Art von tödlicher, durch nichts zu besänftigender Furcht, die Tobias in Derwalts Augen gelesen hatte; als er versuchte, mit ihm zu sprechen.

»Ihr habt meinen Befehlen nicht gehorcht!« fuhr der Knochenreiter fort, und abermals duckte sich die ganze Menschenmenge wie unter einem Schlag. »Ihr habt mich gerufen! Ihr wart es, die meine Hilfe wollten! Ihr habt alles genommen, was ich euch gegeben habe, aber jetzt verweigert ihr mir das, was mir dafür zusteht — euren Gehorsam!«

Wieder trat Totenstille ein. Tobias wartete atemlos darauf, daß der Knochenreiter weitersprach, doch statt dessen erhob sich plötzlich aus der Reihe der Knienden eine einzelne, grauhaarige Gestalt und trat mit gesenktem Haupt und kleinen, angstvollen Schritten auf den Unheimlichen zu. Tobias war nicht einmal überrascht, als er erkannte, daß es niemand anders als der Bauer Temser war.

Er ging langsam; den Blick angstvoll zu Boden gesenkt und die Schultern leicht nach vorn gebeugt, wie in Erwartung eines Schlages. Und er wagte es nicht, den Blick zu heben, auch nicht, als er unmittelbar vor dem Knochenreiter angelangt war und stehenblieb. Tobias konnte ihn nicht verstehen, als er sprach, doch was immer es war, das er sagte, seine Worte schienen den Knochenreiter zu erzürnen, denn er unterbrach ihn schon nach wenigen Augenblicken mit einer wütenden Geste.

»Du wagst es, mir zu widersprechen?« schrie er und ballte drohend eine bleiche, grünlich schimmernde Knochenfaust. »Ihr versagt! Ihr alle habt versagt! Ihr brecht euren Teil des Paktes, und ihr wagt es dann noch, mir zu widersprechen!«

Temser duckte sich wie ein geprügelter Hund, wagte es aber immer noch nicht, den Unheimlichen anzusehen, aber seine Stimme überschlug sich vor Erregung, so daß Tobias die Worte verstehen konnte:

»Ich flehe Euch an, Herr . . . Ihr . . . Ihr müßt das verstehen! Der Priester ist —«

»Schweig!« donnerte der Knochenreiter. Sein Pferd erschrak beim plötzlichen, lauten Klang seiner Stimme und begann zu tänzeln, so daß er einen Moment damit zu tun hatte, es wieder in seine Gewalt zu bringen. Dann beugte er sich vor, deutete mit der ausgestreckten Linken auf den zitternd dastehenden Bauern und fuhr in noch lauterem, zornigem Tonfall fort: »Die Hexe muß sterben, und ihr wißt das! Was muß noch geschehen, damit ihr begreift, daß sie es ist, die die Schuld an eurem Unglück trägt. Sind euch noch nicht genug Tiere gestorben? Sind eure Ernten noch nicht genug verdorrt? Sind eure Kinder nicht krank genug? Ich befahl euch, sie zu töten, doch statt dessen habt ihr zugelassen, daß dieser Pfaffe hier überall herumschnüffelt!«

»Herr . . .« antwortete Temser kleinlaut, »wir können doch nicht —«

»Jagt ihn davon!« unterbrach ihn der Knochenreiter zornig. »Jagt ihn aus der Stadt, wie ihr es mit dem anderen getan habt! Und wie ich es euch befohlen habe, es mit allen zu tun, die kommen und den falschen Glauben predigen!«

»Aber Herr, er ist . . . ein Inquisitor«, antwortete Temser. Seine Stimme zitterte vor Angst. Und trotzdem brachte er jetzt den Mut auf, den Kopf zu heben und direkt in das schreckliche Totenkopfgesicht des Reiters zu blicken. »Er ist nicht irgendwer«, fuhr er fort. »Wir können nichts gegen ihn tun. Wenn wir ihn davonjagen, dann wird er dem Bischof Mitteilung machen. Und wenn wir ihn töten, werden sie einen anderen schicken.«

»Und ihr werdet auch den verjagen oder töten, wenn es sein muß«, antwortete der Knochengesichtige. »Es sind falsche Priester. Sie predigen Liebe, aber sie säen Haß und Verzweiflung in die Herzen der Menschen. Habt ihr vergessen, wie es war, als der Pfaffe über euch herrschte? Habt ihr vergessen, was geschah, als ihr ihn um Hilfe batet?«

»Natürlich nicht, Herr«, sagte Temser hastig. »Aber die Kirche ist mächtig, und wir müssen vorsichtig sein. Ich glaube, der Inquisitor hat bereits Verdacht geschöpft. Wenn wir jetzt einen Fehler machen, könnte das unser aller Tod bedeuten.«

Der Knochenreiter starrte ihn an. Er sagte nichts, aber der Blick seiner dunklen, leeren Augenhöhlen wurde so bohrend, daß Temser nach einem Moment wieder den Kopf senkte und einen Schritt zurückwich.

»Ihr habt Angst«, sagte der Knochenreiter schließlich. Seine Stimme war noch immer so laut wie zuvor, aber sie troff jetzt vor beißendem Hohn. »Aber vielleicht ist es der falsche, vor dem ihr Angst habt. Vielleicht überschätzt ihr die Macht dieses Pfaffen, so wie ihr die Macht der falschen Prediger und der falschen Kirche überschätzt?«

Temser wollte etwas entgegnen, aber der Reiter brachte ihn mit einer zornigen Handbewegung zum Schweigen und wandte sich an die Menge: »Wer war es, der euch geholfen hat? Die falschen Propheten — oder ich? Wer war es, zu dem ihr gekommen seid, um euch vom Joch des Tyrannen zu befreien, der eure Söhne erschlug und eure Töchter stahl, wie es ihm beliebte? Die falschen Prediger — oder ich? Wer garantiert für eure Sicherheit? Die Kirchenfürsten und fetten Mönche, die in ihren Klöstern sitzen und sich die Bäuche vollschlagen — oder ich? Ihr habt gefordert! Ihr habt mich gerufen, und ich bin gekommen! Ihr habt gefordert, was immer ihr brauchtet — jetzt bin ich es, der fordert! Ich habe euch gesagt, wo ihr die findet, die Schuld an eurem Unglück trägt. Jetzt tut, was getan werden muß! Tötet sie und tötet auch den falschen Priester, wenn es sein muß!«

»Aber Herr«, sagte Temser mit einer Stimme, die so von Furcht erfüllt war, daß er sie kaum noch unter Kontrolle hatte, »das ist . . . unmöglich. Wenn wir Hand an einen Inquisitor legen, dann —«

Er verstummte mitten im Wort, als ihn ein neuerlicher Blick aus diesen unheimlichen, leeren Augenhöhlen traf. »Dann?« fragte der Knochenreiter lauernd.

Temser sprach nicht weiter, und der Unheimliche lachte. »Oh, ihr seid solche Feiglinge«, sagte er abfällig. »Ihr seid bereit, eure Seelen dem Teufel zu verpfänden, wenn ihr glaubt, auch nur den geringsten Vorteil davon zu haben. Doch wenn ihr etwas tun sollt, und sei es nur die kleinste Kleinigkeit, dann fangt ihr an zu zittern und zu jammern.

Aber die Zeit des Nehmens ist vorbei! Heute in einer Woche werde ich zurückkommen und eure Entscheidung verlangen. Ist die Hexe dann noch am Leben, so wißt ihr, was geschehen wird!«

Tobias hatte genug gehört. Zitternd vor Furcht kroch er ein Stück rücklings von der Grenze des roten Lichtes davon, ehe er es wagte, sich aufzurichten. Geduckt lief er den Erdwall hinauf und ließ sich auf der anderen Seite wieder auf Hände und Knie herabfallen. Dann stürzte er in die Dunkelheit davon.

14

Obwohl die Entfernung nur wenige hundert Schritte betrug, war Tobias völlig außer Atem, als er das Turmhaus erreichte. Er war gerannt wie nie zuvor in seinem Leben, aber er war auch immer wieder stehengeblieben und hatte sich angstvoll umgesehen, darauf gefaßt, eine Gestalt mit bleichem Gesicht und Knochenfingern aus dem Schatten herausspringen und nach sich greifen zu sehen. Doch nichts dergleichen war passiert. Buchenfeld war still und dunkel und von Kälte und Schweigen erfüllt. Mehr denn je hatte er das Gefühl gehabt, sich gar nicht durch eine Stadt voller lebender Menschen, sondern über einen riesenhaften Friedhof mit bizarren, häusergroßen Gräbern zu bewegen. Nur, daß diese Gräber in dieser Nacht wirklich leer waren, weil ihre Besitzer die Stadt verlassen und sich vor ihrem Tor versammelt hatten, um den Tod anzubeten.

In Schweiß gebadet, erreichte er das Haus und stürmte hinein. Ohne seine Schritte zu verlangsamen, durchquerte er die Halle mit dem Kamin, rannte die Treppe hinauf und blieb erst kurz vor der Klappe zum oberen ersten Stockwerk stehen. Seine überreizten Nerven gaukelten ihm Bewegungen und Laute vor, die nicht da waren. Ein Huschen und Schleifen in den Schatten, ein helles, wisperndes Lachen, wie von bösen Kinderstimmen, ein Wogen und Gleiten, als wäre die Dunkelheit nun selbst zum Leben erwacht. Für einen Moment glaubte er gar zu spüren, wie die Treppe unter seinen Füßen unter den Schritten eines unsichtbaren Verfolgers vibrierte, bis ihm klar wurde, daß es das Zittern seiner eigenen Knie war.

Pater Tobias zwang sich mit aller Gewalt zur Ruhe, schloß die Augen und ballte für einen Moment die Fäuste; so heftig, daß sich die Fingernägel in die Handflächen gruben.

Vorsichtig ging er weiter, stemmte Handflächen und Schultern gegen die Klappe, die das obere Ende der Treppe verschloß, und öffnete sie einen Spaltbreit.

Der große Saal war vollkommen in Finsternis getaucht. Tobias blieb eine geraume Weile stehen, versuchte die Schwärze mit Blicken zu durchdringen und lauschte angestrengt. Er sah nichts, und er hörte auch nichts. Und wahrscheinlich war seine Vorsicht auch übertrieben, denn schließlich hatte er Bresser ja selbst inmitten der fürchterlichen Prozession gesehen. Trotzdem war es natürlich möglich, daß er jemanden zurückgelassen hatte, um Katrin zu bewachen.

Mit zusammengebissenen Zähnen schob er die schwarze Klappe weiter auf, bis das Gegengewicht an ihrem anderen Ende sich zu senken begann und der Druck von seinen Schultern wich. Mit einem Knirschen und Mahlen, von dem Tobias in diesem Moment fest überzeugt war, daß es bis zum anderen Ende der Stadt gehört werden mußte, begann die einfache Mechanik zu arbeiten. Tobias trat mit zwei, drei raschen Schritten ganz von der Treppe herunter und richtete sich wieder auf und lauschte einen weiteren Moment. Aber es blieb auch jetzt vollkommen still. Hier war niemand. Und warum auch? Den einzigen Schlüssel zu Katrins Zelle, den es außer dem Theowulfs noch gab, trug er selbst bei sich, und Bresser und alle anderen wähnten ihn auf Temsers Hof, in sicherer Entfernung und zudem von einem Betäubungsmittel in tiefen Schlaf versetzt.

Er versuchte, sich im Dunkeln zu orientieren, und tastete sich mit weit vorgestreckten Armen in die Richtung, in der er Katrins Zelle wähnte. Natürlich fand er sie nicht auf Anhieb: Mehrmals stieß er schmerzhaft gegen ein Hindernis, und einmal riß er irgend etwas um, das mit einem gewaltigen Poltern und Krachen auf den Boden aufschlug und zerbrach. Doch schließlich berührten seine tastenden Finger den rauhen Stein der Wand. Er überlegte einen Moment, gestand sich ein, daß er keine Ahnung hatte, in welchem Teil des gewaltigen Raumes er sich im Moment befand, und wandte sich willkürlich nach links. Und schon nach wenigen Schritten wich das rauhe Mauerwerk unter seinen Fingerspitzen feuchtem, kaum weniger rauhem Holz.

Tobias zog hastig den Schlüssel hervor, suchte im Dunkeln nach dem Schloß und entriegelte es umständlich. Er verlor einige weitere kostbare Sekunden, als er in seiner Hast versuchte, die Tür in die falsche Richtung zu öffnen, und der Lärm, den er dabei vollführte, mußte in der ganzen Gasse zu hören sein, bedachte er die Grabesstille, die sich über Buchenfeld ausgebreitet hatte.

Als er die Tür endlich öffnete und geduckt in die Zelle trat, sahen seine Augen zum ersten Mal wieder ein Licht: einen bleichen, grauen Schimmer, der durch das Fenster hereindrang und den Raum und seine Einrichtung in ein körniges, schwarz-graues Relief mit bizarren Formen verwandelte.

Katrin war wach. Sie stand am Fenster und blickte auf die Straße hinab. Als er eintrat, wandte sie nicht einmal den Kopf. Tobias begriff, daß sie die Prozession gesehen hatte. Und wußte, was sie bedeutete.

Wieder fühlte er sich hilflos. Und alles erschien ihm mit einem Mal so unwirklich und aberwitzig wie der Traum, den er durchlebt hatte. In dem Chaos, das hinter seiner Stirn herrschte, war noch eine dünne, schwächer werdende Stimme, die ihm zuflüsterte, daß jetzt der allerletzte Moment war, umzukehren. Noch konnte er die Zelle verlassen. Sie wieder abschließen, aus dem Haus und mit etwas Glück sogar aus der Stadt entkommen, um Hilfe zu holen. Es würde ihm nicht leichtfallen, Gehör zu finden; die Geschichte, die er zu erzählen hatte, klang zu phantastisch, als daß man ihm Glauben schenken würde — aber er war kein kleiner Wanderprediger, den man auslachen und davonjagen konnte, sondern ein offizieller Vertreter der Kirche, ein Inquisitor dazu, ein Mann von gewaltiger Macht und Einfluß, wie Theowulf ihm ja selbst gesagt hatte. Er würde die Unterstützung erzwingen können, gab man sie ihm nicht freiwillig. Und überhaupt war dieser Weg der einzig mögliche. Aber er bedeutete auch gleichzeitig, Katrin endgültig aufzugeben. Selbst wenn die Buchenfelder sie nicht umbrachten, würde er sie verlieren.

Tobias blickte den dunkelgrauen Schatten an, in den sich Katrins Gestalt vor dem Fenster verwandelt hatte, und doch schien dieser Augenblick Ewigkeiten zu dauern. Dies war die endgültige Entscheidung. Jetzt, in diesem winzigen, zeitlosen Moment mußte er den Schritt in die eine oder andere Richtung tun, der alles änderte. Er mußte sich entscheiden: für seinen Glauben — oder für Katrin.

Warum blieb für solch wichtige Entscheidungen immer so entsetzlich wenig Zeit? dachte er verzweifelt. Warum ließ ihm das Schicksal nicht eine kleine Frist, sich darüber klarzuwerden, was er tun sollte, der Logik und dem, woran er glaubte und wofür er bisher gelebt hatte, zu folgen, oder der Stimme seines Herzens?

»Du hast sie gesehen«, sagte Katrin plötzlich.

Sie sprach sehr leise und ohne ihn anzublicken. Ihre Worte schienen in der Dunkelheit zu versickern, ehe sie ihn erreichten. Ihre Stimme war völlig ausdruckslos. Da war keine Furcht, keine Panik — nichts. Und doch war es gerade diese Ruhe, die die Entscheidung brachte. Der fast heitere Ton in ihrer Stimme war der Fatalismus eines Menschen, der begriffen hatte, daß es vorbei war. Sie hatte nicht gehört, was der apokalyptische Reiter am anderen Ende der Stadt gesagt hatte, aber sie wußte, daß sie verloren hatte und es nichts mehr gab, was sie noch retten konnte.

»Was geschieht hier, Katrin?« fragte Tobias. Er trat hinter sie und hob die Hände, um ihre Schultern zu berühren, erstarrte aber dann zur Reglosigkeit und blickte an ihr vorbei aus dem Fenster. Er glaubte noch immer, das bleiche Knochengesicht mit den leeren Augenhöhlen zu sehen, das für alle Zeiten erstarrte Totenkopfgrinsen, das nun nicht mehr nur das bedeutungslose Lächeln eines Totenschädels war, sondern ihm galt, ein hämisches Hohnlachen, das ihn verspottete, ihm seine eigene Kleinheit und Machtlosigkeit gnadenlos vor Augen hielt.

»Wir müssen weg, Katrin«, sagte Tobias leise.

Ein paar Momente vergingen, in denen sie sich nicht rührte; dann drehte sie sich ganz langsam herum und sah ihn an. Und trotz des bleichen Lichtes in der Zelle erkannte Tobias den ungläubigen Ausdruck auf ihrem Gesicht.

»Du —?«

»Du kannst mir alles später erklären«, unterbrach er sie. »Jetzt ist keine Zeit mehr zu verlieren. Ich bringe dich hier weg.«

»Du . . . du weißt nicht, was du da sagst«, flüsterte Katrin verstört. Aber gleichzeitig loderte auch eine jähe, verzweifelte Hoffnung in ihren Augen auf. Trotzdem fuhr sie fort: »Sie werden uns beide töten.«

»Vielleicht«, antwortete Tobias hastig. »Aber sie werden ganz bestimmt *dich* töten, wenn du hierbleibst. Du hast sie gesehen, nicht wahr?«

Katrin nickte.

»Und du weißt auch, mit wem sie sich getroffen haben?«

Katrin nickte abermals.

»Dann komm endlich«, sagte Tobias. »Ich weiß nicht, wieviel Zeit uns noch bleibt.« Er streckte die Hand aus, um Katrins Arm zu ergreifen, aber sie entzog sich seiner Bewegung und wich ein Stück von ihm zurück. »Nein«, sagte sie. »Sie . . . sie werden uns niemals entkommen lassen. Ich werde sterben. Bring du dich in Sicherheit. Sie werden dir nichts tun, wenn du mich zurückläßt. Sie haben keinen Streit mit dir.«

»Aber ich mit ihnen«, erwiderte Tobias grob. »Ich kann dich nicht hier lassen, Katrin. Ich bin für dich verantwortlich. Ich wäre es auch, wenn du nicht die wärst, die du bist.«

Einen Moment lang versuchte er sogar, sich einzureden, daß er die Wahrheit sprach; daß er dasselbe für jede andere Frau getan hätte — aber natürlich stimmte es nicht. Bei jeder anderen hätte er getan, was schon lange seine Pflicht gewesen wäre, nämlich Buchenfeld zu verlassen und sich auf den Weg zu machen, um Hilfe zu holen und diese teuflische Verschwörung wider Gott und die Kirche zu zerschlagen.

Aber Katrin war nicht jede andere. Und er wußte plötzlich mit unerschütterlicher Sicherheit, daß es richtig war, was er tat. Wenn er sie verriet, dann verriet er nicht nur sich selbst, sondern alles, woran er jemals geglaubt hatte. Denn was war der Glaube an Gott anderes als Liebe? Und welche größere Sünde konnte es geben, als diese Liebe zu verraten, nur weil er Angst um sein eigenes jämmerliches Leben hatte?

»Ich liebe dich«, flüsterte er. Die drei Worte kosteten ihn unendliche Überwindung. Er hatte sie niemals zuvor in seinem Leben selbst ausgesprochen, ja, sie hatten ihn, wann immer er sie hörte, mit einem unangenehmen Gefühl erfüllt, waren ihm kindisch und pathetisch vorgekommen. Und doch waren sie alles, was zählte. Vielleicht das einzige, was dem menschlichen Leben einen Sinn gab. Es war nicht wichtig, irgend etwas zu tun. Es war nicht wichtig, die Welt zu verändern oder das Schicksal der Menschen. Es war nicht einmal wichtig, geliebt zu werden. Alles, was zählte, war, Liebe für einen anderen Menschen zu empfinden — und danach zu handeln.

»Ich weiß«, antwortete Katrin. Sie kam näher, schloß ihn kurz in die Arme und küßte ihn zart. Es war nur ein Hauch, der seine Lippen berührte. Er fühlte in diesem Moment kaum mehr als eine flüchtige Berührung, und doch besiegelte dieser Kuß den Pakt, den sie stumm miteinander geschlossen hatten, endgültig.

Tobias ergriff ihre Hand und führte sie aus der Kammer. Diesmal fiel es ihm leichter, den Weg durch den dunklen Raum zu finden. Seine Augen hatten sich an das schwache Licht gewöhnt. Trotzdem stieß er mehrmals im Dunkeln irgendwo an, und auch Katrin stolperte und wäre beinahe gestürzt, hätte er sie nicht gedankenschnell aufgefangen. Sie erreichten die Treppe. Tobias blieb einen Moment stehen, um zu lauschen, nickte Katrin wortlos zu und ging voraus.

Das Haus war so still wie vorhin, als er gekommen war,

und auch auf der Straße regte sich nichts. Katrin wollte sich unwillkürlich nach links wenden, der schmalen Straße zum Fluß und dem Wald zu, aber Tobias schüttelte den Kopf und deutete in die entgegengesetzte Richtung. Der Himmel glühte noch immer dunkelrot im Widerschein Hunderter von Fackeln, aber sie konnten es nicht riskieren, sich der teuflischen Prozession zu weit zu nähern. Er wußte nicht, wie lange sie noch andauerte. Sobald die Leute merkten, daß Katrin geflohen war, würden sie zweifellos ausschwärmen und sie jagen. Und sie würden zuerst im Wald nach ihr suchen.

So durchquerten sie die Stadt in der entgegengesetzten Richtung und machten sich daran, den Erdwall zu erklimmen. Er war an dieser Stelle sehr steil, fast schon eine Mauer, so daß sie nicht auf Händen und Knien hinaufkriechen konnten, sondern klettern mußten. Tobias verließen beinahe die Kräfte. Das lockere Erdreich gab immer wieder unter ihm nach. Seine Sorgen um Katrin erwiesen sich jedoch als unbegründet. Obgleich erst vor wenigen Tagen vom Totenbett auferstanden, schienen ihre Kräfte weitaus größer zu sein als seine.

Der Abstieg gestaltete sich zu ihrem Glück einfacher. Sie schlitterten und rutschten den Wall hinab, ohne sich ernsthaft zu verletzen. Und wieder war es Katrin, die vor ihm auf den Füßen war und die Hand ausstreckte, um ihm aufzuhelfen.

»Und jetzt?«

Tobias überlegte einen Moment angestrengt. Wenn er ehrlich war, mußte er sich eingestehen, daß ihre bisherige Flucht ziemlich kopflos verlaufen war. Er hatte eigentlich nur daran gedacht, aus der Stadt zu kommen. Sicher — mit ein wenig Glück würden die Buchenfelder erst am nächsten Morgen entdecken, daß Katrin nicht mehr in ihrer Zelle saß, wie auch Temser erst bei Sonnenaufgang herausfinden mochte, daß sein Gast sich davongemacht hatte. Aber darauf konnten sie sich nicht verlassen. Vielleicht kehrte die unheilige Prozession in der nächsten Stunde zurück, und Bresser und seine Leute würden sofort Katrins Flucht bemerken. »Wir müssen uns verstecken«, sagte er. »Weißt du einen Ort — einen, an dem uns niemand findet?«

Katrin sah ihn einen Moment unschlüssig an, dann nickte sie, aber die Bewegung war irgendwie zögernd, als wäre sie nicht ganz sicher, und deutete nach Norden, in Richtung des kleinen Waldstückes, in dem der See lag. Tobias fuhr unmerklich zusammen. Aber er widersprach nicht, als Katrin sagte: »Keiner von ihnen wird es wagen, sich dem See zu nähern.«

»Und die anderen?« fragte Tobias. »Die . . .«

Er sprach das Wort nicht aus, aber Katrin wußte, was er meinte. »Sie auch nicht«, sagte sie. »Und wenn, dann kennen sie mein Versteck nicht. Es ist eine Höhle, gleich am See. Aber der Eingang ist so verborgen, daß ich ihn nur durch einen Zufall gefunden habe.«

Tobias folgte Katrin, als sie sich umwandte und mit weit ausgreifenden, kraftvollen Schritten über die abgeernteten Felder zu laufen begann. Es war die finsterste Nacht, die Tobias je erlebt hatte: Ringsum herrschte eine vollkommene Schwärze, wie in einem Kerker ohne Fenster und Türen. Nur die Fackeln leuchteten in der Ferne, ein kaltes, grün-blaues Leuchten, das ihnen direkt aus der Hölle entgegenzustrahlen schien.

Tobias versuchte, den Gedanken zu verscheuchen und sich statt dessen auf den Weg zu konzentrieren. Der Boden war steinig und zudem von tiefen Furchen durchzogen. Und obwohl er sich mit aller Macht einzureden versuchte, daß diese fürchterliche Finsternis ihr Verbündeter war, der sie beschützte, konnte er sich des Gefühles nicht erwehren, aus unsichtbaren, bösen Augen ungestarrt und belauert zu werden.

Sein Zeitgefühl war völlig durcheinander geraten. Er hatte keine Ahnung, ob sie eine Stunde oder nur wenige Momente unterwegs gewesen waren, als Katrin plötzlich stehenblieb. Er wollte etwas sagen, aber Katrin hob hastig die Hand und gebot ihm, zu schweigen, und als er erschrocken gehorchte und lauschte, glaubte er etwas zu hören: Laute, die ihn mit Schrecken erfüllten. Es war das dumpfe Dröhnen hämmernder Pferdehufe, das sich ihnen rasch näherte.

Entsetzt fuhr er herum und starrte aus weit aufgerissenen Augen in die Dunkelheit. Im ersten Moment hatte er Mühe, sich zu orientieren, denn das flackernde Rot über Buchenfeld war erloschen; offensichtlich hatte sich die Prozession aufgelöst, oder sie hatten zumindest ihre Fackeln gelöscht. Aber dann sah er ein anderes, unheimlicheres Licht — eine Handvoll winziger, in hellem Grün flimmernder Punkte, wie Leuchtkäfer, die in großer Entfernung über dem Feld tanzten. Aber was er beobachtete, war kein Tanz; ein Dutzend Reiter preschte heran, ihre Gesichter schimmerten in dem gleichen, unheimlichen grünen Licht wie der See vor ihnen.

»Sie haben uns bemerkt«, flüsterte er entsetzt. Aber Katrin schüttelte den Kopf.

»Nein. Sie . . . jagen etwas«, sagte sie zögernd. »Jemanden, aber nicht uns.«

Tobias blickte irritiert erst sie, dann wieder die Handvoll winziger, glühender Lichtflecke an. Wie konnte sie über die Entfernung und noch dazu bei diesem Licht irgend etwas erkennen? Er selbst hatte Mühe, ihr Gesicht zu sehen. Katrin mußte die Augen einer Katze haben.

»Schnell!« sagte Katrin plötzlich. »Vielleicht schaffen wir es noch.«

Sie liefen weiter, dem nahen Wald entgegen. Tobias warf einen hastigen Blick über die Schulter zurück und sah, daß die Reiter näher gekommen waren, sich gleichzeitig aber ein Stück nach Westen entfernt hatten. Sie ritten nicht auf sie zu. Katrin schien recht zu haben. Hätten die Reiter sie gesehen, hätten sie kaum einen Bogen geschlagen, um ihnen auf diese Weise mehr Vorsprung zu verschaffen.

Endlich erreichten sie den Wald. Tobias wollte blindlings weiterlaufen, den Weg entlang, der zum See führte, aber Katrin ergriff seine Hand, schüttelte rasch den Kopf und zog ihn mit sich. Das Buschwerk kam ihm wie eine Mauer aus Zweigen und Dornen vor. Aber dann gewahrte er eine schmale, kaum kniehohe Lücke im Unterholz, durch die der grüne Schein des Sees schimmerte.

Katrin ließ sich auf Hände und Knie herabsinken und begann, durch das Unterholz zu kriechen, und als Tobias einen Moment zögerte, riß sie ihn mit sich. Obwohl er versuchte, sein Gesicht zu schützen, indem er es fest gegen das Erdreich preßte, handelte er sich jede Menge Kratzer und blutige Schrammen ein. Immer wieder verfingen sich Dornen in seiner Kutte, als wollten sie ihn zurückhalten. Für einen Moment mußte er gegen die Vorstellung ankämpfen, daß er im Dornendickicht steckenbleiben würde, doch dann richtete sich Katrin vor ihm auf, drehte sich hastig herum und streckte die Hand aus, um auch ihm auf die Füße zu helfen. Tobias stemmte sich, halb aus eigener Kraft, halb von Katrin gezogen, in die Höhe und sah sich um. Sie befanden sich mitten in einem schier undurchdringlichen Wald. Der Boden war bis auf den letzten Fingerbreit mit knorrigem Geäst, Wurzeln, bleichem, schmierigem Moos und Pilzgewächsen bedeckt. Der Geruch des fauligen Sees nahm ihm schier

den Atem. Sie mußten dem Wasser recht nahe sein, denn ein grünlich-blauer Schein drang durch die dicht stehenden Bäume.

Ohne auf Katrin zu achten, wandte Tobias sich dem unheimlichen Lichtschein zu und bahnte sich seinen Weg durch das Unterholz. Er war dem düsteren Geheimnis des Sees jetzt so nahe wie niemals zuvor — er mußte einfach versuchen, herauszufinden, woher dieser unheimliche, grüne Schein kam. Katrin versuchte, ihn zurückzuhalten, aber Tobias streifte ihre Hand ab und kämpfte sich weiter durch das tückische Netz aus Fallstricken und Ranken. Nach ein paar Schritten teilte sich das Unterholz vor ihm, und er sah zum zweiten Mal den toten See im Wald.

Aber wie hatte er sich verändert!

Aus dem übelriechenden, fauligen Tümpel war vollends ein Höllenpfuhl geworden; ein fast lotrecht in die Erde führendes Loch, dessen Wasser schwarz wie geschmolzenes Pech war. Es war auch nicht das Wasser, das diesen unheimlichen grünen Schein von sich gab, sondern die Felsen, die den Kessel säumten. Ein matter, unangenehmer Glanz überzog den rissigen Granit wie eine löcherige Decke. Nur an einer Stelle im Wasser, jedoch ein gutes Stück unter der

Oberfläche, war das unheimliche Licht auch im See zu sehen.

»Großer Gott!« flüsterte Tobias. »Was ist das?«

»Ich weiß es nicht«, antwortete Katrin. Sie versuchte, ihn am Arm zu ergreifen und wieder in den Wald zurückzuziehen, aber Tobias schüttelte ihre Hand abermals ab. Er starrte auf den See hinab und versuchte vergeblich, eine logische Erklärung für das zu finden, was er sah. Der Glanz, der den Felsen und sogar einen Teil des Erdreiches rings um den See überzog, war das gleiche, unheimliche Licht, das auch die Knochengesichter der Reiter ausgestrahlt hatten. Es war —

Katrin packte ihn plötzlich so heftig an den Schultern, daß er stolperte und rücklings in einen dornigen Busch fiel. Blind tastete er um sich, bekam einen etwas kräftigeren Ast zu fassen und zog sich daran wieder in die Höhe. Seine Hände bluteten, und quer über sein Gesicht verlief ein langer, brennender Kratzer. Zornig wandte er sich zu Katrin um.

Sie blickte auf den See hinaus und hatte ihre rechte Hand warnend über die Lippen gehoben. Tobias sah sie einen Moment lang verwirrt an, schaute in die gleiche Richtung wie sie, ohne irgend etwas anderes als den kranken, sterbenden Wald auf dem jenseitigen Ufer zu sehen. Ob er wirklich etwas hörte oder ob er sich die Laute nur einbildete, wußte er nicht — aber nach wenigen Augenblicken gewahrte er eine Bewegung. Die Zweige begannen zu zittern, teilten sich schließlich und spien eine, zwei und am Ende ein halbes Dutzend der hochgewachsenen Gestalten mit den Knochengesichtern aus. Sie trugen ein dunkles, langes Bündel, das offenkundig recht schwer war.

Sanft ergriff Katrin seinen Arm und zog ihn in das Dickicht zurück. Und diesmal wehrte er sich nicht. Wenn die Unheimlichen sie sahen, wenn sie auch nur *argwöhnten*, daß sie sich in diesem Wald verbargen und sie beobachteten, dann war es um Katrin und ihn geschehen.

Mit dem grünen Schein im Rücken, der kein Licht spendete, stolperte Tobias hilflos wie ein Kind an Katrins Hand dahin. Sie aber bewegte sich mit traumwandlerischer Sicher-

343

heit. Mehr als einmal wich sie einem Hindernis aus, das Tobias nicht einmal gesehen hätte, wenn sie darauf gedeutet hätte. Schließlich blieb sie wieder stehen, ließ seine Hand los und machte sich an einem knorrigen Dornengewächs zu schaffen. Als sie sich wieder aufrichtete, erkannte Tobias einen finsteren, in die Tiefe führenden Schacht.

»Was ist das?« fragte Tobias. Der Anblick dieses schwarzen Loches bereitete ihm Unbehagen. Es mußte das Versteck sein, von dem Katrin gesprochen hatte, die Höhle, deren Zugang niemand finden würde, der nicht ganz genau wußte, wo er danach zu suchen hatte.

Statt zu antworten, gestikulierte Katrin ihm noch einmal hastig zu, still zu sein, ging in die Hocke — und war plötzlich verschwunden. Er hörte ein Rascheln, dann einen dumpfen Aufschlag und kurz darauf Katrins Stimme, die verzerrt aus der Tiefe zu ihm heraufdrang: »Schnell! Beeil dich!«

Tobias sah sich noch einmal um und begann, vorsichtig hinunterzuklettern — aber schon nach dem ersten, ungeschickten Schritt verloren seine Füße den Halt; er schlitterte mit einem unterdrückten Schrei in das schwarze Nichts hinab. Einen Herzschlag später prallte er unsanft gegen Katrin, die offenbar am Ende des kurzen Schachtes auf ihn gewartet hatte. Im Dunkel stürzten sie übereinander. Tobias spürte, wie sich sein Ellenbogen unsanft in Katrins Rippen grub. Gleichzeitig prallten seine Knie so hart gegen einen Stein, daß er einen neuerlichen Schmerzlaut nicht mehr unterdrücken konnte, zur Seite rollte und sich krümmte.

»Still!« flüsterte Katrin entsetzt. »Um Gottes willen, Tobias, keinen Laut!«

Tobias biß die Zähne aufeinander. Mit aller Macht unterdrückte er ein Stöhnen. Sein rechtes Knie brannte und pochte. Er fühlte, wie warmes Blut über sein Bein rann. Aber er wagte es nicht, auch nur noch einen Laut von sich zu geben, sondern lag zitternd da, während Katrin sich wieder erhob und auf Händen und Knien auf den Ausgang der Höhle zukroch. Er konnte nicht sehen, was sie tat, aber er hörte ein kurzes Rascheln, und nach wenigen Augenblicken erlosch auch der letzte blasse Lichtschimmer; offensichtlich hatte sie den Höhlenausgang wieder mit den Büschen getarnt, die sie gerade zur Seite geschoben hatte.

Eine Woge absoluter Finsternis schlug über Tobias zusammen. Und plötzlich, jäh, ohne Vorwarnung, war die Furcht wieder da. Sie sprang ihn an wie ein Raubtier, das in der Dunkelheit gelauert hatte und seiner Beute nun sicher war, schlug ihre Krallen in seinen Verstand und ihre Fänge in sein Herz. Jeder Versuch, ihr mit Logik zu begegnen, war zum Scheitern verurteilt. Er wußte, daß er in Sicherheit war, in einer tiefen Höhle, aber gleichzeitig wußte er auch, daß er nie wieder hier herauskommen würde, gefangen war an einem Ort ohne Licht und Luft, einem Vorposten der Hölle. Die Dunkelheit legte sich wie eine schwere Last auf seine Brust und schnürte ihm den Atem ab. Und plötzlich fühlte er, wie sie Gestalt annahm, zum Leben erwachte und über seine Hände, seine Beine und sein Gesicht huschte. Klebrige Spinnfäden legten sich auf seine Augen und seinen Mund. Und die Finsternis kroch wie ein Pesthauch über jede Pore seiner Haut und vergiftete auch das Innere seines Körpers.

Er schrie, bäumte sich auf und begann voller Panik um sich zu schlagen. Seine Fäuste prallten gegen Fels und Geäst, und dann erwischte er Katrin; er mußte ihr einen schweren Hieb verpaßt haben, denn sie schrie auf vor Schmerz, packte aber im nächsten Moment mit erstaunlicher Kraft seine Handgelenke.

»Hör auf!« brüllte sie.

Eine Hand klatschte in sein Gesicht; mit solcher Wucht, daß sein Kopf zurückgerissen wurde und gegen den Felsen schlug. Ein Feuerwerk bunter Sterne und Lichtblitze explodierte vor seinen Augen, aber der pochende Schmerz in seinem Hinterkopf riß ihn auch in die Wirklichkeit zurück. Der Schrei, der noch immer in seiner Kehle gellte, verstummte abrupt. Tobias sackte zusammen, verbarg für einen Moment das Gesicht in den Händen und versuchte, ein Schluchzen zu unterdrücken. Aber es gelang ihm nicht.

»Beruhige dich!« flüsterte Katrin in beschwörendem Tonfall. »Sie werden dich hören, wenn du weiter so schreist.«

Tobias zwang sich, so ruhig und tief wie nur möglich zu atmen, versuchte, an nichts anderes zu denken als daran, daß sie in Sicherheit waren und diese Höhle nichts als ein finsteres, leeres Loch unter der Erde war. Kein Höllenschlund, in dem sie lebendig begraben waren, sondern nur ein Loch im Boden.

»Alles wieder in Ordnung?« Katrins Hand berührte ihn sanft an der Schulter, tastete im Dunkel nach seinem Gesicht und versuchte, sein Kinn anzuheben. In der Höhle herrschte schwärzeste Nacht. Er hörte Katrins schnellen, rasselnden Atem. Er hob die Hände und tastete mit zitternden Fingern in die Richtung, in der er sie vermutete. Seine Fingerspitzen berührten ihren Arm, krochen weiter an ihrer Schulter und ihrem Hals empor und streiften ihre Wange, ehe er sie mit einer beinahe erschrockenen Bewegung wieder zurückzog.

»Bitte schrei nicht mehr«, sagte Katrin. »Keinen Laut.«

Tobias schluckte. »Verzeih. Meine Nerven sind nicht die besten.«

»Schon gut«, sagte Katrin. »Ich glaube nicht, daß sie uns gehört haben. Aber bitte sei vorsichtig.«

»Aber sie . . . sie sind hier«, stammelte er. Er spürte, wie ihn schon wieder Panik erfaßte. Sein Verstand schien nicht mehr richtig zu arbeiten. Angst übermannte ihn, teuflische Angst, Angst, die alles möglich machte, Haß, Wahnsinn, Mordgedanken. Mein Gott, dachte er in einem winzigen hellen Moment, welchen Weg bin ich gegangen? Der Inquisitor in einem Höllenloch.

»Sie werden uns nicht finden«, sagte Katrin erneut. Auch in ihrer Stimme schwang ein angstvoller Ton. »Bitte, Tobias! Ich . . . ich weiß, was du fühlst. Mir erging es nicht anders. Aber du mußt dagegen ankämpfen. Wenn du nicht dagegen kämpfst, sind wir verloren. Sie werden uns beide töten, wenn sie uns erwischen.«

»*Töten?*« Er hätte beinahe gelacht. Der Tod erschien ihm eine Erlösung, nach dem, was er erlebt hatte und erlebte. Es gab wirklich Schlimmeres als den Tod. Seine Hände zitterten immer heftiger. Er spürte, wie ihm kalter, klebriger Schweiß am ganzen Körper ausbrach. Die unsichtbaren Wände rings um ihn herum schienen sich zusammenzuziehen, ihn zu erdrücken.

»Kann ich dich einen Moment allein lassen?« fragte Katrin besorgt.

Tobias nickte, obwohl ihn die bloße Vorstellung, allein in dieser höllischen Finsternis zurückzubleiben, schon wieder fast an den Rand des Wahnsinns trieb.

Katrin konnte die Bewegung unmöglich gesehen haben, doch er hörte, wie sie sich raschelnd erhob und zum zweiten Mal den steilen Hang zum Höhlenausgang hinaufkroch. Es dauerte eine Weile, bis sie zurückkam.

»Es ist alles ruhig«, sagte sie. »Ich glaube nicht, daß sie uns gehört haben.«

Tobias blickte in die Richtung, aus der ihre Stimme kam. Er strengte seine Augen an, ohne auch nur einen Schatten von ihr zu erkennen. Katrin blieb eine Stimme mit Geruch und Wärme, aber ohne ein Gesicht, eine Erinnerung ohne Körper.

»Sie?« fragte er nach einer Weile. »Wen meinst du damit?«

Katrin antwortete nicht. Aber er konnte fühlen, wie sie zusammenzuckte. Es war erstaunlich, wie rasch seine übrigen Sinne die Funktionen der Augen ersetzten, die nun nutzlos geworden waren.

»Du weißt, wer sie sind, nicht wahr?« fragte er.

Wieder antwortete Katrin nicht. Sie bewegte sich raschelnd in der Dunkelheit neben ihm und versuchte, ein kleines Stück von ihm wegzurücken, aber die Höhle war einfach nicht groß genug dazu. So wenig wie er aus ihrer Nähe entfliehen konnte, die ihn mit unsagbarem Glück und unbeschreiblicher Qual zugleich erfüllte, so wenig war es umgekehrt ihr möglich. Seine Hand berührte ihren Arm, glitt daran herab und hielt ihr Handgelenk fest. Katrin versuchte, sich seinem Griff zu entziehen, aber diesmal ließ Tobias nicht los.

»Bitte, Katrin«, sagte er, fast flehend. »Sag mir, was du weißt.«

»Nicht jetzt«, antwortete Katrin. »Bitte, Tobias! Ich . . . ich werde dir alles erzählen, aber nicht jetzt und nicht hier. Später, wenn wir in Sicherheit sind.«

»In Sicherheit?« Tobias kreischte fast und fuhr im gleichen Moment erschrocken zusammen. »In Sicherheit?« wiederholte er sehr viel leiser, aber noch immer in einem Tonfall, der an Hysterie grenzte. »Wie meinst du das? Wohin willst du?«

Katrin schwieg eine Weile. Dann antwortete sie: »Ich dachte, du wärst derjenige von uns beiden, der unsere Flucht geplant hat.«

Er schwieg betroffen. Katrins Worte erinnerten ihn daran, wie vollkommen närrisch er sich benommen hatte. Sie hatte völlig recht — *er* hatte sie aus dem Turm befreit; aber nun gestand er sich ein, daß diese Handlung nicht nur überstürzt, sondern vielleicht sogar dumm gewesen war. Ohne Katrins Hilfe hätte man sie wohl schon wieder gefaßt — und getötet.

Er ließ ihre Hand los. »Es tut mir leid«, sagte er. »Du hast recht.«

»Was tut dir leid?« fragte Katrin noch immer in diesem spöttischen, vielleicht sogar bewußt verletzenden Ton. »Daß du mir das Leben gerettet hast?«

»Ich habe mich wie ein Tor benommen«, sagte Tobias ernst. »Aber bei Gott, ich hatte einfach nur Angst um dich. Ich wollte dir helfen. Jetzt werden sie dich töten, wenn sie dich wieder einfangen.«

»Das hätten sie so oder so getan«, antwortete Katrin leise.

Tobias schüttelte den Kopf. »Nein. Ich . . . hätte es verhindern können. Ich hätte es . . . ich hätte es verhindern müssen.« Er verbarg wieder das Gesicht in den Händen und unterdrückte ein Schluchzen. »Mein Gott, was habe ich nur getan?«

»Du hast richtig gehandelt«, sagte Katrin. Sie hob die Hand, berührte mit den Fingerspitzen sanft Tobias' Wange und Lippen, und ein Schaudern durchfuhr ihn. »Ich weiß, daß du mir nur helfen wolltest«, sagte sie. »Aber glaube mir, es wäre dir nicht gelungen. Sie hätten niemals zugelassen, daß du mich freisprichst. Ganz egal, welche Beweise du für meine Unschuld gefunden hättest oder nicht — sie hätten es nicht zugelassen.«

»Wer sind sie?« fragte Tobias. »Bitte, Katrin, sag mir, was in dieser Stadt vor sich geht. Was . . . passiert hier? Sie halten Schwarze Messen ab! Sie beten Dämonen und Geister an!«

Wieder berührten Katrins Finger sein Gesicht, und wieder spürte er diesen Schauder, gegen den er hilflos war. Oh, er versuchte es, er versuchte mit aller Kraft, seine Gefühle zu beherrschen, versuchte mit verzweifelter Macht, die Bilder und Gedanken zu unterdrücken, die aus seiner Erinnerung emporstiegen. Aber er war nicht einmal fähig, seine eigenen Hände zurückzuhalten, als sie sich hoben und Katrins Schultern berührten, um sie sanft an sich heranzuziehen.

Sie wehrte sich nicht dagegen, sondern schmiegte sich an ihn und lehnte das Gesicht gegen seine Schulter. Er fühlte das Klopfen ihres Herzens unter dem dünnen Stoff des Kleides und den betörenden Duft ihres Haares. Seine Hände streichelten ihr Haar, berührten ihr Gesicht und fuhren die Linien ihrer Augen, der Nase und der Lippen nach, wie die Finger eines Blinden, die das Antlitz seines Gegenübers ertasteten, weil sie es nicht sehen konnten. Und wieder geschah es: Wie durch Zauberei verwandelte sich Katrin zurück in den Menschen, den er gekannt hatte, wurde von einer Frau zu jenem Kind, dem er mit reiner, unverfälschter Liebe gegenübergetreten war.

Ein letztes, ein allerletztes Mal versuchte er, die Gewalt über seine Gefühle zurückzuerlangen. »Bitte nicht, Katrin«, flüsterte er. »Wir . . . dürfen das nicht.«

Katrin lachte; ein ganz leiser, warmer Ton, der seinen Widerstand schneller und endgültiger zerbrechen ließ als alles, was sie hätte sagen oder tun können.

Plötzlich waren sie nicht mehr in der Höhle, sondern wieder am See. Wieder die Kinder, die sie damals gewesen waren. Er fühlte ihren Körper unter seinen Händen, ihre Wärme, den schnellen und doch beruhigenden Schlag ihres Herzens, die Verlockung, die sie bedeutete, so süß, daß sie fast weh tat.

Seine Lippen flüsterten noch einmal sinnlose Worte des Widerstandes, aber seine Hände glitten über ihr Kleid, streiften es über ihre Schultern und streichelten ihren nackten Rücken.

Katrins Atem ging schneller. Sie hob sich über ihn, nahm sein Gesicht in beide Hände wie das eines kranken Kindes und küßte ihn.

Ein Taumel ergriff ihn, den er sich nie zuvor auch nur hatte vorstellen können. Er war nicht mehr Herr seiner Gedanken. Mit aller Kraft riß er sie an sich, zerrte an ihrem Kleid und half ihr, als sie sich an seiner Kutte zu schaffen machte und sie abzustreifen versuchte. Immer heftiger preßte er sie an sich, erwiderte ihre Küsse, liebkoste ihr Gesicht, ihren Hals, ihre Brüste, ihren ganzen Körper. Es war, als verwandele sich sein Alptraum in einen Glückswahn. Was die Hölle gewesen war, war jetzt der Himmel.

Nach einer geraumen Weile richtete sich Katrin neben ihm auf und begann ungeschickt in der Enge der Höhle ihr Kleid wieder überzustreifen.

»Tut es dir leid?« fragte sie plötzlich.

»Leid?« Tobias dachte einen Moment nach. Er hatte mehr getan, als nur sein Gelübde zu brechen, aber das alles hatte keine Bedeutung mehr.

»Nein«, sagte er.

Katrin beugte sich zu ihm herab, küßte ihn flüchtig auf den Mund und richtete sich wieder auf.

»Was hast du vor?« fragte Tobias.

»Ich werde nachsehen, ob sie gegangen sind«, erwiderte Katrin.

Tobias wollte sie zurückhalten, aber Katrin war schon den Hang hinaufgekrochen. Diesmal nahm er einen flüchtigen grauen Schimmer von Licht wahr, als sie die Büsche am Eingang zur Seite schob. Nach einem kurzen Rascheln wurde es wieder dunkel. Offensichtlich hatte Katrin die Höhle verlassen.

Sie blieb nicht sehr lange. Tobias nutzte die Zeit ihrer Abwesenheit, ungeschickt seine Kutte wieder überzustreifen und sie notdürftig zu reinigen. Und Ordnung in seinen Gedanken zu schaffen. Er fühlte keine Reue. Er würde sein Amt verlieren und aus dem Orden ausgeschlossen werden.

Aber das spielte keine Rolle mehr. Katrin und er würden leben, alles andere war unwichtig.

»Sie sind fort«, sagte Katrin, nachdem sie zu ihm zurückgekehrt war. »Ich war am Waldrand. Nirgendwo regt sich etwas.«

»Sobald es hell geworden ist, werden sie merken, daß du geflohen bist. Und Temser wird mein Verschwinden noch früher entdecken. Ich habe ihm aufgetragen, mich dann zu wecken.«

Katrin überlegte einen Moment. »Es sind noch zwei Stunden bis Sonnenaufgang«, sagte sie. »Wir könnten es schaffen. Aber es wäre sicherer, bis zum Abend hierzubleiben. Der Graf wird all seine Männer aussenden, um nach uns zu suchen, sobald er erfährt, daß ich geflohen bin.«

Tobias lächelte matt. Es waren nicht die Männer des Grafen, die er fürchtete, es waren auch nicht Bresser und das Volk von Buchenfeld. Und der Gedanke, einen ganzen Tag in diesem finsteren, stinkenden Loch unter der Erde zu verbringen, war ihm einfach unerträglich.

»Nein«, sagte er. »Wir müssen gehen. Je eher, desto besser.« Er sah Katrin eine Weile nachdenklich an. Sie hatte die Büsche nicht wieder vor den Eingang gezogen, so daß ein wenig graues Licht in die Höhle fiel und er ihre Gestalt als Silhouette erkennen konnte. »Wie weit ist es bis zur nächsten Stadt?« fragte er. »In südlicher Richtung?«

»Den Fluß entlang?« Katrin wiegte den Kopf. »Einen halben Tagesmarsch. Warum?«

»Es wird eine Zeitlang dauern, bis sie wirklich begriffen haben, was passiert ist«, antwortete Tobias. »Sie werden uns zuerst in der Richtung suchen, aus der ich gekommen bin, im Norden. Wenn es uns gelingt, eine Stadt zu erreichen, dann sind wir in Sicherheit.«

»Unterschätze den Grafen nicht«, antwortete Katrin, aber Tobias unterbrach sie mit einer Handbewegung: »Ich bin noch immer Inquisitor, Katrin. Ganz gleich, was später geschieht, man wird mir glauben. Ich bin sicher, es gibt eine Menge Leute, die sich mehr für das interessieren, was in dieser Stadt vor sich geht, als für das, was ich getan habe.«

Katrin widersprach nicht, sondern zuckte nach einer Weile nur mit den Achseln und kroch vor ihm dem Höhlenausgang zu.

Die Leichtigkeit, mit der sie den schmalen Schacht erklomm, täuschte. Tobias rutschte drei- oder viermal, er hätte es wahrscheinlich gar nicht geschafft, hätte sich Katrin nicht herabgebeugt und ihm die Hände entgegengestreckt, um ihm zu helfen.

Als er sich durch das dornige Gestrüpp vor dem Eingang zwängte, zerkratzte er sich abermals Gesicht und Hände. Ächzend richtete er sich auf, blickte sich um und sah schließlich zu, wie Katrin den Eingang der Höhle sorgsam tarnte.

»Man weiß nie, ob man ein sicheres Versteck nicht doch noch einmal braucht«, antwortete sie auf seinen überraschten Blick.

Tobias zuckte mit den Schultern. »Es ist wirklich sicher«, sagte er. »Wie hast du es gefunden?«

Katrin lachte. »Ich bin hineingefallen«, gestand sie.

Tobias blieb ernst. Er blickte in die Richtung, aus der der unheimliche Schein des Sees gekommen war. Aber Mond und Sterne überschütteten das Land mit silbernem, blassem Licht, das den grün-blauen Schimmer beinahe auslöschte.

»Du warst oft hier, nicht wahr?« fragte er leise und ohne Katrin anzusehen.

»Früher — ja«, antwortete Katrin, »bevor alles begann. Später wagte ich es nicht mehr. Der See ... er macht mir angst, und außerdem sind *sie* oft hier.«

»Sie?«

Irgendwie schien Katrin zu spüren, daß er sich diesmal nicht mehr mit einer ausweichenden Antwort zufriedengeben würde. Sie blickte zwar noch eine Zeitlang an ihm vorbei ins Leere, aber schließlich seufzte sie, zwang sich zu einem Lächeln und sah ihn an. »Du hast gesehen, was sie tun«, sagte sie. »Bresser und die anderen. Sie gehören alle dazu, jeder einzelne, jeder Mann, jedes Kind, jede Frau.«

»Du meinst, ganz Buchenfeld verehrt den Teufel?«

Katrin schüttelte den Kopf. »Nicht den Teufel«, antwortete sie. »Der Teufel taugt, alte Weiber und Kinder zu erschrecken.«

»Und dumme Priester wie mich«, fügte Tobias hinzu.

»Und dumme Priester wie dich«, bestätigte Katrin mit einem neuerlichen, spöttischen Lächeln. »Es ist kein Teufelskult. Es ist —« Sie verstummte mitten im Satz, auch Tobias fuhr erschrocken zusammen. Irgendwo hinter ihnen hatte sich etwas bewegt. Ein Schatten, der davonhuschte, aber er war nicht ganz sicher.

»Vielleicht nur ein Tier«, flüsterte Tobias.

Katrin antwortete nicht. Dieser Wald war tot, so tot, wie ein Stück Land nur sein konnte. Selbst die Bäume und das dornige Unterholz hatte der Pesthauch des Sees ausgelöscht.

Wieder war es Katrin, die die Führung übernahm, als sie losgingen. Sie bewegte sich geschickt und blieb immer wieder stehen, um zu lauschen. Nur zwei- oder dreimal blieb ihr Kleid an einem Zweig hängen, und nur ein einziges Mal mußte Tobias ihr helfen, um einen besonders hartnäckigen Busch auseinanderzubiegen. Dann hatten sie den Waldrand erreicht und traten in die Nacht hinaus.

Tobias blickte sich mit klopfendem Herzen um. Nach der absoluten Finsternis der vergangenen Stunden erschien ihm das Licht der Sterne unnatürlich hell. Er hatte das Gefühl, meilenweit sehen zu können. Sehr weit entfernt — viel weiter, als es eigentlich sein durfte — glaubte er, Buchenfeld zu erkennen, einen gedrungenen Schatten, der wie ein monströses Tier auf dem flachen Land hockte. Ohne ein weiteres Wort wandte sich Katrin nach Süden. Sie gingen allerdings nur ein paar Schritte, ehe Tobias abermals stehenblieb und lauschte.

»Was hast du?« fragte Katrin.

Tobias schüttelte den Kopf und gebot ihr gleichzeitig mit einer Geste, zu schweigen. Er *hatte* etwas gehört. Er war völlig sicher, und er wunderte sich ein wenig, daß Katrin das Geräusch nicht auch vernommen hatte. Gebannt versuchte er, die Dunkelheit zu durchdringen. Aber das einzige, was er hörte, waren seine eigenen Atemzüge und das kaum wahrnehmbare Rascheln des Windes in den Bäumen.

»Komm weiter!« drängte Katrin. »Wir —«

Tobias hob abermals die Hand und unterbrach sie. »Still«, sagte er.

Katrin sagte nichts mehr, aber sie sah ihn erschrocken an, und dann runzelte sie die Stirn.

Wieder machte sich Panik in Pater Tobias breit und drohte für einen Moment, sein klares Denken zu übermannen. Er hatte das Gefühl, den Boden unter den Füßen zu verlieren. Er war dieser Situation nicht gewachsen. Er sollte so etwas nicht tun, dachte er hysterisch. Er konnte so etwas nicht. Er war ein Mann des Friedens, er konnte mit Worten streiten, nicht mit Waffen. Er hatte alles falsch gemacht von dem Moment an, in dem er Katrin aus dem Turm geholt hatte, und er war auf dem besten Weg, auch den Rest zu verderben. Er . . .

Pater Tobias zwang sich mit aller Gewalt, den Gedanken nicht zu Ende zu denken, ballte die Hände zu Fäusten, um ihr Zittern zu unterdrücken, und schloß für einen Moment die Augen; so heftig, daß es vor seinen Augen flimmerte. Als er sie wieder öffnete, hatte er sich einigermaßen beruhigt. Aber es war eine trügerische, gefährliche Ruhe, eine Ruhe, die bei der geringsten Gefahr, beim leisesten Geräusch vergehen würde.

»Ich . . . ich kann das nicht«, flüsterte er. Er sah Katrin an, und seine Stimme wurde beinahe flehend. »Bitte, Katrin . . .«

Sie trat rasch auf ihn zu, hob die Hand und legte sie beruhigend auf seinen Arm. »Ich weiß«, sagte sie sehr leise. »Hab keine Angst, Tobias. Ich beschütze dich.«

Wäre er auch nur halbwegs zu klarem Denken fähig gewesen, so hätte er in diesem Moment wahrscheinlich schrill aufgelacht. *Sie* beschützte *ihn!* Das war . . . absurd. Einfach lächerlich.

»Ich bin ein schöner Held, nicht wahr?« fragte er und versuchte zu lächeln, aber sein Mund verzog sich nur zu einer Grimasse.

»Das bist du«, antwortete sie völlig ernst. »Was du getan hast, war ungeheuer tapfer, Tobias. Ganz egal, wie es ausgeht — ich habe nie einen mutigeren Mann als dich gesehen.«

Er war nicht sicher, ob diese Worte ehrlich gemeint waren

oder nur dem Zweck dienten, ihn zu beruhigen. Aber so absurd es ihm auch vorkam, er fühlte sich in Katrins Nähe sicher. Sie kannte jeden Fußbreit Boden, sie kannte die Menschen hier, ihre Art zu denken und zu handeln, und sie war stark, viel stärker als er.

Sie gingen weiter, ließen den Hain hinter sich. Plötzlich verharrte Tobias und sah aus zusammengekniffenen Augen zum Waldrand zurück.

»Was ist denn?«

Es gelang Katrin jetzt nicht mehr, die Ungeduld in ihrer Stimme zu überspielen.

Aber Tobias antwortete nicht, sondern blickte nur weiter angestrengt zum Wald zurück, wandte sich schließlich sogar um und begann, den Weg zurückzugehen.

»Was hast du vor?« fragte Katrin entsetzt. »Du —«

Tobias blieb in einiger Entfernung zum Waldrand stehen, blickte einen Moment gebannt in das Dickicht aus verfilztem Geäst und totem Holz und starrte dann wieder zu Boden. In dem schlechten Licht war es kaum zu erkennen, und im Grunde war es nur ein Zufall, daß er es überhaupt gesehen hatten, aber jetzt, aus der Nähe, war es auch nicht mehr zu übersehen: Der Boden an dieser Stelle war frisch aufgeworfen. »Jemand hat hier gegraben«, sagte er, »vor ganz kurzer Zeit.«

Katrin starrte mit gerunzelter Stirn auf das dunkle Erdreich vor ihm. »Wie meinst du das?«

Statt zu antworten, ließ sich Tobias in die Hocke sinken und streckte die Hände aus. Das Erdreich unter seinen Fingern war feucht und locker, nicht der harte, verbrannte Boden der Felder ringsum, sondern weiche Erde, die aus der Tiefe hochgeworfen war und der noch der faulige Geruch des Sees anhaftete, der den Boden hier überall durchtränkte. Er mußte plötzlich wieder an die Knochengesichter denken, die er für einen ganz kurzen Moment am Seeufer gesehen hatte. Sie hatten etwas getragen. Und er begann zu ahnen, was es war.

»Hier ist etwas vergraben worden«, flüsterte er.

»Unsinn!« antwortete Katrin unwillig und machte eine

ärgerliche Handbewegung. »Und selbst wenn — was willst du tun? Es wieder ausgraben? Vielleicht mit bloßen Händen?«

Genau das werde ich tun, dachte Tobias zornig und grub die Hände in das lockere Erdreich.

Katrin stöhnte ungläubig auf. »Was soll das?« fragte sie fassungslos. »Du —«

»Schweig!« unterbrach Tobias sie. »Hilf mir lieber.«

Katrin starrte ihn verblüfft an und schüttelte immer wieder den Kopf. »Du mußt völlig den Verstand verloren haben«, sagte sie. »Selbst wenn sie hier irgend etwas vergraben haben, was glaubst du, damit beweisen zu können, wenn du es wieder ausgräbst?«

Tobias hörte für einen Moment auf, das lockere Erdreich mit den Händen beiseite zu schaufeln. »Vielleicht alles«, antwortete er. »Sie haben nicht etwas vergraben. Sie haben jemanden vergraben. Einen Menschen.« Er schwieg einen Moment. »Und es ist wahrscheinlich nicht einmal der erste, nicht wahr?«

Katrin antwortete nicht.

»Sie töten Menschen«, fuhr Tobias fort. »Sie begnügen sich nicht damit, Schwarze Messen zu feiern, nicht wahr? Sie opfern Menschen. Habe ich recht?«

Katrin sagte nichts, aber ihr Schweigen war Antwort genug.

Tobias begann wie besessen, das klebrige, schwarze Erdreich beiseite zu schaufeln. Der bloße Gedanke, daß er recht haben könnte und sie tatsächlich Menschen — *Menschen!* — opferten, trieb ihn schier in den Wahnsinn. Aber noch schlimmer wäre die Vorstellung gewesen, nicht nachzuschauen, was sich unter diesem schwarzen, bleichen Tuch aus toter Erde verbarg.

Er mußte nicht sonderlich tief graben. Rasch stießen seine Finger auf Widerstand. Er ertastete schweren, nassen Stoff, dann etwas, das sich wie feuchtes Leder anfühlte, bis er voller Entsetzen begriff, daß es die Haut eines Menschen war.

Tobias erstarrte. Er hatte geahnt, was er finden würde, aber etwas zu ahnen und es dann zu sehen, das waren zwei grundverschiedene Dinge. Tobias stöhnte wie unter Schmerzen, schloß die Augen und zwang sich dann unter Aufbietung aller Kräfte, die Lider wieder zu heben und das bleiche, im Tode erstarrte Gesicht anzusehen, das unter der feuchten Erde zum Vorschein gekommen war.

Er kannte das Gesicht.

Es war Greta. Die junge Frau, von der Bresser behauptet hatte, daß sie ganz bestimmt nicht aus Buchenfeld stammte, und die er am Fluß getroffen hatte, wo sie ihr Kind geboren und ertränkt hatte.

Und sie war keines natürlichen Todes gestorben. Schräg über ihrer Stirn verlief eine klaffende Wunde. Ihr Gesicht war mit Blut und Erdreich bedeckt, und in ihren verdreckten und doch offenen Augen stand ein Entsetzen, das die Qualen verriet, die sie in den letzten Momenten ihres Lebens erlitten haben mußte.

»O mein Gott«, flüsterte er mit schwankender Stimme und machte unwillkürlich ein Kreuzzeichen. »Wer . . . wer hat das getan?«

»Sie werden auch uns umbringen, wenn wir noch lange hier herumstehen, du Narr«, antwortete Katrin.

Tobias sah auf. War das wirklich nur Angst in ihrer Stimme? Galt der Zorn in ihren Worten wirklich nur dem Umstand, daß er kostbare Zeit verschwendete, Zeit, die vielleicht über ihr Leben oder ihren Tod entscheiden mochte? Oder —

Pater Tobias kam nicht dazu, den Gedanken zu Ende zu verfolgen, denn plötzlich schien alles gleichzeitig zu geschehen: Er sah eine rasend schnelle, schattenhafte Bewegung aus den Augenwinkeln, hörte Katrin aufschreien, vernahm einen einzelnen, schweren, stampfenden Schritt, sah, wie Katrin herumfuhr und davonstürzte und spürte im gleichen Moment einen scharfen Luftzug, dem ein fürchterlicher Schlag gegen seine Schulter folgte.

Der Hieb schleuderte ihn zu Boden. Er schrie vor Schmerzen und Angst. Seine Schulter fühlte sich an, als wäre sie von einer Axt gespalten worden. Er spürte klebriges, warmes Blut über seinen Rücken und seinen Arm fließen. Wieder sah er einen Schatten und riß den unverletzten Arm schützend vor sein Gesicht.

Die Bewegung rettete ihm das Leben. Das Schwert, das seine Schläfe verfehlt hatte und tief in seine Schulter gefahren war, schlug mit einem dumpfen Laut kaum einen Fingerbreit neben seinem Körper in den Boden und bohrte sich tief in die Brust der toten Frau in dem Erdloch. Tobias brüllte und trat blindlings um sich. Seine Füße trafen die riesige Gestalt mit dem bleich schimmernden Gesicht und ließen sie zurückstolpern. Das Schwert wurde dem Angreifer aus der Hand gerissen und blieb zitternd im Boden stecken, als versuche die tote Frau in der Erde, es festzuhalten, um sich so an ihrem Mörder zu rächen.

Der Angreifer knurrte wie ein wütendes Tier, während er haltlos zwei, drei Schritte zurückstolperte. Doch er tat Tobias keineswegs den Gefallen, zu stürzen und dem Mönch so die Zeit zu verschaffen, die er gebraucht hätte, sich aufzurichten und die Flucht zu ergreifen. Statt dessen stürzte die Gestalt wieder vor.

Tobias versuchte mit aller Willensanstrengung, nicht das Bewußtsein zu verlieren. Der Schmerz in seiner Schulter war unerträglich. Wogen aus Feuer pulsierten durch seinen Körper. Ihm wurde übel vor Schmerz, und seine rechte Hand begann zu zucken. Er hatte Mühe, den Angreifer überhaupt zu erkennen. Alles, was er sah, war ein riesenhafter, verzerrter Schatten mit einem Gesicht aus weißen Knochen, und gierig vorgestreckte Krallenhände, die dürren Klauen eines Skelettes.

Der Riese versuchte nicht, sein Schwert aus dem Boden zu ziehen, sondern trat nach ihm. Ein neuerlicher, greller Schmerz durchzuckte seine Rippen. Die Knochengrimasse zerbarst vor seinen Augen, die ganze Welt begann sich vor ihm zu drehen. In die Nacht mengten sich Schatten, die tiefer waren als die Dunkelheit; das Schwarz einer Ohnmacht, aus der er nicht mehr erwachen würde. Es ist soweit, dachte er. Er starb. Der Schöpfer würde ihn richten und ihn wie einen gefallenen Engel in die ewige Verdammnis stoßen.

Aber die niemals endende Dunkelheit, auf die er wartete,

kam nicht. Statt dessen taumelte der Riese plötzlich. Aus seinem zornigen Gebrüll wurde ein fast schmerzerfülltes Seufzen — dann machte er einen ungeschickten Schritt zurück und sank langsam in die Knie!

Hinter ihm war ein zweiter, kleinerer Schatten aufgetaucht. Tobias sah, wie Katrin die Arme in die Höhe riß und den armlangen Knüppel zu einem zweiten Schlag schwang. Das Geräusch, mit dem er gegen den Hinterkopf des Knochengesichtigen prallte, ließ ihn bis ins Mark erschauern.

Für die Dauer eines Lidzuckens lag der Unheimliche reglos auf den Knien, die Hände erhoben, in einer grotesken flehenden Geste. Dann kippte er nach vorn und fiel über die Füße des Mönchs.

Katrin ließ ihren Knüppel fallen. Sie war mit einem einzigen Schritt bei ihm und zog entsetzt die Hände wieder zurück, als sie sah, was mit seiner Schulter geschehen war. Ihre Augen weiteten sich. »Großer Gott!« stöhnte sie. »Tobias!«

Tobias wimmerte vor Schmerz. Er wollte sich aufrichten, aber sein rechter Arm gehorchte ihm nicht mehr. Hilflos fiel er wieder zurück und prallte mit dem Kopf gegen eine steinharte Wurzel.

Dieser neuerliche Schlag mußte ihm wohl endgültig das Bewußtsein geraubt haben, denn das nächste, was er spürte, waren Katrins Hände, die sich an seiner Schulter zu schaffen machten. Er versuchte, die Augen zu öffnen, nahm aber nur tanzende Schatten wahr, die von einem roten Spinnennetz aus Schmerz durchzogen wurden.

»Beweg dich nicht!« hörte er Katrins Stimme. Sie klang verzerrt, begleitet von unheimlichen Echos, als befänden sie sich tief unter der Erde in einem endlos langen, engen steinernen Schacht. Er wollte etwas sagen, aber seine Stimme verweigerte ihm den Dienst. Die Wunde in seiner Schulter blutete noch immer; er konnte spüren, wie das Leben in schnellen, pulsierenden Stößen aus ihm herausrann. Unter der Qual, die wie eine faustgroße, brennende Spinne in seiner Schulter hockte, kroch etwas anderes heran; eine schwere, verlockende Schläfrigkeit, die ein düsteres Versprechen auf Ruhe und endlosen Schlaf beinhaltete. Er wußte, daß er ihr nicht nachgeben durfte, aber gleichzeitig erschien ihm der Tod plötzlich wie eine Erlösung.

»Du mußt wach bleiben, Tobias«, sagte Katrin, als hätte sie seine Gedanken gelesen. »Bitte, schlaf nicht ein. Aber du darfst dich nicht bewegen. Ich versuche, die Blutung zu stoppen.«

Er hätte sich nicht einmal bewegen können, wenn er es gewollt hätte. Sein Körper war gelähmt, so vollständig paralysiert, als hätte er sich in Stein verwandelt; mit Ausnahme seiner rechten Hand, die noch immer zuckte und sich mit kleinen, krampfartigen Bewegungen in den Boden grub. Alles, was er zustande brachte, war die Andeutung eines Nickens.

Wieder verlor er das Bewußtsein, doch diesmal packte Katrin seine Schulter und schüttelte ihn, daß er vor Schmerzen aufschrie.

»Du sollst wach bleiben!« schrie sie ihn an.

»Hörst du! Mach die Augen auf! Verdammt, Tobias, ich lasse nicht zu, daß du stirbst!«

Tobias stöhnte. Katrin riß seinen Kopf herum und ohrfeigte ihn mehrmals, bis er schließlich die Augen öffnete und eine schwache Handbewegung machte, um ihre Hiebe abzuwehren.

Katrin atmete erleichtert auf, ließ endlich von ihm ab und berührte flüchtig seine Wange. Sie lächelte. »Es tut mir leid«, sagte sie, »aber du darfst jetzt nicht aufgeben.«

Tobias deutete mit den Augen ein Nicken an. Sie begriff, daß er verstanden hatte, lächelte ihm noch einmal zu und beugte sich schließlich wieder über seine Schulter. Tobias biß in Erwartung des kommenden Schmerzes die Zähne zusammen. Er fühlte, wie der Blutstrom, der aus der Wunde quoll, allmählich schwächer wurde, und gleichzeitig begann sich auch der dunkle Abgrund des ewigen Schlafes zu schließen, der ihn in seine Umarmung hatte herabziehen wollen.

Er hatte zum zweiten Mal innerhalb weniger Tage die Berührung des Todes gespürt. Und er war ihr zum zweiten Mal entronnen.

Nach einer Weile begann das Leben in seinen Körper zurückzukehren. Er spürte jeden einzelnen Schlag seines rasenden Herzens wie eine dumpfe, schmerzhafte Erschütterung. Aber es war eine andere Art der Pein, die er jetzt fühlte, kein Schmerz, der ihn in die Ohnmacht reißen wollte. Nach einer Weile fühlte er sich beinahe kräftig genug, sich aufzurichten, doch Katrin hielt ihn zurück.

»Beweg dich nicht!« sagte sie warnend. »Die Wunde ist nicht sehr schlimm, aber sie kann wieder aufbrechen.« Sie lächelte flüchtig. »Laß uns ein wenig warten.«

»Wir müssen ... weiter«, flüsterte Tobias. »Keine ... Zeit.«

Katrin antwortete nicht, aber der Blick, mit dem sie ihn musterte, sprach Bände. Sie würden nirgendwo mehr hingehen. Seine Verwundung war zu schwer.

»Es tut mir so leid«, flüsterte Tobias.

Katrin antwortete nicht. Sie preßte seine Hand gegen ihre Wange und schloß die Augen.

»Ich habe alles verdorben«, flüsterte Tobias. Plötzlich füllten Tränen seine Augen, aber er schämte sich ihrer nicht. »Ich war ein solcher Narr, Katrin, aber ich wollte dir nur helfen. Ich —«

»Ich weiß«, unterbrach ihn Katrin leise und legte einen Finger auf seinen Mund. Dann wandte sie sich um und beugte sich über die reglose Gestalt neben Tobias.

Der Mann war tot.

Die bleiche Knochengrimasse unter der schwarzen Kapuze hatte sich gelöst, und ein menschliches Antlitz war zum Vorschein gekommen. Es war blutüberströmt, mit vor Entsetzen geweiteten Augen. Tobias war nicht überrascht. Tief in seinem Inneren hatte er gewußt, daß diese Knochenwesen keine Dämonen waren, keine Toten, die aus ihren Gräbern herausstiegen, sondern leibhaftige Menschen.

»Er gehört zu Theowulfs Leuten, nicht wahr?« fragte er leise.

Katrin nickte. Sie lächelte, aber über ihr Gesicht rannen Tränen. Und als sie seine Wange berührte, spürte er, wie ihre Hände zitterten.

Tobias stellte keine Fragen mehr, und auch Katrin sagte nichts mehr, sondern setzte sich wieder neben ihn, hob behutsam seinen Kopf an und bettete ihn in ihren Schoß.

So fanden sie Theowulf und die Abordnung der Buchenfelder, die eine Stunde später mit dem ersten Licht des neuen Tages über die Felder herangaloppiert kamen, um sie zurück in die Stadt zu bringen.

15

Es mußten zehn Tage vergangen sein, als er das Licht der Sonne wieder sah. Tobias hatte die Mahlzeiten gezählt — es waren zwei am Tag —, zwei Tage hinzugerechnet, die er im Fieber gelegen hatte. Außer Maria, die ihm das Essen brachte und ihn nach Kräften pflegte, und dem Arzt, der am dritten Tag erschienen war, hatte er keinen Menschen zu Gesicht bekommen.

Es spielte keine Rolle. Selbst wenn ein Wunder geschah und er mit dem Leben davonkam — wofür es wenig Anzeichen gab —, so hatte sein Leben jeden Sinn verloren. Es gab nichts mehr, wofür zu leben und beten sich noch gelohnt hätte. Wenn ihn überhaupt noch etwas wunderte, so nur die Tatsache, daß man ihn nicht sofort getötet hatte. Doch Bressers Frau brachte ihm gute, reichhaltige Mahlzeiten, und anders als Katrin zuvor wurde er nicht in Ketten gelegt und in ein finsteres Loch geworfen, sondern erwachte aus seinen Fieberträumen in einem weichen, sauberen Bett. Es war die Lagerstatt, die er in Katrins Zelle hatte schaffen lassen. Ihr Kerker war nun sein Gefängnis. Man hatte lediglich wieder die Bretter vor dem Fenster angebracht.

Maria kam oft, aber sie sprach kein Wort mit ihm. In den ersten Tagen hatte Tobias mehrmals versucht, ein Gespräch mit ihr zu beginnen, ohne daß sie reagiert hatte. Vermutlich hatte man es ihr strikt verboten, mit ihm zu sprechen. Vielleicht lauerte sogar ein Wächter und belauschte sie. So vergingen diese zehn Tage in fast vollkommener Dunkelheit und absolutem Schweigen.

Aber am elften Tag kam der Graf.

Tobias hatte geschlafen und wieder von Katrin geträumt: ein wirres Durcheinander von Bildern und Gefühlen, Eindrücken und Lauten, das von dumpfer Verzweiflung und einem ziellosen, schmerzhaften Zorn erfüllt war. Plötzlich rüttelte jemand unsanft an seiner verletzten Schulter. Tobias öffnete stöhnend die Augen und blinzelte, im ersten Moment fast blind durch das nicht mehr gewohnte Licht einer Kerze.

Unsicher setzte er sich auf, hob die Hand schützend über die Augen und versuchte die Gestalt zu erkennen, die ihn geweckt hatte. Im allerersten Moment begriff er nur, daß es nicht Maria war. Dann gerannen die tanzenden Schatten vor seinen Augen zu einer Gestalt, die Augenblicke später auch ein Gesicht gewann: das schmale, jugendliche Gesicht des Grafen, dessen Augen mit einer Mischung aus Mitleid, Bedauern und ärgerlichem Zorn auf ihn herabsahen.

»Theowulf«, sagte Tobias matt. »Seid Ihr gekommen, um mich zu töten?«

»Es ist jemand gekommen, der mit Euch sprechen will«, sagte Theowulf mit harter Stimme, ohne auf Tobias' Worte einzugehen.

»Euer Lehnsherr?« fragte der Mönch leise. »Der Teufel?«

Theowulf runzelte die Stirn, schwieg aber. Er trat einen Schritt zurück und machte eine Handbewegung. Tobias richtete sich mühsam auf. Er bewegte sich sehr vorsichtig. Die Wunde war recht gut verheilt, und doch schmerzte sie noch.

»Könnt Ihr gehen?« fragte Theowulf, als Tobias umständlich aufstand.

Tobias nickte grimmig. »Ja«, sagte er. »Euer Mann war ein Stümper. Er hat mich nicht besonders schwer verletzt.«

Theowulf seufzte. Aber er sah eher traurig als verärgert aus. »Ihr seid ein solcher Narr, Pater Tobias. Ich habe mich in Euch getäuscht.«

»Ich nicht«, antwortete Tobias eisig. »Ich hatte gleich das Gefühl, daß Ihr nicht der seid, für den Ihr Euch ausgebt.«

Theowulf ignorierte die Worte. »Warum habt Ihr das nur

getan?« murmelte er kopfschüttelnd. »Alles wäre gut ausgegangen, hättet Ihr getan, was ich Euch vorgeschlagen habe. Aber nun gibt es nichts mehr, was ich noch für Euch tun kann.«

»Ich denke, Ihr habt bereits genug für mich getan.«

»Wenn Ihr glaubt, daß Euer Spott angebracht ist, so täuscht Ihr Euch«, antwortete Theowulf ernst. »Ihr habt alles verdorben, Ihr verdammter Idiot.«

»So?« Tobias versuchte zu lachen, aber er brachte nur einen krächzenden Laut heraus. »Wohin bringt Ihr mich? In den Wald, um mich neben dieser armen Frau zu verscharren? Oder habt Ihr Euch die Mühe gemacht, ein besseres Versteck für meine Leiche zu finden?«

»Ihr täuscht Euch, Pater Tobias«, antwortete Theowulf ruhig. »Ich bin kein Mörder.«

»Oh, natürlich nicht«, erwiderte Tobias spöttisch. »Es war sicherlich nur eine Verkettung schrecklicher Zufälle, nicht wahr? Wahrscheinlich seid Ihr bei der Hilfe, die Ihr den armen Leuten hier angedeihen lassen habt, so verarmt, daß Ihr und Eure Männer Euch keine Kleidung mehr leisten konntet, sondern die Schädel von Toten nehmen mußtet, um Euch gegen die Kälte und den Wind zu schützen.«

Theowulf seufzte. Aber er antwortete nicht mehr, sondern wandte sich um und ging zur Tür. Geduldig wartete er, bis Tobias ihm folgte, ließ ihn an sich vorbeigehen und machte eine einladende Geste, als Tobias stehenbleiben wollte.

Der Mönch blinzelte. Die ungewohnte Helligkeit trieb ihm die Tränen in die Augen. Er wischte sie mit dem Handrücken fort, sah sich suchend um und stellte mit einem leisen Gefühl der Überraschung fest, daß kein Wächter neben der Tür postiert war; Theowulf war allein gekommen, um ihn abzuholen. »Wohin bringt Ihr mich?« fragte er noch einmal.

»Zu Eurem Richter«, antwortete Theowulf.

Tobias sah ihn fragend an.

»Euch wird der Prozeß gemacht«, antwortete Theowulf auf seinen Blick.

»Prozeß? Von wem? Von Euch — oder von Bresser?«

Wieder reagierte Theowulf mit einem ärgerlichen Stirnrunzeln auf seinen spöttischen Tonfall. Aber auch diesmal blieb seine Stimme ruhig. »Von einem der Euren«, antwortete er.

»Ich habt . . .«

»Ihr seid ein Mann der Kirche«, unterbrach ihn Theowulf. »Ihr untersteht nicht meiner Gerechtigkeit. Ich habe kein Recht, über Euch zu urteilen. Das sollen andere tun.«

Tobias war verwirrt. »Was . . . soll das heißen?« fragte er mißtrauisch.

»Könnt Ihr Euch das nicht denken?« fragte Theowulf plötzlich ungeduldig. »Ich weiß nicht, mit welchem Zauber die Hexe Eure Sinne verwirrt hat, Tobias, aber so viel dürfte selbst Euch klar sein, daß ein Mann Eurer Stellung, der einer Hexe zur Flucht verhilft und dabei einen unschuldigen Bauern tötet, keine Gnade zu erwarten hat. Nicht von mir und schon gar nicht von Euren Brüdern.«

Tobias begriff immer noch nicht. »Ihr habt . . .?«

»Ihr seid nicht der einzige Inquisitor auf der Welt, Pater Tobias«, unterbrach ihn Theowulf spöttisch. »Tätet Ihr mir nicht so leid, Ihr armer Narr, dann fände ich die Situation wahrscheinlich sogar amüsant: ein Inquisitor, der sich vor der Inquisition zu verantworten hat.«

»Ihr habt einen . . . einen Inquisitor gerufen?« fragte Tobias ungläubig.

»Uns blieb kein anderer Ausweg«, antwortete Theowulf.

Tobias starrte ihn fassungslos an. »Ihr . . . Ihr müßt wahnsinnig sein!« keuchte er. »Ihr wagt es, nach allem, was hier geschehen ist, Euch an die Kirche um Hilfe zu wenden?«

»Wäre es Euch lieber, ich hätte Euch auf der Stelle verbrennen lassen?« fragte Theowulf kalt. »Niemand hätte mir einen Vorwurf gemacht. Auch wenn Ihr es mir wahrscheinlich nicht glaubt, Tobias — ich mag Euch. Ich glaube, daß Ihr ein intelligenter Mann seid. Und ich glaube, daß Ihr im Grunde nicht für das verantwortlich seid, was geschehen ist. Die Hexe hat Euch verzaubert.«

»Ihr seid ja wahnsinnig!« stammelte Tobias. »Glaubt Ihr denn, ich würde nicht alles erzählen?«

Theowulf nickte. »Selbstverständlich werdet Ihr das«,

antwortete er. »Aber wer wird Euch schon glauben? Davon abgesehen gibt es nicht viel, was Ihr erzählen könntet — wir hatten wahrlich Zeit genug, uns vorzubereiten.«

Tobias starrte ihn an. Er begriff, daß Theowulf noch immer sein grausames Spiel mit ihm spielte. Er belog ihn nicht. Er sagte ihm ganz offen die Wahrheit, um ihn zu verhöhnen und ihm seine eigene Machtlosigkeit vor Augen zu führen. Und Theowulf hatte recht. Niemand würde ihm glauben, nicht, nachdem er versucht hatte, mit Katrin zu fliehen.

»Kommt«, sagte Theowulf. »Laßt uns gehen. Wir werden erwartet.«

Tobias gehorchte, aber er konnte nicht verhindern, daß seine Schritte immer langsamer und schleppender wurden. Seine Hände begannen leicht zu zittern. Er spürte, wie ihm der kalte Schweiß ausbrach und sich ein flaues Gefühl in seinem Magen ausbreitete. Jeder Schritt kostete ihn eine ungeheure Überwindung, und doch verspürte er keine Angst; er fühlte eigentlich überhaupt nichts, nur eine tiefe, allumfassende Leere, in der jedes Gefühl verschwand.

Als sie die Treppe erreichten und er langsam vor Theowulf her die steilen, hölzernen Stufen hinabzusteigen begann, sah er, daß sich der große, düstere Kaminsaal verändert hatte. Man hatte Tische und Stühle herangeschafft. Neben der Tür erkannte er zwei Männer mit blitzenden Helmen und Speeren. Bewaffnete, Söldner, vielleicht auch Soldaten, die den zweiten Inquisitor, von dem Theowulf gesprochen hatte, begleiteten. An der langen Tafel vor dem Kamin schließlich saßen drei Gestalten in dem Gewand seines Ordens. Zwei junge Mönche mit dunklem, vollem Haar, in dem die Tonsur wie eine weiße Narbe wirkte; der Mann in ihrer Mitte war alt, sein kahler Schädel glänzte im Licht.

Als Tobias den Fuß der Treppe erreicht hatte, hob der glatzköpfige Mönch den Kopf und sah Tobias an.

Es war Pretorius, sein Abt.

Für einen Moment glaubte Tobias wieder, einen bizarren, sonderbaren Fiebertraum zu träumen. Vielleicht ließ die Schwäche ihn Trugbilder sehen. Aber es gab keinen Zweifel:

das schmale, asketische Gesicht mit den tief eingegrabenen Narben, über deren Herkunft der Abt zeit seines Lebens beharrlich geschwiegen hatte, die dunklen Augen, trübe vom Alter geworden und doch wacher als die meisten, in die Tobias je geblickt hatte, der schmale Mund, der stets zu einem grausamen Lächeln verzogen zu sein schien, aus dem Tobias aber alles über Gottesfurcht und die Liebe zu den Menschen gelernt hatte. Niemand anderes als Abt Pretorius war von Theowulf gerufen worden.

Pretorius hob eine seiner schmalen, von der Gicht und dem Alter gekrümmten Hände und winkte ihm, näherzutreten. Tobias rührte sich im ersten Moment nicht, sondern blickte den Abt noch immer ungläubig an, so daß Theowulf ihm einen sanften Stoß versetzte. Zögernd machte er ein paar Schritte und blieb in einiger Entfernung vor der Richterbank stehen. Pretorius starrte ihn noch immer an. Sein Gesicht war reglos wie eine Maske aus Stein, aber der Glanz in seinen Augen ließ Tobias schaudern. Es war nicht Zorn oder Entsetzen, sondern eine tiefempfundene, ehrliche Trauer.

Tobias begriff jäh, daß Theowulf einen Fehler gemacht hatte. Einen Fehler, der viel größer war, als er ahnen mochte, denn indem er dafür gesorgt hatte, daß nicht irgendein Dominikaner, sondern Pretorius selbst, der Abt seines Klosters, kam, hatte er den Bogen überspannt. Pretorius war sicherlich der aufrichtigste Mensch, den Tobias jemals kennengelernt hatte. Und der alte Abt war dafür bekannt, in Fragen des Glaubens unnachsichtig zu sein und keine Meinung gelten zu lassen, die von der offiziellen Doktrin des Papstes abwich. Er war aber auch der gütigste und liebevollste Mensch, dem Tobias je begegnet war. Und trotz dieses Rufes, der ihm vorauseilte, hatte er aus dem Munde keines anderen Menschen jemals Worte von größerer Wärme und größerem Verständnis für das menschliche Wesen und seine Schwächen gehört. Aber vor allem war er ein *gerechter* Mann; und ein Mann von messerscharfer Logik.

Pretorius war schon alt gewesen, als Tobias nach Lübeck in die Dominikanerburg gekommen war, ein paar Wochen nach jenem schrecklichen Ereignis mit dem Bettelmönch. Pretorius selbst hatte sich des Knaben angenommen, und wenn überhaupt einem Menschen, so war es Pretorius zu verdanken, daß Tobias trotz allem seinen Weg zu Gott und zu seinem Glauben gefunden hatte. Wie ein Meister einen besonders talentierten Schüler hatte Pretorius ihn stets mit weniger Nachsicht behandelt als die anderen, denn er hatte vom ersten Tag an die große Intelligenz und das wache Interesse Tobias' gespürt. Tobias war niemals ein blinder Eiferer gewesen wie so viele, die als Novizen in das Kloster kamen — und es irgendwann wieder verließen, ohne das Ziel ihrer Ausbildung erreicht zu haben. Er hatte sich niemals damit zufriedengegeben, Bibelverse auswendig zu lernen. Oft hatten sie ganze Nächte damit verbracht, beieinander zu sitzen und miteinander zu reden; Fragen des Glaubens, der Ethik oder über den Umgang der Menschen miteinander. Manches von dem, was er Pretorius gefragt hatte, hätten ihm viele seiner Brüder als Gotteslästerung ausgelegt oder Ketzerei. Aber Pretorius hatte ihn niemals gescholten. Er hatte gespürt, daß es stets nur die Neugier gewesen war, die Tobias' Gedanken und Handeln lenkte. Die unschuldige Neugier eines Kindes, die er sich auch als erwachsener Mann noch bewahrt hatte und die es ihm niemals erlaubte, Dinge einfach zu akzeptieren, sondern ihn immer zwang, nach einem Grund hinter allen Dingen zu fragen. Ja, dachte Tobias, wenn es einen Menschen gab, der ihm glaubte, dann Pretorius.

»Bruder Pretorius«, murmelte er, »ich . . .«

Pretorius brachte ihn mit einer nur angedeuteten Handbewegung zum Schweigen. Gleichzeitig wandte er den Kopf und gab einem hinter Tobias stehenden Mann einen Wink. »Bringt ihm einen Stuhl«, sagte er.

Tobias musterte die beiden Mönche, die den Abt begleitet. Es waren ausgerechnet die Brüder Stephan und Telarius, die in Lübeck in der Ordensgemeinschaft nicht zu seinen nicht wenigen Neidern gehört hatten; ihr Verhältnis war stets freundlich und distanziert gewesen. Sie gehörten erst seit kurzer Zeit zum Orden — Stephan seit einem, Telarius seit zwei Jahren. Vermutlich hatte Pretorius sie ausgewählt, weil sie Tobias daher recht unvoreingenommen begegnen konnten. Der Stuhl wurde gebracht, und Tobias ließ sich dankbar darauf nieder. Obwohl er fast zwei Wochen Zeit gehabt hatte, sich zu erholen, fühlte er sich doch schwach und ausgelaugt.

»Bruder Pretorius«, begann er noch einmal, und jetzt unterbrach ihn der Abt nicht. »Ich . . . ich bin so froh, Euch zu sehen.«

Pretorius lächelte flüchtig. »Mich erfüllt gleichfalls Freude, dich wiederzusehen«, antwortete er. »Man sagte mir, du hättest eine Zeitlang auf Leben und Tod gelegen. Wie fühlst du dich?«

Tobias zwang sich zu einem Lächeln. »Nicht besonders gut«, gestand er.

Pretorius seufzte. »Du kennst die Geschichte vom verlorenen Sohn, Tobias. Der Herr kümmert sich besonders um die, die vom rechten Weg abgekommen sind und Buße tun wollen. Du weißt, warum ich gekommen bin?«

Tobias nickte.

»Und dir ist auch bekannt, was man dir vorwirft?« fuhr Pretorius fort.

Tobias nickte abermals und brachte kein Wort zu seiner Verteidigung heraus.

»Es sind ungeheuerliche Vorwürfe«, sagte Pretorius. »Es fällt mir schwer zu glauben, daß sie wahr sein sollen« Wieder schwieg er einige Augenblicke, und wieder sah er Tobias fragend an, und wieder sagte Tobias nichts. Schließlich, bevor das Schweigen zwischen ihnen übermächtig wurde, räusperte sich Bruder Telarius übertrieben. Tobias bemerkte, daß Telarius einige Bogen Pergament vor sich ausgebreitet hatte und einen Federkiel in der Hand hielt.

»Ist es wahr?« fragte Pretorius plötzlich. »Man sagte mir, du hättest der Hexe zur Flucht verholfen.«

»Ja«, antwortete Tobias. »Es ist wahr.«

Pretorius zog die Augenbrauen zusammen und richtete sich in seinem Stuhl auf; diese Bewegung schien ihn vollkommen zu verändern, vom Freund und Mitbruder wurde er zum Richter.

»Wir kennen uns lange genug, Tobias«, sagte er, »und ich bin ein alter Mann und habe keine Zeit mehr, unnötige Worte zu machen. Der Weg hierher hat mich ermüdet, und was ich gehört habe, hat mich erschüttert. Jetzt frage ich dich nur eines: Bist du bereit, über das, was du hier erlebt und getan hast, ehrlich Auskunft zu geben?«

»Das bin ich«, antwortete Tobias. Er hob den Blick und sah Theowulf an, der neben ihm, aber in drei oder vier Schritten Abstand stehengeblieben war. Er konnte sich täuschen, aber er meinte, leise Anzeichen von Beunruhigung im Gesicht des Grafen zu erkennen. Vielleicht ahnte Theowulf, daß die Angelegenheit nicht ganz so verlaufen mochte, wie er es geplant hatte.

»Dann laßt uns mit dem Verhör beginnen«, sagte Pretorius.

Tobias sah überrascht auf. »Verhör?«

»Du stehst nicht als Angeklagter vor mir, Tobias«, sagte Pretorius, »sondern als Zeuge. Wir wurden gerufen, um über die Hexe zu urteilen, und dies wird hier und jetzt geschehen.« Er wandte sich mit einer entsprechenden Handbewegung an Telarius: »Du wirst alle Antworten Tobias' getreulich festhalten, Bruder.«

Tobias gestand sich betroffen ein, daß er mit keinem Gedanken an Katrin gedacht hatte. Daß Pretorius und die beiden anderen auch über sie zu Gericht sitzen konnten, überraschte ihn vollkommen.

»Du wurdest hierher geschickt«, begann Pretorius, »um dir Klarheit über die Anschuldigungen zu verschaffen, die gegen die Katrin Verkolt erhoben worden sind. Sie wird der Hexerei, der Schwarzen Magie und der Teufelsanbetung bezichtigt. Ist das richtig?«

»Was die Anschuldigungen angeht, ja«, antwortete Tobias. Er sah, daß Theowulf die Stirn runzelte. Auch Pretorius schien ein wenig verärgert über diese Antwort zu sein. »Was hast du getan, nachdem du Buchenfeld erreichtest?«

»Ehrwürdiger Vater, ich habe nach dem gesucht, der den Brief mit den Anschuldigungen geschrieben hatte, aber . . .«

»Er hat sie freigelassen!«

Pretorius blickte verärgert auf, und auch Tobias wandte den Kopf. Der dicke Bresser stand nur wenige Schritte hinter ihm, sein Gesicht loderte vor Zorn. Anklagend deutete er mit dem ausgestreckten Zeigefinger auf Tobias und sagte noch einmal: »Das erste, was er getan hat, war, die Hexe aus dem Gefängnis zu holen und unter mein eigenes Dach zu bringen! Ich mußte mein Haus verlassen, um ihr Platz zu machen!«

»Schweig, Bresser!« sagte Pretorius. Er sprach ganz leise, und sein Gesicht blieb bei diesen Worten ausdruckslos wie zuvor, aber ihr Klang war so schneidend, daß Bresser wie ein geprügelter Hund den Blick senkte und zwei Schritte zurückwich.

Pretorius wandte sich wieder an Tobias. »Ist das wahr?«

»Es ist wahr«, sagte Tobias, »und es ist auch wahr, daß ich Katrin kenne.«

Pretorius hob abwehrend die Hand. »Nicht so rasch, Tobias«, sagte er. »Vorerst beschränke dich bitte darauf, meine Fragen zu beantworten. Du wirst später Gelegenheit haben, dich zu erklären.« Er schenkte Bresser und dem Grafen einen kalten, warnenden Blick und räusperte sich. »Du hast die Hexe also freigelassen. Warum?«

»Weil er sie erkannt hat«, sagte Bresser haßerfüllt. »Weil er gesehen hat, daß es seine alte Mätresse ist, die . . .«

»Es reicht!« unterbrach ihn Pretorius scharf. »Ich befahl Euch zu schweigen, Bresser. Noch eine solche Entgleisung, und ich muß Euch auffordern zu gehen.«

»Ich habe sie erst später wiedererkannt«, gestand Tobias. »Als ich dieses Gemäuer betrat, da fand ich eine Frau, die an den Boden gekettet war. Eine Frau, die mehr tot als lebendig war, fiebernd und seit einer Woche ohne Essen oder Trinken. Ich befahl Bresser, sie hier herauszuschaffen, weil sie sonst gestorben wäre.«

Telarius' Schreibfeder kratzte über das Papier, und erneut wartete Pretorius geduldig ab, bis der Mönch die Aussage protokolliert hatte. »Und weiter?« fragte er.

»Ich ließ sie in meine Kammer in Bressers Haus herüberschaffen«, antwortete Tobias. »Wir haben uns um sie gekümmert, so gut es ging.«

»Wir? Wer ist das?«

»Bressers Frau, ich selbst und ein Arzt, den ich rufen ließ.«

»Und sie ist dort geblieben, in deinem Zimmer und deinem Bett?«

»Ja, bis ihr Zustand es erlaubte, sie wieder hierher zu bringen.«

»Und wo hast du in dieser Zeit genächtigt, Tobias?« Es war nicht Pretorius, der diese Frage stellte, sondern Stephan. Und im ersten Moment war Tobias völlig überrascht. Aber er schluckte die scharfe Antwort herunter, die ihm auf der Zunge lag, und beantwortete die Frage wahrheitsgemäß.

Über eine Stunde zog sich das Verhör hin: Pretorius und manchmal auch Stephan stellten Fragen, die Tobias beantwortete, und Bruder Telarius beschrieb emsig einen Bogen nach dem anderen. Pretorius enthielt sich jeden Kommentars, obgleich seinem Gesicht abzulesen war, daß ihn manches von dem, was er hörte, zutiefst erschreckte — und daß es ihm schwerfiel, das eine oder andere zu glauben.

Schließlich war Tobias mit seinem Bericht bei der Nacht angelangt, in der er die Prozession der Buchenfelder beobachtet hatte. Und es war das erste Mal, daß Pretorius ihn mitten im Satz unterbrach.

»Alle Menschen dieser Stadt, sagst du?« fragte er. »Alle Männer, Frauen, Kinder?«

»Soweit ich das beurteilen kann«, antwortete Tobias. »Ich war nur wenige Tage hier, ich kenne nicht jedes Gesicht, aber ich glaube, jeder war dabei, der laufen konnte.«

Pretorius warf Theowulf einen langen, nachdenklichen Blick zu, ehe er sich wieder an Tobias wandte. »Dir ist klar, welche Beschuldigung du da vorbringst?« fragte er. »Du behauptest nichts weniger, als daß eine ganze Stadt dem Teufel verfallen ist und Dämonen anbetet.«

»Keine Dämonen«, antwortete Tobias ernst. »Es sind leibhaftige Menschen, Bruder Pretorius. Aber das wußte ich da noch nicht.«

Pretorius runzelte die Stirn, als müsse er über diese sonderbare Antwort einen Moment nachdenken, dann gab er Tobias mit einer Geste zu verstehen, daß er fortfahren solle.

»Ich wußte, daß sie Katrin töten würden«, sagte Tobias. »Mir war klar, daß Theowulfs Vorschlag, sie unter allen Umständen zu verurteilen, um sie dann insgeheim fortzuschaffen, dem einzigen Zweck diente, mich in Sicherheit zu wiegen.«

»Also bist du zurückgegangen, um sie zu befreien und zusammen mit ihr zu fliehen?«

»Ja.« Tobias nickte. »Aber ich hatte nicht vor, sie einfach davonlaufen zu lassen.«

»Warum nicht?«

»Weil sie unschuldig ist!« antwortete Tobias überzeugt. »Sie ist keine Hexe. Die einzigen Dämonen, die es in dieser Stadt gibt, sind Graf Theowulf und seine Helfershelfer. Sie laufen zu lassen wie eine gemeine Verbrecherin, der man die Freiheit schenkt, hieße, ihre Schuld anzuerkennen. Ich hatte vor, zusammen mit ihr zu fliehen.«

»Und dann?« fragte Pretorius. »Wie sollte es weitergehen?«

»Ich weiß es nicht«, gestand Tobias. »Ich hatte keine Zeit, wirklich nachzudenken. Vielleicht wären wir zu Euch gekommen, Bruder Pretorius.«

»Das ist doch Unsinn!« mischte sich Theowulf ein.

Pretorius warf ihm einen ärgerlichen Blick zu, aber anders als Bresser wich der Graf nicht zurück, sondern trat auf den Tisch zu und deutete anklagend auf Tobias. »Er hatte niemals vor, sie der kirchlichen oder auch der weltlichen Gerechtigkeit zu übergeben«, sagte er. »Habt Ihr bereits vergessen, was er vor einigen Augenblicken selbst zugegeben hat? Daß es sein Plan war, sie freizusprechen? Er hat nie nach Indizien für ihre Schuld gesucht, sondern wollte stets ihre Unschuld beweisen.«

»Das mag sein«, antwortete Pretorius gelassen. »Doch auch das ist die Aufgabe eines Inquisitors, Graf. Schuldige und Unschuldige ohne Unterschied zu verurteilen hieße Böses zu tun, statt das Böse zu bekämpfen.« Er machte eine entschiedene Handbewegung, mit der er Theowulf daran hinderte, weiterzusprechen, und wandte sich erneut an Tobias.

»Ihr seid also gemeinsam aus der Stadt geflohen? Wohin?«

»Zu . . . dem See im Wald«, gestand Tobias zögernd. »Katrin kannte ein Versteck dort, in dem wir die Nacht verbringen wollten.«

»Warum?« fragte Stephan. »Ihr hattet einen guten Vorsprung. Ihr hättet ihn nutzen können, um euch in Sicherheit zu bringen.«

»Ich wußte nicht, ob sie unsere Flucht schon bemerkt hatten«, erwiderte Tobias. »Wenn sie uns mit Pferden oder gar Hunden gejagt hätten, wären wir nicht sehr weit gekommen. Die Nähe dieses Tümpels mit seinem fürchterlichen Gestank schien mir der einzige Ort, an dem wir vor den Hunden sicher wären. Ich hoffte, daß sein Pesthauch unsere Fährte überdecken würde.«

»Was er ja wohl auch getan hat«, sagte Pretorius. »Was geschah dort am See?«

»Wir fanden die Höhle«, entgegnete Tobias. »Aber vorher sah ich die Männer mit den Knochenlarven wieder. Die falschen Dämonen«, fügte er mit einem haßerfüllten Blick in Theowulfs Richtung hinzu, »die sich von den Menschen in dieser Stadt anbeten lassen. Sie trugen etwas, das sich später als die Leiche einer Frau herausstellte.«

Theowulf gab ein abfälliges Geräusch von sich, und wieder hob Pretorius rasch und warnend die Hand. »Nicht so schnell«, sagte er, »wir waren bei der Höhle. Was geschah dort? Ihr habt die Nacht darin verbracht?«

»Das haben wir«, gestand Tobias und verschwieg auch nicht, was dort geschehen war. Ein Gefühl der Scham erfüllte ihn, gleichzeitig aber die Gewißheit, daß er, während er sein Gelübde brach, doch nur auf die Stimme in seinem Herzen gehört hatte.

Pretorius hörte all dies mit steinernem Gesicht, ohne ein Wort zu äußern. Hin und wieder gab er mit einer Geste zu verstehen, daß Tobias weitersprechen sollte.

Als Tobias zum Ende gekommen war, wurde es still in dem großen, halbdunklen Raum. Tobias war erschöpft. Seine Kehle brannte, und sein Gaumen war so trocken, daß er kaum noch reden konnte. Er hatte über eine Stunde gesprochen.

Schließlich seufzte Pretorius tief. Auch er sah erschöpft aus. Der Ausdruck von Trauer in seinen Augen war nicht gewichen, er hatte sich eher noch verstärkt.

»Das ist die ganze, wahre Geschichte?« fragte er nach einer Weile.

Tobias nickte müde. »Alles, was ich erzählen kann«, sagte er. »Doch fragt Katrin, welche Rolle Graf Theowulf in dieser Stadt wirklich spielt. Und wenn Ihr ihr nicht glaubt, dann geht zu seiner Burg und fragt den Jungen der toten Frau. Falls er ihn nicht auch umgebracht hat.«

Theowulfs Miene verriet keinerlei Regung. Er hörte Tobias' Worte, als gingen sie ihn nichts an, als sei er ein unbeteiligter Beobachter in diesem sonderbaren Prozeß.

»Du gestehst also, daß du der Hexe in dieser Nacht zur Flucht verholfen hast? Du gestehst, daß du dich mit ihr der Sünde der fleischlichen Liebe hingegeben hast? Und du gestehst, daß sie einen Mann getötet hat, der versuchte, euch an der Flucht zu hindern?« faßte Pretorius seine Aussage schließlich zusammen.

»Aus den Gründen, die ich Euch erklärt habe«, antwortete Tobias.

»Ihr seht, ehrwürdiger Abt, es ist genau so, wie ich es sagte«, rief Theowulf plötzlich. »Sie hat ihn verzaubert.«

Tobias fühlte, wie sein Magen sich zusammenzog. »Aber das . . . das ist . . .«

Pretorius unterbrach ihn mit einer Handbewegung. »Ich weiß, was du sagen willst, Tobias. Aber ich fürchte, Graf Theowulf hat recht. Das bist nicht du, der da zu mir redet.«

»Pretorius, ich bitte Euch!« Tobias fuhr auf. »Ich weiß nicht, was er Euch erzählt hat, aber glaubt mir, ich war niemals klarer bei Verstand. Es ist lächerlich zu behaupten, daß irgend jemand meine Sinne verwirrt hätte.«

»Und doch fürchte ich, daß mir keine andere Wahl bleibt, als genau das zu glauben«, antwortete Pretorius, »nach dem, was ich jetzt von dir gehört habe.«

»Verehrter Pretorius, Ihr kennt mich!« antwortete Tobias. »Glaubt Ihr denn wirklich, daß ich mich von Hexerei blenden ließe?«

375

»Sicher nicht«, antwortete Pretorius, »doch vielleicht von etwas, das du für die Stimme deines Herzens hältst.«

»Aber Katrin ist . . .«

»Wir wissen, wer sie ist«, unterbrach ihn Pretorius sanft. Er lächelte traurig. »Sie hat mir alles gesagt, und hätte sie es nicht getan, so hätte ich sie erkannt. Hast du schon vergessen, daß ich es war, der sich um deine Erziehung gekümmert hat? Ich selbst habe damals dafür gesorgt, daß sie mit einer milden Strafe davonkam. Sie hat auch mich getäuscht, so wie dich und alle anderen.«

Tobias begriff erst nach einigen Augenblicken, was diese Worte bedeuteten. »Aber sie ist keine Hexe!« sagte er. »Wir . . . wir waren Kinder damals, Bruder Pretorius! Wie wußten nicht, was wir taten.«

Abermals glitt dieses milde, traurige Lächeln über Pretorius' greise Züge. »Du warst ein Kind, Tobias. Doch die Wege des Teufels sind verschlungen, und seine Heimtücke unendlich. Manchmal kommt er gerade in der Gestalt dessen, was wir am meisten zu lieben glauben.«

»Aber sie ist keine Hexe!« wiederholte Tobias.

Pretorius sah ihn voller Mitleid an. »Du liebst diese Frau«, sagte er. »Es ändert nichts an dem, was du getan hast, oder daran, daß du dich dafür wirst verantworten müssen. Ist dir klar, daß du dabei bist, dein Leben und dein Seelenheil fortzuwerfen um ihretwillen?«

»Sie hat nichts verbrochen!« protestierte Tobias. »Was hier geschehen ist, hat nichts mit Hexerei zu tun. Ich bin es, den Ihr bestrafen müßt. Ich habe gesündigt. Ich habe mein Gelübde gebrochen. Sie hat nichts anderes getan, als um ihr Leben zu kämpfen.«

»Du versuchst noch immer, sie zu verteidigen«, sagte Pretorius. »Es ehrt dich, aber es ist auch dumm. Es würde nichts mehr ändern, weder für dich noch für sie, Tobias. Sie hat bereits alles zugegeben.«

Tobias starrte ihn ungläubig an. »Sie hat gestanden?«

»Die Hexe hat ein umfassendes Geständnis abgelegt«, antwortete Stephan an Stelle des Abtes. »Sie hat gestanden, sich mit Zauberei und Schwarzer Magie beschäftigt zu haben.

Sie hat gestanden, schon in ihrer Kindheit mit dem Teufel gebuhlt zu haben und sich seither in jeder Vollmondnacht mit ihm zu treffen. Sie hat weiter gestanden, den See im Wald nördlich von Buchenfeld mit Zaubersprüchen verdorben zu haben. Sie hat gestanden, das Vieh mehrerer Bauern verhext zu haben und im letzten Jahr die gesamte Ernte.«

»Dann hat sie vermutlich auch zugegeben, daß sie ab und zu auf ihrem Besen über den Himmel reitet, wie?« fügte Tobias höhnisch hinzu. Er ballte wütend die Fäuste. »Seit wann glaubt Ihr an einen solchen Unsinn?«

In Stephans Augen blitzte es ärgerlich auf. Aber er kam nicht dazu, zu antworten, denn wieder hob Pretorius die Hand und sorgte mit einer knappen Geste für Ruhe. Für die Dauer eines Herzschlages sah er Tobias mit durchdringendem Blick an, dann wandte er sich wieder den Wachen vor der Tür zu: »Bringt die Angeklagte herein!«

Tobias konnte ein erschrockenes Aufstöhnen nicht verhindern. Er hatte im Grunde noch gar nicht richtig begriffen, daß es in diesem Prozeß nicht um ihn ging. Er war nur Zeuge; ein Zeuge, der selbst schwere Schuld auf sich geladen hatte. Angeklagt aber war Katrin. Und er begriff mit einem plötzlichen neuen Schrecken, daß es nicht sein Leben gewesen war, um das er während der letzten Stunde geredet hatte, sondern ihres.

Der Wächter kam nach wenigen Augenblicken zurück, und als Tobias Katrin sah, da vergaß er für einen Moment alles und spürte nur Wut und Verzweiflung. Die zehn Tage, die er in der Finsternis des Kerkers zugebracht hatte, waren auch an ihr nicht spurlos vorübergegangen. Aber während er sich erholt und neue Kräfte gesammelt hatte, wirkte Katrin verdreckt und fast so erschöpft, wie er sie im Turm gefunden hatte. Sie trug noch immer das gleiche Kleid, das sie während ihrer Flucht angehabt hatte, aber jetzt war es zerrissen und von großen, dunklen Flecken bedeckt, die nichts anderes als ihr eigenes, eingetrocknetes Blut sein konnten. Ihr Haar hing strähnig und schmutzig herab. Ihre rechte Hand war in einen blutdurchtränkten Verband gewickelt, und sie hatte Mühe, sich zu bewegen. Jeder Schritt schien ihr unerträgliche Pein zu bereiten.

»Ihr habt sie . . . gefoltert?!« krächzte Tobias ungläubig.

»Die Beschuldigte wurde einer Interrogatio unterzogen, wie es in einem solchen Falle üblich ist, wenn es der Wahrheitsfindung dient«, berichtete ihm Pretorius.

»Ihr habt sie gefoltert!« beharrte Tobias. Er fuhr herum, starrte Pretorius an und beugte sich erregt vor. Auch Telarius und Bruder Stephan spannten sich, und Tobias begriff plötzlich, daß seine Haltung ihnen allen Anlaß zu der Befürchtung bot, er könne sich einfach auf Pretorius stürzen.

»Ihr . . . Ihr habt ein Geständnis von ihr erpreßt«, sagte er mit zitternder Stimme. »Was soll das beweisen? Auch ich würde auf der Folter alles gestehen, was Ihr von mir hören wolltet.«

Natürlich wußte er, wie sinnlos diese Worte waren. Pretorius machte sich noch nicht einmal die Mühe, darauf zu antworten, sondern gebot Katrin mit einer befehlenden Geste, näherzutreten.

Sie gehorchte.

Tobias versuchte vergeblich, einen Blick ihrer Augen zu erhaschen. Sie mußte spüren, daß er sie ansah, aber sie wich ihm aus.

»Katrin Verkolt«, begann Pretorius wieder in diesem sachlichen, unpersönlichen Ton. »Du weißt, wessen du beschuldigt wirst.«

Katrin nickte. Sie zitterte am ganzen Leib. »Ja«, flüsterte sie tonlos.

»Wir haben alle Zeugen vernommen«, fuhr Pretorius fort. »Wir haben die Beweise deiner Tat selbst in Augenschein genommen, und wir haben ein von dir unterschriebenes Geständnis, in dem du zugibst, dich mit dem Teufel und seinen Dämonen eingelassen zu haben. Doch bevor ich das endgültige Urteil über dich spreche, will ich dir Gelegenheit geben, den Schaden, den du angerichtet hast, wieder gutzumachen.«

»Was . . . was ist das für ein Unsinn?« sagte Tobias fassungslos. »Sie hat nichts getan! Er ist es, der an allem schuld ist!« Er deutete anklagend auf Theowulf, der aber auch diesmal keine Miene verzog.

»Schweig, Tobias«, sagte Pretorius. Zu Katrin gewandt fuhr er fort: »Bitte wiederhole den Teil deines Geständnisses, der Pater Tobias und eure Flucht aus dem Gefängnis betrifft. Oder bist du zu schwach dazu? Ich lasse es gern von Bruder Telarius vorlesen, und du brauchst dann nur zu nicken, wenn es der Wahrheit entspricht.«

»Ich kann . . . reden«, entgegnete Katrin leise. Für einen Moment sah sie Tobias nun doch an, aber der Blick, den er auffing, erschreckte ihn nur; es waren Augen, in denen ein unsäglicher Schmerz geschrieben stand.

»Du gibst also zu, die schwarzen Künste, die dir der Satan verliehen hat, dazu benutzt zu haben, den Geist und Willen des Pater Tobias zu verwirren?«

Katrin nickte. »Ja. Ich habe ihn gezwungen, mir zu helfen.«

»Aber das ist nicht wahr«, protestierte Tobias.

»Du gibst also zu«, fuhr Pretorius unbeeindruckt fort, »ihn verhext zu haben, damit er dir bei der Flucht aus dem Gefängnis half?«

»Ja.« Katrin sah ihn erneut für einen Moment an. Ihre Lippen zitterten, ihr Atem ging so rasch, daß er das schnelle Heben und Senken ihrer Brust unter dem zerrissenen Kleid sehen konnte. Dann wandte sie sich wieder an Pretorius und senkte den Blick. »Es war genau so«, fuhr sie fort. »In der Nacht unserer Flucht hielt er selbst Wache vor meinem Gefängnis. Ich wartete, bis er schlief, dann schlich ich mich in seine Träume und machte ihn glauben, Zeuge einer Schwarzen Messe zu sein, in der die Bewohner dieser Stadt den Teufel anbeteten. Danach fiel es mir leicht, seinen Widerstand zu überwinden und ihn zu überreden, mir bei der Flucht zu helfen.«

»Es geschah also gegen seinen Willen«, vergewisserte sich Pretorius.

»Aber das ist doch alles nicht wahr«, protestierte Tobias. »Katrin! Warum . . . warum sagst du das? Sag ihnen, wie es wirklich war! Sag ihnen, was hier wirklich geschieht. Es ist nicht deine Schuld!«

»Ihr seid geflohen«, fuhr Pretorius fort. »Wohin?«

»Zum See«, antwortete Katrin. »In eine Höhle, ganz in seiner Nähe, die ich kannte. Ich wußte, daß wir dort sicher sind.«

»Eine Höhle? Was für eine Höhle? Handelte es sich um einen besonderen Ort?«

»Ja. Es war der Ort, an dem ich mich manchmal mit meinem Herrn treffe.«

»Dein Herr? Wer ist das?«

»Der Teufel«, gestand Katrin. »Es ist die Höhle, an dem ich ihm zu Willen bin und in der er mir seine Befehle erteilt.«

»Pretorius!« stöhnte Tobias. »Das könnt Ihr nicht glauben! Ihr wißt, was von solchem Gerede zu halten ist!«

»Was geschah also in dieser Höhle?« fuhr Pretorius fort, wieder ohne ihm auch nur Beachtung zu schenken.

»Ich verführte Tobias«, sagte Katrin. »Ich verhexte ihn, sein Gelübde zu brechen und mit mir die Sünde der Fleischeslust zu begehen.«

»Fiel es dir schwer?« wollte Pretorius wissen.

Katrin deutete ein Kopfschütteln an. »Nein. Diese Höhle ist ein Ort, an dem die Macht der Hölle groß ist. Kein Mann aus Fleisch und Blut hätte mir dort widerstehen können. Ich überzeugte ihn endgültig davon, daß ich unschuldig sei und er mir bei der Flucht helfen müsse. Dann verließen wir den Wald wieder und machten uns auf den Weg zum Fluß. Aber wir wurden entdeckt. Die Buchenfelder waren ausgeschwärmt, mich zu suchen. Der Bauer Janosch überraschte uns. Als Tobias ihn sah, zwang ich ihn, ihn anzugreifen. Doch Janosch war stärker. Er rang Tobias nieder, und als er nicht aufhörte, sich zu wehren, zog er ein Messer und stach ihm in die Schulter.«

»Und weiter?« fragte Pretorius, als Katrin schwieg.

»Während Tobias und Janosch miteinander kämpften, lief ich zum Wald zurück und suchte mir einen Knüppel«, sagte sie. »Damit habe ich ihn erschlagen.«

»Aber so war es nicht«, murmelte Tobias. Er schrie jetzt nicht mehr. Seine Stimme war kaum mehr ein Flüstern, das Pretorius wahrscheinlich gar nicht mehr hörte. Seine Augen brannten, aber er hatte nicht einmal mehr Tränen. Er hätte

Entsetzen verspüren müssen, Zorn, Panik — irgend etwas, aber er fühlte nichts. Er hatte verloren. Nichts, was er jetzt noch tat oder sagte, vermochte noch irgend etwas zu ändern.

Wieder breitete sich für lange, endlose Augenblicke ein bedrückendes Schweigen im Saal aus. Dann räusperte sich Pretorius und hob den Kopf, um nacheinander Theowulf, Tobias und Katrin anzusehen. »Die Beschuldigte hat zugegeben«, begann er, »die ihr zur Last gelegten Untaten begangen zu haben. Sie ist geständig, mit dem Teufel im Bunde zu sein und mittels magischer Kräfte verschiedenen Einwohnern Buchenfelds und der Umgebung Schaden zugefügt zu haben. Sie hat gestanden, alles in ihrer Macht Stehende getan zu haben, diesen Ort zu verderben und die Saat des Teufels in die Herzen seiner Menschen zu pflanzen. Sie hat im Verlaufe der Verhandlung weiter gestanden, schon vor vier Jahren dafür gesorgt zu haben, daß der damalige Pfarrer davongejagt wurde. Sie ist überdies geständig, ihren Mann, den Apotheker Verkolt, über eine Zeit von einem Jahr hinweg allmählich vergiftet zu haben. Und sie gesteht auch die schwerste der Anschuldigungen ein, nämlich den Inquisitor mit ihren Hexenkünsten willenlos gemacht zu haben. Ich bestimme deshalb, daß sie als Hexe auf dem Scheiterhaufen verbrannt und ihre Asche anschließend in alle vier Winde verstreut werden soll. Das Urteil wird noch heute vollstreckt.«

Tobias hörte die Worte kaum. Er hatte gewußt, wie das Urteil aussehen würde, aber er fühlte noch immer nichts, weil er einen Grad der Verzweiflung und Mutlosigkeit erreicht hatte, an dem selbst das Entsetzen seinen Schrecken verloren hatte.

Katrins Augen füllten sich mit Tränen. Sie starrte Pretorius zitternd an und drehte sich dann mit einem Ruck herum und sah in Theowulfs Richtung.

Es war seltsam — aber von allen Reaktionen, die Tobias erwartet hatte, las er auf Theowulfs Gesicht die unwahrscheinlichste: Schrecken.

Dabei konnte ihn dieses Urteil nicht überraschen. Er hatte sein Ziel erreicht, und doch schien er nicht zu triumphieren.

Auch Pretorius war die überraschende Reaktion des Grafen nicht entgangen, denn er wandte sich mit einem fragenden Blick an Theowulf. »Habt Ihr noch irgend etwas zu sagen, Graf?«

Theowulf schüttelte hastig den Kopf. »Nein«, antwortete er, »ich möchte Euch lediglich den Dank der ganzen Stadt aussprechen, daß Ihr uns endlich von dem Unglück erlöst, das seit Jahren auf uns lastet. Allerdings . . .«

Pretorius hatte sich schon wieder Bruder Telarius zugewandt, blickte aber jetzt überrascht auf und sah den Grafen an. »Ja?«

»Ich will mich nicht einmischen«, begann Theowulf zögernd. »Aber mich läßt nicht los, was sie über diese Höhle erzählt hat.«

»Wie meint Ihr das?« Pretorius legte fragend den Kopf auf die Seite.

»Wenn es wirklich ein Ort ist, an dem der Teufel umgeht«, antwortete Theowulf, »so können wir nicht so tun, als wäre alles vorbei. Ein anderer mag unwissentlich in dieselbe Falle stolpern, wie es Eurem armen Priester geschah. Oder eine andere Hexe führt fort, was dieses unglückselige Weib begann. Wir müssen diese Höhle finden und unzugänglich machen.«

»Dann solltet Ihr das tun«, riet ihm Pretorius mit leiser Ungeduld in der Stimme.

Theowulf lächelte unglücklich. »Bitte verzeiht, ehrwürdiger Abt, doch ich fürchte, ich werde keinen Mann in dieser Stadt finden, der es wagt, sich ihr freiwillig zu nähern. Davon abgesehen, daß ich nicht sicher bin, ob wir sie überhaupt finden, ohne daß die Hexe uns führt.«

»Er hat recht, Bruder«, bemerkte Stephan. »Wir müssen diesen Ort exorzieren. Wenn die Macht der Hölle dort ausreicht, einen Mann wie Bruder Tobias zu überwinden, so wird sie jeden anderen verderben, der auch nur in ihre Nähe kommt.«

Pretorius dachte einen Moment über diese Worte nach, und schließlich nickte er; aber die Bewegung war so mühsam, als träfe er diese Entscheidung nur schweren Herzens und im Grunde wider besseres Wissen. Er wandte sich noch einmal an Katrin. »Bist du bereit, uns den Weg dorthin zu zeigen?« fragte er. »Es wird keinen Einfluß auf dein Urteil haben. Aber vielleicht findest du etwas mehr Gnade vor Gottes Augen, wenn du uns hilfst, zu verhindern, daß noch mehr Unschuldige in die Fänge des Teufels geraten.«

»Ich . . . zeige Euch den Weg«, flüsterte Katrin stockend.

»Dann laßt uns keine Zeit mehr verlieren«, schloß der alte Abt den Prozeß.

16

Es waren viele Menschen, die Buchenfeld an diesem Nachmittag verließen und sich dem See näherten: Bresser, Theowulf mit einem halben Dutzend Männern aus dem Gefolge des Grafen, die Mönche sowie zwanzig Bewaffneter, die vor dem Turmhaus gewartet hatten. Offensichtlich hatte die Botschaft, die Theowulf Pretorius geschickt hatte, den alten Mann so erschreckt, daß er es vorgezogen hatte, mit einer kleinen Armee herzukommen.

Unbeschadet all dessen, was Pretorius selbst gesagt hatte, wurde Tobias als Gefangener behandelt: Auf einen Wink des alten Mannes hin verzichteten die Soldaten zwar darauf, ihn zu fesseln, aber er wurde auf ein Pferd gesetzt, dessen Zügel nicht er, sondern ein anderer hielt. Einer der Bewaffneten ritt vor ihm, einer hinter ihm und zwei zu seinen Seiten. Sie behandelten ihn mit ausgesuchter Höflichkeit, gleichzeitig aber auf eine Art, die keinen Widerspruch duldete. Tobias wußte, daß sie ihn töten würden, wenn er versuchte zu fliehen. Und für einen Moment dachte er wirklich daran, zu fliehen. Auf diese Weise würde er allem ein schnelles Ende bereiten. Doch ganz gleich, was man über Tobias sagen oder denken mochte, er war niemals ein *Feigling* gewesen. Schnell tat er den Gedanken ab und ritt gehorsam zwischen den Bewaffneten einher.

Es war bereits spät geworden. Die Sonne sank langsam hinter den Horizont, und lange Schatten begannen sich über das Land zu legen. Ein scharfer Wind war aufgekommen, der aber zum See hin wehte und sie so vor dem Gestank des Pfuhls schützte. Tobias wußte, daß sie den Weg zurück nicht mehr bei hellem Tageslicht schaffen würden. Er war nicht einmal sicher, ob sie den See bei Tage erreichten, denn da sie sich nach Pretorius, als dem langsamsten der Gruppe richten mußten, kamen sie nur schwerfällig voran. Der alte Mann war das Reiten nicht gewohnt, und er hockte verkrampft im Sattel, als bereite es ihm Schmerzen, sich überhaupt auf dem Pferd zu halten. Als sie sich dem Wald bis auf hundert Schritte genähert hatten, hielt Pretorius, der zusammen mit den beiden anderen Dominikanern die Spitze des kleinen Trupps bildete, an und winkte Tobias herbei.

Pretorius sah ihn einen Moment lang forschend an, dann machte er eine flatternde Handbewegung. »Nun, Bruder Tobias«, begann er, »zeig mir die Stelle, an der du die tote Frau gefunden haben willst.«

Die Formulierung dieser Frage versetzte Tobias in Erstaunen. Er wandte langsam den Kopf, um die Stelle wiederzufinden, an der Katrin und er auf den Mann mit der Knochenmaske gestoßen waren. Im ersten Moment fiel es ihm sehr schwer; im zwar schwindenden, aber noch immer hellen Licht des Tages sah hier alles verändert aus. Dann endlich gewahrte er jene Bresche im Unterholz, die durch den Wald zum See hin führte. Selbst am Tage sah sie aus wie ein finsteres Loch, ein Anblick, der ihm erneut einen raschen, eisigen Schauer über den Rücken laufen ließ.

»Nun?« fragte Pretorius.

Tobias sah sich weiter um. Fast verzweifelt versuchte er, sich in Erinnerung zu rufen, welchen Weg Katrin und er genommen hatten, nachdem sie die Höhle verließen. Sie hatten sich nach Süden gewandt und waren nur einige Schritte weit gegangen — aber waren es zehn gewesen? Oder fünfzig? Oder hundert? Er erinnerte sich nicht mehr. Schließlich deutete er in die ungefähre Richtung, und Pretorius gab ihm mit einer Geste zu verstehen, daß er voranreiten sollte.

Er entfernte sich so weit vom Wald, daß er ganz sicher war, mindestens die doppelte Strecke zurückgelegt zu haben wie an jenem Abend, ritt in weitem Bogen zurück und führte Pretorius und die anderen noch drei- oder viermal am Waldrand entlang. Sein Blick suchte aufmerksam den Boden ab, aber er fand nichts. Jeder Fußbreit Boden sah aus wie der andere. Und nach einer Weile gestand er sich ein, daß es sinnlos war.

»Ich weiß es nicht mehr«, gestand er niedergeschlagen.

Pretorius sah plötzlich noch trauriger und niedergeschlagener aus. Mit einer müden Bewegung wendete er sein Pferd, und sie ritten zum Waldrand zurück, wo Theowulf, seine Begleiter und die übrigen Soldaten auf sie warteten. Katrin stand zwischen zwei der finster dreinblickenden Bewaffneten. Sie schien Mühe zu haben, sich auf den Beinen zu halten. Aber ihr Blick war wach und klar, und so absurd es Tobias im ersten Moment erschien — er glaubte fast, Zuversicht in ihren Augen zu erkennen, als sie ihn für einen Moment ansah.

»Also — zeig uns den Weg«, befahl Pretorius, nachdem er, gestützt von Telarius und einem der Soldaten, von seinem Pferd gestiegen war.

Katrin reagierte im ersten Moment überhaupt nicht. Doch dann drehte sie sich gehorsam um und begann mit kleinen, mühsamen Schritten, den Weg in den Wald hineinzugehen.

Ein sonderbares Gefühl des Unwirklichen ergriff von Tobias Besitz. Es war, als dränge er Schritt für Schritt wieder in die bizarre Welt seines Alptraumes vor, als entferne er sich mit jedem Schritt mehr von der Wirklichkeit und begebe sich zurück in die Dimension des Schreckens und der Hölle. Doch selbst Pretorius schien dieser verfluchte Ort mit Unbehagen zu erfüllen. Und die Blicke der Soldaten wurden immer angstvoller.

Schließlich blieb Katrin stehen und deutete mit aneinandergebundenen Händen auf eine Stelle rechts am Wege; eine kaum kniehohe, kaum wahrnehmbare Lücke im Unterholz.

»Was ist das?« fragte Pretorius.

»Wir müssen dort hindurch«, antwortete Katrin leise. »Ihr werdet . . . kriechen müssen.«

Pretorius überlegte einen Moment, dann schüttelte er den Kopf. Mit einer knappen Geste winkte er zwei Soldaten herbei und deutete auf die Büsche neben Katrin. »Schlagt eine Bresche!« befahl er.

Katrin erschrak sichtlich. »Nein!« sagte sie. »Das dürft Ihr nicht!«

Tatsächlich verharrten die beiden Bewaffneten unschlüssig, was sie tun sollten. Und auch Theowulf wirkte erschrocken, fand Tobias.

»Was soll das heißen?« fragte Pretorius scharf.

»Ihr . . .« Katrin brach ab, suchte einen Moment krampfhaft nach Worten und sah Tobias fast flehend an.

»Ihr dürft das nicht tun«, sagte sie schließlich. »Niemand darf hier irgend etwas verändern.«

»Unsinn!« rief Pretorius verärgert. Er wiederholte seine befehlende Geste und gab gleichzeitig einem dritten Soldaten zu verstehen, Katrin ein Stück beiseite zu führen. Dann hoben die beiden Bewaffneten ihre langen, doppelseitig geschliffenen Schwerter und begannen, mit vereinten Kräften auf das Unterholz einzuschlagen.

Immer wieder verfingen sich die Klingen in dem Gewirr aus Ästen und Ranken, und immer wieder mußten die Männer ihre ganze Kraft einsetzen, um ihre Waffen überhaupt aus dem Durcheinander zu befreien. Ein beständiges Rascheln und Knistern hob an, während sie verbissen weiter auf die Büsche einhackten. In Tobias' Ohren steigerte sich dieser Laut rasch zu einem schmerzerfüllten Seufzen und Stöhnen, in das nach und nach der gesamte Wald einzustimmen schien. Er wußte plötzlich, daß Katrins Warnung nur zu berechtigt gewesen war. Was sie taten, war falsch. Ein Frevel, der nicht ungesühnt bleiben konnte. Dies war ein heiliger, unberührbarer Ort, wenn auch ein Hauch des Bösen über ihm liegen mochte. Und kein Mensch hatte das Recht, irgend etwas zu verändern oder gar zu zerstören, Katrins Angst war nicht gespielt: Ihre Augen waren dunkel vor Furcht, und ihr Blick huschte immer unsteter über die Mauer aus Geäst und dornigen Zweigen, als erwarte sie, daß sie sich jeden Moment erheben und auf sie stürzen würde.

Die beiden Männer brauchte eine lange Zeit, um ihr Werk zu vollenden. Und als sie es endlich geschafft hatten, zitterten sie vor Erschöpfung. Aber in der Wand aus dornigen Ranken und abgestorbenem Buschwerk gähnte eine Höhlung, breit genug, daß sich ein Mann mit einiger Anstrengung durchzwängen konnte.

Pretorius schickte die beiden Männer mit einer Kopfbewegung zurück und machte eine auffordernde Geste zu Katrin. »Geh!«

Auch als sie tiefer in den Wald eindrangen, erkannte Tobias nichts wieder. Es hätte ebensogut ein völlig anderer Ort sein können, viele Meilen oder auch Welten entfernt. Erst als Katrin nach einer geraumen Weile wieder stehenblieb und in die Hocke ging, um sich an einem Gewirr toter Gehölze zu schaffen zu machen, wußte er, daß sie ihr Ziel erreicht hatten.

»Halt!«

Katrin sah erschrocken auf, und Pretorius herrschte sie im gleichen, barschen Tonfall an: »Was tust du da?!«

»Ihr ... wolltet die Höhle sehen«, antwortete Katrin stockend. »Der Eingang ist ...«

Pretorius unterbrach sie mit einer zornigen Geste. »Steh auf!«

Katrin gehorchte. Ihr Blick wanderte unsicher zwischen Pretorius und Tobias hin und her.

»Liegt hier der Eingang?« Pretorius deutete auf die Büsche.

Katrin nickte. »Ja. Aber er ist versteckt, und Ihr würdet ihn nicht ...«

»Für wie dumm hältst du mich, Weib?!« herrschte Pretorius sie an. »Glaubst du wirklich, ich würde eine Hexe an einen solch teuflischen Ort gehen lassen?« Er machte eine befehlende Handbewegung zu den beiden Bewaffneten, die die Bresche ins Unterholz geschlagen hatten, dann auf die Büsche zu seinen Füßen. »Schafft das Gestrüpp fort!«

Die beiden Soldaten gehorchten. Unter den Büschen kam der schwarze, bodenlose Schacht zum Vorschein, den Tobias kannte. Und auch wieder nicht kannte. Er erschien ihm jetzt viel schmaler und noch viel, viel tiefer als damals. Und er nahm erst jetzt den fauligen Modergeruch wahr, der aus der Tiefe strömte.

Pretorius schauderte. »Du hast nicht übertrieben, Weib«, sagte er. »Das ist ein höllischer Ort.«

Er hob befehlend die Hand. »Gebt mir eine Fackel.«

»Tut es nicht!« sagte Katrin erschrocken.

Pretorius funkelte sie an. »Warum nicht?« fragte er barsch. »Hast du Angst, dein Herr könnte dich strafen, weil du einen Mann Gottes hierhergebracht hast?«

»Der Schacht ist sehr eng«, antwortete Katrin unsicher, »und sehr tief. Ihr würdet Euch verletzen, wenn Ihr hinunterzuklettern versuchtet.«

»Sie hat recht, Pretorius«, fügte Tobias hinzu. »Selbst ich habe es kaum geschafft. Es ist zu gefährlich.«

Pretorius lachte bitter. »Wie soll ich einen Ort vom Teufel befreien, den ich nicht betreten kann?«

»Laßt es mich tun«, schlug Bruder Telarius vor. Mit einem flüchtigen Lächeln fügte er hinzu: »Ich habe Erfahrung in solchen Dingen. In dem Ort, in dem ich aufgewachsen bin, gab es eine Menge Höhlen. Als Kind bin ich gern darin herumgeklettert.«

»Er hat recht, ehrwürdiger Abt«, mischte sich nun auch Stephan ein. »Seht Euch dieses Loch an! Man kann nicht einmal erkennen, wie tief es ist.«

Pretorius blickte die beiden jungen Dominikaner nacheinander beinahe zornig an, aber dann schien er einzusehen, daß sie recht hatten. Er war kein junger Mann mehr — und wahrscheinlich flößte ihm dieser Ort ebensolche Furcht ein wie Tobias und den anderen; auch wenn er es nicht zugab. »Also gut«, sagte er schließlich, an Telarius gewandt. »Dann bei Gott geh und sieh nach, was du dort unten findest. Aber komm sofort zurück. Und berühre nichts, hörst du?«

Telarius nickte hastig. Seinem ernsten Gesichtsausdruck nach zu urteilen, kamen ihm allmählich Zweifel, ob es tatsächlich klug gewesen war, sich so vorschnell anzubieten, die Höhle zu erforschen. Aber er sagte nichts, sondern wartete geduldig, bis ihm die brennende Fackel gereicht wurde. Dann kroch er vorsichtig vor, bis seine Beine in den Schacht hinabbaumelten. Mit geschlossenen Augen tastete er nach Halt, klammerte sich mit der linken Hand am brüchigen Erdreich des Schachtrandes fest und versuchte, sich langsam in die Tiefe gleiten zu lassen. Doch plötzlich verlor er den Halt und rutschte polternd in die Tiefe. Sein Fackel verschwand mit ihm.

»Telarius!« Pretorius fiel neben der Grube auf die Knie herab.

Von dem Dominikaner war nichts mehr zu sehen. Aber seine Fackel war nicht erloschen; ein flackerndes, gelbrotes Licht drang aus der Höhle.

»Bruder Telarius!« rief Pretorius noch einmal. »Bist du verletzt?«

»Nein.« In Telarius' Stimme, so dumpf sie klang, war der Unterton von Panik deutlich zu vernehmen.

»Was siehst du?« fragte Pretorius.

Telarius antwortete nicht, aber sie konnten hören, wie er sich unter ihnen bewegte. Nach wenigen Augenblicken wurde das Licht der Fackel wieder heller. Mühsam versuchte Telarius den Schacht hinaufzuklettern. Stephan und Tobias beugten sich herab, um ihn das letzte Stück in die Höhe zu ziehen, wobei die Fackel beinahe Tobias' Gesicht verbrannte.

»Nun?« fragte Pretorius aufgeregt, nachdem sich Telarius aus dem Loch herausgearbeitet und einen Moment lang nach Luft gerungen hatte. »Was hast du gesehen?«

Telarius schüttelte den Kopf und setzte zweimal vergeblich zu einer Antwort an. »Nichts«, antwortete er mit zitternder Stimme. »Nur ein Loch, kaum größer als ein Grab. Ich habe nichts gesehen. Aber es ist . . . die Hölle. Der Teufel wohnt dort unten, Bruder. Ich konnte ihn spüren. Ich konnte seinen Gestank riechen und seinen Atem fühlen.« Sein Blick flackerte in Erinnerung an das namenlose Grauen, das er dort unten verspürt haben mochte. »Dann müssen wir ihn vertreiben«, sagte Pretorius grimmig.

»Nein!« Telarius erschrak zutiefst. Seine Augen weiteten sich, und er hob fast beschwörend die Hände. »Versuch das nicht, Bruder. Der . . . der Teufel ist dort unten zu mächtig. Er würde uns alle verderben. Ihr dürft diesen Ort nicht betreten!«

Pretorius blickte ihn einen Moment fast verblüfft an, dann verdüsterte sich sein Gesicht vor Zorn. »Was redest du für einen Unsinn, Telarius«, sagte er.

»Niemand darf diesen verfluchten Ort betreten«, beharrte Telarius. »Bringt Pech und Stein hierher und laßt ihren Eingang versiegeln, oder brennt diesen ganzen Wald ab — aber ich flehe Euch an, betretet diesen Ort nicht.

Der Zorn auf Pretorius' Gesicht machte Verblüffung Platz. Was immer Telarius in der Höhle gespürt haben mochte, es mußte schlimmer gewesen sein als alles, was ihm je in seinem Leben widerfahren war.

Aber schließlich schüttelte Pretorius doch den Kopf. »Hab keine Angst, Bruder«, sagte er sanft, »gemeinsam werden wir den Antichristen besiegen, und wenn nicht wir, dann andere.« Er wandte sich an Theowulf. »Schickt jemanden in die Stadt, Graf. Sie sollen Männer mit Schaufeln und Hacken schicken.«

Theowulf sah ihn fragend an. »Wozu?«

»Wir werden diesen verfluchten Ort öffnen«, antwortete Pretorius entschlossen. »Das Licht der Sonne wird das Böse ausbrennen, das dort wohnt. Und wenn seine Kraft nicht reicht, so werde ich diesen ganzen verfluchten Wald niederbrennen lassen!«

»Nein!« rief Katrin entsetzt. »Das dürft Ihr nicht!«

»Warum nicht!?« Pretorius fuhr herum und trat zornig auf sie zu. »Wovor hast du Angst, Hexe? Welches düstere Geheimnis umgibt diesen Ort?« Er packte Katrin grob bei den Schultern und schüttelte sie so heftig, daß ihr Kopf in den Nacken geworfen wurde. Sie keuchte vor Schmerz und versuchte, sich seinem Griff zu entziehen, aber Pretorius hielt sie unbarmherzig fest und schüttelte sie nur noch stärker. »Sprich!« schrie er. »Was hast du mit diesem Ort gemacht? Welcher Fluch lastet über diesen Wald?«

Katrin hörte plötzlich auf, sich gegen Pretorius' wütendes Schütteln zu wehren, sondern riß die aneinandergebundenen Hände in die Höhe und schmetterte sie mit solcher Wucht gegen die Schulter des Abtes, daß der alte Mann mit einem krächzenden Schmerzensschrei zu Boden fiel. In ihrem Blick flammte ein Zorn auf, der Tobias an Blicke eines wilden, tobsüchtigen Raubtieres gemahnte. Schneller als irgendeiner der Umstehenden reagieren konnte, sprang sie über den gestürzten Abt hinweg und auf einen der Bewaffneten zu. Mit einer blitzartigen Bewegung schlug sie die Hände gegen dessen Schwert. Sie zog sich dabei eine tiefe, klaffende Wunde am Unterarm zu, aber der messerscharfe Stahl zerteilte auch die Stricke, die ihre Handgelenke aneinanderbanden. Und noch ehe der völlig verblüffte Mann seine Überraschung überwinden konnte, hatte sie auch ihn zu Boden gestoßen und ihm das Schwert entrissen. Fast in der gleichen Sekunde stürzten auch die zwei anderen Soldaten und Theowulf vor. Aber statt ihnen zu helfen, prallte Theowulf ungeschickt gegen einen der Krieger und riß ihn mit sich zu Boden. Der dritte Soldat stolperte, als er versuchte, den beiden Stürzenden auszuweichen. Der letzte Soldat hielt nur eine Fackel in der Hand. Katrin fiel es nicht schwer, das brennende Holz mit dem erbeuteten Schwert beiseite zu schlagen. Die Klinge vollführte einen zitternden Bogen, und plötzlich schrie der Soldat gellend. Blut spritzte auf, ehe er zu Boden stürzte.

Katrin blickte um sich. Die Klinge in ihrer Hand war blutverschmiert. Die Waffe war so schwer, daß sie Mühe hatte, sie mit nur einer Hand zu halten. Zudem plagten sich Theowulf und die drei anderen Soldaten wieder auf, und auch Bresser und die anderen hatten ihre Überraschung überwunden und stürzten wie ein Mann vor.

Katrin schwang das Schwert in einer weit ausholenden, kraftvollen Bewegung, die ihr für einen Moment Luft verschaffte, denn die Angreifer wichen erschrocken vor dem sausenden Stahl zurück. Katrin vollführte einen zweiten, ungeschickten, aber sehr kraftvollen Schlag, war mit einem Schritt bei dem verwundeten Krieger, der wimmernd am Boden lag. Blindlings schleuderte sie das Schwert nach einem der Männer, die auf sie eindrangen, hob mit der linken Hand die brennende Fackel auf und zerrte mit der anderen den Dolch aus dem Gürtel des Kriegers. Mit einer blitzartigen Bewegung fuhr sie herum, ließ sich neben Pretorius auf die Knie fallen und setzte die Messerspitze an seine Kehle.

»Keinen Schritt weiter!«

Die Männer erschraken. Ein einzelner, schimmernder Blutstropfen lief wie eine Träne am Hals des Abtes herab. »Keinen Schritt weiter!« wiederholte Katrin. »Oder ich töte ihn!«

Ihr Blick irrte unstet über die Gesichter der Männer, die einen dichten Halbkreis um sie bildeten, es aber nicht wagten, näher zu kommen. Sie befand sich in der Lage eines in die Enge getriebenen Tieres, das nichts mehr zu verlieren hatte. Und sie war fast verrückt vor Angst. Eine einzige falsche Bewegung und sie würde Pretorius töten.

»Du bist verrückt!« sagte Theowulf, der als erster seine Fassung wiederfand. »Damit kommst du nie durch!«

Er hob die Hand, und sofort verstärkte Katrin den Druck der Messerspitze auf Pretorius' Hals. Zu dem ersten Blutstropfen gesellten sich ein zweiter und dritter, bis ein dünner Strom den Hals des alten Mannes besudelte.

»Zurück!« sagte Katrin. »Geht zurück! Sofort!«

Einen Wimpernschlag lang reagierten die Männer nicht auf ihre Worte. Dann hob Theowulf ganz langsam die Hände und machte zwei, schließlich drei kleine Schritte rückwärts.

»Bitte, tu das nicht«, sagte Theowulf beschwörend. »Du machst doch alles nur noch schlimmer.«

Pretorius stöhnte vor Schmerz. Er hatte die Augen geschlossen und zitterte am ganzen Leib. »Tötet sie«, flüsterte er. »Tötet die Hexe! Nehmt keine Rücksicht auf mich!«

Niemand rührte sich. Auf den Gesichtern von Telarius und Stephan machte sich Verzweiflung breit, während Theowulf offenbar darüber nachdachte, wie er Katrin überwältigen konnte, ohne daß sie Gelegenheit fand, den alten Mann vorher zu töten. »Leg das Messer weg, Katrin. Laß ihn gehen, und ich verspreche dir, daß ich dir helfen werde.«

Katrin machte sich nicht einmal die Mühe, darauf zu antworten. Sie sah sich gehetzt um, verlagerte ihr Gewicht ein wenig und zog die Messerklinge ein winziges Stück zurück, als Pretorius zu wanken begann.

»Ist jemand hinter mir?« fragte sie. Niemand antwortete, aber es mußte Katrin klar sein, daß sie eingekreist war. »Sie sollen gehen«, fuhr sie fort. »Ich will euch alle sehen. Alle! Und versucht nicht, mich zu hintergehen. Ich weiß, wie viele ihr seid.«

Graf Theowulf sah sie einen Moment abschätzend an. Aber schließlich nickte er, und die Männer traten hinter ihren Grafen.

»Ich werde jetzt gehen«, sagte Katrin und zwang Pretorius aufzustehen.

»Das wirst du nicht!« antwortete Theowulf ruhig.

»Ich werde jetzt gehen«, wiederholte Katrin stur. »Und ich verlange eine Stunde Vorsprung. Ich werde diesen Mann mit mir nehmen, und ich werde ihn töten, wenn ich auch nur vermute, daß ihr mich verfolgt.«

»Bringt sie um«, stöhnte Pretorius. »Ich befehle es!«

Katrin bewegte die Messerspitze blitzschnell und brachte dem alten Abt eine zweite Wunde bei. Die beiden Männer, die ihre Waffen erhoben hatten, um Pretorius' Befehl auszuführen prallten erschrocken zurück.

»Eine Stunde!« wiederholte Katrin. »Das ist nicht zuviel verlangt für das Leben eines Abtes.«

Theowulf starrte sie haßerfüllt an. »Du wirst mir niemals entkommen«, sagte er dumpf. »Selbst wenn du ein Jahr Vorsprung hättest, würde ich dich finden. Gib auf, und ich verspreche dir, dir zu helfen.«

»Willst du mir die Freiheit schenken?« fragte Katrin spöttisch.

Theowulf schüttelte ernst den Kopf. »Das kann ich nicht«, antwortete er. »Aber ich verspreche dir einen raschen und schmerzlosen Tod. Das ist mehr«, fügte er mit einer Geste auf die beiden anderen Dominikaner hinzu, »als du von diesen Mönchen zu erwarten hast.«

Katrin verzog die Lippen. »Danke«, sagte sie abfällig. »Aber dieses Geschäft gefällt mir nicht. Du wirst Verständnis dafür haben, wenn ich eine Stunde darüber nachdenken möchte.«

Sie machte einen Schritt zurück und blieb unvermittelt

wieder stehen. Ihr Blick suchte Tobias. »Begleitest du mich?« fragte sie.

Tobias lächelte schmerzlich. »Das kann ich nicht«, antwortete er leise. Vorsichtig machte er einen Schritt zwischen Theowulf und Telarius hindurch, blieb wieder stehen und streckte die linke Hand aus. »Bitte, laß ihn gehen, Katrin«, sagte er. »Laß diesen alten Mann gehen. Er ist nicht dein Feind.«

Behutsam bewegte er sich weiter auf Katrin zu, und sie wich im gleichen Tempo zurück. Ihr Blick flackerte. Tobias war sicher, daß sie nicht über das nachgedacht hatte, was sie zu tun im Begriff stand. Sie hatte einfach nur Angst. Sie kämpfte um ihr Leben.

»Nimm mich«, sagte Tobias. »Wenn du eine Geisel brauchst, dann laß Pretorius gehen und nimm mich statt seiner. Ich gebe dir mein Wort, daß du ein Pferd und eine Stunde Vorsprung bekommst, wenn du ihn gehen läßt. Ich schwöre es dir, bei allem, was mir heilig ist.«

»Er sagt die Wahrheit«, mischte sich Telarius ein. »Wir werden dir nichts tun. Laß Bruder Pretorius gehen, und du bist frei — für eine Stunde. Niemand hier wird dich verfolgen, kein Soldat und niemand aus dem Gefolge des Grafen.« Bei den letzten Worten warf er Theowulf einen fast beschwörenden Blick zu, dem dieser einige Augenblicke lang mit undeutbarem Gesicht standhielt, ehe er schließlich ein Nicken andeutete.

Katrin wich Schritt für Schritt weiter in den Wald zurück, die brennende Fackel in der linken Hand, den anderen Arm um Pretorius geschlungen, so daß die Messerspitze gegen sein Kinn drückte.

»Katrin!« sagte Tobias beschwörend. »Bitte!«

Mit einem stummen Blick bat sie Tobias um Vergebung. Aber sie ließ Pretorius nicht los, sondern ging mit kleinen, vorsichtigen Schritten weiter. Plötzlich begriff Tobias, wie groß die Gefahr war, daß sie stolperte und den alten Mann aus Versehen tötete. Er gab den anderen mit einem hastigen Wink zu verstehen, ihr nicht zu folgen. Zu seiner Überraschung verharrten die Männer tatsächlich einen Moment.

Katrins Vorsprung wuchs auf sieben, acht, vielleicht zehn Schritte, ehe sich die Gruppe wieder in Bewegung setzte.

Eine ganze Weile ging diese sonderbare Verfolgung weiter, bis der Wald hinter Katrin sich allmählich lichtete — und mit einem Male nichts mehr hinter ihr war!

Tobias hob erschrocken die Hände und rief Katrin eine Warnung zu, als er im allerletzten Moment begriff, daß sie sich nicht dem Waldrand, sondern dem See genähert hatte! Noch ein einziger Schritt, und sie würde den Halt verlieren und rücklings in die Tiefe stürzen, wobei sie Pretorius unweigerlich mit sich reißen würde!

Katrin blieb stehen. Wie gehetzt blickte sie sich um. Sie mußte begriffen haben, daß es nichts mehr gab, wohin sie fliehen konnte. Hinter ihr war nur der granitgesäumte Kessel des Pfuhls mit seinem verpesteten Wasser und vor ihr der Halbkreis der Verfolger. Es waren die uralten Regeln des Spieles vom Jäger und Gejagten: Das Opfer mochte entkommen, solange es sich bewegte, aber seine Verfolger würden es nicht ihre eigenen Reihen passieren lassen. Es ist vorbei, dachte Tobias niedergeschlagen. Sie würden sterben. Alle beide.

Aus den Augenwinkeln bemerkte er, wie sich Theowulf fast unmerklich spannte und einem seiner Männer am anderen Ende des Halbkreises einen raschen Blick zuwarf.

»Bitte, Katrin«, sagte er noch einmal beschwörend, »laß ihn gehen. Bitte lade nicht auch noch sein Leben auf dein Gewissen.«

In Katrins Gesicht zuckte es. Ihre Augen füllten sich mit Tränen. Tobias streckte Katrin beide Hände entgegen und trat ganz vorsichtig auf sie zu. »Laß ihn gehen, Katrin«, flehte er. »Ich verspreche dir, daß du am Leben bleiben wirst. Ich werde dafür sorgen. Ich werde bis nach Rom gehen, wenn es sein muß. Du bist keine Hexe. Ich weiß das, und auch Pretorius wird dir glauben, wenn du ihm die ganze Wahrheit erzählst. Laß ihn gehen, und ich verspreche dir, daß du einen neuen Prozeß bekommst.« Er wandte sich in beschwörendem Tonfall an Pretorius. »Sagt ihr, daß das die Wahrheit ist, Bruder! Versprecht ihr nur, alles zu prüfen, was sie und ich Euch gesagt haben, und sie wird Euch am leben lassen.«

Pretorius zitterte. Er mußte den Kopf so weit in den Nacken beugen, wie es nur ging, um der Messerspitze auszuweichen, die sich in seinen Hals zu bohren drohte. Trotzdem sah Tobias, wie sich ein verwirrter Ausdruck in die Furcht und den Zorn auf seinen Zügen mischte.

»Sie ist keine Hexe!« fuhr Tobias beschwörend fort. »Ich bin es, der gesündigt hat. Wenn Ihr jemanden auf die Anklagebank setzen wollt, dann mich. Mich und diesen Grafen, der die Stadt und ihre Menschen knechtet. Versprecht mir nur, uns wenigstens anzuhören.«

Pretorius machte eine schwache Handbewegung, um Katrins Arm herunterzudrücken, doch Katrin zerrte ihn so wütend an der Schulter herum, daß sie auf dem glitschigen Boden den Halt verlor.

Tobias sah alles mit phantastischer Klarheit, als wäre die Zeit beinahe stehengeblieben, um ihn kein noch so winziges Detail der schrecklichen Ereignisse entgehen zu lassen. Katrins nackte Füße suchten verzweifelt auf dem mit schmierigen Algen bedeckten Stein nach Halt, während sie in einer absurd langsamen Bewegung nach hinten kippte. Sie schrie vor Schrecken, und auch Pretorius brüllte entsetzt auf, als er begriff, was geschah. Es war sein eigener Arm, der gegen Katrins Hand schlug und die Messerklinge bis ans Heft in seinen Hals gleiten ließ.

Tobias warf sich mit weit ausgebreiteten Armen vor und wußte im gleichen Moment, daß seine Bewegung zu spät kam.

Katrin stürzte. Sie ließ die Fackel los, die einen flammenden Halbkreis, in der Luft beschrieb; gleichzeitig krallte sich ihre andere Hand in Tobias Schulter und riß ihn mit sich in die Tiefe. Pretorius' leblosen Körper zwischen sich, als versuche der Abt im Tode noch, sich schützend zwischen Tobias und die Hexe zu stellen, stürzten sie in den steinernen Kessel hinab und schlugen in das faulige Wasser. Ein Lidzucken später tauchte die brennende Fackel ein.

Der See explodierte.

Die Flamme der Fackel erlosch nicht, sondern schien für einen winzigen Moment gierig nach dem Wasser zu lecken und darin neue Nahrung zu finden — und im nächsten Augenblick entbrannte am Himmel ein Höllenfeuer. Während Tobias untertauchte, sah er überall über dem Wasser grelle, weiße und orangefarbene Flammen, die sich zu einer heulenden Feuersäule vereinigten und die abgestorbenen Bäume rings um den See in Brand setzen. Die Männer, die ihnen nachgestürzt waren, wurden in lebende Fackeln verwandelt, die kreischend zurücktaumelten. Und dann wurde Tobias von der Faust eines Riesen gepackt und in die Tiefe gedrückt.

Das Wasser dampfte und brodelte. Und ein ungeheuerliches Dröhnen und Bersten und Brüllen marterte sein Gehör. Etwas traf seine Brust und trieb ihm den Atem aus den Lungen. Die Oberfläche des Sees, nun sicherlich vier, fünf Meter über ihm, hatte sich in einen brodelnden Teppich aus Feuer verwandelt, aus dem gierige Flammenzungen in die Tiefe leckten. Und selbst das Wasser, in dem er schwamm, schien unter einer unheimlichen höllischen Glut zu erstrahlen.

Endlich ließ der Druck, der ihn in die Tiefe getrieben hatte, nach, und er begann wieder zu steigen. Das Wasser über ihm brannte noch immer, und die Hitze war so groß, daß er sich vor Schmerz krümmte.

Plötzlich packte eine Hand seine Schulter. Tobias wandte den Kopf und erkannte Katrin, die in der schlierigen, grünbraunen Brühe neben ihm schwamm. Ihre Gestalt war vom unheimlichen Schein des brennenden Wassers über ihren Köpfen in blutiges Rot getaucht, so daß sie nun selbst zu brennen schien. Sie versuchte, ihm etwas mitzuteilen, deutete mit der freien Hand nach unten und zerrte ihn schließlich einfach mit sich, als er sie nur anstarrte und die letzten Momente, die ihm noch zum Leben blieben, damit verschwendete, nichts zu tun.

Selbst wenn Tobias es gewollt hätte, er hätte gar nicht mehr die Kraft gehabt, sich zu wehren. Katrin zerrte ihn tief in den See hinunter. Er spürte, wie der Druck auf seiner Brust allmählich unerträglich wurde. In seinen Ohren hämmerte sein eigenes Blut, und in seinen Lungen begann ein dumpfer, unerträglicher Schmerz heranzuwachsen. Alles drehte sich um ihn. Katrins Gestalt wurde zu einem verschwommenen Schatten, der vor ihm auf- und abtanzte und sich auf einen ebenso verschwommenen, blassen, grünlichen Lichtfleck zubewegte. Seine Lungen schrien nach Luft. Er würde der Versuchung, einfach den Mund aufzureißen und dieses tödliche Wasser einzuatmen, nur einen Herzschlag lang widerstehen können.

Das grüne Licht unter ihnen wuchs heran, wurde zu einem mannshohen Halbkreis aus flimmernder Helligkeit und pulsierendem Wasser und erfüllte plötzlich die ganze Welt. Wie in Trance registrierte Tobias, daß sie sich plötzlich nicht mehr im See, sondern in einem engen, steinernen Tunnel befanden, durch den Katrin ihn mit verzweifelten Schwimmstößen hindurchzog — und plötzlich stieß sein Kopf durch die Wasseroberfläche und kalte, unglaublich süße Luft füllte seine Lungen!

Für Momente tat er nichts anderes, als zu atmen, diese unbeschreiblich köstliche Luft in seine Lungen zu saugen und wieder zu leben. Erst dann öffnete er wieder die Augen und sah sich um.

Es fiel ihm im ersten Moment schwer, überhaupt etwas zu erkennen. Der grünliche Schein, den er im Wasser wahrgenommen hatte, erfüllte auch die Luft hier. Aber er sah nur Schemen; seine Augen waren mit Tränen gefüllt, und er war so schwach, daß er all seine Kraft und Energie aufwenden mußte, um sich mit zitternden Schwimmstößen über Wasser zu halten. Aber er sah zumindest, daß er sich in einer weitläufigen, allerdings sehr flachen Höhle befand, die fast völlig mit Wasser gefüllt war. Die mit schmierigen Algen und blaß leuchtenden Fäulnispilzen bedeckte Decke befand sich kaum eine Handspanne über seinem Kopf. Und im Wasser ringsum schwammen dunkle, unförmige Klumpen, die er nicht genau erkennen konnte.

Er hörte Katrin hinter sich keuchend atmen und drehte sich zu ihr herum. Was er sah, ließ sein Herz stocken. Der Schrecken bohrte sich in seinen Leib wie die Klinge eines glühenden Schwertes. Katrin befand sich eine Armeslänge hinter ihm, aber sie war nicht allein. Neben ihr tanzte ein zweites Gesicht auf den Wellen. Ein Gesicht mit weit offenstehendem, erstarrtem Mund, der sich im gleichmäßigen Auf und Ab seiner Bewegungen mit Wasser füllte und wieder leerte, ein Gesicht, dessen Fleisch weiß und schwammig geworden war und hinter dessen Augen eine faulige, graue Masse brodelte.

Dann tauchten andere aufgeschwemmte Gesichter auf.

Die unförmigen Körper, die rings um ihn im Wasser schwammen, dachte Tobias fast hysterisch, waren Leichen. Hinter Katrins schreckensbleichem Antlitz tanzte ein zweites Totengesicht auf den Wogen, und ein drittes und viertes und fünftes . . . Der unterirdische See war angefüllt mit Toten!

Vor Entsetzen begannen Tobias die Sinne zu schwinden. Er fühlte, wie Katrin ihn an den Schultern ergriff und mit sich zog. Er war zu schwach, er konnte nicht mehr schwimmen, doch sie drehte ihn auf den Rücken und hielt seinen Kopf mit einer Hand über Wasser, während sie sich mit kräftigen Schwingstößen hinfortbewegte. Die Toten begannen auf dem Wasser zu tanzen. Wellen, die Katrin und er verursachten, ließen sie den beiden Lebenden, die in ihr unterirdisches Reich eingedrungen waren, spöttisch zunicken.

Tobias verlor nicht das Bewußtsein, denn das Schicksal war zu grausam, um ihm diesen Ausweg offenzulassen, sondern sah und hörte und roch und fühlte alles mit entsetzlicher Klarheit, aber er begriff trotzdem kaum mehr, was um ihn herum vorging oder was mit ihm geschah. Nach nur wenigen Augenblicken erreichte Katrin das Ufer dieses unterirdischen Sees und zerrte ihn ächzend aus dem Wasser heraus, bis er auf schmierigem, hartem Felsen lag und nur noch seine Beine vom Wasser dieses mörderischen Sees umspült wurden. Die Angst schüttelte ihn, so daß er zitterte und schrie und sich krümmte wie ein völlig verängstigtes Kind.

Doch auch der größte Schrecken hatte irgendwann einmal ein Ende, und nach einer Weile begann sich Tobias wieder zu beruhigen. In seinem Inneren schien etwas wie ein uralter, präzise arbeitender Mechanismus angelaufen zu sein, der die Bereiche seines Denkens, die für Angst, Entsetzen, Furcht und Panik zuständig waren, schlicht und einfach lähmte. Fast gegen seinen Willen öffnete er die Augen. Katrin lag dicht neben ihm, bleich und zitternd vor Erschöpfung und mit einem kaum wahrnehmbaren, gräßlichen grün-blauen Schimmer bedeckt, dem gleichen Höllenlicht, das jeder Tropfen dieses fürchterlichen Wassers ausstrahlte. Es war das Licht, das er in der Nacht gesehen hatte, der tödliche Schein, den die Knochengesichter Theowulfs und seiner Begleiter verbreiteten.

Sein Atem beruhigte sich allmählich, und nach und nach hörten auch seine Glieder auf zu zittern.

Die Höhle war riesig. Sie war aber auch am Ufer des Sees so niedrig, daß Katrin sich nicht aufrichten konnte. Die steinerne Decke und die Felsen hinter ihnen loderten in diesem bösartigen, kalten grünen Licht, das auch das Wasser ausstrahlte. Und er spürte jetzt, daß die Luft, die ihm vorhin so süß und frisch vorgekommen war, in Wahrheit von erbärmlichem Verwesungs- und Fäulnisgestank erfüllt war. Sie schmeckte dick und klebrig, und jeder einzelne Atemzug verursachte einen Brechreiz, den er kaum noch unterdrücken konnte. Seine Haut brannte, als enthielte der See kein Wasser, sondern Säure, die sich allmählich in seinen Körper hineinfraß.

Mühsam stemmte er sich auf die Ellbogen und blickte an Katrin vorbei zum Wasser. In dem recht kleinen unterirdischen See trieben zahllose, halb aufgelöste Körper. Es mußten weit mehr als dreißig oder vierzig sein.

Ihre Körper waren aufgedunsen und schwammig, und die Haut von einer bläulich-grauen, widerwärtigen Farbe. Doch während die meisten schon fast zu Skeletten verfallen waren, die nur noch von den Fetzen ihrer ehemaligen Kleidung zusammengehalten wurden, schienen sich andere erst seit kurzer Zeit im Wasser zu befinden. Auch sie boten einen fürchterlichen Anblick, denn das Wasser, in dem sie schwammen, war mit Leichengift durchtränkt.

Es waren nicht nur Männer, sondern auch die Leichen von Frauen und Kindern.

Katrins Hand berührte plötzlich seine Schulter. Die Berührung war wie Feuer. Tobias schrie auf, schlug ihren Arm beiseite und erbrach sich heftig. Er würgte solange, bis er nur noch Galle hervorbrachte.

»Es tut mir leid, Tobias«, sagte Katrin. Ihre Stimme zitterte, und die Worte ließen unheimlich verzerrte Echos aus der Tiefe der Höhle zurückschallen. Aber der Schmerz in ihrer Stimme war echt. In das Wasser auf ihrem Gesicht mischten sich Tränen. »Ich . . . ich wollte nicht, daß du das siehst.«

Tobias richtete sich zitternd auf, soweit es die niedrige Höhlendecke zuließ, und schlug mit der linken Hand das Kreuzzeichen vor dem Gesicht. Aber es war nur eine leere Geste, eine Bewegung ohne Bedeutung. Er war an einem Ort, an dem ihm auch sein Glaube nicht mehr half, weil dieser Ort die Hölle war; ein Platz, an dem einfach nichts anderes mehr Bestand hatte als teuflisches Grauen.

»Was ist das?« flüsterte er.

Katrin senkte den Blick. »Das Geheimnis des Sees«, antwortete sie. »Das ist der Grund, aus dem er verdarb. Der Fluch, der über Buchenfeld liegt.«

Ihre Worte übten eine sonderbare Wirkung auf Tobias aus. Obwohl er noch immer von Entsetzen und Panik geschüttelt wurde, erweckten sie doch seine Neugier. Fast verblüfft über sich selbst, über den Funken Logik, der offenbar noch in ihm steckte, beugte er sich vor und sah abwechselnd Katrin und den See an. »Du meinst, es ist dieses Gift, das den See verpestet hat? Es sind die Toten, die die Felder verseucht und die Tiere getötet haben?«

»Es gibt einen unterirdischen Fluß unter Buchenfeld«, sagte sie. »Er muß irgendwo nahe der Mühle in den Fluß münden, aber ich glaube, daß er noch viele Abzweigungen hat. Das Wasser von hier bis zur Mühle ist verpestet.«

»Der Brunnen in der Stadt . . .«

. . . aus dem die Menschen getrunken haben, die krank wurden oder verkrüppelte Kinder bekamen«, fügte Katrin hinzu.

»*Das* ist der Fluch, der auf Buchenfeld lastet?« wiederholte Tobias ungläubig. »Es ist . . . das Leichengift. Das Gift all dieser Toten.« Fassungslos starrte er Katrin an. »Aber warum . . . warum hast du es mir nicht gesagt?« fragte er. »Warum hast du es mir nicht erzählt — oder wenigstens Pretorius, als er dich verhört hat? Das . . . ist keine Hexerei.«

Katrin lächelte traurig und wandte den Blick vollends ab, um den kleinen See anzusehen.

»Wie lange weißt du es schon?« fragte Tobias.

»Noch nicht sehr lange«, murmelte Katrin. »Ein paar Tage bevor sie mich in den Kerker warfen.« Sie machte eine weit ausholende Bewegung. »Es gibt einen zweiten Eingang zu dieser Höhle. Vermutlich sogar mehr als nur einen. Ich fand ihn durch einen Zufall. Es gibt sehr viele Höhlen hier in der Gegend.«

»Weiß Theowulf davon?« fragte Tobias.

Katrin sah ihn sehr sonderbar an — und dann lachte sie bitter.

»Theowulf?« Sie seufzte und schüttelte ein paar Mal den Kopf. »Graf Theowulf ist bei ihnen«, flüsterte sie.

Tobias starrte sie an. Er begriff nicht, was sie meinte. »Was . . . was soll das heißen?«

»Er ist dort«, wiederholte Katrin mit einer Kopfbewegung auf die Toten im See. Eine Zeitlang starrte sie ins Leere, dann blickte sie wieder ihn an und lächelte erneut dieses schmerzliche, durch und durch bittere Lächeln. »Graf Theowulf ist nicht Graf Theowulf, Tobias«, sagte sie.

Tobias begriff schlagartig, was sie meinte. Aber er weigerte sich, es zu glauben, weil der Gedanke einfach zu absurd war. Zu entsetzlich, um wahr zu sein.

»Was soll das heißen?« flüsterte er.

»Der Mann, den du als Graf Theowulf kennst«, antwortete Katrin halblaut, »ist nicht der Graf. So wenig, wie einer seiner Knechte wirklich sein Knecht ist.« Sie deutete mit einer Handbewegung auf das grün leuchtende Wasser. »Das dort sind der Graf und sein Gesinde, Tobias. Und die, die zu ihnen gehalten haben.« Ihre Stimme war halb erstickt von Tränen, die sie jetzt nicht mehr zurückhalten konnte; Katrin hatte zu viel gefragt und zu viel herausgefunden.

Tobias starrte sie mit offenem Mund an. Gegen jede Logik versuchte er noch immer, sich einzureden, daß sie sich täuschte. Dabei wußte er im Grunde sehr wohl, daß es die einzig mögliche Erklärung war. Die Beweise hatten auf der Hand gelegen. Der vermeintliche Graf, der sich höchst sonderbar benahm; die entlegene Stadt, die so offenkundig ein entsetzliches Geheimnis verbarg, und die toten Menschen und mißgestalteten Tier die alle irgendwie mit dem Wasser zu tun hatten ...

Und trotzdem weigerte er sich, all dies zu glauben.

»Wer ist er?« fragte Tobias.

»Theowulf?« Katrin lächelte schmerzlich. »Warum fragst du nicht, wer er *war*?«

»Also gut«, sagte Tobias, »wer war er?«

»Ein Ungeheuer!« Katrins Gesicht verdunkelte sich vor Haß. »Er war eine Bestie, Tobias. Ein Teufel in Menschengestalt. Er hat über diese Stadt und den Rest seines Reiches geherrscht wie der Satan persönlich. Er hat sich genommen, was immer er wollte, während seine Bauern verhungerten. Er hat Jagden veranstaltet, Tobias, um sich die Zeit zu vertreiben — aber das Wild waren Menschen. Er hat sich jedes Mädchen aus dem Dorf geholt, das ihm gefiel. Und wenn er ihrer überdrüssig geworden war, dann hat er sie an seine Männer gegeben.«

»Und eines Tages haben sie ihn umgebracht«, vermutete Tobias.

Katrin blickte einen Moment aus starren Augen an ihm vorbei ins Leere. »Sie haben es nicht gewagt«, sagte sie, »sich zu wehren. Es sind einfache Leute, Tobias, die ihr Leben lang gelernt haben, zu leiden und zu ertragen. Ein paar haben versucht, zu rebellieren. Aber er hat sie getötet. Einige mögen versucht haben, beim König oder der Kirche um Hilfe zu bitten, aber natürlich wurden sie nicht gehört — und die, deren Stimmen zu laut wurden, die ließ der Graf am Ende ebenfalls töten. Es gab nur einen einzigen in der Stadt, der den Mut hatte, sich offen gegen ihn zu stellen.«

»Theowulf«, vermutete Tobias, »oder wie immer er heißen mag.«

Katrin nickte. »Er hieß damals anders. Er war ein sehr junger Mann; fast noch ein Kind. Und doch war er mutiger als die meisten hier. Er stellte sich ganz offen gegen den Grafen, und seine Stimme war laut genug, auch über die Grenzen Buchenfelds hinweg gehört zu werden.«

»Warum ließ Theowulf ihn nicht einfach umbringen wie die anderen?« fragte Tobias.

»Er tat etwas viel Schlimmeres«, sagte Katrin. »Er ließ ihn verhaften und nach Lüneburg bringen, wo er wegen Aufrührerei und Hochverrat vor Gericht gestellt und abgeurteilt wurde. Aber am Tage vor seiner Hinrichtung konnte er entkommen. Und es verging kein halbes Jahr, bis die Männer mit den Knochenmasken das erste Mal in der Nähe der Stadt gesehen wurden.«

»Ihr habt diesen Teufelskult gegründet, um euch an Theowulf zu rächen?« fragte Tobias ungläubig.

Katrin schüttelte beinahe zornig den Kopf. »Es ist kein Teufelskult«, antwortete sie heftig. »Es mag dir schwerfallen, es zu glauben, Tobias, aber sie glauben an Gott wie du und ich, nur auf eine andere Weise. Sie predigen nicht Gottlosigkeit, sondern sagen sich nur von der Kirche los, weil sie ihre Macht ablehnen, so wie sie jede Macht ablehnen, die den Menschen verachtet.«

»Aber das tun wir doch gar nicht«, antwortete Tobias.

Katrins Augen füllten sich mit Trauer und Mitleid. »Du vielleicht nicht, mein Freund«, sagte sie leise. »Es ist gleich, ob es ein König oder ein Kaiser oder ein Papst ist, der herrscht, es gibt immer Herrscher und Beherrschte, und es gibt immer solche, die schlagen, und solche, die geschlagen werden. Sie wollten nicht mehr zu denen gehören, die geschlagen werden. Das war alles.«

»Aber sie hätten sich an die Kirche um Hilfe wenden können«, protestierte Tobias.

»Das haben sie getan«, erinnerte Katrin. »Hast du vergessen, was ich dir über den Pfarrer erzählt habe? Sie haben ihn angefleht, ihnen zu helfen, aber er hat sie davongejagt und beschimpft. Er war ein korrupter alter Mann, der auf seine Weise ebenso an der Macht hing wie Theowulf.«

Katrin schwieg plötzlich, und Tobias glaubte in einen Mahlstrom der Gefühle geraten zu sein. Er hieß es nicht gut, er akzeptierte es nicht einmal, aber er verstand, warum die Menschen von Buchenfeld so gehandelt hatten. Es waren stets die Geknechteten und Ärmsten, die der Verlockung einer neuen, falschen Religion am leichtesten erlagen. Und — so ketzerisch sein eigener Gedanke ihm vorkam — waren es am Anfang der Christenheit nicht auch die Armen gewesen, die Besitzlosen und Sklaven, die den Worten des Herrn als erste Gehör schenkten?

Er verscheuchte den Gedanken beinahe entsetzt und gab Katrin mit Blicken zu verstehen, daß sie weitersprechen sollte.

»Es wurde immer schlimmer«, berichtete Katrin. »Nachdem der Pfarrer geflohen war, wurde Theowulfs Terror unerträglich. Vielleicht gab es einen Verräter im Ort, der ihm erzählte, was vorging, vielleicht spürte er auch einfach den Widerstand, der sich allmählich gegen ihn bildete. Er mordete und brandschatzte schlimmer denn je, und dann . . .«

». . . brachten sie ihn um«, sagte Tobias, als Katrin nicht weitersprach.

Sie nickte.

»Warst du dabei?« fragte er.

»Nein. Ich habe die ganze Geschichte erst später erfahren. Als ich nach Buchenfeld kam, war alles schon vorbei. Verkolt hat sie mir erzählt. Sie kamen in der Nacht zum Schloß und erschlugen den Grafen und alle, die bei ihm waren. Die Leichen warfen sie in den Brunnen im Burghof und mauerten ihn zu. Du hast ihn gesehen.«

Tobias nickte. Sein Blick huschte über den See und all die Toten, die darin schwammen. »Aber wie kommen sie hierher?«

Katrin hob wieder die Schultern. »Der unterirdische Fluß«, sagte sie. »Er führt vom Brunnen hierher. Aber das wußte damals niemand. Sie schütteten den Brunnen zu und versiegelten ihn. Niemand konnte ahnen, was geschah.«

Tobias schauderte. Wieder suchte sein Blick die verwesten

Körper im Wasser. Die Geschichte, die Katrin erzählte, war vielleicht nicht nur die Geschichte eines schrecklichen Tyrannen, der ein ebenso schreckliches Ende gefunden hatte, sondern auch die Geschichte einer Rache, die die Toten an ihren Mördern nahmen.

»Es muß Jahre gedauert haben, bis sie hierhergetrieben worden sind«, fuhr Katrin fort. »Aber dann wurde der See zu dem, was er heute ist. Das Gift kroch langsam weiter und verpestete die Erde auf Meilen im Umkreis.«

»Weiß Theowulf davon?« fragte Tobias.

»Von diesem See?« Katrin nickte. »Ja. Aber was nutzt es schon? Er kann nicht hierherkommen und sie fortschaffen. Sie zu berühren bedeutet den Tod.«

Tobias dachte schaudern an das, was ihm Derwalt erzählt hatte. Er war nur ein einziges Mal in das verdorbene Wasser dieses Sees gestürzt, und doch hatte diese flüchtige Berührung ihn sterbenskrank gemacht.

»Dann werden wir auch sterben«, murmelte er.

»Ich weiß es nicht«, antwortete Katrin. »Vielleicht ja, vielleicht nein . . . Hast du Wasser geschluckt?«

Tobias nickte langsam, aber dann fiel ihm ein, daß er sich erbrochen hatte. »Wenn sich deine Wunde nicht infiziert, kommst du vielleicht mit dem Leben davon«, sagte Katrin. »Es liegt allein in Gottes Hand, was weiter geschieht.«

»In Gottes Hand . . .« Die Worte klangen ihm wie bitterer Hohn. Für eine Weile saßen sie schweigend nebeneinander in der unheimlichen, grünen Dunkelheit, und doch waren sie weiter voneinander entfernt als je zuvor in ihrem Leben. Tobias fühlte sich sehr einsam.

Dann erhob sich Katrin und kroch auf Händen und Knien auf ihn zu. Ihre Hand ergriff seine Rechte. Ihre Haut war feucht, bedeckt mit dem dickflüssigen, giftigen Wasser des Sees, und obwohl er den raschen Schlag ihres Herzens durch die Haut hindurch spüren konnte, glaubte er für einen Moment, eine Tote zu berühren.

»Aber wie konnten sie all diese Jahre hindurch unentdeckt bleiben?« fragte er. »Wie konnte er Theowulfs Platz einnehmen, ohne daß es jemand merkte?«

»Graf Theowulf — der *wirkliche Theowulf* — war ein Mann ohne Freunde. Er verließ selten sein Schloß, allerhöchstens, um auf die Jagd zu gehen oder hierher in die Stadt zu kommen. Kaum jemand außerhalb seines Landes kannte ihn von Angesicht zu Angesicht.«

»Großer Gott«, murmelte Tobias mit geschlossenen Augen. »Das ist . . . Wahnsinn, Katrin. Ihr mußtet wissen, daß es nicht gutgehen konnte. Früher oder später mußte jemand den Schwindel durchschauen.«

»Ja«, sagte Katrin. »Früher oder später mußte es geschehen. Aber die Menschen denken selten an das Morgen, wenn sie heute ums Überleben kämpfen müssen, Tobias. Und vielleicht waren ihnen fünf Jahre Freiheit den Preis wert, den sie eines Tages bezahlen müssen.«

»Verkolt?« Tobias öffnete die Augen, richtete sich mühsam auf die Ellbogen auf und sah Katrin ernst an. Es fiel ihm schwer weiterzusprechen. Aber seine Stimme war ganz ruhig, als er fragte: »Hast du ihn getötet?«

Katrin nickte.

»Dann . . .« Tobias' Stimme begann zu beben. »Dann ist alles wahr, was er in dem Brief über dich behauptet hat? Dann bist du eine Hexe?«

Zu seiner Überraschung lächelte Katrin. Sie schüttelte ganz sachte den Kopf, griff wieder nach seiner Hand und hielt sie fast gewaltsam fest, als er sie zurückziehen wollte. »Nein. Verkolt war nichts als ein böser, alter Mann. Er versuchte, Theowulf zu erpressen, und als er begriff, daß Theowulf und ich uns . . . nähergekommen waren, da erfand er all diese Beschuldigungen, um sich an uns zu rächen.«

»Theowulf und du?« Tobias riß ungläubig die Augen auf.

»Warum nicht?« Katrin deutete ein Achselzucken an. »Er ist ein gutaussehender Mann. Und ich war jung und Verkolt alt.«

Tobias starrte sie noch immer ungläubig an. Theowulf und Katrin? Der Gedanke kam ihm im ersten Moment absurd vor — und gleichzeitig erklärte er vieles, wenn nicht alles. »Aber dann . . . dann hat er die Wahrheit gesagt«, flüsterte er verstört. »Dann hatte er wirklich vor, dich entkommen zu lassen.«

Katrin antwortete nicht darauf, sondern fuhr fort. »Verkolt hat gedroht, alles zu verraten. Natürlich hätte er das niemals gewagt, denn er trug ebenso sehr die Mitschuld am Tod des Grafen und seines Gesindes wie alle anderen hier. Aber er ersann einen viel teuflischeren Plan. Als ihm klar wurde, daß er sterben mußte, da schrieb er diesen Brief, in dem er mich der Hexerei beschuldigte, in der Hoffnung, daß ganz genau das geschieht, was dann auch geschehen ist: daß sie einen Inquisitor schicken, der den Anschuldigungen nachgeht und dann die ganze Geschichte aufdeckt.« Sie lächelte schmerzlich. »Du siehst, sein Plan ist aufgegangen. Er lag bereits im Sterben und wußte, daß man eine so ungeheuerliche Geschichte nicht glauben würde; das Gerede eines sterbenden, alten Mannes, dessen Sinne bereits verwirrt waren. Aber die Inquisition, die hierherkommt und diesen See sieht, die verdorbenen Felder und die toten Tiere . . .«

Tobias hörte die Worte kaum. Die Erkenntnis, daß der falsche Graf ihm von Anfang an die Wahrheit gesagt hatte, erfüllte ihn mit kaltem Entsetzen. Er begriff plötzlich, daß alles seine Schuld gewesen war. »Aber warum hat er dann versucht, dich umzubringen?« fragte er.

Katrin stieß ärgerlich die Luft aus. »Das war Bressers Werk. Er hat mich vom ersten Tag an gehaßt. Vielleicht hat er geglaubt, wirklich damit durchkommen zu können, wenn er mich tötete und hinterher den Überraschten spielte. Oder er wollte seiner Frau die Schuld geben — ich weiß es nicht. Er ist ein Narr.«

»Der Narr hier bin wohl eher ich«, murmelte Tobias. »Heiliger Dominikus, was habe ich nur getan?«

»Du mußt dir keine Vorwürfe machen«, sagte Katrin.

»Niemand konnte ahnen, daß ausgerechnet du es warst, den sie schicken werden.«

»Ein anderer hätte dich auf der Stelle verurteilt und verbrannt.«

»Theowulf hätte schon dafür gesorgt, daß ich mit dem Leben davonkomme«, erwiderte Katrin überzeugt.

»Aber das stimmt nicht!« antwortete Tobias, fast verzweifelt darum bemüht, doch noch einen Beweis für Theowulfs Verrat zu finden. »Er wollte deinen Tod«, fuhr er fort.

»Niemals!« antwortete Katrin.

»Aber ich habe es gehört!« protestierte Tobias. »In der Nacht, als wir gemeinsam flohen, habe ich gehört, wie er deinen Tod verlangte.«

Doch es gelang ihm nicht, Katrins Überzeugung zu erschüttern. »Vielleicht hatte er einfach Angst«, sagte sie. »Vielleicht glaubte er, das wäre der einzige Ausweg.«

Tobias schwieg. Alles, was zu sagen war, war gesagt worden. Er fühlte noch immer ihre kalte, leblose Hand.

»Du liebst ihn immer noch«, flüsterte er.

Doch Katrin antwortete nicht, denn irgendwo war ein gedämpftes Schleifen, Rascheln zu hören und in den unheimlichen grünen Schein der Fäulnis mischte sich das gelbrote Flackern von Flammen.

Katrin sah auf, und auch Tobias wandte den Blick. Im Feuerschein der Fackel erkannte er, daß sich die Decke über ihnen hob. Die Gestalt, die plötzlich mit einer Fackel in der Hand auftauchte, bot einen furchterregenden Anblick: Ihre Kleider waren schwarz versengt und zerfetzt, und auf der Haut ihrer Hände und ihres Gesichtes zeigten sich rote, nässende Brandblasen. Trotzdem hätte Tobias es erkannt, selbst wenn es bis zur Unkenntlichkeit verbrannt gewesen wäre.

»Natürlich liebt sie mich, armer, dummer Tor«, sagte Theowulf, und trotz seines entstellten Gesichtes lächelte er.

Katrin richtete sich auf. In ihren Augen stand eine Verwirrung, die an Verzweiflung grenzen mußte.

»Braucht ihr Hilfe?« fragte Theowulf. Er legte die Fackel vorsichtig auf den Boden, wobei er sorgsam darauf achtgab, daß sie nicht erlosch, und machte Anstalten, sich ebenfalls auf Hände und Knie herabzulassen. Vorsichtig rutschte er in die Höhle hinab.

Mit zusammengebissenen Zähnen und von Schmerzen gepeinigt, wälzte Tobias sich herum und kroch auf den Grafen zu. Theowulf beobachtete ihn aufmerksam, streckte schließlich die Hand aus, als Tobias ihm so nahe war, daß er ihn erreichen konnte. Tobias ignorierte sie. Er versuchte, aus eigenen Kräften sich aufzurichten, schaffte es aber nicht, so daß schließlich Katrin seinen Arm ergriff und ihn auf die Füße zog. Er wankte und mußte sich an Katrins Schulter festhalten, um nicht gleich wieder zu Boden zu stürzen. Ein bitterer, unsagbar widerwärtiger Geschmack breitete sich in seinem Mund aus. Er spürte, wie das Fieber wieder in seinem Körper erwachte. Das Gift des Sees begann bereits zu wirken.

Katrin umarmte Theowulf, preßte das Gesicht gegen seine Wange
und fuhr erschrocken zurück, als Theowulf einen dumpfen Schmerzlaut von sich gab. Sie schien erst jetzt zu bemerken, wie schwer verletzt er war.

»Ich hatte solche Angst um dich«, sagte Theowulf. Er streckte seine verbrannte rechte Hand aus und berührte Katrins Wange. Seine Finger hinterließen eine feuchte Spur auf ihrer Haut. Katrin schloß die Augen. Ihre Lippen begannen zu zittern, und ein leises, fast wimmerndes Stöhnen drang aus ihrer Brust.

»Hab keine Angst«, sagte Theowulf. »Dir wird nichts geschehen. Es ist alles vorbei. Niemand wird dir jetzt mehr etwas zuleide tun. Sie sind alle tot. Alle, bis auf einen dieser dummen Mönche. Er ist verletzt, aber er wird es überleben.«

Er wandte sich mit einem fast spöttischen Blick an Tobias. »Ich hätte ihn töten sollen, aber ich brauche ihn. Er wird bestätigen, daß die Hexe in dem Feuer verbrannt ist, das sie selbst entfachte, und Ihr natürlich, Pater Tobias.«

»Ihr . . . ihr habt das alles geplant«, stöhnte Tobias.

Theowulf lachte leise. »Geplant habe ich allenfalls, daß Katrin entkommt.«

»Werdet Ihr mich töten?« fragte Tobias ruhig.

»Euch?« Theowulf runzelte die Stirn, als müsse er erst einen Moment nachdenken. »Aber wo denkt Ihr hin?« antwortete er dann mit übertrieben gespielter Empörung. »Ich bin kein Mörder.«

»Oh, natürlich nicht«, erwiderte Tobias bitter. »Dafür habt Ihr Eure Leute. So wie Derwalt — oder ihren Mann.« Er deutete auf Katrin, die ihn bei diesen Worten traurig ansah.

Theowulf seufzte. »Ihr begreift immer noch nicht, Tobias«, sagte er, »und ich fürchte, Ihr würdest es auch nicht begreifen, ganz egal, wie sehr ich auch versuchte, es Euch zu erklären. Es geht nicht um Euch oder mich oder Katrin.

»Worum dann?« fragte Tobias. »Um die Macht?«

Theowulf überlegte einen Moment. »Vielleicht«, antwortete er. »Aber auch das spielt jetzt keine Rolle mehr.«

»Was dann?« fragte Tobias aufgebracht. »Was ist noch wichtig für Euch, wenn ein Menschenleben so wenig zählt? Eure eigene Herrschaft? Eure Macht über diese Menschen hier? Wollt Ihr weiter morden, weiter betrügen und täuschen?«

Der Graf lächelte unbeeindruckt. »Ihr irrt Euch abermals, Tobias«, sagte er geduldig.

»So?« erwiderte Tobias höhnisch. »Habt Ihr nicht getötet? Und was ist mit Derwalt?«

»Er lebt, oder etwa nicht?«

»Und diese arme Frau, die ihr draußen am Waldrand verscharrt habt? Was war mit ihr? Das Kind, das sie geboren und umgebracht hat, war Euer Kind, nicht wahr? Und all die anderen, die Kinder, die totgeboren wurden, oder ohne Arme und Augen? Ist das alles nicht Eure Schuld? Sagt mir, was unterscheidet Euch noch von dem Mann, dessen Namen Ihr gestohlen habt?«

»Vielleicht der Umstand, daß diese Menschen hier mich gerufen haben«, antwortete Theowulf. »Sie waren es, die mich wollten, nicht umgekehrt.«

»Ihr sprecht wahrlich mit der Zunge des Teufels!« schrie Tobias. »Warum gebt Ihr nicht zu, daß Ihr der Verlockung der Macht erlegen seid? Ein Menschenleben bedeutet Euch nichts. Ihr beherrscht diese Menschen so gnadenlos wie der Mann, dem Ihr Schloß und Land und Leben gestohlen habt.«

»Vielleicht habt Ihr sogar recht, Pater Tobias«, sagte Theowulf nachdenklich. Er lächelte. »Aber vielleicht bekommt einfach jedes Volk auch nur den Herrscher, den es verdient.«

»Worte!« stieß Tobias angeekelt hervor. »Nichts als Worte, Theowulf! Ihr könnt gut damit umgehen, das weiß ich, aber

411

Worte ändern nichts an den Taten. Ihr behauptet, diesen Menschen zu helfen, aber Ihr knechtet sie schlimmer als der wirkliche Landgraf. Den Feind, den sie vor Euch hatten, konnten sie zumindest noch hassen. Ihr zwingt sie zu glauben, daß sie Euch lieben. Aber das ist nicht wahr! Sie fürchten Euch, Euch und diesen gotteslästerlichen Kult, den Ihr Euch ausgedacht habt, um sie gefügig zu machen. Aber ich werde nicht zulassen, daß Ihr weitermacht, hört Ihr?«

Theowulf sah ihn einen Moment lang verständnislos an, und Tobias fuhr fort: »Ihr müßt mich töten, Theowulf. Diesmal könnt Ihr nicht sagen, daß Ihr es nicht gewesen seid, und Eure Hände in Unschuld waschen. Ihr müßt Euer Schwert nehmen und mich damit erschlagen, oder ich schwöre Euch bei Gott, ich werde hinausgehen und allen erzählen, was hier vor sich geht.«

»Ihr sprecht sehr leichtfertig vom Tod, Pater Tobias«, sagte Theowulf ernst.

Tobias machte eine zornige Handbewegung. »Ich weiß, daß Ihr in der Lage seid, mich zu töten, auch wenn Ihr verletzt seid. Also tut es, oder laßt mich gehen und verantwortet Euch für Eure Taten.«

»Tobias — bitte.« Katrins Stimme klang flehend. »Du weißt nicht, was du redest. Komm mit uns. Komm mit auf Theowulfs Schloß, und wir werden dich gesundpflegen. Und du wirst alles verstehen.«

»Ich verstehe genug«, antwortete Tobias leise. »Es sind Lügen, Katrin, alles nur Lügen. All diese Worte von Freiheit und Wohlstand, von Frieden und Ehrlichkeit, sind nur Lügen. Er hat auch dich belogen. Begreifst du das denn nicht? Er hat dich benutzt, um Verkolt zu töten, der ihm gefährlich zu werden drohte, um mich unschädlich zu machen und Pretorius und die anderen umzubringen. Und er wird dich weiter benutzen. Du bist nichts als ein Werkzeug für ihn, ein Spielzeug, wie all diese anderen Menschen hier.«

»Ich weiß«, sagte Katrin traurig.

Tobias sah verblüfft auf. »Du . . .«

Theowulf lachte leise. »Ihr seht, Tobias, es gibt selbst

Dinge, die Euch noch überraschen.« Seine Stimme troff vor Hohn.

»Aber . . . aber wieso . . .«

»Wer weiß«, unterbrach ihn Theowulf lächelnd, »vielleicht ist da ja noch etwas, das sie Euch nicht erzählt hat — nicht wahr, Katrin?«

Er wandte sich zu Katrin um und machte eine auffordernde Handbewegung, aber sie wich seinem Blick aus und sah nur zu Boden.

»Sie weiß all das, was Ihr ihr jetzt gesagt habt, Pater Tobias«, fuhr Theowulf fort. »Wir haben keine Geheimnisse voreinander. Ich habe ihr von Anfang an gesagt, was ich vorhabe und von ihr verlange. Sie hat es immer gewußt.« Er wechselte die Fackel von der rechten in die linke Hand, griff zum Gürtel und zog langsam sein Schwert. Der scharrende Laut, mit dem der rasiermesserscharfe Stahl aus der Scheide glitt, hallte als hundertfach gebrochenes Echo von den Höhlenwänden zurück, und Tobias' Blick hing wie hypnotisiert an der blitzenden Klinge. Aber es war keine Angst, die er spürte.

»Dann hast auch du mich die ganze Zeit über belogen?« flüsterte er fassungslos.

Katrin sah auf. Tränen liefen über ihr Gesicht, und ihre Lippen zitterten so heftig, daß er ihre Zähne gegeneinander schlagen hören konnte. »Nein«, flüsterte sie, »das habe ich nie.«

»Niemandem wäre ein Leid geschehen, hättet Ihr nicht alles verdorben, Ihr Narr«, sagte Theowulf ruhig. »Ihr hättet tun sollen, was ich Euch vorschlug, als Ihr mich damals auf meinem Schloß besuchtet. Ihr hättet sie schuldig sprechen und in aller Heimlichkeit fortschaffen können, und der Gerechtigkeit wäre Genüge getan und Verkolts heimtückischer Plan vereitelt worden.«

Tobias hörte seine Worte kaum. Er starrte Katrin an und versuchte vergeblich, wirklich zu begreifen, was er hörte.

Theowulf trat einen halben Schritt zurück, senkte das Schwert und stieß die Spitze so in einen schmalen Spalt im Boden, daß die Klinge zitternd und aufrecht, wie die absurde Perversion eines silbergoldenen Kruzifixes, zwischen ihnen stehenblieb.

»Katrin«, murmelte Tobias, »bitte! Ich . . . ich liebe dich noch immer! Ganz egal, was du getan hast, ich werde dich immer lieben.«

Katrin lächelte unter Tränen. »Ich weiß«, flüsterte sie. »Und ich dich, Tobias. Aber er . . . er . . .« Ihre Stimme schwankte. Für einen Moment konnte sie nicht weitersprechen und kämpfte mit aller Macht gegen die Tränen.

»In einem Punkt, Tobias«, sagte Theowulf eisig, »hat sie Euch nicht die Wahrheit gesagt. Ihr erster Mann ist nicht vor acht Jahren gestorben. Er wurde verhaftet und vor Gericht gestellt und sollte wegen Hochverrats hingerichtet werden. Und er wäre es wohl auch, hätte sie ihn nicht am Tage vor seiner Hinrichtung befreit und ihm zur Flucht verholfen.«

Tobias' Augen weiteten sich. Alles drehte sich um ihn. »Katrin!« stammelte er. »Du . . .«

»Er sagt die Wahrheit, Tobias«, flüsterte Katrin. »Er ist mein Mann. Und ich liebe ihn noch immer.«

Theowulf seufzte hörbar. »Du wirst dich entscheiden müssen«, sagte er. »Du hast gehört, was Tobias gesagt hat, er meint es ernst. Wenn er diesen Ort verläßt, werde ich sterben. Und wenn ich diesen Ort verlasse, wird er sterben.«

Und das waren die letzten Worte, die einer von ihnen sprach, an diesem Ort, tief unter der Erde, der der Hölle so nah war, daß er schon beinahe zu ihr gehörte. Tobias wußte, daß es nun endgültig vorbei war. Ganz gleich, wie sich Katrin entschied, er hatte sie in diesem Augenblick endgültig verloren. Das Leben hatte keinen Sinn mehr. Der dicke Bresser hatte recht gehabt, das Böse war übermächtig.

Durchdringend sah Tobias Theowulf an und stellte lautlos, nur in Gedanken, die letzte, alles entscheidende Frage, die er die ganze Zeit über nicht auszusprechen gewagt hatte: *Wer bist du? Der Teufel?*

Und Theowulf antwortete auf die gleiche, lautlose Art: *Vielleicht.*

Katrin stand zitternd da, das Gesicht totenbleich. Tränen liefen über ihre Wangen, und das Geräusch ihres krampfhaften Schluchzens klang in Tobias' Ohren wie leise, verzweifelte Schreie.

Der Inquisitor schloß die Augen, als Katrin langsam die Hand nach dem Griff des Schwertes ausstreckte, das zwischen Theowulf und ihm im Boden stak.

Er fühlte sich einsam. Und plötzlich war ihm kalt. Unendlich kalt.

ENDE

WOLFGANG
HOHLBEIN

Deutschlands phantastischster Autor lädt ein.

Wolfgang Hohlbein ist ein Meister der modernen Phantastik. Seine Romane führen in die unergründlichen Gefilde zwischen Traum und Wirklichkeit – und immer versteht er es, seine Leser auf ganz eigene Art zu fesseln.

Jetzt gibt es zwölf seiner Werke als neugestaltete Sonderausgaben in limitierten Auflagen zu attraktiven Aktionspreisen!